宋福聚·著

大明江山
风雨情

洞察大历史背景下的人性善恶
明君 暴君 再现明成祖朱棣饱受争议的一生

重庆出版集团
重庆出版社

图书在版编目(CIP)数据

大明江山风雨情 / 宋福聚著. —重庆:重庆出版社,2011.8
ISBN 978-7-229-03938-7

Ⅰ.①大… Ⅱ.①宋… Ⅲ.①历史小说—中国—当代
Ⅳ.①I247.5

中国版本图书馆 CIP 数据核字(2011)第 056462 号

大明江山风雨情
DAMING JIANGSHAN FENGYUQING

宋福聚 著

出 版 人:罗小卫
责任编辑:陶志宏 何 晶
责任校对:何建云
装帧设计:张迟昱

重庆出版集团
重庆出版社 出版

重庆长江二路 205 号 邮政编码:400016 http://www.cqph.com
重庆出版集团艺术设计有限公司制版
重庆华林天美印务有限公司印刷
重庆出版集团图书发行有限公司发行
E-MAIL:fxchu@cqph.com 邮购电话:023-68809452
全国新华书店经销

开本:787mm×1 092mm 1/16 印张:22.25 字数:421 千
2011 年 8 月第 1 版 2011 年 8 月第 1 次印刷
ISBN 978-7-229-03938-7
定价:36.00 元

如有印装质量问题,请向本集团图书发行有限公司调换:023-68706683

版权所有 侵权必究

序

六百多年前,中国曾发生过一起重大的历史事件。其影响之深远,可谓空前,直到今天,我们的现实生活中仍留有它浓重的影子。

朱元璋成为大明王朝第一任皇帝之后,为了确保政权的平稳更迭,他不但把军政大权牢牢地掌握在自己一个人手中,还想方设法加强皇室力量,让二十多个儿子分驻全国各战略要地,拥有大量兵力和当地的军事指挥权,企图通过这样的办法来拱卫朝廷,达到世代统治的目的。

然而朱元璋没有想到,他在造福子孙后代的同时,也无意中给子孙后代更给全国百姓带来一场惨烈劫难。随着藩王势力的膨胀,势必会对中央政权构成威胁。早在朱元璋大封诸王的时候,就曾有人指出,藩王势力过重,数代之后尾大不掉,到那时再削王夺藩,就很可能会酿成巨大祸患,汉代的"七国之叛"与西晋的"八王之乱"就分明是前车之鉴。可惜朱元璋此时已经被权势冲昏了头脑,只看到其制定政策有利的一面,非但听不进劝告,反而把劝谏之人抓进监牢,囚死狱中。

不过,不管个人强势多么不可侵犯,客观事实总有着其自身的发展规律。中央政权与藩王之间的矛盾,在朱元璋死后仅仅一年的时间里,就不可收拾地猛烈爆发开来。

洪武二十五年,朱元璋的长子,即太子朱标,因病身亡。朱元璋不听大臣劝阻,立太子的嫡子朱允炆为皇太孙。洪武三十一年,朱元璋去世,朱允炆即帝位,他就是历史上有名的建文帝。朱允炆即帝位后,采纳了大臣齐泰、黄子澄的建议,为了防患于未然,决定对各地藩王抢先下手。他先强行剥夺了几个力量较弱的亲王爵位,然后准备向实力最大的燕王朱棣开刀,皇族内部矛盾迅速激化。建文帝君臣也清楚朱棣的实力和性格,为确保在削藩过程中不出现意外,建文帝秘密指派大臣监视朱棣,并希望能乘机将朱棣逮捕,不动声色地化解这场危机。然而种种机缘巧合,朱棣探听到了这一消息,立即诱杀了前来执行监视逮捕任务的大臣和朝廷将领,于建文元年七月,打起"清君侧"的旗号,起兵反抗朝廷,史称"靖难之役"。

朱棣最初起兵时,和朝廷雄厚实力相比,力量并不算十分强大,从兵力和所占据的地盘上讲,朝廷都占压倒性优势。但朱棣用兵有方,采取安远攻近的方略,迅速攻取北平以北的居庸关、怀来、密云以及以东的蓟州、遵化等州县,扫平北平外围,排除了后顾之忧。而朝廷方面,由于朱元璋即位之后大肆杀戮功臣宿将,朝廷已经没有多少富于作战经验的将领,加之建文帝优柔寡断的个人性格,所谓兵力强大却难以发挥作用。双方作战三年,互有胜负,处于僵持阶段。

历史常常以宏大的面目出现在世人面前,但决定历史走向的,却每每是那些不为后人所注意的微小细节。正在朱棣几乎要绝望放弃的时候,南京宫廷里发生了一些琐屑而致命的变故。建文帝生性多疑,对宫廷太监们态度较为恶劣,而这些对建文帝大为不满的太监,无意中搞到南京城空虚宜迅速南下直取的情报,并成功送达到朱棣手中。于是,事情开始急剧发生转变,朱棣一改攻城略地的做法,放弃许多战略要地,大军迅疾穿过山东,直捣京城金陵。

建文帝做梦都没想到燕军会来得如此之快,顿时手足无措。建文四年的六月初三,燕军自瓜洲横渡长江,六月十三,进抵金陵金川门,守卫金川门的李景隆和谷王开门迎降。朱棣进入京城,在群臣的拥戴下即皇帝位,成为历史上著名的明成祖,年号永乐。而在燕王朱棣杀进南京城后,建文帝在皇宫突然烧起一场大火之后便下落不明。有人说建文帝于宫中自焚而死,也有人猜测建文帝从皇宫的秘密地道逃走,落发为僧,云游天下,还有传说他于正统朝曾进入到宫中,生活了好多年后才寿终正寝。建文帝的真正下落,成为后人所津津乐道的一大悬案。

明成祖朱棣是历史上争议颇大的一位皇帝。他开创了明初盛世,给全国百姓提供了一个安居乐业的大环境。由于当时北方还不安定,而京城南京距离北疆较远,指挥不便,朱棣下诏建造紫禁城,迁都北京,为建立一个幅员辽阔的国家奠定了坚实的基础,开创明清六百年的政治格局。同时,朱棣在文治上也颇有建树,他任命解缙等人组织编修的《永乐大典》,被誉为古代类书之冠。他派遣郑和远赴西洋,这起前所未有的壮举,对中华文化的传播,意义重大。但朱棣也多疑好杀,好大喜功,不仅在他夺取政权以后对于政治反对派进行残酷镇压和杀戮,以后还建立了东厂,以恐怖手段来对全国官僚队伍乃至普通百姓加强控制,产生极大的负面作用。同时,太监的势力在永乐时期也得到充分发展,许多太监都参与到政治生活中,有些还成为举足轻重的人物,造成以后宦官擅权的重大弊病。

小说《大明江山风雨情》即以燕王朱棣与侄子朱允炆争夺皇权,以及朱棣坐稳皇位后的施政情形为背景。虽然反映这段历史的各类作品为数不少,但本小说的新意之处在于,不但生动地描摹了这段历史时期上层斗争的风云变幻,更通过大的历史事件和背景,着力挖掘人性内在的假丑恶与真善美。本书通过大人物的争斗和小人物的辛酸遭际悲欢离合两条并行线索,描写了那些决定历史走向的真正力量,再现一个宏大历史阶段的同时,更突出营造了足以震撼读者心灵的一幕悲喜大剧,使读者看到的是惊心动魄的历史,感受到的是现实生活的真实,相信会给读者留下耳目一新之感。在本书的完成过程中,有幸得到重庆出版社的大力支持,在此表示衷心的感谢。

宋福聚　于2011年3月4日

序		1
一	凶险征程	1
二	生死序幕	14
三	得势与去势	26
四	君亲和血亲	39
五	潜流汹涌	50
六	无声惊雷	62
七	事事多磨	75
八	锋芒初露	86
九	密雨凄风	102
十	善恶交错	111
十一	风云突变	122
十二	惊险交织	136
十三	尴尬相逢	147
十四	道义和道具	160
十五	人性深处	172
十六	铁血济南	184
十七	曲终人未散	197
十八	舐血的杀戮	206
十九	纷乱亲情	222
二十	节外生枝	232
廿一	解缙的迷茫	242
廿二	恩怨两弥散	250
廿三	处处缠绵	269
廿四	内忧外患	296
廿五	夺权！夺权！	314
廿六	走不出的迷宫	336

一　凶险征程

广袤无垠的北方原野,春天的脚步总要比别处来得姗姗一些,已经过了立春,却仍然固执地在严冬逗留。凛冽寒风夹杂着细密雪沙抽打在突兀的枯枝上,瑟瑟发抖。灰蒙蒙的苍穹倒扣在头顶,让人压抑得有些透不过气。何况前几天下的那场大雪几乎没有一点消融,结成硬邦邦的冰壳映照着天空的惨灰色,犹如一只巨大的死鱼眼珠子漠视天地,更使人感到从里到外阵阵茫然。

但是明朝继洪武年之后的第二个年号,建文元年的春天的确已经来到了。

正月十六这天,新上任的山东参政铁铉终于进入山东地界。中午时分,一家四口随着湍急的人流涌进临沂府城内。

作为即将就任山东第二号宝座的权势人物,铁铉本可以和家眷们乘坐八抬大轿,热热闹闹威风抖擞地从京师南京一路炫耀着过来。这当然无可非议,别的大老爷都是这么做的。然而铁铉没有,他不喜欢离普通百姓太远而成为他们观望的物件。夹杂在他们当中,自由自在地观察他们的一言一行,让铁铉感觉更踏实些。

临沂城地处山东南端,毗邻皖苏,南来北往的商贾行人交错如织。此时虽然新年刚过,数省通衢的景观已经略显端倪。大街小巷中,到处挤满了着各色新衣的人们。

马车在一家客栈门前停下。铁铉立在寒风中匆匆打量一眼,这是座紧夹在两旁店铺中间的三层小楼,斗拱伸出老远,琉璃瓦晶莹剔透,给人一种轻盈活泼之感。二层中间悬挂着巨大的泥金匾额,上书三个大字"客悦来"。

铁铉满意地点点头,转身招呼夫人和两个女儿下车。店中小二眼尖,忙不迭地跑出来帮着从车上拿零零碎碎的包袱行李。一边用讨好的语气说:"客爷,一瞧您就是打南边来的,穿得这么单薄。快进屋去烤烤火,这种天出远门,可真够遭罪的。"

铁铉不以为然地笑笑,看着满大街的炮仗皮破灯笼说:"昨儿还挺热闹的。"

小伙计兴奋起来,嘴巴更勤快了:"可不是嘛!按说洪武爷刚宾天,大伙儿原不该这么由着性子高兴。可话又说回来,建文爷登基头一年,又是个大喜事,热闹热闹也没人管。知府老爷昨晚还在那边街上的青枫楼上看灯了呢!可惜您没赶上,那场面,嘿!"

铺面不是很大,几张八仙桌坐满了饮酒吃饭的客人,显得有些拥挤。店小二在身后帮铁铉扑打几下身上的雪粒招呼道:"客房在二楼,夫人小姐已经上去安置了,老爷您上边请。"

铁铉在嘈杂的人声中略略想了片刻摆手说:"不忙,你去帮着夫人小姐安顿下来,她们想吃什么送些过去。我先在这里小酌两杯驱驱寒。"说着走到墙边一张空桌子旁坐下。

就着几碟小菜闲酌慢饮间,铁铉凝视着棉帘半掩的门口处,雪沙在风中阵阵飘舞,往来杂沓的人们行色匆匆,一种去国怀乡的感觉渐渐凝结心头,沉甸甸地直往下坠。

猜拳行令的吵闹声中就听邻桌有人说:"唉,百年随手过,万事转头空。我爹常说洪武爷神人下凡,几年间就赶跑了鞑子,把那些和他争江山的人打了个稀巴烂,可如今不是说没就没了?人啊,穷富贵贱就这么几十年,想开点儿,痛痛快快地喝!"

"咣"的一声,有人放下酒杯接过话茬:"李大哥,你这话倒实在。不过洪武爷福气着实不小,太子愣没熬过他!倒是皇太孙建文爷捡了个便宜。老话说命里有时自然有,命里无时莫强求,我看真是这个理儿。放着那么多儿子没有接着坐江山,倒让皇太孙给接承了,这就是命。"

有个尖细的嗓门冷笑一声:"哼,什么命不命的。叫我说,建文爷这个宝座坐得可不大正呢。你们想想,你爹的家业不让你管,全给了你哥的儿子,你心里是啥滋味?你给你侄子当跑腿的心里能痛快?叫我说,这江山到底归谁,恐怕还得理论理论呢!"

片刻沉默,"吱吱"的几声响,各把杯中的酒咽进肚里。又有人压低嗓门略带几分神秘地说:"你们听说没有,洪武爷那些儿子里头,最厉害的要数北平的燕王了,打跑蒙古鞑子,人家的功劳可不小呢!当年洪武爷就想把江山传给他,后来不知怎的没弄成,如今看着侄子成了皇帝,他心里头气大着呢。从北平那边来的人都说,燕王在北平招兵买马,等准备好了就要杀过来和建文爷夺天下。依我看,没几天太平日子了,天下不久就要大乱!"

话音未落有个低沉的声音喝道:"你不要命啦!要是让锦衣卫听了去,不剥你的皮才怪!"

忽然沉默下来,接着有人打圆场:"对,来喝酒,喝酒!喝完了各自回家搂老婆去,这天可真出不得门了。"少顷便吆五喝六地猜起拳来,和其他桌上的声音汇在一起。

铁铉偏过脸看了看邻桌那几个人,都是一些中年汉子,各色丝巾裹头,素色棉袍长衫,似乎是些常年跑买卖的。铁铉忽然明白过来,为什么自己心绪如此低沉,原来自己也正在为朝中这些传闻忧心忡忡。

想到自己赴任时朝中正廷议汹汹,矛头直指分散在大江南北的各地藩王。年轻的建文帝对于拥兵在外的藩王叔叔们耿耿不能释怀,这种情绪也感染了很多朝臣,大家都觉得,那些手握相当兵权本有希望继承大位的藩王们是一种无形的威压,从心底深处忐忑不安,总觉得新朝不那么让人踏实。

更让铁铉不安的是,去年建文帝登基刚满一个月后,在齐泰、黄子澄、方孝孺等人的怂恿下,削藩运动终于开头了。大将李景隆率兵突袭开封的周王府,顷刻间将高贵至极的皇子周王朱肃全家变为阶下囚。这无疑是对王爷们的宣战,很多大臣战战兢兢,大有天下将乱之势。然而半年过去了,藩王们并无动静。平静,奇怪的平静,这是否预示着会有什么意想不到的事情正在酝酿中呢?

风卷棉帘打在门上啪啪作响,店外肃肃冷气更衬得店内热气腾腾。伙计们在桌子间穿梭不停,大呼小叫地吆喝着:"来喽,鸡肉丸子!""看好喽,大冬天的鲤鱼肥嫩嫩!"

门帘忽然高高撩起,随着人影一闪,一股冷气直冲进来,灌进正对门口几桌人的鼻孔里领子中。手捏酒杯陷于沉思的铁铉不禁连打几个寒战,头脑活泛过来。正要把杯中的酒往嘴里倒,忽觉肩膀被重重地拍了一把,耳旁有人哈哈笑着说:"哈,寻亲不如撞亲,还真给说着了! 铁铉老弟,想不到能在这里碰见你!"

铁铉闻言一愣,忙抬起头,见身旁站着一位四十多岁身材瘦削的儒士,玄色丝巾,头发梢上还沾些未化的雪点。淡绿色棉袍浆得有棱有角板板正正,腰间的红色绦带搭配得有些夺眼。瘦长脸面,淡眉浓须,一弯细眼正笑眯眯地望着自己。

略一迟顿,铁铉大悟似的站起身来,一把拉住那人的手呵呵大笑:"葛诚兄,真是你啊! 几年不见,还真不敢认了。来,坐下,坐下!"一边招呼店小二添筷添酒添菜。

接连三杯下肚,葛诚摸摸渐渐红润过来的脸说:"铁铉老弟,你我朝中共事多年,想来还算咱俩最对脾气。洪武三十八年我去北平任了燕府长史,一晃竟是三四年,唉,白驹过隙呀!"

铁铉给两人杯中斟满了,笑笑说:"葛诚兄,你并未显老。我来时就听说朝廷降旨要你回京奏事,琢磨着兴许能在路上碰到,可一出来才知道人在天地间如浮萍归海,哪能有那么巧呢,还真不敢奢望了。"

葛诚也不客气,端起杯一嘬而尽,连连哈气:"我也是。在北平就听说老弟升官了,成了执掌一方的封疆大吏……"

铁铉忙打断话头:"快别笑话你老弟了。以咱们兄弟的禀性,原没指望提什么级。不过朝廷既然任命,自当竭力尽责。"

葛诚故意揶揄道:"我知道,这回老弟升官应归功于你留任京师这几年。你想,每天在天子脚下蹭来蹭去,缠缠磨磨,能不升官吗? 有道是脚不缠不小,官不缠不大嘛！哈,哈,哈……"

铁铉也被逗乐了,照他背上连拍两掌:"好你个葛诚兄,还是这般开朗,自你走后,我很少听到如此解颐的话了……你从燕王府来,那边情形怎么样?"

一听这话,葛诚脸色立刻凝重下来,四下打量一番才低声说:"很不好。"

铁铉刚刚轻松下来的心弦立刻又绷紧了,忙凑近些问:"怎么个不好法,你我不是外人,不妨直言相告,我正为皇上和藩王的事挂心呢。"

葛诚再次看看邻桌方慢慢说:"燕王朱棣在先帝洪武皇帝二十六子中最能征善战,你是知道的。洪武二十五年四月皇太子薨,当时就有意要立四皇子燕王为太子,后被大学士刘三吾等人所阻,勉强立了建文为皇太孙。如今建文登基,燕王心中自然不平,更何况传言纷纷,说新皇要推行削藩,逐一制裁各王,再加上去年周王被逮,更是天下人心惶惶。燕王何等人,自然不甘为案上鱼肉,他召集府中心腹,还有一个大和尚叫道衍的,日夜谋划,暗中招募壮士,厉兵秣马,其势不善哪!"

听到之前的传闻确是实情,铁铉悬着的心反而慢慢放了下来。他摩挲着酒杯沉静地说:"葛诚兄,看来形势不妙啊。北平居北镇之首,右拥太行,北枕居庸,燕王又征战多年,沙场之事无所不精,一旦纷争乍起,势必波及全国呀。"

葛诚紧锁眉头:"这次进京,除奏对王府日常事务外,皇上必定会问及燕府有何异动,看来我只有如实作答了,朝廷也好有个准备。"

铁铉看看一脸肃然的葛诚,有些担忧地想,燕王耳目众多,将燕府实情报告了朝廷,一旦让燕王知道,岂不是要招来杀身之祸？不过他知道这样的话对葛诚说出来也起不了什么作用,张张嘴又咽了回去,只是轻轻叹道:"燕王此人,我看是蛟龙得云雨,终非池中物呀。可是明哲保身……唉,耿介之士要明哲保身何其难也!"

二人各自想着心事,沉默半响,葛诚忽然扭脸问道:"险些忘了,夫人和孩子们也同来了吧?"

铁铉勉强笑笑说:"来了,就在楼上。秀英和秀萍一个十四一个十一,都成大姑娘了,三四年不见,你这个葛伯伯未必能认出来喽!"

葛诚一脸不屑:"我不信,外甥不脱舅家相,自家的侄女焉有认不出的道理?喝下这杯酒,咱们上楼去看看。"

刚端起杯,一股冷气扑面打来。二人抬头,看见有个人慢悠悠地挑帘进屋,走到正中央站定了,四下里扫视着哪里有可坐的座位。铁铉见他戴一顶土灰色瓦楞帽,湖青棉袍没过膝盖,一条二指多宽的丝带系在胯部,长长的流苏随风摆动。扎着白色绑腿,一双玄色道士鞋上沾满黄泥。看他似道非道,似儒非儒的打扮,心想这人倒有点意思。

那人四下打量一番,见铁铉他们这张桌只有两人,桌上菜又不多,便几步跨过来,在对面凳子上坐下。顺手将斜背的一个蓝皮小包摘下来放在桌上,叫喊着要酒要菜,整个店中吵吵嚷嚷,倒也没人在意他。

添酒摆菜中那人见铁铉正斜眼看自己,便微微一笑说:"这位客官好相貌,颌下黑髯似铁,性情必定刚硬。看你脸方如矩,方即是金,命中有金,正主高贵,想必官人您正逢高升之时,恰遇春风得意之际,可贺,可贺!"

那人声音不高,倒让铁铉和葛诚暗吃一惊。葛诚笑道:"我说老弟怎么升得如此快,原来是命里带着的。这位先生,算你说对了,你不妨再给他仔细瞧瞧。"说着递过一杯酒去。

"嗯。"那人也不客气,接过仰脖而尽,抿抿嘴接着说:"恕在下直言,这位官人方面宽额,当然是官场中人,且你命属金,主高升不止,以后还有鱼跃龙门之喜。"见二人含笑而听,口气一转,"可惜官人你额虽宽,但其色略赤,赤色血也,主有血光之凶。"

铁铉和葛诚闻言都是一愣,铁铉忍不住说:"你可看仔细了,不要信口危言耸听,我们并不想给你什么卦钱。"

那人哈哈一笑说:"岂不闻位尊者忧深,禄重者责大,你官位越居越高,颌下黑髯越长越硬,弓硬弦必断,人强岂不易惹祸?!算了算了,自古无钱卦不灵,我又不收你卦钱,白费什么口舌?不说了,各自喝酒。"

葛诚却听出了兴趣,又递过杯酒说:"不知先生尊姓大名,操何营生?"

那人接过来又是一饮而尽:"唉,草木之人还有什么尊姓大名,不过苟活于世罢了。在下姓金名忠,浙江鄞县人氏,长年流落江湖,略通相术,聊以糊口,惭愧,惭愧!"铁铉乍闻自己有血光之灾,不免心惊,这时才缓过神来,附和说道:"金先生,你给这位先生看看,他的命是否比我可好些?"

金忠仔细审视葛诚片刻,慢慢说道:"这位先生眉目清秀,脸呈长形,虽不及你官高,但亦是饱学之士……只是长形为木,木多而金少,情势恐不大好。先生此行之事怕不够顺利。"

几句话说得葛诚也是一阵心寒,不知该从何问起。见二人沉闷,金忠忙赔笑说:"二位官人受惊了,其实在下只是故作惊人之语,不必当真。你们想,算卦这一行当的人多不胜数,且多以奉承夸赞为主,那些求卦的主儿早就听烦了,你偶尔以凶言相告,他心吃一惊,反而更容易相信。雕虫末技,不足挂齿,两位受惊了。来,在下自罚两杯。"

听金忠这般说,两人才略略放下心来,但耿耿中总觉得不很舒服。这时忽听门外乱作一团,有男人恶狠狠的斥责声,有女人尖着嗓门的哭叫声,还夹杂着嗵嗵的打斗声。

店内霎时寂静下来。有人挑门帘向外看,有人将窗扇推开一条缝,踮着脚尖贴上去瞧。忽然几个人同时惊恐地压低嗓音吆喝道:"快走,锦衣卫来抓人了!"

— 5 —

声音不大，店中却像热油锅里滴进几点水一般，立刻响起一阵乒乒乓乓的桌椅挪动声。没人大声叫嚷，但每个人都显得规规矩矩，连和伙计算账时说话也小心翼翼。在奇怪的沉静中一股脑涌向门口，眨眼散在街上不见了。

金忠见状也是脸色一变，慌忙抓起桌上的包袱，低低道声："告辞。"转身便走。

铁铉黑下脸一拍桌子："慢！我铁铉再不济也是朝廷四品命官，这山东就是我的辖区。金先生既然精于相术，竟没有看出来么？区区锦衣卫何以让你吓成这样！"

金忠闻言止住脚步，赔个笑脸说："铁大人布衣粗服，可达人之貌却是长在脸上的，我刚才不就说了嘛。有大人在，我一个江湖草民，又不曾犯什么国法，我怕什么？"

外边的吵闹声更响了，铁铉拉葛诚站起身，"走，出去看看，我倒还没见过他们怎么抓人！"

不知什么时候街面上已经冷清下来，雪和泥土混成一股股的黑水四处流淌。"客悦来"门口处的街道上，四五个身着黑短袍红裤子、脚蹬高腰软皮靴子的汉子正和一对男女撕扯不休。铁铉知道，这帮人就是锦衣卫中所谓的缇骑了。

就听其中一个扯起尖嗓门大喝道："好一个大胆刁民，竟敢阻挡爷们办差，真他妈的怪鸟年年有，偏偏今年多。连他一块锁了，回去慢慢整治！"

被称为刁民的是个中等身材壮壮实实的小伙子。他一边推搡着冲过来的缇骑，一边把旁边那个女子往自己身后拉，嘴上大声分辩着："你们一定认错了，她是俺媳妇，俺们成婚都快五年了，哪会是什么逃犯！"

尖嗓门夹着几声冷笑又响起来："好小子，有种！爷们办了几年差，你是头一个说错字的。爷们倒要叫你瞧瞧，到底是谁错了！弟兄们，把这对狗男女锁走，省得在大街上聒噪！"

缇骑们闻言立刻发狠冲上去，一个拽头发，一个拧胳膊，将那后生按倒在地，其余的则抢上去扭住那女子。

那女子惊恐万状，发疯般地哭叫着要跑开。怎奈被人牢牢捉住，拼命撕扯也挣不脱，头发散乱，粉红衣裙褪出半截，露出里面的大红小袄。

被按倒在地的后生听见哭叫声，知道情形不妙，心中一急，大喝一声把按住他的两个缇骑掀翻在地，跑过去三把两把将女子拉到身边，二人瞪大惊恐的双眼，紧紧相抱。

缇骑们似乎从未遇到过敢于这么反抗的，愣了片刻，一起把眼光投向站在身后的瘦高个。

铁铉这时才看清，发号施令的家伙穿着倒没什么不同，只是脸上几道横切的刀疤透出一股杀气，看上去让人心惊肉跳。他见众人都住了手，眉头狠狠一皱，大踏步走上前去。

后生和女子抱得更紧了,像猎狗面前的兔子般哆嗦着向后退挪。瘦高个逼到跟前,盯了他们几眼,突然哈哈大笑,声音阴冷尖刻,让二人毛骨悚然。

笑声突然止住,没等看清,哗啦一声瘦高个从袖中抖出一根细细的铁链。只见黑影一闪,啪的打在后生头上。后生猝不及防,身子摇晃几下,抬手摸摸额头,热乎乎的血已渗出一大片。

女子见到有血流出来,吓得惊叫连连,后生却一声不吭,挺了挺腰身怒目而视。"怎么?小子,不服气?这鞭子是轻的,等会儿回去还有更好的玩意等着你消受呢!"瘦高个冰冷的声音刚落,紧接着又是一鞭子甩过去。

后生这次有了防备,偏头躲过,鞭梢抽空。"哈,还敢躲,反了,真是反了!"瘦高个突然暴怒起来,铁链在他手中呼呼作响,接二连三地打在后生头上身上,还有一鞭子落在女子身上,女子啊的一声惨叫忙捂住头,血从指缝滴落在脸上。

佝偻站立的后生见状,如公牛般跳起来,闷声怒吼道:"日你奶奶,还有没有王法啦?老子跟你们这帮孬龟孙拼了!"一头撞过去,和瘦高个扭作一团。

女子情知闯下大祸,扑过去拉住那后生,凄厉地喊着:"史铁哥,千万别动手,他们可打不得呀!"

后生全然不顾,急切中蹬开女子:"环儿,俺缠住他们,你别管俺,快跑!"可女子没听见一般仍固执地拽那后生。旁边几个缇骑被刚才情形惊得一呆,快步上来帮忙。

眼看脱不了身,后生突然发出一声怒吼,闪电般一拳打在瘦高个脸上,打得他噔噔噔倒退几步,跌倒在地。紧接着后生拳脚并用,几个人一时竟近不到跟前。

看见女子还站在身旁,后生焦急万分地喊道:"环儿,你倒是快跑哇!你忘了你的身子啦,史家还靠着你哪!"

女子闻言浑身一震,停止了哭叫,咬咬牙转身便跑,不等众人反应过来,身影已隐没在林林总总的大小店铺中。

几个缇骑见状一起发喊:"不好啦,朝廷要犯逃走啦!"待要去追,又被后生挡在中间,一时间手足无措,急得哇哇乱叫。

瘦高个从地上爬起来,揉着腮帮吐出一口血,恶声叫道:"笨蛋,抄家伙使劲打,他又不用要活的!"

哗啦啦几声脆响,缇骑们手中多了一条细铁链,一起朝后生抽去。后生双手招架不住,头上脸上顿时鼓起几道粗粗的血蚯蚓,有条链子缠在了腿上,被人一拽,扑通滚倒在地上。缇骑们不等他爬起,围上去乱踢乱跺。后生抱着脑袋满地打滚,含糊不清地惨叫着。

冷清的大街空空荡荡,连最喜欢看热闹的人也躲得不见踪影。乱脚踢在身上的嗵嗵声传出老远,惨号在空旷街上回荡。

铁铉三人站在"客悦来"旁边的一家杂货铺门口,锦衣卫的威风铁铉不是没听说过,而且还亲眼见过锦衣卫的旗校们在金殿下廷杖大臣,亲耳听到过受廷杖大臣的哀号,但今天的情形,仍令他通身发冷。他捏紧拳头,想要上去和他们理论。刚挪了挪脚,葛诚在身旁使劲拽他一把,悄声说:"铁老弟,锦衣卫可是直接给朝廷办差的,你的话他们能听吗?"

铁铉张张嘴,想想又无话可驳,只好长叹口气。抬眼望去,瘦高个不知从哪里找来根棍子,狞笑着喝道:"闪开,让爷爷我出口恶气!"一棍子砸在后生背上,后生负痛翻身仰面躺倒,双腿蹬起老高。又一棍子过来,不偏不倚正打在两股间,后生全身一阵抽搐,痛彻骨髓地号叫一嗓子便没了动静。

瘦高个收住棍子,朝后生头上踢两脚,见没什么反应,转脸向众人冷笑道:"这小子今天犯瘾症,敢搅咱爷们的公差,一棍子打断他的是非根,去给阎王爷当鬼太监吧!"说着几个人附和着笑起来。

突然有人叫道:"哎哟,那个什么王妃跑哪儿去了?"一句话提醒了众人,瘦高个一跺脚:"快搜,她跑不远!"

铁铉没想到,自己作为山东的父母官刚进山东,见到的竟是当街杀人。他心中腾起一股无名烈火,却又不知该如何发泄,憋得脸色铁青。金忠目睹刚才一幕,双腿发软有些站立不稳,偷眼看了铁铉和葛诚一眼,见他们还算镇定,才勉强稳住自己。

缇骑们朝"客悦来"走过来,瘦高个仍提着棍子,大声吩咐道:"把店里的女眷全给弄出来,挨个查仔细,别让那娘们浑水摸鱼!"说着一行人已到门口。

铁铉终于按捺不住,大喝一声:"慢着!"大踏步走上前。

缇骑们并没有注意到他们,闻声吓了一跳,驻足看时,铁铉已经来到跟前。

见他穿着普通,一身儒士打扮,瘦高个并不在意,棍子用力在地上点了两下,冷冷一笑:"哟呵,今儿怎么啦,刚才一个敢拼命的,这又来一个不要命的!小子,我看你满脸胡子跟刺猬似的,不定是哪个山上跑下来的响马贼,快给我锁了回头请赏去!"

几个人答应着抖动铁链走过来。葛诚暗叫不好,飞步上来喊道:"你们不可胡来!知道他是谁吗?他就是你们山东新上任的父母官,山东参政铁铉!"

瘦高个盯住铁铉上下打量一番,转脸对身后的人说:"怪鸟年年有,偏就今年多。那边的王妃死活不认账,硬说自家是村妇,这边一个臭赶路的就敢说自己是参政。你们瞧瞧,堂堂参政,朝廷四品大官,就是这副模样。参政,参你娘的脚去吧!"说罢几个人哄然大笑。

铁铉觉得两眼发热,似乎要喷出火来,抖着手往怀中掏出一块带着体温的东西。

"既然他敢冒称朝廷命官,还等什么,快把三个都锁了回去领大赏!"瘦高个厉声断喝,迅速围上来。金忠面如土色,后悔自己不该多事,以致无缘无故地大祸临头。

铁铉鼻孔里哼了一声,扬起手中的东西高声说:"睁大你们的狗眼看看,本官有皇上御赐金牌在此!尔等当街行凶,侮辱朝官,该当何罪!"

看见那块闪闪夺目的金牌,走过来的几个人顿时矮了半截,呆立着不知如何是好。瘦高个亦是一愣,靠近几步仔细看了片刻,脸上挤出一丝笑意,点点头说:"果然是新官上任。在下高青山,隶属锦衣卫北镇抚司,正奉命办差。不知大人行辕到此,失敬得很!"

铁铉将金牌塞回怀中,面无表情地说:"高青山,失敬倒不敢当,这'客悦来'中住着本官的家眷,你们休得进去打扰!"

"哦?"高青山消瘦的刀疤脸又阴冷下来。"大人既然是朝中命官,当然知道锦衣卫与地方官衙互不相干,我们奉上司之命捉拿朝廷钦犯,恕不能从大人所言,得罪了!"摆手要手下人往店里闯。

铁铉闪身堵住店门口,怒目吼道:"没王法的东西,你们哪个敢进,看我打断他的狗腿!"

既然知道了眼前这个大汉确实是新任山东参政,缇骑们的气焰有所收敛,欲进不进地僵持下来。

葛诚见状忙挤过来冲高青山说:"虽说分属不同,但效忠的都是当今皇上。以后你们还要同在山东办差,初次见面,当然要互相给些脸面。参政大人只是不想惊吓了他的家眷,情理之中的事嘛!再说我们一直在门口站着,亲眼看着那女子沿街向西跑了,怎么会在店里呢!"

高青山摸摸脸上的刀疤,转着眼珠子拿不定主意。倒是身边一个年纪大些的缇骑悄声说:"旗主,'客悦来'这么近,那王妃必定不敢躲在这里,一定是逃到远处了。既然她还在临沂城中,不怕她飞到天上去,依我说,这些地方官不定日后升到哪一步呢,也别得罪得太紧了,不如……"

话没说完高青山已经有了主意,重又一脸笑意地踱到铁铉面前说:"大人既然执意不让进去,高某自然不敢硬闯。只是日后撞到大人门下,也要给咱留个面子。好,倘若别处追拿不着,恐怕还得回来搅扰大人!"浅浅一鞠,手提木棍领着众人昂首而去。

看他们去远了,金忠慢慢凑到铁铉跟前,小心翼翼地说:"大人原来是新上任的山东参政,真是失敬之极了!"看看铁铉仍怒视着远处,便接着说,"这帮人也太无法无天了,见到朝廷大员也不下跪施礼,还口出不逊,大人您应该参他们一本,看他们还敢不敢乱抖威风!"

铁铉收回目光朝他笑笑:"金先生,给这帮东西撑腰的正是当今皇上,别说四品了,就是一品二品,只要有圣旨,他们照样按倒在地往死里打!唉,参他们谈何容易呀!"

葛诚沉思着接过话头说:"养痈遗患,迟早是个灾难呀。他们对为官的尚且如此,百姓更何以堪!社稷之忧,不在边关,正在庙堂之内,可惜却无人参破,朝廷上下人人都在忙着不急之务,可惜哟!"

"参破又能怎样,只要圣心不察,一切着急都是徒劳。"铁铉盯着当街横躺的后生,似乎在喃喃自语。

"铁大人,"金忠讨好似的说,"不管怎样,那帮家伙在您面前到底有些顾忌,要是硬闯进去,和家眷们撕撕扯扯,那成什么体统呢!"

"嗯,你说的不错,不过,我不让他们进去还有一层意思,"铁铉看他们迷惑不解,笑了一下说,"他们要抓的那个女子,就躲在客店里。"

葛诚和金忠刚才只盯着缇骑,都没在意那个女子到底跑到哪里去了,此时暗吃一惊,齐声问道:"你怎么知道?"

"我自然亲眼看见。那女子看样子见过些世面,倒不特别惊慌,拐过前面街边那个木牌子后又悄悄返回来,钻进'客悦来'中,只是不知她此刻藏在何处,我们一起进去看看。"铁铉说罢转身进屋。

金忠走在最后,突然闪过一个念头,何不趁此时赶紧离开这个是非之地?但他立刻又想到自己此次出来的目的,对,既然要干大事,就不能太胆小,这回奇遇,说不定日后能起大作用,且跟上他们见机行事。一边想着,双腿迈进店门。

店内早已空无一人,几个伙计也不见了踪影。桌子上狼藉一片,几条凳子横七竖八地随便乱放。铁铉他们走上二楼,楼上收拾得还算干净,廊柱栏杆擦拭得一尘不染,泛着黑红色冷光。有个三十出头的妇女正站在廊头,装扮很是平常,绾着普通人家的大花髻,淡红罗裙直拖到地下,倒是上身那件红绿相间的百鸟朝凤披风让人觉得雅致不俗。铁铉放慢脚步冲葛诚说:"这就是内人杨氏了,你们见过的,不敢认了吧?"

葛诚也不答话,上前拱手说:"弟妹一路辛苦,我那两个侄女还好吧?"金忠见状也忙上前施礼问好。

妇人先是一愣,随即认出葛诚来,忙不迭地道万福。彼此寒暄后,葛诚指着铁铉对杨氏说:"我这铁老弟就是个受苦的命,升官了也不把妻儿老小用八抬大轿抬到任上来,还劳你娘几个跟着奔波受累。"

铁铉和杨氏笑笑没有说话,葛诚又问:"铁老弟说两个侄女都来了,我那两个侄子呢,怎么没跟了来?"

杨氏这才含笑回答:"福安和康安年岁尚小,怕他们受不得这番劳累,挨不得这等寒冷,寄养在户部侍郎卓敬家了,待天暖了再接来。"

葛诚"哦"了一声点点头,见杨氏不住地瞟金忠,似乎有话想说又有些顾虑。

正要开口引见,铁铉说话了:"这位先生叫金忠,是我们刚遇到的相面高手,胸襟坦诚。别在外头干冻着,快进屋吧!"

杨氏这才犹犹豫豫地说道:"刚才……刚才有个年轻女子闯进屋里,头上还流着血,样子怪吓人的。她说她被坏人追杀,求我们救她一命,将她藏起来。我自己不敢做主,倒是秀英她们两个丫头不知天高地厚,不由分说把她留在了屋里,幸好没人追上来……"

葛诚和金忠对视一眼,自然明白那女子是谁,连忙跟着进到屋里。

屋子是个一进三间的套间,正中客厅的陈设很简单,窗下摆放着一张雕花条桌,两侧各有一把看上去很厚实的八仙椅,靠外侧几个坐椁围着一张茶几,墙上胡乱挂些字画,因为外面光线较暗,屋里多少显得有些陈旧。不过地板刚刚抹拭过,泛着淡淡的木质光,让人感到洁净而沉寂。

秀英和秀萍两个听到动静早跑出来,见过葛诚和金忠,一边一个拉着娘的手小声嘀咕不停,不时地捂住嘴暗笑。金忠见她们眼角不住地往自己这边扫视,料是在议论自己这身算卦先生的打扮,不自在地低下头去。

铁铉喝道:"你俩老大不小了,怎么一点都不沉稳!你们救下的那个人呢,领出来问问她怎么回事?"

二人答应一声扭身进了里屋,扶着个女子走出来。她头上缠着白纱巾,有点点血迹渗出来,神情已平静许多,对着众人深深道个万福,语音清脆地说:"奴家多谢众位大人和夫人小姐的搭救之恩。"便退到一侧和秀英秀萍站到一起,紧接着问道,"各位大人,史铁他……他怎么样了?"声音有些打战,听得出来是强忍内心的不安。

铁铉看看那女子,诧异地发现她容貌竟异常秀丽,虽未施粉黛,却自然白皙,龙眉凤眼,青鬓如云,自有一番绝色之处,暗想此人断非乡间普通女子,定有一些来头,便答非所问地说:"你姓甚名谁,为何让锦衣卫们缠上了?"

那女的虽然心里焦急,但还是强忍住回答说:"奴家叫翠环,住在城北十里处的史家庄。今天凑巧有人赶马车进城,俺便和丈夫捎脚来看热闹,不想让那帮人缠上了,俺……俺也不知咋回事。史铁他,他到底怎么样了?"

铁铉料想她在说谎,看看葛诚,葛诚也是一脸将信将疑,就冷冷地说道:"他已经让锦衣卫打死了。"

翠环不由得"啊"了一声,脸涨得通红,尖声叫道:"史铁哥,都是俺害了你呀!"没头苍蝇一般朝门外扑去。秀英和秀萍手快,一把从后面拉住。翠环挣扎不脱,捂脸大哭:"史铁哥,你等等俺,俺也随你去了!"说着一头朝对面门旁的墙上撞去,杨夫人正好坐在门旁,忙扑过去拦住。翠环哭闹着寻死觅活,母女三人拉扯不住,乱作一团。

金忠没想到出现这种局面,站起来走到后窗前,掀开一条缝隙看看那个叫史铁的后生尸体是否还在街上。忽然他啪的合上窗子，冲着屋里说："快噤声，锦衣卫们又回来了！"

女人们立刻停止了纠缠。铁铉和葛诚奔到窗前，因为有条桌挡着，只能站在一端侧身将窗户支起条小缝往下看。

果然还是那几个人沿街头走过来，走到横躺的史铁身旁停下，有人用脚尖在他头上和身上拨弄几下，比比划划地说了句什么，似乎还朝"客悦来"指了指。

铁铉正焦急地考虑他们上楼来如何应对时，那帮人却慢悠悠地一直朝前走去，不一会儿到街口拐弯处不见了。悬着的心终于放下来，铁铉和葛诚长舒一口气，放下窗户转身坐回八仙椅上。看他们脸色归于平静，知道是没事了，翠环抹把泪又叫嚷着要去找史铁。铁铉一拍桌子沉声喝道："翠环，既然本官执意救你，你要如实交代，锦衣卫为何要抓你！"

翠环抑住悲声，看他们一个个神色阴沉，扑通跪倒在地："各位大人，奴家看出来你们都是好人。不瞒你们说，奴家就是此地史家庄人氏，自小与本村匠户人家史铁情投意合，两年前正待成婚之际，恰逢宫中选秀，奴家与妹妹翠红，双双被官府带进京中，妹妹翠红留在宫里，奴家和另外几个姐妹进了开封周王府。去年年初周王开恩，让奴家作了嫔妃。谁知没过半年，朝廷派兵冲进王府，把王爷和王妃们抓进马车拉走了，府里的东西也被抢光。奴家本来也在被逮之列，恰好那天在花园中乘凉，听到府中大乱，便和几个丫头从后园小门钻出来逃走了。"

见她说得真切，几个人都惊讶地想，原来她还真是王妃。秀英替她拭拭泪，听她继续讲下去。

"奴家变卖首饰，侥幸回到家中。能够得以团聚，父母自是欢喜，史铁因惦念奴家，迟迟未曾完婚，两家撮合，便结为夫妇。想着上天终于成全了我俩，能平平安安地生活一辈子，真比在王府里还好。半年来我们隐居乡间，开始还有些心惊胆战，总怕有人找来。后来风声渐松，自己也想着周王府那么多人，多一个少一个不会有人在乎，便大着胆子四处走动走动。昨天奴家撺掇着史铁来看花灯，史铁本不愿意进州府，怕引起人注意。到底没拗过俺，还是来了。昨晚我们在店中住了一夜，本想今天早早赶回去，谁想让那帮人盯上了。现在奴家才想起来，王府中的那些嫔妃都有画的像……"

说到这里她又痛恨起自己来，连呼"史铁哥，是俺害了你"，再次要往楼下跑。铁铉示意秀英秀萍将她拖住，冲葛诚和金忠说："走，咱们看看那个史铁去。"

日头已是斜斜西挂，风虽然小了许多，侵人肌骨的寒气却更重了，街上依然空旷。史铁仰卧在一片黑色泥水中，脸上布满紫黑色的血迹。铁铉俯下身子，见他双目紧闭，牙关死咬，脸色苍白中透着铁青，不禁摇头叹了口气。

金忠仔细盯了片刻，忽然蹲下身来，伸手在他鼻孔处摸摸，又翻开双眼看看，随即将手插进史铁棉袍在心口处摸摸，见四周没人，低声说："哎，他还活着呢！"

铁铉和葛诚知道江湖术士能顶半个郎中，金忠不管本事高低，人的死活还是断不错的，便齐声问："能救过来吗？"

金忠又揣摸几下说："冻了这半天，能不能救过来也说不准，铁大人，你是四品大官，为一个村夫不值得劳神，还是算了吧。"

"亏你还是个解救百姓困苦的江湖先生，说的什么话！"铁铉满脸严肃，"官无大小，唯民是依。一个村夫不值得救，两个也不值得救，那多少才值得救呢？要是普天下的百姓都不值得伸手相救，那要当官的干什么！"

说着铁铉摸出两个银角子交给葛诚："老兄，到店中找两个伙计来帮着抬进去。我看要救出他俩，此地是不宜住下去了，一会儿那帮缇骑上来，不见了史铁，少不得又找麻烦。这样吧，索性救人救彻底，我带他俩上济南，以后如何再慢慢商量。老兄你公务在身，咱们只好就此一别了。"

葛诚沉思片刻，点点头："也只好如此了，那就彼此多保重吧。"

金忠拧眉想了想说："我一个江湖游士，本来居无定所，这回正好要去北平访友，不妨跟上铁大人，也好帮着诊治诊治这个史铁。"

铁铉拍拍金忠肩膀："那就有劳你了。来，我们快些收拾，免得和那帮人撞上。"

二　生死序幕

一别之后，离开了吵吵闹闹的场面，葛诚突然觉得有些空空荡荡。和前些日子不同，路上没有了串亲访友的人流和车辆，他这辆马车碾在结实冷冻的路面上，隆隆的声音在旷野中回荡，旷野也因此更显得寂静。

或许一直往南走的缘故，天气随着车轮的转动越来越柔和，路面开始有尘土飞扬，周围田野中的麦苗似乎也显得葱茏一些。高高矮矮的房屋星罗棋布，散在田野与田野中间，走近了能听到犬吠鸡叫声，几个老头蹲在墙根眯起眼睛享受着阳光，农家汉子牵着牛慢悠悠走出篱门，肩上扛着各式犁耙，看样子春耕就要开始了。经过两天的奔波，已快到沭阳，而要到京师南京还有几天的路要走，那里恐怕已是莺歌燕舞了吧，秦淮河上的依依杨柳仿佛正在向他招手。天何其大，地何其博啊，他不能不暗暗感叹。

车夫孙老头五十开外，个子不高却很精悍。他已经在燕王府当了近十年的差，比葛诚资格还老。葛诚知道自己这次进京，燕王颇有些不放心，临行时再三叮嘱说，朝中事务错综复杂，皇上年轻少有经事，易于为大臣荧惑，卿但奏当奏之事，其他非所言者当自掂量。这分明是在告诫，那么这个孙老头莫非就是来监视自己的了？因此葛诚尽量少与他答话，要么专注地观看沿路景色，要么缩在车厢中假装打瞌睡。孙老头似乎也知趣，有问方答，从不多嘴。

昏昏欲睡间，突然听到一声马嘶，葛诚睁开眼睛探出头来。"葛大人，前边就是新沂河，咱们该坐船过去了。"孙老头稳住马，等葛诚决定如何坐船。

"咱们有马有车，自然要大一些的。"葛诚说着跳下车向河边走去。

因为是清闲时节，渡口处的人车并不多，倒是船家不少，一字儿排开，在泛着冷光的河面上轻轻荡漾。见有客人，立刻围过来几个船主。"客官，要过河？您一位还是几位？有轿还是有马？"

人多话杂，七嘴八舌，问得葛诚不知回答谁的才好。孙老头挤过来拽拽葛诚衣袖说："葛大人，那边有条大船，马车能上去，已经有位骑马的客人在船上了，咱们去了就开船。价钱也不贵，你看……"

葛诚正头疼如何讨价还价，见孙老头已找好了，乐得省事，便跟着他挤开人堆，沿石砌台阶走过去。

船果然不算小，船体上新涂的桐油闪闪发光，高高的桅樯顶端一面小红旗正顺风急速摆动。有两个人正铺板子让孙老头的马车上船,见葛诚走过来,忙施礼笑道:"客官里面请,我们这船你尽管放心,我们家世世代代都搞这营生,要不是海禁查得厉害,我们早就出海去啦!这点小河算不了什么,片刻工夫就到对岸,保管你天黑在沐阳城里过夜。"

看着手忙脚乱嘴也不闲着的船家,葛诚点头笑笑,踩着搭好的板子走到船上。

正如孙老头所说,船上已有了位客人,中央还拴了匹枣红色高头大马,马背上鞍镫锃亮,泛着铜光,马头上一圈紫色流苏,在风中跳跃不住,看样子马的主人有些来头。

葛诚绕过马,见马的主人正站在船舷旁临风眺望。本以为骑这种装饰考究的马的人应是位王孙公子,走近了才发现原来是个和自己年岁相仿的中年汉子,穿一身暗红色棉袍,外罩元宝罩褂,戴顶黑纱瓜皮帽,脚穿一双半高不高的黑皮靴,倒背双手正顺河望着出神。

听到脚步响动,中年汉子回头打量一眼葛诚,圆脸上浓浓的八字胡向上翘一下算是笑笑,声音却异常洪亮,听得出中气十足:"这位客官也坐船?要到什么地方去?"

葛诚拱手回礼:"不才从北边来,到南京去办点事。"

中年汉子手拍船帮笑道:"好哇,京师可是个好地方。江南佳丽地,金陵帝王乡嘛!你这一去,到长干里转转,去秦淮河逛逛,左手贩奇货,右手拥佳丽,享福不浅哪!"

葛诚听他说的有些意思,却一时琢磨不透,随口应付道:"哪里,哪里,不才只是办趟差事,事毕即回,先生说的福气,恐怕只能想想罢了。"

中年汉子点点头若有所思:"嗯,上命急如火,官差不自由。拿人俸禄,忠人之事,先生做的还算不错。"

葛诚见他话语蹊跷,心中老大不舒服,听船夫一声吆喝:"开船喽!"便转回舱内坐下,远远地看那人独立船头,衣袂的飘摇将他的思绪打得纷乱,觉得有什么地方似乎不对劲。

河面并不特别宽阔,加之风浪不大,不大工夫船抵对岸,船家和孙老头急忙起身收拾。看着岸板铺好,中年汉子牵过枣红大马,冲葛诚似笑非笑地说:"先生,其实咱们以前见过面的。"

葛诚一惊:"没有吧,我可没印象。"

中年汉子又是浓胡上翘:"当然,先生可能没在意,客悦来店中,我就坐在先生旁边,真是巧了!"

葛诚一脸茫然,不知他要说什么。

中年汉子翻身上马,扬着马鞭说道:"先生,在下送你十六个字,对先生自有益处。那就是,闻事莫说,问事不知,闲事莫管,无事早归。"

说罢甩动马鞭,一阵蹄声脆响,灰土扬起处绝尘而去。

葛诚呆立半晌,细细品味他刚才说的那些话,很快感觉到,这次回京奏事,远比自己料想的复杂。看到孙老头已把马车驾好在岸上等自己,忽然想起,这回和中年汉子相逢,是偶遇还是人为的安排?看来孙老头这家伙还真是燕王特意派来的,以后得小心点,一边心不在焉地迈步走上车。

一路更加无话。渐往南行,春光渐浓,在和煦的阳光下摇摇晃晃昏昏欲睡中,马车很快驶过淮安,穿过盱眙,踏进高耸巍峨的南京金川门。

时已黄昏,和风轻漾,望着川流不息的人流和两侧似曾相识的各色店铺,葛诚突然有种恍若隔世的感觉。其实掐指算来,离开京师也不过三四年光景,可就是这三四年中,多少物是人非啊。皇上已不是过去的皇上,各级要员也纷纷改头换面。当今的圣上,葛诚倒是见过几面,只是印象已不甚清楚,仔细回想了半天,始终一片模糊,索性不去想他。

看看天色不早,今天是进不了宫了。便冲孙老头说:"咱们先找个地方住下,等明天一早面圣。"顿一顿又说,"不妨跑远点,到承恩寺那边,顺便逛逛。"

孙老头应了句:"但凭大人吩咐。"扬鞭吆喝一声,篷车汇入街巷的人流中。

葛诚端坐车中,看着马车渐渐驶近鼓楼。斜阳西下,金色余晖中鼓楼威严地审视着脚下的芸芸众生,和位于西侧的钟楼一起用晨钟暮鼓来宣告每日的开始结束,无形中给金陵城内每个人以天子脚下臣民的自豪感。葛诚知道,就在东北不远处,一望无垠的玄武湖正以它波澜不惊的湛湛碧水宣示着另外一种帝王之威,他甚至能感觉到此刻湖面上泛着的粼粼金光。

马车一径向南驶去。穿过北门桥,行人更加密集,路面似乎狭窄了许多,天色愈暗,有些店中已是灯影晃动。除了行色匆匆的过客外,沿街摆摊的买卖人渐渐多了起来,卖咸水鸭、炊饼等晚餐的,卖成衣、扯花布的,卖雨花石、佛珠等小玩意儿的,叫卖声婉转动听,此起彼伏,有几次马车不得不停下来躲让那些围着摊贩挑挑拣拣的行人。

眼前的情景,耳旁的话音,葛诚既熟悉又陌生,似乎还夹杂着些不可捉摸的感伤,不知不觉中,通过了内桥,往东一转弯,来到承恩寺和大中街交错处。

"葛大人,时候不早了,就在这里找个店歇息了吧?"孙老头拽拽缰绳,让马放缓步子,扭脸问道。

葛诚从遐思中省过神来,抬头正看见大街南侧有座三层客栈,气势还算宏伟,四个通明的大灯笼映照着匾额上的金色大字:"水鱼轩"。

名字倒挺有趣,以前在南京时可没听说过有这么一家客店,葛诚抬手一指:"咱们今晚就住水鱼轩。"

早有伙计领着孙老头到后院去卸马停车,葛诚信步迈进大堂。有个四十多岁的汉子迎上来,拱手笑道:"客官辛苦,快到里边请!"葛诚见他一身丝绸外套,头上还戴顶画满元宝图的瓜皮帽,料想不是一般伙计,便问:"贵店是最近新开的吧?"

"嗯,说是新店也不新了,"汉子笑态可掬,"洪武二十九年开张,有三年了。"

葛诚点点头:"那你这水鱼轩的名号是谁给起的?可有什么典故?"

"都是自己一帮老粗人胡乱起的,"汉子笑道,"哪有什么典故,不过是想着和气生财的道理,我们好比是鱼,客官您呢,就是那水,鱼得靠水养活着才成。不是有那么一句话吗,鱼帮水,水帮鱼,我们就给凑合着用上了。"

葛诚听着也笑起来,连声说好,见孙老头拎着行李过来,便由那人引着上了二楼。房间还算洁净,葛诚要了个一进两间的套间,孙老头在西侧隔壁的单间住下。

安顿已毕,葛诚坐下来啜口热茶,这才感到有些疲惫,晕乎乎的似乎还在车上摇晃。想着明天就要面君,他忽然有些忐忑不安,奏事奏事,所奏何事呢?难道皇上召自己千里迢迢来到京城,就是要听那些在公文上几句话就可以说清楚的例行公事吗?葛诚明白,自己是先皇钦点派往燕王府中不多的几个朝臣之一,这几年来紧随燕王,对燕王府中的大小事情知道得不少,而目前朝廷和各藩王之间彼此心照不宣,都在暗中较劲。是不是正因为这个原因,新皇上才特别要自己进京呢?

要果真如此,那可就把自己推到风头浪尖了啊!葛诚想得有些心惊,接连几杯热茶下肚,竟出了一层细汗。

那么,要不要把燕王府的情况如实禀报呢?很显然,燕王对自己已有戒备之心了,他的人说不定就住在附近,自己如实禀报,万一走漏了风声怎么办?回到北平会有什么结局等着自己?可推说什么都不知道,皇上他会相信吗?他想起在山东见到的那些锦衣卫们,皇上会不会让这些家伙们威逼自己说实话?另外,既然燕王不放心自己,为何又痛痛快快地放自己来南京呢?唉,剪不断,理还乱哪!

孙老头轻步进来问:"葛大人是到下边吃饭呢,还是点好了让人给送上来?"

葛诚沉思着放下茶杯说:"我倒还不觉得饿。你先下去吃吧,我待会儿再说。"

见孙老头转身走出门去,葛诚暗想,这也是燕王的一颗眼珠子呀。苦笑一下低下头接着想明天如何奏对。

又有脚步声传来,吱呀一声有人开门。葛诚不耐烦地说:"我不是说过了吗,我待会儿再去。"抬头看时,不禁愣住。

进来的不是孙老头,而是两个人,年岁相仿,都是四十有余,衣着也差不多,一律雨过天晴丝绸袍,只是一个颜色深些一个浅些,脚踏浅灰色软底靴,都没戴帽子,细带绾髻,看上去精神十足。二人不同之处只是一个略胖而高大,一个则消瘦矮小一些。

没等他们说话,葛诚立刻认出,胖而高的是当朝兵部尚书齐泰,瘦矮一些的是翰林院学士黄子澄。当初葛诚在南京时,就与他们二人有过一些交往。那时候二人是朝中的大才子,一个是应天府乡试第一名,一个是会试中了第一名,读书广博,文章锦绣,深得先皇赏识,特意让他们侍读于皇太孙。葛诚还听说,这二人在皇太孙登极后,很快便加官晋爵,甚得重用。特别是他们力主削藩,极力撺掇建文帝将各地藩王的封地收回,去年周王被抄家就是他们一手策划。

他们怎么知道自己住在这里呢? 他们迫不及待地夜里来访有什么事呢? 葛诚一时间竟没反应过来。

见葛诚发呆,齐泰和黄子澄相视一笑,大踏步走上前,同时在他左右肩上一拍:"怎么? 不认识了? 当初咱们同游秦淮河,你还吃过我们的咸水鸭子呢!"

葛诚慌忙施礼:"怎敢不认识尚书和学士大人呢? 只是没想到你们能找到这里,倒让葛诚吃惊不小。"

齐泰和黄子澄又是对视一笑,齐泰不无得意地说:"葛大人远来之客,风尘仆仆,为朝廷之事劳顿如此,我等怎敢不过来拜望呢?"

葛诚连说不敢当,请二人坐下,为他们斟上茶说:"葛某区区一个燕府长史,论品级不入流,两位大人皆当朝国柱,能屈尊光临已让葛某受宠若惊,拜望二字如何承受得起,快不要如此说了。来,且饮一杯淡茶。"

齐泰和黄子澄倒不客气,端起杯来一饮而尽。看着葛诚又斟上了,黄子澄浓眉舒展,大眼睛中闪着笑眯眯的神情说:"葛大人,你虽久在北平燕王府中,但说到底还是朝廷命官,和王府家臣自是不同,这次进京,是不是有重归故乡之感哪?"

葛诚听他如此说,已猜出几分来意,心说好家伙,正不知明天该如何奏对皇上呢,他们倒先把难题给提出来了。忙一脸正色地说:"那是,久处北地,天寒地冻,满目荒夷,每每站在北平城头眺望南方,但见白草茫茫,思国怀乡的辛酸别提多难受了。此次有幸回京,重见天朝繁华,真是有再生之感。这不,我特意从金川门大老远地跑到这承恩寺,一则明日面君时近些,再则也想故地重游。本想住到乌衣巷去,但天色已晚,没去成。"

齐泰点头若有所思:"难怪昨天圣上说葛诚心地耿直,虽远在边地,爱君之心终必不减,看来的确如此,真是可敬。"看齐泰圆圆的脸上疏眉微皱,细目似闭似睁,一本正经的样子,葛诚连忙谦逊两句。

黄子澄手捧茶盏凑近些放低声音说:"葛大人,最近朝中纷纷议论藩王们因为皇太孙登极而他们作为皇子却没能轮上,心怀怨愤,尤其是燕王,仗着自己镇守北平重镇,手下有些兵将,更是磨刀霍霍,欲有不轨之图。可真有此事?"

葛诚心里咯噔一沉,知道难题终于提出来了。脸上却极力镇定,低头沉思着不知如何回答。沉吟片刻索性把自己的想法直接讲出来:"齐大人、黄大人,恕葛诚直言,朝廷与藩王之事,我亦有耳闻,刚才两位大人来时,葛诚正思量着明日圣上问起时如何奏对。葛某虽然在燕王府中供差三年,但此事关乎社稷江山,正所谓一言兴邦,一言丧邦。因此葛某虽有私下揣度臆测,却不敢轻易妄谈。"

齐泰和黄子澄见他说得真切,连连点头表示理解。一时无话,三人默坐饮茶,彼此心照不宣想着心事。

少顷黄子澄慢慢说:"葛大人刚才所言极是。但如今新皇登极,资望尚浅,藩王们雄镇四方,论辈分,他们是叔辈,论功勋,他们在先帝朝中都多少有功于国,只怕长期以往枝大树易折,尾大害于身哪!倘若一王发难,众王响应,顷刻之间,国家大半土地就会不属于朝廷,皇上政令就会不出京城。你想想,到那时必将天下大乱,生灵涂炭,元末战乱之灾就会卷土重来呀!"

齐泰忙附和道:"正是,正是!故此圣上特以奏事为名,下旨要葛大人进京,以便洞察燕王动向,及早做好准备。既然注定要有这一痛,那就迟痛不如早痛,长痛不如短痛!"

话说到这份儿上,葛诚觉得已无处可躲。他只是忽然感到有些奇怪,自己为什么不痛痛快快地把知道的情况说出来呢?除了怕说不准而引起朝野变动外,是否还有其他原因呢?往深处一想,他眼前闪过燕王髭须倒竖,横眉怒目的脸,闪过新沂河上遇到的那个中年汉子和他掷地有声的十六个字。

想到此他才恍然大悟,从心底里讲,原来还是在为自己的后路担忧啊!葛诚啊葛诚,想当初你和铁铉同在朝中时,那是有名的两根直棍子,忠于职守,宁折不弯,可如今怎么突然懦弱起来了呢?

挖到了心底的芥蒂,葛诚禁不住暗暗自责。稳稳神,他迎着齐泰和黄子澄期待的眼光说:"二位大人,葛诚一向奉行道义二字,这一点你们是知道的。此次进京,葛诚也略微觉察出圣上的用心,因此特别将燕王府的情形留心查看一番。本来当时皇太子薨后燕王觉得自己最有希望取而代之,后来却未能遂愿,当然颇有不平之气。去年先皇驾崩,燕王昼夜从北平赶往南京,名曰奔丧,其实是想查看京师情况见机行事。不料行至淮安,为齐尚书奉旨阻挡,他恨恨而归,从此开始有不轨之心。再加上去年七月开封周王突然被逮,更让燕王决意背离朝廷。按先皇古制,藩王所辖军队不得超过一万八千人,燕王为了扩大实力,派遣心腹将领朱能、张玉等人秘密招募军士,目前已有……"

葛诚声音不是很高,齐泰和黄子澄如获至宝,听得入神。突然外边一阵脚步杂沓,有人喝道:"什么人?!"

三人一惊,忙起身开门,只见孙老头喘着粗气站在门口。葛诚皱了皱眉头:"怎么回事?"

孙老头看看齐泰和黄子澄，施礼回答说："我……刚才吃罢饭上楼，见有个人伏在葛大人门外，似乎是在偷听，便跑过来，那人听见动静从西边楼梯溜走了。"

"有人偷听？"葛诚心里突地一沉，扭脸见齐泰和黄子澄也是脸色凝重。齐泰犹豫着说："想必是见葛大人衣着不俗，探探风声夜里来偷盗的也未可知。既然他露了身形，肯定不敢再来了。好啦，天色不早，葛大人明日一早还要面君，就不打扰了，早些歇息罢。"

黄子澄跟着客气两句，两人告辞而去。送客回来，葛诚非但没有一吐为快之感，反而因为刚才的变故更沉闷了。谁在偷听？真像齐泰说的那样，仅仅是个普通夜盗？恐怕没有那么简单吧？

正胡思乱想着，孙老头走进屋来："葛大人，你还没吃饭呢，要不让伙计送到屋里来？"

葛诚淡淡说了句："我不饿。"随即语气一转，急急地问，"你见那个偷听的人什么长相？"

孙老头脸色微微一变，吞吞吐吐地说："我……也没看清，葛大人不必惊慌，可能……就是个贼吧。"

葛诚觉察出了孙老头的变化，假装不在意地说："那好，你先去歇息吧，我不饿，饿了自会叫伙计送饭。"

孙老头答应一声转身退出去。看着他的背影葛诚冷冷一笑，没看清楚？八成就是你自己吧！见我要向齐泰他们交底，故作玄虚地打住话头。哼，愚蠢！今天说不成，明天见了皇上难道就不能说了？难道你还能闯进紫禁城打搅不成！

葛诚心里恨恨的，想到既然孙老头是燕王派来的，那么今天的情形他必定会报告给燕王。那又怎么样？我葛诚敢做敢当！他甚至想在回去的路上想办法除掉这个孙老头，但随即又觉得不妥，怕燕王看出破绽，反而欲盖弥彰。倒不如多与他些银两，堵住他的嘴算了。

想到此葛诚心里畅快许多。支起窗户向外看去，夜色沉沉，繁星满天。远处近处喧嚣之声渐低，灯光点点，摇曳不定。放眼远眺，南边有荧荧灯火缓缓移动，忽高忽低，想必是秦淮河上彻夜不眠的泛舟游乐，倾耳屏息，似乎有笙箫之声传来。葛诚不由得盘算着等面君一毕就去街上尽兴转转，毕竟自己现在是金陵一客，再来不知要等到何年何月了。

让心绪放马由缰一会儿，觉得天色不早，才意犹未尽地合上窗子关好门，进里间歇息了。

折腾了一天，确实有些累，但葛诚心里乱糟糟的，翻来覆去难以入睡。齐泰和黄子澄的影子总在眼前晃动，他们所说的朝廷情形尤其让葛诚不安，他有些惊恐地感到，外表平和的大明江山也许正酝酿着一场腥风血雨，沿途所见平静如水的田园村庄，也许很快就会变成尸骨横积的战场。不知过了多长时间，终于蒙蒙眬眬中进入梦乡。忽然，一阵轻微的窸窣声让他从浅睡中惊醒。葛诚以为有老鼠，心不在焉地半睁眼睛，看看黑暗的房间。但是他立刻惊呆了，一个黑色人影不知何时飘进屋里，一点点地向床边靠近！

葛诚感觉有股冷气瞬间传遍全身，身体僵硬得一动也不能动，这家伙是人是鬼？他脑中顿时空空如也，甚至忘记了躲避和呼叫。

人影悄无声息地滑过来，近了，更近了，葛诚作为一介儒生，虽饱读诗书，却从未遇到过这种场面。更让他目瞪口呆的是，黑影手中不知何时多了一柄闪着寒光的短刀！

几乎没有考虑，葛诚本能地从床上掀被坐起。恰在此时，那柄寒光闪闪的短刀呼啸而至。然而黑影毕竟被吓了一跳，出手稍微慢了一点，葛诚顺势躲过，惊叫着滚落床下。

惊恐万分中，葛诚忽然发现屋内又多了一个黑影。一个人杀自己尚且易如反掌，何况两个，葛诚一阵绝望，紧闭上双眼。可是并没人来杀自己，却传来嗵嗵的打斗声。葛诚睁开眼睛，惊讶地发现，两个黑影正在床前打得难分难解。两人手中各持一把短刀，上蹿下跳，闪闪刀光相互紧紧缠绕，铁器撞击的脆响不绝于耳。

葛诚下意识地摸摸脑袋，屏息蜷缩在床下，黑暗中分辨不清谁是先来者谁是后来者，也看不懂谁的武艺更高一筹。两人你来我往很快斗过十几个回合，其中一个刀法好像开始变慢，似乎有些散乱，渐渐被逼向屋角。葛诚知道那人怕是快要敌不住了。但他弄不清这对自己是福是祸。虽说自己读过很多先贤传记，也试想过视死如归的情形，但真的死到临头时，他还是控制不住地头皮发麻。

被逼到屋角的黑衣人刀法越来越不济，葛诚清楚地看见至少有一刀刺在了他的腿上。葛诚绝望地想，他们二人中倒下一个后，下一个恐怕就要轮到自己了。

忽然一阵轻风拂过，又一个人影从门口闪进来。这人手中也有一柄刀，看上去比前两个人的还要短些。他立刻加入混战，刀光划过几个圆弧在黑暗中连续发出几十声急促的撞击后，刚才占上风的那个黑影突然支撑不住，朝后连翻两个跟头才站定，冷森森地说道："好哇，原来是你！"话音未落风一般冲向外间不见了。

刚才那个险些被杀的黑影收住刀，冲最后进来的那人抱一抱拳。两人一起窜出去，很快便没了动静。

葛诚被这奇怪的打斗冲昏了头，呆坐半晌才回过神。他想从床下钻出来，但胳膊腿脚都不听使唤，费了很大劲才算站起来。忽然脚步声响，有人推门从外间进来，葛诚知道是刚才那个人又返回来了，心中绝望地叫道，完了！

那人影却在葛诚身边站住，喘着粗气说："葛大人，我给你点上蜡烛照照。"

二 生死序幕

一听是孙老头的声音,葛诚一颗心放回肚里,双腿却软软地站立不住,摸索着坐在床边。孙老头点着了蜡烛,屋里一片昏黄,葛诚好不容易回过神来。

烛光幢幢中,简单的几件桌椅板凳东倒西歪,一行血迹弯弯曲曲直绕出外间。身子忽然碰到一个硬邦邦的东西,回头一看,原来墙上插着一把短刀,注目望去,闪着烛光黄晕的刀尖上还挂着一条白丝巾,扯下来抖开一看,雪白的丝巾上赫然写着五个血红欲滴的大字:"舌是斩身刀"。

葛诚突然明白了,刚才的惊恐全属多余。对方根本没准备杀自己,只不过是想给自己提个醒。毫无疑问,他是燕王派来的,既不想给人留下杀人的把柄,又要自己保住秘密。那么后来的两个黑衣人显然是保护自己的了,可他们是谁?谁派来的?

葛诚凝烛深思,猛然抬头见孙老头正把翻倒的家什一一放回,灯光中他的脸膛更显黑中透红,花白头发有些散乱。尽管知道他和自己并不一心一德,但此时能有个人陪在身边,葛诚还是感觉心里踏实些。明知不是伴,事急且相随,这话还真让自己给撞上了,葛诚苦笑着摇摇头,起身开始漱洗收拾。反正睡不成了,早些动身,面君时也好从容一些,葛诚这样想着打开包袱拿出准备好的新衣。

尽管刚才惊恐万状,但事情过后葛诚胸中又慢慢升起一股豪情,你燕王不是让我闭嘴吗,我偏要说实话。你燕王要我记住十六个字,我葛诚偏只记住一个义字,至于以后的死活,听天由命吧。既然他这次没杀自己,就说明燕王还不想背刺杀朝臣的恶名,那自己更不用怕了!

住的地方离皇城不远,动身又早,不到五鼓时分,葛诚便头顶满天寒星站在了洪武门外。这是皇城中葛诚最熟悉的一座门楼,以前在京时每日里进出五府六部,来来去去哪次不从它雄伟磅礴的威严中穿过?只是以往来去匆匆,很少驻足端注,对于它的气势更多只是一种心底的感受。而这次不同,葛诚神情肃穆,久久凝视,他发现巍峨的洪武门飞檐挑得很高,琉璃瓦在朦胧晨光中,亦紫亦蓝,威严之处别有一种灵动,似乎有什么东西在活泼地跳跃。这是葛诚以前从未感觉得到的。这种活泼灵动感染了他,长出一口气,他觉得轻松许多。

不知什么时候,齐泰和黄子澄一左一右站在了他的两侧。葛诚慌忙施礼相见,齐泰笑道:"怎么,有些陌生了吧?昨晚歇息得可好?"不等他回答,黄子澄挥手接过话来:"这里寒风吹得太紧,咱们到六部衙门去稍坐片刻,皇上也快要御座升殿了。"

走进洪武门东侧的六部衙门,值差的捧上热茶来喝了一杯,身上果然暖烘烘的格外受用。黄子澄瘦长脸上肌肉更松弛了,盯着葛诚说:"昨晚咱们的谈话葛大人如实禀报皇上即可,有我等坐陪,葛大人不必紧张。"

见葛诚若有所思,齐泰提高嗓门说:"也不必害怕,本来知无不言就是臣子的职分,有朝廷撑腰,他燕王能奈我何?葛大人不用有什么顾虑。"

这时承天门内钟声响起,齐泰说声:"皇上就要登殿了。"三人便一同走出来。外边天色亮了不少,晨光熹微中星河渐淡,只是饱含凉意的晨风大了些,他们不约而同地打个激灵。

　　走过外五龙桥,穿过承天门,四周寂静异常。两侧排列整齐的太监各挑一盏米黄色灯笼,除了沙沙的脚步声,能听到的只有每个人细微的呼息。葛诚偷眼向后望去,一大群朝臣陆陆续续跟在他们身后,黑糊糊的不见尽头。

　　转眼过了端门,来到午门前站定。少顷,厚重的大门缓缓拉开,帝王天威也似乎汹涌而出,葛诚脸上一凛,整好衣冠肃然站定。就见有个太监衣着华丽,从内五龙桥一端缓缓走过来,扯着尖细的嗓子喝道:"皇上御驾奉天殿,有旨传燕府长史葛诚及兵部尚书齐泰、翰林学士黄子澄进殿,其余百官有奏事者华盖殿暂候。"

　　三人快步上了内五龙桥,在奉天殿外站住,仔细收拾一下,低头弯腰跨进高高的门槛,紧走两步跪倒高呼:"吾皇万岁,万岁,万万岁!"

　　一个年轻的声音远远传来:"爱卿平身,可到近前来说话。给他们看座。"

　　三人叩头谢恩后走近御座,在下边黄袱包面的龙墩上坐下。此时葛诚才看清,殿上高坐的皇上二十出头,白净面皮,眉目清秀,透出一股文弱的书卷气。心想这就是新登极半年的建文帝了,模样还和当皇太孙时没有多大改变,只是略胖些。

　　正胡思乱想间,听皇上开口说:"葛诚卿是昨日到的京师吧?一路还算顺利?"声音清脆如金石之音,在空旷的大殿中很是悦耳。

　　葛诚慌忙翻身跪倒回奏:"承蒙皇上挂念。微臣接旨后不敢有丝毫怠慢,即日便从北平起程。托皇上洪福齐天,沿途还算顺利。些许微劳,不足挂齿。"

　　"嗯。"建文帝点点头,"葛爱卿乃当朝直臣,朕早有耳闻,不妨近前来说话。"说着用手指指龙案一侧的龙墩。

　　"这……"葛诚犹豫着不知如何是好。作为臣子,登上丹墀与皇上对着龙案同坐,自己以前在朝中还没见过,算不算僭越呢?他拿不定主意。

　　见葛诚为难,黄子澄说话了:"葛大人,当今圣上最爱贤臣,准你登丹墀而坐,这可是亘古未有的大恩哪!不快拜谢还等什么?"

　　一句话提醒了葛诚。想到自己一个微末小臣,竟能受到如此厚待,葛家世代都将会以此为荣,不禁心头一热,泪水夺眶而出,头撞金砖嘣嘣作响,高声呼道:"臣何德何能,受此如海皇恩!今后唯有忠心报国,虽肝脑涂地心也快意!"

　　建文帝放眼望望齐泰和黄子澄,微微一笑。早有太监过来扶起葛诚,走上丹墀龙案旁坐下。

　　建文帝直视葛诚,放低声音说:"葛爱卿远在北平当差,途隔千山,你我君臣难得一见,今日正要促膝而谈。朕之叔父皆在各地为王,本来皇族亲戚,朝中朝

二　生死序幕

外互为依辅,未尝不是美事。只是而今群议汹汹,说有些藩王心怀怨望,有窥窃神器不臣之心,让朕心神不安。想到汉高祖大封藩王,结果尾大不掉,终引发七国之乱,社稷动摇,生民涂炭,不免心有余悸。但要削藩,又恐各王不察朕之用心,激起骤变。爱卿久处燕府,你看燕王那边情形如何?"

葛诚端坐御案一端,还沉浸在刚才的激动中,见建文帝说得情真意切,忙毫不犹豫地拱手奏道:"皇上,以臣所见而论,燕王之心确如圣上所言。如今燕府上下忙于招募兵勇,打造兵器。以先帝所定古制,王府节制人马不得超过一万八千人,而燕王又另招壮士近千人,人数虽不多,但训练有素,一旦上阵,皆可以一当十。他的心腹将领四散活动,所招募人数正不断增加。他们还与北平驻军暗中来往,许多将领出入王府,俨然常客。如果有变,这些军队必不会听命于朝廷。他们还在府内打造兵器,所有燕府兵丁装备皆精于地方驻军……"

建文帝眼睛一亮,打断话头疑惑地说:"打造兵器?燕王私募兵士之说倒有些耳闻,打造兵器之事却不曾听说。一片叮叮当当的敲击之音,难道北平地方官府就不知道?难道他们故意隐瞒不报?"

葛诚见建文帝有些动怒,忙分辩说:"圣上有所不知。燕王怕引起地方注意,煞费苦心,于府中后苑地下建造许多房室,外有数重厚墙环绕,又在苑中放养无数鸭鹅。工匠每日在地下房室内打造兵器,敲打之声为鹅鸭鸣叫所遮掩,因此外人难以察觉。"

建文帝听完后面沉如水,沉默片刻才说:"朕自小跟随齐泰和黄子澄读圣贤之书,待人常以宽厚为美。燕王乃朕之四叔,朕从未以歹毒之心揣度于他。外界的传闻朕始终将信将疑,今日听爱卿所奏实情,委实伤心,朕不想负他,他却执意要负朕呀!"

黄子澄起身走到殿中央奏道:"皇上不必伤心,如今事情仅见端倪,又有葛诚这样忠直之臣为朝廷观望风向,知己知彼,有何忧哉?"

建文帝注视着葛诚,微锁双眉说:"能为朕分忧的,也就是葛爱卿了。你在燕王府中当差,如能留意府内动静,一有风吹草动便及时告知朝廷,使朝廷能防患于未然,朕也就高枕无忧了。卿以为如何?"

一股热血涌上头顶,葛诚不及多想,就势跪倒高声答道:"能为圣上分忧是臣莫大荣幸,虽有万死而不辞!"建文帝笑着招呼他重新落座:"燕王强悍多诈,你要小心仔细,切莫被他看出破绽。"不等回答随即话题一转,"有三四年没来过京师了吧?千里迢迢来一回不易,好好看看,朕特意让齐泰和黄子澄陪你。朕没想到的,他二人再细细给你交代。只望卿不要辜负朕的重托。"

见皇上说得如此客气,葛诚复又激动不已,叩首拜谢。末了建文帝对齐泰和黄子澄说:"你二人陪葛卿多玩两天,有些话交代仔细了。临走时,朕还要下诏赐宴……"

忽听葛诚跪在地上高呼:"皇上,事关重大,臣已无心闲游,臣今日就要起程回北平去!"

建文帝与齐泰和黄子澄对视一下,三人都是满脸喜色。齐泰拱手奏道:"皇上,既然葛大人忠心可嘉,我们君臣不妨现在就仔细计议一番,看看怎么对付燕王!"

三　得势与去势

　　北风正朔,除了几块麦田点缀起星星点点的绿色外,无边的原野几乎一片枯黄,泛着白色盐碱的路在空洞的天地间纤细而遥远。马蹄敲打在冰冻的路面上,清脆而有回音,让人感到整个身体都成空的了,空旷得有些茫然。

　　马车缓缓移动,在很久未遇着人家的路上走,给人一种错觉,仿佛这样一直走下去完全是徒劳,根本不会有什么结果。

　　果然,车厢里的女人急了,探出头来冲辕上赶车的人说:"恩公,咱们这么走了大半天,连个人影都没有,这是要到哪里去呀?"

　　赶车的正是金忠,仍然那身不僧不儒的装束。他懒散地坐在车辕上,轻扬马鞭,漫不经心地说:"翠环,你不要着急嘛。你看,远处就有人家啦,北平城不远了,今晚说不定还能进城去住呢!"

　　翠环在车厢中撑起身子,极目远眺,真的看见远处黑糊糊的房屋,立刻兴奋起来:"俺说怎么会有麦田呢,人家远了谁来收麦子呢? 也真是,这地方怎冷,庄户人家的日子不定比我们还苦呢!"随后又缩回车厢中,对车上平躺着的男人说,"史铁哥,你起来坐会儿吧,前边不远处就有人家了。"

　　史铁脸色有些苍白,勉强挣扎着坐起身,披披被角说:"翠环,以前听说书的说杨家将,七狼八虎闯幽州,打得那么热闹,还以为多好个地方呢,谁知荒成这样!"

　　金忠在前边冷不丁插话说:"你们俩走的地方太少,其实北平可是个好地方!有燕山,还有太液池,前朝的宫殿楼阁都大有看头。你们见路上人少,那是因为这个时候天冷,又没什么活计,等天暖和了,人也多着呢!"

　　翠环和史铁都自知见识少,也不好辩驳。翠环又问:"恩公,是不是到了北平,锦衣卫真的就找不来啦?"

　　金忠笑笑:"那当然,北平可是当今皇上四叔的封地,连皇上也奈何不了他,锦衣卫怎敢来胡闹!"

　　史铁也探出头来透透气,眯起眼睛看着原野说:"真是处处有好人,难为金先生不嫌累赘,替俺治了病又把俺们带到北平来避风头。"

　　金忠头靠车厢,话里带着谦逊的笑音:"慈悲胜念千声佛,造恶徒烧万炷香。也算你俩运气好,恰巧碰见铁大人相救,我呢,正好要到北平来拜个朋友,顺路带上你们,算不了什么。"

日头升到正午时,路边人家渐渐多起来,路上稀稀落落的行人开始接连不断。经这么多天的跋涉,三人都有些疲惫不堪,好在就要到了,大家提起精神头,胡乱吃些干粮放马疾奔。沿路房屋越来越稠密,行人也有些拥挤起来。忽听金忠大喊一声:"到了!"史铁和翠环急忙伸出头来看。正前方出现一座高耸于原野之上黑乎乎的城墙,他们直奔正前方的高大城门,不大工夫已到近前,斜阳的金色余晖下,城门上方三个大字气势磅礴:"丽正门"。

马车驶过门洞,沿着甬道往东一拐,别有洞天的景象立刻展现在眼前。市面上人声鼎沸,高高低低参差不齐的店铺沿着宽广的街道一字儿排开,不见尽头。店铺前写着商号名字的各色旗子迎风摆动,远望去如千军万马奔腾一般,煞是壮观。

马车向北转弯,沿河边街上走出一小段路,在一户高大门楼前停下。金忠收缰下车,径直走到朱红大门前,连叩几下铜环。片刻工夫门开了,有个十四五岁的小童探出头来,见是金忠,忙赔笑说:"果然是师叔,师父等您老半天了。"

绕过照壁,院子骤然宽阔许多。几棵高大苍翠的冬青让史铁和翠环眼前一亮,来不及细看,跟着金忠匆匆拾级而上,走进正厅。

正中央端坐着个胖大和尚,黄土布僧袍,千层底的陀头布靴,脖子上挂串大念珠,一颗颗紫朱油亮。见金忠他们进来,和尚欠身合掌说:"师弟终于来了。我算计着今日必到,在这里等一些时候了。"

金忠走近些笑道:"师兄又胖了。我接着师兄书信便往北平赶,路上碰见这两位施主有难,在济南耽误了些时日,怕师兄着急,先差人送封信来。师兄,没误事吧?"

"勉强没误,再迟可就说不准了。日月轮转,一瞬千幻,骤变就在眼前,你来得恰是时候。"胖和尚声若洪钟,打量一眼翠环和史铁,"这两位施主是……"

"他二人与我萍水相逢,也算有缘,先安排地方让他们歇息,我慢慢给你说。"金忠眼中有亮光跳动一下,胖和尚不再多问,吩咐小童安排。

"这位大和尚是我的师兄,人称道衍和尚,最乐善好施。你们先去歇息,有话慢慢再说。"金忠说着,示意史铁和翠环跟随小童走出门去。

屋里寂静下来,金忠坐在一侧急不可耐地说:"师兄,听说你如今深得燕王信任,成了燕王府的大红人,小弟喜不自胜,这里贺喜了。"

道衍摆手淡淡一笑:"命里只有八斗米,跑遍天下不满升。师兄我早已不以富贵名利为意,只不过想顺应天命,助那可助之人罢了。"

"那是,那是,师兄道行高深,小弟不及万一。"金忠语气一转,"不知燕王府里情形怎样?"

"箭在弓弦,其势难回呀!"道衍起身来回踱两步,"只是时机未到,不得不待以时日。我这次要你来，正是想将你推荐于燕王，时时备以顾问，以你我二人之力共辅其成大业。"

"好！还是师兄了解小弟。"金忠一脸兴奋，跟着站起来，"小弟才智虽浅，却也是身在江湖，心存魏阙，早想干一番大事业。能与师兄共佐一代帝业，那真是再好不过了。小弟沿路就开始留意天下地理形势，以备将来之用。刚才那对夫妻，就是小弟特意带来的。师兄别看那女子衣着粗俗，她可是周王府的妃子，去年王府被抄时，逃落回乡，与那男子成了亲。小弟过临沂时，正碰上锦衣卫们捉拿他们，便与去赴山东参政任的铁铉将其救下。辗转到济南，为那男的疗了伤。锦衣卫的人如狼似虎果真不假，一棍子下去竟把那男的阳物给打坏了，要不是救得及时，怕连命也难保。小弟听他们说和王府有些瓜葛，便想或许将来有些用处，索性将他二人弄到北平来了。"

道衍静静地听完后没有说话，伸手从桌上拿起一张纸递给金忠："我若直接将你荐于燕王，只怕他未必看重，你好好看看这个，明日到积水潭东面的钟鼓楼旁燕京酒楼静候，见机行事，运途从此便有转机。你上次来北平距今已快三年了，本该细谈一番，不过我得立即赶回燕王府，以免让他知道你我已见过面……你先歇息吧。"

金忠疑惑地接过纸，上面画着一个人的画像。

燕王府坐落在北平城正南，基本上占用了元时的皇宫。夜色渐浓，府城西北角的兴圣宫灯火通明。宫内自不必说，就连宫外墙头也是烛光跳动的大灯笼一字儿排开去，映着太液池金光闪闪，仿佛有无数的鱼儿窜来窜去。

殿内热气腾腾，十几个人沿长条桌团团围坐。桌上已经摆满了形状各异的各式盘碟，里面的肴馔升起缕缕白气。人虽不少，却一片寂静，个个屏息静气，目光集中在端坐上首的燕王朱棣身上。

朱棣年近四十，方面环眼，浓眉密髯，发髻突起很高，横贯一根银亮的长簪，烛光下他双目闪闪，端起酒杯朗声说："众卿皆本王股肱，平时忙于事务，难得一聚。今日适逢二月十二花朝节，大家共饮薄酒一杯，为百花祝寿。"

道衍面朝西比肩坐下首，率先附和："王爷之言极是。相传二月十二为百花生日，可惜我北平苦寒，花枝尚未萌动，想必京师如今已是繁花似锦，我等不妨遥为贺之。"

座中多是武将，不讲那么多礼数，觥筹交错，纷纷一饮而尽。燕山左护卫张玉斟满一杯双手捧着站起来说："燕王跟随先帝征战漠北，前后近二十余载，大小功绩数不胜数，赫赫威名堪与日月同辉。我等大小臣佐，当众星拱月，忠心事王，张玉提议，为燕王伟业英名同干一杯！"

众人纷纷举杯站起。朱棣端坐着手握酒杯，轻叹口气说："诸卿过誉了。本王南征北战，跟随父皇出生入死，并非图什么名利，只是为了大明江山社稷。社稷之重，重于泰山哪！也罢，与其身后享那空名，不如眼前一杯热酒，来，干了！"

三巡一毕，望着大小将佐臣僚，朱棣一声长叹："美酒觉命促，良辰催人老啊！在座诸卿今日痛饮一毕，他年四散海内后，千万莫忘你我共事之欢呀！"

挨道衍而坐的邱福正举箸伸向盘中，闻听此言忽然停下来问："燕王富于春秋，北平正是鼎盛之际，何故叹息呀？"

问话正触动朱棣思绪，他站起来说："一言难尽哪。自去年新皇建文帝登极以来，屡有朝廷要收拿藩王的传闻，卿等也一定听到过。开始时本王还不相信，不料去年七月间开封府周王无故被逮，委实让人吃惊不小。年后正月初五，人日尚且未过，下旨要燕府长史葛诚火速进京奏事。本王虽不知要他奏何事，但惮于天威，即日便安排其起程，臣子之心，当尽都尽矣！不料葛诚尚未返回，昨日又有旨到，要本王入京进觐。臣子进觐，当然应该，但以日下之势，凶吉难料。想到你们跟随本王多年，怕本王一旦得罪于朝廷，连累了众人，倒让本王委实不忍。故此不得不以实言相告，今日宴后，诸卿可自行安排归计，唉，天下无不散之宴哪！"说着朱棣泪花闪闪，有哽咽之声。

"啪！"有人将酒杯使劲摔到地上，蹿起身叫道："他奶奶的，当上皇帝先拿自家亲叔开刀，也忒狠了！王爷不用理会他，安坐府中饮酒，谁敢来催，我一刀剁他两段！"

不用看，单听那李逵式的口气众人就知道，肯定是燕右护卫谭渊。他脸上的连腮髭须比燕王还要长些，正怒睁双眼虎视眈眈。

"放肆！皇上乃是一国之尊，岂容如此污言秽语！"朱棣突然大怒，"君要臣死，臣不得不死，本王虽赳赳武夫，君臣大义还是知晓的。本王此一去，恐怕不是被羁留京师便是作刀下之鬼，唉，悔恨生于帝王家呀！不过能与诸卿共事一场，彼此心心相印，虽死也无大憾了。"话语未了，两颗泪珠闪动一下滴在桌上。

大殿中沉寂了瞬间，道衍带头，众人纷纷离座，齐声叩头喊道："臣等誓死同心，永随大王！"

不知是激动、兴奋、难过，还是灯光的映照，朱棣脸色通红，双手摆动哽咽着说："好，好，难得卿等……一片忠心，本王将来如不与卿等同荣同辱，有如此杯！"

细腻的银白瓷杯在地上犹如花开一般分作了数瓣，滴溜溜旋转着滑向四处。道衍扶住朱棣，向众人说："大家尽管开怀畅饮，我扶王爷到后室歇息片刻，稍后就来。"

殿东侧的小阁比外殿还要暖和一些。屋内陈设相当简单，两张镂有龙凤图案的檀木大椅还是元朝宫里留下的东西，案几是后来配的，却是大红的枣木色。"王爷，你看到了吧，人心还是归向王爷的。"道衍扶朱棣坐下后慢条斯理地说，"依我看，京师这个龙潭还是要闯一闯。不去就会授人以柄，理亏在我，去了反而

三 得势与去势

会出乎那帮人的预料,他们惶急之下不会有什么行动的。况且,不是有三位王子留守北平么?这次葛诚进京,朝廷知我有所准备,更加不敢轻举妄动。他们投鼠忌器,王爷定会平安而返。"

朱棣手抚下颌点点头:"齐泰和黄子澄本王了解一些,皆是书生意气,自以为胸中有百万雄兵,其实临事优柔寡断,和建文倒同一个脾性。"

道衍侍立一侧拨弄着念珠又说:"葛诚回来后还不宜处置,留着他以向朝廷示我懵懂不知,让他们偷笑去好了。我愿随王爷走一趟,以便见机行事。"

朱棣赞许地拍拍道衍肩膀:"道衍哪,你是高僧,你看本王像是成大事的人么?"

道衍双掌合十,顺目说道:"有心无相,相逐心生;有相无心,相随心灭。王爷之貌酷似先帝,方今天下之势,不在北平则在南京,不制人必制于人,如此势如水火,王爷何故疑虑?"

朱棣闻言哈哈大笑:"不错,那么你看将来万一有事,这胜局是北平呢还是京师?"

道衍仍然合着双掌,不假思索地说:"我遍观古往今来千朝百代,始事者盛于东南,收功者多于西北,少有例外,王爷尽管放宽心。"

朱棣满意地连连点头,忽又想起一件事来:"道衍,你上回说起的那个师弟,也该到了吧?"

道衍故作神秘地说:"我几日来未出王府,估计已经到了。此人善相,又喜在酒肆中豪饮。王爷不妨明日换上便装,混同于几个卫士中间,到积水潭那边以巡查为名,进几家大酒楼中转转,师弟如果真有本领,必定会为王爷奇伟貌相所吸引,说不定还能识破王爷身份呢!"

朱棣兴致勃勃,连声说:"有意思,那明天本王就试试。如果你那师弟果然有才,让他辅佐世子留守北平,你我进京也就无后顾之忧了。"

北方的夜空清澄而高远,星光的寒意也就格外侵人肌骨。葛诚的马车站在黑色巨人般的丽正门下,城门早已关闭,天地空旷而寂静。"算来今天是二月十二,百花的生日,何等的良辰美景呀!"葛诚坐在黑暗的车厢里,冷得有些瑟瑟发抖。声音不大,像是自言自语。

孙老头用鞭子在马背上轻轻划拉两下,语气苍老地说:"这一个多月真够辛苦,终于又回来啦。唉,北平是个好地方,蒙古鞑子在这里打败金人,洪武爷又千辛万苦地把鞑子给赶跑,我看要不了多久,这城墙又得溅上不知多少人的血!你杀我我杀你,到底图个啥呢?"

沿途之上孙老头始终是沉默的,他突然冒出这番话让葛诚感到很奇怪,伸出半个身子说:"你怎么知道这里又要开战?这样的话可不是随便乱说的,要是让燕王府的人或朝廷的锦衣卫听了去,即刻就有杀身之罪!"

孙老头声音更加苍老:"葛大人,情势明摆着,村夫百姓都知道。就连葛大人不也是因为这个才来回奔波的?"

葛诚微微一惊,孙老头这家伙果然是燕王府的耳目!便口气严厉地喝道:"朝廷大事你一个赶车的下人怎敢信口胡言!我为朝廷和燕王当差,至于当什么差,你不必过问,赶好马车就是了!"

孙老头在黑暗中对着葛诚凄然一笑:"葛大人误会了。我孙老头曾是燕王府中一个兵马教头,后来因为言语触忤了燕王,被罚作赶车的下人。葛大人此次进京虽屡遭凶险恐吓而忠于朝廷之心不改,老头子我佩服不已,咱也是条热血汉子,碰到葛大人这样的忠义之士,不帮一把心上过意不去。上回咱们过新沂河,在船上听见那人对大人说的话,就知道大人处境不妙。谁知他们竟然在店里刺杀大人,开始我就想上手,见有人保护大人,便躲在暗中看动静,后来见势不妙,忙上手将刺客打跑了……"

葛诚恍然大悟,原来第三个出现的人竟是孙老头,那开始保护自己的必然是朝廷派来的无疑了。怪不得齐泰和黄子澄那么快就在店里找到了自己,朝廷和燕王都在暗中关注着自己呢!想起一路上对孙老头的误解和冷漠,葛诚心头一热,抓住他的胳膊说:"孙师傅,难得你一路暗中相助,倒是我葛某眼力不济,误会你了。"

孙老头目光黯淡下来:"葛大人,我和那客交手时,被刺客认了出来,只怕回去之后,很快就不免一死啊。"

葛诚大吃一惊:"孙师傅,那……你就不用进城了,连夜逃走吧,以你的武艺,天下还没个立足之地?燕王那里我自会交代。"说着从搭裢里往外掏银子。

孙老头按住葛诚的手苦笑道:"不用了,要是能逃我早就逃了。可惜我还有个十七岁的儿子孙青在燕府,他妈死得早,孩子没享什么福。我这一逃,燕王必定迁怒于他,连累了孩子还不如我死啊!"

原来这样,葛诚一阵心痛,喉头有什么东西堵住,热乎乎的两行泪顺着脸颊淌下来。

孙老头声音有些打战:"葛大人,老汉我死了不打紧,人生一世,草木一秋,也就那么回事。只是我那苦命的儿子,就托付给大人了,我看葛大人是朝廷命臣,只要燕王不起兵,他就不敢加害于大人。大人如果不嫌弃,能将孙青认作义子,这样也算对得起孩子,老汉死也瞑目了。"

葛诚说不出话来,咬牙使劲点点头,泪光朦胧中,黑糊糊的城门似乎要扑面压来。耳畔又响起孙老头嗡嗡的说话声:"葛大人,燕王不起兵,尚可保住性命,燕王一旦起兵,你千万要和孙青迅速逃离北平!"

三 得势与去势

— 31 —

燕王府城北面的积水潭附近,是北平最热闹的所在。尤其是积水潭东边的钟鼓楼大街和紧靠大街西侧的羊角市一带,更是人头攒动,店铺云集。这里有南方来的水果和白米,有北边来的兽皮和羊毛,有从全国各地甚至波斯天竺收集来的各色宝珠,还有从城内城外牵来的牛、羊、骡马等大牲畜,鹅鸭等小家禽。分门别类地排开去,不见尽头。街上人流如潮,卖家从各地云集,买者也是个千奇百怪,从北方赶来的蒙古汉子,从南方远到的高额深眼的矮个,不时还能碰见三三两两或单独一个手牵骆驼,高鼻蓝眼的外藩人种。

金忠坐在临街的燕京酒楼二楼,从窗户向下望去,街道像条宽阔的河流,缓缓流动,嘈杂的人声不绝于耳。时候尚早,一丝阳光越过街东边店铺照在二楼的上半截,明晃晃刺人双眼,身上却冷飕飕的不是滋味,店中几乎还没什么酒客。金忠要壶烫酒漫不经心地咂摸着,眼睛却四下扫视,心里七上八下忐忑不安。

不大一会儿,半壶酒下肚,太阳也金灿灿地洒遍全身。金忠感觉有些燥热,将腰间熟牛皮束带略微松一松,长舒口气,忽然楼下有脚步声响起,沉重而杂沓,踩着楼梯木板走上来。

金忠的心提到嗓子眼,忙扭脸看去,五六个军丁走上来,清一色的绿色束身袍,缀满海马绣文,头戴战盔,脚蹬长筒战靴,一个个气宇轩昂,在堂中来回踱了半圈,一声不吭地转身就要下楼。

金忠一眼就认准了自己要找的目标。他只是没有立刻鼓起勇气,见他们要走,来不及多想,直扑到他们当中走在中间的那个兵丁前,叩了一个头低声说:"大王,你贵为万金之躯,怎么如此不知自爱,混同于兵士之中?"

其余几个兵丁见状立刻散开,将金忠围在中间,刷地拉出腰刀,气势剑拔弩张,惊得客人和伙计缩在桌子后边战战兢兢,大气不敢喘。金忠见事已至此,只能横下心把这出戏接着往下演。他又磕一个头说:"自古乌鸦彩凤不同栖,王爷千万自重!"

那个兵丁一愣神,望着脚下的金忠笑道:"这人是不是迷心病犯了,胡说些什么话?莫名其妙!"

金忠一看刚才架势,知道此人肯定是燕王,昨晚看了几十遍画像,不会认错的。如果不是的话,那些兵士何必那么紧张?想到此他故作神秘地看看周围,欲言又止,似乎有什么难言之隐。

朱棣见他能从兵士群中认出自己,暗想此人果然有些本事,便吩咐说:"我看这个人满嘴胡言,又鬼鬼祟祟,来,把他带回去好好审问一番,别是哪个狱中逃出来的犯人。"几个人答应一声,上前将金忠架起就走。

燕王府西侧隆福宫中,朱棣已经换上了一身便袍,随意而舒适地斜倚在宽榻上,笑眯眯地看着端坐一侧的金忠:"金先生,你如何敢肯定走在兵士中间的就是本王呢?"

金忠仍然有些紧张,欠身拱手回答:"王爷方面高额,龙行虎步,王者之气收敛于内,迸发于外,气吞万里,降万物于无形,明眼人一望便知。"

朱棣将头仰靠在榻后的屏风上,轻点脚尖颇有些得意地问:"既然你精于相术,还能瞧出什么来,不妨都说一说。"

金忠沉吟一下,突然从座位上蹦起来匍匐在地颤声说:"殿下恕臣直言,殿下乃异日真龙天子,当享有大明江山二十载!"

朱棣打了个激灵翻身从榻上坐起,盯着地上的金忠,两眼露出凶光,狞笑着一字一顿地说:"你可知道你说的什么话,本王立刻让你这个大胆刁民人头落地!"

金忠虽然头埋在地上,仍然感到有股寒气扑面而来。有一瞬间他甚至怀疑自己是否真的打算错了,或许眼前这个燕王仅仅为了保住王位,并不真的要与朝廷作对?但是金忠又很清楚,此时畏缩,无异于自蹈死地,硬着头皮走下去,也许还有一线希望。

想到此金忠爬起来哈哈大笑:"殿下府中柱有龙虎之气,岂不闻天予不取,反受其咎,时乎时乎,时不再来。本以为殿下乃人中豪杰,故而以实言相告,却不曾想堂堂王爷也这般畏首畏尾,可悲可叹!既然如此,臣也只能怪自己有眼无珠,只好引颈就戮了。"说罢昂首而立,脸色肃然,暗地里却强压住扑扑心跳。

朱棣默不作声,倒背双手绕榻踱了几步,转身出门而去。金忠不知他葫芦里卖的什么药,正进退无措的时候,一个人影晃动,进门便呵呵大笑,把金忠吓了一大跳,转脸一看,原来是道衍。

道衍笑着拉住金忠衣袖:"师弟别来无恙,果然是好眼力,燕王目下韬光养晦之际却被你认个正着。佩服,佩服!"

金忠知道险情已过,一颗心落地,也笑道:"这都是燕王天命所归,我一个凡夫俗子,因人成事而已。"

道衍靠近些附耳悄声说:"这里朝廷耳目众多,燕王此时力量还不足以对抗朝廷,时机尚未成熟,不得不小心,师弟受惊了。"

金忠点头不语。道衍扯着他出了大殿,来到宫外。时已正午,白花花的阳光虽没多少热气,葛诚仍然感觉清爽不少。放眼看着偌大宫院,处处亭台楼榭,池塘环假山而绕。想着要是天气转暖万花盛开,定然美不胜收,处处诗情画意。跟随道衍沿碎石小径七拐八拐,走到一座圆门前。圆门不大,门墙上用琉璃砖拼成的两只猛虎图案颇为醒目。门外两侧各有四名卫士手持刀枪把守。进得门内,又是一个小院,小桥流水,画榭玲珑,比起外边来自有另一番雅致。金忠来不及细看,紧跟道衍走过小桥,进到北边一个便殿内。

朱棣坐在殿中高座上,彼此重新见过,略微客气几句,话题便转到是否进京

三 得势与去势

— 33 —

的问题上。金忠自然同意道衍的意见,侃侃说道:"燕王奉旨进京面君,谅无大害。如今情势是我疑惧朝廷,朝廷更疑惧我,没有确凿把握,谁也不敢贸然发难。况且北平地处重镇,兵多将广,又有世子留守,附近秦王、晋王、宁王皆重兵在握,牵一发而动全身,朝廷没有全胜把握,必然畏首畏尾,何足惧哉!"

朱棣终于下了决心:"不入虎穴,焉得虎子,北平有先生辅佐世子,有众多猛将作后盾,本王又有道衍相陪见机行事,定能全功而返。齐泰、黄子澄一介书生,自以为有什么妙计来赚本王,哼,徒留笑柄而已!"

金忠忽然想起一事,觉得此时恰是最好的见面礼,便向朱棣说:"臣来北平的路上搭救了一个被锦衣卫追杀的年轻人,其势已坏,我想不妨晓之以理,激起其对建文帝的怨恨,王爷将他带到京师,臣素知王爷在京师结交甚多,暗中托人荐其进宫当个……不怕他不卖命。那时候建文的一举一动王爷都了如指掌,还愁大事不成……"

私语良久,小阁中突然爆发出一阵大笑。

史铁和翠环在这座大宅院中转眼已住了好几天。伴随着天气渐暖,史铁脸色红润了许多,胳膊腿脚开始灵活自如,被痛打的伤痕似乎逐渐淡去。

然而史铁心头的阴云却随着伤势的好转越来越浓重。刀疤脸的锦衣卫照他双股间狠狠砸下去的那一棍子,刻骨铭心地印在了他头脑中。剧痛的滋味已经记不清楚,但那玩意儿却从此木木的没了感觉,这让他恐惧莫名又不能向人说及。特别是近几日,看他精神好转,翠环好几次眉目暗示,故意倒在他怀中缠绵着不肯离开。史铁当然明白翠环的意思,他自己也是心口窝如小鹿乱撞,涌过一阵又一阵冲动,但是不管怎样拨弄,那东西始终没能像以前一样挺拔起来,它好像不再属于史铁,孤零零地钻进角落里睡着或者死去了。

经过好几次折腾之后史铁终于绝望了,他只能温柔地抚摸着翠环软软的小腹,对翠环也对自己说:"小家伙有两个月了吧,这可是史家的根哪,小心点儿别瞎胡闹了。"然而翠环并不完全明白他的意思,却只能强装欢笑罢了。

直到这时史铁才想起,在济南府金忠给他疗伤时,摇摇头苦笑着说:"外伤倒不打紧,只是其势已坏,往后恐怕不能行人事了"。当时他没明白这话是什么意思,也没往别处多想。现在他终于明白什么叫不能行人事了,哎呀,那自己不就……一想到后果的可怕,史铁就觉得汗水爬满了脊背,头脑中一片空白,面对这种从来没想过的灾难,史铁的心被掏空了,他甚至忘了号啕大哭一场。

隐隐中史铁盼望着能见到金忠,问问他还有没有办法治好。金忠终于来了。几日不见,金忠好像换了个人,穿着簇然一新,头戴二梁冠,身穿宽松大袖长袍,上面绣着色彩亮丽的花纹,心口后背处各缀一块方形花布,上边画的是云雾缭绕中一只展翅而飞的长颈鹭鸶。脸色油光发亮,走起路来一摇两摆,好不得意。史铁看他这身打扮,暗吃一惊,这不是州府老爷们穿的官服吗,他从哪儿弄来的,大摇大摆地在街上走,不怕让衙役们抓去定个大逆不道的罪名?

见史铁和翠环站在门口直着眼看自己,金忠更觉得意,甩甩衣袖笑道:"怎么,几天不见,就不认识你们的救命恩人了?"

史铁和翠环忙过去见礼。翠环凑近些仔细看看那身衣服说:"恩公,看样子你可升官了。奴家在周王府中见穿这种衣服的,可都是不小的官儿。"

金忠咧嘴嗤了一声说:"什么不小的官,不过才六品,比芝麻粒大不了多少,也就和黄豆那么大。"说得三人都笑起来。史铁暂时忘了自己的心事,好奇地说:"金先生,哎不,金大人,六品官可不能算小了,我们那里七品县令一出门都是两排跟班的,前边敲锣开道,坐在轿子里面冬天有手炉,夏天有打扇的,威风着呢!金大人,你交什么好运了,来北平才几天就弄了个六品官?"

金忠神秘地笑笑:"史铁呀,我来就是给你说这事的。你瞧我穿的这身官服够阔气是吧?我给你出个主意,只要你按我的话去做,用不了多久,这身衣服让你穿你还嫌派头小呢!"

史铁和翠环一时摸不着头脑,呆了一呆没有说话。金忠朝身后的几个衙役一摆手:"快在屋里排好!"

衙役们答应一声,将所带的食盒端进屋里,片刻工夫,当中桌上汤菜酒馔一应俱全,还冒着热气。

看他们收拾停当,金忠冲着呆若木鸡的史铁和翠环笑道:"你们瞧,俗话说药医不死病,佛度有缘人,咱们萍水相逢,缘分自是不浅。这几日忙于事务,没顾上回来,今日特意备些薄馔,也好洗洗一路风尘。来,屋里坐。"

史铁忙连声说:"不敢当,不敢当。金大人救了小人一命,正发愁没法子谢恩呢,如今又劳大人破费,这如何使得。"

金忠微微一笑,意味深长地扫了翠环一眼,谦让着三人进到屋里坐下。金忠亲自将酒杯斟满,冲衙役们喝道:"你们都站到大门口去,不叫别进来!"又笑吟吟地举杯对二人说,"咱们这一路担惊受怕,总算是逃出狼窝啦。唉,那帮锦衣卫就是当今皇上的鹰犬,专门替皇上残害百姓,如今熬过这一劫,说不定还有大福呢!来,喝了这一杯压压惊!"

翠环犹豫着抿一小口,呛得抚胸直咳,脸色通红,不住地哈气。金忠盯了她片刻,柔声说:"翠环,不能喝就算了,多吃几口菜。这可是燕王特意让厨子给做的,不是谁都能吃上,口福不浅呢!"

"燕王!"史铁一惊,"就是坐镇北平的洪武爷皇子那个燕王?金大人怎么能攀得上他?"

金忠又是一阵得意,指指身上崭新的补服说:"瞧见没有,这就是燕王特赐的,官虽不算大,却也是堂堂六品!要是卖力干活,往后指不定升到几品呢!乡下秀才苦读半辈子书,万里挑一地考中个进士,也只不过弄个七品衔,看来只要路子走对了,想升天也快呀!"

史铁来了兴趣:"金大人,俺和翠花在这北平城里人生地不熟,正发愁以后怎么过呢。大人升了官,那以后俺就给大人当差,也好有个饭碗端着。"

金忠一摆手:"史铁呀,我可不敢让你当差。你年纪轻轻,尚不满二十,大有可为呀!弄不好将来我还得给你当差呢!"

史铁又迷惑起来,不明白他说的什么意思,便支起耳朵听下去。"史铁你还记得吗,当初在济南府给你疗伤时,我曾说锦衣卫有一棍子打得不是地方,从此你将人事尽废。你现在品品,是不是这回事儿?"

一句话戳到痛处,史铁顿时脸色灰暗,嘴唇直打哆嗦。翠环不明就里,奇怪地看着史铁,又转脸去看金忠,见金忠也正看自己,慌忙低下头去。

金忠脸色严肃起来,眼光看向远处说:"普通百姓能有什么罪,皇上却派锦衣卫把人打成这样!我将此事向燕王禀报后,他也气愤不已,还说要召见你呢!"

"召见俺?"史铁将信将疑,"我一个草头百姓,不过是个打铁的匠户,又没什么本事,燕王召见俺干什么?"

"史铁,要不怎么说人走了运扁担开花,人倒了霉生姜不辣呢,这是你的运气呗!你不知道,燕王这人最礼贤下士,凡是愿意替他出力的,他都不会亏待。你看我一个跑江湖看相算命的,能有什么本事,燕王不照样给了个六品官?咱们既然有缘,也就是一家人,我也不绕弯子,这两天我给你思谋了一条出路,你要是乐意,我担保你这一辈子要风行风要雨来雨,别说六品五品,就连阁老也保不定呢!"

听他说得神乎其神,史铁两眼发亮。急不可待地说:"金大人,你是闯过世面的人,只要你觉得可行,俺就干。将来出息了,金大人的恩情是断断不敢忘的。"

金忠拧拧眉毛,作出不好开口的样子顿了一下说:"翠环,我和史铁好好合计合计,要是干好了,少不得有你享不完的福。你就别陪着了,回房中歇息去吧。"

翠环不明白金忠为什么要支开自己,不解地看看史铁。史铁急于听下文,便说:"翠环,那你就先回后屋去吧。金大人见多识广,又一心为咱们着想,咱们得听他的。"

翠环这才不情愿地起身,绕屏风到后房去了。

金忠又示意史铁饮了杯酒才清清嗓子说:"史铁呀,有些话当着翠环不好说,你实话告诉我,你那玩意儿是不是不管用了?"

史铁听他又提起这茬,又羞又恨,脸红到脚子根,支吾两句忽然伏桌抽泣起来。

金忠并不急于说话,自斟自酌几下,看他平静些了,伸手拍在他背上说:"好端端的男人给废了,这是谁害的,还不是那帮天杀的锦衣卫,还不是当今忠奸不分的皇上！史铁呀，他们就是你的仇人，是他们害得你年纪轻轻就……"

史铁突然昂起头来，瞪着血红的眼珠子低声吼道："别说了，金大人，这帮龟孙的仇俺记下了，俺史铁如今报不了仇，死后变成厉鬼也饶不了他们！"

金忠苦笑道："唉，活人的事尚且没有把握，死后有没有鬼谁能说得清？锦衣卫北司的诏狱中哪天没有上百成千的冤死鬼，那帮人却活得滋滋润润，也没见谁给鬼抓去。要是活着能报了仇，岂不更好？"

"活着报仇？"史铁垂下头来，"俺一个百姓人家，文不能当官，武不能作将，如今身子又给弄得和宦官一样，拿什么报仇？"

"你算慢慢开窍了，"金忠话语缓慢，"皇上自登基后听信奸臣鬼话，指使锦衣卫使劲残害老百姓，还想把他那些当藩王的皇叔们给杀掉，你想想，这样的皇帝也能坐天下？燕王早就看不惯了，他要替百姓讨个公道，因此筹划着起兵打到南京，把这个昏君赶下台……"

关于皇上和王爷们的事情，史铁在乡间也听到过不少传闻。不过那都是田间地头或打铁作坊里当闲话说的，现在第一次从穿着官服的人口里说出来，仍然吃惊不小，目瞪口呆地听他说下去。

"燕王目前正加紧准备，凡是有能耐、愿为燕王效力的，都会加官晋爵，世世代代有享不完的富贵。史铁，你想想，将来燕王打到南京登了基，那你还不就成了开国功臣，这大仇也报了，名也成了，该有多美气！人啊，就这么短短几年，有干事业的机会可得千万抓住啊！"金忠见他听得仔细，便讲得格外带劲。

"可是俺没什么能耐呀！"史铁仍有些将信将疑。

"我已经替你想好了，眼前就有个立大功的机会。听说皇上很快要召一批太监进宫，而燕王呢，正发愁不知道京师那边宫里的动静。我想反正你已经废了，倒不如趁势进宫当个太监，在皇上跟前吃香的喝辣的，顺便把宫里消息传出来，这样福也享了，功也立了，真是个天大的美差呢！"金忠终于把想法说出来，有些紧张地看史铁的反应。

"史铁哥，不能呀！"翠环突然从屏风后边跑出来，扑到史铁身边带着哭腔喊道。

史铁却很平静，苦着脸将手搭在翠环肩膀上："翠环，既然你听到了，俺也就不瞒你，俺让那帮狗日的锦衣卫给废了。好在史家总算留了条根，俺就是死了也……"

翠环呜呜地哭出声来，伏在史铁膝盖上抬起满是泪水的脸说："别说了，史铁哥，那太监可不是人干的活。什么废了不废了的，咱们找个地方平平安安地过一辈子，比什么都强。"

史铁替她抹了一把脸，声音嘶哑地说："翠环，他们害了俺，俺也不能让他们好过。你哪儿也不用去，就在北平待着。俺进宫干他个三年两载，等燕王杀进京师,把这些狗东西全宰了,俺就回来接你,到那时咱们再好生过日子。"

翠环一时不知该怎么说,只是抽泣个不停,金忠见状忙说:"看得出你是条血性汉子,咱们既然有缘,我也是真心帮你。进宫的事我反复合计过了,你进去之后,该干什么干什么,只要比别人多留点心就成,有什么消息记在心里,瞅个空传出来。至于传给谁,自然有人安排。只要你小心点,不会有人发现的。至多三年两载,燕王就会占了天下,你也就大功告成。"

史铁抚着抽泣不已的翠环的脊背,两眼闪光:"俺怎么去?"

金忠知道事情成了,轻松下来,晃动身子说:"南京下旨要燕王进京入觐,正好带你一起去,至于如何进宫,也会有人替你安排。眼下你只要去一下势就行了。"

"去势?"史铁有些疑惑,"什么去势,俺不是已经废了么?"

"废了和太监还不一样,要进宫非得去势才行。要得势,先去势嘛!"

四　君亲和血亲

葛诚回到北平已经有些时日，却还没有见到朱棣一面。每次去燕府求见交差，都被生生的一句"王爷身体不适，改日再禀"给挡了回来。葛诚心里暗暗焦急，让朱棣进京入觐的圣旨应该早已到达府中，这是他和皇上及齐泰、黄子澄商计的一条妙计，目的就是要将主动权抓在朝廷手中。

可是时至今日，燕王府中没有丝毫动静。既不见招兵买马剑拔弩张的造反迹象，也不见人心惶惶不可终日的恐惧情形。奇怪的平静让葛诚忐忑不安，他琢磨不透朱棣下一步要干什么。站在家门口的滴水檐下，他不止一次地想，要是朱棣能当着他的面气急败坏地痛骂朝廷一顿，或者斥责自己不该勾结朝廷甚至治自己的罪，那他心里也会踏实些。可是没有，朱棣好像把自己进京这回事给忘了，这和当初暗中派人监视自己兴师动众的局面有多大反差！

葛诚呆立于瑟瑟寒风中，不祥的疑云令他忧心忡忡。忽然一阵吵闹声传来，"让开，我要见葛大人！快让我进去！"有两个门人喋喋不休地阻挠着，其中一个碎步向这边跑过来。

院子本就不大，前后院只隔一段矮墙，葛诚远远问道："怎么回事？"门人手指大门口说："葛大人，有个毛头小子连个招呼也不打，硬着头皮往院里闯，让我们给挡住了。"

"毛头小子？"葛诚心头一沉，几步来到大门口。不用问，肯定是孙老头说的他那个儿子孙青，除了身材略高些外，眉眼几乎和孙老头没什么差别，正在和门人推推搡搡，急得满头大汗。

"你是不是孙青？跑到这里有什么事？"葛诚挥手制止住他们，冲孙青问道。

孙青猜出他便是葛诚，顾不得施礼急急说道："葛大人，我爹让我来找你，要我躲在葛大人家里哪儿也别去。他说葛大人会答应的。"

葛诚预感不妙："你爹呢？"

"今儿早晨有两个人到家里来找爹。爹从窗户里看见他们进院门就惊慌起来，让我赶紧从后墙跳出来找葛大人，还嘱咐我千万别回去。"

孙老头的家葛诚虽然没去过，但大概位置是知道的，回北平的时候马车就从他家门口路过。当时葛诚让他回去看看，孙老头却强笑着说："哪有这等规矩？反正已经到了，得先把葛大人送回去。"

来不及多想,葛诚一边吩咐丫头:"领孙青到西厢房和林儿安顿在一处住下。"一边跑到厩下解开马飞奔出门。

孙老头的家在阜成门旁,虽然快马加鞭,仍然费了半个时辰。远远地就看见柴门口围了一大堆人,个个伸长脖子驻足观望。葛诚下马挤到门旁,小院中除了三间瓦房别无杂物,显得空空荡荡。孙老头当院站立,缓缓抬起手中短刀,沉闷地喝道:"咱们共事一场,酒也喝了,话也说了,那就来吧,痛快点!"

对面站的两个人身材相仿,紧身短衣,抱拳说句:"孙教头,上命所差,要我们以比武为名惩戒一下教头,对不住了!"随即长剑舞动,抢步上前,以二对一,三人战在一处。

虽然围观的人们不明就里,葛诚心里却很清楚,燕王终于对孙老头下手了。只是在众目睽睽之下,以这种方式却出乎葛诚意料。

"好!"喝彩声响成一片,三人纠缠着笼罩在一团剑光之下。叮叮当当的刀剑撞击声犹如敲打在葛诚心上,他无心再看下去,他知道,既然燕王派他们来以比试为名惩戒孙老头,那就一定有必胜的把握,孙老头须臾就会有性命之忧。

怎么办?挺身而出拦住他们?能拦得住吗?他们一个个都是朱棣的贴身走狗,自然不会听命于自己,甚至会连自己……葛诚咯噔一下,对呀,会不会是朱棣用这种公开比试的方式吸引人们来看热闹,自然也会引来自己。等自己挺身而出的时候,他们剑锋一转便可以轻而易举地"误伤"自己。朱棣真是聪明绝顶啊,杀人连个莫须有的罪名也省了。那自己现在挺身阻拦,不正是中了他们的奸计?

葛诚混在人群中,抹把脑门上的冷汗,急切地思考该怎么办。忽然人们的惊叫声惊醒了他,抬头一看,原来孙老头躲闪不及,肩头和腿上各中了一剑。他踉跄后退几步,以刀拄地神情惨淡:"当初在王府当教头时,你们二人受我指点最多,确实长进不小啊!"

二人对视一眼面无表情地说:"孙教头,府中规矩你也知道,受人差遣身不由己,我们尽量利落些,也可使你少受些苦楚。"说话当中二人同时跃起,两道寒光直奔孙老头。孙老头挥刀阻住,身子就地一滚,躲开锋芒,踉跄着腾空跃起,翻身窜上房檐。就在此时他看见了人群中站立的葛诚,忙挥手大叫道:"先生勿忘那夜城门外之托!"话音未落二人随后而至,双剑直刺入孙老头腹中。孙老头高举的手势僵硬在空中,直视着葛诚咧嘴苦笑一下訇然坠地。一条暗红的血线顺着屋顶泼洒到院中。

"杀人啦!"惊恐的叫声炸开了锅,人们四散奔走。葛诚像海浪中的礁石般被人们左冲右撞,却仍立在原地,他神色木然,心中有个东西如火苗般闪烁跳窜。"这北平至少此刻还是朝廷的地盘。对,找他朱棣理论理论去!"葛诚几乎一跃跳上马背,箭一般蹿出去。

穿过熙攘的人流,沿着金水河往东而行,二月末时节,金水河畔依依杨柳已开始轻絮飞舞,细细的枝条顺风柔摆,不时打在行人身上和脸上,如纤纤玉手抚摸般格外有趣。然而葛诚视而不见,他只有一个想法,孙老头死得太惨,得找他朱棣理论理论!至于怎么个理论法,他却没想过也顾不得细想。

金水河分岔处就是朱红坚厚的宫墙。葛诚略松一口气,策马直奔府门口,刚下马不待说话,有个门人迎上来笑呵呵地说:"哟,葛大人,又来求见燕王?不巧得很,他早上已经起程去京师了。所有文书,统交到世子那里即可。"

啊,朱棣不声不响地进京了,我怎么没听到一点风声?想到皇上要自己打探燕府动静的嘱托,葛诚目瞪口呆。

阳春三月,江南杂花如海的季节。朱棣一行,渐往南走,春意渐浓,过淮安涉洪泽后,忽觉眼前一亮,煦煦暖风扑面而来,整个人像泡在了暖水浴池中,说不出的通泰。沿途之上河道水潭交错分布,莺歌燕舞,波光荡漾,牧童短笛之音不绝如缕,风吹杂花落地似瑟瑟有声。

"十九年啦,江南水乡几成梦境!"朱棣按辔徐行,左顾右盼,啧啧感叹,"自洪武十三年归藩到北平,无时无刻不惦念这南国风情,而今终于回来啦。垂钓于洪泽湖,吹风于金陵台,真叫人乐而忘忧,纵死骨也香啊!"

道衍挥挥马鞭,追至朱棣旁侧含笑说:"山水如人,禀性各异,岂能分出个孰优孰劣来?依道衍看,这江南水乡其骨性至柔,阴有余而阳不足,正如娇媚女子,把玩尚可,欲其兴家则难胜其任。我北平固然洪荒,然而春秋之际,万马齐奔于旷野,天远地阔,杀伐之音传至天际,足以使壮士投袂,懦夫奋起,阳刚之力远胜此地呀!"

朱棣饶有兴味,收回目光投向远处,蜿蜒小路尽头郁郁苍翠如群峰叠起,点头沉吟说:"道理确是如此。难怪以江南富饶,却被蒙古鞑子席卷而过,南宋朝廷数月间灰飞烟灭。女子与壮士相搏,败势其实早已注定,你以前所说的始事者盛于东南,收功者多于西北,确有道理。"

马蹄声密集响起,三十余卫士和史铁渐次跟上来。史铁刚去势不久,骑马不便,单独坐在一个小篷车内,正伴着花香鸟语沉沉睡去。

道衍看了一眼后边的卫士,向朱棣低声说:"王爷此行关系到江山社稷,千万不可大意,此行如能洞察出朝廷虚实且全身而退,这花团锦簇的江山不久定归王爷。"

朱棣哼出一声,随即有些感慨地自语道:"只可惜一旦纷争开始,这如画美景势必会涂上斑斑血迹。可是众生若不流血,本王就会喋血京师,两者难以求全哟!"

道衍悄悄斜视朱棣一眼,假装没听见仍然不远不近地随在他身后。

默然无语走出半里多地,朱棣忽然扭头说:"哎,道衍,你不是个文僧么,平时

四 君亲和血亲

还常吟诗作赋,如今碰上这般美景,怎么反倒不出声了?"

道衍将马更靠近些笑道:"王爷虽自称武夫,诗文功夫不是也不弱吗,当初先帝出上对'风吹马尾千条线',当今皇上对了句'雨打羊毛一片膻',而王爷挺身上前高吟'日照龙鳞万点金',两句相较,文字都工整,然而意境之差,犹如村夫之于圣主,天渊之别呀!无怪乎人称王爷绝类先帝,有气吞山河之胸襟,也就非是虚妄之言了。"

朱棣冷冷一笑:"那又怎么样?而今本王才是村夫!不提它了,你就以眼前之景吟出一诗来,本王品品是不是这个滋味。"

道衍放眼四下看看,沉吟片刻缓缓吟道:"天际江南翠无涯,意念塞北空伤嗟……"正思索着,朱棣高声接道:"归春不驻边荒地,我自举杯奠飞花。"

吟罢四目相对哈哈大笑,道衍拍手说:"知我者燕王也,我诗尚在心中,燕王已吐露出口,实在敬佩。"

朱棣摆手摇头说:"你的意思本王明白,无非诗中藏头'天意归我'四字来激励本王,用心良苦哇,本王焉能不尽力为之?!只是前途莫测,也只能尽力为之罢了。"

道衍摸摸冒出细汗的光头,有些小心地说:"王爷,恕我直言,道衍觉得王爷此行内心似乎不够踏实,刚才王爷提到江南美时,说纵死骨也香。死字已属不吉,现在吟诗中又有'我自举杯奠飞花'之'奠'字,更是不祥。自古帝王虽踏危地而心自安,纵入虎口而意不乱,王爷天生圣人之相,自当放宽心胸,坚信天意归我,方能成大事。依道衍看,这诗的最末一句不如改为'我自举杯邀飞花',如何?"

"好,好!"朱棣朗声大笑,狠狠甩出一鞭,枣红大马长嘶一声,骤然扬蹄加速,滚入一片烟尘之中。

几多东隅桑榆交替之后,京师南京苍青色的城墙终于出现在眼前。沿江畔松软的沙石路绕过满覆葱翠的石灰山,穿过外金川门,高耸云际的青砖坚城赫然突兀在眼前。朱棣忽然激动不已,翻身下马来到墙边,伸手抚摸着一块块一尺多宽近半尺厚的墙砖,黯然沉思良久,又抬脸望着墙头整齐布列的蹀躞,缓缓说:"道衍,此墙方圆近七十里,高有四丈,城砖质料细密,坚比顽石,当初垒砌时以糯米浆拌石灰为泥,砌成后又以桐油浇灌。世上若有攻不可克之城,那非此莫属了。唉,固若金汤啊!"

道衍明白朱棣的心思,想了想说:"王爷,路上咱们说什么来着。望坚城而心惧,其实恐惧不在城而在心哪!当初秦王嬴政一统天下,以华山为城墙,以黄河为城池,若说坚守难攻,强似此城墙十倍,可是楚汉交替而进,秦朝顷刻瓦解。由此看来,城墙虽坚,而成就大事之心当更坚。人心坚过城墙,大事自然成功,王爷何必多虑!"

朱棣沿城墙来回踱出数步说:"本王虽志在揽月,可每每畏艰惧难,幸有道衍时时鼓励我,真是天意相助啊! 好,世上无难事,但有上不去的天,断无过不去的关,我心已决! 道衍,你选两护卫从神策门入城,悄悄将那个史铁送到左都督徐增寿府上,让他设法将史铁送至宫中,并一定要荐到后廷中侍候建文帝和后妃们。至于打点所需银子,本王自当五倍补偿他。"

道衍拱手答应,刚要转身,朱棣面对城墙又说:"记住,切莫让中军都督徐辉祖察见动静。辉祖与增寿兄弟二人,虽都是本王妻兄,却性情各异,辉祖一向以义臣自诩,本王多次暗谕不成。一定要小心避开他的耳目。明日觐见以后,你可去驿馆会合。"

道衍说声:"王爷放心,千万小心行事。"便招呼两个人带着马车沿城墙向东奔神策门而去。

朱棣望着远去的飞尘,怅然若失地向护卫们说:"上马,就近从金川门进城!"

一行人马蹄嘚嘚,踏过吊桥,来到金川门下。早有一队兵士仗剑挺枪立于门洞两侧,见朱棣马到跟前,一个副将装束的人抢上两步叉手施礼:"来者可是燕王?"

朱棣满以为朝廷会派官员迎接。他明白,自己作为一个王爷,按规矩入朝进觐,又不是立了战功凯旋,本不奢望皇上会出城郊迎,但派个礼部尚书之类的大臣总在情理之中吧,不想却是一队全副武装的士兵,心中立刻不大痛快,也不还礼,端坐马上沉着脸答道:"正是本王,闪到两边,本王要进城面君。"

那校尉似乎并不在意朱棣的反应,依旧叉手说:"皇上有旨,着燕王所带护卫随我到钟阜门军营暂驻,另有朝廷护卫侍奉燕王于小校场安歇,明日一早入觐。"

朱棣心头腾地蹿起一股无名怒火。无人出迎倒也罢了,还跟本王来这一套! 带上三十名卫士又能怎样,难道这三十个人就能占了南京城把你建文赶下台? 这分明是在揶揄本王,欺本王虎落平川嘛,我朱棣偏不入你这个套!

想至此朱棣脸色浓云更沉,声音尖厉了许多:"本王乃先帝爷的亲皇子,本朝皇帝的四叔,休说南京城,就是整个天下也是我朱家的! 本王进京爱带谁就带谁,你一个小小的校尉,也敢来管皇家之事? 快闪开,别污了我的马蹄!"说着驱马就往前闯。

站在门洞当中的校尉先是一愣,随即面挂寒霜,当地抽出三尺军刀,大喝一声:"慢!"他身后百余兵丁见状,立刻刀枪并举,齐刷刷围拢过来。气氛骤然紧张,朱棣身后的护卫在马上手按腰刀,手心攥出汗来,单等朱棣的马再往前冲出一步,便挥刀厮杀。

朱棣在北平从来没听过有人这般对他说话,一时气不过,不过想要耍皇家威风将这帮人吓散算了。不料却出现这种火拼局面,手握缰绳一下子不知该如何应付。

那校尉直视着朱棣高声说:"在下都督瞿能,职虽卑微,但也知道朝命难违,君诏莫抗。在下与燕王并无过从,但既然皇上有旨,燕王焉能不从?若别有曲情,可当面奏于圣上,在下奉令行事,只知君命,不顾其他。王爷若再前行一步,瞿能只有以死捍君威而已!"

瞿能,瞿能,朱棣想起来了。瞿能是当朝的都督佥事,好像是安徽一带人,耿直善战,武艺也不错,先帝在位时曾随大将蓝玉在大渡河与西番打过一场恶战。当时两军对峙,谁也不敢主动出击。瞿能一人挥刀冲过河桥,西番乱箭射来,瞿能舞刀边拨边冲,等到达桥头时,已是身中六箭,但他仍然杀声震天,突入敌阵中来回冲杀,砍下人头无数,刀为之缺口累累,也正因为瞿能,蓝玉大军乘势掩杀过去,大获全功。自此瞿能以勇武名扬一时,朱棣正是那个时候听说此人的。只是当时互不隶属,没有见过面。谁知今日在这里以这种方式碰见了,朱棣不能不满怀踌躇。

"哼。"朱棣终于冷笑一声跳下马来,"人都说宁见猛虎下山,不惹瞿能发怒。本王在北平燕山围猎时,倒见过猛虎下山,不想今日在京师城下又要惹瞿能发怒了。"朱棣说着缓步走到瞿能身边,看看瞿能身后怒目而视的兵勇,倒背双手接着说,"也罢,本王再怎么说也是朝廷臣子嘛,你,按命办差就是。"

轻描淡写几句话,凝重气氛悄然冰释,双方都长长吁了口气。刀入鞘枪点地的碰撞声中,朱棣复又跃上马背,挥手向背后的护卫们说:"你等跟随瞿将军到西边军营暂驻,凡事要听将令,不得造次!"又对瞿能微微一笑,"瞿将军,请!"

夕阳斜照下,整个紫禁城静沐在金色余晖中。五龙河的水环绕宫墙无声流动,偶尔泛起涟漪一波波荡向远方,朱红宫墙的倒影忽短忽长飘摇不定,琉璃脊瓦反射的太阳光在淡绿水中如星点闪烁。宫墙里面依次而列的奉先殿、乾清宫、坤宁宫、柔仪殿和春和殿,各座宫殿此时更显得金碧辉煌,飞檐上的琉璃小鸟振翅欲翔,斗拱画柱上描绘的龙凤怪兽也凭空镀上一抹金色,张牙舞爪的虎虎生气逼人而来。宽阔甬道旁绿草如茵,时有小鸟跳跃飞腾,太监宫女们行色匆匆,目不旁骛,偌大宫院寂静空旷,千宫万阙沉默无语,一切悠然而清闲。

坤宁宫西侧偏殿中气氛却有些沉闷。建文帝斜倚在宽大的软榻上,下首两侧齐泰、黄子澄还有李景隆、耿炳文、茹常、卓敬等大臣端坐龙墩,相顾默然。建文帝轻叹口气说:"真是世事莫测,人心难料啊!朝廷内外都说燕王要反,连燕府的葛诚也言之凿凿。朕料想燕王既有反心,必不敢只身来京,齐爱卿和黄爱卿也如是说。岂料燕王真的如期来到,难道他真是心底无私,旁人的议论倒是三人成虎了?"

燕王到京的消息确实出乎朝廷大臣们的预料。特别是齐泰和黄子澄,如果此举证明燕王没有反心，那他们以前的所言所行岂不是自打耳光？见无人答话，齐泰欠身站起来禀奏道："皇上，依臣看来，这正是燕王机智过人之处。他虽有反心，可日下又未准备充分，猝然起事，必败无疑，故此才硬着头皮进京面君，以此来麻痹人心，松懈朝廷斗志，使他有时间积聚实力。"

黄子澄不等齐泰坐下便站起来接着说："皇上，臣以为燕王此次进京，心怀叵测。他不过是想借此机会洞察朝中情势，勘测沿途地形，以便将来起兵反叛朝廷时更有把握。"

话音未落，座中有人冷冷地"哼"了一声说："此言荒谬至极。若要察看沿途情形，燕王从北平至京师来去已不止一次，何必多此一举？即便想再看一看，也只须派个将佐就足够。若言他要洞悉朝中情势，朝中能有何情势可洞悉？况他进宫面君，不过半个时辰，能洞出个什么？"

循声望去，说话的是个瘦高个，面色泛青，羊角须吊梢眼，给人感觉是冰冷难近。大家心里清楚，这个吏部侍郎茹常和黄子澄虽然都受皇上器重，但他二人却不甚相合，常唱反调，是出于公心还是出于私情，那可就难说了。

建文帝手拍榻侧似在自言自语："对呀，要是为了探探路他也未必肯冒险。看来燕王久居北平，树敌太多，以致谣言无根，竟从塞北弥散至京师，人言可畏，人言可畏呀！"

"陛下，依微臣所见，凡事预则立，不预则废，燕王到底有无反心，目下虽尚难定论。但防总比不防好些。不如借此机会将他徙封至南昌或其他地微兵寡难守易攻之地，一则不伤皇家和气，二则断绝朝廷隐患。"户部侍郎卓敬肩宽体长，略呈方形的脸上短须颤抖，显得有些激动。

建文帝双眼一亮，发现宝贝似的直起身子，惊喜地说："这倒是个两全的好主意。南昌气候宜人，物产华美，朕也算不负先皇，对得起皇叔了。好，明日朕即与燕王说及此事。"

李景隆、耿炳文等人纷纷点头称善。茹常却又站起来提出异议："陛下，燕王虽已至京师，但北平尚有其三个儿子把守，手下精兵良将不少，加之江湖异人相佐，倘若将燕王徙封，北平方面必定认为这是变相削藩。若果真如此，恐怕不但无补于事，反而会激其速变呀，望陛下三思！"

"这个……"建文帝满脸喜色一扫而光，低头沉思不语。

"陛下。"黄子澄瘦长的脸更长了，用试探的语气禀奏道，"据臣所知，常在燕王身边出谋划策的那个和尚也随同进京了。不如将他扣留或干脆杀掉，这样去掉了燕王的左膀右臂，也算给燕王提个醒，不要让他再生异心。"

建文帝说了声："一个和尚，能关什么大局？"便又紧皱起了眉头。

左军都督李景隆，身材细高，眉疏目秀，长脸白净，乍一看根本不会相信是员武将。他见久议不决，一拍膝盖站起来说："陛下，要末将说，干脆一不作二不休，

— 45 —

将燕王和周王那样,一并扣留京师。如果北平方面因此起兵造反,咱们速调北平周边顺义、通州、昌平乃至天津、保定、大宁等地方军队,何愁不能一举扫平?"

此言一出,齐泰和黄子澄精神大长,齐声附和:"对,先发制人,趁燕王被扣京师,北平方面蛇无首不行之际,集各地兵力讨伐,既然他有反心,咱们索性将其激反,就其准备未足时一网打尽!"

建文帝闻言心头亦是一动,犹豫着还未开口,老将军长兴侯耿炳文徐徐站起,花白的长须飘散在胸前,嗓音略带嘶哑,然而底气尚足:"老臣一生随先帝南征北杀,在江南与张士诚接连大小十余仗,江北与蒙古军在山东、河南、陕西,一路打到漠北捕鱼儿海,深知战争乃大凶事,伤民破国,不可不慎哪!刚才李将军提议趁北平未准备充分之机出其不意,试问,朝廷方面可曾预备充分?老臣虽不参与兵部之事,但也深知洪武年间连年征战,北征漠北南讨云南,百姓未得休养,军士不曾整练,北平周围昌平、怀柔、通州乃至更远的遵化、保定等卫所,除大宁三卫久驻边地,尚有一战之力外,其余不过徒有虚名,将帅吃空,疏于练兵,屯田之兵渐次逃籍为民,等等弊端不一而足。似此等兵力,一旦与北平虎狼之师开战,胜负实难预料,恐怕要波及半壁江山,再令生灵涂炭哪!"

一席话语重心长,句句是实,众人重又陷于默然。建文帝喟然长叹说:"不管如何,燕王能遵旨来京觐朕,足见其忠心尚在。去年遽收周王,已让朕陷于不仁不义,朕颇悔操之过急。如今朕当闻其言观其行,再不可草率,以致骨肉相残。"

齐泰和黄子澄心中异常压抑,他们一向极力主张以削藩来稳固新朝,并且也深得建文帝的嘉许。谁料如今朱棣一进京,建文帝却从根本上有些动摇了。可是他们一时又找不出适当的话来说服皇上与朱棣彻底决裂,二人心中不约而同地想,可惜方孝孺如今远在四川,如果他在的话,定能说服皇上当机立断。

建文帝见几个心腹大臣争议半天也没个结果,天色不觉渐暗。便有些不耐烦地说:"清官难断家务事,如何处置,等明日入觐时看情形再说,尔等散去吧。"

建文元年二月二十八日,东曦未驾,晨光朦胧时分,朱棣盛装站立于午门之外,等候奉旨入觐。他今天特意收拾一番,头戴冕冠,冠顶七寸宽的延板高高上翘,长长的玉笄横穿冠中插在发髻间,齐耳长的丝带迎风拂摆。上着宽大袖袍,黑中略紫,下穿喇叭状长裙,绛红鲜亮。袖袍长裙上或刺绣或描绘着山、龙、华虫、火、宗彝、藻、粉米、黼、黻九种图案,腰间围一件黄朱色蔽膝,上面火与山的图案杂相交错,前胸后背处各有一块一尺半长短的补服麒麟绣。脚蹬长筒朝靴,长髯油黑发亮,双眸炯炯有神,令在一旁侍立的宦官不敢逼视。

忽然,西北方钟楼传来悠扬的钟声,声音听起来不是很大,却清脆而极有穿透力。侍立一侧的大小官员和太监们陡然打起精神,紧张地注视着正前方,屏住呼吸等待那庄严的一刻。

四 君亲和血亲

　　吱吱呀呀一阵轻微响动,朱红的两扇大门缓缓拉开。几乎同时,丹墀之上乐声大作,一个黄衣太监闪到午门前,拉长音调喝道:"皇上御驾奉天殿。有旨宣燕王朱棣行三跪九叩大礼入殿面君,其余文武百官分立两侧候驾!"

　　宣旨已毕,百官纷纷走动,进得午门内甬道边,文官立于太庙一侧,武官则立于对着社稷坛的一侧,长长的人墙一字排开,个个垂手而立,鸦雀无声。

　　只有朱棣一人仍站立在午门外。他弄不清楚,行三跪九叩礼入觐,什么意思?新皇登极后皇叔第一次进京,不郊迎于城外也就罢了,怎么也得下殿相迎,拉着手说上几句亲热话吧?如今可倒好,让本王连滚带爬地进去,还要百官站在两侧看热闹!

　　朱棣喘息有些不畅,心头涌起一股压抑不住的冲动。堂堂燕王,在北平也算一手擎天,要风得风要雨得雨,如今却要受如此摆布!哼,本王倒要看看,你们这班自命不凡的朝臣能玩出什么新花样!想至此朱棣撩起衣摆,铁青着脸噔噔噔踩着皇道上方条大砖直向奉天殿走去。

　　文武百官见状个个暗吃一惊,朱棣难道不知道臣子上殿只能走两侧便道?这正中央的皇道可是皇上专行之路啊,你纵然是王爷,但未经皇上恩准,怎可如此造次?再者说,圣上有旨,要行三跪九叩大礼,可朱棣昂首挺胸的样子,根本就没跪拜的意思,这明摆着抗旨不遵啊!众人捏把冷汗,知道今天又有好戏可看了。

　　过了内五龙桥,再往前走,两侧便有百官站立了。朱棣目不斜视,依旧迈大步而行。忽听有人高声喝道:"大胆燕王,皇道岂是你为臣子的所行之路?明目张胆犯上无礼,还不快快谢罪转入偏道!"

　　循声望去,卓敬面色如土,嘴唇气得直打哆嗦,声音都有些变调。

　　朱棣放缓脚步,直视着他冷冷一笑:"户部卓敬,户部的事情尚且一塌糊涂,怎么又管到礼部来了?山东去年黄河菜花汛,河南去年受蝗灾,本王自北平来时,沿途所见,山东一带饿殍遍野,十户三空,安徽江苏两省大街小巷到处是逃难流民,乞声哀哀,衣不蔽体,户部所赈布帛粮食都到哪里去了?卓侍郎尚能站立朝堂心安理得,实在佩服!"

　　卓敬不料他竟说出这番话来,心知确是实情,但其中原委又不好当众辩驳,脸上一红,张嘴结舌说不出话来。

　　"燕王出言太过嚣张!"齐泰觉得目下自己备受皇上宠信,又极力削藩,再不站出来未免说不过去,便迈前一步,厉声叫道:"君君臣臣父父子子,此乃五伦之首,人人皆可捍卫,岂独礼部?国中皆言你在北平意存不善,多有不轨,皇上念你是同脉至亲,未尝轻信,你今日如此无礼,当着百官之面行走在皇道上,莫非想取而代之不成?"

　　言语确实尖刻,有的官员偷偷吐了吐舌头。朱棣本是逞一时气愤,没想到遭遇到这种局面,索性横下心来,借机摸摸朝中动向。他继续放缓脚步,不紧不慢地说:"这位齐大人,真亏了你还考过应天乡试第一名,你只知道书上写着皇道非君莫行,可你还应该知道洪武十三年本王归藩之时,先帝当殿降旨准许本王将来归京面君时从皇道进殿,登陛不必跪拜,先帝隆恩,安能不遵?你只知读书却不知应变,似你这等书生,尚且任兵部侍郎之职,不怕追随了纸上谈兵的赵括么!"

反唇相讥得也够犀利,齐泰浑身乱战,抬手指着朱棣却说不成一句话。黄子澄见状不妙,抬步出班,欲替老搭档挽回面子,忽听殿前太监公鸭般的嗓子吆喝道:"宣燕王朱棣上殿!"

朱棣甩甩袍袖,抬手整整衣冠,斜视两侧众人一眼,快步走向奉天殿。

就在登殿的那一瞬间,朱棣突然打了个冷战,这里不是北平,而是京师南京!他们正是因为怀疑自己有反叛之心才召自己进京来作试探,而自己刚才的言行,岂非授人以柄惹火上身?唉,甭管是谁,该装孙子的时候就得装孙子!朱棣不及多想,却也再不敢意气用事,紧走几步扑倒在殿内金砖上三跪九叩,以头撞地嘣嘣作响:"罪臣拜见圣上,吾皇万岁万岁万万岁!"

建文帝今日也是衣冠整齐,端坐于龙案之后,面沉若水目光威严。安排这种场面也是昨夜齐泰黄子澄他们所商定,一则显示帝王神威凛然,挫杀燕王锐气,再则看看燕王可有不恭之心,也好借机生事。

刚才殿外之事建文帝当然不甚了然,只是觉得他进殿有些太慢,心中隐隐不悦。等见朱棣推金山倒玉柱,跪拜大礼一丝不苟,满脸敬畏诚心诚意之相,想到这就是众人所指的叛贼,恻隐之心油然而生,忙起身说道:"皇叔远来辛苦,快快平身。来,近前看座!"

朱棣并不急于谢恩,仍匍匐于地说:"臣远在边地,日夜思念陛下。多少回魂梦归京,醒后不胜凄惶。但天各一方,路途遥远,况北平为蒙古残军南下必由之道,臣整日忙于杂务,思想着恐怕今生难见陛下一面了。幸天阙开恩,罪臣得以重归朝廷,见陛下和臣梦中无甚差别,龙体安泰,臣死亦可瞑目了……"

说到动情处,声音呜咽,大滴泪珠顺脸颊流到鼻尖,落在金砖上。

建文帝闻言更是恻然,绕过龙案走到朱棣跟前,伸手将他扶起,端详着朱棣泪痕纵横的脸一字一顿地说:"几年不见,皇叔苍老不少。朕自承大统以来,亦无时无刻不思念各地藩王,只是各有重任,不能来朝欢聚一堂,深引为憾。今见皇叔体格颇健,朕心甚慰。边镇如无紧急之务,不妨多留几日,一来畅叙别离之情,也可重睹京华风物。"

朱棣泪眼婆娑,盯着额头稍偏,短眉细目,圆脸微胖的建文帝,被建文帝拉住的手颤抖不已,万分动情地说:"陛下,北平偏远苦寒,风大沙多,近年来臣渐感体力不支,上马常不能蹬鞍,挽弓常无力拉弦,自去年开始身上忽冷忽热,头脑时昏时清,唉,只恨为陛下效力之日怕是无多了呀!"

建文帝本已心旌动摇，涌上阵阵异样的感动，眼中也闪出泪光来。两人牵手走至御案台阶前，建文帝忽然说："皇叔，你刚才自称罪臣，朕却不知你罪在何处？"

　　朱棣深叹一口气低头说："陛下，臣久在边镇，为抵御蒙军南扰计，常引兵出城布阵操练，不想却引出种种猜测。朝廷内外纷纷议论臣有反叛之心，臣自恃忠心一片，未加理论，不料传言愈汹，臣之清白不足挂齿，唯恐有惊圣心，臣之罪就莫大难恕了。"

　　建文帝内心一动，笑笑说："皇叔多心了，若说是非者，便是是非人，那些饶舌生事妄图以此抬高身价之辈，朕是万万不相信的。来，皇叔与朕同登阶上，共受百官朝贺。"

　　朱棣闻言像被火烧一般抽回手去，翻身拜倒说："臣何德何能，也敢与陛下同坐阶上？臣宁一死，也万万不敢行此违礼僭越之事！"说罢长跪不起。

　　建文帝感叹地说："难得皇叔如此严守君臣礼制，可敬可佩！也罢，那皇叔就坐在阶下椅子上便了。"

　　朱棣这才连连叩谢，看建文帝在龙案后坐下，方侧身坐定。站在建文帝身旁的太监会意，喊道："宣文武百官进殿！"殿口处太监立刻重复吆喝一遍，渐次传出重重宫阙之外。不大工夫，文武众臣列成两队次第入殿，拜倒山呼，声震瓦屋。

　　建文帝淡淡说声："平身吧，"众人忙谢恩分班站定。大家见朱棣端坐阶旁，一脸不屑地望着下边大臣，不禁暗自称奇，心想一个被迫入朝为众人所指的叛臣，怎么突然成了座上宾？

　　齐泰黄子澄等人尤为不解，偷眼望去，见建文帝和朱棣欢笑宴宴，一副亲热不够的样子，暗叫不妙，一番苦心经营恐怕又要泡汤了。

五 潜流汹涌

金忠当年曾在北平设摊卖卜多年,也正是在这里结识的道衍和尚并以师兄弟相称的。对于北平的大街小巷他并不陌生,许多地方都留过他的足迹。不过让他庆幸的是,近些年人事沧桑,几乎没有人认出他来了。如今他身着六品礼服,坐在四乘轿中颤颤悠悠进到燕王府中,透过轿帘隐隐约约望着街上熙熙人流,金忠不胜慨叹,当初机关算尽,也未曾算到有朝一日能成为北平王爷的座上宾,唉,世事难料啊,岂是一套阴阳八卦所能容得了的?

轿子进入府门,穿过金水桥,直走到西侧隆福宫近旁才落下。金忠沿曲折走廊拐进宫内西偏殿,一个面容苍老的太监躬身说:"金大人,世子他们已等候多时了。"

金忠"嗯"了一声侧身进到朱格门内,东暖阁内有人高声说:"是金先生吗?快进来说话。"

金忠闻言抢上几步,挑开棉帘进了屋。屋内炕火烧得正旺,一股热气扑面而来,金忠憋不住响亮地打了个喷嚏。抬眼见朱棣三个世子都在,沿东向西依次坐着老大朱高炽,老二朱高煦,老三朱高燧。金忠忙弯腰拜了两拜,口称:"见过各位少王爷。"

三人一起摆手笑道:"罢了,坐过来说话。"金忠又道声谢挨过去坐到末首。老大朱高炽头大体胖,眯着眼略带笑意地说:"金先生,你瞧,如今已快阳春三月了,北平还这么冷,真正有些反常了。"

金忠欠身笑道:"天行有常,或阳胜阴或阴胜阳,寒暖之数忽早忽晚,亦不为怪。臣昨日登城向西北远眺,见夕阳薄山之际,香山通体金黄,宛如佛祖端坐一般,想来天气不日就将转暖,且王府必有大幸相庆。"

老三朱高燧拉长削瘦的脸,耸着双眉说:"金先生,父王这一去十天有余,音信全无,能有什么大喜相庆?我昨晚梦到一怪物,似狗非狗,似鹿非鹿,沿着太液池不停奔走,我命卫士们驱赶,不料它却咬倒数人,直奔身旁的二哥而来。二哥大叫一声挥剑便砍,那怪物忽然化作一股青烟飞入池中不见了。刚才我将此梦讲与大哥二哥,他们皆拿不准是何兆头,金先生不妨替我们解解。"

"这个……"金忠低头沉吟片刻,缓缓说,"少王爷之梦着实奇特,就普通百姓而言,梦无非乃日之所思,所谓南人不梦驼,北人不梦象,正是这个道理。至于少王爷乃贵胄之身,梦乃上天所示也未可知。依臣看,此物非狗非鹿又似狗似鹿,狗乃战将之身,岂不闻恶犬护三村之说?鹿乃相争之猎物,两国征战常喻为中原逐鹿。此物出于王府,足见战祸将起北平。至于卫士被咬,意为战事颇凶,二少王爷挥剑斩之,岂非二少爷将有大功于此役?"

朱高燧忧容顿减,拍手叫道:"果然解得妙!二哥一向勇猛善战,如北平战事开端,二哥自然当仁不让了!"

老二朱高煦常年在外练兵围猎,脸色黑红发亮,满脸颇似朱棣的髭须扎扎歪歪,睁大眼睛听朱高燧说完,咧嘴一笑,没有做声。

朱高炽脸色却忽然转阴,不无忧虑地说:"若如先生所言,北平一旦有战事发生,那不就是说父王在京城有大不吉么!先生你看,父王是否会被皇上扣留京师呢?"

"他敢!谁要是动父王一根毫毛,我立刻提兵杀进南京,将那帮奸臣贼子们杀得一个不留!"朱高煦突然满面怒色,厉声喝道。

朱高炽不满地白他一眼:"二弟何必如此急躁,父王奉旨入觐,又没什么把柄落到别人手中,况且有道衍师父相随,他们见机而作,料想无虞。"

金忠点一点头:"臣也是这样想的。臣来北平之前,曾游历南京,据闻当今皇上待人以宽柔为本,非不得已,断不会做出非常之事来。不过……"他顿了一下,若有所思地将话头打住。

"不过怎样?"三人盯住金忠,异口同声地问。

"不过凡事往往难以预料。朝中颇有些大臣力主削藩,视各路藩王为朝廷一大隐患,必欲除之而后快。这些人中有几个如齐泰、黄子澄、方孝孺等甚受皇上宠信,如果朝堂之上,他们占了上风,燕王孤身在京,其势堪忧啊!"金忠犹豫着说完这番话,见三位少王爷面面相觑的神情,忽而有种成为国之栋梁的感觉,挺直身子长舒一口气。

一席话正说到几个人心病上,隐隐中不祥之感弥漫在屋里,气氛顿时沉闷许多。忽然外间有脚步响动,就听门口低声传了句:"王妃娘娘到。"帘子挑处,徐王妃挪步进来。

三个王子和金忠慌忙起身拜见。徐王妃一身便装,衣着淡雅,素色衣裙外罩件狐皮短大氅,弯眉笑道:"都在这儿议事呢,快接着说吧。我在兴圣宫那边闲着,听说金先生来了,便过来瞧瞧。"说着让太监侍候着在火烧沿边坐下。

金忠自进王府以来,见过徐王妃两回,早就听说她是大明开国功臣中山王徐达之女。名将之后,颇有乃父家风,文武兼备,性情刚毅,听人传得神乎其神,好似花木兰再世一般。等见过后才知道,原来姿容秀丽,话语温顺,全无杀气腾腾的影子。

众人重新坐定后,徐王妃看看金忠问:"金先生,你是道衍的师弟,常听道衍说你不仅善卜,而且博览群书,见识非一般读书之人可比。如今燕王和道衍远在京师,他们三个又都年轻,少不更事,北平城内王府之中,就有劳先生多费心了。"

金忠闻言忙起身拱手说:"娘娘盛誉,金忠愧不敢当。蒙燕王错爱,金忠自当竭力维持。如今王府之中兵将皆忠心无贰,北平城内所驻朝廷兵马也未有异动,娘娘请放心。"

徐王妃赞许地点点头:"燕王当年随先帝征伐蒙古军,为保中原百姓平安,便驻守在了这北平城。谁承想就因这里为北边重镇,驻守军队多了些,又远离京师,倒给了别人以口实,连当今皇上也开始疑心上了。唉,这才叫闭门家中坐,祸从天上来呀!早知如此,倒不如当初留在京师,为皇上办些杂务更省心些!"

朱高煦见母亲叹气,有些不高兴地说:"母亲何必烦忧,朝廷那帮人没甚本事,只会一味以小人之心度君子之腹,他要父亲进京,父亲奉命照办了,他们还要怎样?若无端加罪,看我不踏平他南京城!"

"你放肆!"徐王妃忽然柳眉倒竖,脸涨得通红,手指朱高煦厉声喝道:"你这是作臣子说的话吗?亏你每日还诵读圣贤书,就凭刚才这话就该割了你的舌头!"

朱高煦不料随便一句话竟惹出祸来,瞠目结舌不知如何是好。朱高炽忙欠身说:"母亲息怒,二弟的性子你也知道,舌头下边刮阵风,有口无心的。二弟,以后万不可如此造次,别忘了你是皇家子弟,自家人尚且口无遮拦地乱说,小民百姓还指不定怎样呢!"

朱高煦自知理亏,低下头不再言语,徐王妃这才慢慢平静下来说:"这是当着金先生的面,一家人随你胡说了去。若是被别有用心的人听见,明日便会传到皇上耳中,到时候恐怕你人头落地还不明白谁砍的呢!"

金忠脸上一热,慌忙说:"娘娘教诲得是。此等国家大事,不可轻言儿戏。依臣看来,燕王久经沙场,瞬间万变之事遇过无数,此次进京,坦坦荡荡,定可全身而退,再加上道衍相佐,娘娘一万个放心就是了。"

徐王妃这才微微露出些笑意,轻声说:"这样就好。难得你们师兄弟如此尽心,本妃这下放心多了。"想一想又说,"不过多小心些总不为过。燕王那边的事咱们帮不上手,如今只能尽力把持住王府和北平城。你兄弟三人要多与金先生商议,昼夜巡好各门。朝廷既然每日议论北平之事,岂可不放些耳目在此?这个亦不可轻视,提防着总有益处。听说那个长史叫葛诚的,从京师回来后,每日里行踪异常,可曾有人留意过?总之警醒些就是了。"

众人忙点头称是。金忠暗想,果然有将门之风,外界传闻看来并非全是妄谈,倒是自己看走眼了。

葛诚的家在东直门安定里巷,小巷深处一座不大的宅院。此刻门户已闭,烛影幢幢,西厢房内炭火正红,暖意融融。葛诚正与两个人隔案对坐,案上杯盘狼藉,显然已对饮多时了。对案而坐的两人四十偏上,身材俱不甚高,体态也都适中,一个脸上白净一个挂副不短不长的黑胡须。

闲话似已说尽,白净面皮的汉子翻着眼珠问:"葛诚兄,你黑天半夜将我哥俩邀至府上,恐怕不单是扯闲叙旧吧,咱们交情虽不敢说多深,但同在北平共事多年,抬头不见低头见的,有话尽管说,何必转弯抹角?"

葛诚满腹心事重重叹口气:"汤宗弟,你是按察司检事,朝廷派你来北平所管何事?"

汤宗有些不解地说:"葛诚兄,你喝多了吧?按察司按察司,专察不法之官司,这还用说?"

葛诚苦笑一下:"那民有不法之事按察司管得,若官有不法之事,按察司可管得?"

汤宗哧地一笑:"莫说官有不法之事,即便地方王公大臣,但凡有不法言行,统统都管得。"

葛诚轻拍桌子说:"好,那为兄再问一句,五刑之设,其罪之大莫过于什么?"

"《大明律》不是明文写着嘛,罪至大者莫过于杀人叛逆。葛兄,你今天怎么了,唠叨这个有什么意思?"汤宗低头挑口菜塞进嘴里。

葛诚没理会他,转过脸又冲汤宗旁边那人说:"倪谅老弟,虽说你这燕山护卫百户平日里总驻在城外,但你我却更熟识些。洪武二十八年同受朝廷派遣来北平,你我一路做伴,可还记得?"

倪谅已经酒足饭饱,抹抹胡须上沾的酒滴朗声说:"岂止一路做伴,在北平不是也常来常往嘛!你儿子葛林骑马射箭的本事是谁教的?你这回就权当谢师酒算了。"

葛诚下意识地看了紧闭的门窗一眼,压低嗓音却很清楚地说:"二位都不是外人,那葛诚也就直说了,不管是福是祸,大丈夫以身许国也就顾不得计较了。实不相瞒,葛诚在燕府中当差,近来发觉燕王私募兵勇,日夜操练,并在府中打造兵器,反叛朝廷之意图日渐明朗。前些日子葛诚奉旨进京,为社稷江山计,葛诚将燕府情形如实上奏,皇上特嘱葛诚回北平后留意燕府动静,及时将下情密报上奏。可惜葛某身单力薄,深感力不从心。前几日燕王进京入觐之时,他人已离北平,葛某却还蒙在鼓中!似此如何能对得起圣上托付?唉,葛某无奈之际,忽然想到离京时兵部尚书齐泰大人对葛某提及二位老弟,说二位皆乃忠义之士,久有报国之心,危急之时堪托重任。这才将二位请至寒舍以图大计,若二位畏惧燕王,可即刻离去,或者干脆将葛某绑去邀功也无妨。"

听罢葛诚一席话,二人酒醒大半,低头沉思片刻,倪谅先说道:"葛兄,难得你如此相信我们兄弟。其实燕王与当今皇上的事情,黎民百姓人人都听说过一二。

五 潜流汹涌

我与汤宗私下里也曾议论过此事，将来天下一旦有变，北平自然首当其冲，我俩也想为朝廷尽些微薄之力，只是现在变乱尚未明显，我们兄弟不知该如何替朝廷分忧。"

汤宗也皱起眉头说："是啊，人人都知道燕王有不臣之心，可惜他府中兵卒众多，皇上因为拿不到真凭实据，又不能下令征讨，为之奈何？"

葛诚颇有感触地长叹一声说："是啊，二位所言的确如此。葛诚眼下便有一个良机，如施行得当，一举便可消除朝廷大患，我等也可立下不朽之功。不知二位肯不肯助葛某一臂之力？"

两人眼光一亮："哦？"

葛诚又下意识地顾望一下四周，夜阑人静，只有风吹窗纸的轻微呼啦声。葛诚前倾身子一脸庄重地说："朝廷疑心燕王有不臣之心，便降旨召其进京入觐，以观其是否心虚。不料燕王狡诈过人，竟出人意料地遵旨而去。葛某料想他这一进京，恐怕会打消皇上对他的疑虑，将他放回北平，到那时纵虎归山，等他部署完毕后，再想制住他就晚了。如能趁他此次进京之机，将其扣留在京师，再以迅雷不及掩耳之势，发兵将留守的三个世子收捕，天下从此安定，万民就再无征战之忧啦！"

汤宗听完似乎有些泄气地说："扣留与不扣留全在于朝廷，我等远在北平，能起得了什么作用？"

葛诚摆手接着说："汤老弟先别性急，且听葛某将话说完。葛某感到当今圣上仁义有余，果断不足，唯恐燕王逢场作戏，轻易蒙骗过去。因此必须将燕王谋反的有力证据送到京师，使他有口莫辩，再加上齐泰黄子澄等得力大臣极力诤谏，定让他再也回不得北平！"

倪谅不解地眨眨眼睛："葛兄，釜底抽薪，这倒是个好主意，可惜哪有什么罪证可送哪！"

"眼下就有！"葛诚语气肯定地说，"葛某暗中观察多时了，燕府大将张玉、朱能等四处招募兵勇，在府中日夜操练。其中两个将官于谅、周铎曾在燕山护卫任过百户，想必倪兄定然熟识了。此二人异常好色，不守府规，常暗中溜出燕府到羊角市一带烟花巷中狎妓寻欢，葛某已经跟踪多次，摸清了他们的行踪。如能借二位贤弟之力将二人活捉押解至京师，在诏狱中审讯一番，不愁他们不道出实情。那时人证俱在，燕王纵然计谋再深，怕也回不了北平老巢了。"

汤宗和倪谅听罢微微点头："这倒是个办法。只是北平城中到处皆燕王走卒，要捉他们，怕不大容易。"

葛诚抚须莞尔一笑，胸有成竹地说："只要二位贤弟愿意与国分忧，葛某已有想好的主意在此。只是要快，慢了则燕王起程回北平，我们可就白忙活了。"说罢倾下身子蘸酒在桌上圈圈点点，道出自己的打算，二人连连称善，摩拳擦掌，兴奋不已。

末了葛诚又说:"一定要快,等燕王府中发现二人失踪派人追查时,估计你们已到了济南,山东参政铁铉是我老友,可让他派兵护卫,此举成功,天下百姓之福啊,二位贤弟实乃国之功臣也!"

汤宗和倪谅满脸喜色地说:"那咱们也可青史留名,不枉活这一世了!"

羊角市紧挨王府北边积水潭东侧,毗邻钟鼓楼大街。比起鼓楼街,这里的街道略微狭窄,店铺挤挨得更实在,人流也更拥挤。羊角市街上又分出许多枝枝杈杈,分门别类地聚集着各色市场,其中紧挨皮帽市和珠宝市的一条巷子却别有一番风情。

这条巷子不宽却很长,两侧一溜儿满是飞檐画栋的三层小楼。一进巷中便有丝竹管弦入耳,脂粉椒香扑鼻,侬声浪语此起彼伏,令人不觉魂魄飞扬难以自持。难怪熟悉北平的人都将此巷称为"骨酥巷"。

骨酥巷中青楼林林总总,楼上住满各类绝色女子,有北平当地的,也有江南一带流落此间的,甚或还有蒙古及西域尤物,情调各异,滋味不同。老鸨们各自站在楼下不停招揽来往寻欢客官,勾引之声此起彼伏。倪谅躲躲闪闪,避开老鸨们的纠缠,慢悠悠徘徊到一家高悬"偎翠楼"匾额的小楼前。看看天色不早,便左顾右盼彳亍不前,忽然他眼光一闪,见两个人溜溜达达走过来,都是穿灰土布便衣,头上发髻被压得有些扁平,内行人一看便知这是长年戴战盔所致。倪谅知道,高出一头壮如笨熊的那个正是于谅,而瘦小如猴的则是周铎。便迎上去故作惊讶地叫道:"哎呀,这不是于谅周铎兄吗,莫非我认错人了?"

于谅和周铎闻言吃了一惊,待看清是倪谅时才镇静下来。

于谅拱手笑道:"哟,真是稀客,当初的正人君子倪百户也跑到这种地方来了,莫非终于憋不住了?"言罢二人哈哈大笑。

倪谅附和着笑笑说:"瞧二位说的,你们成了燕王府的大红人,每日里金银流水般哗哗地进,你老弟还是个穷百户,哪有银子往这里丢?有贼心没贼银哟!"

"咦。"周铎眨着眼睛问,"那倪百户大老远打城外跑来干什么,不会单为了闻闻香味听几声猫叫吧?"

倪谅故作神秘地看看四周,将二人拽至楼台阶一侧的小角落说:"实不相瞒,兄弟这次大老远跑来,不是为了花银子,倒是为了弄回几两银子花花。"

于谅和周铎更加不解,满脸迷惑地说:"倪百户,什么时候学会绕舌头了,别一惊一乍的,有话直说嘛!我们可等不及了。"

倪谅不慌不忙:"你二位有所不知,兄弟这手下一百一十二个兵,前阵子奉命单独调至朝阳门外驻守一个军营。今儿早上手下兄弟抓住两个蒙古女子,都是十七八岁的样子,俊俏得很,比这楼里边的哪一个都强!审问过才知她俩是前朝皇家的远支后代,难怪出落得如此绝色。她们说蒙古那边两个部落前几天为争夺草料干了一仗,她们家人让杀光了,她俩慌里慌张地竟撞到了北平。我一想,这么俊的女子留在军营中也不是事,反正她们也没人管,不如卖到这里,也好弄几个钱花花。正不知怎么跟老鸨要价呢,可巧你俩就来了。"

于谅和周铎听得眼睛发直。人高马大的于谅咧嘴嘻嘻一笑说:"蒙古货,倪百户,让你尝了个鲜吧,怎么样,滋味比咱们中原的如何?"

倪谅苦笑一声说:"唉,尝什么鲜!哪里比得上你们二位,燕王府里当差,妻儿老小全不让带,天马行空想干什么干什么。我那老婆成天盯得死紧,听说抓了两个蒙古姑娘,立刻影子般地跟着我寸步不离,哪有空子尝什么鲜不鲜的!今儿上这里还是偷偷溜出来的,天黑前得赶紧回去。要不你俩人熟,找个老鸨替我说说?好处自然是少不了的。"

周铎猴头猴脑地眼珠一转:"咱弟兄们还讲什么好处不好处的。只是……没见过货色怎么样,不好要价呀!"

倪谅爽快地说:"这还不容易,人就在我营中,要不二位跟我去瞧瞧,别的好处没有,二位就先尝尝蒙古野味,如何?"

"真的?"二人眼睛瞪得铜铃般大,话语中透出十二分惊喜。

"那算什么,反正是要卖到这里的,谁先谁后还不一样,只要不为这个掉了价就行。"倪谅一脸无奈的样子,"唉,真羡慕你们自由自在,我是碗里放着肥肉不敢咬,倒让你们逮了个便宜。天不早了,咱们赶紧走吧,再晚可就要关城门了!"

于谅说声好,迈脚就走。周铎却突然犹豫起来,拉住于谅吞吞吐吐地说:"王府规矩,不让随便出府,咱们要是私自出城,万一让人发觉了……"

"哎,瞧你婆婆妈妈的,不让出府你不是已经出来了?横竖再出一回城,割一刀是疼,割两刀还是个疼,不都是一回事儿!明天赶早进府就是了。再说咱们这也不是一回两回了,谁发觉了?即便有人看见了他也不敢告发,谁告发就证明谁也私自出府了,连这也不明白,还亏人叫你猴精呢,嘁!"于谅心中火苗呼呼上蹿,恨不得一步跨到蒙古美人面前,对周铎的磨蹭万分不满,连珠炮似的呵斥一通。

周铎被他抢白得无话可说,想想也是这个理,况且自己心里也是有种冲动一蹿老高,便松开手。三人急步穿过羊角市,往南一拐,上了等候在街口的马车,倪谅冲车夫说声:"回营!"马车便沿通惠河飞驰一段再向正东,不大会儿出了朝阳门来到倪谅所驻扎的军营中。

军营依斜坡而建,营盘不大,辕门处用圆木立的栅栏,旁边有杆红旗迎风舒展。守门士兵见是百户马车,也不盘问,径直驰进去,在正中大帐前停下。三人跳下马车,倪谅望望已挂起灯笼的大帐说:"蒙古姑娘就在帐内。"说着领二人走进去。帐中陈设简单,显得有些空旷,四角各有一树烛台,灯火通明,十几个卫士肃然分立两侧。

倪谅走在前面,回头看于谦和周铎相继进入帐内,突然脸色凛然一变,厉声喝道:"还不快给我拿下!"

于谦和周铎眼光四扫,想看看蒙古美人在什么地方,陡然听倪谅吼出一嗓子,懵懂间已被十几个人扑上来将他们按倒捆了个结实。

二人情知不妙,但一时还猜不透是怎么回事,气冲冲地叫道:"倪百户,你这是演的哪一出?我们兄弟虽说违了府规,可也轮不到你管!"

倪谅未及说话,帐角走出一人笑道:"于谦、周铎,违不违府规那是燕王之事,可违了国法,北平按察司总该管管吧?"

灯影中二人辨认出那人面目,于谦叫道:"汤宗,咱们并无过节,我们违反了哪条国法!"

说话间葛诚也走出来,二人一起在大案后坐定,汤宗笑意全无,怒目圆睁说:"你们二人为虎作伥,每日里在燕王府中操练兵勇,妄图反叛朝廷,还说没犯国法,这罪名难道还小吗!"

于谦周铎似乎有些明白过来,周铎反剪双臂翻身从地上坐起,赔着笑脸说:"原来是这档子事,汤检事误会了。我们奉令调入燕王府当差,每天例行巡视,有时也教那些护卫们几手枪棒,哪能和反叛朝廷挨上边呢?快别取笑我们了。"

于谦倒背双手趴在地上也说:"就是就是。再说燕王府中可以养兵,这也是皇上准许的,我们有时帮着操练操练也算不了什么。汤检事,倪百户,你们真的误会了。"

汤宗冰冷着脸不依不饶:"休得打马虎眼!先皇旧制,藩王节制军队不得超过一万八千人,而今燕府所招兵勇源源不断,你们每日为其分发刀枪,操练拼杀演习阵法,这个如何解释?皇上对此早已耿耿于怀,你二人速将燕府所募兵丁人数,操演情状如实招出,也算将功补过,否则按叛逆论处!"

于谦周铎此时才感觉事情不那么简单,心中顿时涌上阵阵恐慌。周铎寻思片刻突然冷笑道:"汤检事,倪百户,你们可别忘了,北平城是谁的地盘。我们奉命行事,其他一概不知,你们若要问个明白,直接找燕王去问好了。"

汤宗坐在正中间,看了葛诚和倪谅一眼,不动声色地说:"也罢,我一个北平按察司,也懒得问这些。皇上有旨,要将你们火速押解至南京,你们在这里不画押招供,到了京师投进锦衣卫诏狱中,只怕你俩想招也来不及了。锦衣卫的诏狱,二位一定听说过吧,但凡进去之人,剥皮抽筋剁猪蹄,挖眼割鼻掏心肝,戏法多着呢!三五日之内你们便可见识到了。"

一提到诏狱,二人顿时面如土色,声音颤抖不已:"愿招,愿招!只求各位千万网开一面,别把我们解往南京!"

倪谅在一旁忍不住说:"那就看你们伏法情状。快,笔墨侍候!"

夜已过午。二月末的北平城外寒风阵阵,远处空旷山谷中似兽吼般啸声不断。两驾马车停在辕外,车厢四周遮拦得严严实实。夜空高远,寒星点点,借着辕门两旁昏黄的大灯笼,勉强能够辨认出每个人模糊不清的脸。

"葛兄大概没在北平城外过过夜,"倪谅强打精神笑笑,"这里就是这样,夜愈深风愈大,我们都称其为夜老虎。"

葛诚报以惨淡一笑:"是为兄连累你们啦,不过这也是没办法的事。此趟押解他们进京,北平就再也来不得啦,故此才让你们将家眷带上。进京之后,先将他二人和供状交给齐泰和黄子澄大人,听他们计议行事。"说着伸手拉过身旁的一个半大孩子,向倪谅交代,"这个孩子叫孙青,他爹就是因为保护我而让燕王派人给刺杀了。我如今在北平岌岌可危,怕保护不了他了,你将他带至济南,托付给铁铉。"

汤宗拢拢被风吹乱的头发说:"葛兄,要不咱们一起去吧,燕府发现此事,追查下来,大祸怕难躲过了。"

葛诚目视远方摇摇头:"我不能走,将来北平再有什么动静,我也好及时报告朝廷。你们尽可放心,我一时还无性命之虞。"

倪谅大声说:"那就带上葛林吧,万一有个好歹……"

葛诚眼光一跳,随即平静下来说:"林儿是独子,他一走岂不是明白地告诉燕府我有决裂之心?不,大丈夫既忠于国事,就不能考虑太多,我会妥当安排的,你们尽可放心。记住,一定要日夜兼程,尽快赶到南京。路上千万小心,到济南后,要铁铉加兵护卫,以确保平安。"

倪谅想起一件事说:"葛兄,北平城内外尚驻有都指挥使谢贵的军队,何不让他派些军队加以护送?"

葛诚拍拍倪谅肩膀:"此事宜速,等报告给谢贵,必然会走漏风声,事情反而难以成功。只要过了涿郡,燕王势力就渐弱了,涿郡守卫将军宋忠,与葛某熟识,可请他阻挡一二。燕府在那里鞭长莫及,奈何不了你们的。好啦,时候不早,别干冻着了,赶快起程吧!"

几人默然对视片刻,相互长长一揖,只有孙青带着哭腔喊道:"葛叔叔……"葛诚不容他再说下去,摆摆衣袖催他们快走。倪谅、汤宗和孙青登上前边一辆捆绑着于谅和周铎的马车,所有女眷们都挤在后一辆厢车中。清脆的鞭哨划过浓重的黑夜,马蹄声急促响起,顷刻消失在茫茫星空下。

夜风更强劲了,倔犟地撕扯着葛诚的衣袖。而葛诚更倔犟地站在原地,专注地眺望着什么也看不见的远方,一动不动,如一尊石像般坚硬突兀。

于谅和周铎失踪,第二天便在全府上下引出轩然大波。好端端的两员武将竟神不知鬼不觉地从森严的王府中消失了,这还了得?况且这两个人每日操练兵士,王府中有多少兵力,放多少刀枪,他们都知道得一清二楚,要是传出去了,不是造反是干什么?为此不仅金忠和三个世子焦虑疑惑,就连徐王妃也惊动了,传令把府中上下但凡管事的人,统统叫到兴圣宫后院万仪殿内。

徐王妃端坐高处,三个世子、金忠及府中几员心腹大将分立两侧,余下的各级太监、丫头,前殿后院跑腿办差的,护卫巡视的各队大小队长,黑压压在阶下跪倒一大片,个个屏息胆战,生怕有什么祸事招惹到自己头上。

死一般地沉默片刻,徐王妃终于徐徐开口了:"各位老少爷们,各房丫头嬷嬷,咱们王府眼下的情形你们也都清楚。外边纷纷传说王爷要反,其实王爷本来已是皇上的四叔,这天下就是朱家的天下,还反个什么劲?不过呢,人言可畏,咱们也不能不防着点。不是有句老话叫百夫所指,无病也死么?不让你们随意出府,也有这层意思,把外边的风言风语传到府里来,闹得人心惶惶的,成什么体统?"顿了顿话语一转,"可就是有人偏不明白王爷苦心,于谅和周铎两个,昨天还在府里好好的,今儿竟然找不到人了!你们说,他俩还能插翅膀飞出去?不过我想,即便他们飞出去,也总得有个影子叫人瞧见的。他们俩出不出去倒不打紧,只是朝廷在北平的驻军听信了谣传,对咱府中的人盯得死紧,要是让那些兵痞子认出来了,抓去打个臭死,咱不好向他们家的人交代不是?叫我说呢,你们有谁昨天快黑时看见他们了,赶紧说出来,要是事到如今还捂着盖着,府里的规矩,你们不是不知道。"

柔柔的话音并不很高,阶下的人却像当头泼了一瓢凉水,不由自主地浑身打战。

望了一会儿沉寂的人群,徐王妃轻轻又说:"也罢,这事说大不大,说小也不小,反正不水落石出是罢不了休的。你们下去好好想想,谁知道内情自个儿报上来。"说着摆摆手,众人大赦似的悄然散去。

大殿中顿时空旷起来。朱高炽转过胖乎乎的身子说:"母亲,依孩儿想,这俩家伙八成是自个儿跑出去的。王府如此森严,他俩又有些功夫,让人劫持了去怕不大可能。"

话音刚落朱高煦高声叫嚷:"大哥说的不差,这两个狗东西吃里爬外,偷跑出去串通朝廷去了!我这就带人往去南京的路上追赶,三刀两刀宰了他们!"

徐王妃白了他一眼冲着大伙说:"我看他俩未必是朝廷内应。当初调他俩进王府时,王爷是千挑万选了的,大概不会出错。金先生,你说呢?"

金忠对这两人好端端地突然失踪也好生奇怪,只是自己初进王府,又充当着谋士的角色,生怕说出差错来,一直未敢开口。见问到自己头上,只好斟酌着说:"确如娘娘所言,于谅、周铎二人胆小怕事,遇事但求自保,未必肯冒着风险为朝廷效劳。依臣所见,他们恐怕是被人骗出府去的。或许有人趁燕王在京之际,落井下石,将二人哄骗出王府,逼其变节,合力陷害栽赃于燕王也未可知。"

— 59 —

金忠一席话分析得入情入理,且又连带上燕王的安危,众人着急起来。朱高炽急忙问道:"那依先生看,这事该如何处置?"

金忠未及说话,门口太监迈进槛内禀道:"娘娘,府门护卫小队长求见娘娘!"

众人精神一振,徐王妃忽地坐直身子连说:"快进来,快进来!"

噔噔几步跑进来一个五大三粗的汉子,扑通跪倒在阶下,从怀中掏出一把碎银子双手捧过头顶,带着哭腔说道:"娘娘恕罪,少王爷恕罪。臣奉命把守府门,一向尽职尽责,飞鸟也不曾轻易放出放进一个。近来于谅和周铎找到在下,一个称老母有病,一个称老婆要生小孩,说是要隔三差五回家探视。开始在下坚决不从,他二人说晚上出府,第二天天亮之前必然赶来,不会有人知晓。禁不住他们软磨硬泡,又送给臣这些……臣一时糊涂,就准了他们,前后他俩共私自出府十余次,每回都是晚出早归,无一差错,故不曾惊动府中。昨晚他二人又要出去,臣没在意,还像往常一样将他们放了出去,谁知……"说着叩头连连,连呼恕罪。

众人脸色阴沉,预感事情不妙。徐王妃看看低头不语的朱能、张玉等大将,又看看沉思中的金忠,长叹口气说:"看来越怕鬼偏逢鬼上门,这两个人怕要成坏一锅汤的老鼠屎了!"

金忠知道此时再不说话未免有失谋士身份,便挪动一下身子说:"娘娘,金忠估计他们若非受人利诱便是遭人劫持,不管怎样,定是北平城中朝廷的内应恐燕王平安北返,把他们作为罪状送往南京,必欲置燕王于死地而后已啊!"

徐王妃本来也有这种预感,闻言还是大吃一惊,脸色顿时惨白,三个少王爷和大将们摩拳擦掌:"趁他们还未走远,我们这就去追!"

金忠摇手止住说:"且慢,这也只是猜测。北平去南京之路非止一条,当有万全之策才是。娘娘,依臣所见,一面派人在北平城中搜查,看有可有形迹可疑之人、形迹可疑之事,一面再多分几路人轻骑南追,通州、霸州、涿郡之路他们都有可能走……"

徐王妃从座中站起身来,提高嗓门说:"都别愣着了,快去呀!"众人慌忙答应一声,奔出殿安排去了。朱高燧走到阶边看看下边跪的府门护卫,冷笑一声抬脚将他手中的银子踢飞,又接上一脚将他踢翻在地,顺势拉出剑来狠狠刺过去。

艰难的一天慢慢挨过,金忠和三个少王爷在兴圣宫中,与徐王妃一起等待消息。时至黄昏,出去打探的人陆续回来。"朝阳门外驻守军燕山护卫百户倪谅全家离营,不知所往!""北平按察司检事汤宗一夜之间家小全无,左邻右舍皆不明去处!"

一道接一道的消息逐渐印证了金忠他们的预想。很显然,于谅、周铎和倪谅、汤宗他们去南京告密去了。"看样子他们经过了精心谋划,非是一日之功了。"徐王妃默想着忽然问,"于谅和周铎的家眷也都不见了?"

"回禀娘娘,他们二人的家眷都在,问起于谅、周铎下落时,家眷们慌作一团,皆言已有数月不曾回来过,看样子不像装的。"巡查回来的卫士一五一十叉手答道。

"那么他二人被劫持是无疑了。"金忠肯定地说,"这两个家伙虽是一介武夫却胆小如鼠,到诏狱中不用动什么刑他们就会全招。唉,要能顺利追回来就一了百了了。"

正说间张玉回来了,满头大汗,棉袍上一层黄沙还未曾抖去,喘着粗气说:"娘娘,他们一行确实到南京去了,我马不停蹄追到涿郡,被涿郡都督宋忠拦住,说于谅、周铎是朝廷要犯,圣上下旨叫捉拿的,说什么不让我过去。我身边只有两三个护卫,不敢和他来硬的,只好折回来请示娘娘。"

"哎呀,这一来一去他们早跑远了,越往南走就越难以控制,再派人绕道去追,只怕来不及了!"金忠急得踱来踱去,直搓双手。

"那,那照你说,燕王他,他凶多吉少,定然回不来了!"徐王妃两眼发黑,硬撑着没躺在椅子上。

"如此说来,我等大势已去呀!"朱高燧猛然喊出一嗓子,惊得众人心惊肉跳,差点背过气去。

六　无声惊雷

入觐已毕,建文帝颁旨要朱棣留京多住几日,并当着文武百官问道:"京师古迹颇多,你随意择驿馆而驻,朕不知皇叔想择何处啊?"

朱棣正盘算如何措辞奏请早归,只好起身拜谢道:"承蒙圣上美意,臣随遇可安。如圣上恩准,臣想去凤凰台那边瞧瞧。"

建文帝笑道:"皇叔果然好雅兴,凤凰台上凤凰游,凤去台空江自流,确是绝好去处。朕就安排皇叔在那里多住几日,以尽山水之娱。"

朱棣复又翻身倒地拜谢,心里却扑通扑通乱跳个不停。辞归的话再也说不出口,一咬牙横下心来,吉凶祸福只好随天意了!

凤凰台旁的凤凰驿,夹在上浮桥与下浮桥之间,临河而建,颇为气派,房屋高大,转圈上下三层,琉璃瓦盖紫光荧荧,四角飞檐振翅欲翔,叠叠斗拱彩绘鲜亮,每根椽头都刻着形态各异的小狮子。房间布置得也颇典雅,雕窗朱户,洁净的地板四角摆着如意屏风。暖风和煦,阳光洒满大半个屋子。香炉中的轻烟混合着阳光的味道,清香而别致。

朱棣望着刚刚赶来的道衍,眼神中颇有些心不在焉。"徐增寿那边已安排好了。史铁恨透了那班朝廷爪牙,进宫后定会全力效劳的。"道衍望望门口站定的两名卫士,知道从北平带来的三十余名卫士中,只有随他一起护送史铁的两人跟了来,其余的都还留在钟阜门军营中。

"嗯。"朱棣好像没听见似的半天哼出一声,振振精神从椅子上直起腰,"道衍,本王入觐时在朝中的情形你一定听徐增寿说过了吧?看来朝中大臣反感本王者多,附和本王者少啊!"

道衍点点头:"这也难怪,朝廷方面似乎成一种成见,有王爷在,他们的乌纱帽就似乎戴得不够稳当,由此老僧担忧,王爷挫挫他等锐气固然也应该,可如此一来更印证了关于燕王桀骜不驯的说法,会激起他们在皇上跟前宵小群吠啊。"

朱棣若有所思,闭目静养一会儿,有些疲惫地说:"那就只好看天意造化了。道衍,既来之,则安之,明日咱们同登凤凰台,吹吹金陵春风去。好啦,我先歇会儿,你也回房吧。"

齐泰、黄子澄等人心里憋了一肚子气,但是见建文帝对朱棣如此亲热关切,又不便当堂发作，只得闷闷地挨到朝散。

"不行，似这样下去，燕王还不把朝堂看作儿戏？他今日回北平，明日叛军就会鼓噪南下。皇上受他蒙蔽，我们却不能让他轻易得逞。"走出端门来到外五龙桥上时，黄子澄忽然站住，拍汉白玉桥栏愤愤不平地说。

这话正说到众人的心坎上，几个人立刻围过去七嘴八舌地说："朱棣欺我朝中无人太甚！""黄大人，依你所见，该如何处置？"黄子澄看看众人，想一想说："来，到六部议事房中细细计议。"

一行人走出承天门，顺甬道往东走，不大会儿来到六部衙门。众人进去按序坐定，齐泰逐个望望开口说："诸位王公大臣，燕王聚兵想要叛乱绝非空穴来风，驻扎北平的各路督军都有密报。前些日子燕府长史来京奏事时，曾将燕王府中招募兵勇私造兵刃的情形详细讲过，这些想必诸公都已听说了。为防国家有倒悬之危，我们特意奏请皇上，要燕王进京入觐，欲趁机将其扣留京师，为国除去一大隐患。不想燕王诡诈多变，皇上竟被他迷惑。刚才诸公亲眼所见，皇上似乎并无将其扣押的意思，只恐一旦放虎归山，悔之晚矣。不知诸公有何高见？"

众大臣所进之屋正是六部衙门正中央的兵部衙门，屋内相当宽敞，但也坐得满满当当。空气显得有些闷热。黄子澄大声说："各位大人，要我说，不管他燕王城府有多深，既然他来到京师，那是鱼儿游进网里，千载难逢的良机，咱们务必要让他回不得北平！"

御史大夫练子宁首先回应："单是他进殿入觐前登皇道而入，便是大不敬之罪，可惜皇上不曾得见，被他轻易蒙蔽。咱们将此事备述下来，联名奏请皇上将其扣留，诸公以为如何？"

有人点头称善，也有人面露疑色。翰林待诏解缙清眉秀目，语音清朗地说："但凭这一事恐难达到目的，况先帝确有许其从皇道入殿之言，还应再寻些事由才好。"

众人拧眉沉思，屋中又沉寂下来。良久黄子澄说："也罢，反正燕王要在京城住些时日，咱们且慢慢计议，总之不可放虎归山！这几日，在城中多派些兵士巡视把守，勿令燕王潜城出逃，只要他在南京中，就可放下心来从容摆布！"

一行两辆马车跌跌撞撞，从姚坊门进入南京外城，颇费周折地绕过孝陵和蒋庙，终于赶在天黑城门关闭前由太平门来到南京城中。

望着人影幢幢已经有些模糊不清的街道行人，倪谅坐在车辕上看得入神。沿皇城墙根走过青龙桥，挨着銮驾库再往前行几步，便到六部衙门了。兵部衙门已是人去楼空，冷冷清清。进得门去见两树烛台半死不活地发出昏黄的光，三个差役正斜倚在长桌后边的椅子上有一搭没一搭地聊天。两辆马车缓步走进院中时，里边根本没有听见动静。等汤宗和倪谅突然闯进屋里，差役们以为值班大臣

六 无声惊雷

回来了,惊慌地站起来准备施礼罢躲到一边,仔细一瞧却发现是两个布衣装束并不认识的人,立刻平静下来,有些恼怒地喝道:"什么人,谁让他们进来的?大门口值班房难道没有让你们先通报一声么!"

汤宗冷冷一笑:"哪有什么值班房?值班房中鬼影也不见一个!你们的值班大臣呢?"

三个差役听他语气似乎颇有来头,不敢贸然造次,老老实实回答:"值班的陈大人说有事暂去一刻,稍等便回。"倪谅知道所说的陈大人一定是兵部左侍郎陈植了,便问:"燕王进京入觐的事,你们肯定知道,他是否还在京城?"

一个差役抢先回答说:"没,没有,燕王入觐面君已经四五天了,听说皇上明日要在柔仪殿御花园中赐宴送行呢!"

知道燕王还在京城,二人暂时放下一颗高悬的心,同时暗叫好险,再迟到一日可就功亏一篑心血白费了。汤宗急急地问:"齐泰呢,是否已经回家了?"

差役们暗吐舌头,心说这位什么来头,不会是皇上微服私访吧?当今朝中的大红人兵部尚书齐泰他也敢直呼其名!便弓腰答:"是。"倪谅知道下一步如何行动一定要在今晚议定,否则明天就可能来不及,心焦火燎地喝道:"你们快把他叫到这里来,有什么事都别耽误!快去,误了大事小心你们吃饭的家伙!"

三个差役越发弄不清这两人是干什么的,互相一使眼色,连声答应着走出去。汤宗忽然想到刚才光顾着急了,这样做是否鲁莽些,毕竟人家是朝中一品大员,虽说为了国事,可也总该分个等级吧?再说三个差役要是把他请不来怎么办?于是又叫住他们,掏出葛诚写的书信交给他们:"带好,齐大人见信后一定会来的!"

差役们答应一声出大门跨马而去。汤宗和倪谅这才坐在椅子上喘口气,觉得浑身汗涔涔的有些头晕目眩。"才三月天就热成这样,七月里如何过得!"汤宗嘟囔着顺手在桌上捡本书连扇几下。

经汤宗一提醒倪谅想起来家眷们都还闷在车上,便冲外边站立的车夫喊:"叫他们都下来,憋了一天啦,站在院中透口气!"车夫"唉"地答应着又问:"前边车中捆着手脚的人怎么办?"

汤宗不耐烦地大声说:"别管他们,闷不死!一路上给他们喂吃喂喝的,太便宜这俩小子了!"倪谅笑笑没说话,看见旁边柜子上有个大锡壶,便过去斟两杯凉茶,递给汤宗一杯,自己仰脖咕咚咕咚灌下去。

不大一会儿,杂乱的马蹄音由远而近敲打着地面传过来,门口有几个声音同时问:"在哪里?""哟,还有马车。"说着话已进屋。汤宗和倪谅抬头一看,不止齐泰,还有黄子澄、陈植以及几个不太认识的人同时挤进来,屋中立刻有些拥挤,人声高高低低,七七八八议论着围过来。

不等汤宗和倪谅说话,齐泰已疾步上前拉住他俩呵呵大笑:"好,好,干得好!

我们六部大臣方才正在家中发愁呢,燕王这块肥肉主动送到皇上嘴边,可谁想还不好吃下去!你们这来,分明是送来了刀叉嘛!"众人听得哈哈大笑,这才依次落座。

汤宗和倪谅一五一十把在北平拿住于谅、周铎的经过略述一遍,汤宗掏出一纸递给齐泰:"齐大人和众位大人请看,这便是他二人的供词,上有其亲笔画押。"

齐泰笑眯眯地接过来看了,边看边点头,看罢递给身边的黄子澄,一言不发地等他们个个都浏览一遍,然后才亮开嗓门说:"都看过了吧?真可谓字字如金哪!燕王狂傲自大,以为满朝中无人能奈何了他,可惜他这个黑煞神偏偏撞着了霹雳鬼,葛诚差这两位大仙索他命来了!"说罢众人万分解气,哈哈大笑。

汤宗和倪谅不知齐泰所说葛诚差的两位大仙是指他俩呢,还是指捆在外边车中的于谅、周铎,也和众人一起笑将起来。黄子澄将茶几拍得嗵嗵作响:"诸位大人,真是上天不负咱们一片苦心啊!先帝分封诸王,诸皇子在外拥兵自重,皇孙乍登大位孤立无援,尾大不掉之势日渐明朗,汉代七国之乱就是明鉴!诸王之中唯燕最强,削藩重在削燕。哈哈,燕王,你罪证如山,看你如何抵赖,看你如何再回老巢北平!"

陈植坐在众人当中略显年轻,他黄白面皮,眉短而浓,眼睛却不大,看人时总眯成一条缝,据他自己说,都是因为夜里读书太久熬夜太深的缘故,见众人只顾高兴了,便轻咳两声说:"诸位大人,事情紧迫,明日皇上就要赐宴放燕王回北平了。应尽快想出良策,将燕王谋反罪证告之于皇上,使皇上回心转意扣住他!"

听罢陈植的话,众人才意识到此时高兴得的确有些过早了,热烈的气氛渐渐沉静下来。齐泰紧绷着脸,捏着那张供状说:"人证物证俱在,我们如今占尽天时地利人和。可惜现在天色已晚,圣上怕早已安歇……"

卓敬闻言呼地挺身站起说:"事关重大,不妨到承天门前击鼓撞钟,使圣上连夜召见,以迅雷不及掩耳之势,连夜将燕王拿下,从此天下太平,我等亦可安心而眠矣。"

有几个人拍手称赞:"好主意!兵贵神速,这就进宫去!"

"以徐某之见,恐怕有些不妥。"声音尖细,略带女人味道,不用看便知是徐辉祖之弟,燕王的二妻兄徐增寿在说话,"现在夜已亥时过半,为了此事击鼓撞钟,闹得宫中上下为之不安,京城之中人心惶惶,圣上一旦怪罪下来,岂不是好心办成了坏事?"

灯影中有人笑道:"徐大人,该不会因燕王是你妹夫之故,有意阻挠诸公吧?"

徐增寿脸色一红,幸而烛光中看不分明,他厉声向那人喝道:"什么话?我与大哥都是中山王的后代,乃朝廷顾命大臣,孰轻孰重还分不清吗?这种玩笑休要再讲!"

黄子澄摆摆手转脸对众人说:"增寿之言也不无道理。咱们虽说已是胜券在握,亦应寻一妥当做法。依黄某之见,明日还有半天时间,今夜不妨先写个联名奏章,明日时辰一到便将奏章并证词证人交付皇上,趁皇上赐宴之际将燕王捉拿,亦不失为良策,诸公以为如何?"

"既然撞钟击鼓之法不妥,也就只好如此了。"三三两两地有人回应。

"那好,再搬过两支烛台来,就劳黄学士亲自动笔,我们随后署上名字。"齐泰见没有别的法子,这样做也不失为两全之策,最重要的是燕王还在京城中,人人心里都很踏实,便招呼差役挪动烛台,铺纸备笔。

奏折不长,很快挥就。众人依序署过名。齐泰吩咐将于谅、周铎押至旁边一间小屋内,留几个兵士把守。又将汤宗、倪谅家小暂时安顿下来,看看时辰不早,众人便分散回家,约好明日寅末时分于承天门外会合。

想到明日赐宴一毕便可起程回北平了,朱棣心绪颇为复杂。既有鸟出樊笼的痛快感觉,又隐隐中夹杂着些不祥的疑虑。当初自以为冒刀山火海之险的进京入觐就这么简单地结束了?那些叫嚣不已的大臣就此善罢甘休了?不可能吧。可他又说不准明日会有怎样的情况在等待自己,不过凭直觉,他感到关键时刻往往是在最后行将结束的那一刹。

喧嚣的夜渐渐沉寂下来,仅剩的两名卫士已经往灯里添了好几次油。他们一身戎装,长剑斜挎在腰间,两耳时刻注意着屋外的风吹草动。朱棣特意吩咐,把道衍叫来,两人向灯而坐,一副枕戈待旦的模样。

"以道衍看,王爷大可不必风声鹤唳,"道衍心里其实也不轻松,顾不得措辞,眯眼看着跳忽不定的灯头火苗,"圣上对王爷疑心尽释,这是肯定的,否则也不会让王爷在京城中逍遥这几天。怕只怕以齐泰、黄子澄为首的那班大臣,他们当中许多人想趁此机会将王爷留在京师,可惜目的并未达到,他们未必就此罢休。我想,明日送行宴上恐怕还有好戏要唱……"

话未说完,忽然门外传来轻微的脚步声。尽管声音轻微,但屋里的四个人都听得出来,那不是风声,真真切切有人在向这边走近!

气氛顿时紧张起来,两名卫士训练有素,刷地拉出宝剑闪在门内两侧。朱棣暗说果然来了,立刻将案上的短刀拽过来握在手中,目光灼灼地盯住门口。道衍虽是文僧,但久处军中,整日里见的是刀光剑影,此刻倒并不特别惊慌,屏息端坐静待破门厮杀那骇人的一刻。

轻飘飘的脚步声像踩在四个人的心上,时间也让人窒息般地漫长。声音越来越清晰,四颗心快要卡在嗓子眼上。突然,脚步停在门前,卫士的两柄剑在灯下抖动着晕黄的寒光,准备着电光石火的一刹那刺出去。朱棣下意识地摸摸胸部,棉布袍子里边穿着软甲,如果暗箭飞来,或许可以抵挡一下。

门没有如预想的那样被踢开,而是门环轻轻叩响三下,稍顿一顿又叩了三下。这是徐增寿派人传递消息时定好的信号,道衍早就向朱棣说起过。朱棣长舒口气,额头上的汗刷地流出来,止也止不住。他示意卫士轻轻开启门缝,一个细高个灵巧地侧身闪进来,挥起蓝布袍袖擦擦满脸汗水,喘息不定地说:"禀王爷,我家主人要我将这封书信呈上,并说务必立刻拆看。"

朱棣随手从桌上拿起一锭银子扔过去:"知道了,你回去时要小心,三更半夜的风声可紧。"

那人慌忙接住,赔笑道:"老爷放心。小人跟我家主人十多年了,自有办法回去。"说着躬身施一礼迅速退出去。两卫士随即将门掩住。

朱棣就着灯迫不及待地展开书信,愈往下看眉头皱得愈紧。信写得不长,终于看完了,朱棣神色慌乱地递给道衍,盯着道衍看信的脸一动不动。等道衍从纸上抬起脸来,朱棣面无表情地问:"如何?"

"厉害!此一着必置王爷于死地而后快!"道衍投袂站起,不安地来回走动。

"这两个笨蛋,竟能让人活捉到南京来,回去之后本王定将他们的家眷统统抄斩!"朱棣愤然作色,可是提到"回去"二字猛然一愕,喃喃地说,"只怕却难以回去了啊!"

"怎么办,缒城逃走?不现实,城高沟深,难以逾越。"道衍站住脚步,手抚念珠,自语着摇摇头。

"唉,差错竟会出在北平!大意,真是大意!"朱棣也开始来回踱步,"要不明日一早待城门开时咱们逃走?"

道衍闻言心头一动又摇摇头:"既然齐泰他们手中有了这么个宝贝罪证,必然提防王爷闻风而逃,恐怕未出城门便要被捉住了。"

"那,那就坐以待毙不成!"朱棣忽然焦躁起来,走到桌边抓起那纸书信看了两眼,举到灯前点着了,望着袅袅青烟直出神。

"不过王爷的话倒提醒了老僧。"道衍飞快地拨弄着念珠,脸上似乎有了些笑意,"既然他们要在明日送行宴会上控制住王爷,王爷如果能按时进宫赴宴的话,城门把守就会松懈,王爷也就可以从容出城了。"

朱棣一时没有听明白,奇怪地看着道衍:"道衍,莫非急糊涂了?本王既然如期进宫赴宴,那就只能乖乖引颈受戮,能从容出城的怕只有魂魄了!"

"王爷误会了,"道衍这次真的笑起来,"待我细细说来,王爷看可行否?"

朱棣一脸将信将疑,侧身坐在道衍身旁,边听边点头,听到最后叹口气:"计再妙,也有几分险,成事还得靠天呀!"

事情果然顺利,齐泰、黄子澄等人肃立于承天门外等候朝见时,有探子来报,燕王所驻凤凰驿并无异动,寅中时分燕王已命人将御赐的銮舆在驿馆门前备好,准备入朝面君。听到消息众人暗声叫好,个个摩拳提气,等着看出好戏。

六 无声惊雷

然而卯时已过好大会儿了,还不见有人宣旨升殿上朝,众人有些奇怪,开始窃窃私语起来。恰巧主事太监许公公由外五龙桥过来,齐泰招手叫到跟前悄声问:"公公,为何时辰早过,还不见皇上升殿哪?"

许公公看看齐泰身后的众大臣,神神秘秘地一笑:"齐大人,圣上昨夜召幸了宫嫔翠红,想是兴致未尽吧。已催过多次了,少候片刻,别着急嘛!"嬉皮笑脸的模样逗得齐泰也是一笑,心里却直嘀咕,节骨眼上可千万别出什么差错。

天光大亮,浅红色的太阳光斑斑点点洒遍宫院,卯时将尽了,宫中还无动静。急得齐泰、黄子澄等人抓耳挠腮,真想直闯进去。又有探子来报:"有人亲眼看到燕王进了銮舆,向皇宫这边走来,已到宫院附近了。"众人闻言心里立刻踏实下来,只要燕王能来,这边上朝迟些早些倒不打紧,反正他已是煮熟的鸭子了。

"齐大人,那还要不要多加人手严守城门?"充作探子的心腹家将想起今早一起来主人的吩咐,悄声问道。

"既然他人已到皇城,就不必在城门上做什么文章了,省得传出去百姓们议论纷纷。"齐泰脸上挂着微笑,满副胸有成竹的样子,话还未说完就听远处一声断喝:"皇上升文华殿,宣群臣入宫见驾!"

群臣精神抖擞,以齐泰、耿炳文为首的文武官员渐次穿过午门,进入文华殿山呼见驾。建文帝昨晚一夜春风,心中正有说不出的爽快,满意地冲众人颔首打了招呼。刚要开口说话,见殿中央卧倒着两个人,因捆绑时间过长,身躯有些扭曲抽搐,便一脸奇怪地问:"此是何意?这两个人是谁?"

齐泰早已等得有些不耐烦,敛衽出班,把于谅、周铎如何招出燕王密谋不轨,汤宗、倪谅如何受葛诚之托将其押解京城之事奏述一遍,并将招供状呈上,看着太监接过来交给建文帝。

阶下众人敛气屏息,静观建文帝有何反应。果然,看着供状建文帝笑意渐渐凝结,脸色越来越沉,啪地将纸摔在龙案上,愤愤不已地说:"好哇,朕险些给这位皇叔蒙蔽过去!他前日在柔仪殿中信誓旦旦,私下里却做这等勾当!唉,朕不曾负他,他却十二分地负了朕!"

黄子澄忙出班拱手奏道:"圣上,燕王一贯机深狡诈,前日入觐时大殿之外刚刚羞辱了群臣,大殿之中却畅述什么叔侄亲情,妄图将我君臣戏弄于股掌之间,其心可恶,其罪不赦!望圣上明鉴当今形势,速收逮燕王,以靖国患!"

寥寥几句无异于火上浇油,建文帝厉声问道:"燕王何在?"

齐泰知道大功将成,心下窃喜,随声应道:"他如今尚不知就里,还以为我君臣仍在其蒙蔽之中,正乘皇上所赐銮舆在午门外候驾等待赐宴。"

"赐宴?朕今日倒要先赐他一枷!"建文帝冷冷一笑,"速宣燕王进殿!"

阶下大臣知道好戏要开场,个个挺直腰板。"宣燕王上殿"的呼声渐次传出文华殿,忽然有人跟跟跄跄奔进殿中,伏地拜倒高呼:"圣上,燕,燕王不见了!"

"啊?"恰似滚烫的油中溅入一滴水,众人目瞪口呆,随即哄然议论纷纷。不待建文帝说话,齐泰气急败坏地叫道:"不是你们亲手接到皇城中的么?怎么会不见了!"

驭銮卫士伏地再拜,惊慌得说不出一句完整的话:"臣奉命接他,亲眼看、看他进了车中,行至贡院一带,有两个卫士模样的人自称燕王护卫,说要与燕王讲几句话,臣没在意,见他俩掀开车厢帘子进去嘀咕片刻,复又转身出来放下帘子。臣……臣没见有何异样,就一路来到禁城内,见燕王久久不出,便掀帘催促他,谁知,谁知车中空无一人。"

"坏了!定是让他金蝉脱壳,半路给逃掉了!"几个人同时反应过来,齐声惊叫。建文帝怒不可遏,将龙案拍得啪啪作响:"反了,真是反了!速传朕旨,即刻关闭十三城门,大街小巷细细搜查,务必抓到朱棣!"

南京城郭夹冈门外,朱棣骑在一匹灰白马上,朝服早已脱去,穿一件白罗绣裰,戴顶素白将巾,好似谁家员外府中出来的一员家将,他轻勒马缰,拧眉注视着四方,有些焦躁不安。过了一会儿,沿凤台门那边扬起一股烟尘,顷刻滚到跟前,两个卫士也都换了装束,统是一般公子打扮。道衍没穿僧衣,身着一件蓝布大衫,头戴元巾,像个久走江湖的商客。

朱棣见三人到来,心才放回肚里,又见道衍穿得怪模怪样,呵呵大笑:"道衍哪,你这等装束,咱这等狼狈,倒让本王想起伍子胥过韶关的事来,事虽相差千年,却何等相似乃尔呀。"

道衍浅笑一下说:"朝中想必已经知晓,咱们快马加鞭,直奔北平。"其中一个卫士问:"恐怕朝中追赶,要不要绕道而行?"

朱棣沉吟一下说:"不必。追咱们的人也不过是骑马,即便他传檄各州府堵截,也是要骑马传令,又不是腾云驾雾,怕他作甚。咱们昼夜不停,沿途逢着马市便择几匹良马换骑,不信跑不过他们!"

道衍想了想也点头称是:"绕路必然慢些,等各关卡接到朝廷堵截令后,怕是再绕也绕不过去了,就依燕王所言,直奔北平!"

说罢烟尘骤起,四人打马狂奔,绕城直向北边而去。回首南京城楼渐远,终于消失在视线中,朱棣松了口气,在颠簸的马背上向三人笑道:"多亏道衍想出妙计,你二人掀车帘时本王在你们身影里侧身翻倒在车下,不小心弄出些响声,正怕那帮护卫们听到呢,谁想给你们嘀嘀咕咕的说话声遮掩过去了,好险哪!亏你们装得如此像。"

一个卫士忙赔笑说:"这也多亏了道衍师父想得周全,让我们穿上宽大的袍子,将王爷趁势罩住,不然似王爷如此高大的身躯,蹲在地上他们岂能瞧不见?"

朱棣连连点头,颇含感激地冲道衍一笑。道衍却在想,朝中大臣们会不会怀

六 无声惊雷

疑到徐增寿头上,如果徐增寿露了马脚,那他可就身处危地了,史铁自然也就难以进宫。唉,这可要看他们的造化如何了？不过尘土扑面中,他没有把心中的忧虑说出来。

然而徐增寿并没有成为众矢之的。徐增寿本人也知道,这不仅得益于自己做事机密,更重要的朝中因朱棣逃走而气氛大变,似乎无暇顾及他是如何想到逃走的了。

都城的十三座城门整整关闭了一天,士卒沿大街小巷直折腾个鸡飞狗跳,百姓不知发生了何事,纷纷躲避家中。内桥、北门桥、大中桥和三山街等往日熙熙攘攘摩肩接踵的集市为之突然萧条。

要各地州府关卡堵截捉拿燕王朱棣的旨意也已飞马传出。可等到天色将晚时分,城内城外均无任何消息。齐泰等人在六部衙门中如坐针毡。"煮熟的鸭子竟然让飞了,真他娘的奇事！"徐辉祖瓮声瓮气的话语激起了所有人的不平。

"要不咱们即刻禀奏皇上,调兵遣将攻下北平的燕王府,来个先下手为强？"有人高声提议。

"目下发兵,时机怕不成熟,难有全胜把握呀,"齐泰想起耿炳文的话,触动对国事深深的忧虑,况且天色已晚,皇上说不定……他又想起早朝时太监许公公说的皇上新宠上嫔妃翠红,说不定他们此刻又在一起,早把这事忘在了脑后。

正如齐泰所料,建文帝此时正在柔仪殿后宫与翠红待在一起。建文帝穿件绣龙薄纱黄丝袍,随意地倚在榻侧望着翠红,笑意盈盈:"翠红哪,没想到你进宫快一年了,朕如今才遇到,虽说迟了些,毕竟没错过缘分,"说着眼光上下扫视,声音有些发颤。

翠红侧身侍立一旁,大红宫袍的映衬和羞怯更显得双腮如花瓣浸染,略略修饰过的黛眉淡淡似烟,双目流盼着不知把眼光放在何处。

建文帝倾心注目,依然含着笑意说:"自上回朕在御花园中邂逅了你,几日来怅然若失,昨天翻牌子时问起你,那帮太监竟然不知道有你这么个人,这不是黄沙埋珠么？朕为此将后宫管事的召来问询,才晓得他们只将你当了个使女来用,朕当场将他们斥责一番,传旨立封你为美人,按朝中规矩是正三品呢,还不致埋没爱妃过深吧？"

翠红低头不知该怎样回答。想起进宫快一年来被人使来唤去,见谁都要低声下气再三施礼,昨晚却莫名其妙地一大帮太监宫女涌进屋里,喊喊喳喳贺喜之声不绝,不等明白过来怎么回事,便被梳妆一新塞进轿中抬到这里。面对眼前这个和自己年龄不相上下白白胖胖眉清目秀的年轻人,她有些怀疑,这就是让老百姓个个景仰不已奉为神明的皇上？当时还没来得及说句话便听一个老太监嘶哑着说:"时辰不早,奴等侍奉皇上美人早早安寝罢。"几个人七手八脚上来,糊里糊涂地自己竟被扒个精光,正慌乱着那个年轻人已上来拥住自己……

昨夜的一幕,翠红总怀疑自己是做了一场梦。可即便是一梦,也未免对不住润生哥。当初自己被选秀官们强拉上车时,润生在后面边哭边喊:"翠红,俺等你回来。俺和史铁把大叔大妈当亲爹娘照顾,你跟翠环放心,等换了新宫女,你们就赶紧回来!"可怜的润生哥,选秀官们说进宫当宫女三年一换,连自己也相信了,等来到这深不见底的宫中才知道,哪有什么出头之日啊!,那些头发花白的宫女太监,有的都进来三十年了,连洪武门都没出去过!

想起还蒙在鼓里苦等着自己早日出宫的润生哥,翠红哭过了,各种寻死觅活的法子想过了,可日子总还得慢慢熬下去。在以后的日子里,她碰到许多和自己境况相同的姐妹,有空儿互相聊聊家乡的事,聊聊各自心上的那个他,心绪渐渐平稳许多,可是怎么也没想到昨天自己竟……毕竟那不是梦,身体的感觉告诉自己,那个被称之为皇上的年轻人在自己糊里糊涂中已经夺走了本该留给润生哥的东西。

然而她没有再流泪,一年来她的泪差不多流干了。如果像许多宫女那样清清白白地到老,那也算对得住润生哥的一片苦心了,却偏偏没有,自己也闹不清楚什么时候碰见了这个皇上,从而改变了自己的生活。一切都是命啊,当时如果不和姐姐翠环争论谁留在家中招婿入赘,自己和润生哥,姐姐和史铁怕已经是完婚了,也不至于姐妹二人一起被选秀官看中拉上宫车,中途又和姐姐分开,至今不知她是死是活。真应了老辈人说的那句话,为人莫作妇人身,百年苦乐由他人啊!

润生哥,俺已经对不住你了,俺该怎么办呢?可你知不知道俺在这里有多难,俺也是身不由己呀。翠红在心底里一遍一遍地喊,可润生听不见,没人回答她,只有那些皮笑肉不笑的太监们围着她团团转,鸭子般呷呷地道喜个没完,一边还精心地替她梳洗打扮。

还没等翠红从纷乱的思绪中挣扎出来,夜幕又飞快地降临了,她又被送到这里,送到这个人人对他恭敬有加称为圣上的年轻人面前。

建文帝显然对昨晚的仓促行事不甚满意,他叱退所有太监宫女,要和这位自己慧眼识出来的新宠从容消遣。可是突然,建文帝惊奇地发现对面这位叫翠红的美人眼中慢慢渗出两颗泪珠来,泪珠在眼角越变越大,终于晶莹剔透地一闪滑过粉红的脸颊滚落地下。

"爱妃,你这是为何?"建文帝坐直了身子,语气中没有不满,只有不解,为何?因为自己想回家,想润生哥,可这些能告诉他吗? 翠红不了解皇上是什么脾性,可她多少了解一些男人。有次同村的一个小伙子拿自己开了个轻薄的玩笑,润生哥不是抡着打铁的大锤追了他两里多地吗? 可见自己的心思是不能对他说的。你既然把人家硬生生地抢了来,还问人家为何难过,这皇帝不但霸道,还挺

六 无声惊雷

会猫哭耗子玩虚套呢!

　　见翠红垂着头不说话,紧接着又有两颗银珠洒落,建文帝轻叹一声,怜香惜玉地起身来到翠红跟前,抬衣袖替她拭泪。翠红打一激灵,从心底阻挡着不让他靠近,可宫中的威严气氛又使她不敢乱动,违心地接受了他的一番爱意。

　　站在翠红耳边,吸到的是淡淡兰香,也更清楚地看到了那张雨打梨花般哀楚动人的姣丽面容。有什么地方猛地动了一下,建文帝忽然将翠红搂在怀中,嘬起嘴唇在她脸上咂摸几下,一手撩起她那宽松的大红宫袍,伸进去轻轻揉捏温润丰腴的双乳,不觉间浑身压抑不住充盈的感觉,顺势轻轻将她放在软榻上。有种异样的感觉传遍全身,这是昨夜惊慌中所没体会到的,翠红不觉间娇声轻吟一下,懵懂中心绪如麻,身心似乎都在飞升……

　　史铁刚走到街上时,被偌大的京城弄得晕头转向,简直辨不清南北,生怕一挪脚便再也回不到刚才出来的地方。幸而身边有个徐府的小家厮做伴,史铁便没了找不回来的顾虑,左顾右盼地沿街信步直往前走。

　　进宫当太监的事徐增寿已托人说合好了,专门在春和殿仪殿等后廷当差,那地方皇上常来,有些大事情皇上和心腹们喜欢钻到后廷议论。徐增寿说,在那里侍奉皇上,不但能探听到朝廷消息,还能巴结好皇上,有机会受到提拔,这么两边讨好的美差,打着灯笼也难寻呢!

　　徐增寿对史铁说这话的时候,其实心里也打着同样的算盘。对于他这个妹夫燕王朱棣,徐增寿深知他多年带兵作战,自以为劳苦功高,早就热辣辣地盯着皇位,再加上又有股不达目的不罢休的倔脾气,将来万一北平和南京打起来,谁胜谁负很难预料,自己眼下是朝廷的官,又是朱棣的亲戚,索性两边照应着,这边当着朝官,那边不显山不露水地施与朱棣一些或大或小的恩惠,将来岂不就能和五代时的冯道一样,当他个不倒翁么?

　　"再过两日就要进宫了,一旦进去,出来的机会可就少喽,趁这两日无事,你到京城各处去逛逛吧,说起来也不枉到过京师一回。"徐增寿打定主意后心情舒畅,说话也格外和气,顺手丢给史铁几两碎银子,叫个小厮陪着打发他们出门了。

　　南京果然不同于临沂城,穿大街走小巷,一会儿楼阁雕栏,阔气异常,一会儿小商小贩紧挨密排,随和方便。史铁兴致勃勃地流连各色人物店铺,两眼都觉得有些不够用。顺着挨挨挤挤的人流走了大约一个时辰,方才出得大中桥,来到四牌楼附近。忽然史铁听到一阵叮叮当当的敲击声,显然是家打铁铺,那声音他再熟悉不过。好像见了家乡亲人般,一股亲切又有些隔膜的热流从心头涌过。他加快脚步,顺声音走去,果然那是家铁匠铺,铺面很小,只有一间,挤在两侧房屋中间显得有些歪歪扭扭。

　　站在路上可以望见里面一高一矮两个人正忙得不亦乐乎。高个背对门口,左手夹块通红的铁放在砧子上,右手用小锤忽重忽轻地打打铁块再敲敲砧子,极有节奏,矮个就应着节奏抡大锤一下一下地砸来砸去,不大工夫,铁块弯成了成品,高个顺手用铁钳夹住放进旁过的水盆中,哧地一声白气弥漫了整个屋子。

多长时间没有抡过锤了?看那高个敲击指挥的动作老练又熟悉,像谁呢?像自己,也像……史铁不由自主地迈步进到铺中。恰巧高个汉子夹起水中的铁器转过脸要将它放门边,四目相对,两人瞬间惊呆了。

"润生!"史铁先反应过来,跳上前去一把扯住那人滑腻腻的胳膊。

"史铁哥!"史润生惊叫一声,两眼放光,手中的铁钳吧地掉在地上。炉中的火苗蓝焰摇曳,抡大锤的矮个闻听说话声也凑过来,仔细一瞧高叫道:"原来是史铁哥!"

"哎呀,泽生,你们兄弟两个都在这里?"三双手汗涔涔地紧紧握在一起。

顾不得闷热,三人就势坐在火炉边。"润生、泽生,你俩咋会跑到南京呢?多会儿来的?"史铁抹了把汗急急问道。

"唉,反正匠户这一两年也没啥活计,在家待着实在没意思,和泽生一合计,就奔南京来了。"润生歇下来汗流得更欢了,擦都擦不及。

"那,翠环、翠红的爹娘呢?"史铁知道润生、泽生弟兄和自己一样,父母早就不在了,倒是翠环、翠红爹娘成了他们的牵挂。

"没了,自打你和翠环在临沂城出事后,跑得不见踪影,也不知是死是活,两个老人心急一上火,都病倒了,没过半个月就……"史润生说着低下头去。

"我哥见翠环姐从王府中跑出来和你成了亲,眼热得不行,寻思着翠红姐要是也能从皇宫中出来,不就也能成亲了吗?反正家里也没牵挂了,俺哥就领着俺来南京城开铁匠铺。俺哥说四牌楼这地方离皇宫近,将来期满往外放宫女时,好早点到皇城门口去接……"史泽生说起来满脸兴奋,汗水和着煤灰黑一道白一道蜿蜒往下流。

史润生有些不好意思,瞪了弟弟一眼不让他说下去,轻轻问道:"史铁哥,你咋也跑到京城来了,翠环姐呢?"

史铁脸色瞬间灰黑下来,两个多月来的辛酸愤懑一齐涌到胸间,他哆嗦着嘴唇不知从何说起,半响才狠狠地"嗨"出一声,抱住头沉闷不语。小厮在门外看得莫名其妙,又不便来催,只好找个阴凉地方耐心等着。

看他这副模样,史润生知道事情不大妙,向弟弟使个眼色,史泽生忙从墙角大瓷壶中倒出一碗水来递到史铁跟前:"史铁哥,这是南京城,不是咱家里,有天大的事也得说出来呀,闷在肚里寻不出法子不说,俺和俺哥也着急呀。"说着真的滴下几滴泪来。

听着史泽生略带稚气却字字在理的话,想想也是,史铁一咬牙,抬起头来强忍着满眶眼泪,断断续续将事情的大概说了一遍,当说到自己如今已被阉掉就要进宫当太监时,终于忍不住泣不成声。

润生泽生兄弟俩听罢也觉恻然,见他难过成这般模样,只得强作欢颜来安慰他。润生苦笑着说:"史铁哥,事到如今也别太难受,听说翠环姐已有了身孕,好歹总算没有绝后。俗话说黄河尚有澄清日,岂可人无得运时,你先安心进宫,好生侍候着皇上,日后混出个人样来,把翠环姐接到跟前,还是热腾腾的一家人。"

史铁虽然觉得这样的希望未免太渺茫,可两个多月里思来想去也只能这样,便强压住烦乱的思绪说:"既然走到这一步,也只能这样打算了。你俩住在这里,俺有机会出宫时也能常来叙叙,心里总算好受些。只是人离乡贱,千万莫要负气与人争斗,能混口饭吃也就算了,下一步咋走等看看情况再作计较。"

史泽生急忙插言说:"史铁哥,你进宫后保不准能见上翠红姐呢,别忘了给她说声俺哥就在宫外头等着她呢。"史润生脸上一热,嗔怒地瞪弟弟一眼,又满怀热望地看着史铁。

七　事事多磨

北方的春天,年年都要来得迟些,可也来得急,忽然不觉间,似乎只是一夜工夫,人们惊奇地发现,热气从天而降,屋里不仅生不得火了,而且连棉帘子也得立刻撤去。翻开皇历一瞧才恍然大悟,原来都三月了,春天不知什么时候竟悄悄地快要溜走了。

燕王一行四人就是伴着和煦的暖风旋进北平城的。来到王府北大门时,日已衔山,模模糊糊辨不清对面行人。王府卫士们持枪荷刀,个个戎装在身,见怪模怪样的四个人风驰电掣闯到跟前,忙上前喝问。有个卫士眼尖,仔细看了看跑在最前头的那人,失声惊呼:"燕……"

话未出口那人抬手甩过一马鞭,卫士惨叫着抱头滚到一边,四匹马瞬间冲进大门直奔府中。

朱棣从天而降,无疑给燕王府吃下一颗定心丸,府中上下又似往常一般沉着稳定起来。徐王妃和三个王子以及金忠等文武心腹更是喜不自胜,望着略显黑瘦的朱棣齐声拜贺。徐王妃一改往日随和衣着,特意换上一套礼装,头戴凤冠身着霞帔,莽袍玉带装束整齐,整个气氛更显庄重喜庆。

洗尘宴是第二日巳时设在王妃平日所居的兴圣宫中。大小心腹依次落座,待酒馔摆满长条案桌后,道衍带领众人举杯敬贺朱棣和徐王妃,嗓门粗细不齐地说道:"王爷进京平安而返,足见天道无亲,常与善人,这都是王爷和娘娘平日积德所致,全府上下无不欢呼雀跃,先敬王爷和娘娘一杯。"

朱棣虽然满面风尘尚未洗尽,精神却很矍铄,双目炯炯放光,含笑招呼众人坐下说:"本王此番进京,感慨良深。尔等不是外人,便是说些不当之辞料也无妨。本王观朝中大臣,皆碌碌之辈,他们四处散布流言,说本王如何如何欲谋反,极力撺掇皇上扣留本王,其实并非为国,实是想凭空生事而显其能!如今社稷不乱,戈矛不起,那班文武大臣无处立功,心焦得很哪,定要本王给他们个机会,小人之心,小人之心哪!"

坐在下首一侧的朱高炽挪挪肥大的身躯说:"父王久在京师,消息全无,后来又听说北平有小人与朝廷大臣勾结起来要陷害父王,我等焦急莫名却计无所出。现在好了,如今父王平安返家,再无他虑,诸军便可齐心应付事态发展了。"

朱棣哈哈大笑:"本王在京师之中遭群小攻讦,确遇到了些麻烦,幸亏道衍在侧,每每能逢凶化吉,实乃本王大幸啊。"

道衍慌忙起身谢道:"这都是王爷自有天福,道衍不过因人成事而已……"

徐王妃浅浅一笑细声说:"王爷远在京师凶吉未卜之时,家中诸人个个也都尽了心的。就说才来的金先生吧,临乱不惊,运筹帷幄,真不亚于汉朝那个张良呢。"

朱棣呵呵笑着举杯招呼众人连饮三巡,放下酒杯说:"本王受此一番惊吓磨难,想想也值,无盘根错节,难以识别利器嘛!如今看来,诸公都是本王之利器,本王兴衰,就依靠诸位了!"

众人闻言忙起身答应:"王爷吩咐,敢不尽力。"

朱棣压抑不住满心欢喜,连连呼好,招呼众人接着再饮。徐王妃见自家一个女流之辈在座,众家将未免忸怩作态,难以尽兴,便应付两句招呼丫头扶自己进去。

朱能张玉等一班武将见娘娘退去,果然放松许多,说话语气也粗起来,换杯更盏间人人醉意微醺。接风洗尘的宴会直闹到未时方有人提议:"燕王路途辛苦,不宜长饮久坐,咱们且散去各自当差罢。"一句话提醒众人,于是纷纷告辞离开。

燕府将领幕僚大多居住在府中,金忠也是如此,他的住处安排在王府南门旁金水河附近。出得兴圣宫,白花花的阳光直晃人眼。金忠本想找道衍好好叙叙,不管怎么说,他是自己的师兄,自己能有今日也是人家极力引荐的结果,况且多日不见又经过这番波折,倾心长谈一番总是应该的。可四处看看,四散而走的人中没有道衍的影子,心想定是让燕王叫进去商议事情了,便昏头昏脑地独自往回走。

今天宴会上能得到王妃娘娘的交口称赞,金忠心气格外高涨。想想燕府上下,文臣中除了道衍恐怕就属自己了,以后的日子能差得了吗?要是有朝一日燕王真的打到南京,登极坐了皇帝,那自己也不枉了平生抱负,总算雁过留影了。自家给人看了好几年相,怎么就没有对着镜子给自己好好相一相呢?

金忠沿太液池晃晃悠悠地走着,想入非非觉得飘飘欲仙起来。忽然他又想起一件功劳,将史铁阉成太监放入宫中充当燕王耳目,便是自己一手操办,要是那小子真弄回来什么消息帮燕王登极成功,那自己分些功劳也是理所当然的。想到史铁,金忠猛地打个激灵,那个叫翠环的美貌娘子还在外宅养着呢。想起翠环,金忠心里有些泛酸,自己天文地理知晓不少,十几年来奔波江湖却连个女人身子都没沾过,竟还不如那个打铁的小子!

想到这一层,金忠思绪奔放收不住,云鬓粉面的翠环在眼前晃动,令他不能自持,有什么东西渐渐下坠膨胀不已。正巧自己房中的两个奴仆迎面走过来,金忠脱口叫道:"快去备辆马车,我要出府去趟外宅!"

马车驰出王府,沿通惠河东拐西转,不一会儿便来到这座外宅前。挨着小巷的一面是磨砖雕花门墙,一对红白相间条纹石鼓,两扇朱红油漆大门,进得门去,有瓦房左右各三开间,当中一方青石板砌就的院落。再往前走,迎面又是一座磨砖花门墙,沿花门进去,便见一方青石彻就的院落,院落有一顺五开间的正房,屋内极其宽敞,翠环和几个丫头便住在这里。

金忠沿青石路刚好走到院子当中,有个丫头在门口瞧见了,尖嗓子叫声:"哎呀,金老爷回来了!"屋内一阵响动,几个丫头和翠环疾步走出来恭立门口齐声叫道:"金老爷回来了。"

金忠还未从醉意中完全清醒过来,两眼有些昏花,看看院落房舍竟有些陌生。四五个人当中,金忠一眼便认出了翠环。近一个月不见,翠环愈加白皙丰腴了许多。身穿件大红湖绉平金叠翠罩袍,内衬杨妃色湖绉绣花小短袄,袄领自胸口处半露,束着一条淡黄结线排穗下垂,说话间樱桃口中雪白牙齿微微一闪,娇媚风情卓然异于众人。金忠看得有些发痴,胡乱答应着踱进屋中,在正面桌旁坐下。

早有丫头端过热茶,翠环双手捧上放在桌角轻声说:"恩公今日如何有闲过来,且先饮杯淡茶消消乏。"莺声燕语中有股淡雅香气扑鼻沁人心脾。金忠神情摇曳不能自持,冲动着想去捏捏她柔荑般的纤纤细手,又碍于几个丫头在跟前,怕传出去不大好听,便挥挥衣袖说:"你们各忙各的,我与翠环夫人有要紧话说。"

丫头们应声退出去。翠环以为史铁进京有了消息,便凑近些问:"恩公,有什么要紧事?"

金忠盯着她嘿嘿一笑抢过话头:"史铁真是交好运啦,进宫当上了太监,每日里围着皇上转,皇上一高兴,赏赐个珍珠、金块什么的是常有的事。干上他三年五载,弄个司礼大太监,嘿嘿,连当朝一品尚书二品侍郎都巴结不及呢!"

翠环暗想自己当年在周王府中,也见过一些太监,远没有这么风光呀,难道皇宫中的太监就是好些?尽管疑虑,心里仍踏实许多,忙深施一礼说:"这都是恩公积善行德,不光救了我俩一命,还为我们前程操心,奴替史铁谢恩公了。"

酒是色媒人,金忠胆子也就格外大起来。"谢,怎么谢,拿什么谢?"他起身缓步走至门前,朝院中望望,随手将门掩住,堆起笑容说,"翠环哪,史铁不管怎么说,毕竟是个废人了,你一个人在这里,不嫌寂寞难挨?既然我有恩于你,何不让我一亲芳泽,彼此聊解心烦神闷?"说着再也把持不住,一把扯住翠环衣袖,拉进自己怀里。

翠环猝不及防,大惊失色道:"恩公,使不得,万万使不得!"

金忠已是神迷色乱,淫笑一声:"如何使不得,你已见识过周王和史铁两个人的了,再多一个有什么?别装了,快来吧。"说着双手不停,捧过翠环的脸乱亲一气,又摸索着去扯她腰间的丝带,一边拥着她向西侧软榻移去。

七 事事多磨

翠环万没料到金忠会突然这样对待自己,急切间忘了呼喊,只是死命地往外挣脱。生扯硬拽中外袍已散落在地下,金忠盯着那短袄下高耸的胸脯双眼放光,下身顿时百倍鼓胀起来,趁势将她按倒在榻上,喃喃说着:"美人,乖乖……"急切间却解不开她紧勒的裙带。翠环在身下像条鱼一样狠命扭曲,三蹭两蹭间,金忠浑身一颤,感觉大江决堤般有股热浪汹涌而出,暗叫声:"不好!"整个人顿时如放了气般委顿下来。翠环乘机翻身爬起,抓住罩袍裹在身上开门跑出去。

金忠喘着粗气半躺在榻上,摸摸湿乎乎的下裆直叫晦气,半辈子没近过女人,好容易鼓起劲来这么一回,还他娘的半途而废了。唉,都怪这狗娘们闹腾得太厉害,改日一定要想个法子摆布她!金忠一会儿痛恨翠环,一会儿埋怨自己底气不足,太过急躁,半响方回过神来。翠环不知躲到哪里去了,丫头们也不见一个,只好强忍着湿漉漉黏糊糊的裤裆,一步一挨地走出门去,全没了刚才来时的趾高气扬。

一连几天,翠环都在战战兢兢中度过。院外关门闭门的轻微响动都让她心惊肉跳。她没有向丫头们说过此事,这种事如何出口呢?况且说了也无济于事。

她一再摸摸微微突起的小腹,暗暗祷告可千万别吓坏肚里的孩子。掐指算来,腹中胎儿已有三个多月了,新生命的蠕动给她以惊喜,也略略弥补了史铁被人打残的缺憾。她本来打算就此安顿下来,在恩公的庇护下精心呵护着小生命,等他来到世间再考虑是否到京城去找孩子的爹,去和史铁团聚。可是金忠的这次到来彻底打碎了她的安排。对于男人她是有过戒心的,但她觉得金忠应该和别人不同,他虽然不是正儿八经的出家人,可他有个和尚师兄,说明他心里是信佛行善的,这让她放心许多。然而……她不愿再想那令人羞辱发憷的一幕,但她知道,金忠既然露出了真面孔,他一定不会善罢甘休,还会找来的。上一回他没有得逞,自己能逃过下一回吗?

不用多想,翠环知道这里是待不下去了。去哪儿呢?回老家临沂,那当然再好不过了,可想想那些长相凶恶的锦衣卫,她就慌乱得喘不过气来。去南京找史铁?南京城到底有多远,她拿不准。况且到了南京,去哪里找史铁呢?再者说,南京城的锦衣卫不是更多吗!

寻千思万掂量中,翠环想起一个人来,满脸胡子茬,四方面庞刚强而又充满正气,看上去便让人觉得踏实可靠,全不似金忠那般诡秘圆滑,让人捉摸不透。一道闪光划过脑际,对,就去济南投奔铁铉!他在那里当着个不小的官,把自己藏起来应该不是大问题,史铁不就是在他那里疗好的伤么?拿定主意后,翠环收拾些细软,手中现银不多,她便将各色金银首饰全带在身上。一切准备好后,翠环特意起个大早,将衣物用小篮装好,挎在胳膊上慢慢走出外院。有两个丫头遇见问:"夫人一大早干什么去?要不要我们陪着?"翠环压抑住慌乱勉强笑笑:"俺去门口看看杂货郎可曾在门口,好把这些针头线脑的颜色配齐备了。你们收拾屋子去吧,俺一刻便回来。"门房老仆问起时,她也这样敷衍着走出那扇朱红大门,四下看看没人在意自己,便尽量迈开步子,很快拐过两道小巷来到大街上。

初晨的阳光将人和房屋洒染得通体金黄,微风和煦,温暖而少有的潮润。来到北平城这么长时间,翠环头一次走在街道上,高高的各式楼屋,密密麻麻四处游走的人流,南腔北调吵吵嚷嚷的市声,所有这些都更让翠环感觉渺小和无助。按原先想好的计划,她得先雇辆马车,央人家一直送到济南府找到铁铉铁大人。至于那得花多少银子,翠环不甚清楚,不过她觉得手边那些碎银子加上搜罗起来的金银首饰,加在一起应该差不多了。万一还不够的话,到济南府铁大人一定会替自己垫上的。

大街上来来往往的马车倒是不少,可一辆辆都大呼小叫风风火火地奔来奔去,不像是等人雇的。翠环沿街漫无目的地走着,一边眼巴巴地看街上有无马车等着让人雇。忽然重重地撞在迎面而来的一个人身上,忙回过神来一看,站在跟前的是个三十多岁的中年汉子,土布衣服,裹块头巾,也就普通百姓装束,不是官宦人家的公子哥儿,略略放下心来施礼赔个不是。

幸而中年汉子无故被撞了一下,并无恨意,反而皱着黄白面皮的脸笑笑说:"这位大姐,瞧你慌里慌张,又是独身,这是要去哪里呀?"

翠环正愁雇不到车子,怕时间长了让金忠知道来找自己。见有人主动询问,看他一脸憨相,不像是个坏人,便说:"奴要到济南有点急事,大哥可知哪里能雇到马车?"

中年汉子听她说要去济南,怔了一怔说:"大姐,济南离北平可远得很哩,雇车倒容易,说实话我家就有一辆篷车,正好近几日闲着没事,送你一趟也无妨,可费用么……"

翠环不想如此凑巧,忙从腰间小褡裢中掏出一大把碎银子说:"这位大哥,你瞧,和这样的还有两把,倘若不够,篮中衣物下边裹着不少金银首饰,只要能平安到济南府,这些大哥都拿去。"

中年汉子看看翠环手中的银子,眼珠转了两转沉吟片刻说:"按说大老远跑一趟,来回得十天半月的,这些银子并不算多。也罢,看你一个孤身妇人怪可怜的,就当行行好,送你一趟。你在这里稍候,我家就在附近,回去套上车咱们就走。"

翠环长舒一口气,连声道谢。看着他折回头拐进附近一个小巷不见了,便退到街边墙根处,脸背着大街,以免让金忠和宅中来找她的人认出来。想着一旦上了马车走出北平城,到济南找到铁铉大人,和夫人小姐们住在一起,平平安安地把孩子生下来,自己是生是死也就无所谓,也算对得起史铁了。这样想想,心里安慰不少。忽听耳边有人轻叫"大姐",忙回头看时,中年汉子正笑眯眯地望着自己,手中多了根马鞭晃来晃去。"大姐,马车准备好了,你瞧,还算合意吧?"

翠环顺他手指的方向看去,路边果然停了辆篷车,辕间套着匹青骡马,拱顶车篷,车厢上描着的彩漆画已脱落不少,半新不旧的,一副粗笨样子,忙连声说好,随他过去,登上车厢中,在一侧横座上坐稳了。中年汉子放下帐幔,一甩马鞭,长长吆喝声:"大姐坐稳,走喽!"车轴吱吱扭扭响起来,渐渐越走越快。翠环搂紧小篮子,盯着昏暗的顶篷,在嘚嘚马蹄声中,感觉生活的希望离自己越来越近。

不知过了多久,车外人声渐渐远去,路面似乎也不平得厉害,颠颠簸簸差点让翠环呕吐出来。当初从济南来的时候没这样的路呀,莫非不是从原路走的?翠环心里正奇怪着,车子忽然停住不动了,中年汉子在车前叫道:"大姐,你下来一下,车子出了些毛病。"

翠环想着强忍住恶心,头昏眼花地从车上慢腾腾爬下来。站稳身子放眼一看不禁暗吃一惊,这是什么地方,四周全是半人高的蒿草,远处苍苍茫茫群山不断,别说大道,连个小路也不见!

见翠环目瞪口呆的样子,中年汉子呵呵大笑:"大姐,我头一眼看到你就知道你来路不地道。一个女人家揣着银两首饰,又不是本地口音,慌里慌张去济南干什么?叫我说,你不是羊角市那边烟花巷里偷跑出来的妓女,就是谁家的使女卷了主人东西。怎么样,没说错吧?哼,今儿撞到老子怀里,算你晦气,识相点的乖乖把银子首饰拿出来,解开衣带陪咱在这草窝里戏弄一回,完了我还送你回城里,不然的话,老子将你撇在这里,天一黑成群的狼非得撕吃了你!"

翠环做梦也没想到才离虎口又进狼窝,更大的灾难在等着自己。慌忙跪倒在地哀求道:"这位大哥,奴家既非青楼女子,也非偷主人东西的丫头,奴家确实是个命苦的良家妇女,大哥千万开恩,饶过奴家。"

中年汉子冷冷一笑:"命苦?老子更命苦呢!快四十了还是光棍一条,赶一年车还捞不上个温饱,谁给老子开恩了?这位大姐,俗话说得好,杀不得穷汉做不了富汉,谁也甭可怜谁了,先图他娘个快活再说吧!"说着扔掉手中马鞭,趁势将跪着的翠环按倒在草丛中,双手撕扯起她的衣服来。

翠环在车中颠簸了半天,手脚绵软无力,被那汉子紧压着半点挣扎不得,绝望中翠环只能狠命地以头撞地。中年汉子淫笑道:"大姐,那样是撞不死的,你就乖乖地从了我,省得受些闲罪!"说着口喘粗气已将她上下衣服一件件解开。

翠环绝望痛苦地闭上眼睛,半清醒半昏迷中想,天爷,我一个弱女子到底造了什么孽,连死都不能清清白白地死!

关于燕王是否有不轨之图的争论,朝中上下早已停止。朝中如今议论不休的话题是,应该拿燕王如何处置。按常理,对付叛逆,当然是出兵讨伐了。可具体到如何打,谁来打,似乎还从未有人认真想过,大殿中一时陷入沉寂。眼见当初朝堂激烈争辩的情形随着燕王的出逃也一并不见了踪影,建文帝更加深了焦虑。张嘴正要说话,忽听殿外有人高呼:"待讲学士方孝孺自蜀返京,于午门外候见!"

众人心中皆是一振。齐泰和黄子澄尤其欣喜。当初力主削藩除去燕王这一隐患的,除他二人之外,就数方孝孺最坚决了。况且方孝孺文武之书无所不博,堪称朝中全才,又深得建文倚重,有他在,朝中沉闷气氛或可有所转机。建文帝显然兴奋许多,抬高声音说:"快宣进来!"

随着高一声低一声一连串的宣进叫喊过后,不大会儿,方孝孺跨进奉天殿高高的门槛。这是个身材瘦削,虽高大而不甚魁伟的中年人。头戴乌纱,身穿浅紫补服,腰束绅带,脚蹬朝靴,虽然风尘仆仆,却也不失气宇轩昂。拜山呼谢过平身后,方孝孺振衣奏道:"圣上,臣奉旨在蜀巡视,忽闻燕王不轨之谋败露,想着朝廷应立刻采取应对之策,故匆匆赶回,未进家门而赴朝堂,蓬头垢面,望圣上恕罪。"

建文帝爽快地笑笑说:"卿忠君爱国,急国之所急,何罪之有啊?昔时杜工部不也曾麻衣见天子么?希直呀,燕王进京之事你也知道了,以卿之见,当如何处置呀?"

方孝孺早有准备,想也不想随口奏道:"陛下,臣此趟蜀地之行,不仅大开眼界,亦看到国家实情。自洪武末年至今,南涝北旱之灾几乎从未停息,良田万顷往往颗粒无收。虽然去年北方降雨颇多,却因冬寒之故,河南山东惨遭菜花汛,难民流离千里,仅蜀地一带就以十数万计。街市繁华之下,却隐着百姓困顿;地方奏报之中,多瞒着财货亏空。由此观之,国家之力远不如户部所报之表,一旦动起干戈,只怕国蔽顿露,难以为继呀!"

很多人把促使建文帝下旨一举讨平燕王的希望放在方孝孺身上,却不料他却一改往日的强硬,婆婆妈妈前思后虑起来。大家知道这也确是实情,便一起把目光转向建文帝,看他有何反应。

方孝孺这番话也出乎建文帝意料,他焦虑惊奇而又有些不相信地说:"难道我大明清平盛世,果如卿所说的凋敝到这种程度吗?"

方孝孺倔劲上来,满脸严肃地紧盯着建文帝大声说:"陛下,此乃臣亲眼所见,并无半点虚夸!据百姓们讲,他们此时境况,虽比元末强出一些,但较洪武二十年左右,却倒退了许多!臣想之所以致此,天灾固是一面,人祸却亦不可小觑。先帝末年,诸王纷纷就藩,他们名为朝臣,实际上就是一个个的独立王国。中央政令入不得藩国,各藩国苛捐杂税既不入国库,朝廷也难干涉。各地有灾,朝廷赈灾粮食虽然分拨下达,却是直接送入藩国国库中,饥民未得半粒,如此上情下蔽下情上蔽之局面,分封之制难辞其咎!臣一路所见,各藩王府中歌舞喧天,酒池肉林,黎民百姓却饿殍道边,真可谓仓鼠有余粮,耕牛无宿料,藩国一日不撤,国怨一日难平呀!"

到底又说到分封藩国的弊端上来了,齐泰、黄子澄和众大臣松下一口气,静听他有何高策。建文帝却忍不住插嘴说道:"若是如方爱卿所言,藩国之制非但不能按先帝所愿拱卫朝廷,反倒成为国家一大害了?"

方孝孺清瘦的脸本来就是青白面皮,此刻因过于严肃而更苍白了,浓浓的短眉攒在一处,长长的细目眯成一条缝,目光却无比犀利,微躬着身子从容不迫地答道:"以臣所观,正是如此。"

"那以卿所见,是否应当将各地藩国统统撤去呢?"建文帝坐直身子问道。其实他也明白,各地藩国都是自己的叔字辈,没有谁真正愿意臣服他这个小侄子。能撤掉各地藩国,按方孝孺说的对国有利,私下里讲,自己心里何觉不更平稳些呢?

方孝孺满脸不平之气:"各地藩王之中,燕王实力最强,不臣之心最显;北平地势最险,为国之重镇,如能将燕王制住,其他藩王自可不攻而下,一道诏旨便可将他们召回京中。"

众人长吁口气,绕来绕去,还是回到北平燕王身上了。"那,希直你看,国力如此,仓促间又来不及准备,而燕王反逆之心已显,又不可不讨,该当如何处置呢?"齐泰终于忍不住了,站在班中问道。

这也是文武大臣们最关心的问题,眼光刷地集中在大殿正中的方孝孺身上。

方孝孺不慌不忙,顿一顿说:"这个,希直也想过。燕王尽管凶悍,不过其辖地不出燕王府,其势力仅限北平城。朝廷如能以防边为借口,重兵逐渐集于北平城内外,似箍桶一般将其紧紧箍住,既不言明其反,又不主动挑战,待兵力层层围困住北平,其若不反,几卫士即可将其提来京师,其藩自削;其若反,兵未出北平而遭层层阻击,数日之内便可靖平,中原百姓可保无恙,国力亦可免遭大损。"

"着啊!既然燕王不先起兵,我朝廷就以护边为名,从容调遣,将其如蚕茧一般层层裹住,其纵有野战之能,却出不了北平城!嗯,确是高见!"建文帝忽然兴奋起来,连连拍击龙案,震得案上一角的御笔跳动不已,"众爱卿以为如何呀?"

关于方孝孺的这番见解,不论文臣还是武将,都觉得合情合理,不显山不露水地能将北平这个隐患除去,当然再好不过了。见众人纷纷点头,建文帝高声说:"好,那众卿就议论一下如何向北平调兵吧。"

在这荒山野岭中,翠环彻底绝望了。中年汉子扯下翠环贴身小袄,白白嫩嫩直晃人眼的肌肤更激起他火辣辣的热望,喘息声更粗,手抖着却撕扯得更快了。

忽然一阵马蹄音急促传来,在空旷的山野中,格外清晰。中年汉子一愣,自己特意出东门拐到这个前不着村后不着店的荒山上,怎么会有人?他停下手直起身子四处瞭望。

翠环突然清醒过来,她知道这是唯一的一线生机了,便使尽力气猛地翻身爬起来,踉跄着向前奔去,一边声嘶力竭地高叫:"救命呀,快救命呀!"

中年汉子急了,一步抄过去,又将翠环按倒在地,恶狠狠地低声喝道:"再乱叫立刻掐死你!"翠环横竖下了求死的心,索性更凄厉地连叫两嗓子。中年汉子果真掐住翠环脖子一使劲,翠环当时气短憋闷,手脚乱蹬。

马蹄音刚才似乎还很远,可是顷刻间已来到跟前,有人勒住马大喝一声:"干什么?快给爷爷放开!"

中年汉子浑身猛一激灵,心说好快的马。抬眼望去,是匹纯种的塞北枣红大马,朱缨金辔,马上端坐一个二十出头的少年,头戴茜色将巾抹额,身穿大红箭袖攒云罩袍,腰束淡黄色丝绦,粉底皂靴,面色深红而多髯,左手挽着辔勒,右手掂一张硬弓,正对着自己怒目而视。

中年汉子暗想这准是哪个有钱人家的公子来这里游山玩水,不巧给撞上了。又见他孤身一人,胆子便大起来,厉声喝道:"谁家娃娃,敢管大爷好事,识相点的赶快滚,不然爷爷连你一块掐死喂了狼!"

马上少年听他这般恶声恶气,早就忍耐不住,顺手将弓挂在鞍上,抬腿跳下:"你这不知死活的东西,大白天不干人事,见了本爷还不赶紧叩头谢罪,真是害疯病了!"说着大踏步过来照中年汉子就是一脚。

中年汉子就地一滚躲过,翻身爬起来怒吼一声照少年迎面就是一拳。那少年冷冷一笑,矮身让过,趁机抬腿照他裆部又是一脚。中年汉子倒也机灵,身子略微偏过,顺便使了个旋风腿,想将少年扫倒。少年弯腰伸手水中捞月,一把将那汉子右脚腕捏住,手上用力,朝前一推,中年汉子惨叫一声咕咚滚到地上。少年紧步跟上,照他身上就是一顿乱踹,中年汉子捂住胸口满地打滚,惨叫不迭。

翠环草草束住散乱的衣服,想趁他俩无暇顾及自己赶快逃走。可是举目四望,到处密草茂林,野风吹过呼呼有声,简直分不清南北。往哪里跑呢?翠环一阵茫然。举措不定间见中年汉子被打倒在地,不由暗暗欣喜,可转眼一想,若是那小伙子来个黑吃黑,那自己岂不更惨?长期的惊吓让翠环不敢再相信任何人,她来不及多想,漫无目的地狂奔起来。

没跑出多远,四周马蹄声骤然而近,翠环惊恐地发现,自己被一群人围在中间。他们个个紧身衣裤,装束整齐,背后斜挎腰刀,手提丝缰翻身下马,冲着走到跟前的少年说:"少王爷,怎么回事?"

少年鼻孔里哼出一声说:"不知死活的家伙,还真跟爷交上手了!你过去一刀结果了那东西,省得污了爷的刀!"一个卫士答应着走过去,手起刀落,但见红光一闪,中年汉子沉闷地哀号半声身子扭曲两下不动了。

翠环望着卫士手中滴血的刀,双腿发软,张嘴巴却喊不出声来。

"少王爷,这个女人怎么办?"那卫士提刀过来,虎视眈眈地望着翠环。翠环魂飞魄散，踉跄倒退两步，狂乱地舞着双手嘶叫道："俺和他不是一路的，求求你们别杀弱女子啊！"叫声还在耳边回荡时，眼前却模糊不清起来，软绵绵地瘫倒在草丛中。

偌大的院落人影绰绰，日光渐渐隐没在高耸的飞檐雕甍中，王府大厅燃起两支巨烛，红红的烛光跳跃不住。朱棣躺在宽大的软椅中，漫不经心地把玩着几件玉簪饰物。

"父王，孩儿本不想管那妇人，只是见她身旁翻落的篮中许多金玉首饰似乎是王府之物，便留意查看，果然正是府中常用之物，件件都打有印记的，看她的模样又不像府中丫头嬷嬷，这就多少有些蹊跷。"朱高煦弓腰站在一侧，正讲着今天打猎的奇遇，"还有一件玉佩尤让人生疑，上边雕着个篆文的周字，莫非是周王府中之物？孩儿见这妇人来路奇怪，便私自带进府中来了。"

朱棣接过那块玉佩，反复细看两遍，掩不住惊讶地说："这种纹路花边，不是周王府中之物还能是哪里？这个妇人到底是什么人物，既有咱府中的东西，又有周王府中之物，着实奇特。人在哪里？快带过来。"

朱高煦拱手答应着说："她当时吓晕了，刚才还昏睡着，孩儿这就差人将她带来。"

翠环站在朱棣眼前时，已让人服侍着梳洗了一番，神情也镇定许多，只是不知对面是何等人物，局促得手脚无措，连施礼也忘了。朱棣斜视她一眼，慢吞吞地问："你姓什么，是哪里人啊？"

"奴，奴……"翠环弄不清这里到底是什么地方，不知道该不该说实话。不过她料想还未出北平，万一说出真相来让人给送回金忠宅中，岂不更糟？急切中信口说，"奴家本是济南人氏，被人贩子劫持到此地，奴家趁机逃了出来，雇辆马车想回家乡，不料那车夫起了歹意，要……多亏这位公子相救，奴家感激不尽，求大人救人救到底，将奴家送回济南，奴家所带金银首饰全当车费。"

朱棣仍摩挲着那块玉佩，冷笑道："照这么说，燕王府中倒出人贩子了？还大老远跑到济南去贩人，真是够辛苦的！看你一个弱女子，倒挺会编瞎话。罢了，本王也不与你饶舌，你如实说出身份来历，如有什么冤屈，本王自然会为你做主。"

翠环闻言陡然一惊，不明白面前这个神秘莫测的大汉怎么一下子就知道自己在编瞎话，又知道自己还和燕王府有关系，金忠不就是在燕王府中办差么？顿时支支吾吾，说不出话来，半跪的身子软软的又想往地下倒。

朱棣见状又是一声冷笑："你这女子本事倒不小哇，不但与燕王府有关系，还与周王府中有瓜葛。说说看，你到底是何等人物？不必怕，本王说过会与你做主的。"

翠环听他提到周王府,更觉心惊胆战,又见他口口声声自称本王,料想势力定然不小,不如直说出来,只要他愿意护住自己,金忠恐怕也奈何不得。想到此横下心来将自己如何从周王府中逃出等事简略叙述一遍,一口气说到金忠如何调戏自己,自己又如何逃走遇上歹人。

朱棣静静地听她说罢忽然哈哈大笑:"好你个金忠,整日和道衍称兄道弟,跟个和尚似的,原来却是个好色的和尚。"朱高煦在一旁也附和着笑了几声问:"父王,这妇人……"

"那还用问吗?她既是周王嫔妃,就是燕府的亲戚,说起来怕还是当今皇上的婶娘呢。"朱棣从椅中站起来,绕翠环踱几步说,"本王倒要让天下人看看,当今号称仁义的皇上是如何仁义,将自家叔叔囚禁京师,自家婶娘颠沛流离,几为歹人所污!可怜哪可悲,他口口声声不负诸王,难道这就是他不负的结果么?"

说着朱棣突然激动起来,声音在厅中嗡嗡作响。翠环虽然不明白他说的是什么意思,却知道自己不至于再被送回金忠那里了,心下略略宽松些,强打精神施礼拜谢他们的相救之恩,并趁机提出求他们送自己回济南。

"这个倒不忙。"朱棣意味深长地看了翠环一眼,"你先静养几日,待身子骨恢复了再说。你在此处不必害怕,金忠不会再找你麻烦。"然后冲朱高煦说道:"你把她安排到兴圣宫后殿房中,将来揭开朝廷伪善面孔,让天下人明白本王苦衷时,她自有用处。"

八　锋芒初露

其实皇宫中也无非这样,只不过房子更多更气派点儿。进宫十来天后,史铁便有了这样一种感觉,不再像初来时东看西瞧什么都稀奇。换上宽松的丝巾大袍,跟在几个老太监身后到柔仪殿春和殿等处游走闲转,倒没觉得有什么太异样处,只是他们鸭子般的嗓音和油头粉面的光脸叫人看不惯。史铁想,自己也是太监了,是不是也和他们一个德行呢?偷偷照了照镜子,果然差不多,原先让打铁炉烤得略显黑红的脸色,在济南府和北平养了两个月伤,捂得有些白净,如今又扑了层厚厚的粉,看上去白得有些恶心。史铁的心嗵嗵乱跳,不敢再多看,怏怏的打不起精神。

"新来的那个史铁呢?死到哪儿去啦!"恶狠狠的声音由屋外传来。

虽然他们的嗓子都差不多,不过史铁仍听得出是自己的师傅许公公找来了。许公公是自己前两天才认的师傅,按太监的话说,这就是宫里的规矩,初来乍到的找个老成点的有些根底的权当倚靠,也可学点规矩,日后好尽快得势。

许公公眼下到底得了多大势,史铁还不十分清楚,不过看他发髻高绾整日有小太监们前呼后拥,替他整衣掸土,连宫女们见了也恭恭敬敬的样子,得势不是很小,甚至还有太监不无眼热地说:"若不是你来头大造化深,许公公哪能轻易收人当徒弟呢?"

不过史铁并没想那么多。除去刚来时拜见一番,行过拜师礼外,两三天里史铁差不多把这档子事给忘了。见师傅怒气冲冲找上门来,史铁不敢怠慢,慌忙跑出来弯腰笑道:"许公公,俺在这儿呢。"

许公公身后还跟了三四个小太监,都不过十五六岁的样子,他们一起在史铁面前站定。许公公脑袋硕大,肉肉墩墩的脸上泛着惨白。他眯起小眼睛盯着史铁似笑非笑,盯得史铁心里直发毛,不知哪里出了错,只好把腰弯得更狠些,头直戳到许公公胸前。

许公公收回目光,眼睛陡然睁圆,甩手照史铁脸上啪啪啪就是五六个耳光。声音清脆响亮,传出去老远。史铁立刻懵住,脸上热辣辣的不是滋味,一股恶气腾地从胸口升起,真想将这个老太婆模样的东西一拳打死,不过他还能记住这是什么地方,强忍着没有发作。

"蠢笨如牛的东西,若不看在徐大人的面上,谁肯收你这等老大不小的玩意儿？话不会说倒还罢了，连个头也不会磕，你的腿是个棍儿不成！"许公公仍然恶气未出，呼呼地直喘粗气。

史铁有些明白了，原来是嫌自己没有给他下跪。在家乡拜师学打铁时，倒是行过跪拜大礼的，不过那是实实在在的学艺。这算什么呢？跟一个太监能学什么，还值得向他磕头？史铁倔劲上来，僵持在那里一气不吭。

"哟，骨头还挺硬！耳朵呢，你的耳朵呢！还不快跪下。"许公公满嘴阴阳怪气，不过凶狠相似乎消了些。

史铁犹豫地动了动，心中仍然别别扭扭弯不下腿去。许公公忽然长长叹出一口气，朝身后摆摆手说："你们先回去吧，我要好好开导开导他。"

几个小太监稚声稚气地答应着沿绕廊退出院子。许公公见他们走远了，才慢吞吞擦着史铁身边进到房内。史铁不明白他要如何开导自己，也不知道眼下该做什么该说什么，只好半弓着腰站在原地。

过了许久，就听许公公在屋里扯嗓子叫道："怎么，不会磕头，连路也不会走啦？还不快进来，还非得用我叫吗？"

史铁这回不敢怠慢，撩起宽大的袍摆跨进屋去。许公公半倚在躺椅上，眼睛似睁似闭，见史铁站在旁侧，悠悠然开口说："小史子呀，你的事徐大人可都告诉我啦，难为你岁数这么大了，又改道做这种差事。你想，要是换个人在本公公跟前这样不知深浅，能轻易这么撂下么？"

乍一听有人叫他"小史子"，史铁觉得挺新鲜，又听许公公说了句体己话，想想自己近来的遭遇，史铁心头一软，两行泪挂不住扑簌扑簌掉下来。许公公欠起身子，"哟，还真委屈了呢。"说着伸出白胖的手在史铁脸上轻轻抹了一把。

史铁感觉他那手就像在水里泡了多少天的死猪肉一般，浑圆白胖，碰在脸上油腻冰凉，不由得浑身哆嗦一下，起了层鸡皮疙瘩，不过没敢躲闪，嘴上还违心地说了声："多谢许公公照顾。"

"哎，这就对了嘛！小史子呀，徐大人亲手将你托付给我，我也就不拿你当外人。成人不自在，自在不成人，如今干咱这行当的，充其量只能算半个人，别把自己看得太金贵喽，只有轻贱自己，你这差事才能办好。"许公公有些高兴起来，语言也柔了许多。

不过这种腔调史铁总听不惯，头皮有些发麻。但按徐大人交代的，进了宫什么事都得忍着，纵使你有天大本事，也只能先将自己看成一条狗。史铁当初还嫌他话太难听，如今又听许公公也这样说，再想想自己见到的太监们那副模样，暗叹口气，心想只好认命了。

许公公瞥见史铁僵硬的脸色缓和下来，复又躺下身去长吁口气说："小史子，看你也不像个笨人，这里的事情应该能想明白。既然由原来站着尿变成了如今蹲下尿，心里也得转过这个弯来。来，跪一个我瞧瞧，这是每日宫里最常见的礼，

— 87 —

学不好可不行。"

史铁纵然心里万分别扭,可知道今儿不跪是不行了。便涨红了脸,咬牙闭上眼睛狠狠地跪了下去,心口处却憋胀得厉害,泪水刷地流了一脸。

许公公却颇得意:"这就对了嘛,忍得一时羞,三天吃饱饭。跪一跪也不是什么大不了的事,头一回难,第二回就好些,你起来吧。"

史铁一气不吭从地上爬起来,还没站稳便听许公公说:"小史子呀,刚才跪得可生硬些,好像跟谁生气似的,这偌大皇城中,你能跟谁生得起气呢?不行,再来一次,自然些就好了。"史铁挥袖擦把脸,这回小心翼翼地跪下去,心里虽然还别扭,却轻松一些。

许公公好似看出他心思,笑一笑说:"小史子,宫里的规矩多着呢,怎么下跪,怎么问安,怎么传话,怎么听主子训示,怎么服侍主子吃饭穿衣,都有学问,只要你心里转过弯来,以后咱慢慢教你,别急,心性顺了什么都好学。"

史铁趴在地上低哑着嗓音说:"多谢许公公指点,将来史铁发达了,一定不会忘记公公的恩典。"

许公公手拍椅子扶手叹口气说:"罢了,咱也是受人之托。再则看你也是个老实孩子,至于发达不发达的话,全靠你自己的造化了。现如今在宫里办太监差事也不容易,自打先帝爷时候对咱们就管束得十二分严。宫门口那块铁碑见过没有,那就是专给咱这帮人立的,让咱们不得干预朝政,不得刺探朝情,不得读书识字,违反了一条小命可说没就没了。唉,难混哪,你年龄大了,比不得那些小孩子伶俐,虽说有徐大人在宫外照应着,也得加倍努力才成啊!"

史铁心绪平静许多,一一点头听着记下,当听到不得刺探朝情时,想起金忠和燕王特意派自己进宫来的目的,心里突地一动,不过脸上没显出来,重重地叩了两下头说:"多谢许公公训导,史铁记下了。"

许公公满意地点点头,站起身来说:"起来吧,以后多留意别人怎么做就是了。近些日子皇上新宠了个美人,住在后廷柔仪殿宫中,要想多见皇帝,侍候着她机会再多不过了。咱这就领你过去见见,你就暂且在她宫里走动吧,等有了好差事再来换你。"

史铁连忙谢过,爬起身来整整衣服随许公公走出门去。沿绕廊走出园子,顺墙根旁石子小径一路走去,不时穿过座座半月形拱门。绕过几座颇具气势的殿阁,再往前走,路忽然宽阔起来,史铁抬头一看,正前方有座大殿,八角飞檐,五颜六色的彩绘斗拱,正中央八扇镂花方格朱门,两侧窗前各有一方小池,池中突兀着大小不等各色石块堆就的一座假山,山上缠满春藤,郁郁葱葱,凭空在威严中增添了不少生气。大殿前有五级宽阔的台阶,正门上方悬着一块金泥匾额,上边龙飞凤舞地草书着"柔仪殿"三个大字。史铁暗想,这就是那位美人所居的柔仪殿了。

许公公却并没有进殿,而沿着西侧池塘绕过去,穿过大殿西侧的磨砖花墙下小门,里边有个大园子,迎面看见园中央堆砌着一座更大的假山,山体高大,山石上长满墨绿色青苔,看上去潮乎乎颇感凉意。假山正中央有个门洞,洞上方条石上篆书写着"天怡神养"四个字。

沿石砌小径穿过山下门洞,史铁觉得眼前霍然一亮,一座飞甍丽瓦的殿房出现在面前,格局和前边大殿差不多,只是略小一些,心中暗暗感叹,都说皇上赛似活神仙,果然不假,前两日光钻在房中心里闹别扭了,竟没发觉还有这么多好的去处。

几个宫女正在台阶下站着,见许公公过来,忙插腰施礼,齐呼"许公公"。许公公略点点头问:"翠美人可在宫内?"

一个宫女细声细语地答道:"翠娘娘正在宫中净面梳妆呢。"许公公回头看史铁一眼,也不吭声,抬步上了台阶,直走进殿内,史铁屏息静气,紧步跟上。

殿内椒香颇浓,扑鼻而来,史铁忍不住想咳嗽,急忙咽口唾沫压下去。许公公转过殿内屏风,拐进东侧一个小门,里边紧挨挨地站着五六个宫女,有的捧着镜匣,有的端着个首饰小箱挑来拣去地递给前边正梳头的宫女。

许公公轻手轻脚挨进去,白胖的脸上堆满笑意,夹在几个宫女中间弯腰媚声媚气地说:"娘娘,老奴侍候娘娘来了。"

史铁跟在后边不知如何是好,忙跟着弯下腰去。跑了这么长的路,屋内显得有几分闷热,宫女们身上的香气逼得史铁喘不过气来,但也无可奈何,只得强忍着。

被簇拥在中间的翠美人闻言摆摆衣袖说:"许公公辛苦了。今儿这么多人,就不用你忙了,回去歇着吧。"

许公公赔笑说:"娘娘这么宠着下人,难怪皇上直夸娘娘和他一般仁义慈善呢。想着娘娘刚进后宫满脸郁郁的样子,老奴别提有多揪心,这两天好了,娘娘脸色舒展多啦,老奴打心眼里高兴呢!"随即扯扯史铁,让他往前靠两步说,"娘娘,老奴身子骨不大活泛了,怕跑腿的事怠慢了焦娘娘的心。这不,换了个新进宫的帮手,不大懂规矩,娘娘该吩咐的吩咐,该打骂的打骂,别气伤了娘娘身子就成。"说着暗中推一把,要史铁过去磕头。

在这种阵势下,史铁来不及多想,紧走两步从宫女缝中扎过去,到翠美人身旁扑通跪下,口称:"奴才叩见娘娘。"

梳妆已经整齐,翠美人对着镜匣左左右右来回端详着说:"罢了,你叫什么名字?"一边不经意地斜觑他一眼。四目相对,如石破天惊般,二人顿时目瞪口呆。有一瞬间史铁万箭钻心地难受,这就是史润生在宫外苦苦期盼的翠红?看她披红挂绿,满头首饰插得满满当当,像孔雀开了屏一样,脸色不知是不是因为涂了胭脂的缘故,红润多了,多了些城里女人娇滴滴的妩媚,原先那种活泼伶俐劲儿却一丝都不见了。只怕润生现在来到跟前,也未必敢上前和她随便说句话。史铁跪也不是,起也不是,脸上滚下几道汗来。

翠红更是做梦也没料到会在这里碰见史铁。眼皮底下跪着的这个穿灰纱袍头戴罩帽,脸皮光光的人难道会是史铁哥?翠红无论如何不敢相信,可是她又不能不相信。老天爷,这是咋回事啊!翠红那颗刚刚平息下的心立刻被这突如其来的风暴搅得翻江倒海起来。

接连许多夜晚,建文帝几乎天天驾临这里,开始时还有些别扭,但时间稍长也就渐渐自然起来。翠红心中的负罪感逐渐变淡,在这个位居万人之上的小伙子面前,翠红听着他反复倾诉着如何爱慕自己,如何从第一眼瞧见便再也不能忘怀等等温软的话语,冰冷僵硬的心渐渐一点一滴地融化。她甚至想,偌大皇宫中姿色比自己强的人多了,可他偏偏看中了自己,不仅特旨将自己安置在这幽静的后宫,派来这么多宫女供自己使唤,还一下子将自己封成了美人,可见他是真心喜欢自己的。自己既然已经辜负了润生哥,就不能再辜负他了,权当润生哥的那个翠红已经死掉吧。这样想着,心里松快了许多,脸上也渐渐笑意盈盈,惹得建文帝兴奋不已,两人每次都要折腾个尽兴,直到筋疲力尽方才罢休。

可是如今,史铁突然从天而降,生硬地跪在自己面前。突兀的现实提醒着翠红,自己仍然是翠红,翠红其实并没有死去。他怎么会来到宫里成了太监?家里到底发生了什么事?润生哥呢,莫非也在宫里成了太监?姐姐呢,她如今是死是活?万般心绪一起涌上心头,翠红明知在这么多人面前万万不便相认,嘴里却仍然万般惊讶地叫道:"史……"

史铁尽管进宫没有几天,可这几天里也心知肚明了许多东西,铁匠胸中那颗铁硬的心像在火上烧过又被敲打了一样柔软了不少。刚才难堪的对视中,史铁知道此时纵有千万句话也不能说出口,更不能让人看出破绽,否则传扬出去,翠红和自己在宫里会得到个什么结果?见翠红张口惊呼,史铁灵机一动,忙开口应道:"是,娘娘,奴才小史子一定听从娘娘吩咐,竭力办好差事。"

翠红的话被堵到嘴里,心下却省悟过来,强忍住嗓音不打战说:"那好,以后你跟许公公好好学着点,有什么不明白的多请教许公公,别什么事都由着性子来……"

话还未说完,有个宫女慌慌张张跑进来喘着粗气说:"娘娘,皇上来了!"

众人闻言一起愣住,不是刚走吗,怎么又回来了?翠红脸色一红,眼光躲过史铁问那个宫女:"你可瞧准了?"

宫女仍喘息未定:"瞧准了,皇上怕已过了大殿前面的小拱门了。"

建文帝的确是奔后廷而来,不过不是一个人,身后还跟随着七八个文武大臣,也没有进后宫,而是直接进了柔仪殿大堂中。

不知从什么时候,建文帝有了一个习惯,朝堂上议好的事他还要在后廷中和几个心腹大臣再议议,这样心里才觉得踏实。特别是这次,已经议定向北平燕王下手了,他有些激动,也有几许兴奋,更多的却是埋在心底隐隐约约的忐忑不安。

这样做能行吗？会有一个什么样的结果？脑海中翻腾着，他在大殿正中铺着绣龙黄缎的大软椅上坐下。

看看跟随来的文武们分别两侧坐定了，建文帝先长长地舒两口气，故意放慢语调说："诸位爱卿，刚才朝堂所议之事你们也是十分赞同的，不过朕仍想放开心思再往深里说说，大概万无一失了，朕再发旨不迟。"

两侧大臣互相对视一下，耿炳文苍老的声音说："陛下，依老臣看，朝廷这样调兵遣将，虽以防备蒙古鞑子为名，不过明眼人一看便知其矛头指的是北平燕王。臣担心如此一来会激其速变，朝廷应提前有所准备才是。"

建文帝点点头，沉吟不语。齐泰坐直身子拱手冲建文帝也冲对面耿炳文等武将说："耿将军身经百战，见多识广，提醒得极是。兵部目下正拟将国家兵力逐渐北移，江南各地卫所除几处必防之地及长江沿线外，其余军队将分批分次集结于河北、河南、山东等地。另外，大宁三卫也急募兵勇，对北平形成南北夹击之势，其不动则已，若动则难出北平城。即便出了北平城，也可确保将其压制在河北南部和山东北部一带，想来对国家并无大震动。"

黄子澄接过话头说："陛下，燕王逃回北平后，知道其心迹已败露，朝廷定然不会善罢甘休，恐怕也会加紧谋反准备。朝廷应速作调遣，重兵集于北平郊外，使其胆寒，逼其速反，速反则易制，待其准备已定，恐怕就要多费些周折。"

李景隆抖抖衣袖含笑说："诸公不必如临大敌。大家想想看，北平距南京数千里之遥，燕王起兵攻打京师，就算他连连得胜，中间要穿过河北、山东、安徽等数省，官兵层层堵截，大小定不下百余战，恐怕等他到不了长江边，兵卒就会折损殆尽，此所谓强弩之末，其势不可穿鲁缟嘛！"

建文帝听他这番议论，心情似乎立刻轻松一些，脸上泛起淡淡笑意，看看方孝孺说："方爱卿为何不言不语？"

方孝孺起身拱手说："刚才诸公所言确是这个道理。不过此乃国家大事，关乎国运民生，不可不慎。孝孺看来，燕王如今与朝廷势不两立，起兵反乱是迟早之事，正如子澄所言，早反则其准备不足，仓促举事，易于制伏，故此朝廷方面当速下决断，即刻调遣兵力，密布四周。"

建文帝闻言霍然起身下定决心说："兵部即刻拟旨，着都督宋忠率兵三万，屯于开平；都督耿瓛带兵五万，屯于山海关；千户徐凯督兵屯于临清；都督张并与谢贵，将兵两万屯北平城内，监视王府，一旦有变，可先发制人。其余不足之处，卿等下去斟酌安排，拟好旨后报上来待朕钦定。"

众人依次退出柔仪殿时，都揣着一个同样的预感，朝廷与北平之间经过这么长时间的阴天后，看样子真的要下雨了。他们只是把握不定，是绵绵细雨呢还是暴风骤雨，是即刻雨过天晴还是阴雨绵绵乃至引发不可收拾的洪水？

六月的天气,即便是北平乃至更北的塞外,热浪也海水般无遮拦地四处漫延。

北平城四周的庄稼已收拾完毕。澄黄的麦茬一望无垠,时而交错着碧绿的高粱田,像铺了一层方格花纹的地毯。天空没有一丝云彩,瓦蓝瓦蓝的特别高远,骄阳却似乎垂得更低,孤零零地悬挂在半天中,无数道刺白的光利箭般逼得人四处躲闪。

北平城内各大店铺前都撑起巨大的遮阳伞,各大街市上依然人声鼎沸,客商往来不绝。骄阳纵然如火,而铜钱的诱惑力比火更强烈。站在城中最高楼钟鼓楼顶层向下望去,整个北平城宛如一锅煮沸的稠粥。

朱棣站在钟鼓楼顶,望着街市更远的前方发怔,道衍与金忠分立在朱棣两侧。"看见了吧,城外烟尘起处,那是他们在调动兵马。"朱棣仍然端注着远方,面无表情,似乎在喃喃自语。

"王爷不必过虑,自古腊月不交兵,朝廷兴师动众,在北平城外频繁换防,丝毫奈何不了北平城,只不过徒增民怨罢了。"道衍的光头在太阳下油油地发亮,不时抹把头上的汗。

朱棣见状一笑:"一锄头是动土,两锄头也是动土,总之将朝廷得罪了,他们大兵压境也是自然。咱们何苦找罪受,到厅中凉快一会儿。"三人转身进到楼内小厅中,身后的带刀卫士齐刷刷闪开一条路。

钟鼓楼顶层的厅堂有些狭小,收拾得倒很精致洁净。一圈格窗涌进淡淡清风,实木几案光洁锃亮,地板也刚刚用水冲过,散发着阵阵桐油的香气。朱棣缓步走到正中央楠木雕花的圈椅前坐下,两个侍女慌忙上前轻摆拂扇,扇得风大了些,一缕头发从高绾的发髻上散落下来贴在脸上,朱棣有意无意地看她们一眼,二人身形一矮,忙将摆扇摆得慢了些。

道衍和金忠在斜对面坐定。金忠因为翠环的事,说话仍不够大胆。虽然朱棣并没有当他的面提及此事,但他听朱高煦说过事情始末后,心里一直忐忑不安。他知道朱棣并不会因此降罪于他,可见到朱棣时未免有些不大自然,便吞吞吐吐地说:"王爷,南京方面的消息看来还算确切,宋忠、耿𤩲、徐凯等各率部众屯兵于山海关、开平、临清一带,兵数不算太多,不过大都是和蒙古军作过战的,颇为强悍。另外还有朝廷将领率大批江南军队缓缓北移,大有黑云压城之势!"

朱棣面色平静地说:"这个本王已知道。北平目下就是孤城一座,只好静坐等待朝廷衙役来捉拿了!"

道衍斜乜金忠一眼,含笑说:"王爷说笑话了。两阵交兵,兵贵精而不在多,一虎十羊,势无全羊。北平城乃昔时元之大都,城坚池深,任他兵士再多,也是无可奈何。我已经盘算过了,朝廷发兵,必然就粮于山东、河北,能控制此两省,便是断了其粮道,无粮之兵,定败无疑。所以天下虽大,我们其实只需十有其一便稳操胜券,王爷何必过虑?"

朱棣点点头,忽然站起身复又来到厅外栏杆旁。道衍、金忠不知什么意思,只好跟在身后。

朱棣手指西直门一侧的军营说:"你们瞧,朝廷兵力不光只在城外,城内北平都督张玗、谢贵昨夜暗开城门接进来万余士卒,眼下正磨刀霍霍,不日便想拿本王开刀呢!"说完了又冷冷一笑,"本王倒要亲眼看看,这帮人能干出什么好事来?"

说完便转身下楼,众人见状忙紧紧跟上,脚步杂沓,楼梯嗵嗵乱响。楼下护卫听到响动,知道朱棣下来了,也挺身站好,准备出发。朱棣走至楼梯中间时忽然想起什么似的问:"葛诚呢?身为燕府长史,几天竟不打一个照面!"

葛诚其实就在燕王府内,他正坐在府门旁侧的门房内焦急不安地等着朱棣回府。

上次成功地将于谅、周铎押解进京,葛诚以为朱棣必然会被扣在京师,北平王府将不战自乱。可是万万没料到朱棣提早听到风声,金蝉脱壳地逃回了北平。葛诚满腹希望化作泡影,失望之余料想府中必然有一场大搜捕,朱棣肯定会怀疑到自己头上。他早就作好了随时被逮捕的准备。不过又出乎他意料的是,朱棣竟然悄无声息,似乎容忍了北平城中有人对他的不忠。

也许是朝廷大兵压境,他没心思顾及这些了吧,葛诚心存侥幸地想。不过更让他牵挂的是,自己一计不成之后如何再施下一计,如何能少费干戈地让朱棣就范,以完成建文皇帝及齐泰、黄子澄的重托。当得知北平都督谢贵、张玗昨夜暗中招兵进城充实军营的消息后,他精神一振,一个险计跳上心头。

一阵杂乱的马蹄声和刀剑撞击声传来,燕王回府了。葛诚心头涌过一股热血,大步走出门房,冲着缓缓过来的朱棣长长一揖:"王爷辛苦,葛诚有下情禀奏。"

高高坐在马背上的朱棣和身后的道衍、金忠显然一愣,朱棣眼光转动几下说:"到后厅去坐!"说罢双腿一夹,众人追随着冲过府门。

后厅坐落在太液池东侧,刚建成不久,还能闻到很浓的油漆味。四周绿树参天,厅院中洒满铜钱大形状的日影,全无夏日午后的闷热。彼此分主次坐定,朱棣换上副笑呵呵的模样,先开口说:"葛诚啊,本王前次进京,旅途多舛,险些因为和皇上闹误会把命丢了。王府之中全赖你们维持,还没来得及言谢呢!上回设宴,派人请你,你说身体不适,怎么样,如今好些了吧?"

葛诚没想到朱棣会说出如此客套的话来,不知他是什么意思,只好一脸感激地说:"多谢王爷记挂。葛诚身受朝廷派遣,来王爷麾下任长史,理当恪尽职守,照料好王府,以报效朝廷。况王爷待葛诚亲如一家,于公于私都是应该的。"

燕王满意地笑笑,直视着葛诚说:"葛诚忠直是人人尽知的。不过眼下本王因小人撺掇,与朝廷有些误会。朝中上下都说本王将起兵反叛,本王虽然痛恨那帮在皇上面前别有用心的小人,却如何敢对皇上不满?只是本王之心无法让皇上明白,甚是苦闷不堪。近来朝中小人对本王诽谤更甚,皇上受其蒙蔽,在北平城外不断增兵,大有攻城之意。本王倒不惧被逮,只怕落入小人之手有口莫辩。葛卿,你看如何处置啊?"

葛诚心下忽然宽松许多,看来朝廷的举动,倒真的震慑住了他。脸上却颇严肃地说:"既然是场误会,王爷大可不必忧虑。肚里没病死不了人,王爷坦坦荡荡,任他小人上蹿下跳,皇上圣心明鉴,终有澄清的一日。依葛诚所见,王爷只要对此充耳不闻,张目不见,写奏章说清原委。如此一来,圣心自察,王爷可保无虞矣!"

朱棣听得很认真,若有所思地连连点头:"葛诚言之有理,这样本王就放心多了。不过怕只怕任你官清如水,难逃吏滑如油,小人之言汹汹,难保圣上不为其所迷,所谓众口铄金,积毁销骨,不可不防哪!"

葛诚满脸认同,深有感触地说:"王爷深虑,非常人可及。葛诚有一事禀奏王爷,或许能挽回朝廷的猜疑,不知当讲不当讲。"

朱棣哈哈大笑:"葛卿什么时候客气起来了,本王你还不知道吗,大老粗一个,喜欢直来直去,有话你就尽管说,总之本王知道你是在为朝廷为王府好。"

话已说到这个份上,葛诚不再犹豫,横一横心脸上却不动声色地说:"王爷,据臣所知,北平督都谢贵、张并二位将军,在北平城中驻军近万,一则为朝廷拱卫王府,共守北平,二来也未尝不是朝廷耳目,燕王有何动静,必先经他二人传至朝中。他二人的奏章皇上必相信无疑。臣观谢张二将雍容大度,一向据实上奏,不似那班奸佞小人。王爷每年腊月间不是都要亲赴府中各处军营慰劳将士么?臣想,王爷如能像慰问府中将士一般,准备酒肉亲自到他们军营中慰劳,一则以皇叔的身份安抚边兵,替皇上分忧,二则可与谢张二人面吐心声,二人见王爷坦荡无欺,必然会暗中禀奏圣上。如此一来,罅隙冰释,皇家无猜,圣上再下一旨,把各处兵马调归原处,王府复归昔日祥和,岂不甚好?葛诚私下里这样想的,还望王爷思量定夺。"

朱棣思虑片刻恍然大悟地直拍脑门:"本王怎么就没有想到呢!谢贵、张并二督都驻守北平已两年有余,本王倒还一次没去过他们军营呢,难怪圣上不满,小人趁机大造流言了。好,本王明日便准备酒食等物,后天一大早趁凉快亲赴营中慰劳诸军。难得你替本王思虑得如此周全,那你不妨去他们那里一趟,说明本王之意,约他们后天日出时分,在大营辕门外相见。"

葛诚望望一脸真诚的朱棣,起身拜道:"王爷如此胸怀,纵便有几个小人又能奈何!葛诚这就去告知二位都督,臣想他们定会喜出望外,士兵们怕要欢呼雀跃了呢!"

朱棣笑笑也站起身说:"此虽小事,可关乎本王一片诚心,关乎能否正朝廷视听,实在功德无量呀。圣上要是知道本王的举措,再阅毕本王谢罪奏章,定然欣慰不已,本王之心也可放回肚中了。王府之危难,没想到赖葛卿一人而解哪!"说着伸手扶住葛诚肩膀,送至厅前阶下。

北平都督府大营紧贴西直门南侧城墙而建,南临金水河,规模不是很大,加之骤然增多了近两倍的士卒,显得十分拥挤。谢贵、张并二人都是大高个,脸色黑中透红,各穿一件马甲,露出满是肌肉疙瘩的膀臂。他们早就认识葛诚,加之朝廷方面早有密旨言明葛诚身份,此刻相见倒也心知肚明,让至大帐中略加寒暄,很快言归正题。

"看样子他是真信了我的话。"葛诚叙述一番他与朱棣会面的情形,满有把握地说,"他未必会想到这是在赴鸿门宴。朝廷方面气势汹汹,各路军马渐向北平靠拢,他可能自感底气不足,有求和之意。如能乘其不备,将其拿下,然后发兵围住王府。如此一来,不费一刀一枪大功告成,各路军马免于血战,北平百姓省遭牵连,二位将军可就立下奇功一件了!"

谢贵满脸兴奋,望着张并说:"张都督,你看怎么样?"

张并也被葛诚说动,不假思索地说:"好倒是个好机会,只怕有人背后骂咱们呢!"

谢贵一怔:"谁骂?骂咱们什么?"

张并得意地一笑说:"各路将军见咱们不声不响将燕王制住了,他们少了立功升职的机会,能不骂吗?"

"你呀你,吓我一跳!"谢贵蹦起来捣了张并一拳,哈哈大笑。

夏日的夜色来得缓慢,也不是很浓,已交巳牌的天色仍然隐隐作亮,眼前景物朦朦胧胧,似远似近,忽隐忽现,倒别有一番情致。燕王府各处通明的灯笼已经悬挂起来,淡黄的光将灯笼上朱红的"燕"字衬得格外醒目。内厅后边花园中沿池水有一道曲曲折折的凉亭,朱棣背靠栏杆斜坐在竹椅上,样子很舒服,翻眼望着亭外星空。道衍、金忠、朱高炽、朱高煦、朱高燧三兄弟及张玉、朱能等几员大将呈半圆形坐在两侧。

"父王,葛诚不是什么好东西,他的话是万万信不得。上回于谅、周铎被骗出王府押至京城,我怀疑就是葛诚暗中指使。他一计不成又生一计,像这样的小人,依着孩儿早该一刀杀了!"朱高炽话语中透出愤懑,也有几许忧虑。

"大哥说得对,葛诚是什么东西,敢明目张胆地劝父王赴什么鸿门宴!父王别理这种小人,孩儿这就一刀宰了他!"朱高煦早就按捺不住,厉声附和着杀气腾腾地说。

朱棣没理会他二人,轻声问道:"道衍,你说如何处置呢?"

道衍坐在一根亭柱下方,头顶对着灯笼晃来晃去闪动的光,脸上却更浓暗看不出表情,他清咳一声说:"葛诚身为朝廷所遣官吏,向来倾向于朝廷,这回突然为王爷着想,替王爷想出个解脱罪责的良策,似乎有些说不过去。不过这也给王爷出了道难题,去吧,分明是凶险更甚于上次进京城;不去吧,岂不显得底虚?"

"那就不去!宁可底虚也不能冒险!"朱高燧突然高声插了一句,张玉等人觉得正是这个道理,也都连声说:"对,不能上他们这个当!"

朱棣默不作声,等他们七嘴八舌地议论完了,才缓缓说道:"葛诚心计本王焉能看不出来?本王答应他,有这样一层意思,如今朝廷大兵压境,一场战事在所难免,府中虽然有所准备,可实力到底如何,本王却委实心中没底。前两天翻阅《易经》时读到一句话,颇觉心动,书上说'圣心即天心',本王思来想去,何谓圣心,何谓天心呢,良久方恍然大悟,天心即民心,民意即天意啊!故此本王当即答应葛诚,要大备酒肉大张旗鼓地慰劳朝廷官兵,要让北平百姓都知道,本王无心与朝廷作对,乃是忠于朝廷之臣。将来战端挑起,百姓也知本王是受人诬陷,实乃迫不得已。"

众人觉得也有道理,可心中仍不免犯嘀咕。沉默了一会儿张玉说:"王爷所言固然极是,可自身安危不可不防哪。谢贵、张并素称骁勇,营中新近又暗增兵力不少,倘一进虎口,他们不顾什么民心民意,以刀兵相见,又该如何?"

朱棣冷冷一笑:"本王早就想好了一套对策,你们都过来,听我说说,看还有什么破绽。"

北平城中平静如常,为衣食奔波忙碌的人们似乎无暇顾及其他。三十年了,北平城未见刀枪厮杀,年轻一些的甚至想象不出打起仗来是什么景象。每个人心里都想,三十年都过去了,这仗哪能说打就打呢?还是把心思用在营生更实在些。

然而六月初六一大早,街市上的人们发现,正常的生活突然被打乱了。清晨时分还有些凉意,街市上人涌如潮,个个忙得不可开交。刚交卯牌时分,燕王府南门两扇巨大的朱红大门咣咣作响,霍然大开。南门原是元时皇城大门,厚重威严,在街市人眼中它似乎从来都是牢牢紧闭的,里面的世界神秘而遥远。然而从来未开过的大门今天缓缓地敞开了,人们顿时激起久违的好奇,远远地驻足观看。

大门开处,鼓乐奏鸣,一队人缓步从里面出来。打头的是八个彪形大汉,赤着上身,黝黑的肌肉闪闪发亮,下穿绿色短裤,一条宽大的红腰带扎在胯部,红缨穗头迎风摆舞。他们抬着一面大鼓,鼓后两名更雄壮的大汉,一样装束,各执两根鼓棰狠劲地敲,咚咚之声震天价响。紧随其后是八人一排的吹鼓手,手执细长的六孔唢呐朝天吹奏。前后共有八排,六十四根唢呐滴答之声响彻天际,游漫了整个北平城。唢呐之后,又有八人齐吹羌笛,八人齐吹胡笳,各种声音缠绕在一起,上下翻飞,宛如漫天飘散的雪花般厚厚地盖住了围观的人。

乐队过后，两名壮士身着密扣马甲，淡绿色绑腿裤，一样的红带扎腰，各自手举一块宽大的白色木牌，右侧的写着："代朝廷安恤一方边兵"，左侧的写着："替圣上慰劳两位将军"。两侧均为大黑楷书，字体雄壮夺人耳目。木牌后边又有两人齐举一白色横幅，上书朱红大字："燕王慰劳驻北平边军"。

围观的人们此时方才明白怎么回事，个个啧啧称奇："不是说燕王要谋反吗，怎么又慰劳起朝廷的兵来了？""那都是胡说，燕王是皇上四叔，能反吗？亲不亲一家人，你看上边不是写着，代朝廷安恤一方边兵，人家和朝廷就是一回事，有什么反不反的？""就是，也不知谁造的谣言，弄得人心惶惶，现在看来根本没那事。哎，两将军是谁？""那还用问，西直门的都督谢贵跟张昺呗。""哎，嚓声，又有队伍过来了。"

果然，横幅后边紧紧跟上一大帮军汉，个个衣着簇新，上穿五彩团花密扣紧身薄纱衣，下穿大红扎脚裤，头上还包着湖色裹巾。他们两人一伙，抬着一个半人高的黑瓷大坛，坛肚子中央贴块红纸，上面斗大的一个"酒"字，一队队列次走过。细心人数了数，吐吐舌头说："乖乖，三十坛呢！看那坛子至少能装一百五十斤，这三十坛酒就是四千多斤呢，得多少银子哟！""看你那样大惊小怪的，真没见过世面，人家是皇家嘛，天底下银子还不都是人家的！不过燕王也真够大方的，忠心不忠心，这时候就看出来了。""哎，你们快看，后边还有！"

人墙越堵越厚，抬坛子的军汉过去，紧随其后又是一队同样装束的军汉，也是两人一伙，各抬一个三层大食笤，朱红食笤描金的飞禽走兽煞是好看，里面不知装的什么，看样子分量不轻。有人细细一数，不多不少，也是三十个。食笤后边，几名护卫衣甲鲜明，神情肃穆。他们身后缓缓走来一顶曲柄大伞，伞下正中央桃红马上端坐一个身材魁伟的大汉，四十上下年纪，面色黑红，长须飘飘，头戴黄金束发金盔，顶门高耸着的朱缨颤动不止。穿着大红绣花战袍，凛凛之中威严不可侵犯。人群中有猜出来的，互相传话说："看见没，那就是咱北平城的燕王！""呵，真够威风的，说他要造反，我看不像！"

朱棣面色平静如水，略带一丝笑意，不时挥手向两侧致意。不知谁带头喊了一嗓子："燕王爷爷千岁！"围观的人们不由自主地也跟着齐声高喊："燕王爷爷千岁！千千岁！"紧接着外侧一行人率先拜倒在地，人群一阵骚动，七倒八斜地全跟着拜倒，"千岁"之声呼叫不绝。朱棣笑意渐浓一些，看看两侧的道衍和金忠，三目相对，彼此心照不宣，暗暗点头致意。

葛诚紧随朱棣身后，伞影忽前忽后在他头顶晃来荡去。他觉得自己的心思此刻也正如伞影一般飘忽不定。虽然一切都按照自己的计划进行了，可今天这种气势却是他无论如何也没料到的。朱棣大张旗鼓，出府门往东走，游行般地穿过大半个北平城，他想干什么？是为了争取民心还是真的想借此机会与朝廷和解？看他那副胸有成竹的表情，似乎根本没觉察到自己的意图，可葛诚不相信朱

八 锋芒初露

棣会如此疏忽大意,当时连自己也觉得这一计险之又险,十有八九会被识破,自己也是无计可施的情况下冒死提出的,朱棣就这样轻而易举地上当了?葛诚总觉得很不踏实,但事已至此,也只能硬着头皮往前走,福祸吉凶只有听天由命了。再抬头左右观望时,他们一行已经穿过北平王府东面各条大街,向西拐弯,走过积水潭大桥,西直门军营遥遥在望了。

军营辕门前看样子也刻意收拾过一番。寨角各处垛楼上彩旗飘舞,辕门两侧全副武装的兵士列队站立。兵士身后左右各一杆猎猎大旗,北侧大旗上一个斗大的"谢"字,南侧一个"张"字。

闻听鼓乐声渐渐走近,兵士们忙挺身肃立,扶定刀枪。谢贵、张并全身戎装,大热天的头戴战盔,身穿千叶鱼鳞宝甲,护心镜闪光夺目。二人站在辕门中央,神情颇有些紧张,望着涌过来的人潮,听着震耳的鼓乐,喘气也似乎吃力了许多。

八人抬的大鼓行至辕门正前方停下,后边各吹奏手依次跟上前来,围成半圈,叮叮咚咚滴滴答答之声响彻整个军营。谢贵、张并及辕门外的军士简直像掉进了无边的汪洋,无处躲闪。虽然被这震耳声吵得心烦,却又不能制止,只好耐着性子忍着。

少顷,后边抬酒抬食箩的队伍陆续赶到,挤过鼓乐队,齐整整将坛子和食箩摆在并不太宽阔的辕门口。收拾已毕,鼓乐手终于停下来退至两旁,天地间霎时突然静得出奇。曲柄伞盖缓缓行至辕门前,在一箭远的地方停下。黑压压的人潮涌上来,多少年难见的热闹场面,谁也不愿意错过。

谢贵、张并见朱棣停下不走了,便率大小将佐数十余人前行几步,叉手躬身施礼:"北平都督谢贵、张并见过王爷!"

朱棣手抚长须含笑点头,翻身跳下马来,挽丝缰走至马首说:"二位将军不必多礼,咱们本是一家嘛!本王每日里忙于杂务,常想过来慰劳二位将军及众位将士,却迟至今日方得成行。唉,甚负朝廷啊!"

谢贵迈前一步答话说:"王爷言重了。我等虽奉令驻守北平,其实全仗王爷神威才使城中万民安居乐业。本当亲赴王府拜见才是,如今王爷倒先慰劳我等,实在愧不敢当!外边天热,王爷且请进营内帐中一叙。我等略备薄馔,聊表敬意!"

朱棣仍然淡淡地笑着摆手说:"二位将军客气了。区区些许物资,不足以遍赏众军,望二位将军代为散发,并言明朝廷抚恤之意。至于入营之邀,本王却着实不敢。昔日先帝分封藩王时,圣旨中特意言明,各藩王与当地驻军互不隶属,亦不得相互串联。如有事可由王府长史到军营中商议,而藩王本人却不能轻易进入军营。言犹在耳,本王岂敢越雷池一步?故而只能就此留步,所有慰劳物品,将军差人抬进营中。还望将军能以义气为重,勿失天下万民之望!"

谢贵、张并二人闻言顿时愣住,朱棣不肯进入营中!这是他们事前万万没有想到的,如此一来,营中那些磨刀霍霍的军士不就白忙活了?他们下意识地向朱棣身后张望一下,想看看葛诚是什么意思。葛诚虽然仍骑在马上,却恰好被道衍、金忠等人遮住了大半个脸,彼此不得要领。

葛诚早已大汗淋漓。本以为只要朱棣一进军营,近三万军士一拥而上,纵然他有天大的本事也只能束手就擒。孰料已到门口,他竟然止步不前了!是他早有谋划还是临时变了主意?况且他还引经据典,一副不敢丝毫违背先人祖制的样子,又不能强拉硬拽。

既然看不清葛诚是何意思,那就只能随机应变,自己拿主意了。谢贵、张并互相递个眼神,不管怎么说,到嘴边的肥肉不能丢,立奇功的机会不能错过。你不是不敢进军营吗,我营中三万带甲军士照样一拥而出将你在辕门外捉住!拿定主意谢贵笑意突然凝住,沉下脸喝道:"王爷,你口口声声不敢丝毫违背朝廷,可知早有人把你谋反的企图禀奏了圣上。我等已接到密旨,圣上命我把你押解至京师,听候发落!如果你真的不负朝廷,就应束手就擒,到京城圣上那里当面辩清才是!"

朱棣不知什么时候已经坐在了马背上,冷笑着说:"二位将军果然图穷匕首见哪!本王自思不负朝廷,无奈朝中奸佞之辈欲凭空滋事而图谋升官发财,故而叫嚣不已。本王若听二位之言,岂非飞蛾扑火,恐怕不等见到圣上已是尸骨遗弃荒野了!二位放心,本王回去后自然会上奏皇上辩解清楚!"

张并手握腰中刀柄,翻着白眼恶狠狠地吼叫一声:"回去?既然来到此地,恐怕由不得你了!左右,给我拿下!"

一阵铁器撞击声响起,谢贵、张并身后数十人刀枪并举,喊叫着冲上来。朱棣见状也不答话,拨马回身便走。早有张玉、朱能、朱高燧等人横刀上前,刚才抬酒食的军汉和鼓乐手们手中也多了兵刃,齐刷刷上前抵挡住对方的攻击。

喊杀之声骤然大作,刀枪碰撞声和负痛的惨叫声不绝于耳,吵闹成一团。围观人还沉浸在热闹的场面中,一时没反应过来。直到刀光剑影在眼前飞舞,方才回过神,犹如滚热的油锅中洒进无数滴冰凉的水,顿时爆响着炸开,一发不可收拾。惊恐地尖叫,撕扯着嗓子哭号,呼爹叫娘地嚷嚷,夹杂起一阵狂风,伴着骚乱的人流四散滚动。

朱高煦挺枪戳倒了几个马前士卒,大吼一声纵马跃到辕门前直奔谢贵而来。谢贵就在地上举刀相迎,冲来突去,战在一处。张并见状也提双刀赶来,照准朱高煦马头狠狠砍下去。旁边张玉已纵马蹿到近前,伸长枪拨开,四人团团混战。旁侧许多看热闹的百姓装束的人此刻手中突然多了短刀兵刃,喝叫着冲过来围住那数十官兵死命砍杀。谢贵远远看见,暗叫不好,朱棣果然有准备。忙虚晃一刀,跳出圈外,朝身后喝道:"营中的人都死到哪里去了?还不快出来!"

其实营中军士早已听到外边的厮杀声,向外一拥而出。不料本来就狭窄的营门前摆满了酒坛食箩,冲在前边的人扑通扑通绊倒了一大片,后边的不明就里,只管推挤着往前赶,全堵在营门当中出也出不去,退又退不回,当场踩死数十人。谢贵怒不可遏,连声骂"笨蛋!"带几个人过去举刀将酒坛砸烂,把食箩推倒在一边。众人这才踩在被酒和成泥的地上,一步一滑地冲出营来。

就在谢贵忙于疏导营中士兵时,张玉、朱高煦二人合战张昺,张昺双刀上下舞动,左遮右拦,颇感力不从心,身旁将佐又都被朱能、朱高燧等人缠住,无暇顾及自己,一不小心,朱高煦大喝一声,抖枪拨开张昺右手刀刃,翻转枪头正刺在右手腕上,张昺叫声不好,手腕已被戳个窟窿,血淋淋的手臂顿时没了知觉,连刀也抓不住。张玉大叫声"好!"挺枪便刺,张昺慌忙躲过,疾步向后退走。朱高煦大喊道:"好你个张昺,看你能不能躲过爷爷这条枪!"和张玉一起催马往前追。

这时一股强大的人流汹涌澎湃而来。军营中士卒好容易出了营门,像出笼的野兽一样呐喊着挥刀冲上。朱高煦杀得性起,舞动大枪上挑下刺,嘴里还嘟囔着:"来吧,奶奶的,爷爷还没这么痛快过呢!"其余将领和扮作围观百姓的士卒也抖擞精神挺身接住,捉对儿厮杀。看热闹的人早已无影无踪,地面开阔了许多,众人正好放开手脚,搏斗自然也惨烈了许多。

然而军营中士卒源源不断地涌出,渐渐几乎要将燕府兵将围住。张玉眼尖,挥大枪抹了个圈,将马前士卒抵在圈外,一边高声喊道:"休得恋战,速速撤回王府!"

众人也渐觉吃力,闻言忙聚拢在一处,边打边往东走,以便从金水河桥上就近回王府。

朱高煦却不管不顾,挥枪催马在人丛中来回冲杀,张玉知道他的蛮劲上来,暗暗着急,不得已返回头再次冲入阵中叫道:"少王爷,快走!"朱高煦双手摇枪,浑身衣衫湿透,却兴奋地喊道:"再杀他几个再说,哈哈,能有个放开手脚杀人的机会还真不多呢!"

张玉无奈,只得一边格开众人刀刃,一边勒马更靠近些说:"少王爷不可意气用事,这营中有三万兵将,你能杀得过来么?待会儿被围个结实就麻烦啦!"话音未落朱高煦战马前蹄被砍一刀,战马嘶鸣一声扑通卧倒。朱高煦猝不及防,被闪下马来。士卒们一见,齐声喊叫着围上来乱刀砍下。张玉吓了一身冷汗,狠夹战马冲上去三枪两枪刺翻三四个,朱高煦情急之下倒也机灵,一手拌住马鞍,翻身跃上张玉的马背。张玉长舒口气,甩大枪冲出一条血路,追随在王府士卒后边渐渐过了金水河大桥,可惜府城西侧为金水河环绕,出入不甚方便,只好多走一段路,从南门进入府城。

当营中官兵追至金水河边时,许多人便驻足不前,等到了府城附近,已无人追赶。众人满头满脸全是血,也分不清是别人的还是自己的。打过仗的人都知道,即便此刻身上有伤,也未必能觉出疼痛来,须回去慢慢定下神来才能检查得出。

断断续续地,出去的人马陆续回到府中。朱棣等人站在府门内侧,对回来的将卒一一慰劳,嘱咐他们速去洗沐歇息,有伤的或扶或抬,到东侧临时腾出来的殿中疗伤。张玉和朱高煦断后,并骑一马进得府门。

朱棣一面命人关上府城大门,要城上府兵加紧瞭望巡视,一面拦住跳下马来的张玉说:"张将军辛苦,你曾随本王连年征战于漠北,打过不少硬仗,依你看,这朝廷兵力如何?"

张玉岁数和朱棣相仿,个头也差不多,不过面色略微白净,髭须也不那么显眼。见朱棣亲热地拉住自己的手,他感激地看一眼朱棣说:"王爷,兵无多少,将有巧拙。战场胜负不在于兵多兵少,在于将佐调度。以张玉看,朝廷士卒也不过如此,比起蒙古鞑子来还逊色不少,不足为虑。倒是谢贵与张并二人颇有些勇力,且指挥有方,朝廷派他们来北平,恐怕看中的也是他们这点。"

朱棣点点头,见有人跑过来,便问:"查清楚了没有,伤亡多少?"士卒喘着粗气躬身回话:"禀王爷,我方士卒共阵亡一十七人,伤三十余人,据他们说,敌方死伤怕要过百人不止呢!"

朱能在一旁说:"可惜混战中让葛诚给跑了,此人本该留在王府,待回来后杀一儆百,看谁再敢吃里爬外!"

朱高煦叫嚷道:"我早就说他该杀,结果还是让他给跑了。对啦,他不是有个儿子吗,我这就派人到他家里抓来出气!"

道衍面色阴冷,皱着眉头对朱棣说:"王爷,既然事已至此,看来开战是不可避免了。开战前无论如何得先把北平都督营中的兵马肃平,不然仅凭王府区区之地,能有什么作为?可是要肃平北平城,还非得智取不可!"

九　密雨凄风

齐泰、黄子澄、方孝孺、耿炳文、李景隆等人在朝房等了约两个时辰,仍然听不见静鞭响起太监报朝。无聊中议论之声越吵越响,众人各自议论些地方上的传闻。

朝房坐西朝东,此刻已是阳光洒满,渐渐感觉热起来。齐泰手握前方邸报,焦躁不安地看看日影,心说皇上这是怎么了,隔三差五总要迟迟不见动静,这次莫非又是那个翠红给闹的?

正坐卧不安着,忽从窗格瞧见许公公慢腾腾地打从房前走过,便走出去叫住问道:"许公公,皇上呢?你看日头快升到天顶了,怎么还没见动静?!"许公公白胖的脸上掠过一丝笑意:"齐大人,怎么,值日太监没传过话来?看看,皇上一不在,他们就胆子大了,连自己是干什么的忘了,回头老奴非得禀奏给皇上不可。"

齐泰听得似懂非懂,连忙问:"皇上不在?去哪里了,昨天快黑时不是还在宫里么?"

许公公眨眨眼睛神秘地笑了:"齐大人有所不知啊,昨夜宫门都关了,皇上不知怎么回事,忽然想起要去清凉山,大队禁卫护着悄悄出西安门,过玄淮桥走的。临走时就说今日不上朝了,谁想竟没人操心,让诸位大人空等了半日。不像话,太不像话!"

齐泰下意识地看看手中邸报,焦虑更增加了几分,连忙问:"许公公,那皇上什么时候能回来,我还有急事要禀奏呢!"

许公公仍神秘兮兮地说:"唉,那哪能有个准呢,还不由着皇上性子来。再说还带了翠美人,怕要耽误些时辰呢!大人们还是别等了,各自散去吧,有事明日再奏也不妨。"

齐泰长叹口气,火热的心一下子滚落到冰川里,怏怏地转身回到朝房。众人从窗户里见他和许公公嘀咕了半天,一个个好奇地问:"齐大人,皇上怎么还不宣朝?""齐大人,宫里近来又有什么新鲜事,快给我们说说!"

齐泰无可奈何地看了大家一眼,没好气地叫道:"皇上今天不上朝了,各自回家,有什么话明天再说!"

众人闻言一愣,立刻七嘴八舌地嚷嚷起来:"怎么,白等了半天?不上朝了早说啊!""就是,值日太监哪里去了,也太儿戏了不是?"还有人好奇地问:"皇上什么事啊,连早朝也不上了?""哎,齐大人,咱们要不要递牌子进去,向皇上问个安?"

齐泰被吵得心烦意乱,大吼一声:"别吵了,各人赶紧回家凉快去!"众人见他发火,顿时矮了半截,止住嘴没人再吭声。就在这时,洪武门内一阵喧闹,有静鞭甩响,接着传来太监扯着嗓子的喊声:"两旁肃静跪安,皇上圣驾回宫了!"

齐泰和众人呆了片刻,赶忙来到朝房外,一字儿跪开,迎候圣驾。齐泰想着手中已被汗水浸湿的邸报,心里腾起一股希望,看来大事今日也许就能决定下来了。

然而建文帝丝毫没有升朝的意思,也没有在前廷停留,而是乘銮舆直接来到柔仪殿翠红住处。二人双双下辇,走至前厅。建文帝柔声调笑道:"一夜风流,爱妃可曾称意?"翠红脸上一热,低头不语。建文帝呵呵大笑:"爱妃如水,朕乃真龙,实实在在的天缘之合,朕知足了。好啦,你可好好歇息,朕见众大臣在前廷那边候着,恐怕有事商议,就不陪爱妃了。"

翠红弯腰施礼相送:"万岁也要善保龙体才是。"建文帝本来转身欲走,闻言忽然回头拥住翠红"吧"地亲了一口,声音脆响,醉声说:"朕就是化在爱妃怀中心里也如意。"说罢恋恋不舍地转身出了厅门,乘舆而去。

望着远去的人影,翠红站在门口发了半晌愣。这到底算什么呢?自己真的变成了个坏女人?不知怎么,一想到建文帝,她的脑海中便同时浮现出久违的润生。莫非以前那个翠红真的已经死了么?

翠红半喜半忧,心绪万千。忽然屋内有阵响动惊醒了她。急忙回头看,史铁从屏风后边垂着头慢吞吞走出来。翠红心里一惊,不知道刚才和建文帝的话是否让他听了去。此刻顾不得想这许多,压低声音说:"史铁哥,你什么时候来了?"

史铁感到活过的岁月中从来没有现在如此尴尬。对面站的是妻妹,一起玩大的伙伴,可如今人家成了娘娘,而自己竟然是个宦官!怎么称呼?怎么看她的眼神?人多的时候混在人堆中还好些,而单独面对时,这种感觉就无比的强烈。史铁宁可汗流浃背地打上一辈子的铁也不愿撞上这种情形。

可是铁的事实却不容他回避。当然也无可回避。刚才在屏风后面听着外边的甜言蜜语,史铁简直无法相信这就是翠红,就是那个润生千里迢迢跑到宫外苦苦等待的翠红。然而他很快又醒悟过来,人家是皇帝,什么样的女人见了皇帝能不动心呢?他忽然想起翠环,翠环当初在周王府中是不是也和周王这般亲热?为什么不是呢,当然也是!啊,自己满心装着的翠环也有过这样的经历!他暂时忘记了翠红,而为翠环为自己感到揪心的难受。

不过事情又想回来,既然翠红已不再是过去的翠红,那自己又何必把自己当成以前的史铁?人常说入乡问俗,进衙问讳,进了皇宫就不能再分老少,不能再讲从前怎样。燕王本来是皇帝的四叔,见了皇帝不也照样要下跪么?皇帝呀皇

九 密雨凄风

帝,你到底是个什么奇怪的东西!

史铁思来想去,好不容易让自己平静下来,觉得老钻在屏风后边也不是办法,准备硬着头皮出来称翠红为娘娘。哼,只要她能消受得起,自己也就豁上了!不料翠红一声"史铁哥"立刻又将他们拉回了从前。史铁半弯着腰准备下拜的身子僵在那里,几个月来养得白胖的脸更加惨白,好半天才抖动嘴唇吐了句:"翠红,真是你吗?"

翠红不明白史铁的心思,见他问得奇怪,接着说:"史铁哥,上回人多,没法问你,现在趁他们都不在,你快说说,你咋跑到这里来了,俺爹俺娘呢?润……生呢?"

熟悉的乡音,熟悉的口气,进宫来的辛酸苦闷像决了堤的河水一样和着泪水滚滚流淌,史铁不能自持,捂住脸大声抽噎起来。

翠红没有料到他心目中硬铮铮的史铁哥有一天会成这样。她一阵惊慌,忙跑到厅外对一个宫女说:"好妹妹,你就站在这儿哪里也别去,倘有宫女太监过来,千万挡住,就说娘娘正在……正在洗沐,有事待会儿再说。"说罢返身进到厅内,拉拉史铁衣袖:"史铁哥,这里不同于别处,千万别让人看出来。咱们到后边小阁子里说去。"

建文帝一夜没有睡好,精神却很足。在奉天殿朝堂正中央坐定,看百官拜见山呼已毕,满面春风地问:"众爱卿久候在这里,有什么事情要奏议么?"

齐泰早已迫不及待,大步迈出班外奏道:"陛下,臣一早接到北平八百里密报,称燕王以慰劳北平驻军为名,突袭谢贵、张昺大营,伤亡二百余人。北平城内人心惶惶,大有战火将起之势,城中各路商贾纷纷外流,城内一片狼藉。张谢二都督请示陛下,燕王反心已彰,是否即刻发兵围攻燕府。"

"哦?"建文帝显然出乎意料,"燕王倒先动手了么?谢贵没说燕王府中兵力怎样?"

"禀奏陛下,邸报上称燕王诡秘多诈,将府兵与百姓混为一体,以至官军分不清哪里是兵哪里是民,加之又是小规模接阵,对方底细摸不大清楚。不过据他们估计,燕王兵精将广,不可小觑。"齐泰边说边偷偷抹了把汗。

"哎呀,形势发展得如此之快!可是朝廷调令虽已发出,各路军马尚未集中,有的虽集起来也是正在行军之中,尚未到位。这可如何是好?"建文帝脸上的春风一扫而光,双眉蹙起,眼光中满是焦虑不安。

话音刚落,刑部尚书暴昭出班,手举一奏章说:"陛下,刑部于昨夜也接到北平布政司飞报,言燕王确实抬酒肉等物一路吹吹打打送到西直门都督府军营,全城百姓几乎人人共见。后来也确实在辕门外言语不和,突然火并。事后燕王府城各门紧闭,此亦百姓所共睹。奏折在此,望陛下一并御览,随后明断。"说着递给侍臣传上。

建文帝闻言脸色又是一转,扫视着众大臣说:"看看,看看,一个言之有据,一个其言凿凿。朕倒奇怪,既然燕王要反,在府中厉兵秣马还说得过去,拿着酒肉去军营何为?唉,朕寻思着,是否流言太盛,诸大臣偏听偏信,燕王亦有难言之苦衷?"

齐泰、黄子澄、方孝孺暗自一惊,怎么皇上说着说着变味了?本来是商讨如何对北平用兵的,如何却又回到老话题上,怀疑起燕王是否有反心来了?方孝孺略略一想出班奏道:"圣上,古来有备无患。关乎国运民生之事,当宁可信其有,不可信其无。圣上千万三思,不可为假象所迷!"

建文帝微皱眉头,看一眼默不作声的黄子澄说:"黄卿,朕初登大位时,记得卿说过,四方诸王皆朕之皇叔,他们对朕辈分小却继承国祚定怀不满,朕故而深忧之。后来诸卿皆众口一词,言燕王将反,朕观其言行似乎也像。可如今朕将两方面密报对照起来看,忽觉燕王之心扑朔迷离,似在反与不反之间,卿以为如何呢?"

见皇上问到自己,黄子澄忙出列拱手说:"圣心明鉴,臣以为上次燕王来京入觐时,燕王如心中无鬼,焉能脱身出逃?其反迹已显,自不待言。此次他借慰劳驻军挑起事端,分明使的是快刀切豆腐两面光的伎俩,既麻痹朝廷斗志,又探得军营虚实,其用机之深,足见阴险之处,万万不可掉以轻心哪!圣上虽有仁厚之心,无奈国有兵危之凶,不可不早断啊!"

见建文帝点头称是,齐泰趁机上前一步说:"圣上,是否即刻颁旨天下,言明燕王反叛朝廷,令北平都督军马及其附近王师从速准备,尽快围攻王府,天下之师亦徐徐北进集结,以作后应。"

"这个么……"建文帝犹豫不决起来,将阶下大臣逐个看看,低声说,"燕王虽有反意,不过恶迹未彰,如空言其反,朕恐难以服众。依朕看,倒不如姑且忍之,待其反叛动向已明,再征讨不迟。眼下各军按部就班,紧紧围住北平,使其无所作为,一旦兵刃相见,也不致为害过甚便了。唉,家家门前千丈坑,得填平处且填平啊!"

齐泰等人心中突地一沉,眼看在下边运筹了半天的谋划又成泡影。不过见建文帝满脸淡淡的忧伤,也不好再说什么,唯唯退至班列。

史铁用了半响的时间,将心中积郁倒得一干二净,畅快了许多,长长舒一口气终于停下话语。翠红闻说两年里父母双亡,家中已是物是人非,拿袍袖捂住脸呜呜哭个不住。

二人相对欷歔良久,渐渐平静下来,史铁抹干眼泪说:"翠红,先别哭了,反正事情已到了这种地步,俺也看开了,千死万死,都是一死,咱就这命,哭破天也没用。你也想开些,要是让人瞧见了传出去,那咱不是就更苦了?"

翠红揉着红红的双眼使劲点点头,喘气也平稳下来。史铁见状跑到阁子外端来净面水，两人都草草洗把脸，对坐下来继续合计。

"翠红，看样子你在宫里过得倒也不差。是不是就打算这样下去了？"史铁盯着小阁门口处的珠帘，有些漫不经心地问道。

翠红知道他是说自己和建文帝的事，脸上一红，垂头吞吞吐吐地说："进到这里边，好好坏坏都由不得自己。以后咋办，俺也说不大准，只怕还是由不得人。"

史铁有些激动，话音也略略提高了几分："翠红，你知道吗，润生为了等你，千里迢迢来到这人生地不熟的南京城，苦苦地煎熬着日子，不就是想早点看见你，接你一起回去？翠红，你真的把润生给忘了？"翠红刚才听史铁提到润生哥俩的事，现在再次提起时仍然浑身一震，说不出话来。

见翠红不吭声，史铁便继续说："俺进宫时间虽然不长，可也知道这里边的森严，不像外头人想的那样随便。不过俺觉得你就不同了，皇上宠幸你，还时不时地带你出宫。翠红，依俺说，你要是不想辜负了润生，干脆跑掉算了，和润生找个没人的地方躲起来，安安生生地过一辈子。"

翠红吃惊地张大嘴"啊"了一声。从这深院高墙中逃走，这是翠红从未曾想过的。"史铁哥，你知道，皇宫不同于别处，想溜出去怕是万万办不到的。偶尔随皇上圣驾出宫，也是被护卫团团围住，哪有半点脱身的机会哪！再说，皇上也……"她忽然闭住嘴没往下说。

然而史铁已经会意，腾地上来一股火气，却又不便发作，压抑着没好气地说："好，好，俺明白了，皇上有钱有势，你在这里不愁吃不愁喝，宫女太监们整日里侍候着，过舒服了是不是？翠红，人都想让日子舒坦点儿，这也不能怪你。可是你想过没有，俺成了今天这个样子，你姐姐流落到北平孤零零一个人，还有你爹娘接连过世，都是皇上一个人搞的呀！要不是他下诏书四处选秀，咱们在家乡平平静静过日子，能落得家破人亡四散流浪吗？俺恨透了这个人模人样的东西，这次进宫来俺就是要……"

他忽然觉得有些失言便改口说："翠红，俺听许公公说过，皇上宠爱的妃子没有一个善终的。别看他现在对你好，用不了多久，再有个更年轻漂亮的进来，他也就把你扔到一边给忘了，让你在冷宫里头人不成人鬼不成鬼。再说皇后那边也饶不过你，皇上整天来这屋里，皇后早就眼里冒火了。昨天还在许公公跟前发牢骚呢！翠红，俺算看透了，这里的皇上大臣们一个个满口什么道啦义啦，其实没几个好东西……"

翠红没料到史铁突然来这么大火气，惊慌地站起来朝外看看，压低声音说："史铁哥，俺真的没那负心的意思，有话咱们慢慢说，你可别由着性子来，让人听去可了不得，那是大逆不道，不得好死的！"

史铁冷笑一声："你活得正舒服，自然怕死。俺已经什么都没有了，又是死过一回的人，怕什么！实话告诉你，俺这次进宫就是为了算个总账……"

史铁胸中像有团火被点燃,越烧越旺,口中也少了遮拦。不料话刚开头,门外宫女慌里慌张闯进来说:"娘娘,皇上已经散朝了,让身边那个叫青娇的小太监过来传话,叫你到御膳房陪侍用膳呢!"

翠红脸上发烧,慌乱地看了史铁一眼,史铁黑着脸,鼻孔里冷冷"哼"一声,转过脸去。

葛诚趁着混乱进到谢贵营中,望着营门前远远近近横七竖八的尸体和大小不一的摊摊血迹,混乱的冲杀声似乎还在耳边轰鸣。将佐彭二匆忙从他们身边走过,见谢贵和葛诚在一起,便冲谢贵说:"谢将军,葛大人的儿子让燕兵给抓走了!"

谢贵闻言一惊,狠狠一跺脚说:"他娘的,怎么不提前接到营中来?"彭二摊手无奈地叹口气:"去了,可惜朱高煦那家伙回到府中立刻又折出来,直奔葛大人家中,等我们的人赶到已经迟了。"

谢贵站住脚看看葛诚:"那,那怎么办,要不咱们叫起全营兵马,围住王府杀进去,一来夺回公子,二来拿住燕王,索性来个痛快淋漓!"

葛诚忙摇手止住:"使不得!王府兵力不弱,加之府城易守难攻,恐怕加上北平城外的军队也未必能够全胜。并且朝廷并未下旨讨伐燕王,边军岂可轻易开战?一旦战端由此而开,有违圣意,担罪不起啊!"

谢贵顿时泄气:"皇上也不知怎么想的,一面下密旨要我等见机羁押燕王归京,一面又不发明令征讨,只是缓缓集结军队。这围而不攻,搞的是哪一套?见机见机,他钻到府中,除非攻杀进去,哪有什么机可见!"

葛诚站在大帐前的阴影中低低说道:"谢将军不了解朝中实情。圣上仁心甚重,不愿落个征讨自家叔父的罪名,却又对其放心不下,故而形成这种欲要捉拿又不先发制人的局面。可惜葛某智短,未能遂了皇上心愿,反赔上林儿,不知他如今吉凶如何。唉!"说到痛心处,一阵长叹。

彭二插言道:"听说各路大军陆续开拔至北平周围和山东河北一带,总数不下二十万,是否布置完毕后便有开战令下达了?"

谢贵没有答话,葛诚仰视着不知什么时候阴下来的天,轻轻说道:"唉,圣上之心,密云不雨啊!"

话音刚落,一阵沉闷的雷声轰隆隆从头顶滚过,斗大的雨点噼里啪啦应声洒下。

葛诚等人忙闪进帐门内,有几个雨滴落进葛诚的脖子里,感觉冰凉异常。空气中弥漫着浓浓的土腥味,风里没有一丝清凉,反而让人觉得更加郁闷。"我刚才忽然想起一个人来,如果运用得当,说不定这奇功仍能拿在手中。"谢贵忽然惊喜地低叫一声,"我帐下有一将佐名叫张信,此人先前曾在燕府中任卫士队长,颇得燕王信任,听说与燕王私交也不错。后来调入北平都督府。因其脾性太过耿介,与众人不大相睦,一直未得重用。"

葛诚蓦地想起来,确有这么个人。与他虽未深交,却也是见过几面,彼此有些熟识。关于他与燕王私交甚好的传闻,葛诚也听说过。只是他有些怀疑,既然张信已入朝廷营中,燕王还会相信他吗,凭张信脾气,会愿意效劳吗,即便一切都顺利,凭他一己之力,又如何能在燕府中捉住燕王呢?

谢贵见他一脸疑惑,不急不躁地笑笑说:"葛大人,张信在燕王府中任过卫士队长,如能奏明皇上,特降一旨升其官职,他定然欣喜异常,乐得卖命。以他与燕王私下交情,进入燕府自然不成问题。倘能使他以厚币暗中联络旧时部下,时机成熟后,就于燕王内室中趁其不备,来他个擒贼先擒王,任他燕府精兵良将再多,也不敢上前救那刀架在脖子上的燕王。如此一来,不费一兵一卒,大功成矣!不但奇功可立,也能成为千古美谈。葛大人以为如何?"

葛诚听到半截神情已是振奋许多,坐直身子说:"这倒可以试试。若依葛某人看,事非得他欣然答应才能办成,倘若和他说僵,反促使他投靠燕王,岂不是画虎不成反类犬了?不如先不让他知晓,我即刻将此计的来龙去脉奏明圣上,请圣上直接发给他一封密旨,对其晋官加爵,好言相抚,言明要他所办之差。到时他必然受宠若惊,焉有不肯尽力之理?"

谢贵一听拍手笑道:"奏章之事就有劳葛先生了,写罢我用八百里急报送出去,不日便有回音。张信一旦在众目睽睽下从王府里将燕王押解至营中,朝里不定会将咱们传得有多神呢!走,咱们看看张并去。"

二人一同走出大帐,已是云住雨收,热辣辣的太阳逼得刚才的一点潮气袅袅上升。不知怎的,一看到来来往往的兵丁,葛诚忽然想起自己尚不知死活的儿子,兴奋的心陡然凉下大半,怏怏地简直迈不动脚步。

葛诚的奏报发出去了不少时日,估计也快有回音了。可是正当葛诚等人万分热切地期待时,有个消息忽然而至,让葛诚及营中大小将佐兵丁乃至全北平城的百姓顿时懵住。有消息传出,燕王自那日慰劳不成反而打了一仗后,回府中没几天便癔症发作,突然疯了!

不知消息首先自何处传出,总之一阵狂风般迅速卷遍整个北平城角角落落,男女老幼无不知晓。

"哎哟,你们不知道,那个惨哟,堂堂一个王爷,当今皇上的亲叔叔,给这么一折腾竟发了疯。听说还挺厉害呢,饥饱都分不清,冷热都觉不得。大热天屋里还生着炉子,盖两床被子还嫌冷。有时候一天只吃一顿饭,有时候就吃十顿八顿,走着走着往路上一歪就睡觉。唉,可怜!"

一时间北平城中大街小巷,到处都能听到这种差不多的议论。市民们茶余饭后的谈资一下子增加很多。幸而北平城中锦衣卫们的行踪较少,大家议论时可以放开嘴巴。这些议论也很快传遍整个军营,操练之余,营帐内、树荫下,兵丁与兵丁、将佐与将佐,话题总离不开这件奇事。当然,从心底感到震惊觉得不可思议的还是葛诚,他实在想象不出强壮如牛的朱棣竟然能发疯。

可是传言如此之盛,说的有板有眼,不容他不信。揣着满腹心思,葛诚从兵营西北角自己的住处来到都督大帐。兵营虽然不大,但六月里正午时分,顶着烈日跑过大半个军营,葛诚的衣服被汗沾在了身上,手扶大帐前的纛旗旗杆几乎透不过气来。

"葛大人,大热天的何必跑这么急?"大帐门口处的卫士最先认出葛诚,跑过来将他扶住。谢贵、张并二人正在帐中议事,闻声也走到门口向外张望。张并右手臂上吊着绷带。

葛诚半倚在椅子上呼呼直喘,张着嘴像马的鼻子一样向外喷热气。"葛大人,风风火火地跑来,一定是为了燕王发疯的事吧?我和谢将军合计多时了,正想找你呢!"张并侧身坐在葛诚身边,扎绷带的膀臂别扭地搭在扶手上。

"看来燕王发疯的传闻整个北平城已是人人尽知了,二位将军对此事有何感觉?"葛诚挨个盯住他俩,迫不及待地问。

"疯了?哼,我看谁要是相信谁才是疯了呢!"张并像在和谁生气,"他这一套小把戏只能骗骗三岁小儿,好端端一个凶神恶煞的大活人,说疯就疯了,哼,谁信!"

葛诚连日来脸色一直很苍白,刚才经太阳暴晒过,反而红润许多,轻捻几下短须缓缓说:"燕王这一疯,倒让葛某想起那篡夺了汉祚的司马懿。司马懿为避人耳目,假作痴呆,赚得曹洪粗心大意,率满城心腹到郊外围猎。结果给了司马懿可乘之机,以至于自己落了个兵败身死,徒为千古笑料。唉,没想到千载后燕王却又伎俩重施!"

张并见这话正说到自己心上,眉开眼笑地说:"我也是这么说的,燕王跟朝廷玩起了三尺小儿的把戏,能骗过谁去!亏他身边还有个叫什么衍的高僧!"

谢贵看看二人说:"那咱们还按约好的办。等朝廷密旨一到,便联络张信,出其不意拿下燕王!"

燕王府内兴圣宫深处,朱棣正似笑非笑地盯着垂手而立抖动不已的翠环。目光最后落在她已明显隆起的小腹上说:"孤念你是周王府中的旧人,故而倍加善待。你若另有隐情,切莫隐瞒。当初你曾说金忠调戏你,如今看来,莫非他得手了?"

羞辱和愤怒顷刻间交织在一起涌上心头,翠环涨红脸,眼睛快要喷出火来,倒退两步连连惊呼:"不,不,不是!"

朱棣似乎并没注意到她的变化,欠欠身子仍紧追不放:"那你老实说,是谁的?怎么回事?总不至于是周王的吧?你大概已有一年没见过他了!"

翠环的嘴唇咬出血来。燕王正因为自己是周王的人才如此善待自己,可是自己怀的却是别人的孩子,这在最讲脸面的王府中意味着什么,翠环自然明白。一旦说出实情来,怕连自己和孩子都难保住。可不说实话,又能往谁身上推呢?

朱棣毫不退让,虎视眈眈地如同注视着一只即将瘫作一堆的小羊。翠环觉得自己忽然间成了一个没有筋骨的雪人,在这六月骄阳的烘烤下,从里到外湿淋淋的,渐渐化作了虚无。

"怎么回事?快些来人!"两个婢女应声从屏风后转出来。朱棣望着面色苍白瘫软在地的翠环,"先把她扶回房内去,小心看管好了!"

金忠悄无声息地走进来,抖动靛蓝色薄纱袍上前请安。躬身干咳一声说:"王爷,按您的吩咐,传言都放出去了,如今声势越造越大,恐怕京城里的皇上也已知晓了呢!"

朱棣没有过于理会,冷冷地让他坐在侧面说:"金忠,你该不会快要有儿子了吧?"

正等着领受夸奖的金忠顿时一头雾水,没听清似的说:"王爷……王爷说笑话了不是?金忠孤身一人浪迹江湖大半生,蒙王爷恩宠,得以入住王府,不过仍是单身一人,哪来得子之说?"

朱棣咧嘴笑笑:"金忠,你不是还有个外宅么?那边可曾养过什么娇贵宠物啊?"

金忠自然想到翠环身上。看来朱棣到底还是要斥责发难了。不过当时并未得手,哪来什么儿子?金忠迷惑不解,期期艾艾。

朱棣却无暇盘问,话锋一转说道:"既然本王发疯之事已然传开,朝廷方面不日定有回应。你统领府中事务,万勿大意。严守府门,将佐闲杂人等无论何事都不得迈出半步!"

金忠长舒口气,唯唯连声。朱棣想想又吩咐说:"二世子高煦性情急躁,倘遇官兵挑衅,难免意气用事,你可看紧着些!"

十　善恶交错

月华清凉,细风如水。仲夏初夜,一天中最惬意时分。张信脚步快快回到北平都指挥司后院自家宅院中。

院落不大,矮矮三开间北房,与门洞只隔一棚葡萄架。张信迈进屋内,里面灯影幢幢,一双儿女紧挨母亲坐在桌边,单等着他回来开饭。

三双眼睛注视中,张信看到自己的影子高大而沉重。妇人似乎觉察出一丝异样,话语便比平日更加低柔:"今儿回来晚了?快吃饭吧。丽儿和平儿等得怕快要瞌睡了。"

张信径直走到条桌旁坐下,心不在焉地说:"那就快吃吧,我刚在衙门吃过了。"

条几上灯盏滋滋响着,火苗轻巧地跳动不已。张信迎着火苗沉思片刻,伸手将那块叠得方方正正的黄绢拿出来,小心翼翼地展开,浓墨小楷分外醒目:

"朕念张信爱卿一向忠于朝廷,司职诸事俱深孚众望。欣慰之余,特敕封卿北平都指挥检事,居正三品。望卿再励不已,勿失朕望!钦此。"

简短几句话读过数遍,早已背熟,但张信仍然看得一字不漏。还有一块同样大小的黄绢,张信打开来铺在刚才那块上边,同样分明的浓墨小楷:

"燕王朱棣,自朕登极以来,深怀不忿,屡违祖制。朕本欲宽宥,奈何于国于家,其罪难容。朕为国本民生所计免动干戈,密令卿潜入燕王府见机而作,务必捉拿朱棣归案。卿之忠勇,朕深信不疑。另有旨与都督张并、谢贵,卿可依之。钦此。"

看罢小心叠好了揣入怀中。张信凝视着烛光,紫色面膛"川"字紧锁。细细想来,在北平都督营中,自己不过是个不起眼的将佐,密捕燕王这等重任怎么会落到自己头上?莫非只因当初在燕王手下当过差,朝廷疑我,以此相试探?张信想想摇头自觉不然,以自己身份,怀疑也轮不着皇帝怀疑。

看来朝廷委以重任是真。想至此,张信稍觉安心。可是虎踞深山,擒之谈何容易呀!况且燕王一向待己不薄,倒是自打入了北平都督营中,屡受压制,肚里窝着不少的气。退一步讲,密诏中提到逮捕燕王不仅是国事,亦关乎家运。既是皇族家事,自己插手过甚,是否会有好结果?

张信思忖良久,灯影中影影绰绰,愈显得屋内狭窄低矮,让人憋闷得喘不过气来。丽儿平儿见父亲今日闷闷不乐,乖巧着不敢多吭一声,扒净碗里的饭轻轻回侧房睡去了。妇人犹豫半晌终于问:"瞧你没头没脑地虎着脸,哪里遇到了烦心的事?"

张信压住烦乱说:"都是些衙门里的官事,说出来你能管得了么?"妇人知道他的脾气,依旧柔柔地说:"常言道除死无大灾,官人不必忧闷。有何难事说出来,纵然我见识短浅,说不出道道来。母亲当年随爹爹南征北战,什么没见过?老人家能给你说出来个七七八八也未可知。"

张信眼前随灯光的跳跃突地一亮,失声说:"是了,爹爹在洪武朝做宁王卫指挥检事时,母亲相随戎马几十载,倒经历过不少战事,也算见惯了刀光剑影。我这烦心事,也只能找她商计了。"说完才想起来问,"母亲呢,怎不见她一道儿吃饭?"

妇人略含笑意地说:"自家亲娘,怎么到有用时才想起来?母亲用饭早,趁凉快先歇息去了。要不我去叫,大半儿还没睡下。"

张信闻言也笑道:"爹去得早,哪日进门不是先请母亲的安?今儿心中有事让糊住了。你过去看看。"

张信母亲年届花甲,斑斑灰白头发盘了大髻缀在脑后,干练利落。精神也还矍铄,双眸映着灯台光亮闪闪。老妇人一手扶住儿媳,走到条几一端坐下。张信一边示意媳妇到大门口望风,一边低声说:"娘,有个事儿关系到咱家的性命,你给参谋参谋。"伸手掏出那两块黄绢,明知老妇人不识字,仍仔细展开了,"娘,你看,这是皇上亲笔写下的圣旨,上边盖着玉玺大印。当今皇上虽说和燕王是叔侄,可俩人却互相猜疑。一个因为没当上心里憋着气,一个则害怕坐不稳江山。今天儿子接到密旨,要儿子混进燕王府中,瞅机会把燕王逮住押解至京师。儿寻思着燕王对咱无仇有恩,这样做实在不讲道义,万一抓不住燕王反而落个身败名裂,有辱先人。可不遵旨呢,也脱不了个死罪,真是左右为难,又不能给别人说,唉!"

老妇人细密的皱纹更显深刻,寻思半晌忽然长长叹口气说:"自在不成人,成人不自在呀!你爹当年也没少碰见这些进退两难的事。为娘不明白,这么大的事怎么会不偏不倚正好落到你头上呢?"

张信想想说:"大概因为儿子当年在燕王府中当过差,和燕王比较熟识。至于皇上怎么知道的,儿子也委实奇怪。"

老妇人沉沉地点点头:"虽说能奉皇上诏书办差是件荣耀的事,可这分明是把你往虎口里推呀。莫非你和上司结下了仇?"

"儿虽耿直,看不惯那些人的做派,彼此有些疏远,但仇却是没有的。"

"那诏书上就让你一个人去办,再没提到别人?"

"有。诏书上说让儿一手办理,都督张昺、谢贵也另有密旨,助儿成事。"

"嗯。"老妇人脸色渐渐明朗起来,"既然有比你官大的人盖着,你何苦急着掺和人家皇帝家里的事。俗话说家里打架外人拉,到头外人满脸疤。儿啊,叫为娘说,你不用急也不用愁。没事儿一样该干啥干啥,拖一拖自有人想办法。"

张信琢磨片刻觉得也只能这样,一脸喜色地说:"家有老是个宝,娘要是不说,儿还真不知道怎么办哪!如今既不能不忠,也不能不义,干脆就一个字,拖!"

谢贵、张昺接到密旨已有好几天了。按他们估计,张信早该来找他们。然而出乎意料,张信进进出出,一副若无其事的模样,葛诚他们不由暗暗着急。

"葫芦里到底卖的什么药?!"北平都督军营大帐,谢贵在张昺和葛诚面前走来走去,嘟嘟囔囔。

葛诚知道,谢贵既看不透燕王,也在埋怨张信。他心里其实更着急,自己和燕王明显为敌,儿子又在人家手里不知死活,事情当然尽快了结了更好。张昺按捺不住,腾地从座中站起来,冲辕门外的卫士喊道:"快去,叫张信过来!"

张信知道事情终于拖到时候,决定生死的时刻就要来了。硬着头皮进帐见礼,除葛诚勉强一笑外,张昺、谢贵紧绷着脸,冷冰冰地说声:"张将军来了?坐!"

张信只装作没看见,闷着头在末端椅子上坐下,一无所知似的看着他们三人。半晌无语。

葛诚轻摇羽扇缓缓说:"张将军不是外人。燕王朱棣不安王位,多有不臣之举,北平城中乃至大江南北已是人人尽知了。圣上对此颇感棘手,却苦于计无所出。想到将军忠勇可嘉,堪当重任,又系燕府旧人,遂委心于将军,诏书中所言,想必将军看清楚了?"

张信听出话中颇有责怪之意,便有几分辩解地说:"葛大人,此事干系甚大,不得不谨慎筹划。我久离王府,内部情形一时难以弄清,还望葛大人与二位将军明察协助才好。"

张昺"哼"地白了他一眼:"张将军不是甚得燕王信任么?以昔日心腹身份再混进府中,哪用得了这么多周折呢?"

这帮家伙只知发号施令,全不管别人死活。腾地有股火气涌上心头,张信铁青着脸说:"可惜咱是关大王卖豆腐,人硬货不硬。空称将军,武艺却平平,纵入得燕王府中,单枪匹马,无异于羊入狼口,恐怕于事无补,白搭上一条贱命。二位都督不作接应安排,张信一人,怎能夺得这等盖世之功?"

谢贵怒睁双眼,正待发作,葛诚生怕事情弄僵,忙抢过话头笑吟吟地说:"张将军所言极是,这正是我等失虑之处。大明朝的兴衰全系将军一身,任重于泰山哪!将军有何难处,所需何物,尽管道来,我等自当细细商计,以确保将军万无一失。"

冲着葛诚一脸笑意,张信不好使性子,瓮声瓮气地说:"以信所见,前几次闹腾得不亦乐乎,燕王已对朝廷有所戒备,急切间恐难以下手。不如过些时日,等他心下松懈了,我再见机行事,方有几分把握。"

"什么?过些时日燕王早起兵造反了,还用得着你吗!"谢贵终于忍不住,霍地站起,盯着辕门外白花花的阳光,双目灼灼地大叫,"张信,你分明是抗旨不遵,明哲保身!朝廷升任你为三品指挥检事,可以和我等平起平坐,难道是要你坐在家中等待时日吗?"

面对咄咄发问,张信脸上挂不住,也起身抗然说:"那依都督所言,张某只有贸然进燕府,枉搭上性命才算忠心了?张某与都督有何冤仇,非得置张某于死地而后快呢!"

"这……"谢贵一时哽住。葛诚不曾料到闹到这种地步,生怕再争下去不好收场,忙侧身横在三人中间摆手苦笑道:"同是为国分忧,几曾有什么私人恩怨?罢了,张将军且请回去,待消气之后再作计议。"

张信原也不想争执下去,争下去只会引火烧身,便借机冲葛诚一抱拳:"葛大人明察,张某刚才所言句句实情,等计议妥当再行事不迟。在下先行告退!"

嗵嗵的脚步声渐渐远去。张并、谢贵气还未消,哼地压在椅子上,椅子似乎断裂似的吱呀尖叫一声。"这家伙,天生不叫人喜欢的种!"谢贵狠狠地冲张信刚坐过的椅子撒气,"你以为真就成三品大员了么?那不过是哄你这条狗的一根骨头!待咬完了人后,本都督非得打断你的腰不可!"

葛诚神色凝重忧虑,叹口气说:"二位既知他脾性,何不宽容些也好促成此事?犯人杀头前好歹还赏杯酒呢,何况要他入不测之地?"

张并、谢贵闻言也隐生悔意,半晌无言。最后还是葛诚思量着说:"张信此人性情刚烈,最讲个义字。咱们催逼不成,干脆请皇上再发密旨,到时候二位将军好言相劝,调兵接应,软硬兼施,不怕他不卖力。如果此举成功,二位将军就立下盖世奇功了!万望用心。"

张信回到营中,心绪也久久难平。虽说密旨中将自己晋封为三品指挥检事,品级与谢贵、张并无甚差异,但自己仍不过是人家帐下一员将佐,加封之事徒有虚名。五品的燕府长史葛诚,见到自己不仍以大人自居吗?圣上加封,不过想要自己为他卖命而已。可这般提着脑袋的活计,仅仅换个三品虚衔呀!况且燕王以前待己不薄,比在两个都督手下当差痛快得多,无缘无故去抓他,能算义吗?

满脑子乱糟糟的,张信竭力平静着,他想起那晚母亲临走时撂下的一句话:"孩儿呀,再烦心的事到头来总会有个结果的。"

然而结果的到来比预料似乎更快。又是皇上密旨。那晚夜色依旧,张信端坐在自家条几前的灯下小心地将那方黄绢展开了:

"爱卿张信素以刚勇著称,焉何迟迟不遵旨而行?昔时韩信推衣解食而知恩,张爱卿独不愿入险地而解朕之忧乎?"

浓墨小楷,在灯下显得有些刺目。密旨上的意思同张并、谢贵所说的相差无几,分明是串通好的。反复看过几遍后,胸中火气又突地腾起。"他们明明不相信我,却又迫不及待地要我卖命,我的命就如此不值钱?"

妻子儿女已经睡去了。张信焦躁地在狭小的屋里踱来踱去。"既然这帮人不爱惜自己,共不得事,不如索性投了燕王?"这个念头忽地划过脑际,张信被自己吓了一跳。"投燕王,那岂不是反叛?燕王固然待我不薄,可他毕竟只是个藩王,算不得正统,投过去岂非众叛亲离,辱没了祖宗,万万做不得。"张信摇摇头,竭力说服自己。

看看仲夏将过,熬过中午时分,天气便不那么热了。然而葛诚等人却日益焦躁。葛诚甚至有些后悔,不该弄这么个主意,更不该惊动圣上,以至于如今上不能上下不能下。张信一连两个月没动静,自己这边却欲罢不能。

"葛大人,张信那小子又似没事的一般,催又催不得,一催促准又闹僵,这可如何是好?"张昺、谢贵相携来到西北角葛诚小帐内,未及答话张昺便嚷叫起来。

葛诚一向自以为韬略不少,到此时忽觉腹中空空,计无所出了。皱眉捻须喃喃说:"张信怕死,首鼠两端,唉!"

谢贵拉过椅子坐下说:"叫我看,猴子不上竿,还是锣敲得不紧。掐住那小子死穴,不由他不听话,保管叫他干啥他干啥。"

张昺忽然呵呵大笑:"我知道如何拿住那小子了。趁他在军营之际,派人把他家中妻儿老母带来关进牢中,不愁他不尽心尽力,让他逮来燕王相交换!"

谢贵惊喜地叫道:"对呀,这是个好主意,早怎么就没有想到呢?俗语说得好,宁可无官,不可无妻嘛!"

葛诚眸中光亮一闪随即又暗淡下去,顾虑重重地说:"倒也是个主意,不过是否歹毒了些?"话未说完他又有了想法,"嗯,凡事须得找个根据才是,名不正则言不顺嘛。将张信家小扣押起来,就对张信说,这样做是仿效当年周瑜打黄盖,为的是让燕王更相信他。这样于他办差更有利,我等实在是为他着想呢!"

二人连连点头,相视笑出声来。

葛诚待一切布置妥当后,于午后时分郑重来到张信帐中,客套几句后,葛诚终于咬牙犹犹豫豫地将意思说了:"张将军,圣上再三下诏要将军密擒燕王。葛某想,将军虽系燕王旧部,无奈他王府森严,加之燕王生性狡诈,将军确有难处。前日张谢两位都督言语相逼,委实有些过分了。"

张信暗松口气,苦笑两声说:"葛大人知道张某难处就好。只手入深山擒虎,谈何容易呀!非是张某有意抗旨,实在是没有多少把握。选不准时机,只能白白搭上性命。故此观望等待。"

葛诚盯着张信颔首笑笑:"张将军所言极是。只不过此举关乎国运,上至圣上王公大臣,下至各地驻军、南北百姓,都盯着北平。若燕王早日得擒,则军民安居乐业,燕王一日不擒,人言汹汹,民生不安哪!"

张信不知他到底要怎样,随口应道:"那燕王不是疯了么?一个疯子,擒不擒似乎无关大局。"

"哪里,这等小把戏张将军会相信么?"葛诚下意识地压低嗓音,"燕王体健如牛,哪会说疯就疯!他这是见风声紧,韬光养晦,麻痹众人呢!其人阴险诡诈由此也可见一斑!张将军,三十六计中有一计叫'苦肉计',专为麻痹对方。昔时周瑜巧用此计,八十三万曹军灰飞烟灭,足见其威呀!"

"那,那你要我怎样?"张信忽觉不妙,挺身而起,直视葛诚。

"嗨,将军休要惊慌。"葛诚已感底气不足,不知说出实情来张信会有何反应,然而事已至此,又不能不说。只得拉张信在身边重新坐下。"葛某想,不如先将妻儿老小搬到营中来小住几日,造成抄家迹象。将军到燕王跟前哭诉,说自己如何与二都督不和,二人如何抄你家,抓捕你家妻小。这样一来,燕王定然不疑,大事可成!再者事成之后,你家老小俱在军营,也可免遭燕王残部的毒手……"说至此葛诚忽然想到自家小儿,呜咽着滴下几点泪来。

张信却不看他神情,挺身厉声问道:"我家老小何在!"说着便想回去看个究竟。葛诚急忙一把扯住,抖声说:"将军不必动怒,一家老小俱在营中安然无恙。事成之后,将军一家团聚,加官晋爵,有何不美?"

张信抖动袍袖,将葛诚拉了个趔趄,大步出帐,翻身上马疾驰而去。葛诚愣了片刻,不知张信接下来要做什么,忙跟跄着奔出去找张昺、谢贵。

张信快马加鞭来到家中。屋内一如平日,似乎略微有些凌乱。然而不见了昔日的儿女嬉闹之声,空荡荡的窒息压抑。年迈的老娘,懵懂的儿女,柔弱的妻子,如今不知蜷缩在哪里,有否吃喝?是否受辱?张信擦拭一把满脸的灰尘汗水,家破人亡之感袭上心头,他周身阵阵发冷。

"苦肉计,苦肉计!张昺、谢贵还有葛诚,三个奸贼,想要升官发财何不自己冒险。张信何罪,家小何罪!"张信冲墙壁大声质问,顺手拉出壁上挂的宝剑,红着眼盯住剑刃寒光,思忖一会儿,毒毒地点点头,"不是我张信不义,到底鹿死谁手,走着瞧好了!"

正午时分,骄阳似火,北平城中各街道车马稀少,行人寥寥。

瞅准这个不大引人注目的时刻,张信改头换面,顶块太平方巾,身着湖色绉纱袍,沿街衢一侧低头匆匆而过。凭这身再平常不过的百姓衣装,他一直来到燕王府的正门端礼门时,也未发现有谁注意自己,张信长长出口气。

朱红大门紧紧关闭。张信走过去,对斜倚在遮阳伞下的几个门官深施一礼:"诸位辛苦。我有要事要见燕王,烦劳通报一声。"

门官们斜眼打量他一番,有人懒洋洋地回答:"你是何人哪?我家王爷可不是你们摆摊贩货的那么好串门儿,总得报出身份才成。再说了,王爷如今疾病缠身,卧床不起,任你多大身份也不能见。"

张信堆着笑意,摸出几个银锞子塞到一个年长些的人手中,压低嗓门说:"实不相瞒,我是北平都督指挥检事张信,原也是燕王部下,现有生死攸关的大事急见燕王。诸位与我通报一声,但提张信之名,燕王定然相见。将来功成之后诸位自然也算一份。"

几个人将信将疑对视一眼,年长者苦笑道:"既是张将军,我们怎敢怠慢? 只是府中再三有令,燕王患病期间忌见生人,否则便会冲去灵气。将军在燕王属下当过差,府中军令想来也知道。我们怎敢拿自家性命试着玩? 我看……还是待些时日再来吧。"说着恋恋不舍地又把银子递给张信。

话说到这份上,张信也不便相逼,只得无可奈何地告扰离去。本来想出了这口恶气,不想连燕王的影子都撞不见,这可如何是好? 一想到妻儿老小无缘无故被扣留住,羞辱引发的怒火重又燃起,"他娘的,决不能便宜这帮小人! 我张信岂是轻易受人摆布的么?"收住脚仔细思虑一会儿,张信忽然有了主意,"对,就这么办!"他大踏步走回家里。

夏季看看将尽,白日已不显得有多漫长。凉风吹过一阵便日收桑榆,薄暮悄悄遮掩过来。掌灯时分,一乘两抬小轿,颤悠悠走出都司衙门后院,东拐西转,走的全是静僻小巷,不多时燕王府已高高矗立眼前了。张信蜷缩在狭窄的女式小轿中,紧巴巴地绷着一身翠红小衫,白纱大披肩遮住大半个脸。透过轿帘缝隙望去,街上行人比正午多出几许,沿街店铺透出隐约灯光,叫卖声时远时近悠悠扬扬。不时有零星马队和步兵衣甲刀剑撞击着打轿旁走过。张信不由得突突一阵心跳,生怕半路弄出个闪失来。

按原先的吩咐,两个轿夫沿王府城墙转过半遭,不多时拐到府城东侧的体仁门。此处紧临通惠河,街道狭窄,较端礼门僻静许多。

此处也是朱门紧闭。张信暗暗示意,前边轿夫上前两步与守门兵校唱喏施礼,说燕山卫张总旗家人有事进府。已奏请过王爷。兵校们对百户以下将领已不甚知晓,听说有王爷准许,又是个女人,便开了一侧门洞放轿子进去。

张信暗舒口气,心说事成有门了,合该张并、谢贵倒霉,张信我非出这口气不可! 钻过门洞,沿小径再往里走,两旁多是披挂整齐的卫士,肃穆中隐隐几分杀气。张信偷眼望去,一切似曾相识,当初也曾在府中带兵操练,如今却男不男女不女地偷混进来,紧张中不觉几分感慨几分叹息。

走不多时,前边又有一门。此门直通府中,故而盘查更严。轿夫虽再三称轿子内是张总旗夫人,门卫却不依不饶,径直上前掀起轿帘。未看清衣着,却注意到了胡髭拉碴的半张男人脸。立刻情知有诈,"嗷"的一声怪叫向后跃出数步,咣啷一声长剑出鞘。

其他兵丁见状立刻如临大敌，刀枪并举，将小轿团团围住。两个轿夫不过为多得几两银子，何曾会想到有这样的场面，登时面如土色，瘫倒在地，张口结舌一句话也说不得。

张信见状知道不能再迟疑，三下两下扯碎外罩小衫，露出武官公服，腾地跳出轿来，挥手冲兵丁们喝道："我乃北平都督指挥检事张信，有重大情况，必须立刻面见燕王，尔等快去通报，如延误了大事，当心你们身家性命！"

正如张信所料，这帮兵丁见他那身装扮，听他说话的语气，知道不是等闲之事，一面继续围定一面令人跑进去通报。不大工夫，有一千户装束的将领急急走来，叉手施礼说："在下朱能，乃王爷帐下千户。张将军里边请。"

张信压住心跳，跟随朱能向存心殿方向走去。沿途灯火摇晃，黑影幢幢。每隔不远便挂有大书"燕"字的角灯，透过灯影仔细辨认，路两旁远远草丛中布满了带甲卫士，剑拔弩张之气扑面逼来。张信不由暗想，葛诚他们硬逼我孤身潜入燕府来逮燕王，似此等情势，岂非痴人说梦，只能徒搭上自家一条性命。由此看来，这帮人何其可恨！看来我张信总算没中他们的套，倒是他们高兴不了几天了！

走近存仁殿，丹墀上下卫士更多。东阁门旁一个内侍早等在那里，冲张信作揖说："张将军这边请。"阁子不甚宽绰，未进门便闻到浓浓的草药味。转过阁门，东边床榻躺着一人，长髯纷乱地糅在前胸，裹在身上的被子纠缠得如麻花一般。榻侧支着一个火炉，炉上锅中药汤翻腾。药味夹杂热浪，闷热不堪。炉旁竹椅上端坐一人，是个中年和尚，不用问，定是道衍了。

张信不敢迟疑，扑倒在榻前跪拜请安。朱棣有气无力，摆摆手气喘吁吁说道："张将军乃是自家亲信，不必多礼，坐。"说完后长舒几大口气，似乎吃了多大累。

张信谢过了坐于榻侧小凳上，正冲着道衍。虽然着急，却也不敢过于唐突，只好耐着性子问："王爷一向安康，却不知因何病成这样？近来所服何药？是否见效？"

朱棣又是气喘不已，橘黄灯烛下满面愁倦之容。道衍见状便拱手答道："王爷自上次与两都督闹了场误会，连日惊惧不安，没承想竟抑郁成疾。名医倒也请过不少，无奈切不准病因，服过的药渣成堆，却始终不见回头，好端端的身子给弄成这样，可惜呀！"

朱棣也缓过气来，颤巍巍地说："张将军回去后可向二位都督如实禀报，本王实在无有他意，待本王略好些了，能起得床时，当亲往营中赔情。"

张信忽地明白过来，朱棣目下只是将自己当作朝廷耳目来看待的。不过也难怪，自己并未说明来意。虚虚实实，不能再兜圈子了，得赶快以诚相见。想到此张信不再犹豫，忽地起身朗声说："张信此来确实有重大情况，只想讨得王爷一句话，王爷果真有病否？"

猝不及防的一句话让朱棣和道衍暗暗吃惊，一时拿不准张信是何用意。少顷朱棣扫一眼道衍，慢悠悠答道："唉，将军这是何意，病又非什么好事，本王却为何要装呢？"

张信不想再绕圈子，扑通跪倒在地："王爷不信张信，张信却不疑王爷。目下朝廷连降密旨，令臣密捕王爷。王爷若果然有病，可整治车辆，随张信同至京师面君辩清，王爷若另有主张，则请从速计议，不可因彼此猜忌而误了大事！"说着伸手掏出三块黄绢，双手擎至朱棣面前，"此乃密敕，王爷请过目！"

话语句句如炸雷，朱棣呼地翻身坐起，一把扯过来抖开细看。道衍也吃惊不小，忙凑上前来。"哦，不错。三道密旨俱是建文亲笔所书，朱印亦是敕命之宝。看来朝廷到底等不及，要对我下手了！"朱棣看罢喃喃自语，以手抚髯逼视着张信。

张信不知他是何意，心中无鬼倒也不必惊慌，遂也怔怔地瞅定他。对视片刻，朱棣忽然从床榻上跳下来，长叹一声："本王全家即将遭殃，尚且蒙在鼓中，将军冒死救我，恩人哪！"说着冲张信倒身便拜。

张信见状大惊，一把拉住朱棣："张信何等样人，敢受此大礼，岂不折杀？王爷切莫如此！"

想起在都督营中连日受的窝囊气，今日却能在燕府中得此礼遇，两下对比起来，张信禁不住潸然泪下，一时难以自抑。

"事已紧迫，怎么办？"朱棣无心安慰张信，只是一手拉住张信，眼睛却盯住道衍。

"王爷，张信来府之时已想好对策，不知是否行得通，说出来供王爷与道衍师父斟酌。"张信不知朱棣在问谁，忙抹干眼睛回答，"张并、谢贵急欲拿住王爷立功请赏，而强攻又没把握，朝廷首鼠两端，并未下令开战，故而将此宝押在张信身上。臣思谋着，若能将计就计，北平不日将成王爷天下……"张信有些紧张，结结巴巴将想法说出来。

"对，如此甚好，擒贼先擒王嘛！"道衍最先反应过来，闪着光亮的秃头颔首不已。见道衍称好，朱棣自觉有几分把握，一手拉住一个，"大功告成之日，张将军堪称第一大功！本王此举，一来为自保，二为清除君王身边之小人，也是实属无奈呀！"

翠环已能觉出腹部更快地鼓胀起来，且能明显感到鼓胀的腹内正骚动不安。怎么办？孩子即将降生，而自己尚且朝不保夕。每每想至此，翠环便觉得心情沉重犹如泰山压顶，躲又躲不过，扛也扛不住。手抚小腹，为自己更为尚未出世的小孩愁肠百转。

有个嬷嬷挑帘进来，见翠环斜倚在床侧，近前笑笑说："娘娘贵为周王妃，千

十 善恶交错

金玉体,怎么不好好躺着?小心作践了身子。来,我扶娘妃上床,躺周正了对小孩有好处。那日你刚进来时,徐娘妃与燕王还说起你来了呢!我这才知道,原来娘娘是王妃……"

听她絮絮叨叨地说着,翠环忽然想起徐王妃来。刚进府时见过一回,当时觉得她文雅柔善,不是那等盛气凌人的样子。那么,自己眼前的苦衷,能否向她倾诉呢?她是否愿意搭救自己?翠环像抓住救命稻草一般叫道:"快,带俺去见王妃娘娘!"

隆福宫深处,徐妃倒也热情有加。因在便殿,看上去似乎不如上次那般雍容,略嫌消瘦的瓜子脸上眼眉淡扫,湖青色纱衫轻盈地披在身上,柔弱中有几分刚气。翠环乍一见到,不知怎的忽生一种有了依靠的感觉,双膝发软,叫声"娘妃"扑通跪倒座前。

徐妃离座扶住翠环;"周王妃,都是一家人,何必见这么大礼?来,这边坐。"

待翠环爬起身来告谢就座时,徐妃看出她身子不大对劲。一脸疑惑地问道:"怎么,妹妹见喜了?"彼此都是女人,徐妃已生过三个儿子,翠环自然知道瞒她不过,红着脸点点头。

徐妃闻言一脸喜色,摆手叫过丫头看茶:"难得妹妹如此贤淑,跟着周王跑到京师。看来皇上还算开点恩,让你们一家人团聚在一处。"

翠环闻言一愣,原来徐妃以为自己是从京师周王被拘处跑到北平来的。翠环一时不知该如何应付,通红着脸低了头,不置可否。

徐妃见状斜过身子凑近些说:"妹妹只管在府中静养身子,嬷嬷丫头们都知道,你姐姐在府中慈善待人是出了名的,况且又是至亲,自然不会让你有半点为难处。"忽然想起来问,"妹妹,京师禁卫众多,周王又被拘禁,你是如何逃脱出来的?"

翠环知道关键时刻来到了,她最怕被问到这一层。有心依着徐妃的话编下去吧,可纸里包不住火,将来金忠和燕王说起,岂不显得自己未能以诚相见?翠环心下一横,想着徐妃既然如此宽厚待人,像自己一个苦命女人,原原本本地说出来,她未必会像燕王那样凶狠,指不定还会泪涔涔地为自己抹一把泪呢。翠环眼泪先夺眶而出,把如何与史铁相恋,如何被迫进周王府,又如何趁乱逃出与史铁成亲之事和盘托出,抹着泪珠偷眼看徐妃脸色。

徐妃不曾想到翠环身上还藏着如此曲折的经历。听到她被锦衣卫们四处捉拿,到北平又险遭恶人强暴,不禁也为之动容,惊讶得张口结舌,听完后沉吟半响,低低地问道:"这么说来,肚中孩子是你和史铁的了?"

翠环挂着泪滴的脸又是一红,垂首算是承认。

沉默片刻,徐妃忽然神情大变,厉声喝道:"好个不守妇德的淫妇!你既入王府,又与乡夫野汉苟合,亏你能说得出口?堂堂皇家,没想却受你这等贱人辱没!"

翠环闻言如遭霹雳,一时摸不着头脑,慌忙跪倒俯首分辩道:"娘妃不知,翠环并非淫奔,实在是与史铁青梅竹马,定终身在前,后来进王府实在是迫不得已。"

"青梅竹马?"徐妃几声冷笑,"如今世道,哪还有什么青梅竹马?说得倒好听,待王爷有暇时,必将此事的原委与他说清,看他如何发落!"说罢一拂长袖,冲门口处丫头嬷嬷们喝道,"把她看好了,休得再生出事端来!"

头重脚轻的翠环挣扎着爬不起来,几个丫头过来,推推搡搡将她架出屋去。

十一　风云突变

七月的深夜,苍穹深沉无垠,繁星寒光高远。燕王府端礼门两侧,肃穆而又喧闹。钟鼓之声压得低低,却节奏分明,王府各处,伴着嘶哑的鼓点,灯笼火炬排队成条条长龙,队队兵丁行色匆匆,不时传出刀剑与衣甲的撞击声。炮车碾过方砖,直推到城头各雉堞。各处大门紧紧关闭,女墙后侧,兵士密密麻麻,机弩和炮机已摆放整齐。箭矢、滚木、檑石正源源不断地搬运上来。若隐若现的灯光下,每个人神色紧张,黑云压城的气息扑面而来。

朱棣在道衍、朱能、张玉等人陪同下,四下察看,颇觉满意。朱棣抚须盯着众人说:"我们起事之后,当尽快散发布告,让天下百姓都明白,本王发兵只图自保,实在是迫不得已,我们只为清除朝廷佞臣,绝无反心。"

道衍摸着光头显得异常兴奋,连声附和:"王爷所言极是,所谓名不正言不顺,树立起靖国难的旗号,以让天下臣民明白王爷苦衷,让天下忠勇之士投奔王爷。"

朱棣笑笑点头,又冲张玉问:"你看府中兵力,一旦同官兵交起手来,可有全胜把握?"

张玉全身披挂,盔甲上映着火光的红晕,他叉手施礼:"府中兵将数目虽不太多,但久经演练,阵法娴熟,个个能以一当十。王府东临太液池,西贴金水河,又有护城河环绕,再加上王府城墙是元时旧城,高峻不说,坚固堪比京城,休说北平城内营兵,即便城外援军杀进,也不足为虑。"

朱棣点点头:"等明天张信依计行事,如能诱杀谢贵、张昺,北平城将尽归我有,以此为基业,雄视天下,何惧之有!"

众人闻言纷纷附和着大笑,笑到半截,朱棣忽然手指城头几个手举火把的兵士喝道:"城头不准举火,没听过将令么?莫非尔等要举火为号,告知张昺、谢贵不成?!"招呼身旁亲兵,"上去将其拿下,统统斩首!"

红日喷薄于燕山层峦之巅时,张信派密使把一封字体潦草的信传入北平都督府。

期待已久的事情终于有了结果,葛诚、张昺和谢贵兴奋而紧张。三颗脑袋凑在一起,将短短的几行字看了又看:

"信已遵命联络旧部,于承运殿将燕王缚住。无奈府中部将张玉、朱能等领兵拦截,不得出府。众将声称若二位都督肯只身前来府中,并将密诏出示,他等才肯降附。此刻正于承运殿外对峙不下,望都督速至,以释众疑,以成大功。"

"功亏一篑,如之奈何?"张昺微叹口气,双眉紧锁。

葛诚反复摩挲着书信,踌躇片刻说:"此事虽说令人生疑,但亦不可不信。张信家小俱在营中羁押,他投鼠忌器,未必敢玩什么花招。王府那些大将见燕王倒台,已有动摇之心,只不过因消息未得确实,下不了投靠朝廷的决心而已……依葛某所见,只须将燕府团团围住,然后二位都督带少数卫士,捧皇上诏书径直进府,向众人言明大意,就说皇上已查明燕王图谋造反,此番被逮,纵然不被处死,亦永作不成藩王。打消众将顾虑,他们自然纷纷归附。"

"这……"听说要自己只身进燕王府,二人不免忐忑,却又不便说出来,脸露尴尬之色。

葛诚早已看出来,忙安慰道:"二位将军不必过虑,燕王既然作了张信的人质,试想剑锋抵住咽喉之时,他又能有何作为?此去纵然不成,全身而退应该不成问题。"想想又说,"二位若不嫌累赘,葛诚愿奉陪一同前往。"

"那……好吧。"二人犹豫着终于答应下来,开始着手调兵遣将。

日头跃出东边天际,渐渐由赤转白。张昺、谢贵调集北平城门七卫约四万余人,将燕王府暗暗围得水泄不通。为谨慎起见,谢贵特意把重兵部署在端礼门,并备了大量木栅,一旦事变便可将燕王府门隔断,使之成为孤城一座。

葛诚在二人陪同下骑马巡视一遍,看看差不多了,便径直来到端礼门下。见朱门紧闭,就令亲兵上前高声叫门。城楼上有人大声喝问:"何人喧哗?"

谢贵在马上仰头答道:"我是北平都督,要进府中宣皇上诏书,速开门放行!"

城上人嘀咕一阵,放下吊桥,大门一侧的小门徐徐打开。三人并数十护卫打马跃上吊桥,跨过金水河直入府中。

府内果然杀气腾腾,由端礼大门直至府院深处,甬道两侧兵丁林立,刀枪并举,大有剑拔弩张一触即发之势。刚才报信的那个密使迎面跑过来说:"快,快,将军,众人已对峙得不耐烦了。众位暂且在此等候,三位将军可速进承运东殿,都在那里呢!他们说只要都督一露面,并且确有皇上诏书,就立即放下刀枪,并无二话。"

事已至此,三人顾不得多想,张昺回头冲众卫士说:"你等在此等候,俟有动静再冲进去。"也不待他们答应,三人已奔承运殿而去。

承运殿是燕王府中最高殿堂,气宇巍峨,正门直冲端礼门,除正殿之外尚分东西两偏殿,皆是双层滴水,飞梁画栋,观其做派丝毫不亚于京师皇宫便殿。未近承运殿,便闻吵嚷之声,隐隐望去,果然有许多将官全身披挂,站在丹墀之下,似乎与里边争论着什么。

三人疾步来到门前,未等下马,忽然有人大吼一声:"不错,就是他们,快将三个奸贼走狗拿下!"

三人闻言一愣,没等反应过来早被几个将士冲上前拉到马下,来不及反抗便让绳索紧紧捆住手脚。三人大惊,此时才回过神大叫:"诸位误会了,我们是北平军营都督,特奉皇上密旨来向诸位宣读!"

众人却齐声大笑起来。内中走出一个中年人,呵呵大笑着指住三人说:"二位都督,葛诚,莫非一时得意,连本王也不认识了么?"

三人不用细看便知来者正是朱棣,顿时明白又中了圈套。惊惧和绝望一起袭来,张张嘴又无话可说。朱能上前两步说:"王爷,休要同他们啰唆,动手吧!"

朱棣面色如霜,微微点头。三人见状一阵恐惧不能自抑,齐喊一声:"不……"然而话未说完,剑影闪处,鲜红的血雨喷洒出老远。

部将来报:"进入府中的几十名卫士已全被射死!"朱棣习惯地捻捻长须,眼光游移不定地望望道衍。道衍光头上汪汪地一层油汗,冲朱棣暗暗一捏拳头。朱棣遂下决心高声喝道:"诸卿听仔细了,朝中今有奸佞当道,乱言惑上。本王欲兴兵铲除君侧,以靖朝廷之难。今日举事,望诸卿齐心协力,事成之日,皆功封侯,荫子孙!"

张玉、朱能等心腹将领早已会意,举刀枪率先高呼道:"清君侧,随燕王!"

其余众人见状,也纷纷跟随高呼。朱棣挥手大叫道:"好!天时地利人和,即刻举事!来人,速将靖君难之旗悬于城头!"

北平,燕王府承运殿正前方,大书"靖君难"三个字的高竿大旗已经悬起,猎猎飞扬。府城城墙门楼雉堞俱已遍插同样旗子,顷刻间威严无比的王府成了一座杀气腾腾的兵营。

端礼门悄悄打开一条缝,一队骑兵忽地蹿出。为首三人手持长枪,枪头上分别挑着葛诚、张玕和谢贵血淋淋的人头,大将张玉、朱能、丘福等人分居中间,每人手中高擎令旗,一起冲守卫在端礼门外的北平都司军士高喊道:"葛诚、张玕、谢贵等人受奸臣唆使,矫诏谋反,现已被杀。燕王殿下奉密诏告示尔等,余者不究,可速速投诚,勿跟随逆贼送死!"

护城河对岸众兵将看得真切,果然是三人首级。一时间群情大哗。群龙无首之际,七卫部队官兵们深知一侧是皇帝,一侧是皇叔,惹着谁都不得好报,自家小命和人家比起来,简直蚂蚁都不如,何苦跟着蹚这浑水?于是乱糟糟一阵吵嚷,各自纷纷逃散,旗仗甲胄丢了遍地,像潮水退去后留下的贝壳等杂物一般。

三十年不见战火的北平城,烽烟突然再起,来得悄然而猛烈,一切都乱套了。王府各城门外的官兵听到喊话,见到首级,都已慌乱动摇,溃不成队。站立在端礼门城楼下护栏阴影处的道衍看一眼朱棣,轻声说:"王爷,是时候了。"

朱棣刻意打扮了一番,身穿遍绣舞龙的大黄袍,头戴翼善冠,略杂银丝的头发抿得整整齐齐,齐胸长髯梳过好几遍。他走到城楼一端,冲城门内骑在马上待命的张玉、朱能、丘福等将佐挥挥衣袖,大喝一声:"冲!"

话音未落人马已窜出门洞,呐喊着风卷残云般地涌上去。北平司卫队们正忙于溃逃,见追兵上来,更如无头苍蝇般,四下乱窜。相形之下,燕兵愈来愈多,官兵却渐见寥落。

朱棣在城楼上看得真切,一手握住道衍,转脸冲站在另一侧的张信说:"若非张卿报信及时,焉能有今日虎狼逐羊之势。卿之功劳大则救国,小则救本王全家,德量之大,本王终生不敢忘怀呀!"

张信正思虑着开仗后羁押在兵营中的家小是否能够保全,心下惴惴不安。忙顺势说:"信实在不敢当。臣之家小俱在营中,不知安危如何,臣乞请领一队人马,去官兵营中救出家小!"

朱棣略一愣神,旋即拍拍脑门:"卿之家小尚在危难中,本王焉能不牢记在心,刚才已吩咐朱能去救了。不过卿若心焦,亲自去一趟也好。"

张信感激涕零,应声领命,爬起来飞奔下城楼点兵而去。看张信走远了,道衍试探着问:"王爷,张信一介武夫,既投诚过来,应命他领兵杀敌才是,为何总留在身边不放呢?"

朱棣意味深长地笑笑,压低嗓音说:"道衍有所不知,本王处朝廷包围之中,不得不时时提防。张信有皇帝亲笔密诏,谁敢担保他投降是真?万一他用密诏取信本王,诈降过来,借此机会除掉葛诚等人,然后再在王府联络旧部,就中起事,将来独揽大功。那本王岂不满盘皆输?"

道衍闻言微微一愣,满腹心绪地轻轻一笑,继续伸颈眺望。

转瞬间战阵中形势略有变化。谢贵心腹将佐都指挥彭二本来驻守大营中,听到消息后急忙率营中留下的少数兵丁穿街过巷,冲至王府端礼门前的十字大街中央。

见兵败如潮,纷乱中彭二怒睁环眼,跃马挥戈放开赛张飞的粗嗓门吼道:"众兵听着,燕王造反,有旨擒他,快与我杀进府去,有擒住他的可以封万户侯!"

连吼几声果然有些效果,有人纷纷聚拢过去,很快集起千余骑士步马。彭二长戈一指,喊声:"冲!"这帮人如大河中的逆流般直涌向端礼门。正冲杀得手的燕府兵将们,忽然见此情形一时不知所措,眼看着彭二一马当先,直奔到端礼门近前。

不过燕府开战早有防备,城门外立刻堆起铁蒺藜、鹿角等物,冲在前边的兵士或被刺死,或让绊倒被身后人马踩成肉饼。城上守兵也纷纷照准攻城人群抛下石块滚木等重物,千余人很快倒下大半。彭二见攻府无望,急得在马上胡乱挥舞着戈矛,一边直高声骂娘。

朱棣看得真切，沉着脸说："倒是条汉子，可惜性烈如火必不能为我所用，只好除去罢了。"

道衍会意，招手间弓弩手万矢齐发，彭二躲闪不及，已身中数箭，怒睁着血红的大眼，直挺挺地栽下马去。余者见状，又是一哄而散。北平都督大营兵马，就此彻底瓦解冰消。

不觉中炽白的烈日偏成如火的残阳。北平城中大街小巷到处躺着横七竖八的尸体，成滴成片的血迹溅遍了宫城民墙，最终融入了无际的血色霞光。再不见炊烟袅袅，只闻得血腥浓重中隐隐几许哭声哀哀。熙熙攘攘的钟鼓楼大街和羊角市忽然间沉寂如死，店铺货栈人踪全无，恍然间似乎成了一座空城。

通往京师的黄尘古道上，八百里急报一驿一驿急速传递，扬起漫天热尘。

"燕王已经起兵谋反了！"

既在意料之中，又让人倍感天下将乱的恐惧。这个消息回荡乾清宫角角落落，轰响在两班文武大臣的耳际。肃立朝堂之上，个个垂首敛气，静候金阙之上的建文帝作何反应。黄子澄站立东班文臣前列，偷眼看看方孝孺，见他脸色铁青中杂着苍白，瘦削的面孔更显得冰凉如铁。再偷眼看高高在上的建文帝，面色也不甚好，似乎盯着殿上飞梁在发心愣。

良久，方孝孺终于整衣出班说话了："陛下，事已至此，亦无须过忧。其反叛只在迟早之间，早反更容易制伏，陛下只须发诏书称其为反贼，诏令北方各卫所军队一起围攻北平，数日可克，何忧之有？"

建文帝眯起眼睛还未答话，西班武将中徐增寿出列奏道："陛下，窃以为燕王起兵，必有隐情，如能查清他缘何而反，就中化解他的怨愤，可谓釜底抽薪。兵法云'不战而屈人之兵，善之善者也'正是说的这个道理。况方博士方才称燕为贼，万万不可，如此称呼将先皇置于何地？再怎么说他也是皇叔……"

方孝孺闻言顿时面色由白转红，朗声驳道："《周礼》有云，既然反叛，人伦则废，应该称之为贼！"

徐增寿张张嘴还要争执，建文帝皱皱眉头不耐烦地打断道："唉，称贼不称贼，此乃末节，争执这个有什么用？还是说说眼下如何应对吧！"

黄子澄站出来拱手说："陛下，张信倒戈，全是谢贵等不能知人善任所致。如今燕王虽反，也不过仅占据一座北平城而已，不足为国家大患。陛下只需遣一员上将，召集全国之兵，数日之内将他攻克擒拿，不为难事。"

经黄子澄这么一说，事情似乎并不如想象的那般严重，建文帝脸色很快缓和过来，轻轻叹道："朕总以为灰比土热，彼是皇叔，怎忍心反叛，唉，世事难料，人心莫测呀！"

"陛下，"黄子澄正欲退回班中，闻言灵机一动，忙躬身奏道，"既然燕王能反，其他藩王也难保没有这等心思，陛下不如趁此机会将各地藩王悉数召进京来，如有不从者便以伙同燕王谋反论处,索性一网打尽!"

"这个……"建文帝沉吟不决时,方孝孺出列说:"不可呀陛下,这样一来树敌太多,岂不是逼迫他们帮助燕王!"

建文帝却摇摇头:"当初朕千方百计维护燕王,可他最终还是反了,由此看来,世味凉如水呀。朕召皇叔们回来,不是害他们,是要他们尽享天年,并不为不孝,实乃大孝。好,就依黄卿之言,即刻拟旨,速召各王归京!"

见圣意已决,方孝孺摇头退下。黄子澄自忖总算尽了人臣之道,也轻舒口气,回到班中。

不过由谁挂帅征讨,却是件颇费踌躇的事。当年开国功臣,或者老去,或为先帝剪除,侥幸留下的,则大多已无心征战,只图自保。虽有几员老将尚可一战,可建文帝总觉得这几个人曾在北方抵抗过旧元,那时候燕王已经到了北平,难免他们不曾有过往来,万一藕断丝连,再来一次阵前倒戈,岂不更糟?

胡思乱想着眼光在西侧武臣班中扫来扫去,忽然停在一员老臣身上。心下好像得了保证似的,立刻踏实许多。对,怎么把长兴侯耿炳文给忘了呢?此人乃太祖同乡,说来还是老家人,三十年来南征北战,在中原打败过张士诚,在黄河沿岸大破元军,还曾去云南征讨过蛮夷,可谓能征善战。更重要的是,他没有在北平一带驻扎过,与燕王向来无甚交情。在建文帝看来,此人虽年过六旬,却是再好也不过的人选了。当即任命耿炳文为大将军,驸马都尉李坚和都督宁忠为左右副将军。三人毫无思想准备,突然间闻命,一时手足无措,只好俯首应承。建文帝同时接受齐泰的建议,任命安陆侯吴杰,江阴侯吴高,都指挥盛庸、潘忠、杨松、顾成、安平等将军分率偏师,齐头并进,择日遣将出征。

时下京城中谈论最多的,除了北平的皇叔造反外,还有一件发生在京师之中的怪案。

自古凡事就怕凑巧,却又偏喜欢凑巧。润生、泽生两兄弟千里迢迢来到京城,紧贴着宫城安下个打铁的营生。几个月来,生意倒也红火,只是润生当初盼望的接翠红出宫,却遥遥望不到实现的尽头。不过润生也知道,皇宫非比他处,这个梦能否成真靠的是运气,是缘分,急不得的。好在生意不少,每日里忙个不停,心里的焦虑也就轻了不少。可是他不知道,一出关于他们兄弟的戏正不觉中拉开帷幕,等着全城的人来看。

那日天色未亮,史家兄弟照例早早起来,草草洗漱毕便整治炭火,准备开始一天的劳作。"泽生,哥在这里生火,你去大中桥那边看看卖炭的上市没有,比比问问,计个好价钱。"一阵青烟散过后,通红的火苗跳跃起来,映着哥俩的脸。

"唉,"泽生答应着扔下手中的火棍走出门去。润生想起来又冲门外交代:"要是没有就别等了。早些儿回来干活,要不人家来取东西时赶不出来。反正剩的炭还够用一两天。"

"唉。"泽生远远答应一声,很快隐没在雾气腾腾的晨霭中。

润生知道,泽生比自己心眼更实,向来听一是一。果然,不大工夫,泽生小跑着回来了。虽是七月天,大清早的太阳还得一会儿才上来,凉风习习中泽生却跑出了汗。

"哥,"未进门便听他喊道,"去得太早,街市上空荡荡的没个人影,这会子怕连城门还没开。俺怕耽误活计,没敢等。要不干会儿活再去看看。"

"嗯,"润生答应着埋头轻拉风箱。"哥,你看,俺在路旁拾的这把刀有些特别呢!"泽生站在他身后有几分惊喜地说。

润生这才抬起头来,见泽生手中掂了一柄弯弓状的腰刀,八九成新,刃如霜雪,便站起身接过仔细看看,果然是柄好刀,只是刀尖处折断了一小块,看罢自言自语地说:"这样的刀咱们也曾打过,是公人们专用的,只是不知人家是有意扔掉的呢,还是不觉中脱掉的?"

泽生见哥哥犹犹豫豫,一把抢过来说道:"甭管怎么掉的,反正咱是拾的,又不犯法,况且公人们那么阔绰,丢把刀算什么?哥,你把那个缺口补一补,怕能卖他几钱银子呢!"

润生虽不以为然,但也没特别在意。转过身子收拾家什道:"先扔一边,待会儿再说,来干活!"

然而随着日头渐渐升高,街上人流纷纷传出一个惊人的消息,应天府捕快班头被人杀死在大中桥下,身上让砍得乱七八糟,眼下全城捕头们都出动了,正到处拿人呢!

润生兄弟围着火炉汗流浃背,正忙得不亦乐乎,只能断断续续地听人议论一两句,并不十分清楚发生了什么事,况且不管发生了什么惊天动地的大事,关一个铁匠什么事呢?不过润生隐约有些担心,听人说北平那边就要开仗了,还是皇叔要和朝廷对着干,他估计这仗小不了,弄不好匠户们要回原籍打造兵器。要是那样的话,怕是一辈子再难见到翠红了。每想到翠红,润生心中便有种异样的感觉,那是旧日情怀的翻腾,是希冀与绝望的交织。

辰时未到,街上行人忽然减少,倒多了些黑衣黑帽手执腰刀棍棒的各班捕快。他们个个神色慌张,三五一群盯着每个店铺每个路者,不时嘀嘀咕咕一番。

不留意间几个皂隶蹚进润生铺中。四下打量片刻忽然有人失声叫道:"快瞧,腰刀!"

皂隶们循声望去,立刻围住刚才泽生随手丢在门旁的那柄刀。有个班头模样的人抄起来仔细端详半晌,又从怀中摸出一块小铁片比划了一下,惊奇地嚷道:"果然是,你等看,桥桩上嵌的那块残片正是这刀上的!"

立刻如炸了蜂窝一般,门口处有人将铜锣咣咣地使劲乱敲,不大工夫,各处捕头纷纷涌来,将小小铁匠铺围个严严实实,路人们不明就里,停下来远远地围拢着想看个究竟。

润生兄弟正干得起劲,见状顿时呆住,各执铁锤愣着不知如何是好。

铺内皂隶们对视一眼立刻四下散开,各握兵器在手,拉开格斗的架势。刚才那个看刀的捕头怒声喝道:"你二人既然做下了勾当,理应随我等去官府讲个明白,如此顽固,莫非想造反不成?!"

润生到底见过些世面,忙扔下手中铁锤赔笑道:"官爷误会了,我兄弟二人刚来京城,两眼一抹黑,哪敢造什么反?官爷但有要盼咐的,尽管说出来。泽生,快把锤扔了!"

见二人手中没了家伙,众人才松了口气,举着刀棍靠近些,班头说道:"看你兄弟并不像恶人,却因何杀死官府捕快?!"

润生被问得一头雾水,一时张口结舌,不知从何说起。泽生看看他哥,又看看黑压压的满是杀气的捕快,战战兢兢抖作一团。见二人不说话,班头又问:"你二人好生大胆,既杀了人,又将刀丢在门口,分明是蔑视官府,理应罪加一等!"

一提到刀,润生多少明白些,忙抢过话头说:"官爷又误会了,这刀是小人弟弟今早出门时在大中桥路边拾的,并不知道什么杀人的事。俺兄弟二人都是本分小民,小人弟弟生性胆小怕事,又没什么仇家,哪会杀人?望官爷明察!"

内中一个皂隶嘿嘿冷笑两声:"这位兄弟八成没和官家打过交道。如今官府的人被杀,你与我们啰唆有什么用,将心思用在如何应对衙门问话上才是正经!快些带走便了!"

见众人手拿锁链上来真要往脖颈上套,润生这才着了慌,忙拉泽生扑通跪下,叩头连连:"官爷明察,小人确实无辜!"

然而并没人理会,哗啦将二人结结实实拴住,一片吆喝声中推推搡搡向应天府衙门走去。市民们见状个个惊奇不已,指指点点议论纷纷,远远跟在后边看官府如何处置。

应天府衙大热天里仍感阴气森森。润生兄弟被带上大堂时,看见里面已先跪了个身着青丝衣梳着高髻的大汉。他们刚开始被这帮手执威武棍的衙役们吓得战战兢兢,连上边的问话也听不甚清楚。后来渐渐镇静些了,方才断断续续明白了怎么回事。

原来早晨时分,有人在大中桥下发现了一尸身,看衣着像是官府人物,便立即上报官府。件作查看现场,证实其人乃应天府捕快班头,为乱刀砍死。死前尚有搏斗痕迹,桥旁木桩中嵌有一片折断的尖刀,可是凶器和捕快所佩腰刀俱不见踪影,只有刀鞘尚挂在腰上。

就在捕快们从润生铺中搜出腰刀之时,另一班人也从大中桥另一端桥下抓来这个大汉。

情形已明,府尹沉下圆滚脸砰地一拍惊堂木喝道:"你等三人从实招来,缘何会合谋杀死官家捕头!"

丝衣大汉似乎经历多些,看上去倒不十分惧怕,应声答道:"大人,小民委实冤枉。小民乃扬州人,往来京师贩卖丝绸。今日一大早乘船进城。本想赶个早集,收拾毕当天好赶回去。路过大中桥时,见行人不多,便乘机到桥下小溺,不曾想却被官差们拿下。至于杀人之事,小民实在不曾听说过,更何况小民一个商贩,何苦从扬州跑到京师来杀人?望大人明察!"

府尹高踞案后,捻须点点头,随即将脸拉长拍案喝道:"你二人却因何杀死官差,又将他腰刀藏在铺中?快快从实招来!"

润生兄弟被吼声惊得一打哆嗦,吭吭哧哧更说不出话来。还是润生大胆些,抖声回道:"青天大老爷在上,小人兄弟打山东逃荒来到这里,靠打铁为生,人生地不熟的,躲事还来不及,平素见官差老爷们总心里惴惴的,哪敢杀人?那刀的确是小人兄弟一大早出门拾来的,望老爷明察!"

府尹仍捻须点点头,圆脸上方的细眼微眯起来似乎笑了笑。堂下三人偷眼看在眼里,心下宽松了许多,不由得晃身子挪动跪麻的双腿。

不料府尹脸色突然一变,冷笑道:"哼,说得好听!咬人的狗儿不露齿,你们三人看上去老老实实,还真不像坏人。本官问你,为何别人不在桥下小溺,你却偏去?为何看见河那岸有件作查看便慌张欲逃?分明是你杀人后心怀鬼胎,放心不下又折回来查看动静。岂料聪明反被聪明误,逮个正着!亏你脸皮厚如墙,还能编出个道道来!"

丝衣汉子闻言大惊,目瞪口呆间不知该如何辩驳。府尹见状得意不已,又冲润生兄弟喝道:"你兄弟二人既未杀人,死者腰刀却为何落在你处?别人不曾拾得,偏你的运气好?还有,你兄弟天色尚未亮跑去大中桥干什么?"

润生兄弟听他这么一说,一时也哑口无言,好在润生深知杀人的罪非同小可,弄不好立刻便有杀身之祸,急中生智说:"青天大老爷在上,小人句句是实,并不敢说谎。大老爷试想,倘若我兄弟杀了人,要他一柄腰刀干什么?即便拿回去也须藏个严实地方,怎能随便扔在门后?这些都于常理不符,望大老爷明察!"

此时丝衣男子也省过神来,叩头接过话茬:"大人,小民一个外地商贩,和捕头无冤无仇,缘何杀他?实在是小人在桥下小溺,见对岸有许多公人,不知出了何事,故此无端惊慌,急忙上得桥来,并非心中有鬼,望大人详察!"

府尹正为自己刚才所言得意不已,听他们一一辩驳,颇有些恼羞成怒,撇撇嘴慢条斯理说:"说得好听,若要人不知,除非己莫为。京师如此之大,为何单单捉得你三人?分明系案中凶犯!至于你等和捕头到底有何冤仇,你们心里自然清楚。俗话说千求不如一唬,千唬不如一揍,来呀,刑具伺候!"

两旁衙役如狼似虎地应喝一声,咣啷啷把夹棍铁链扔到三人身边。三人似乎被蝎子蜇了一下头皮发紧,浑身不由得缩作一团,面面相觑却作声不得。

府尹端起胖圆脸眯细眼将他们挨个扫视一遍,眼光渐渐变毒,忽然暴怒道:"好呀,串通杀人,还敢抵赖!你等可知五刑之设,罪莫大乎杀人,今日本官就是将你等活活打死,也不为过!来呀,拖下去好生伺候,什么时候张嘴招供才能算完!"

不待三人反应过来,早被七手八脚拖到一侧,三把两把褪下衣裤,两个衙役死死按住头脚,随即细长的板条雨点般落在身上。三人一阵抽搐,疼痛从屁股脊背一直传到嗓子眼,万分难耐却又喊不出声来,只能闷声胡乱哼哼。片刻工夫地上已被汗水浸湿了一大片。

啪啪声接连不断,每一下都似乎打在心尖上,疼痛难受,憋闷得喘不过气来,到此时三人方真正明白为何百姓畏惧衙门如虎,那滋味真是比被老虎吃掉还难熬呀。

即便再难熬,三人也得强忍着。要知道一旦招供,那可是掉脑袋的罪。伴着含糊不清的哼叫,三人不大会儿已是满身血迹,直挺挺地卧在地上连喘粗气。

看看差不多了,府尹摆手吩咐停下,冷冷问道:"本府已经认定杀人者必是你们三人无疑。为何杀人,三人如何密谋,快如实说出来,免得再受皮肉之苦!"

两侧衙役跟着起哄,将手中水火棍砸在地上咚咚乱响,齐声喝道:"快招,快招!"唬得三人魂不附体,犹如进到阎罗宝殿般心惊肉跳,奇痛也阵阵袭上全身,竟相继晕了过去。

泽生醒过来已是三更时分。看着四周,黑糊糊的三面是墙,一面影影绰绰立着根根木栅栏,分明是在牢中了。泽生一直在想自己肯定是做了个噩梦。可梦中的情景也太逼真了,那阴森森的大堂,阎罗般的大官,挨打时的滋味,简直和真的一模一样。泽生有些奇怪,我怎么会做这样一个梦呢,现在已经醒了,却怎么还像在牢中?

他暗暗奇怪着想翻身坐起来,不知从何处传来一阵钻心的疼痛使他啊地尖叫一声,重重躺倒在草堆中。看来不是在梦里,是真的了。可为什么会惹来官司呢,他想起来了,都是因为那把刀。不过刀确实是自己拾的,为什么当官的不好好查一查就硬往自家头上扣呢?泽生又想起他哥,悔恨立时涌上心头,自己受苦不算,还把哥也赔上。要是万一被杀头,那史家不就全完了么?千思万绪地撕扯着,泽生忍不住将脸埋在土腥味极重的乱草中抽泣起来。

忽然一阵微响,一个黑影慢慢挪过来。"哥!"泽生急忙一把将那黑影扯住,"俺也不知道咋回事,让你跟着受连累。你说说这下该咋办呢,哥!"泽生仿佛得了主心骨一般,顿时来了些精神。

然而黑影却不是润生,而是在大堂上的那个穿丝衣的汉子。"兄弟,你不知道咋回事,我也糊里糊涂,"汉子声音嘶哑,说起话来有气无力,和白天刚上大堂时理直气壮的样子判若两人,看样子也打得不轻。

泽生多少有点失望,不过能有个人商量总比一个人闷想强。他仍揪住那人衣襟问:"那,那可怎么办呀?"

"唉,怎么办?我听人说,进了府衙,白长嘴巴。有理也说不清啊!再说这是京师,天子住的地方。出了人命案,况且还是官府的人被杀,谁敢怠慢?要是拖得久了,传到朝廷上去,他那官还当不当啦?小兄弟,我猜府尹八成是想从速结案了事,成心要将咱们拿来当替罪羊呢!"

"啊?!那,那咱们可不能乱招啊,杀人是要抵命的!"

"哼,不招,不招由得了你么?堂上的活儿你也见识过了,我琢磨着明天还有更毒的等着咱们。官家的把戏你还不知道,他要成心让你认罪,再硬的汉子也挺不住的。整你个半死不活,胡编几句供状,抓住你的手一摁手印就算了事。唉,在劫难逃啊!"

听说还有更毒的刑,泽生浑身一激灵,先自瘫软下来,连说话的力气也没有了,瞪大绝望的眼睛盯着什么也看不见的黑暗。

良久,那人幽幽说道:"小兄弟,摊上这等事,都是命啊!万事不由人,一生都是命,不服气是不行了。我一个人还好点,你们却要搭上哥俩,唉,惨哪!"

一句话说到泽生心头上,眼泪刷地又流下来,哽咽着问:"俺哥呢?"

"大概在隔壁牢中吧。小兄弟,事到如今,我有个未必高明的法子。这样办多少能救出个人,只是不知当讲不当讲。"那人似乎看看栅栏门,压低嗓音说道。

"刀是俺拾的,不能让俺哥跟着受苦,只要能救出俺哥,俺就听你的。"泽生沉浸在对哥哥的负疚中,急切地盯住那人,尽管黑乎乎的什么也看不清。

"不瞒兄弟你说,我是扬州出了名的大富户,这几年贩丝赚了不少。官府不就是要抓个凶手吗?小兄弟你要是有胆,明日一开堂不妨直截了当认下来,一个人担了这个罪名……"

"不,俺没杀人!俺……"泽生闻言大吃一惊,嚷叫起来。

那人慌忙捂住他的嘴,低声说:"你听我说完。要是你不一个人担下来,那咱们三个还得饱吃各样大刑,临了还是个死。如果你认了,你哥就能捡下条命。将来出去后,我自当拿出一半家产来送给你哥。这样的话,你家不仅不至于绝后,还能变成富裕人家。小兄弟,你想想,一个人是罪,三个人也是罪,你总不愿意让你家就此绝后吧!"

听听也是这个道理,泽生平静下来,嗫嚅道:"那我认罪后可是要杀头的,俺怕……"

"哎,怕什么?既便你不认罪,到头来还不是要杀头?你痛痛快快地招了供,就不用再挨打,到时候刀斩乱麻,嚓地一下了事。你没见那些用刑人的刀,快着呢!你还没觉出就已经没事了。小兄弟,大哥都是为你家着想。人活百岁也免不了一死,你一个人救出两个人,功德无量啊!二十年以后又是一条汉子,上天看你仗义,准让你投胎到富贵人家!"

泽生仔细想想,确实也没有再好的办法。想着只要明天一招,不仅救出了哥哥,还能让哥哥得一大笔钱,再不用受苦受累,自己也不用受疼挨打,忽然轻松许多,咬咬牙说:"那好,就这么办吧!只是你别骗俺,出去后一定给俺哥多多的钱。"

那人见他答应了,也高兴起来。扑扑地拍拍胸脯说:"咱做买卖的最讲信义二字,我一定把一半家产分给他!这个你放心好了。"

"那咱明天招供,俺怎么说呢?"

"你就说杀人前一日在街上冲撞了捕快,发生口角。心中不忿,便打早起来揣了尖刀寻机会报仇。恰好在大中桥遇见他,遂将其引至桥下,趁其不备将其乱刀扎死,而后将刀扔到河中。后来见其腰刀不错,便顺手带了回去。你一定要一口咬定此事是你一人所为,别人并不知晓。"

"好,只是刀上有个缺口,听公人说是砍在桥墩木头上折断的。要是问起来,该怎么说?"

"咳,这还不好说?你就说捕头见你刺他,慌忙抽刀抵抗,没看准砍在桥桩立木上,你趁机又刺了几刀,将他刺死。你往外拔腰刀时由于用力过猛给弄折了个尖。"

泽生在黑暗中点点头,心中暗道:"哥,弟弟这一死,能救你出去,还能过上好日子,也算值了。"

见泽生不吭声,丝衣汉子又交代说:"招供时一定要讲清楚,这事是你一人所为。再有,千万别告诉你哥,否则他阻三阻四的,大家都活不成。"

泽生"嗯"地答应一声,忽然焦躁地问:"什么时辰了,天咋还这么黑?"

"唉,你没听人说,系狱之囚,日胜三秋啊。也怨不得你着急,早着呢!"

次日过堂情形,实在大出润生意料。

润生也是一夜没睡,浑身说不清的疼痛使他合不上眼。更主要的,他必须想想明天该怎么办。突然而至的灾难,使他有些发懵,不过事已临头,也只能向前看,找个了结的法子了。和丝衣人不同,润生想着只要自己没杀人,他们再打两回,能咬牙挺住不认,官府自然会重新再查,总不能因为挨几下打,好人就非得变成坏人吧?所以今天上堂时他已做好了咬牙受刑的准备。只是暗暗心疼弟弟泽生年轻经事少,千万别惹恼了公人,让人给打出个好歹来。有心嘱咐几句,可一直瞅不到个说话的机会。

不料大堂之上,府尹刚拍响惊堂木,昨日一声未吭的泽生忽然跪着向前爬几步说道:"老爷别动刑了,泽生愿意招供!"

堂上众人闻言纷纷一惊,府尹颇觉得意地笑道:"如何?人是苦虫,必得用刑,想通了吧？早些招供,何必昨日受苦,快招来本官听听!"随即又吩咐,"仔细笔录着!"

泽生咽口唾沫,稳稳神,遂将想好的话一五一十讲出来,末了又特别说道:"老爷,这事都是小民一时气愤做出来的,不干哥哥和这个人的事,望老爷将他们放了。"

润生听他说完顿觉头内"嗡"的一声,惊骇万分地失声叫道:"泽生,你哈时杀人啦？挨两下打不要紧,可千万别乱招,那是杀头的罪啊!"

泽生此时已泪流满面,扭脸冲润生呜咽道:"哥……弟弟对不住你……你出去后……好生……"

府尹不耐烦地打断说道:"你既杀人,罪在不赦。可有什么话说？"

泽生慌忙扭过头来:"没有,不干他们二人的事……"

"哼,你这小子倒也讲义气,"府尹翻着白眼点点头,"叫人犯认供画押！你二人虽然无罪,可也妨碍了官府办差,也罢,本官暂不追究。左右,与我乱棍打出!"

堂上登时纷乱起来。丝衣汉子闻言慌忙叩个头瘸着腿抽身便走。润生被众人推搡着回头叫喊道:"泽生,泽生！千万别乱招,哥出去找人替你说理!"

泽生扭过头去看哥哥,泪眼朦胧中,已分不清润生的面容。

白花花的阳光刺得两眼生疼,大街显得空空荡荡。润生踉跄在路旁,心中茫然失措。忽然见那个丝衣汉子在前边同一个车夫讨价。一下子想到昨晚他俩可能同关一牢,或许他知道泽生为何会突然招了供。便忍住疼抢上几步喊道:"这位大哥慢走,俺有几句话说!"

丝衣汉子见润生踉跄奔来,登时大惊失色,噌地爬到车上说:"银钱就依你,快些走！那个讨饭的花子来了又缠个没完!"

车夫见依了自己,忙答应一声拉起车飞也似的跑起来。润生一两步没赶上,"咳"地一拍脑袋跌坐在路旁尘埃中。

史铁就是这个时候骑匹白马晃晃悠悠路过这里的。

起先他并没留意路边的润生。路旁或坐或躺的叫花子太多了,谁也不会放在心上。然而润生此时戛然发出一声绝望的哭叫:"老天爷呀,你咋不睁眼看看俺这苦人哪!"

尽管夹着哭腔,仍能听出熟悉的乡音。史铁下意识循声转过脸去。虽然蓬头垢面血迹斑斑,史铁还是立刻认出大致模样来。史铁不相信似的勒住马头,试探着吆喝道:"喂,润生!"

润生沉浸在似梦非梦中,对吆喝声听得并不十分真切,仍自顾自地哭叫着:"泽生呀泽生,你咋这么糊涂,打反正也挨了,咋还拿屎尿罐子往自家头上扣呢？"

史铁听得分明,虽不十分清楚发生了什么事,但"泽生"二字让他认定,这个叫花子模样的人必是润生。于是急忙跳下马来紧跑几步走到跟前。没错,正是润生,才隔了些时日,怎么就成了这个模样？史铁满腹狐疑地扯了他一把:"润生!"

连扯几下,润生好容易从亦梦亦幻中醒过来,抬脸看看史铁,一时又跌入雾中,抖手拽住史铁细腻溜滑的丝袍迟迟疑疑地说:"史铁,这是咋回事,俺肯定做梦了。你不是在宫里么,咋跑出来了？"

这才多长时间,村里长得最俊的小伙子就成了这番模样,史铁虽然摸不着头脑,但知道一定出了变故。便使劲将他拽扯起来说:"润生,这大天白日的,做哪门子梦。俺是在宫里,这几天宫中修缮御花园和几个便殿,要招些木匠铁匠进去。俺向管事的许公公说起你,这不,特意来叫你进宫去。俺琢磨着,只要能进宫,就能见到翠红。你不知道,如今她……"说到半截忽觉不妥,忙将话头打住,顿一下问道,"出啥事了,泽生呢？"

提起泽生,润生立刻勾起心事,纷乱如麻般几句话也说不清楚,扑倒在史铁怀中大哭起来。

十二　惊险交织

七月初七，北平城内，朱棣一大早便衣甲簇新登上端礼城门。这日，他要正式祭旗举兵，真正将"奉天靖难"的大旗打出王府，打出北平城。

端礼门外，草草搭起了祭坛，正上方一杆牙旗随风猎猎，周围摆满了整只的猪羊和整坛的老酒。红彤彤的初升日光给整个仪式抹上一层油光，分外鲜亮。赞礼官轻步走过来禀道："王爷，时辰到了，您看……"

朱棣面色如铁，霍地撩起战袍第一个走下城楼。道衍与金忠等文臣武将无声地跟着下去。众人一出端礼门，祭坛前军乐鼓角齐声奏响，声震天地，直冲云霄。引礼官伏身在前，朱棣一步步登上祭坛顶端。众将士齐刷刷拜倒，口中高呼："王爷千岁！"

成千上万人一起呐喊，声音极其雄壮。望着密密麻麻的军士，朱棣脸色渐渐生动起来，挥手向四方致意。之后朱棣及众兵将齐向大旗叩拜，并洒酒酹神，以告天地。

祭拜已毕，朱棣面对众兵将站定，一手按住剑柄一手高高扬起，朗声说道："诸位将士听着，我乃太祖皇帝孝慈皇后之亲子，自受封北平以来，未尝不守法尽责，日夜思谋如何报国。可惜新皇年轻，为佞臣所左右，不辨亲疏，几个亲王先后遭戮。实在为仇者快亲者痛，本王身为皇室至亲，焉能坐视贼臣祸国殃民？故此冒死起兵，以清君侧，以安天下。凡随我众将，皆乃忠义之士，天下肃清之时，就是尔等功成之日。还望我等齐心协力，奉天命以讨贼，顺民心而建功！"

声音穿过缕缕晨光，回响在角角落落。张玉、朱能等立刻振臂高呼："愿随燕王讨贼，誓死保卫大明！"

众将校纷纷应和，喊叫声如排山倒海，滚滚而过。接着赞礼官放开喉咙宣读燕王檄书，既清君侧，应暂停君号，仍称是年为洪武三十二年，各官员概不受朝廷节制，擢升张玉、朱能、丘福、张信等人为都指挥检事，道衍为军师，金忠任燕王府纪善，皆随军参仪。同时广为散布起兵檄文，以告天下。

一行人回到存心殿，朱棣长吁一口气，低声问道衍："你看今日本王表现怎样？"

道衍笑笑暗伸一下大拇指。朱棣摇头笑道："唉，声音抖了点儿，心底纵然不虚，终有些把握不住！"

说话间张玉、朱能等人已经走至近前。朱棣见最后边走过来的金忠,笑呵呵地指着他说:"今天这吉日是金纪善挑的,果然风和日丽,不冷不热,天公作美呀!"

金忠闻言忙拱手说:"这都是王爷洪福齐天的缘故。今早隐闻东方有雷声,俗话说早雷不过午,夜雷十日雨。金某估摸着王爷祭礼毕后,还要紧跟着有场喜雨冲冲旧尘呢!"

"哦?"朱棣更高兴三分,"没想到金纪善下通人事,上通天文,简直比得上当年诸葛亮了!好,本王行军打仗,看来万万少不了金纪善了!"

说得众人一起发笑,各拣位子坐下。正商议着先出兵何处,殿内不觉何时忽然暗了下来,门外忽忽作响,有闷雷滚滚碾过。

"啊,纪善的话如此灵验,真是神了!"朱棣起身走向殿门,众人也涌至两侧,惊奇地发现短短工夫天上已阴云密布,极低处乌云翻卷不已,嗖嗖凉风接天连地,院中黄土飞扬,大有"黑云压城城欲摧"之势。许多人不约而同地想起这一句,心中不禁怦然而动,但个个噤口不言。忽然低云处电光闪过,雷声直落到耳际边炸开,惊得众人脖颈不由得一缩。紧接着骤雨倾泻,霎时间黄沙消散,搅成泥水四处蜿蜒。天地间距离更近了,豆大的雨滴连成一片雨雾横亘于其间,噼噼啪啪砸在地上,树叶上,房屋器具上,加之风声轰鸣,对面说话声竟听不大清。

呆望着突然而至的风雨,众人一时无言。忽然啪的一声脆响,殿门上方一片檐瓦让风吹得掀落到地上,四分五裂许多块溅出老远。

"啊?何以如此!"朱棣睁大眼睛,眼光中闪烁着惶恐不安,"祭天之日,风雨大作,冲冲旧尘也就罢了,又掀下屋瓦来,莫非上天……"张玉、朱能等人也本能地一惊,把眼光投向金忠。金忠见状瞬间头上冒出冷汗,怎么办?面对几双将信将疑的眼神,他张张嘴,忽然灵机一动:"王爷,这是大吉之兆啊!这预示着,王府殿上之绿瓦,不日将会换上皇宫之黄瓦,上天尚且催促,可见王爷此举实乃顺天应命!"金忠故作吞吞吐吐,欲言不言的样子。

朱棣立刻会意,哈哈大笑:"金纪善妙解!既有此吉兆在,本王也就十二分放心了。只是此语只可在府中说说,未可与外人道呀!"

京师南京此刻一派慌乱,大夫百姓个个人心骚动,连阴晴不定的天空也似乎有些过于凝重。方孝孺亲笔起草的"讨燕"诏书已经发往各地,各路大将都在领军待发。齐泰、黄子澄、方孝孺等人又想出一招,联名上书请皇上将出征的仪式整治得隆重些,借此机会显显皇家威风,鼓舞士气,也好未战先胜出北平一筹。

建文帝欣然同意,即刻颁诏要亲率百官至应天城西北江浦渡为众将帅送行。

连日来南京城郊沿江各渡口熙熙攘攘,人头攒动,较平日更热闹十倍。战车,战马连蹄接毂,各种货物堆积如山,大小船只来来往往,穿梭不定。即将出征的兵将蚁附江岸，四周拥挤着或哭或叫的送行家属。尘土搅成了泥泞，悲情代替了市声，灰蒙蒙的天幕下，乱成一团糟。各路先锋已经渡江北进，耿炳文所率中军终于出发了。建文帝正是在这日来到渡口，亲自为耿炳文送行，以壮其行色。

天色将明未明之际，沿江岸十余里便扯起了帐幔，数千羽林军盔甲鲜亮，刀光闪闪，远远近近分列把守。好奇观望的百姓早被驱赶一空，昨日还吵嚷成一锅粥的渡口忽然沉寂下来，天地似乎骤然空旷许多，纵有鼓角齐鸣，仍不免过于单调。

辰牌时分，几个锦衣卫纵马在前清道后，数不清的五彩旌旗飒飒招展，文武百官簇拥着皇上御辇逶迤而至，金鼓铜钲登时大作，甬道两侧卫士齐刷刷跪倒，耿炳文衣甲整齐，五步一趋迎至辕门，亲侍建文帝下辇登上辕门一侧的彩棚内，而后下两阶而立。文武百官则行至彩棚下分班站定。江风呼呼而过，掀起衣袂飘摇。许多人忍不住想，建文帝登基的头一个年头便大兴干戈，所谓的和平王朝，何曾有过呢？

耿炳文年过六旬，接过赞礼官手中节钺，打起精神挺胸而立，然而雪白须髯却掩饰不住苍老。百官看在眼里，几乎每个人都悲哀地感叹："朝廷乏人哪！"

分列站定，有赞礼官扯嗓高喊："皇上赐大将军御酒。"伴着乐声执事官跪呈杯盏。建文帝在这种场合下似乎多少有些不适应，擎酒杯的手微微抖动着弯腰对耿炳文说道："今以此酒为卿饯行，望老将军再展廉颇之勇，早日平定北方隐患，报捷之日，朕当再举杯为老将军接风。"

耿炳文急忙跪地接杯，高高举过头顶答道："老臣蒙两朝厚恩，为主分忧乃分内之事。陛下不以臣驽，亲授大将军节钺，臣敢不尽力。陛下放心，臣此去定能速战速决，不日献俘于午门！"说罢一仰而尽，眼眶泛红，几欲垂泪。

建文帝闻言强作欢颜略略一笑，下阶执耿炳文手双双登上战船。船上江风更烈，遥望对岸雾气沉沉，一股莫名惆怅涌上心头。

建文帝看看百官远远侍立岸边，便低声对耿炳文说："爱卿乃股肱老臣，朕有句话不知当不当讲。此去征讨，非比以往讨伐蒙古旧元，反叛者乃朕之亲叔，纵然国法不容，可人伦难绝。朕自幼读书，深知作人应讲道义，将来两军对阵之际，望老将军适可而止，能不伤他性命方为万全，勿使朕有杀叔之名。"

"这……"耿炳文闻言一愣，暗道皇上仁慈是不是太过了？只能抓活的，这仗打起来缩手缩脚……不过来不及细想，只得颔首领命，看建文帝缓缓下船而去，呆立半晌，刚才的雄壮之气不觉一扫而光。

朝廷大军北上之时，北平一带已是天翻地覆。一月之中，燕军接连攻克通化、蓟州、遂化、密云、怀来等大小城池十余座。建文帝深寄厚望的都督宋忠一退再退，终于在怀来为乱军所杀。

转眼中秋将至。八月的北平，一年中最佳季节。秋高气爽，金风送来阵阵谷香。燕军连续征战三十余天,疲惫已极,无不盼望着能返回北平过个团圆的中秋夜晚。然而军情接连到来,耿炳文所率大军已于八月十三抵达真定,距北平不过三百余里。其前锋杨松更是占据了雄县,大有恶战来临之势。

气氛骤然紧张,朱棣本想进占涿州的,闻讯只得停住,在涿州城西南三十里处扎寨驻军。是夜恰逢中秋,朱棣正要带领众将到各分营巡视,忽有几名军校飞马来报,涿州城中数十衙役押二十余车酒食,前往雄县杨松营中犒军,为燕军所截,现正押在朱能营中,听候发落。

道衍收住脚,仔细想想忽然叫道:"有了!王爷,破杨松占雄县就在今夜!"

朱棣站在明晃晃的月光下凝住笑意,手抚长髯若有所悟:"道衍意思是用这些酒肉去赚杨松?"

"王爷英明,道衍正是此意。"道衍掩饰不住兴奋,"兵贵神速,杨松决料不到我军会行进如此之快。况今夜适逢中秋,南军乍到,给养充裕,必然饮酒行乐,出其不意,必胜无疑。"

"妙!"朱棣掉头对众将说,"立刻传令,连夜渡白沟河,直奔雄县!"

圆月升至头顶时分,二十几辆载了酒食的骡车,沿黄土官道来到雄县城下北门外。守门兵士借着月光看清来人,见是一帮运夫,便漫不经心地喊道:"这么晚了什么人还敢进城!"

"在下涿州判官王真,特奉知州大人之命,送些酒食犒军,以尽地主之谊。请城上军哥速开城门!"下边有人粗声大气地回答。

领头校尉摆摆手又问:"既是犒军,为何不早些送到?此刻黑灯瞎火的,将军怕已歇息了!"

城下早有准备,随即答道:"你等有所不知,燕军已近涿州,常有游骑出没,白天根本不敢出城,夜里来还担着掉脑袋的风险呢!快快开门,进去再细说!"

应答合情合理,众人当即放下吊桥,城门也随之隆隆洞开。张玉扮作涿州同知,一马当先,领众人赶骡车开进城中。守门兵士等不及,先搬下几缸酒来。忽然张玉手中多了杆长枪,车夫们也纷纷从车上抽刀在手,直扑上来。众兵校猝不及防,片刻工夫被砍翻了数十个,其余的叫嚷着四散逃窜。张玉就在城头上高举起火把,城外燕兵在朱能率领下,呐喊着涌进门洞。

杨松此刻正与众将在中军帐外饮酒赏月,忽闻隐隐中人声鼎沸,以为是军中有人喝醉了酒,并没十分在意。忽然几个小校慌慌张张奔来,带着哭腔远远喊道:"将军,燕兵杀进城了!"

"啊?"杨松酒醒大半,随即冲众人大喝道,"速回各自营中召集兵士!"

众人答应着挤出辕门,刚到街上,朱能、张玉已率燕军潮水般漫涨过来。南军各营中群龙无首,又毫无防备,被燕军横冲直撞,如切菜瓜般恣意砍杀。不到一个时辰,九千人马已是死伤大半,余者皆降。

月落西山，天色将明未明之际，朱棣左有道衍，右有金忠，乘马进入雄县城中。街衢四处，尸身遍布，弥漫着股股血腥气。道衍看到，堆堆尸体旁，尚有未吃完的月饼，有人临死前尚捏着酒碗，不免皱一皱眉，暗叹着转过脸去不再看。

当有人指着一员斜卧在墙根的战将尸体说这就是先锋杨松时，朱棣跳下马来，对着他仔细端详多时，冲左右说道："杨松固然有勇无谋，败得其所，可是他虽败犹战，死时尚怒目而视，也不失为一条好汉哪！"说着伸手将他眼皮阖上，面露不忍之色。

雄县一战，令朱棣信心大增，他采纳道衍的建议，乘胜进击，在月漾桥设伏，生擒了敌将潘忠，开始进行大规模南征。而第一站，则兵锋直指真定。

大军于黄昏之时，在满天霞光中出城，悄无声息地踏上南下征程。朱棣行在中军，骑一匹西域汗血马，前后左右数十亲兵护驾。米黄色帅旗，不知不觉穿过满天星斗，行进于第二日清晨雾中。脚步马蹄夹踏里，四周极静，不时闪过挂满红灯笼般的柿树和尚未来得及收拾的片片金黄黍稷。

通往真定的小道上，几万军士疾行一夜，伴着朝霞满天，倦意也阵阵袭来。朱棣正忍不住眯眼打盹之际，忽听有马蹄音迎面疾驰而来，心中一惊，睡意消去大半。忙睁眼看时，张玉、朱能几员将领来到近前。

张玉叉手禀道："王爷，我军夜行军百余里，如今已至蠡县与博野之间，是否可埋锅造饭，歇息一下？"

朱棣活动着手脚点点头，有中军于各营下令，就地歇息。亲兵们则忙活着架设中军主帅帐幕。

刚刚收拾妥当，朱棣与张玉、朱能、道衍、金忠等人各端饭碗围成一桌急急忙忙往嘴里扒拉着时，前方打探消息的兵卒回营禀报军情，并称捕获敌军一名头目。

闻听此信朱棣面露喜色，放下饭碗叫道："快带进来！"

被擒的是耿炳文部下一个百户，名叫张保，三十余岁，个子不高，獐头鼠目，惊恐的小眼珠四下乱转。刚进帐门便扑通跪倒，也不辨哪个是主帅，筛糠叩头哀哀连声："王爷饶命，王爷饶命。"

朱棣颇有兴致地看着他："看你如此鬼灵，怎的做了俘虏呀？"

"小的奉军令带两名探马前来查勘道路，不小心撞见王爷部下，那两个探马战死，小的马腿被砍断……"张保依旧头也不抬，只管抖着身子不停捣蒜。

"那你要如实道来，耿炳文军中如今是何情形？"

"禀王爷，耿炳文部下号称募集军队有三十万，其实已到真定的不过十三万。其中一半驻扎在滹沱河以南，一半驻扎在滹沱河以北。近几日一直忙着架桥铺路，各处给养也在加紧催缴……"张保口齿伶俐地答道。

"那耿炳文六旬有五，身子骨如何？"

"回王爷,耿炳文虽说年老,身子倒还结实,昨日还到小的营中察过,小的见他精神矍铄,每至一处都细细询问如何备警,如何持更夜巡,如何防袭,如有回答不清者,当即便轻则训斥,重则记过……"

朱棣脸色冷峻,捻须髯若有所思。

将佐谭渊站在朱棣近前,低声说:"王爷,话已问完,怎么样,杀了?"声音虽小却被张保听得清楚,一时吓得六神无主,伏下身子头砰砰直撞地面,哭叫道:"王爷,王爷!小的虽在南军,也是让招募军丁抓来的,并非小人所愿,小人也是无奈呀。家中父母妻儿日夜盼小人归家,小人情愿作牛作马,千万别让我死呀!王爷……"

朱棣皱皱眉头。道衍忽然灵机一动,附耳对朱棣悄言两句,朱棣心有灵犀,当即会意,波澜不惊地说:"张保,你不用害怕。本王向来以仁义闻名天下,此次兴兵为的是铲除朝廷奸臣,当然不会乱杀无辜。你起来,赏你二十两白银留作日后回家之用,你现在选匹良马回营去吧!"

哀号绝望中的张保嘴上贴了封条一般戛然止住,惊诧不已地问:"放小人回去,还赏银两马匹?王爷……"

看他惊喜交加之态,朱棣抚须哈哈大笑:"张保,你听着,本王素来仁义,你回去后可广为散布。另外,你回去后要当面告知耿炳文,我军已经夺得雄县等几个战略重镇,日下士气正盛,勇不可当。本王如今正要攻打真定,现正屯于蠡县和博野之间,要他好生防备。"

"啊?王爷,小人不敢,小人回去之后瞅个机会逃回家中,再不与王爷为敌。"张保自恃聪明,猜想朱棣一定在试探自己,急忙表明心迹。

"哼,你不肯?若不按本王吩咐行事,你就别回去了!"朱棣有些不耐烦,面色一沉。

张保一见确是真要自己这样做,一时也猜不透是何用意,又怕节外生枝丢了小命,忙答应着退出帐外一溜烟去了。

看看张保走了,谭渊愤愤不已,冲朱棣高声说:"王爷,我军连夜疾行为的就是攻其不备。如今碰见个张保,不杀他也就罢了,还要他回去泄露军情,莫非王爷另有打算?"

坐在凳边的蒙古人将佐火真也涨红脸嚷道:"王爷曾下令全军严守机密,怎么自家却解开怀给人看?"

朱棣胸有成竹,抬手止住众人吵闹,朗声说:"诸位,用兵之法虚虚实实,须因时而变方可保不败。本王原不知彼之虚实,故欲攻其不备。今已知其半军驻河南岸,半军驻河北岸,与原来所料想的不一样,故要随机应变。耿炳文久经沙场,深知战败之后的后果有多严重,故而举止谨慎。若让他知我来进攻,他必然会将河南岸的兵力全部移至河北,以图数量上占据优势。只有这样调动他,我军方可一举击败他全军。倘若按原先计划去偷袭,以我之兵力虽能胜过河北岸南军,可是南岸之敌却会乘我战斗疲惫时鼓噪过河,以彼之逸敌我之劳,则凶危万分哪!本王之苦心,诸位还不明白么?"

朱棣话音刚落,张玉、朱能等将领鼓掌喝起彩来。没了偷袭的意思,行军速度明显慢了下来。到第二日中午时分,方行至真定城郊。前方哨兵来报,燕军前锋距真定只有二十余里。朱棣点点头,忽然对身旁的道衍说:"此战敌强我弱,非同小可。本王想要披甲上阵,冲锋在前,为将领们做个榜样,道衍以为如何?"

道衍惊愕地看看朱棣忙摇手说:"万万不可,王爷万金之躯,怎可如此冒险!"

"哎,"朱棣不以为然,"纵观古今,成大事者哪个不是枪林中闯出来的英雄,父皇当年不也亲临战阵?我意已决,否则此战恐怕难以全胜!拉开帐幔,本王要更衣换甲!"

待朱棣再从帷帐后出来时,像换了一个人。头上金盔闪闪,身披锁子黄金甲,内衬蜀锦红袍,腰束玲珑玉带。左挂雕弓,右悬羽箭。腰间横佩青龙剑,足蹬花脑头战靴,骑在汗血马上,长髯飘飘,威风凛凛,众将见了,啧啧不已。可是当听说他要冲锋陷阵时,众人忙又七嘴八舌地阻拦。朱棣要的正是这个效果,他愈加意气昂扬,将令箭、令旗塞到道衍怀中,带一队亲兵,大喝一声,呼啸冲出。

滹沱河由西北而来,至真定城下折为东西向,绕过真定城又蜿蜒流向东南。朱棣带数百亲兵沿河滩向上游飞驰。城西有一片大大小小的军营,有的掘壕而设,有的立栅而建。一座连一座的军营中,因号旗不同,极易找到主将的中军大帐。因为他们没举旗仗,甲胄又与南军无甚区别,故此贴近对方营寨时,南军营中正各自忙碌不息,有的正掘壕竖栅,有的正立木修筑望楼,没有人会想到大白天敌人还敢来劫营。许多人看了他们一眼,还以为是哪营的大将来巡视,仍旧忙活得更欢了。

见此情景,朱棣嘴角流露出一丝冷笑,端大刀狠狠一挥,众亲兵呐喊着冲过去。顿时如狼入羊群,在一片狂呼乱叫中横冲直撞,所过之处血肉迸溅,哀号连连。混乱中有人挥刀砍倒大纛牙旗,有人将火把扔向粮草马厩,立时火光冲天,整个军营更乱成一锅粥。

道衍远远见火光腾起,知前边已得手,立刻传令响起三声号炮,大队燕兵潮水般尾随涌至。

朱棣领众兵正杀得兴起时,城内耿炳文隐隐闻听动静,不过他并没想到是燕军劫营,还以为哪座营中失了火,忙带几个护卫踏过吊桥出城来察看。

刚行至吊桥头,朱棣已狂飙般席卷而来。朱棣冲在前头,见吊桥放下,桥头簇拥着一堆人正向这边眺望。定睛四目相对,彼此认出,没想到此时会在这里相见,相互惊讶万分。电光石火间,朱棣先反应过来,大吼道:"那就是主帅耿炳文,速生擒于马下!"一边挥刀冲过去。

耿炳文未拿兵器,仓促间惊慌万分,本能地拉出腰间宝剑,打马向城内退去。"擒贼先擒王"四字在朱棣脑中一闪,天假其便,看来这仗太轻松了。这样想着便不顾一切发疯似的冲过去,跃马上了吊桥。

耿炳文周围护卫此刻明白过来,急忙举刀枪抵挡。耿炳文趁机后退几步,掉转马头进城,向城上喝道:"快拉吊桥!"

吱吱扭扭一阵闷响,吊桥活动了。正站在吊桥上的朱棣摇晃两下,险些掉下马去,眼看吊桥缓缓上升,耿炳文已冲入城墙门洞,朱棣又气又急,瞪着血红的眼珠子挥刀去砍吊桥一侧的铁锁链。火星四射间刀已卷刃,吊桥已渐渐离开水面。朱棣不敢再犹豫,扔掉手中大刀,双手催动缰绳,汗血马长嘶一声,自桥头跃下,蹿出一箭开外,其余亲兵则无一幸免,纷纷被掀入护城河中,有些滚落到城墙角下,也被城上抛下的檑木砸成肉浆。

煮熟的鸭子竟然飞了,功败垂成啊!朱棣暗暗庆幸逃生之余,又万分不甘心。回头一看,耿炳文已登上城楼,顿时气急败坏,于箭囊中摸出一支鸣鹃箭,弓拉满月,嗖地射上城去。手抖得厉害,箭略偏些,射中耿炳文身边的一个士卒,应声翻滚到城墙脚下。耿炳文也在为刚才险遭不测而心有余悸,喘气还有些不匀。忽然瞥见一个将校拉弓欲往城下射,心头突地一动,慌忙大喝一声:"放下!"

军校已瞄准待发,闻言满脸疑虑地看看耿炳文:"耿将军,他正在射程内……"

耿炳文不耐烦地吼叫道:"叫你放下你就放下,休得多嘴!"军校不解地讪讪垂下手后退几步。

耿炳文长叹一声:"虽说是两军阵前,可他是皇叔啊!当今皇上至孝至义……"转身吩咐,"紧闭城门,待来日决战时灭他羽翼,将其生擒!"

混战一场,燕军连端城外两座敌营,士气分外高涨。次日中午时分,秋气清爽,天净如水,云团似浮萍斑斑点点,正是沁人心脾的好天气。真定城下东北处杀气四溢,两军严阵以待,双方紧张得有些喘不过气来。

燕军所排是四门斗底的方阵。以步兵刀枪手四面排开,间以盾牌标枪,其后是弓弩手,骑兵居于中央。耿炳文见状则排出雁行阵,尖锐居前,重兵在后,像尖刀一样直插燕军心窝处。

大战在即,两军异常寂静,空气中弥漫着将死的血腥气息。忽然间,大旗一挥,震天鼓声擂响,令旗摇摆,阵形晃动,大战开始了!

按耿炳文安排,南军雁行阵如箭头般直向燕军阵中射去。不料将至近前时,燕军忽然阵形变动,分成四队,张玉、朱能、张信、谭渊各率一军,直冲耿炳文军两翼。厮杀中双方血肉飞溅搅作一团。

真定城外广阔的原野之上,尘土高高飞扬,兵对兵,将对将,捉对砍杀。战前的所想所感一哄而散,此时每个人不得不收回万般思绪,将家人私情抛于脑后,专心致志地盯住身边的刀光剑影,被杀或者杀人。"快杀,快杀,不然自己就活不成。"每个挥刀的人只有这一般心思,他们来不及想为何要杀,为谁而杀,只能且顾眼前,像被人拿在手中的一柄刀,毫无意识地四下挥舞而不能自主。每个人都在为自己能活着见到父母妻儿而不得不让对方永远地离开他们的家。负痛的惨叫,垂死的哀号,此起彼伏间已唤不起麻木的听觉。"快些杀啊,杀完了他们我就能回家。"在这种想法的驱使下,刚才还体壮如牛的汉子们变成一具又一具尸体相继倒下,血肉渐渐洒满了整个战场。

双方正杀得难分难解之际,朱棣已率一队骑兵迂回至敌后,贴城墙悄悄包抄过来,怒吼着冲乱了南军阵势。眼看阵脚大乱,耿炳文措手不及,急火攻心间竟有些头晕眼花,忙揪揪颔下白须让自己清醒些,四下驱使着稳定阵形,应付两头夹攻。

然而耿炳文没有料到的是,另有一员燕将丘福已趁他们忙于阵战之机,率军攻入了真定城北门。北门是座瓮城,外城虽被攻下,内城却还坚固。驸马李坚奉命守城,闻军情紧急,忙挥军冲入瓮城,混战厮杀,想将这帮人赶出城门。

可是已经太晚。燕军愈涌愈多,简直无法招架。李坚感觉闯入了难以游出的海洋,使尽浑身解数,仍杀不出个东西南北来。

驸马李坚在厮杀中,不知怎的,恍惚间生出几丝悔意。本以为燕军很容易平定,自己以驸马身份出征,应该说绝无危险,回去后便可风风光光地建功封侯。然而此刻在血肉的海洋中,却强烈地感受到平安活着的好处,他一边砍杀一边想,自己已经贵为皇戚,还要再争什么富贵呢?人哪,真正是苦在了不知足上。

由于紧张,由于劳累,很多人的意识已经陷入半模糊状态。李坚正胡思乱想着机械地挥刀乱砍,忽然发觉一员战将飞马过来挺槊刺向自己,急忙强打精神举刀招架。不料那将佐看衣甲职位不高,力量却不小,"当"的一声脆响,刀枪相撞,李坚感到双臂发麻,稍一迟钝,已被对方横槊打在腰上,"哎哟"一声栽于马下。

将佐见自己三下两下竟打败了一员大将,显得十分兴奋,跳下马来拔腰刀便要割对方首级。李坚被摔得一时难以动弹,眼看性命不保,绝望中大叫一声:"别,别杀,我是当朝驸马李坚!"

此刻耿炳文见阵中混乱异常,情知大势已去,败局已定,长叹口气挥旗鸣金撤回城内。平时还算宽大的真定城门此时显得过于狭窄,众士卒你推我搡,拥塞在一处,互相践踏着,地上又多了好些尸体。耿炳文情急之中不得已斩了几个窜得最欢的兵丁,总算顺当一些,闹腾一阵后,城门终于轰隆隆地关上了。耿炳文一时还理不出个头绪,从前随洪武皇帝南征北战,还从未像今日这般窝囊过。莫非真的老了?皇上啊皇上,你不该派老臣来呀,丢了一世英名不说,一天中会有多少人家妻离子散家破人亡啊!耿炳文很快打定主意,躲在城中坚守不出,立刻上表辞去大将军之任,让朝廷赶紧派人来替换。

而朱棣已喜盈盈地在真定城下中军大帐中检点战果了。先带上来的是被称作大都督的顾成与驸马李坚。传令下去后,二人反缚双臂被推进帐来。

对于顾成,朱棣颇为了解。同耿炳文一样,顾成也是员老将,头发花白髭须苍苍。此人遍身文满虎豹图案,赤膊上阵时,常令对手不战生畏。由于功勋卓著,遂由普通士卒逐级提升为左军都督,满朝文武无不膺服,颇有威信。对此朱棣早年在朝中亲眼所见,来北平后亦颇多耳闻,今日能有机会笼络住此人,真是求之不得。

于是朱棣离座趋上前去,喝退两旁士兵,亲自为他解开绳索。细心地替他理理凌乱的须发,柔声说道:"唉,年华易逝,将军真是老多了!"

顾成虽然勇猛,但也乖巧,见朱棣语重心长,也就顺坡下驴,垂头叹道:"确实呢,老臣为太祖皇帝驱使多年,早将自家性命许身大明,今日有幸见到殿下,有如见到当年太祖一般。从今以后,老臣也可歇息了。"

朱棣没想到如此顺当,大喜过望,拊其脊背连连叫好:"老将军真是义士!本王向来以道义为先。今日义士见义士,也算是惺惺相惜吧!哈哈……"当即下令赐座,又叫准备酒饭压惊。

客套后朱棣斜眼看看帐门口垂首而立的李坚,登时沉下脸来。李坚比别人不同,是大名公主的驸马,朱棣的妹夫,算来是至亲的亲戚。见李坚垂头丧气,遍身血污,朱棣慢条斯理问:"李坚,你这是干什么!一家人打打杀杀!朝廷出了奸臣小人,离间皇室骨肉,我此番出兵,一是希图自保,再者便是要清除君侧,以使皇族和睦。可是你,却也懵懵懂懂地掺和进来,唉!"

李坚涨红了脸,头垂得更低。怎么办?像顾成那样痛痛快快地投降了完事,还是来几句硬的?思之再三,李坚觉得自己与顾成不同,再怎么说也是朱棣的妹夫,万不会有性命之忧的。朱棣不是说自己最讲道义吗,那我也讲点道义,岂不更好?反正他也不会拿自己怎么样,说不定还会高看一等。

想好后李坚脖颈一梗,硬邦邦地说道:"我是奉朝廷之命讨伐叛逆,又不知什么详情,何罪之有!"

朱棣偷眼看看四座将士俱在,顿觉尴尬,满肚子窝火,红着脸说:"你去换身衣服用饭歇息,改日我送你回北平看看你嫂子与三个外甥,等仗打完了再送你回家去!"说着抬手叫人拉李坚下去。这才缓过神来与顾成等人陪话。

欢宴完后已是二更天,众人告乏散去。看看身边无人,朱棣叫住金忠说:"金忠啊,离家这么久了,北平那边着实让人放心不下。明日你便回北平好了,所有事务须小心办妥,万不可让后院起火!"

金忠略呈醉意,仔细听着拱手答应。"还有,将李坚也顺路带上。这小子本事不大却牛气冲天,哼!将他带到北平,又如何处置?论家他是亲戚,论国他是俘虏,又不肯归顺。唉,不伦不类啊!"

"那……"金忠转动双眼，琢磨着话里的意思。

"最好不要让他回到北平，省得将来左也不是右也不是。"朱棣抛下一句话，看也不看金忠，转身出帐消失在夜色中。

当金忠离开真定大营回北平的第二天，有消息报来说驸马李坚不知何故，趁人不注意举刀自杀。朱棣正在大帐中议事，当着众人面不禁滴下两行泪来："唉，李坚啊李坚，真是糊涂蛋！一家人有什么过不去的，他倒来了真的，唉！"

十三　尴尬相逢

史润生从没想到过有朝一日自己也能踏进人间天堂的皇宫。

同润生一起踏进这红墙之中的有七八个人,有铁匠,有木匠,不过他一个也不认识。大家屏息静气,走路小心翼翼,相互连打问一声也不敢,全没了在街市上大呼小叫的神态。见别人如此,润生也格外小心,甚至将生死不知的弟弟也暂时放在了脑后。

进宫时辰是在薄暮戌时初刻,三四辆宫车四下垂帘遮盖得严严实实,将他们从一侧偏门送进去。左拐右拐半天方才停住,有太监鸭子鸣叫般说:"到了,都下来吧!"

他们几个老老实实挨次下来,薄霭冥冥中见四处远远近近遍布假山亭阁,院子甚为空旷。领头太监个子不高,白白胖胖,将他们挨个打量一遍,又慢吞吞说:"你们几个打今儿起就吃住在这里。老实干活,不得偷懒,更不许乱跑。要知道这是宫中,比不得别处,一不小心违了规矩,就得端掉吃饭的家伙。前边房舍便是你们住处,吃饭干活自有人安排。进去先歇会儿,立刻有人送饭来,用过后就睡觉,明日早些起来。"说罢又面无表情扫他们一眼,登上来时的宫车转弯走了。

建文帝这夜并不舒服。晚膳用过,本来想到清宁宫见过太后便直奔后宫找翠红的。不料到清宁宫后殿还没和太后说上几句话,门外忽然一阵吵嚷。没等他张口训斥守门太监,已有人破门而入,气呼呼地站在他与太后之间。

定目一看,他的七姑母大名公主双眼通红,手中牵着五六岁的小儿子,因为受了惊吓,也是期期艾艾哭个不住。

太后坐在案后榻侧,正让几个小宫女揉肩捶背,见状顿时愣住,直起腰杆问:"妹子,这……这是出了什么事啦?"

大名公主红肿的眼中立刻泪水扑簌不住。扑通跪倒在案前,压着哭腔说:"太后,皇上,你们没听说? 李坚,他……他已经不在了!"

建文帝腾地站起身,横眉问道:"胡说! 哪里得来的消息? 前方耿老将军与燕军对垒,朝廷兵多将广,胜算更多,驸马定然安然无恙! 姑母切莫听信街头的谣传。"

大名公主跪在地上抬脸冷笑:"可惜你这个当皇帝的,住在深宫,任凭几个巧言的大臣糊弄你。耿炳文在真定大败,多少败兵都已经逃回了京城,你出去打听打听,大街小巷连聋子都知道了!耿炳文领的兵连死带散,十成少了六成,顾成投降了燕军,李坚被活捉……"说到李坚,抽噎着说不出话来。

"啊!"建文帝霍然惊起,顿如跌入冰窖中,浑身冰凉。"朝廷尚未得到任何军情密奏,也无邸报露布,街头百姓却从何得知?"

"从何得知,从何得知,你七姑母不是说了嘛,吃了败仗的逃兵都已经跑回来了!谁知道你那朝廷是干什么的,到如今反倒连个准信也没有!"太后已经不大耐烦,沉下脸抢白道。

建文帝耳中嗡嗡作响,咽口唾沫,强压住怦怦心跳,细细一想,又觉得其实并没什么大不了的,北平距南京数千里之遥,打一回败仗,似乎也无关大局。眼下要紧的是找齐泰等人打探消息,商议对策。

想至此建文帝冲门口太监喝道:"速传齐泰、黄子澄、方孝孺亟夜进宫见驾!"然后语无伦次地安慰大名公主几句,又对太后说:"驸马乃千金之躯,自有神灵护佑,不会有事。待齐泰来后便立刻传令换回驸马,切莫听风就是雨,白白急坏了身子!"

太后在一旁也说:"他姑尽管放心,燕王是你的亲哥,虽说如今闹得不可开交,但一家骨肉总还得顾及吧!驸马别说没事,就是真让活捉了去,也不会受委屈的,人心都是肉长的,总还得讲个道义吧……"

建文帝趁她们说话的空儿,急忙出门跨上肩舆,直奔乾清宫而去。

齐泰、黄子澄、方孝孺急匆匆赶来。米黄色宫灯下,三人脸色有些潮红,又有些惨白。建文帝登上御座,三人于丹墀下拜见过,然后站在旁侧。

在路上建文帝已将这件事反复掂量过,他猜测既然市井百姓都已听到风声,兵部不可能不知道消息。想来想去他认定齐泰等人其实已经知道了兵败的消息,他们是有意瞒着他。为了证实这个想法,他要唬他一唬。

"齐爱卿,耿炳文在真定吃了败仗,兵部为何压住消息不上奏啊?"建文帝放轻嗓音,慢条斯理地问,故意弄得高深莫测。

齐泰果然上当,魂飞魄散地滚倒在阶下,头撞金砖嗵嗵作响:"罪臣该死!臣亦是今日早朝散后才得知前方战败的消息。本打算向陛下禀奏,又恐圣上惊忧。臣想胜败乃兵家常事,一战失利,原不是什么大事,只要反败为胜也就是了。故此犹豫再三,不知当奏不当奏,望陛下体谅臣之苦心!"

难道真是今天才得的消息么?建文帝闪过一丝疑虑,急急地说:"深更半夜召你们进来,并非问罪。耿炳文乃先帝宿将,燕兵又不比元时蒙古兵强悍,而今却一败涂地,这是怎么回事呢?"

见建文帝并未上火问罪,三人都舒一口气。黄子澄趁势跨两步站到殿中央说:"圣上不必焦虑,燕兵折腾一月有余,不过攻下三四座小城,左右是绕着北平转悠,能成什么大气候?"

"嗯,"建文帝也觉得确是这么回事,便把脸色放平静些,"话虽这么说,不过既然开战,还是能速速取胜为好。当今之计,黄爱卿可有何见解?"

"圣上,"黄子澄又上前迈一步,"依臣见,要想速胜,陛下可檄传天下,火速征调天下之兵,若得大军五十万,四面围攻北平,以泰山压顶之势,不出数日,燕王必擒!"

五十万!建文帝心下突地一跳,五十万可不是小数,得多少壮丁不能耕田,多少家户哭闹得翻天啊!他抬眼看看方孝孺。

方孝孺见状会意,忙整衣拱袖说:"陛下,臣以为五十万之兵虽非同小可,不过洪武朝励精图治三十年,羽翼已丰。当此国家全盛之机,士马精强,征调五十万兵马,应该不成问题。倘大兵齐路而至,区区北平,不过累石击卵,胜败自不待言。"

建文帝觉得有理,心境开朗起来。黄子澄趁机提议说:"圣上,臣以为耿炳文老将军虽久经沙场,但年已老迈,燕王多年与蒙古鞑子作战,阵战之法精熟。由此看来,五十万大军调集之日,还须另择良将换回耿老将军。"

想起临出征时,耿炳文皓首苍髯,一副年迈气衰暮气沉沉的模样,建文帝暗暗后悔当初就不该派他前去。"是呀,神老不灵,人老无能,不服不行呀!"他颇感慨道。

"陛下,臣保举曹国公李景隆为帅,引大军前往征讨,定能旗开得胜,圣上定可高枕无虞!"黄子澄见皇上言听计从,兴奋得两眼闪光。

"李景隆?"齐泰感到意外,黄子澄私下里没和自己商议过举荐元帅的事呀。看来这家伙得意忘形,开始信口开河了。不行,得让他慎重些。于是齐泰紧接过话头奏道:"陛下,曹国公爵位虽然显赫,但那是其父亲李文忠战功卓著的结果,李景隆不过得其福荫。他本人自幼长于侯门相府,不过读过些兵书,参加过几回围猎。用这样的人为帅,恐怕会像当年纸上谈兵的赵括一样,白白葬送兵士性命哪!"

"哎,赵括是赵括,李景隆是李景隆,二者有何可比之处哇?再者说,国家承平日久,曹国公纵有本事也没处使呀,而今令他出征,不正是显其能耐之时吗?"对于老搭档提出反对意见,黄子澄很不以为然。

建文帝听他二人辩驳,本觉得李景隆确实不够老成,可不派李景隆,又能派谁呢?他无意中见方孝孺静立一侧,便问道:"方爱卿,你以为如何?"

"陛下,臣观曹国公李景隆身材修长,眉目清秀,顾盼有神,举止优雅而雍容,确有大家风范。此人虽然是武将,却博览群书,通晓典故,甚而还读过臣近来所著的《孝经诚俗传》,武臣之中,实属难能。臣以为令此人为帅,或许可以像当年周郎那样,羽扇纶巾,谈笑间大获全胜呢!"

"陛下,"齐泰见这件事已成定局,遂不再坚持,又说出另一件事来,"当初燕兵初起时,为防止其他藩王与燕王勾结,陛下曾下诏召回北方各地的亲王。而今诸王已陆续回来,惟有宁王托词有疾,拒不奉诏,如之奈何?"

"陛下,宁王所辖大宁三卫,兵数众多不说,且皆是与元朝打过恶仗的悍骑,若宁王与燕王有谋,共同起兵,那可不得了!陛下务必连发诏旨,令其速速归京,否则日久生变,可就麻烦了!"黄子澄也恍然大悟似的惊叫起来。

"嗯,那好,方爱卿明日即拟旨,召宁王火速归京,不得借故拖延时日。"建文帝见原来以为天大的事经他们一说,顿时烟消云散,心里早懈怠下来,随口应道,"记住,措辞严厉些!"

三人诺诺连声,倒退出宫门回去了。许公公站在屏风后边,见事情办完了,蹑手蹑脚地过来笑着说:"陛下,天这晚了,还去不去翠美人那儿?只是路远些。"

建文帝伸伸懒腰:"朕心里高兴,如何不去?快叫朕的肩舆来!"

润生在半睡半醒中,让人一把拽了起来,睁眼才发觉天光已经大亮。"还不快起来,刚才小太监传过话来了,管事大太监马上就到,当心怠慢了挨一顿鞭子!"有人悄悄在他耳边提醒。润生慌忙拉过衣裤胡乱穿上。发髻还没来得及抿一抿,就听门外有人扯着沙哑的嗓子吆喝:"值事大总管到!"

众人拥挤着出了前厅,依次跪在阶下。几个人簇拥着一个白胖老头喊喊喳喳地过来,远远就听其中有人说:"许公公,就是他们了,都是些知根知底能信得过的。要不也不敢让他们进到这地方来。"

白胖老头拿个拂尘摇摆着阴阳怪气地说:"那是,小史子,你小子聪明,才半年多办事越发利落了。难怪徐大人极力推荐你。赶明儿奏过皇上,也委你个差使干干。"

见众人规规矩矩跪着,许公公还算满意:"你们几个打今儿起,就开始干活了。皇上新登极,要修缮好几处园子,你们不可应付差事,慢工出好活,要细细地干。按月发赏银子,够你们发财了。干活时有小史子领着,不能乱跑,不能乱看,也别乱问,不然出了事可得自己兜着。"

众人杂七杂八地撅起屁股连忙答应。待许公公走了,史铁才转过身来说:"别趴着了,都起来吧!"润生夹在人堆中间,按进宫前史铁的嘱咐,装作谁也不认识谁。史铁更是脸朝着天,连看他一眼都不看。

或许碍着润生在眼前,史铁说话很慢尽量不显出阴阳腔。交代过后便领众人转出花墙,沿芳草小道走不多时,便进到一院中,半月形圆门上方镂刻"馨芳园"三个大字。进得园中,迎面一座假山,细水自山顶潺潺而下,苔藓满布,似一带翠幛横在眼前。有两道白石子细径分叉沿两侧绕过去。众人跟在史铁身后,转过山来,顿觉眼前豁然开朗,十余亩方圆的一汪碧湖,湖中隐隐约约几处白地。

沿湖过去,紧邻湖畔一带粉垣,垣内一溜小殿坐北面南,镂窗雕梁,十分精致。四下里青草相扶,翠竹掩映,幽静中平添几分灵动,看得众人啧啧称赞。

史铁就在院中吩咐道:"你们也都看到了,这是一处新园子,后宫新贵娘娘等着要搬的。目下湖中两个小岛要建上亭子,还得在两个亭子间建座拱桥,不用坐船就能从这处走到那处。另外,你们瞧这东西偏厦还没来得及安窗户,要照正厅的样子装好。"

众人弓腰齐声答应。史铁看他们一眼又说:"需多少材料,写出来让人送到总管处。打铁的就在院角支起炉具,敲打时声音不要太大。如今已是残秋时节,眼看着日短夜长,娘娘又等着要搬过来,干活须卖些力气,不要耽误了正经事。否则不但连赏钱拿不上,脑袋也难带回去!"

众人唯唯连声,四下散开测量的测量,比画的比画,老木匠担任负责人,忙着算计所费材料。此时润生才知道,几个人中,除他之外,还有个叫刘庄的后生打铁,其余全是木匠。于是润生便招呼刘庄选个墙根和泥垒起打铁的炉子来。

史铁四下转悠一圈,慢慢蹭过这边来。润生偷眼瞧见,想打个招呼,又不知该不该相认,正犹豫间,史铁主动搭话说:"你们两个须仔细些,好生支应着,但凡工程所需铁器材料,立刻打制出来,不可误了他们的工。"

润生见史铁还在装着不认识自己,暗自庆幸刚才没莽撞着说话。不料史铁说罢后甩衣袖正打在润生背上,然后慢慢向院门外踱去。润生心下一激灵,对刘庄说声:"去去就来。"四顾见无人注意这边,轻手轻脚蹍出门边。

见史铁一个人站在路旁,润生知道自己猜对了,忙急步跟过去。史铁抬脸看着四周,嘴里小声说:"润生,泽生的事俺已向徐大人说过,他答应帮忙,你不必性急,有徐大人出头,事情应该没有不成的道理。"

润生一直悬着的心咽地放回肚里,立时轻松许多,不知说什么好,只是"哎哎"地答应着。史铁却话题一转,神秘兮兮地说:"润生,你可知道要搬进这院子里的娘娘是谁?"

"谁?"润生从来没想过,见他那模样,倒被唬一跳。

"就是翠红!"

"啊!翠红不是进宫当丫头么!怎么成娘娘啦?"润生一下子惊疑不定,懵住了。

"哼,那还不是人家命好,运气高呗!"史铁冷笑一声,"润生,你还不知道宫里的事。这皇宫中,哪分什么娘娘丫头,总之全是皇上一个人的,他说谁好谁就好,他想要谁就要谁……"

"那,依你说,翠红她已经……"润生急不可待,头嗡的一声涨得斗大。

史铁见自己说的有些直接,便忙换个口气说:"润生,你也别着急,世道就是这样,翠环不是也……"说着倒勾起自己心中一阵刺痛。顿了顿又说,"你安心在

十三 尴尬相逢

这里干活,俺看翠红她倒还记挂着你,过两天皇上要出宫给打仗的将士送行,翠红说不定来这里瞧瞧,到时候俺让你们见见面,把心里的话往外掏掏。"

"哎,"润生沮丧地点着头,有气无力地说,"也不知道翠环姐在北平那边怎么样。"

"俺看还好,来时金忠答应照顾好她的,否则俺也不会来这里人不人鬼不鬼的。俺估摸着,再有个把月,小孩也就生下了,倒不知是个闺女还是小子。要是老天保佑生个胖小子,史家也就断不了香火,俺即便死了也没什么对不住祖宗了。"史铁望着北方,话语中无限神往。

"老天爷会保佑咱受苦人的。"润生只好顺着话茬安慰他。

"润生,这里不比别处,可得学聪明点。在皇宫里像咱们这样没依仗的,有什么事都要打碎牙往肚里咽。金忠和徐大人都说了,量小非君子,得看长远些。他们说燕王这人最讲义气,又会打仗,日后咱们总有出头之日。"史铁声音更小了,忽然见小径尽头走过几个小太监,忙打住话头迎上去。

润生觉得自己立刻就乖巧了些,不动声色地装作折路边的干草秆子引火,胡乱拽了几根回院中干活去了。

时已是残秋,秋蝉残鸣中,建文帝在奉天殿隆重热闹地开始了为李景隆送行的遣将仪式。

李景隆全身披挂,焕然一新。他头戴茜色将巾,抹额中嵌一粒晶莹欲滴的明珠,身披千叶鱼鳞宝甲,护心镜明灿灿映亮大殿,外罩大红箭袖莽袍。加上李景隆天生白面朱唇,剑眉下一双秀目炯炯有神,人衣相映,宛若天神。

建文帝高踞丹墀之上,连连点头暗喜,心想就凭斯人外观,就不像是打败仗的将军,看来朱棣真是秋后的蚂蚱了,将来生擒其至南京之日,看他怎样觍着脸来上殿!

黄子澄也是喜上眉梢,见方孝孺站在身边,趁鼓乐喧天的机会扯他一把衣袖,悄声说:"方兄,人都说宁生穷命,不生穷相,你看李景隆这一装扮起来,和戏台上的周瑜差不多。就凭这行头,也不像个打败仗的样子。"

方孝孺笑笑,一脸得意,正欲说话,忽听司礼太监拉长腔调喝道:"圣上赐大将军节钺!"

李景隆闻言疾步上前,腰间佩挂叮当作响。山呼万岁跪拜礼毕,建文帝满面春风,转出御案,双手将节钺递与李景隆。司礼太监在一旁见授毕,忙接着喊道:"圣上赐大将军尚方宝剑!"

李景隆将手中节钺递于旁边执事官,伏拜在地,双手高举头顶接下尚方宝剑,口呼:"谢主龙恩,臣敢不竭忠尽力!"说着三跪九叩,方爬起来侧身站立西阶下。

见司礼太监又要接着往下喊,建文帝忽然想起什么,摆手止住。随后伸手将腰间通天犀带解下来,连同用金丝绦拴在上边的玉圭一并捧给李景隆,直盯着他动情说道:"爱卿此去,肩负一国重托。朕初登大位,叔父辈即举兵发难,都言血浓于水,朕却宁信义胜于亲。望爱卿此去以君臣大义为重,临阵应变,必生获燕王于朝堂之上,勿负朕望!"说到隐痛处,眼圈竟有些泛红。

建文帝将唯有皇帝才能用的通天犀带和玉圭亲手赐于李景隆,很多人颇感意外,就连精通礼数的方孝孺也隐隐觉得,是不是礼仪过重了?及至建文帝说出这番肺腑话来,众臣皆暗暗慨叹,目光纷纷投向李景隆。

李景隆更是不曾料到会受到此等恩宠,惊喜莫名,翻身拜倒,头碰金砖高声喊道:"臣世代沐浴皇恩,何德何能,受此殊宠?臣此去定全力效犬马之劳,不日破敌于城下,以解圣上之忧!"话未说完已是喜极而泣,呜咽着抢头伏地,还是执事官将他扶着站起来。

李景隆仍然抹泪不已,感染得瞿能等几员一道拜辞的部将和许多大臣热泪盈眶,朝堂上下欷歔一片。最后由齐泰领头,两班文武齐齐跪倒,伏地高呼:"吾皇德义冲天,大明江山可保万年无虞!"

建文帝没想到一条玉带会换来如此场面,深为自己灵机一动的聪明暗感得意。

翠红果然在李景隆出京师杀奔北平的那天下午,来到这座正修葺之中的御花园。

润生正高挽着袖子,围着火炉旁的铁砧敲打一根耙钉。史铁突然领着几个小太监出现在门口,高喝道:"工匠诸人暂且避让,娘娘驾到!"

只有在打铁时,润生才觉得心里舒畅些,那烟火味,叮叮当当的敲击声,都让他感到踏实,只有这时,才能将翠红、泽生等理不清道不明的烦心事暂时抹去,内心暂时宁静片刻。史铁的一声断喝扰乱了这种宁静。远远近近的工匠们一身泥水,手忙脚乱地收拾家伙,在几个小太监的指引下,躲到墙角处一间霉味很重的库房内。

库房不大,他们一个个缩头缩脑蹲在地上,挤得满满当当。外边几声太监们的吆喝,接着有女人喊喊喳喳的说笑,无非是看到园中哪里别致,议论一番。少顷声音沿甬道渐渐远去。工匠们在黑屋子里听见,都暗舒口气,蹬蹬腿舒舒腰。不过有太监的吩咐,谁也不敢乱吭一声。又过了许久,园中静悄悄的没了一丝声息。门吱吱作响着打开,刺得众人赶紧眯上眼睛。

史铁站在门口,身影投到屋内拉成细细的一条,他挥衣袖说:"好了,娘娘看了你们干的活,很是欢喜,答应日后奏了皇上要重重地赏赐你们。快出来干活吧!"

众人答应着挨次挤出小门。润生夹杂在中间,慢吞吞地往外挨。走过史铁时,觉得史铁的手在黑影中伸过来,扯住自己的袖子轻轻一拽。润生登时双耳轰然作响,压抑不住地怦怦心跳,脚步也有些踉跄起来。史铁若无其事地沿翠竹夹道的小径往北门处走去,润生强压住心慌,冲刘庄说:"这么大会子,炉子里的炭火早乏了,你先过去将炉子收拾好,俺走几步透口气。"

刘庄闷头答应一声随众人走开。四下瞧瞧,见无人注意自己,润生忙碎步跟在史铁身后,不远不近地尾追而走。竹林尽头,闪出一个小圆门,蓝砖砌就,上覆红瓦,瓦下半月形排开五个金字:"皓月浴婵娟"。虽说已经来了好几天,这地方倒没来过,润生屏住气,强压住紧张跟过去。

穿过圆门,门内侧贴墙两间小屋。上下粉白,掩映在绿草红花中,颇觉别致。史铁转身四下打量几眼,招手叫润生进屋。润生紧走几步,本以为翠红就在里边了,既万分想见,又不知见面后会是何种情形,心蹦得如小鹿撞胸,险些儿要从嗓子眼里窜出来。

进了屋,却见屋内直通通并无遮拦,靠窗一张朱红大桌,几把高背朱椅,沿后墙一溜小炕,炕上毡子铺得平平整整,炕正中央放着一张小几,一洗皇宫别处的金碧辉煌,仿佛进了农家院一般。看屋中情形,不像有人居住,却又收拾得干干净净。润生四下乱瞅,并不见什么翠红,只有史铁一个人站在桌边。

史铁见他这番模样,不禁笑道:"找翠红呢?她如何能在这等地方!这不过是值日洒扫太监们歇脚换衣的屋子。"

"那,那来这里做什么?"润生两眼不解地望望史铁。史铁仍笑着说:"没听说过,钱是人的胆,衣是人的脸。你看你一身油脂麻花的,哪能近了人家金枝玉叶?怕进不了人家屋里就要给人撵出来了。来,这里有身衣服,快换上!"

润生毛手毛脚地换过衣服。史铁瞅着他又看看窗外,忽然叹口气说:"润生,你史铁哥这回担着掉脑袋的干系让你小两口见面,也算尽了咱们兄弟一场的情义了。你是个伶俐人,有眼色些,千万别露了马脚。"

润生百感交集,一时不知说什么才好。

史铁又看一眼窗外,压低嗓音说:"润生,当初金忠让俺来这里打探宫里的消息,这几个月来,虽听到些三言两语的消息趁出宫时传给了徐大人,可是看徐大人面色,那些消息未必中多大的用。俺想老是这么着打探不出有用的消息,人家还照看不照看翠环母子呢?润生,你将来出去有机会去北平,翠环和你哥那点子骨血,就全靠你了……"

说到伤情挂心处,史铁抬袖子抹把泪。润生忙安慰说:"放心吧,史铁哥,将心比心,谁还能狠到哪里去?你在这里拼着性命替他们办事,他们还能亏了嫂子?"

史铁不再多说,见润生穿戴整齐,活脱脱一个办差太监打扮,不禁咧嘴似哭般笑笑,顺手扶了他的头髻说:"好了,这园子还没用上,平时很少有人来,你跟在俺后边,俺自有安排。"

二人一先一后出了小屋,拣条偏僻点的碎石小路拐向东边。走不多远,迎面一座西殿,排开约有七八间,殿外朱红栏杆,左右柱子上描着金龙舞凤,檐前挂满堂红一幅彩幔,回廊绕处正门下珠帘低垂。

史铁回头示意一眼,登台阶拨帘进去。润生好容易平静了些,见这飞梁画栋的殿宇,又有些发怵,七上八下地悬着颗心勉强跟进。殿内悄寂无声,史铁放慢脚步,向北拐进里间,掀起流苏挂帘,探头看看,这才回头招呼润生。

润生知道这次翠红真的在里边了,一股异样的感觉流遍全身,脚下软绵绵地走过去,侧身进了内间。里间是个小暖阁,并不特别宽绰。各式高低柜子、衣架、花架沿墙摆开,靠窗有一榻,支着纱帐。纱帐挡住了窗外光亮,屋里有些阴沉沉的模糊暗淡。虽然暗淡,润生还是一眼看见榻旁坐着个人,穿着大红宫纱衫,外罩米色半背,头微微低垂,金压发镶满翠珠玉环,隐隐露着雪白颈项。

润生站在门口打量片刻,拿不准是否就是翠红。犹豫着见史铁向自己使眼色,知道必是翠红无疑了。可不知怎么回事,未见时的急切躁动忽然无影无踪,眼前这个花枝招展的娘娘就是翠红么?虽然还未看清她的脸,但光是那身打扮,润生已觉得如此生疏,可望而不可即。热腾腾的心骤然冷却下来,头脑一下子清醒许多。

史铁并不知他想些什么,见他呆头呆脑地发愣,便轻脚过来,在他肩上一拍,转身出去望风了。润生被拍得回过神来,抬头见屋中就剩下两个人,更加手足无措不知如何是好。胡思乱想着,润生不由自主地叫出声来:"翠红,俺是润生!"

那人却似没听见一般,仍半垂着头。可是没等润生再张口,她忽然忍不住掩面呜呜泣出声来。

润生的心突地一沉,知道对面正是翠红。虽然还没说话,可是哭声却那么熟悉。相处的多少日子里,他们笑过,也哭过,特别是翠红踏上四面罩着黄幔子的宫车离开家乡时,冲他招手高喊着:"润生哥,等着俺,三年后俺就回来了。"那喊声中夹杂着哭音,那哭音至今仍回荡在他耳边,今天的声音正是三年前的声音。

虽然穿了宫袍,虽然戴了金玉首饰,可翠红仍是翠红,她并没有变。润生浑身一阵激动,冲动着上前疾走两步,靠近床榻又叫了声:"翠红,俺是润生!"翠红终于抬起泪汪汪的脸,满脸泪水在昏暗的屋中泛着冷光。翠红盯住眼前的润生看了片刻,终于抖动嘴唇说出话来:"润生哥,真的是你么?"

多长时间没有听到如此熟悉的叫声了?一声"润生哥"使润生恍惚回到从前,回到史家庄的田间地头,回到通红的打铁炉旁。他一下子忘记了紧张,忘记了身在何方,就势蹲下望着那张熟悉又有些陌生的脸庞连声说:"是俺,是俺!翠红,咱们可算见面了,这不是做梦吧?"

翠红坐着没动,泪水滴在润生手上。"这不是梦,润生哥,这是命!"翠红说得很艰难,一字一顿,每个字似乎都湿漉漉的浸饱了泪,润生听在耳中,渗进心里。

"翠红,你别难过,俺如今从老家赶来,总算没落了空,"润生强打笑颜,尽量装作轻松些,"翠红,一生都是命,半点不由人,话虽这般说,可老天爷毕竟有眼,总不能叫苦人一直苦下去吧?你看,按说皇宫这么森严,咱一个小百姓说啥也进不来的,可如今不是进来了么?咱不是又见了面么?保不准哪一天,你就能碰上个茬口走出这皇宫,到那时咱还不又是团团圆圆的一家人?翠红,别哭,没有啥事回不了头的。"

"润生哥,俺啥都懂。可是有些事确实是再也回不了头啦。"翠红听了他的话反而哭得更厉害了。

润生不知道她是什么意思,又见她眼泪婆婆的,一时不知说什么好,习惯地用衣袖替她拭泪。翠红不提防润生将手伸到自己脸上,唬得闪电般躲向一旁,自己抬手将眼睛擦了。

润生大为诧异,抖声说:"翠红,你,你这是咋啦?咋就生分了?你不知道自打你进了这地方以后,家里过的是啥光景!你家俩闺女一下子让人家拉走一双,大叔大婶见天介泪流不干,想你和翠环姐都快魔怔了。偏又逢上天旱水涝,官家不依不饶,租税照样交,救济粮没见过一粒,挣扎着干上一年连肚皮也哄不饱,这不,没挨多少日子,俩老人挨个走了。唉,大叔大婶临死都叫着红儿,闭不上眼哪!翠红,老人们难受,俺心里何尝好过过一天!日子实在没味了,幸好家里少了牵挂,这才咬着牙和泽生一步一挪来到这南京城……"

"别说了,润生哥,史铁他都说过了……"翠红早已是泣不成声,牙缝里挤出一句。

"不。"润生肚里憋了一股怨气,不说出来实在委屈,"本指望你在这里做两年差就能回去,俺没事时就在天街那一带转悠,老想着哪天正好碰上宫里放人,好接你一块儿回家。带你到大叔大婶坟前磕个头,要不他们就是化成了灰,心里也不甘哪!谁承想等啊盼啊,没把你等出来,又把泽生给搭上了……"

翠红虽然哭得泪人一般,话还是听得清楚,闻言忙抑住泣声问:"润生哥,泽生咋啦?"

"泽生他,他稀里糊涂地摊上人命官司,说不定哪天就要让砍头啦!"润生终于忍不住,咧大嘴泪水哗哗地流下来。

"啊!"翠红悚然一惊,连声催促润生说清楚些。等润生断断续续说完了,也着急得不知如何是好,任泪水顺腮滴下,竟忘了擦拭。

润生见她这般模样,心里又热乎乎的,看来翠红并没变心,还是挂记自家的。便急忙找出话来安慰道:"不过也不用太着急,史铁认识朝廷里的好多大官,哪个都能管了这事。让他去说说,或许会没事。"虽然宽慰翠红,话说出来,连自己也觉得踏实些。

屋内虽然昏暗,待的时间长了,一切渐渐清楚。润生扫视一眼翠红扬起的脸,目光立刻被吸引住。三年不见,翠红比自己印象中梦境中更显得秀美。脸色更白了,脸形也由于略胖而更丰满了,柳眉淡扫,凤眼斜飘,大红宫袍映衬下,楚楚动人,宛若骄阳下盛开的莲花。再加上几许泪痕挂腮,更如雨后沐浴过的梨花一般。

润生看得发呆,一阵心旌荡漾,竟暂时忘了全身的苦楚,蹭得更近些,一把握住翠红袍袖内的双手,柔声道:"翠红……"

翠红不料他会突然这样,抽手不是,不抽也不是,一时心慌意乱,迭声说道:"润生哥,别……俺已经……"

润生却不管不顾,两手握得更紧了,嘴里喃喃说:"翠红,咱们能活着见面,真不容易啊!这回说啥也不能再散了。史铁不是能在皇上跟前说上话么,让他给好好求个情,求皇上开恩,早一天把你放出去,俺就是给他当一辈子匠户,打一辈子铁,累死也情愿!"

翠红眼中又滚下泪来,绝望地摇摇头说:"不,润生哥,俺对不住你,俺要辜负你的一片苦心了……这地方,俺是一辈子也出不去了,也不能出去了……"

润生闻言眼珠子瞪得铜铃般大,急急说:"你说啥胡话呀,翠红!莫非你见皇宫里面样样都好,每天吃香的喝辣的,又有这花园住着,就忘了咱们以前发的誓许的愿么?!翠红,俺知道,你不是那种人,俺不会看走眼,俺……"

翠红终于忍不住,抽出双手呜咽道:"别说了,润生哥,啥都别说了!俺刚才不是告诉你了吗,一切都是命,万般不由人,俺已经和皇上……俺知道好女不能嫁二夫……总之俺对不住你就是了!"

声音不大,润生却如五雷轰顶,跌坐在地上目瞪口呆。好一阵子才爬起身来定定地看着翠红缓缓说道:"翠红,肯定是那皇上仗势欺负了你,对不对?俺知道这帮龟孙官家没一个好东西……"

翠红闭住泪眼使劲摇摇头。润生见状骇然叫道:"那么说是你自己愿意了!"随即又狞笑一声,"哼,没想到你竟是这种人!你见皇上金银成山,奴仆成群……唉,翠红,说来也怨不得你,谁让俺人穷志短说不起话呢?罢,罢,罢!看见你在享福,俺也就放心了。今后你好生照顾好自己,咱俩也只当不认识算了!"润生带哭腔苦笑两声,跟跟跄跄向外间走去。

"润生哥!"翠红起身扯住他衣袖,"润生哥,俗话说自家有病自家知。你光知道自己受了苦,可是俺的苦水往哪儿倒呀!俺被关在这深墙大院里,整日见不上个日头。刚来时谁看俺都不顺眼,那帮娘们看上去花枝招展,个个欺起生来却不手软,天天不是挨骂就是受气,两条腿跑断了也没个人叫歇会儿。本想着苦熬两三年回家过太平日子。可一打听,都说多少年了,还没听说有往外放人的,除非死了,尸首能顺宫墙扔到外边湖中去。俺一听……心凉透了,多少回都想着还不如赶紧死了好。后来……后来不知怎的碰见了皇上，他对俺不打也不骂，光给俺说好听的话，俺知道这辈子横竖是出不去见不上你了，好容易碰见了个体己的人，就……润生哥，你说俺该咋办呀！"话音未落，泪滴扑扑洒满衣襟。

润生本已神情恍惚，心里打翻了五味瓶般说不出来的别扭。猛听翠红这番哭诉，如被当头棒喝醍醐灌顶，一下子清醒许多。

他慢慢转过身来，正要找几句安慰的话说。史铁急匆匆进来说："快些吧，不早了。皇上已经回后宫啦。都收拾整齐，别让人看出不一样。润生，你去那个小屋把衣服换了，只管干活去，有机会见面时俺自然去找你。"

润生晕头晕脑地沿小碎石路走回去。一路上腾云驾雾般不辨高低，头脑中乱哄哄的似乎想了许多又似乎什么也没想。好在整个院中还没人会逛悠到这里，史铁让他一个人来去倒也放心。

跌跌撞撞来到小屋内，润生一屁股蹲在炕沿上，懒散散的连解衣服的精神也打不起。枯坐片刻，忽然看见窗外人影一闪，脆生生的声音压低了说："好你个假太监，竟然敢勾引娘娘，脑袋不要啦！"

润生一激灵打个冷战，半截身子冻僵了似的不能动弹，心中暗说："坏了，大祸临头了！"

九月将尽，燕山周围已是霜打红叶，不雨萧萧，无风瑟瑟，残秋渐深，寒气逼人了。

李景隆大兵压境，前锋已抵河间，其本部大营驻扎在德州。消息传来时，朱棣正在北平城中与道衍、金忠等人商议一个大胆的计划。未商量妥当，张玉、朱能、张信及各部将领三三两两进到大殿中来。他们都听说了李景隆有五十万人马，脸上掩饰不住地慌乱。

不过朱棣倒显得若无其事，笑着说："起兵几个月来，攻城略地，事事遂心，老将耿炳文称雄一世，至此却英名扫地，多亏诸位将军用心呀！"

"可是，如今李景隆……"张信见朱棣如此轻松，生恐他轻敌，忙低声提醒。

"李景隆？不就是那小名叫九江的小子么？来得正好，就怕他不肯来！"朱棣仍旧笑个不住。

张玉惴惴地说："王爷，据说李景隆深谙兵法，有当年周瑜之遗风，市井百姓和士兵们将其传得神乎其神，不可大意呀！"

朱棣手捋髯眯眼扫视一圈说："据说只是据说，李景隆乃本王亲旧，其父歧阳王李文忠呼我皇考为舅父，论起来李景隆应尊我为表叔。这小子好学倒不假，可惜自小生于将门相府，经事太少，华而不实，色厉内荏，偏又自视甚高，尖刻自负。诸公想想，这样的人领兵前来，有何可怕啊？故而说他领重兵，对于我等实在是天助成功！"

"鉴于目前形势,官兵不足为虑。第一个担心的倒是大宁。大宁深居北平之后,兵马十分剽悍,兼领朵颜三卫,都是久战沙场之兵,倘若前后夹击,北平必然势若累卵。倒不如趁宁王去留未定之时,出兵北进,一举拿下大宁。少了后患,官兵自然不在话下。"说着朱棣站起身,"本王率城中精兵速奔大宁,顾成老将军、都指挥张信及道衍,留北平辅佐王世子高炽守城!"

话音刚落,张信慌忙起身劝阻道:"殿下不可!李景隆纵然不是将才,但他手下五十万兵马毕竟不同儿戏。若按王爷安排,留守北平兵马不过两三万,还是老弱病残居多,如何能与五十万南军对抗呢?万一北平城破,拿下大宁又有何用?望殿下三思!"

一席话提醒众人,都感觉这样做有些欠妥。朱棣微微皱一下眉头,转脸问道:"道衍,你看该如何安排呢?"

道衍端正了身子轻声说:"以道衍之见,北平所剩兵力固然不多,与李景隆对阵当然不行。但如果据城守御,则绰绰有余。王爷领兵在外,内外相为犄角呼应,怕比尽数死守更好一些。"

大多数人领会了道衍的意思,殿中一时沉静下来。朱棣连连捻须,接过话头说:"如此行事自然有些凶险,可岂不闻男儿不发狠,到老受贫困?该狠些的时候就须狠些。等熬过这一难,咱们就有好日子过了。"顿一顿又说:"诸公要多费些气力,日后大功告成,当然是谁栽大树谁乘凉。"

十四　道义和道具

即便蜷缩在小屋中,也能感到天气一日冷似一日,秋风渐紧了。翠环拥被而卧,浑身肿胀得一动也不想动。几天来腹中躁动一日甚过一日,翠环知道,小东西待得不耐烦了,伸胳膊弹腿的想早一天出来。对此翠环每每愁喜交加。

自上回在徐王妃跟前碰了钉子后,就再也没出过这个小院。虽说也没人来找什么啰唆,可饭菜却也没人正经管了。原先侍候的小丫头不知是因为受了人的唆使,还是知道自己失了势,整日不照个面。送饭时也是满脸挂霜,菜堆在托盘中"啪"的往桌上一放,转脸便到院中玩去了。翠环虽然肚中不便,却不敢张口支使人家,唉,说起来在这北平王府中,自己什么也不算,还不如个小丫头啊!

日子虽说清淡,饭菜也是有一顿没一顿的,不过翠环倒定下心来,她料想燕王和王妃虽然不着意管她,却也没了要害她的意思。只要能母子平安,顺顺当当地活下来,饿两顿饭也不是什么大事。

可是肚子一天大似一天,翠环又有些发愁,孩子说不定哪天就要生下来,自己一个人,能行么?万一有个好歹,自己且不说,孩子出了事咋向史铁交代呀?思来想去,翠环终于下了决心,趁小丫头送饭的时候咬咬牙拉下脸来柔声说:"好妹妹,姐姐是个苦命人,落到这一步想活活不好,想死死不成,眼看着小孩就要生了,姐姐一个人也不知道咋办。俺死活都不要紧,只怕委屈了孩子……烦劳妹子给王妃通报一声,请她叫个接生婆子来,好歹闯过这一关。等将来有了出头之日,妹子就是俺和小孩的大恩人……"说到难处,翠环先自捂脸哭了。

小丫头虽说整日冷着个脸,见此情景也只好嘟哝着说:"王妃娘娘说你是个败坏门风的坏女人,叫大家都别理你。我怕娘娘怪我,才不敢和你多说话。既是这样,我……我就通报一声。"说着退出门去。翠环心中长叹一声,也别无办法,只能暗暗祷告。

隆福宫正殿内,朱棣身着便装,端坐案后,徐王妃及三个世子围坐两侧,道衍和金忠分坐下首。热腾腾冒着白气的饭菜一道道端上来,不大会儿便摆了满满一大桌。朱棣看看齐备了,笑笑说:"道衍,金忠,你二人本是世外之人,却不辞劳苦随本王奔波,可敬可佩。眼看快重阳节了,出征在即,咱们须得提前过它一下。别的将领都各有家室,独你俩孤身一人,不过王府就是你俩的家,今日也算是家宴了,来,不必拘礼,放开来吃喝好了!"

二人闻言满脸感激,忙离席拜谢。

徐王妃也是一身家常打扮,穿件葱绿羊皮布袄,外加藕色湖绉半背,淡搽脂粉,虽已年近四十,看上去却既不妖娆也不显老,恰到好处。宴会刚刚开始,忽见偏门处人影一晃,朱棣高声喝道:"什么人!"

小丫头本来怯怯地打个眼罩,闻听吆喝便不得不趸进来。徐妃皱皱眉头说:"你不在外头好好待着,跑这里来干什么？鬼鬼祟祟的,叫人看着生厌!"

小丫头见这么多人在场,个个凶巴巴盯住自己,更觉紧张,吃吃说道:"娘娘恕罪,奴不知王爷们在这里……奴本来想禀报娘娘件事的……"

徐妃笑骂道:"什么事？甭遮遮掩掩的,站在这里回过就是了。"

小丫头踌躇片刻说:"就是那个……那个后院小屋的……她快要临产了,怕出了什么意外,她说娘娘慈悲为怀,有好生之德,让小奴恳请娘娘帮她找个接生婆子。"

朱棣满脸不解:"后院谁快生产了？"

徐妃笑道:"王爷的本家亲戚,还是金忠大老远的给领来的呢!原想着金枝玉叶,谁知却是个破落户!"

众人立刻明白怎么回事。金忠一阵面红耳赤,忙埋下头去不敢搭腔。朱棣却气愤愤地哼一声:"这等败坏门风的贱人,立刻打发出去,省得赖在这里污了我的王府!"

三个世子并不知怎么回事,相互看看欲问又不敢问。徐妃见状使个眼色对朱棣说:"话虽这么说,可到底还沾点亲戚。就这么着赶了出去,岂不让外人笑话。知道的说王爷眼里揉不得沙子,不知道的还怨咱太心狠!"扭脸对小丫头说,"知道了,你先下去吧。"

小丫头不知她到底请不请接生婆,却又不敢再问,转身下去了。

朱棣忽然想起一件心事:"你们说,这回去大宁,如何才能获得全胜？"

"大宁兵强马壮,硬拼自然对我不利,王爷须利用亲情关系,想法子使其口从心顺才好。"道衍手摸念珠,有些心不在焉。

朱棣得意地笑笑,将长髯一撩说:"这次去大宁是要拉人入伙的,自然不能打仗。至于如何行动,本王已想好了,待会儿说与你二人听听,看看可否妥当。"

金忠刚才因了翠环的事,心中老大不自在,便掩饰着说:"王爷,人都说宁王忠厚诚恳,与王爷素来融洽。如今朝廷严令他归京,他想要从命,又恐进京之后遭人迫害,身不由己;想要不从命,又怕落个违旨不遵的罪名。此刻王爷若突然而至,晓以情义二字,大功告成看来十有八九。"

"对,对!金忠的话可算说到本王心坎上了。世上财势终成空,惟有情义重千斤哪!"朱棣说到高兴处,哈哈大笑。

朱棣带着北平的八万燕军辗转反侧,终于接近了塞北的大宁城。

天色已晚,不知何时风声渐紧,撕棉扯絮般的雪花纷纷扬扬落下,不大一会儿远远近近连成白茫茫一片。黑乎乎的山,黄沙遍铺的路,什么都消失了,苍苍莽莽中天地骤然矮了许多。就在这低矮的天幕下,漫无边际的风哨发出鬼哭狼嚎般的怪叫。塞北的雪,来势真快,转眼已一尺有余,人走得艰难,马蹄踏地"扑哧扑哧"接连陷进雪窝。

好在早有准备,都不觉得特别冷。朱棣骑在马上四下望望,转身对身旁的朱能说:"这会子要是能有碗热酒喝着,真成赛神仙了!"

朱能笑笑:"大宁城就在眼前了,王爷进城后热酒自然是少不了的。"看看朱棣又说,"王爷快抖抖身子,仔细雪积厚了冻成冰碴子。"

朱棣抖身直起腰来向前眺望,大宁城正静静卧在雪原之上。门楼上已经灯光摇曳,刁斗之声顺风时有时无。

"终于见到大宁城了。"朱棣不禁喜形于色,挥手对另一侧赶上来的张信说,"别看它远不及北平城高大雄伟,却因其坐落于喜峰口外,东连辽东,西接宣府,从而成了北平乃至中原的屏障。这里有都指挥朱鉴、房宽统军驻守,再加上朵颜三卫的骑兵,真是不可小觑!倘若宁王顺从朝廷安排,挥师南下,与李景隆合兵一处,北平那就真的危在旦夕了。如今本王亲眼看到了这地方没什么动静,才算踏实些。"

张信点头应道:"王爷,是否还按先前安排行事?"

朱棣勒住马头说:"自然,宜早不宜迟,趁天色昏暗,速速安置妥当!"又低声说,"张信、朱能,成败在此一举,道衍不在身边,你二人就是本王的手足,切切小心,务必保证万无一失!"二人拱手领命,招呼身后将佐。

军令很快传下去,八万军队于风雪弥漫中悄悄散开,围绕大宁城不远不近地埋伏下来。挨至黎明时分,朱棣带五千马步军缓缓来至南门护城河边。五千燕军故意盔甲不整,旗仗破烂,连叩关叫门声都显出疲惫不堪。

"哎,上面的大哥听着,我们是燕王军队,特意保护王爷来投宁王,速速开门!"曙色中风雪似乎小了些,凄凉的叫声反而让人觉得天更冷了。

宁王朱权身材瘦长,黄白面皮,不似朱棣看上去雄壮,倒更像个文弱的书生。燕军叩关叫门时,他正徜徉在温柔乡中。近来他与妻妾们混在一处的时候越来越多了,既然一腔愤懑和忧虑无可排遣,也只好冲她们发泄了。朱权在这种既害怕遵旨又不愿违旨的矛盾中,不知如何处置才好,担心哪天会大祸临头,像周王那样连老窝都让端了。

更让他不安的是,他明显感到王府中长史吴宾和都指挥朱鉴等人近来鬼鬼祟祟,显然受了密旨什么的。自己一举一动,他们或许随时都会密报朝廷,自然也会领命纠集一帮人冲进王府,将自己押解至京或者干脆就地杀掉。为此他更忧心忡忡,也不得不格外小心些。

　　天已大亮,朱权还与一个爱妃躺在被窝中。有内侍敲门隔着花格窗禀报:"王爷,吴宾和朱鉴正在前厅候着呢,说有急事求见。"

　　"这一大早,有什么等不得的急事?"朱权心里咯噔一下,手忙脚乱地穿上衣服,拢拢头发开门出来,迎头的冷风让他连打几个冷战。然而他顾不上理会,机警地朝府中各个角落扫了几眼,见没什么异常,才急步沿抄手游廊走到前厅。

　　"王爷,燕王今日一早突然来到城下!"朱权刚出现在门口,吴宾已迫不及待地疾趋两步,两眼晃动着扫视朱权。

　　"哦!"朱权肚中有东西突地一沉,意料不到的消息让他咂摸不出该喜该忧。"那,那就先放进来再说,"朱权努力让自己面无表情。

　　朱鉴也已施过礼站到了近前,亮开大嗓门说:"殿下,燕王可不是一个人来的,身后带五六千兵马。虽说都是至亲,可如今……"

　　朱权明白眼下形势,可堂堂一个王爷,连见自家兄弟也须找人商量么?一股恶狠狠的气愤涌上心头,他挥袖脆声说:"那也好办。要是不放心,让他单人进来好了,所率兵丁暂驻城外。"

　　朱鉴想想施礼答应:"是!"

　　大宁城南门内凄风冷雪中,朱棣终于远远地望见了朱权。"十七弟!"他叫着从马上滚落下来,趔趄着紧走几步。

　　"四哥!"朱权看见他帽子上、披风上积了厚厚一片雪,长髯不再飘逸,而冻成了冰橛子,不由得心头有东西一动,赶紧上前握住他硬邦邦冰凌般的双手。朱棣挂满亮晶晶冰霜的眉毛下双眼流出两行热泪。"十七弟,你瞧,你四哥落魄到了什么地步,实在无可奈何呀!紧赶慢赶走了半个月,来投奔你,十七弟不嫌弃吧?"朱棣欷歔不已,浑身住发抖。

　　朱权见他这副样子,想到同是皇帝子孙,却沦落到这种地步,况两人私下里是最要好的,心底顿时泛起股股心酸,也哽咽道:"四哥说的是哪里话?你到这里也就到家了,来,咱们坐暖轿回去再说。"

　　暖轿一路抬进偏殿内室阶下,二人相携双双进去。有股热气扑面而来,屋内红毡铺地,正中间放着四足滚金大铜火盆。沿窗一盘火炕,上面支张雕漆炕桌,两边是绣了蟠螭纹的黄缎子靠背,焦金色引枕和虎皮坐褥。炕下左右两排雕漆椅,每张椅下又有一个大铜脚炉。墙角处香炉里早已焚起百合宫香,既温暖且香馨。携手进到室中,谦让着坐到火炕之上。随之朱鉴、房宽、吴宾等进殿参见。朱棣看出些门道,灵机一动笑道:"本王此来无有他意,只是兄弟们多年未见,怪想得慌,瞅空儿来小住几日,并无什么事情商议。诸位若有事在身,就不劳相陪了。"

　　三人见下了逐客令,只得垂手答应着退出去。

被热气塞得略显得狭小的室内突然寂静下来。二人四目相对,朱棣脸色一变,翻身爬在炕上冲朱权连连跪拜,口中大呼:"十七弟千万救我!"

朱权措手不及,连忙跪起身来拽住他,拉拉扯扯间险些将炕桌掀翻。朱权惊急交加,眉毛攒在一处说:"唉呀,你这是干什么嘛,四哥!我们是亲兄弟,有何难处尽管说便是,你行如此大礼,岂不是作践小弟么?"

朱棣长叹一声:"唉,老十七呀,你不知道你四哥这半年来过得是啥日子!我大老远跑到你这里,实在出于无奈呀。这一路可真够苦的,又冷又饿,要是再碰见一群熊瞎子,四哥怕是见不上你了……"说着已是涕泣连连,打湿衣襟。

朱权见状,想到自己时下不尴不尬的处境,也颇觉心酸,双眼落泪,强打精神拉起朱棣说:"四哥,你的委屈我能想得出来,可……"

朱棣摆手打断他:"十七弟,你有你的难处,这个四哥知道。今儿你听四哥讲讲四哥的怨气。反正咱兄弟们已经见面,就算立时去死,也没什么大不了的。现在我就给你抖落抖落当朝天子的功德!"

朱权自然明白他要说什么,急得脸上变色,用手指指门外,要朱棣提防朱鉴等人偷听。

朱棣却满不在乎地哈哈一笑:"十七弟,人家吃的是乌饭,屙的自然是黑屎,不用管他。你四哥是遇急思亲戚,落难托故人哪!如今我什么都不怕,只图一吐为快,做个爽爽利利的鬼也好!你知道么,周王一家无端被新皇帝逮至京师,后来又远徙到云南,打发他们住在荒山野岭中,堂堂王爷,被迫挖野菜为生!湘王呢,下场更惨,因不愿受辱,全家自焚!惨无人道啊,这全是皇帝听信齐泰、黄子澄等一班佞臣的话,无端离间骨肉,削什么藩,结果同根相煎,天理何在!就拿你四哥说吧,我虽远在北平,他们却一步紧似一步地往死里逼。逮杀我的军官,派人监视我的行踪,逼得我一个王爷装疯卖傻,卧泥睡水。唉,想起来就心寒哪!同是先皇的子孙,嫡亲的骨肉,竟落到这种地步!十七弟,人人都说我造反叛逆,可有谁知,我不过是怕死,为了苟活性命啊!"朱棣声泪俱下,使朱权不由得联想到自身,兔死狐悲之感涌上心头,跟着滴下泪来。

絮叨良久,朱权忽然想起来应当给朱棣安排住处。他抬手刚要喊人,泪眼朦胧中的朱棣陡然一惊,伸手按住他的臂膊问:"十七弟,你要干什么!"

朱权不知朱棣为何惊慌,忙说:"四哥大老远跑来,鞍马劳顿,先安排个地方歇息,随后饭菜便可备好。"朱棣长吁口气勉强笑道:"十七弟想要我到哪里歇着?"

"那边厢房倒有几间收拾好的,让人把火生起来,四哥先凑合着住罢。"

朱棣却摆手断然说道:"十七弟呀,四哥给你说,我哪儿也不去。你这里就不错,火炕热腾腾的。你我兄弟二人就伙用一套被褥,夜晚咱们说话也方便,你可别嫌弃。"说着仰面躺倒在炕上,舒舒服服打了个哈欠。

朱权见朱棣如此看重兄弟亲情,心头突地一颤,又涌上一股感动。想想也觉得合适,便点头称是。吴宾掀帘进来禀道:"王爷,为燕王接风的筵席已在前厅安排下,请二位王爷前边就坐。"朱棣这才懒洋洋地坐起身,长长伸个懒腰。

这晚,朱棣和朱权彻夜未眠,坐在火炕头上促膝长谈。朱权这才想起来问道:"四哥,刚才说叫小弟帮你,但不知该如何帮救?"

朱棣低头沉思一下说:"光顾诉苦,倒把正经事给忘了。十七弟愿意让哥说实话么?"

朱权见他说得神秘兮兮,强打笑意道:"看哥说的,既然是亲兄弟,还用客气么?"

朱棣盯着朱权说:"那,哥要是说了实话,你能帮这个忙吗?"

朱权被盯得不大自然,微微侧侧身子说:"那……那得看什么事了。哥不会是叫我也起兵帮你打仗吧?"

朱棣依旧盯住不放:"怎么样,十七弟愿不愿意起兵?"

朱权涨红了脸,有点期期艾艾地说:"哎,这,这不大可能吧,我可不想反叛朝廷。"

朱棣闻言忽然大笑:"哥其实何尝想反叛朝廷呢!"

朱权见状也跟随着笑笑,略略轻松些说:"小弟就知道哥不是真的反叛朝廷,也不会唆使小弟起兵。"

朱棣脸色渐渐凝重起来,低头沉思一阵,抬脸长叹:"唉,老十七,玩笑归玩笑,哥此番求你帮忙,只是想请你向当今皇上,向咱们的侄儿写一封奏章,将哥的心曲明明白白地说出来,大家也好冰释前隙。就算是代哥写的谢罪表吧!不知老十七愿不愿意?"

朱权闻言一愣,扭过脸仔细端详一下朱棣,见他正盯着几上的烛台,通红的火光在双眼中跳动,脸庞映得红彤彤,便痛快地说:"这个,小弟当然能写!"绕了半天圈子,不过就是代写个奏章,朱权暂时安下心来。花了一天的时间,朱权很卖力地草拟了一份长长的谢罪表,请朱棣过目,朱棣点头称赞不已,交长史吴宾誊抄,然后用快马送出。

其间城外有一燕将佐进城求见燕王,当着朱权的面,禀报说城外驻军受宁王恩抚,吃穿不缺,人人都感满意,请他代为谢宁王厚待之恩。末了又说将军张玉让他转奏燕王,来了这许多时日,是否该拔寨回去了?

朱棣听后面露喜色,握住朱权的手说:"老十七呀,多亏部下提醒,你哥还真成此间乐不思蜀了。掐指算来,今儿都第六天了吧?唉,明日我看就该起身回去了。"

朱权脸上喜色一闪,随即又拧紧眉毛恋恋不舍:"四哥不妨多住些时日,有什么事可尽管吩咐小弟。"朱棣将他的手捏得更紧:"这已经够麻烦你的了。至于以后有什么事，你四哥自然是能自个儿扛的便自个儿扛起来。"

离别前夜，二人并首躺在烧得热烘烘的炕上，说了会子闲话，朱棣长长哈欠一声说："明儿又要受苦了，还是早些睡吧，日后见面的机会有的是。"朱权答应一声。不再说话，很快便发出鼾声，过了片刻，朱棣也鼾声微微，夜色浓重寂静下来。

可是黑暗中，两双眼睛却灼灼闪亮，凝神地想着各自的心事。

漫漫长夜缓缓逝去，终于，天亮了。朱棣与朱权匆忙起来穿戴整齐。这时有内侍把早饭摆下，王宫外传来声声号角，大宁城内守军正在集合，准备随宁王同到南郊，为燕王饯行。

因为是送行的饭，虽是早餐，却也很丰盛，各式小菜摆了满满一桌。然而两人胃口并不太好，吃得也不多，末了朱棣伸手捞起近前盘中一张油酥饼来，从中间一撕两半，将半张饼递给朱权："老十七呀，你是知道的，先帝爷二十多个王子当中，数咱俩合脾气。你四哥眼下虽不济，落魄得无路可走，不过，常言说得好，见贫休笑富休夸，谁是长贫久富家。保不定哪天你四哥时来运转了，一定不会忘了你今日待哥的恩惠。来，一张饼一人一半，将来再有什么好事，即便是偌大的江山，也是咱们兄弟一人一半！"

朱权回味半晌，沉思着点点头，默默地将半张饼咽进肚里。

用罢早饭，二人同坐一辆车辇出了王府。车辇前头仪仗林立，逶迤来到街北。车辇后面则跟着大宁都司和宁王府的官员，其后便是留守大宁城的部分军队。

终于出了南门，来到通向关内的路口。黑泥路面两旁扎了松门，门上张灯结彩，各色丝绸在雪中飞舞。松门下仪仗分立两侧，鼓乐高奏，朱棣所带的五千兵马，列队站在松门外，单等一声令下，便可开拔，沿大路回到关内，回到北平。

车辇在人群簇拥下隆隆而来，于松门前红地毯铺就的地面停住。有两个执事官小跑着过来，恭恭敬敬半跪着打开辇门，扶二人下来，引他们来到松门一侧的小亭内。朱棣披甲戴胄，外罩大红斗篷，一副即将远行的样子。朱权穿着皮弁，外罩湖色绉面白狐皮鹤氅，适意而随便。

二人也不就坐，执手相互叮嘱几句。有宫人托酒盘过来，朱权擎杯在手："四哥保重。"递给朱棣。朱棣笑笑说："十七弟，你可曾记住四哥的话了？有福同享，对外人尚且如此，何况你我兄弟！"

朱权见他说得古怪，一愣神工夫，朱棣忽然脸色大变，殷殷的目光倏尔成了两道闪电，狠狠将手中酒杯往地下一摔，大喝道："伏兵何在！"

众人措手不及，顿时愣住，个个呆若木鸡。这时四面惊天动地齐声呐喊，埋伏于林木沟坎中的燕军漫地涌来，不等众人反应过来，已涌进亭中，把朱权缚住推出亭外。

朱权头嗡的一声顷刻恍然大悟。吴宾也醒过神来,夺路欲逃,却被朱能几步赶上,挥刀砍作两段,鲜血喷溅处,朱权下意识地闭上眼睛,满心慌乱迷惑,又夹杂着几许快意。

都指挥朱鉴毕竟经过阵仗,见燕兵漫山遍野,远远多于城内守军,绝望中忽然想到朵颜三卫就在附近。可是当他怒吼着令三卫骑兵冲杀时,三卫骑兵却无动于衷,眼看着这边打开了,还仿佛看把戏一样袖手旁观。

朱鉴自然不知道,朱棣在大宁城中这几天,张玉、朱能等人拿着燕王金印四处游说,答应事成之后允许朵颜三卫自治大宁。三卫首领脱儿火察见朱棣来者不善,就打定静观其成败的主意,乐得作个顺水人情,遂满口答应,以至今日按兵不动。

朱鉴不知其中原委,但已看出有异,情知不妙。只好杀开一条血路,冲进城中,准备固守待援。

都指挥房宽见朱权突然被擒,本欲上前解救,可抬眼一看,四处全是燕兵,朵颜三卫却坐壁上观。料定其中必有隐情,脑中闪过一个念头,既然是人家兄弟们之间的事,我又何必自找啰唆,白白丢了性命岂不可惜!正想着见张玉已挥刀冲来,忙叫道:"将军且慢,房宽愿追随燕王!"

朱鉴冲进城中,气急败坏地叫嚷着令人将城门关闭。刚喘过一口气,城北腾起一股浓烟,喊杀声隐隐传来。原来就在他们倾城去送朱棣时,伏兵早已伺机混进北门。朱鉴急得连连跺脚,纠集起兵士仓皇去救北门。

未走几步,燕军迎面冲来,仓促迎战中,自己兵马被挤到墙角,自相践踏,先已死了不少。朱鉴六神无主,正大叫大喊地招呼手下人散开,忽见一员大将面黑如漆,胡子拉碴,宛如张飞再世般风驰电掣冲过来,不及细看,已被抬手一枪刺中咽喉,直瞪着双眼趔趄几下,一头栽于马下。

众士兵见状一阵惊呼:"快跑呀,朱将军被杀了!"人群躁动得更加剧烈,鲜血和着泥水,脚下软绵绵滑叽叽的站立不住。

一切都按计划完成。朱棣立刻火急火燎地下令,令宁王和妻妾等家人将所有贵重细软收拾一下,随其奔赴关内。就在刚才,张玉给了他一封世子朱高炽的信函,说李景隆已率大军包围了北平,形势似乎不大妙。朱棣倒吸一口凉气,立刻决定火速回师北平。

正是在朱棣将返关内时,李景隆中军已抵卢沟河。

十月的北平,朔风急呼,雪花如席。卢沟河自山西蜿蜒而来,出宛平县城,向东南入海。横亘卢沟河的卢沟桥,宽阔而雄伟,那桥间二百八十根壁柱上栩栩如生千姿百态的小石狮,千秋万代地闪耀着光辉。李景隆立马站在卢沟桥上时,忽然想起"燕京八景"之一的"卢沟晓月",举目四望,可是只看见沉沉低云压顶,光

— 167 —

秃秃的树枝瑟瑟发抖，结了冰花的河水打着旋儿滞涩地流过，似乎诗意并不如传说和想象中那样浓。

正遐想不已，探马来报，北平城下方圆几里内房屋均被拆毁，伐木断桥，凡有水泉处皆已投毒，城门紧闭，吊桥高挂，城壕内修筑了"羊马城"，城上设了望敌棚、弓弩台。李景隆作出一副处惊不变的神情，微微一笑说："看来北平早有准备了？也好，沧海横流，方显英雄本色嘛！"

回到大营，李景隆已考虑妥当，立即升帐传令，将五十万大军分作三部，一部分散开在北平城九门构筑工事，准备攻城；一部分攻打北平东面的通州，以便拦截由大宁回师的燕军；一部在通州与北平之间的郑村坝结营下寨，伺机与燕军决战。一道道命令传出后，李景隆长舒口气，一股大将的自豪感油然而生。

北平城攻守之战随即展开。

辰时刚过，天光已大亮，浓雾也渐渐消散，集结于城下的官兵开始了进攻。刚开始的进攻小心翼翼，躲躲闪闪，只在丽正门和安定门用发炮车向城上发射炮石。发炮车打得并不很准，不是落在了城外壕沟中，便是打在城中无人处。

张信看见许多新兵面色紧张，四处乱窜着不知该往何处躲藏，而许多老兵却见怪不怪，满脸的不在乎，便冒着呼啸而过的石块飞马跑过来喝道："敌军这才是试探，不必惊慌也不可大意，站好各人位置，等敌军冲来时狠狠地杀！"

话音未落，炮石已经停止。城下官军开始组织人力强攻城头了。震天动地的三声号炮响过后，距离城壕百步之外的官军突然变换阵形，前头站立的盾牌军和骑兵齐刷刷撤向两旁，步兵们抬着云梯，推着行天车，从中间呐喊着扑向城墙。因为壕沟内满是积水，他们便放倒云梯当独木桥，穿过壕沟贴近城下。

张信俯在城堞中看得真切，见是时候了，立即挥手下令。守城兵士闻命发动机弩，先射倒一排跑在最前边的人。后面的人很快将这些尸首踩在脚下，继续冲过来。进军的鼓声震耳欲聋，每个人都在鼓声中热血澎湃，身不由己地往前赶。有些骁勇者眨眼间已经越过城壕，冲进城墙与壕沟之间的羊马城内。

羊马城高约一丈，是瓮城之外的最后一道屏障，它只有一门，与瓮城之门斜对。当官军杀进羊马城挤在瓮城门外准备用巨木撞门时，城上燕军开始往下扔檑木滚石。血肉飞溅中，惨号声叫成一片，很多人当场被砸成肉饼，更多的被擦着碰着，血头血脸地滚落到一边。城上那些新兵从未见过这等惨相，许多人别过脸去不敢多看。

然而催命的鼓声更加密集，又有一排人喊叫着涌上来，手持火钩、铁锚，狠命地往上攀登，无奈城墙坚硬溜滑，头顶又有雨点般的滚石檑木，没攀几步，便死了十有八九。好不容易，城下大营中金锣鸣响，城上城下的人都长舒一口气。看看攻城人撤去，张信忽然率二三百个燕军开小门冲出去，冷不防向撤退中的官兵一顿乱砍乱捌，没等他们回过神来，又旋风般地退回城中，大门随后闭紧。气得吃了亏的官兵干瞪眼,跺着脚直骂娘。

第一次攻城被轻而易举地打退,前敌指挥都督瞿能眼中冒出火来,一边大骂身边将佐,一边同两个儿子,指挥瞿良材和千户瞿秀材,打马回中军行辕中向李景隆上报军情,商讨计策。

但瞿能未料到,这位眉目秀朗的大帅李景隆,并不像他想象的那样温文尔雅雍容大度。他父子三人刚进大帐,迎面便碰上李景隆的横眉怒目,并不过问具体军情,只是劈头盖脸一顿训斥奚落,甚至还差点儿要以军棍相加。虽然由于众将求情,并未真的挨打,但自恃德望甚高的瞿能自觉颜面扫地,比挨打还要难受。

他强忍着走出大帐,回到北平城下自己帐中,面红耳赤地当着自己部下大叫:"这回豁上老命也要拿下北平,待城破之后,看他还有什么话说!"

当夜,惨烈的攻守战在丽正门下打响。

也正是那一夜,翠环感觉很不对劲。肚里翻江倒海似的闹腾得愈加厉害。一天天地过去,接生婆的事儿始终不见动静,实在憋不住了,趁送饭的机会试探着问小丫头:"好妹妹,日子一天天近了,咋还不见接生婆来看看,这阵子俺觉得不大好呢!"

小丫头遮遮掩掩地说:"快了吧,这几天城外有数不清的官军围着,王府中都乱作一团了,怕是耽搁了。你再耐心等两天,说不定娘娘已经安排好了。"

"好妹妹,别的事能等,这种事可万万等不得的。人常说女人生孩子就跟睡在棺材棱上似的,一不小心就掉进去再也出不来了。好妹妹,人命关天的事,求你再怎么作难也催娘娘一声。姐姐逃过这一劫,往后和孩子做牛做马也要报答你的大恩。"翠环说到难处,翻起笨重的身子就在炕上给小丫头叩头。

小丫头毕竟还是半大孩子,哪里见过这等阵势,赶忙扶翠环躺下,轻声说:"咱们住在这深宅大院中什么也听不见,王府里的人都说街上乱哄哄的,到处都是军士兵马,血头血脸的伤兵哭爹叫娘,惨着呢!看样子官兵快杀进城来了,王妃她们个个火急火燎地团团转。刚才我见小太监拿了一副红战袍,莫非娘娘也要上城墙打仗去?"

"哦,"翠环勉强压住腹中不适,心头阵阵吃惊。要是官兵杀进来,又烧又抢的,那孩子……她不敢想下去,抓住小丫头的手说:"好妹妹,不管城能不能守得住,孩子总不能憋在肚里,烦你再禀娘娘一声,俺……可能今夜都挺不过去了……"说话间肚中又翻起一阵疼痛,不觉脸色煞白,额上冒出汗来。

小丫头见状有些胆怯,连连答应着跑出屋去。翠环抖手抚摸着圆滚滚的肚子,轻声说:"乖,一会儿接生婆就来了,再忍会子你就能出来了。"

北平城外丽正门下,瞿能拿出当年的勇气,进攻一阵猛似一阵,城墙下、壕沟两侧,尸首日渐高垒。官兵们在瞿能的吆喝下,踩着软绵绵的尸体冲进檑木、滚石、狼牙棒的瀑布骤雨中,很快又在一声声惨叫哀号中成了别人脚下的路。

十四 道义和道具

而城头上也并不轻松,他们在奋力用檑木杀伤城下官兵的时候,自己也不时被飞过来的箭镞石块击倒,更多的则被攀援上来的勇士挥刀砍死。城上的尸体也渐渐积满并不太宽的甬道。

徐妃这几日确实不好过。随着形势恶化,北平城越来越岌岌可危。燕王虽被满城兵民望眼欲穿,却始终连个影子也没有,而现在城中连个音信也带不出去,看来只能靠自己了。张信见城头上人数一日少似一日,焦虑之余,想到能否颁布一个临时法令,将全城男女集中起来,壮男为一军,护城打仗;壮女为一军,负责护理和打杂;其余老弱者,专门作饭喂马。徐妃听张信禀报后,与世子朱高炽、道衍等商议一下,欣然赞同,并表示要亲自带头参加壮女军。

道衍等人本欲劝阻几句,可城中情势如此危急,说不定哪一时便会城破人亡,也只好随她。既然王妃都加入了壮女军,自己自然不好再稳坐府中,于是朱高炽、道衍、金忠等人,来到城墙上亲临督战,以期鼓舞士气。

壮女军很快集结起上千人,多是些壮年妇女,大营便扎在王府前院。徐妃率府中众夫人丫头夹杂其中,往城上搬运托叉、火钩、铁锚、牛皮、石灰等器物,又帮着老弱军们做饭、送饭、抬运伤兵。如此一来,城头上下都传扬着王妃娘娘亲自助战的消息,疲弱的兵士们心头果然一振,士气明显好转。

然而情势并未明显改观。瞿能和他两个儿子率三万余兵丁发疯般冲撞着丽正门,像一头狂暴的猛兽咆哮着越冲越近。那场面令城头上的人看了不禁头皮发麻,不寒而栗。

瞿能征战多年,这次更是使尽所有攻城手段。先用炮石车往城上抛石,又用扬尘车往城头扬尘。继而在城下架起柴薪,意欲火攻。看看火堆尚未燃起便被城上浇下来的水泼灭,瞿能气急败坏地下令集中起全军所有云梯和"行天桥"车在强弩乱发的掩护下,趁城头上守军不敢露头时强行登城。

城上人自然不敢怠慢,先以弓弩还击,继而抛下檑木滚石,甚而砖瓦等物也雨点般砸下。力气大些的汉子则用狼牙板,专往人稠的地方拍击,每次拍出都会引出一片嚎叫和脑浆血水四溅。也有人使用飞钩,甩到攻城人身上,提起来一刀砍死又扔回城下。

但是敌人毕竟太多,守城人毕竟太少。随着城上抛物的渐缓渐稀,城下后继者终于可以踏着同伴的尸体借助云梯或"行天桥"车接近城头。城头上的人只好摸起刀枪斧头奋力搏杀。短兵相接,城头劣势顿现。守城人本来就少,且老弱病残居多,远距离搏杀尚可,兵刃撞击中却迅速大量伤亡。北平城顿时风雨飘摇,形势急转直下,张信与顾成等大将跑东顾不了西,朔风凛冽中急得满头大汗,却无济于事。

正在这危急万分的关头,徐妃带一队女兵运送石头砖瓦登上丽正门城头。见情势千钧一发,来不及半点犹豫,忘情地挥手招呼道:"杀呀,他们爬上来啦!"

顺手搬起块石头，照准正往城上爬的一名官军咬牙砸去。她似乎听见扑哧一声闷响，纷乱中看到那颗头颅如跌碎的西瓜般炸裂开来，淌出红红白白的汁瓤。没等想些什么，又一个人头从城墙下露出来，她机械地搬起第二块石头砸过去，那人惊叫一声连同石头飞离云梯，重重跌落在城下羊马城里。

回头见身后的那些妇女一个个惊惧万分，面色灰黑瑟瑟发抖。徐王妃突然微微一笑叫道："快来护城！古有花木兰，近有穆桂英，怕什么，女人照样能杀人放火！"说着喝令每个妇女举一块石头抛向城下，"看，咱们也能杀死敌人！来，有第一回就有第二回！"徐王妃双眸喷火，大改素日的和颜悦色。吓傻了的妇女们不知所措，只能木然地对准个个人头闭起眼睛乱砸一气，许多人边砸边呜呜地哭出声来。

漫长的一个下午。太阳缓缓沉下西山，城上城下夕阳与血浆融成一片，继尔变褐发黑，千万人企盼的黑夜终于来临了。当瞿能无可奈何地鸣金声响起时，双方都松一口气，暗暗在心头高呼万岁。

徐王妃软软地倚坐在城堞上，暮色苍茫中下意识看看自己的手掌，上面糊满了黏黏的黑血，她忽然忍不住，哇哇地呕吐起来，搜肠刮肚地吐了个一干二净。

翠环住的小屋子，坐西朝东，黑夜往往比别处来得更早。屋内已经全暗，看什么东西只是个模模糊糊的影子。然而翠环已经没有力气挪到床下将蜡烛点亮，小丫头出去一整天了，现在还没个音信，不要说接生婆，连汤水也没人给送过一星半点。不过翠环还觉不出饿，肚中阵阵痉挛作痛已折磨得她喘不过气来。

"小丫头，你在哪儿？娘娘，你在哪儿？接生婆，俺的大恩人，你快来呀！"翠环暗中瞪大双眼，焦干着嘴唇喃喃自语。然而黑暗空空洞洞，消散了她低弱的声音。腹中阵阵下坠，疼痛如波浪般一波连着一波。她知道无论如何也拖不下去了。可是黑灯瞎火中，天地如死去般寂寂无声。翠环感到令人窒息的孤单无助，她挣扎着想坐起来，然而试了几回却不能够。

"孩儿呀，你快快地生下来吧，别再往死里整你娘啦！"不知什么时候，翠环发现自己已满身是汗，疼痛渐渐传过全身，接着木木的浑然不觉，"也许快要生了。"翠环混沌的头脑中冒出点欣喜，下身用用劲，等待瓜熟蒂落的那一刻到来。然而过了许久，仍不见动静，尖锐的疼痛却又席卷而来，毒蛇一样上下乱窜。

"咋回事？"翠环忽然想到，自从怀了孩子就开始担惊受怕，几千里远跑到北平，又受那赶车的汉子折腾，会不会为这错了胎位？听人说要是胎位不正，非得请有经验的接生婆不可，否则十有八九大人孩子都活不成。愈想愈怕，翠环眼前一阵金星乱冒，觉得身下有些异样，勉强伸手一摸，湿乎乎的一把，捻捻有些发黏，放在鼻子前闻闻，浓浓的腥味。

"啊，血！"翠环大吃一惊，头嗡地一下涨大，身下热流却不可遏制地股股涌出，身上仅有的丁点热气渐渐归于虚空。

十四　道义和道具

十五　人性深处

不管道衍、金忠还是张信、顾城和徐王妃怎样百般设法,北平城仍然日益危急。

丽正门虽然暂时保住了,城西的彰义门却形势骤紧。瞿能在进攻丽正门时发现,北平城守军大部集于此门,继续硬攻无异于死啃硬骨头,便见机行事,悄悄移师彰义门,雷霆万钧般骤然发起攻击。

金忠正好守在彰义门,感觉情形不对,立即派人报告张信和顾城,请求派兵增援。但是各门防守都不轻松,伤亡又日益增多,张信手中已无兵可调。奔波半晌,好歹凑齐三百军卒,风风火火地赶往彰义门。

渐入冬深的北平,西北风一日疾似一日,平地上经日飞沙走石。官军借助风势,先用扬尘车往城头上扬尘,扬得昏天黑地,令人不敢睁眼。见时机差不多了,便又用炮石车猛力发炮,企图在城头打几个缺口。笨重的石块疾飞而来,嗵嗵地撞在城头雉堞上。砖石渐渐松动,随即有地方坍塌。张信慌忙招手叫人推来木女头,这种家伙前边是块坚硬厚实的大木板,后边一根大梁下两个木轮,吱吱扭扭地推过去,直堵在坍塌的缺口上。然后有人猫腰从木女头中间的洞眼儿向外放箭。

一招不成,瞿能嘴里骂着娘援桴击鼓,又换种进攻的方法。千百官兵一手举牌护住头顶,一手抱些柴薪,堆在城门前。不一刻便堆起小山似的一大堆。点着后毕毕剥剥火焰腾起,烟火借助风势,呼呼地直窜城头。张信见状慌忙和金忠指挥兵士和民壮将水袋从城头抛下,很快将火焰压下去。

可是柴薪很多,水袋太少,不一刻火焰又熄而复燃,摇曳的火舌不时冒出城头,炙热得让人不能靠近,浓烟呛得个个面红耳赤。金忠被熏得面色灰黑,红着眼珠子四下乱嚷:"快,快往城上运水!"张信和几员部将亲自下手,带士卒及男女民壮用坛坛罐罐将水搬到城头,冲火苗灌下去。不出几趟,个个已累得气喘吁吁,那些女壮军更是连滚带爬,好容易搬过来的水却在登阶梯时被绊倒洒得到处都是。

拼死拼活地,火焰总算渐渐小了下去,柴薪湿淋淋的,任凭火箭怎么射再也燃不起来。瞿能突着眼珠子,咬牙切齿地骂一声:"好他娘的,还真能死撑!爷爷这回让你躲了雷公,躲不了霹雳!"大手一招,鼙鼓骤然大作,黑压压的兵马如洪

— 172 —

水决堤直朝城门汹涌而来。

因为瞿能胸中憋着一口气,心头窝着一股火,鼓点也就敲得特别急,兵潮一浪紧接着一浪,比丽正门更令人惊骇。官军一面利用云梯、行天桥车,甚至火钩等物件不顾命地往上攀援,企图打开个缺口,在城头上夺得一席之地,一面组织两千余骑兵飞也似的窜过来直奔城门。

"弟兄们多用心些,如今真到了鱼死网破的时候了!"张信在城头上看得真切,嘶哑着嗓子大叫。一边持槊在手,东奔西跑将那些露出城头的官兵一个个戳下去。

金忠刚上城来时头戴道冠,身穿八卦藕丝袍,白绫折叠裙,腰束鹅黄丝绦,手执青钢剑,一派仙风道骨。经过半日厮杀,脸上被烟火熏得黑一块白一块,道冠不知什么时候被风吹去,八卦袍七扭八歪,倒是青钢剑仍紧握在手中,招呼兵丁对准冲过来的骑兵拼命放箭。

瞿能见骑兵冲近城壕时在如雨箭镞下人仰马翻,乱成一团,脸膛更加黑紫,红着眼睛狠狠喝道:"快推过填壕车来,爷爷要亲自会他一会!"扔下鼓椎跳上战马,一阵风冲过去。

有了填壕车铺路,两千骑兵紧随瞿能闯进城壕,又秋风扫落叶似的刮进羊马城,在羊马城三转两转竟出人意料地轻易撞进瓮城。张信见这帮拼命三郎如此勇猛,热汗顿时变作冷汗,急命守军透过彰义正门上的洞眼儿往外射箭,继而又用长矛向外乱捅。但是城门外的骑兵毕竟太多,他们三五成群地抬着粗大的木头狠命撞击城门。"嗵嗵"的声音让守城燕兵个个心惊肉跳,手忙脚乱地慌作一团。

厚重的彰义门在不懈的撞击下开始抖动,摇摆。忽然天崩地裂的一声巨响,大门訇然洞开!

瞿能喜不自胜,大眼扫去,身后剩余的骑兵已不足千人,立刻喝令一起冲进城中。谁知紧贴城门内侧还有一条壕沟,虽不太深却埋满了铁蒺藜,冲在前边的人防不胜防,顷刻又有二百余人跌进去,浑身被扎得稀烂,复又被后来的马蹄踩成肉酱。但不管怎么说,瞿能精神振奋,欣喜异常,总算杀进城来了!他们立大功封侯入将的时刻就要到了!

抬眼望去,瞿能已经能清楚地看到北平城内的街衢房舍。街道在靠近城门的路口处拦了用横木和交叉的铁矛织成的拒马墙。不过瞿能并不在乎。这种东西他见多了,三枪两枪便可挑零散,他所焦虑的是,几百骑兵敢不敢轻易进到城内呢?

瞿能立刻想到李景隆今日亲临阵前,见自己好不容易进来了,一定会击鼓冲锋的,耐心等待片刻,到大队人马跟上来再冲进去也不迟,反正头功是自己的已无疑了。这样想着,瞿能一边指挥众骑兵四下砍杀前来关门的燕军,一边侧耳倾听城外冲锋的鼓角声是否响起。

然而城外空旷的郊野上空,突然回荡起收兵的金钲声。

瞿能乍听一下子愣住,几乎怀疑自己听错了。倾耳再听,不是鸣金收兵又是什么?"李景隆啊李景隆!"瞿能脸红脖子粗,忍不住挥枪大喊一声,不过看看周围的骑兵正望着自己,只好咽回半句话去,粗暴地吼道:"还等什么,军令大如山,快往回搬!"

城门终于关上。门内门外除了多出一堆一堆尸体,一切又归于平静。金忠一屁股跌在断垣上,惊吓过后的平静让他神情有些恍惚。他忽然想,这到底是在做什么呢?莫非从一开始就和道衍打算错了?唉,要是道衍在这里交谈几句,该有多好!

道衍此刻正迎着斜阳站立在丽正门城头。攻城之兵都已散去,朔风呼啸中原野霎时寂静凄冷。远远近近残烟袅袅,横七竖八布满了各种奇形怪状的死尸。

道衍抬手摸摸光头,内心如渐渐通红的夕阳一点点往下沉,"唉,一将功成万骨枯啊。是立功还是造孽,世事如走马转灯般变幻,谁能说得清呢?可是不管怎样,走了这条路,也只有硬着头皮往下走了,是对是错,留与后人评说吧!"道衍自言自语着,一股冷风吹过,不禁打个寒战。再看衣袖上的湿处,竟然硬硬地结了一层薄冰。

道衍突然灵机一动,有了!如此一来既保住了城,又可免于厮杀,少伤几条无辜苍生,何乐而不为呢?细细一想便兴冲冲地向将佐们吩咐道:"快下去传令,着士卒民壮多备盛水器物,天黑以后往各处城头运水!"

"天黑以后还往城头运水?"将佐不解其言,疑惑地反问一句,旋即见道衍胸有成竹,知道其自有道理,便纷纷下阶梯传令去了。

瞿能怒气冲冲撤回本部大营时,李景隆正坐在虎皮帅椅上笑眯眯地等着他。

"大帅,瞿能已冲进城中,正于城门洞内等待后军接应,大帅可曾看到?"瞿能强忍火气叉手施礼,话语中却遮掩不住火药味。

李景隆这次倒颇有大将风度,不瘟不火依旧笑着:"瞿将军神威勇猛,本帅当然看在眼里了。哎呀,果然不凡呢,我大明战将千员,士卒百万,可是能及得上瞿将军的,确实寥寥啊!瞿将军,听你口气似乎责备本帅不该鸣金,是不是?"

瞿能听他不酸不咸的一番话,弄不清是真夸奖还是在挖苦自己,气冲冲地说:"不仅不该鸣金,还应击鼓进军,齐涌进北平城才是!"

李景隆鼻孔里"哼"了一声,抖动大红战袍从帅椅上站起来,沿红毡铺地的过道来回踱两步慢悠悠说:"兵主凶危,用之不可不谨慎,北平城中虚实不明,我大军贸然跟进,倘里面伏兵四起,如之奈何?你只是一将之勇,我却要掌三军之司命!本帅统领三军,肩负朝廷重任,务必要以忠义为先,总不能眼睁睁地看着将军和朝廷兵士自蹈死地吧!"

"什么忠义,分明是你嫉贤妒能,怕别人抢了头功!"一侧站立的瞿秀材终于忍不住,两眼喷着怒火替父亲鸣不平。

"休得胡说!"李景隆勃然大怒,"你一个副将,也敢如此无礼!来人,拉下去打四十军棍,明日本帅亲自攻城!"

瞿能见儿子就要挨打,又急又怒,却也只得压住万般不满,叉手求情。李景隆冷笑一声,甩战袍转入后帐。瞿秀材踉踉跄跄被卫士拉扯着往外拽,一边还大声叫着:"什么忠义,全是假的,你们一个个看上去全是正人君子,其实净做些见不得人的事,你们的脸怪白,心却黑得快发毛啦!小人得志啊小人得志……"

瞿能见状,万箭攒心,扑通跪倒在大帐中央,欲哭无泪,仰天长叹:"皇上啊,皇上!难道兵士的命就那么不值钱,千万人就那么白白死了吗!哪个不是娘的宝贝蛋,哪个不是妻儿的顶梁柱,就这么白白死了呀!皇上,人人都讲义,义在哪儿……"

道衍命人往墙上泼水的这一夜,分外寒冷,简直滴水成冰。他们肩挑人抬,在黑暗中,在闪闪繁星下悄无声息地忙碌。整整一个夜晚,每寸城墙都反复用水浇过。天光大亮,呈现在李景隆面前的,已是一座冰城,光溜溜的城墙又硬又滑,各种攀墙的物件都失去了作用。李景隆端坐马上,远远看了一会儿,叹口气道:"传令下去,各自归营等候,待风定转暖,冰融后再行攻城!"

传令官吐吐舌头,心说往后一日冷似一日,转暖得等到明年呢!不过只要不打仗,大家也就乐得等待,苦熬总比快死强吧!他一声不吭地下去传令去了。

接下来的几天,北平城内城外平静许多,陷入胶着状态。直到有一天,城中忽然传出消息,燕王的军队终于回来了,正逼近郑坝村伺机同南军决战。乍闻此信王府上下人人兴奋不已,徐王妃,三个世子,道衍和金忠等人仿佛小孩子过年似的,紧张而喜悦地忙碌起来,厉兵秣马,准备里应外合。

李景隆一直等待着同朱棣的决战,但他没料到这场可以使他功成名就的决战,会迟迟拖到如此寒冷的冬季才拉开,这多少让他暗暗叫苦。

郑坝村名为村,其实并没什么人家。四十余万人马只能住在旷野中的帐篷里。其中大部分都是从南京过来的苏杭一带军队,这等苦寒之地大大超出他们的想象。几日之中,人人在寒风中缩手缩脚,唉声叹气,连李景隆自己也有些心神不定了。燕军对于寒冷却见怪不怪。特别是新加入来的朵颜三卫,寒风中纵马飞奔更是难得的乐趣,由于收编大宁驻军及沿途招募,朱棣部下兵力已达三十五六万,数量上与南军旗鼓相当,朱棣更是雄心勃勃,成竹在胸。

正午时分,太阳发出惨白的光却感受不到一丝温热,大战来临前的冷冷杀气直逼肌骨。朱棣铠甲一新,登上阵中观楼远远眺望,见南军尚未集结整齐,急忙下令命朵颜三卫骑兵趁敌军阵形未稳时冲过去打乱他阵脚。一声声战鼓突兀响起,三卫首领脱儿火察带本部人马呼哨着狂飙般席卷而去。这群衣着怪异的莽汉个个彪悍异常,朱棣知道他们这一去,定然成功,走下观楼,跳上自己的汗血马,率大队人马紧随其后去收拾战果。

三卫骑兵已冲进对方阵中,如秋风扫落叶般,顷刻将敌阵冲得七零八落。朱棣兴奋异常,挺枪对旁边的张玉说:"哈,十羊一狼,势无全羊。三卫骑兵这番真是如同豺狼闯进羊圈中了!快,立刻跟上杀过去!"

李景隆布的是方形阵,周边以弓弩手和骑步兵为主,中央停放着粮车和辎重车辆。他骑在马上手挥号旗,指挥周边兵马左右移动。当发现朱棣亲自来到阵前时,李景隆涌上一阵莫名的激动,挥旗大喊:"那就是燕王,弓弩手,快放箭!"

然而人喊马叫的混乱中,弓弩手根本听不到命令。三卫骑兵未等他们搭箭拉弓已经践踏过来。数十万人马搅在一起,整个军阵犹如沸腾一般,只见刀光剑影,血肉迸溅。李景隆手中的帅旗已无人顾得再看一眼,连他自己也身不由己,在人和马的波涛中上下沉浮,左右乱撞。

惨烈的激战从午时一直持续到日曛,谁也不能独吞对方,终于在薄暮冥冥中鸣金收兵。千军万马退潮一样哗地流向两侧。空旷的原野显露出来,散落的尸体铺满大地,一片狼藉。西风呜咽地低吼着,枯黄的树叶四下飞舞,似乎天地合奏着一支低低的曲子。曲中透着悲凉的死气与不祥,几经生死的军汉们也感到无限惆怅与哀伤。

黑夜很快来临了,风更大了许多,寒气也开始阵阵紧逼上来。呼啸的寒风强劲有力,不时将帐篷掀起。躺在地上的兵卒只好一次次爬起来,将帐篷反复钉在地下。有经验的老兵见状就打趣说:"这样也好,省得躺下睡着了明天再也醒不来。"

朱棣的大帐虽然严实些,但还是在半夜时分冻醒了。旁边侍寝的内官小马听见动静,忙跑过来说:"王爷,我刚才到帐外想找些柴火点着给王爷烤烤,地面冻得硬邦邦的,一根草棍也没弄下……"小马只有十四五岁,娃娃脸,话音中还透出一股童声。朱棣看他一眼说:"那,你手中提的是什么?"

"是在帐外拾的一个马鞍,我见它破了,便拿回来问问王爷,要是不能用,正好点火取暖。"小马双手捧过来给朱棣看。马鞍破破烂烂,早已不成样子,朱棣略看一眼笑道:"都似你这般节省就好了,点着了烤火取暖倒还算物尽其用。"小马痛痛快快地答应一声,收拾着打火点着。

不一刻,火苗渐渐升高,帐中立时有了暖意。虽然青烟中有股冲鼻的酸腥味,但比受冻要好多了。在帐外值勤戍卫的几个士卒正拍手跺脚,寒冷让手脚耳鼻疼得无处可放。忽见帐中火光熊熊,便身不由己地靠拢过来,挤到帐篷门口,将冻僵的手伸得直直的映着火光想捞取一丝热气。

小马觉得有动静,扭脸看见帐口伸进来几只手,便大喝道:"好大胆,难道不知道这是王爷的营帐,怎么这样放肆!还不快退到外边!"

朱棣听到呵斥声,抬头见小马正推搡着几个士卒,士卒们虽口里答应着"是",眼光却盯住火堆,恋恋不舍。朱棣心头一动,走过去拽住一个士卒冰冷的手说:"你等皆是本王左膀右臂,战阵之中要是没有你等尽心尽力,本王又如何能屡战屡胜!来,站在外边能烤出个什么劲,反正睡不着,进来暖和一阵!"

几个士卒没想到朱棣会这样对待他们,反倒手足无措,本能地往外躲闪。朱棣轻轻喝声:"怕什么,本王让你们进来就快进来!"见他们顺从地趑进,又放柔声道,"唉,本王穿着两层皮袍尚且觉得冷不可支,更何况你等战袍如此单薄?谁不是父母生养的,让你等受这番苦,皆本王之罪呀!将来功成之后,你等皆国之功臣,荣华富贵有享受的时候,先苦后甜嘛!来,快烤烤火,一会儿可就烧完了!"

士卒们闻言个个感激涕零,凑近火堆烘烤片刻,便眼含热泪匆匆言谢出帐。就在朱棣彻夜难眠时,对面南军营中却热闹非凡。收兵之后,伤亡人数令李景隆大吃一惊,明日的交战便成了吞到半截的骨刺,咽不下去又吐不出来。辗转不安中,有人建议说不如先撤退的好,退守德州还可保全实力,否则明日一战,怕要有全军覆没的危险。李景隆心烦意乱,想想也是,便趁夜色浓重之际,带领南军悄悄撤去。为了走得干脆利落,众多辎重车辆丢得满地都是。以至第二天燕军探马来报前方军营是座空营时,朱棣迟疑半天才敢率大军从郑坝村李景隆阵营上穿过去,进抵北平城下。

李景隆半夜急急撤军,却忘了尚在北平围城的军队。那些南军正躲在堡垒中,等待着李景隆在郑坝村打败自大宁而来的燕军后,合兵一处,攻进北平。然而席卷而来的军马冲到眼前时,他们才惊奇地发现帅旗上一个斗大的"燕"字,顿时仓皇失措。城内守兵乘势杀出,不消半日,北平之围即以告解。南军丢下一片死尸,拼命南逃,追随李景隆去了。

寒风凛凛中,朱棣回到北平城。合家团聚自不待言,惟有道衍和金忠心头沉甸甸向朱棣禀道:"王爷,袭取大宁取得全胜固然可喜可贺,只是为此一战阵亡了成千上万将士,我二人本系出家之人,素以慈悲为念,虽说为大王成就伟业,暂时顾不了许多,可心中常怀不忍,恳请大王恩准,我师兄二人愿做个法事,以超度亡魂,也算了却一桩心事。"

朱棣一愣,继而笑道:"好,好哇,道义道义,心同此理,岂止你们出家人?本王亦正有此意。你二人去安置,祭奠之日,本王令世子代本王出祭。另外,本王还要将这些死者的尸骸堆埋到郑坝村山原之下,立碑树传,以示纪念!"

润生正闷头闷脑地恍然若失,忽然被窗外一声清脆的话语搅醒,悚然起身,盯住门口想,坏了,怕是被人发现了马脚,这可如何是好,自己一死,泽生再要被杀,那一家人不就绝了么?当下急得手脚麻木,不知该如何是好。

门帘挑处,闪进个宫女来,梳两盘双髻,玉绿纱裙,面敷脂粉,姿容俊俏风流。美中不足的是上唇角有颗黑痣,牙床微微外突,但如果在宫外也称得上是上等颜色了。润生心慌意乱地扫了她一眼,不知她是何人,要干什么,忙缩手站立一侧,低下头去不敢说话。

那宫女打量一番润生,压低声音咯咯笑道:"哟,眉眼周周正正,倒是个挺标致的小伙子呢,怪不得装起太监来跟真的一样。"

润生虽没见过什么大世面,但听她言语轻浮,似乎不像来抓自己的,便鼓起勇气拱手说:"娘娘恕罪,小人不过想到这院中玩玩,看个稀罕,下次再也不敢了。"

宫女闻言笑声更浪,抬起柔荑照润生脸上轻轻摸一下说:"别白脸狼戴草帽,假充善人了。你刚才在正殿中和翠美人说的那些话,我在窗外都听见了。看你吓得那个熊样子!实话告诉你吧,我是翠美人的侍女,翠娘娘做什么事,能瞒得了我?不过你放心,只要你对我好,我是不会给别人说起你和翠娘娘的事。"

润生听她这话,猛地想起在家乡时时常听人说起边关当兵的整年累月没见过女人,有时候见头母牛也觉得弯眉细眼的分外可爱。男人如此,宫中这帮女人大概也一样,长年不见个正经男人,我润生如今倒和那公牛差不多了。难怪翠红会轻而易举随了皇上。一想起翠红,他心里又酸溜溜起来,抬脸大着胆子看了宫女几眼。

或许因为扑了粉,或者她也有几分害羞,润生见她面色粉红,若芙蓉花开,红馥馥的朱唇,柳眉弯月眼,双目含情,正水滴滴地盯着自己,不禁心头怦然一动,有个念头腾地升起,俺润生好容易相好了一个,却又被皇上老儿占了去,他能占俺的,俺为什么不能占他的!

宫女见他面色紧张,神情犹豫,扑哧一笑道:"我还知道你叫润生,翠美人都叫你润生哥,我也叫你润生哥好了。润生哥,你不用害怕,这边园子还没竣工,十天半月的都没个人影儿,干什么都不会有人看见的。"

润生还是头一次听女人这样对自己说话,登时被挑逗起来,心神摇曳,忽然冲动着一把将宫女抱住喃喃说道:"姐姐叫什么名字,润生也好记住。"

宫女被他一搂一抱,面色更加艳若桃花,笑着说:"润生哥,都是苦命人,何必知道个贱姓贱名?人活一世,哪样没有都不行的,你……不嫌我不知廉耻吧?"说着不能自持,娇滴滴哼叫一声,软软地跌在润生怀中。润生也是浑身热血奔涌,不顾一切地抱起宫女放在炕上,二人扭作一团。痛快淋漓的呻吟里,润生忽然觉出了充实,泽生、翠红和自己眼前的处境,都暂且抛在了脑后。

忘情地折腾半响,二人方云收雨住,匆匆忙忙各自整理衣服。宫女此时忽然羞涩起来,柔声说:"润生哥,不是我不知羞耻,实在是这宫里……"润生替她理理发髻:"别说了,俺心里都明白,只是以后不知还能不能见上。"

"能！"宫女急切地说，"润生哥，我原来叫春红。翠红被封了美人后我就改名叫春灵。翠美人时常被皇上召幸，我们空闲时候多得很，你要不嫌弃，以后每逢三六九日，正中午时分咱在这里见面……还有几个姐妹，都是一样的苦命，她们时常也……润生哥，有机会我领来让你见见，"春灵忽然遮遮掩掩面露羞红。润生被她多变的神情逗得又心旌摇动，忍不住扑过去，紧紧抱住又亲吻几口。

日子一天天很快过去，润生在忙碌中多了一份对三六九日的期盼，多了一份柔柔的暖意。虽然再没有机会和翠红见面说话，不过润生总算有了点新的支柱。老天爷总还算公平吧，不然这么长的日子怎么熬下去呢？润生常常心怀侥幸地想。

昼长夜短中，残冬渐近尾声，年底一天天逼近，宫中上下开始忙碌起来，角角落落洋溢着新年的气象。因为遇尔会有些霜冻，园中的修建干干停停，工匠们反而轻闲下来。但是史铁传来了内务府的命令，来年还有些工程要做，诸类匠人一律留在宫内过年，不得私自走出宫城。

匠人们闻听消息一个个唉声叹气，私下里抱怨不已。惟独润生反而求之不得，虽然挂念着泽生，但史铁说了，非得等年后大赦时才能出来。既然这样，与其出去一个人冰锅凉灶的，倒不如留在这里乐得自在。更何况还有春灵让他丢舍不下。

腊月十六了，一个雾气蒙蒙的日子。润生牵肠挂肚，草草吃过午饭，一个人在院中溜溜达达，瞅人不备，脚步已挪出院门，径直朝西园小径奔去。春灵这回来得更早，已在小屋端坐等候了。

二人轻车熟路，缠绵几句便宽衣解带，缱绻在一起，正渐渐入巷，欲死欲仙之际，忽听门板响动，"咣咣"声虽不高，却很急。润生和春灵知道大事不妙，抖索着如同筛糠。春灵脸色煞白，张张嘴却说不出话来，几乎昏厥过去。

润生到底是个男人，一阵天塌地陷的恐慌后还能勉强撑着低声问："春灵，你过来时见没见太监跟着吧？"春灵懵懂一片，使劲摇摇头："天爷呀，这让抓住了可是不得好死的罪呀，我，我害怕……"未说完已嘤嘤泣出声来。润生见状也觉死到临头，头脑一片空白，茫茫然不知如何是好。

惊惧欲死时，门板忽然不响，有个女人声音咯咯笑着低沉嗓子说："春灵，你这小淫妇，还装作没事儿似的，我舔破窗纸都看见啦。快开门吧。"

声音不大，却好似霹雳雷霆一般，震得春灵立刻魂归体内。骨碌翻身坐起，拉过衣服来边穿边说："是春芳这个死丫头，差点儿没把人吓死，等会子非得罚她连磕三个响头不可！"

润生见她缓过神来，情知虚惊一场，也急忙胡乱穿戴起来。春灵开开一条门缝，立刻挤进来个宫女，装束与春灵不相上下，凤眼流盼，娥眉微攒，樱嘴杏脸，似乎比春灵更有些动人之处。

那宫女进来立刻回身先将门掩住又挂上，才喜眉笑眼地重重拍拍春灵说："妹妹，好你个贼精丫头！这些日子我们几个私下里都说春灵近来脸也红润了，话也多起来，比起以前半个死人似的就像脱了一层皮。大家猜想其中必有缘故，敢情是怨女不怨了！可这满皇宫，除皇上一个外，不是太监就是怨女，即便和哪个太监勾搭成了菜户，也不至于滋润成这样。还是我机灵，没事就悄悄儿跟着。嘿，抓了个正着！"连珠炮似的说着，余光直朝润生身上打量。

润生见她眼光贼亮贼亮，被瞧得浑身不自在，忙别过身去躲开。春灵半嗔半怒，沉默片刻才气嘟嘟说："姐姐说这话，好像大家都是小淫妇似的。可皇上一个人霸占成千成百，那又算什么？咱们虽然命贱，可再命贱好歹也是个人。我妈常说女人家宁为贫人妻，莫作富家妾。说句不知害臊的话，如今我宁可当个富家的小妾，也比在这宫里活活闷死的强！"

那宫女哈哈一笑："你们都这样了，还说什么害臊不害臊，真成了龟婆龟婆，信口开河了！"润生和春灵闻言顿时面红耳赤，急切间寻不出一句话来。

春灵无话找话，扯过润生道："她叫春芳，长我两岁。我们都是一样的憋屈得慌。人前一面笑，背后两行泪，说的就是我们过的日子。"

春芳笑意慢慢变作凄然，微微向润生施礼。春灵三言两语把他的来历大略讲了一遍，春芳点点头说："翠美人原来也和我们一样，在宫里当个下人。后来不知怎么吉星高照，让皇上给看上了。满殿中谁个不羡慕她？可羡慕归羡慕，登天的绳子只有一根，谁先抓住是谁的，其他人不是白瞪眼？"

润生一听翠红和皇上的事便心里酸酸的吃不住劲，忙半是宽慰半是岔开话头说："那你们每日里好好梳洗打扮着，兴许哪一日遇见了皇上，也召幸了去，岂不也是一步登天？"

春灵满脸不屑地"喊"了一声说："只怕没那个好运！这皇宫里像我们姐妹这样的就有三千多，比我们姐妹强的还有两千多，皇上能忙得过来么！就是那些偶尔召幸一回的，又能怎么样，天亮后还不是像丢破烂一样被丢在一边。我们这辈子，除了在这里熬白头，是没别的指望了！"

说着话只见春芳双眼脉脉地盯住润生，润生此刻胆子也大起来，直着眼打量春芳。春灵自然会意，软着肠肚柔声说："好姐姐，既然到了这步田地，大家也别计较淫妇不淫妇了，图个一时快活罢。要不，白生一回女儿身，岂不亏得慌！"春芳明白她的意思，顿时满脸通红，扭着身子说不出话来。春灵咬住嘴唇一把将她推到润生身旁说："我远远地在那头路口放风去。放心，我可不比你那样小心眼，舔破了窗纸往里看！"说着狠狠看了润生两眼，扭身开门跑出去。

三人成戏，等剩下两个人时，屋内霎时静得出奇。两人相对，多少有些别扭。半晌，春芳才没话找话地说："润生哥，你别看春灵嘴巴厉害，她可是狠在面皮，爱在心里。我们姐妹在一处，全靠着互相照顾，要不日子真的没法子打发。"

润生看着她娇媚的脸庞,心中荡起阵阵涟漪,暗想这样俊俏的女子,要是在乡下,指不定多少人家求都求不上呢,可是落到这种鬼地方,从外边看着富丽堂皇的怪好,她家人也以为女儿在里面享福,谁知道她们却在受这种见不得人的罪!想着想着忽然觉得自己实在错怪了翠红,其实轮到谁都一样。心头的积冰一点点融化,柔情慢慢溢满胸中,不觉拉住春芳说:"春芳……"四目正对,二人喘息渐粗,浑身战栗着拥在一起。

润生在她粉嫩的脸上轻吻不已,直吻得春芳清泪满眶。楚楚娇怜激起润生热血奔涌,一把将她托起,轻轻摆放在炕沿,双手摸进纱袍中,柔柔摩挲她滑腻的肌肤。春芳娇吟着不能自持,扯拽住润生抖声说:"润生哥,有你这一回,也不枉活了一世……"

有所期盼的时光总是跳跃得飞快。润生就在等待三六九的日子里度过了新年。这期间春灵和春芳交替过来,不管谁在小屋,小路远远的一头总有另一个望风。这样小屋里的人就更放心大胆,欢娱的兴致也就更高涨许多。她们的每句话语,每个眼神,都令润生心动,往往要在心里咂摸许多遍。连刘庄也看出来,润生干活的时候心不在焉,不时走神。

新年一过,史铁得到一个令他心痛而为难的消息,泽生早在年前就被当众处斩了!这个突然而至的晴天霹雳,怎么告诉润生呢?终于他拿定主意,救人须救活,干脆一瞒到底。于是史铁又装出高兴的神情告诉润生:"泽生已经让放出来了。俺给了他二十两银子,他自个儿先回老家去了,说等你干完活出宫后,也不用再在南京待下去,还是回老家哥俩好好过日子。"

润生高兴得直搓手:"那是,那是。咱一个庄户人家,只要人平平安安的,还想怎样?翠红的事,俺也想开了,人就这么一回事,看透了就什么都没有了。这里的活计干完后,俺就回老家去,安安生生过日子。"说着忽想起春芳春灵来,生离死别似乎就在眼前,满脸悱恻,低下头去不再吱声。

史铁本想嘱咐他将来出去之后,去看看翠环和未见过面的小孩,要是他们在王府住不惯,就接了他们回家。可是见他这番没精打采的模样,想想眼下兵荒马乱的,去一趟北平还真让人不大放心,再说出宫的日子还早,到时候再说也不迟,便闲扯几句垂头走开。

翠红自打过了年后,心里一直不大平静。润生的到来,使她陷入极度心慌意乱之中。想到人家情深意重,抛家离户的来找自己,而自己却先失身,满心的愧疚无以名状。再加上近来征讨燕王的军队连吃败仗,建文帝整日唉声叹气,惶惶不可终日,也让翠红牵肠挂肚。而齐泰、黄子澄等一班力主削藩的大臣,也没料到局势会如此之坏,一个个在朝堂上只能讲讲如何忠义报国等一些不着边际的闲话,却拿不出什么高明的主意。等到四五月间,有消息传来,据说燕军已抵达济南城下。建文帝如热锅上的蚂蚁,忽而要罢免齐黄二人以求息事宁人,忽而又要直起腰杆子,命人四下募兵,拼个你死我活。朝廷大计如风中树叶般摇摆不定,人心更加惶惶。翠红看在眼里,急在心中,又不敢多说一句话,只好趁空儿四下走走,免免心里的焦虑。

四五月天气,南京城中已略感闷热。大中午的,雾气腾腾,尤让人心烦意乱,枕衾难挨。翠红在屋内来回转悠两圈,透过打开雕花窗扇的窗户向外望去,沉沉天空像死鱼的肚皮,泛着苍白无神的光,阴不阴晴不晴的。看看春灵和春芳都不在跟前,忽而想起今天是五月初三,后日便是端阳节了,皇上说过端阳节要到后边园中去看看的,也不知修得怎么样了。想到园子,便不由得想起润生,心下猛地一颤。不知不觉有半年没见过他了,唉,不见心想,见了心伤,分明一个前世的冤家呀!

翠红料想工匠们都在东园干活,自己先去西园瞧瞧,谁也碰不上,既看看准备得如何,又顺便散散心。拿定主意便整整衣裳,叫上两个贴身小宫女,特意找条平素无人走的小路迤逦而来。

园中悄寂无声,假山碧湖没了人的衬托,显得死气沉沉。翠红也没心思细细观赏,沿正路欲回宫中。三人脚步轻盈,默默无言地缓缓而行,翠红忽听路旁小屋内有细微响动,屏息静听,忽然省悟出里面在做些什么,不禁面红心跳,趁两个小宫女没留意到,招手催她们快走。

里面是谁呢?自然不会是太监了。太监和宫女结成菜户,根本不会有这种事情。翠红心里嘀咕着,暗暗为碰到这种事情感到晦气。低头紧走出几步,猛抬头见春芳站在前面路边草丛中东张西望,似乎在等谁,又像在观望。翠红心窍顿时一亮,准是她们捣的鬼。哎呀,这种事情要是让锦衣卫或太监们知道了,那可是了不得呀!不行,得仔细问问,免得到时候她们吃了大苦头还浑然不觉。

想着已走到近前,春芳背朝她们,兀自朝宫中那边张望。翠红沉下脸冷冷叫一声:"春芳!"春芳被突如其来的叫声唬得"妈呀"大叫着跌坐在草中。扭脸见是翠红,惊魂稍定,惨白着脸就地施礼。

翠红也不说让她起来,接着问道:"春芳,这大正午的,不在屋里歇着,站这儿干什么?"

春芳一时反应不过来,支支吾吾的说不成句话。翠红见状更明白了八九分,对身后两个小宫女说:"你俩先回去吧,这儿有春芳陪着。"

两个小宫女答应一声先走了。看她们走远了,翠红才冷脸说:"春芳,咱们以前是姐妹,现在也是。宫里的规矩你不是不知道,千万别做什么傻事。你给我讲清楚了,万一出什么事也好有个准备。"

春芳以前和翠红同在一宫,挺能合得来。如今虽说翠红成主子了,可心里边仍是亲近的,见翠红打发走了两个小宫女,知道是在维护自己,便也不隐瞒,将春灵和自己看上个工匠的事情抖落出来。

翠红听得脸红心跳,又愈听愈觉得不对劲,鼓起勇气说:"你说的那个工匠叫什么?"

春芳情知隐瞒不住,咬咬牙吐出两个字:"润生。"

"啊!"翠红一阵头晕,险些跌坐在地上。良久才结结巴巴地说:"春芳……你们干的事要是让皇上知道了,会掉脑袋的,你们难道不知道!"

春芳抹把眼泪抽噎着说:"娘娘,我们是一时糊涂,可是说句不怕掌嘴的话,猫儿狗儿还有怀春的时候呢,我们……我们也是……"

翠红听她话说到这份上,心头柔柔的一酸,是呀,春灵、春芳她们比自己年龄还大些,彼此的心思谁还不明白?还有润生,让他苦苦地白等了这么长时间,自己还有什么理由来管人家?其实他们在一块儿彼此找些慰藉,也未尝不是好事,自己心里也能减轻些愧疚。可话又说回来,这是什么地方,万一让人告发了会有怎样的后果?她一时竟不知如何是好了。

自此翠红纷乱的思绪中又平添了一层心事。她左思右想,不知该如何办才好,想悄悄找史铁商计一下,可这种事情怎么好说出口?事情一天天拖下去,朝廷中忽然又炸开了锅,人们议论纷纷,齐泰、黄子澄、方孝孺等人个个喜形于色。建文帝当然最喜不自胜,召幸后宫嫔妃明显频繁,又令方孝孺等人继续推行以文治国,按古书所记载的改换现在的地名和官名,以便尽快回到礼乐升平的遥远盛世。原来,铁铉在济南打了一个大胜仗,重创燕军,扭转了朝廷屡败局面。

十六　铁血济南

李景隆败退德州,燕军却毫不松懈,立刻尾随而至。李景隆败过一阵,心里先自胆怯,率大军退至济南,自己溜回京城交差去了。济南参政铁铉只好临危受命,与都督盛庸担当起守城的重任。五月中旬,燕军大部队在济南城周围筑垒,气势汹汹拉开架势。

然而,攻城刚刚开始,朱棣就发现事情并不似自己之前所预料的那般。当围城燕军仗刀剑、抬云梯鼓噪着渐渐接近城墙时,城上忽然抛下许多滚筒来。这些滚筒大小不一,嗤嗤地冒着白烟落入燕军阵中,突然间巨响连连,炸裂开来。火星崩溅四射散开,许多将佐因为惊悸跌下马来,更多的兵士则被灼伤了面目手脚。迸溅的火焰燃着了大旗,燕军阵中顿时一片混乱。

铁铉在城头看得清楚,立即命令:"打开城门,击鼓杀敌!"官军闻令,呐喊着杀出城去,左突右闯,将燕军阵形搅得更加混乱不堪,首尾不能相顾。混战一场,官军迅速退回城内,吊桥高挂,闭门坚守不出。又气又急的朱棣满头大汗,暴跳如雷,可又无可奈何。

连日来强攻不下,不觉间雨季姗姗而至。淅淅沥沥烟雨葱茏,令人格外郁闷。朱棣一路厮杀,头回遇到这等不爽利,况且与之对峙的又是个儒生,这让他更加烦躁不安。弄得侍卫个个敛息静气,战战兢兢,生恐成了倒霉的出气筒。

恰在难熬之际,纪善金忠受王妃和道衍之托,由北平来犒军了。朱棣闻报心头掠过一丝兴奋,仿佛沉闷的屋中吹进一股凉风。忙起身出帐,亲自迎到辕门外。金忠千里远行,虽然风尘仆仆,然而精神尚好,满脸笑嘻嘻的模样。迎进大帐中,金忠详细禀报了北平近况。朱棣听他说世子朱高炽老成稳重,又有道衍等人辅佐,无甚忧心事时,心中宽松大半。忽又想起济南城下战不能战,退不能退的窘境,不由得长长叹息一声。

金忠仍然一脸笑意地问:"王爷何事犯愁啊?"

朱棣倒也不遮掩,将济南战事大致讲了一遍。金忠摸着短须眯眼笑道:"当年金忠曾游历过济南,地理形势倒颇熟悉。我已有个主意,但不知是否妥当。"

朱棣心头一动,急急问道:"有何主意,不妨讲来听听。"

金忠不慌不忙,抚着胡须说:"王爷营寨一侧不就是千佛山么?明日金忠陪王爷上山一游,主意便在其中了。"朱棣见他说的神神秘秘,也不再追问,吩咐摆下酒饭接风。

千佛山又称历山,在济南城东南郊,距城不过五里光景。山上有隋唐时开凿的千佛崖,朱棣行辕扎在千佛山西侧山下,相距倒也不算太远。第二天,朱棣换上便装,带几个亲兵,张几柄油伞,陪金忠在细雨如烟中游逛千佛山。

不一刻登至千佛崖,转身遥望济南城,但见雾气升腾,宛如身在飘渺云海中。城内房屋楼阁模模糊糊,一切都看得不十分清楚。金忠随手指点着说:"王爷,雨中虽看不分明,若是晴天朗日,站在此处,趵突泉、大明湖、齐王府,都历历在目,若在眼前呢!"

朱棣心不在焉,随口答应着问:"金忠啊,本王还是没明白,攻克济南有何良策?"

金忠点点头笑道:"王爷可知济南城名字的由来?"

"那还用问,济南济南,济水之南嘛!"

"王爷可否知晓,济水亦即泺水,泺水却源于济南城内趵突泉。金忠想,我军既进不得城,却不妨在城外截流堵水,不过数日,济南定成水乡泽国,到那时,城内自救尚且不暇,又如何能阻挡住城外大军的进攻?"

"妙,妙!"朱棣一扫连日沉闷,抚掌哈哈大笑。

"只是……"金忠迟疑一下,"只是齐王尚在城内,大水过处,不辨贵贱……"

"这个……"朱棣闻言愣住,沉吟半晌说,"兄弟情义重似千钧,本王不会不顾。可话又说回来,目下行的是大义,举大义有时就不得不灭小义……唉,不必多言了,马上堵截济水!"说着面露痛楚之色,用手在双眉间使劲揉捏。

金忠见状自知不便多言,一行人默默返身下山。

济南城内可谓家家泉水,户户垂杨。各处泉水由地下曲曲折折汇入城北大明湖,又由大明湖流入大清河。燕军得了将令,在泉水入河处用砖石严严实实地将水截住。如此一来,城内各湖各泉的水位渐渐上涨,大明湖的湖面逐步扩大,不出一日便漫淹了繁华的鹊华街,流入齐王府,沿齐王府再漫过趵突泉。

各泉眼中的水无处流泄,积聚着呼呼上窜,先是淹没了院子,继而淹没了锅台,紧接着又淹没了窗棂,最后整座房屋便只露出个房脊。

参政衙门旁的漱玉泉本来流水细细,至阴至柔,而今却气象大变,丈高的水柱车轮似的翻腾不已,不一刻就将周边房舍统统淹没。小吏们只好把桌椅全摞起来,将各类文书放在最高层,以免它们湿成一团纸浆。

当风景秀美的济南变成水乡泽国的时候,金忠正走在返回北平的路上。车轮声在耳畔隆隆作响,他心中有些神情恍惚。自己这是做了什么呢,拯救国家?可国家如今的事端明明就由他们这些人挑起;拯救百姓?可济南城中有多少老弱病残者和妇女儿童将葬身水底;那就只好算是拯救自己吧!金忠忽然有点茫然。他眼前浮现出那个一脸刚气的汉子铁铉来,命运竟会如此天衣无缝地轮回,当初在临沂客悦来旅店中见面时,谁也不会想到他们日后的角色竟会如此戏剧化,唉,造化弄人啊!

铁铉蹲在城墙烽楼处,望着城内人喊马叫的混乱场面,心绪如麻。

阶梯响起沉重的脚步声,都督盛庸走上来说:"参政,老这样下去可不是个办法,用不了几天济南就会不攻自破哪!"

铁铉闷头闷脑地哼一声:"老天爷偏让济南这么多泉眼,堵也没法堵,塞也塞不住,唉!"

盛庸看看他说:"参政,我倒有个主意,来和你商议一下。"

"什么主意,别商议不商议的,说出来听听。"

"咱们不妨投降。"

"啊?"铁铉像被人猛地打了个耳光,脸色顿时涨得通红,布满血丝的眼珠瞪得溜圆。见他这样,盛庸不由得笑笑,附耳低言一番,"嗯,这倒还可以试试。"铁铉点点头,脸上好久才缓缓变过色来。

朱棣看看时机差不多了,正欲下令攻城,忽见城头上高高竖起一杆白旗,守城兵民发出一片哭喊。城下燕兵看得发愣,正在迷惑不解,城门吱扭吱扭地打开,吊桥也缓缓放下。沿吊桥走过一群人,前边是几个耆老,后边两个将佐,最后跟着几个白面书生。他们在燕军灼灼注视下来到阵前,扑通跪倒在朱棣马前。哭哭啼啼地,前边一个白胡老头双手托上一纸降书。朱棣接过一看,上边用很秀气的字写着:

"国有奸臣,累及百姓。大王顶霜披露,为社稷分忧。我等贱民无知,尚欲抗天从逆,实愚昧之至。近幡然悔悟,愿倾城以降。然东海辟荒之民,素不习兵戈,见大军压境,俱惊慌不已。为此恳请大王退师十里,单骑入城,以释民疑。臣等具壶浆夹道欢迎,感激不尽。"

降书下方乱七八糟按有许多手印,并有铁铉、盛庸等人签名。朱棣将降书反复看过两遍,又盯住马下跪的人群看了一阵,冷冷问道:"既然投降,为何还要本王单骑入城,你等所耍花招,焉能瞒过本王!"

耆老忙叩头回答:"王爷休疑。几日来城中百姓饱受水灾之苦,生怕王爷部下进城之后再受兵匪之害。故而先请王爷入城安抚百姓,之后大军可徐徐开进。"

对于这样的说法,朱棣多少有些怀疑,却又觉得有理由相信。很快思索一下,感觉济南若能自愿投降,那以后攻城略地,便可以以此为样板,少费许多周折。于是怀着宁可信其有的想法,呵呵笑道:"好,本王素来重民意体民心,就依了你等!你等可速回城中预备迎接,本王即刻下令,扒堤泄水,以解万民之困!"

众人慌忙叩头谢恩,连声答应着一溜烟跑回城中。

张玉纵马前行两步,低声道:"王爷,事关重大,不可大意。单骑进城,万一城门随之紧闭,困在城中,杀又杀不过,出又出不得,如之奈何?"

朱棣若有所思,脸上似笑非笑,转身见张信正站立在不远处,招手叫过来说:"张信哪,你待本王恩重如山,当初若非你提前相告,只怕本王早已成为朝廷的阶下之囚刀下之鬼了!本王在府中提起你时,常呼之以'恩张',实在是心存感激,不忘旧恩哪!"

张信闻言半惊半喜,忙施礼说:"些许小事,皆臣之本分。王爷何故忽然提起?"

朱棣捋髯长长叹口气说:"唉,刚才济南城中使者的话你也听到了。本王深知济南百姓民风淳朴,断不会使出什么花招。不过兵戈之事,还须慎之又慎。本王想置一华盖车辇,你替本王坐于辇中,本王与张玉、朱能等率大军尾随其后。待你进城之后,大军就蜂拥而进。不知爱卿可愿担当先锋之任?"

"这……"张信呆愣片刻,立刻叉手说:"王爷替张信保住了家小,恩义如山,就是肝脑涂地也在所不辞。担当先锋乃是我之荣耀,谢恩还来不及,哪有愿不愿意的道理?王爷尽管吩咐!"朱棣抚掌大笑,翻身下马,双手拉住张信,亲热地替他拍拍衣上的尘土。

第二日,难得的一个好天气。阳光灿烂,薰风徐徐。正午三刻,燕军阵中推出一辆五彩车辇,前头数人张伞持扇,后边随着劲骑数十人。车辇隆隆,很快来到城下。城门上张灯结彩,鼓乐喧天,城头上兵民人头耸动,每人手中挥舞着小旗,齐声呐喊:"燕王千岁!""燕王千岁!"

朱棣夹杂在兵丁中间,远远望见,忽然心头一动,看来济南确实是真心投降了。若如此,这次进城受降似乎就不必再要张信代替了。尚未想好,车辇已渐渐接近城下。朱棣忽然喝道:"快!快去追上车辇,令其速速返回!"

侍卫也不知何故,但见朱棣急得脸色都变了颜色,不敢怠慢,两三骑策马飞奔,箭一般追过去,不大会儿便将军令传到。

城上官兵正喊得热闹,忽见车辇又掉头返回,不知出了何事,一个个目瞪口呆,小旗也忘了摇摆。盛庸眼看功亏一篑,暗暗发急,挥手大呼:"放箭,快放箭!"话音未落,铁铉介面喝道:"慢着!"又低声说:"都督切莫性急,距离太远。咱们不明就里,先别暴露心思,看看变化再说。"

张信回到阵中,钻出车辇问:"王爷为何阻拦?"

朱棣三步两步跑过来,笑着拍拍张信肩膀说:"爱卿,刚才本王忽然想起件事来。万一城中诈降,埋伏下刀斧手,恩人岂不万分险恶?若恩人有个好歹,本王心中如何能安?思来想去,还是本王亲自去的好,你与张玉等人领兵断后,一旦有变,立刻接应!"

"不！"张信脸上涨红，眼中含泪，"王爷待信如此情义深重，我今日就是一死也没什么遗憾了！既然有险，王爷万金之躯怎可轻去，还是信去的好！"

"不必多言，我意已决！"朱棣轻轻一推张信，翻身上马，大声喝道："诸公，自古有道义者有天下，你等待我有义，本王岂能辜负诸位？还望诸位尽心尽力，一朝功成名就，必然流芳百世，子子孙孙有享不尽的富贵！"

几句话说得众人又是一阵欢呼，就在呼喊声中，朱棣也不乘辇，依旧带了刚才的随从，飞奔城下。

张玉满脸疑惑，看看愣在原地的张信说："张将军快上马，大军准备接应！"

朱棣马蹄很快便踏上放下的吊桥，阳光遍洒全身，缕缕长髯如金丝般轻轻拂动。他觉得如驾云中，醺然有些醉意。转瞬穿过吊桥，进到瓮城。高大城墙忽地将阳光阻在外边，但欢呼声和鼓乐声骤然响亮，朱棣绷紧了脸，带着一股帝王豪气挥手向两侧人众示意。

慢慢来到主城门之下，欲进未进之际，忽然从城头上落下一块硕大无比的铁板，迅雷不及掩耳般直朝朱棣头上砸下。转瞬之间，朱棣便要在铁板之下成为肉酱。

然而朱棣一刹间听到头顶似乎有风声，本能地在马上向后缩缩身子，铁板呼啸着在眼前落下，那匹汗血马连哼一声都来不及，立刻成为一堆烂肉。朱棣毕竟久经战阵，也历过几回小险，虽然惊慌，却不糊涂，爬起来一把推下身后马上的一个卫士，窜上马背掉头往城外急逃。

铁铉和盛庸在城头指挥，本以为铁板落处，一切都可万事大吉。不料听下边人们的喊声不对劲，急忙探身向下查看，见朱棣已飞也似的窜出城门，踏上了吊桥。

铁铉知道大事不妙，跺脚叫道："快拉起吊桥，快拉起吊桥！"士兵们被这突如其来的变化弄得有些晕头晕脑，手忙脚乱地绞动锁链，嘎吱嘎吱声中，吊桥终于缓缓升起。然而毕竟太慢，吊桥刚刚离地，朱棣已飞奔至桥头，三跳两跳，跃下吊桥，一溜烟尘回到自己阵中。

"天啊，为何偏偏不佑我忠义之士！"望着渐渐消失的飞扬尘土，铁铉呆若木鸡，盛庸则捶胸跌足，双手向空中乱抓，撕心裂肺地大声喊叫。

朱棣此刻也咆哮如雷，咬牙切齿下令全军："强攻！无论拼死多少人，本王只向你们要济南城！"

顷刻之间，济南城下烽烟四起。燕军兵士肩挑背扛，弄来大堆的土填平了城壕，再架起云梯往城上攀登。铁铉、盛庸见形势危急，顾不得继续后悔，打起精神令守军用撑杆从城堞内撑出，让云梯靠不上城墙。云梯接连滑落，燕军纷纷跌下，不大工夫，城墙角下已是尸首堆积。

朱棣见一招不灵，遂调动炮石军，往城上发射炮石。但石块准头太差，对城中威胁似乎不大。朱棣并不甘心,又让士卒于城脚处挖地道,准备神不知鬼不觉突进城去。可是济南水位太浅,下挖几尺便有泉水涌出,分明是无济于事。

几天时间转眼过去,济南城并未攻下,而燕军却死伤累累。朱棣急得双眼冒火,哇哇大叫:"还是再把河水堵住!"

张玉等将佐也没什么别的办法,连日来无望的冲杀死伤,让他们厌倦而无可奈何,想想倒是继续堵水更省力些,便附声说:"对,还是水淹管事,前次他们不是差点儿撑不住么?"

正议论纷纷时,一个侍卫进来递上道衍自北平送来的书信。朱棣不耐烦地打开一看,上面写道:

"王爷殿下,臣闻金忠所施水淹济南之计,甚感不妥。试想济南城积水之后,势若一大水桶,倘铁铉急中生智,自掘城墙,水势必然不小,如此我军反受其害矣!望王爷三思。为平稳计,应速扒堤泄水,以另求万全之策。"

匆匆看罢,朱棣倒吸一口凉气,暗道多亏道衍提醒。前番堵水淹城,若铁铉冲着我军营寨方向掘一缺口,后果不堪设想啊!想着顺手将书信塞进衣内,对张玉、朱能等人说:"诸位有所不知,淹城虽为良策,但势必会伤及无辜百姓,本王上次便有一丝悔意,刚才虽口中一时说出气话,但此等不仁不义之事,断不可再做了。对了,当年追杀旧元残军时,曾用过一种重炮,所发礌石比普通礌石重出许多,且石中混有火药、铁菱角,攻破城墙最为得力,不妨一试!"

沉寂数日后,重炮全部运到。朱棣下令,将重炮全集于济南城北门。指挥官红旗一挥,瞬间百炮齐发。震耳欲聋的轰响中,尘土浓烟遮天蔽日,南门城楼立刻坍塌了半边,雉堞也毁坏了几处。守城兵士防不胜防,成片地倒下,惨呼惊叫混乱不堪。

铁铉情知不妙,东奔西跑喝令军士趁发炮的间歇修补城墙,又命强弓硬弩向燕军阵中发炮者发射箭镞,压住企图趁乱登城者。半晌下来,死者不断增加,而活着的人也满怀恐惧,个个手忙脚乱。看看天色将晚,终于熬到日落西山。

双方各自收兵,暂时的风平浪静。重炮果然非同一般,半日下来,城头已是景象大变。处处残壁断垣,个个土头黑面。

一片唉声叹气中,盛庸趔趄过来,远远招手说:"铁公,今儿侥幸守住,明日怕有更厉害的呢!须得想个法子才好,总不能坐以待毙吧!"

盛庸的头盔不知丢在了何处,脸上烟熏火燎的黑一块黄一块,左臂处被礌石擦破,有血迹渗出碎片也似的战袍。铁铉坐在一堆掉下来的城砖上,看他这番模样,想想自己也好不到哪里去,不由解嘲地笑道:"都督,我这里有个主意,是刚才被炮石打出来的,你听听可否一试。倘若成了,济南城或许还能转危为安。"

盛庸双眼发亮,长舒口气说:"铁公啊,咱上回诳燕王进城就是个绝妙的主意,可惜计划不周,功亏一篑。这回要有好办法,一定要确保万无一失才好。"

提到上回已经煮熟的鸭子又飞了，铁铉有些痛心疾首，叹气说："别提它了。我这里有个以其人之道还治其人之身的法子。燕王不是动辄就以皇子的身份教训别人，说什么清君侧靖君难吗？既然他那样讲究道义，咱们不妨弄些木片，上书'太祖高皇帝神主之位'，城头上相隔不远就挂他一个，看他燕王还敢不敢往城头上放炮。他若不放，这城便保全了。他若还放炮呢，咱们便大骂其无情无义，不仁不孝，敢打他爹的神位，他心里亏得慌，自然不敢了，否则他部下眼里也看不过去呀！"

盛庸听罢哈哈大笑，连声称妙，拍拍铁铉说："铁公呀，这法子亏你想得出来，只怕洪武爷知道了，怪罪下来，要折你阳寿呢！"

铁铉苦笑道："有什么办法，这也是不得已而为之。说起来这也是洪武爷留的祸根子，他老人家不担待点也说不过去。唉，朝廷说朝廷仁义布施天下，拯救万民百姓。燕王说他替天行道，激于大义而清君侧，救黎民于水火。到底谁是真仁，谁是假义？总之城内城外死的全都是百姓啊！"

忙碌一夜。太阳刚刚从东山顶峰露出红脸，燕军已拉出重炮，对准了南门城楼，拉开轰城的架势。然就在此时，城头上士卒在铁铉和盛庸带领下，齐声高呼："你们看仔细了，太祖高皇帝洪武爷的神主在此，不怕犯下大不敬的罪名吗？想诛灭九族的爷们只管朝这里打！"

果然，一块块写着"太祖高皇帝神主之位"的神牌，或高悬于城楼上，或排列于雉堞之间。大些的神牌旁边还烧着高香，燃着巨烛。这一看让众人吃惊不小，谁也不敢造次，慌忙禀报给营寨中的燕王。

朱棣飞马过来，远远就望见"太祖高皇帝"几个字油黑发亮，仿佛一双眼睛正冷冷地向下瞧。"高皇帝呀高皇帝，当年你未将皇位传于我也就罢了，如今崩了多年却又让铁铉拿来压制我。可恨，可恨！"朱棣胸中翻江倒海，怎么办，只要打出一炮，那就是大大的不孝，会遭到天谴人愤，若如此，口口声声的道义又何在？可就此罢手，又实在不甘心。

思前想后，头脑乱哄哄一片。张玉和朱能在身后小声问："王爷，这铁铉着实可恨，要不要击鼓摇旗，强攻城楼？"朱棣垂下头微微摇手，浑身软绵绵地久久说不出一句话来。

张玉和朱能面面相觑，不得要领。有一匹快马飞奔而至，老远就翻身滚落下地，单膝下跪禀道："报王爷，道衍自北平来营中求见大王！"

"噢？"朱棣眼睛一亮，"来得可真是时候呀，快，回营！"

道衍身穿一件湖青色直裰，腰束丝绦，脚下千层底的僧鞋有几处开了花。彼此见过，朱棣一屁股墩在虎皮帅椅上，气呼呼地将方才的事情大略说了一遍，末了问："道衍，你看该如何处置？"

道衍手捧茶杯，仔细听完后微微一笑："王爷，道衍来正是为济南战事。王爷在济南已逗留近三个月,看来铁铉其志不小啊。王爷,此等壮士,只可软磨,硬攻则落得两败俱伤。以我看,不如暂还北平,以图后举。"见朱棣面沉如水,不置可否,又补充说,"北平近日捕获一南军斥候,得知朝廷已命都督安平为将,帅兵二十万北上河间单家桥,欲袭击我军后路,截断我军饷道。前后有患,不可不慎呀!"

朱棣凛然一惊,无可奈何地垂头:"传令下去,即刻收拾营寨,撤回北平!"

济南之战终于以朝廷得胜而告终。驻守德州附近的官军趁势强攻德州,燕军损兵折将,弃城而逃。朝廷上下,无不欢欣鼓舞,诏令擢升铁铉为兵部尚书,代齐泰督管前线军马,封盛庸为历城侯,取代李景隆为大将军,掌管北伐军事。

济南城中,更是热闹喜庆。时逢八月,天高云淡,大明湖上一碧如洗,水光潋滟,令人赏心悦目。铁铉于湖中凉亭内大摆庆功宴,犒赏大小将士。觥筹交错,人人无不沉浸在难得的胜利喜悦中。

建文帝久久为济南之战的胜利所激动,他觉得这仅仅是个开端,朝廷那些屡战屡败的晦气日子已经过去,燕王被擒只是迟早的事。果不其然,喜报接连传到,腊月二十五,盛庸率军于东昌大破燕军,朱棣险些被擒,其大将张玉受伤而被送回北平,再不能随军征战。燕军遭受重创,退缩北平周围,一时已难有所作为。

消息传到之时,建文帝正在朝堂中与众臣议论当下局势。闻听喜讯,上下一片欢呼,个个喜形于色。建文帝拥重裘在宝座上,满面春风。御史练子宁正站在李景隆对面,见李景隆绷着新浆的官袍,也跟随众人嬉笑不已,忽然一股恶气窜上心头,出班高喊道:"陛下,方今欢庆之时,亦不应该忘了旧日之耻,李景隆有负朝廷重托,连打败仗,数十万将士白白死于沙场,他本人实在死有余辜!可是他非但没有受到惩罚,反而仍站在这里若无其事,真真恬不知耻!臣请陛下速将李景隆正法,以正天下民心!"

李景隆没有料到在这种场合会有人突然攻击到自己,戛然止住笑大喝道:"练子宁,你莫非吃错了药不成,我虽无功,但还不至于有罪,休得狂犬乱吠!"

"哼,李景隆,你身为北伐军统帅,皇上亲自赐你玉带,对你寄予了多大的重望!而你却视战阵如同儿戏,几个月间,千里国土拱手让于燕军,十余万兵马枉死沙场。这不是有罪是什么!"说着竟然控制不住,疾步上前,一手扯住李景隆袍袖,一手举象牙笏板朝他劈头盖脸地乱打。

李景隆不提防他会这样,手忙脚乱中早已结结实实挨了几下。殿上登时大乱,有几个文臣武将赶紧过来拉架。但他们咋咋呼呼,却暗中架住李景隆,让练子宁狠打。建文帝在丹墀之上见不是事儿,将龙案拍得嘣嘣作响,喝令他们立刻停下。可是殿上哄闹成一片,没人听见,还是随堂太监叫过殿下卫士上来,才把李景隆和练子宁分开。

李景隆鼻青脸肿,额上渗出血珠。甩着撕烂的袍袖,拜倒在御案前哭诉道:

"陛下,自古道胜负乃兵家常事,臣非不用命,实在是事出有因……练子宁却血口喷人,他还咆哮朝堂,目无君父,臣请陛下治其大不敬之罪!"

连哭带叫中,建文帝呼地站起来,白皙的圆脸上满是不耐烦,挥袖说道:"休要胡闹,喜庆的事也给搅得如此扫兴,退朝!"说着转过屏风,进内廷去了。

众人见皇上回去了,也都议论着四下散开。方孝孺夹在人堆中悄悄对黄子澄说:"皇上究竟仁义,要是当年洪武爷,李景隆丧师败绩,早就死几次了。练御史虽是直谏,可咆哮于帝座之前,不斩首也得廷杖……"

黄子澄见四下皆是人,不便多说,嗯嗯地答应着随众人走出大殿。齐泰走出一大截,看看没人了,才招呼黄子澄和方孝孺过来,悄声说:"官军虽然接连取胜,但形势其实并不如众人所想的那样乐观。我军尽集结于河北山东一线,河南至江南一带几乎无兵把守,倘燕军不纠缠于河北山东,取道直接南下,那南京不就成恶狼前的一头绵羊了?明日咱们一起面见皇上,得议个法子才是,不然真到了那么一天,咱们可都得死无葬身之地了!"

不料等到第二日,齐泰、黄子澄和方孝孺进文华殿面君,刚刚把这番话说完,建文帝舒舒服服地伸了个懒腰,斜倚在大软椅上,满脸笑意地说:"三位爱卿所虑极是,只不过燕王屡败之际,未必敢贸然直驱南下。再者说,若抽调河北兵力回防,又恐朝廷连胜之势受损。不若就此任其发展,看样子燕王出不了河北就会被生擒来朝呢!"

方孝孺坐在一侧龙墩上,接过话来说:"陛下所见极是。只不过人无远虑,必有近忧,还是提早考虑的好。"

建文帝摆摆手:"好,好,你三人再议一议如何远虑,朕也想想再说。"扭脸见史铁侍立一旁,问道,"怎么是你,许公公呢?"

史铁正直着眼发愣,猛然省悟到是在问自己,忙跪倒回禀道:"回陛下,许公公一大早便去那边看翠美人住的园子修葺得怎么样了。临走时吩咐奴才暂时伺候皇上。"

建文帝点点头:"那你去后边将云南新进的春茶拿些来,朕与爱卿同品一品,走时再赐他们些带回去。"齐泰三人见建文帝这般说,也就不好再提防务的事,一连声地谢恩不迭。

然而未等建文帝细想如何避免南京遭逢唱空城计的危险,宫里却平空生出事端来。

开春过后,天气渐暖,加上近来捷报连连,建文帝心情正好,在宫内巡游的时候愈来愈多。许公公寻思着尽快将各处新园子修起来,也好多添个景致。接连几日,他有空便到园中来,督促工匠,四处指点。有了许公公的催促,修建速度明显加快,格局日益扩大,眼看就将竣工。有天早晨,许公公来得晚了些,假山池水,亭台楼阁逐一看过,与众人评头论足,越绕越远,不觉错过了午饭时刻。忽然有人看看日影说："哎呀,许公公,时候不早了,怕中午饭都要耽搁了!"

许公公眯眼看一下日头,哑着嗓子说:"可不是! 咱们给皇上办差,还真到了废寝忘食的地步了。来,咱从那边小路过去,穿西门就到内宫了。"说着一行人匆匆沿湖边水道穿园而去。

拐弯抹角,不大工夫,已走到西园门口。行至门口处那间小屋时,忽闻里边有嘤嘤说话声。众人都听见,不由放慢脚步。细细分辨,分明是一男一女卿卿我我,正打得火热。许公公低声骂道:"哪个王八羔子,弄个菜户也就罢了,大白天的,成什么体统! 来,也甭敲门,与咱使劲一脚踹开!"

跟随的小太监,听到这种声音,又是羡慕又是冒火,早已心痒难耐,巴不得这句话。当即上去两人,齐齐抬腿狠命一脚。"咣当"一声,里边插的门闩咔嚓折断,门扇大开。

润生看看工程不日就将完工,一面放心不下泽生,想尽快出去看看,一面又舍不得春灵春芳,再者没捞机会和翠红再说说话,也有些不大甘心。心里左牵右扯,不知如何是好。中午时分趁刘庄还未吃完饭,吩咐着:"吃完饭先生火,俺马上就来。"悄悄走至小屋。见春灵春芳都在,忙一手拉住一个说:"姐姐,俺怕就要走了,咱们好好说会儿话吧。"

其实也没什么好说的,无非谈及各自身世,互诉衷情,又俱感前程茫茫,不由得黯然神伤。正有一句没一句依依不舍着,门忽然大开,一群人窜进来。许公公见三人相拥着坐在炕上,白嫩的胖脸立刻泛红,指着他们叫道:"好哇,一男二女,真够滋润的。也不看看这是什么地方,竟淫荡到皇宫里了,这不是大逆不道是什么! 把他们三人给扭住,先送到内务府里押起来,待咱禀过皇上,将这三个淫货皮给扒了!"

春灵春芳认得许公公,知道大事不妙,忙拉着惊呆了的润生跪下,哭泣着求饶。许公公冷笑几声:"哼,这会子知道告饶啦,快活的时候怎么没想想会有今日! 别和他们啰唆,带走!"

小太监们进门时见他三个那亲热模样,个个眼热不已,恨不得一把将润生掐死。不由分说,推推搡搡带进宫中。

翠红见建文帝近来心情好了许多,自然也高兴,但心底又隐隐有一丝担心,该怎么对待春灵春芳和润生的事呢? 把春灵春芳关起来,不许她们走动。这倒是个办法,可翠红又觉得这样对润生未免有些太绝情。自己已经辜负了润生,难道他就不能再从别处找些温情来补偿吗? 可她又明白,放任他们下去,无异于草中玩火,时间长了,难免不惹出事端。一旦出了事,那就不是小事! 在这种心思下,她盼着工程赶紧完结,润生一出宫,那就万事大吉,可他若出了宫,此生还能见到他吗? 翠红心头好像浪尖峰顶的小船,左想不是,右想不妥,整日心神不定。

每次发现春灵春芳不在房中,翠红便悬着一颗心,暗念佛祖保佑,千万别出什么乱子。每次都身不由己地来到殿外甬道旁,至于来这里有什么用,她也说不清楚。

然而担心的事还是发生了。翠红看见润生他们三人被几个太监押着,许公公一路气咻咻地谩骂不休,一行人朝内务府方向走去。

"完了!"她一阵头晕目眩,扶住墙根才算站稳。事情再明白不过,润生他们被发现了,要押他们到内务府去审问。那接下来呢,自然是许公公去报给皇上,然后再折磨他们个半死不活,最后乱棍打死了事。

"不行!"翠红柳眉紧锁,她知道,不论是她,还是润生,人生路上的一道关口不期然又逃避不过地来到了。翠红匆匆忙忙又仔仔细细地梳妆一番,穿上大红袍,梳着高高的发髻,乘玉辇在众宫女簇拥下来到内务府。许公公已经走了,几个小太监还在,见翠美人驾到,忙远远跪下。

翠红缓步下辇,厉声问道:"刚才拿住的那三个贱人呢?"

有太监前趋两步叩头答道:"回娘娘,正在屋内押着。"

翠红略放下心来,又厉声吩咐:"将史铁叫来,叫他把三人押出来!"

小太监犹豫一下答应着,撒腿跑去叫唤。翠红面色阴冷,心中却如热油沸腾。"史铁呀,你快些来吧,晚会儿许公公来了,那就麻烦啦!"翠红心神不定,却又不敢显露出来,不知什么时候,额上渗出豆大的汗粒来。

史铁终于小跑着过来。翠红这才觉出贴身衣服都湿透了。不等史铁施礼,翠红看看脚下跪的几个小太监,大声说:"史铁,你将那三个贱人押至储秀宫来,皇上要亲自问话。"顿一顿又说,"别人不用跟着,你自个儿就行。记住,要快!"说罢钻进辇中,等史铁进去拿人。

史铁见翠红脸色和口气甚是异常,当着许多人又不敢细问,跑进去才发现屋里捆绑着的人中竟有润生,更加茫然不解。却又不能打问,只好将他们领出来,跟在玉辇后拐进储秀宫。

几个人进到内室,支开众人,翠红忽然变了脸色,双目垂泪扑通跪倒在润生和春芳春灵面前。三人大惊,情急之中也纷纷跪下。翠红抹把眼泪说:"好姐妹们,润生哥他是个苦人,也是个好人,可惜我没有那个福分,不能和他长相伴了。你俩就替我还了这个情,将来和和美美,安生度日,俺……俺死也瞑目了!"

春灵惊叫道:"娘娘何出此言!都怪我们一时糊涂,既是娘娘对我们如此好,就是把我们交给皇上,立刻去死也不枉了……"

翠红打断她的话:"来不及多说了。趁着宫里还不知道这回事,俺打后宫小门送你们出去,谅无人敢拦着。你们出去后,一刻也不能耽搁,速速离开南京,往北走,越往北越好,那边打仗,朝廷管不住。"说着从桌上拿起一个小盒,塞给润生:"润生哥,俺对不住你,有她俩替俺,也是天意。这是些宫中的首饰,拿去卖了一样当钱使。自今往后,你们就是一家人,千万千万忘了翠红!"说着泣不成声。

润生早已泪流满面,一把抱住翠红:"翠红,俺错怪了你,是俺不好,是那狗日的皇上不好!俺哪儿也不去,去了他们准饶不了你,让他们来杀俺好了!"

翠红红着眼睛惨然一笑:"润生哥,你好糊涂,留得青山在,不怕没柴烧,男子汉大丈夫,白白死在这里算什么出息?再说皇上也未必就会杀俺。他为人宽厚,又讲仁义,俺把话给他挑明了,他会理解开的。哎呀,时候不早了,走,我送你们出去!"

润生回过神来,咬牙说:"俺出去后就参加燕军,把这个狗皇上给杀了!"

"别,别!"翠红连声说,"千万别去参军,皇上就是皇上,润生哥,其实什么都不怪皇上,怪的是咱的……命!"说着想起来什么,起身说,"等一下,俺还有件东西。"转身进到里屋。

史铁站在一旁,早将事情看得清清楚楚,这时突然想起来趁机说:"润生,事到如今,俺也不再瞒你了。泽生……他已经给斩首了!"

润生闻言如五雷轰顶,"啊"地一声惊叫,险些晕厥过去。史铁一把将他扶住,又急急说道:"润生,仇俺已经有了报的办法。你不是想去参军么?那你就直接到燕军营中去见燕王,告诉他朝廷军队全集中在河北山东一带,其他地方空虚得厉害。只要他不在这两处纠缠不休,大军直驱南下,南京城不要多久就能拿下!千万记住,这是皇上和齐泰、黄子澄、方孝孺等人亲口说的,是机密当中的机密。润生,只要你把这个口信传到,保管你头功一件!"

见润生连连点头答应,史铁又从怀中取出一块小玉佩,递给泽生说:"这是俺从北平来时,恩人金忠给的,他们见到这个准会相信你的话。这消息前日俺曾给徐增寿说过,可他见燕王连吃败仗,心里头害怕万一燕兵胜不了,倒把自己给连累了,推三阻四地不肯派人报信。你去后把实情向燕王相告就是。另外,润生,你有空儿到北平见见你嫂子,还有那个没见过面的孩子,就说俺在这里很好,等仗打完了,俺就去接他们娘俩。"

润生"嗯嗯"地答应着,双眼射出寒光来,狠狠地说道:"狗日的,你等着吧,会有你好看的!"忽见翠红走出来,二人忙闭住嘴。

翠红拿着两条红汗巾,给春灵春芳一人一条:"这是当年在乡下时润生哥给俺买的,俺一直带着。现在你俩好生收着吧。见了它就是见了俺,就该想着好好过日子……"说着又呜咽起来。春灵春芳各自搂住翠红一条腿,呜呜着说不出话来。

史铁见状急急地说:"别耽搁了,俺送他们出去吧。"翠红拽起二人说:"不用再拉扯那么多人了,俺去送,一则好说话些,再则……"想想没说,催促三人赶快收拾好往外走。春灵春芳已哭成泪人一般,口中喃喃道:"娘娘……"

正如翠红所料,后宫小门处的卫士见最得宠的翠美人驾到,慌作一团,散开两旁施礼。翠红在辇内令宫女传话:"皇上令他三人出宫办差,速开门放他们出去!"卫士自然不敢怠慢,躬身开门,赔笑着让润生和春灵春芳出门而去。

看三人出去,翠红浑身一阵轻爽,压在心头的千斤巨石瞬间搬开,满天乌云顷刻消散。她感到如今她真正自由了,她什么也不必害怕了。此刻她冷静异常,嗓音清脆地说:"摆驾前廷,立刻去见皇上!"

十七　曲终人未散

　　燕王转眼已起兵三年有余,转来转去虽说胜仗吃了不少,却总转不出河北山东一带。那么看来,江山社稷是无大忧了。虽说其他地方兵力空虚,基本上无兵可守,但那又能怎样?俗话说当局者迷,他们既然钻了牛角尖,自然想不到长驱南下,况且不知虚实,他们也没这个胆量。思来想去,建文帝愈觉踏实。忽然想起这两日未见翠红的面了。眼下正是空闲,何不过去瞧瞧?正要吩咐太监们抬肩舆,许公公屁颠屁颠跑进殿来,气喘吁吁禀报说擒住了两个偷汉的宫女,奇的是那个男的竟然不是太监,只是个修园的工匠。

　　建文帝正在兴头上,很乐得管这等闲事。待问明详情后,气呼呼地一甩袍袖站起身踱两步,嘟嘟囔囔说道:"这还了得吗?这是皇宫,最干净的地方。岂容这等狗男女脏污了?朕自小读圣贤之书,饱知大义,今儿出了这种事情,真真让人脸红!你快去,将那三个狗男女审明了,着锦衣卫狠狠用刑,末了乱棍打死,远远地扔出宫外!"

　　许公公叩首不已,连声答应着倒退出殿。建文帝气犹未消,扭脸看见身后两个打扇的宫女,厉声喝道:"看到了吗,不守妇德绝没有好下场,世间道义千千万,人伦最为先!记住了,下去后对宫里下人们讲讲,休要不知廉耻!"两个宫女战战兢兢,放下扇子叩头领命。

　　.不一刻许公公又跑上殿来,连叩三个响头说道:"哎呀,皇上,老奴罪该万死!方才将那三个人押在内务府,让几个小奴才看着,不料老奴刚走,翠美人随后赶到,说是皇上要亲自审问,将他们三人给带走了!"

　　"噢?"建文帝腾地站起身来,"朕并未见到过翠美人,更未说过亲审。她假传圣意,带走三人是何用意?"忽然殿外值事官进到门口叫道:"禀皇上,翠美人求见。"

　　建文帝求之不得,连呼快进。翠红盛装淡抹,妩媚中不失端庄。款款走近御座前跪拜施礼。建文帝早将刚才疑虑忘尽,满脸堆笑说:"爱妃不必多礼,看座。"

　　翠红却站着不动,涨红脸说:"臣妾不敢,臣妾有罪。"

　　"噢?罪从何来啊?"建文帝盯住翠红,饶有兴趣。

　　"臣妾私放宫人,还请皇上治罪。"翠红犹豫片刻,终于小声吐出一句。

　　建文帝哈哈大笑:"爱妃还不知道朕么?朕乃宽仁之君,既是爱妃殿中之人,爱妃领回去自行处罚也就是了。"忽然又想起来，止住笑问道，"爱妃，那个男子，许公公说并非太监，乃是修花园的一个匠人，你为何将他也领走了？"

"这……"翠红脸越红了，支支吾吾不知该如何说。

建文帝脸色渐渐严厉起来，勉强柔声问："爱妃有何隐情，不妨从实说来，朕最善解人意，自然不会怪罪的。"

"陛下，"翠红一咬牙，横下心把润生和自己的前前后后略述一遍，"臣妾知道陛下仁义为怀，最能体会人心之甘苦。臣妾不敢丝毫隐瞒，恳请陛下体谅下民之苦，不再追究。"

建文帝听翠红讲她与润生自小青梅竹马，年长以后本来就要成亲，脸色愈来愈阴，双目渐渐冷峻，沉吟半晌终于说："那么说来，那个工匠是你的野汉子了！"

"不，陛下，臣妾与他自幼相知，两小无猜，并非陛下说的那么肮脏！"翠红羞得无地自容，急急分辩。

"哼！装得还挺像。怪不得朕第一回召幸你时，没有见红，原来是个破烂货！"建文帝冷冷的目光里，又射出几分鄙夷来。

话音不高，翠红听来却如炸雷一般，扑通跪在地下："陛下，臣妾虽是贱民，却也知道礼义廉耻。臣妾说过，那是小时候帮家里打枣子，从树上跌下来摔的。臣妾与他虽是从小相好，可并没有甚不轨之事啊！"

"说得倒好听！看看你殿内宫女做出的事情，就知道你等都是一帮贱人！"建文帝觉得一股醋意涌上胸中，冲动着大喊，"贱人，贱人，全是一帮贱人！"

几句话尖刻凌厉，如万箭攒心，翠红泪洒金砖，呜咽道："那么陛下以前说喜欢臣妾，都是假的了？"

"那倒不假。不过朕喜欢的是白璧无瑕，不是什么破烂玩意儿！"建文帝越说越怒不可遏，"许公公，你传令下去，紧守各处城门，一旦将三个贱人抓住，立刻碎尸万段！"说罢气哼哼地甩袖进到内廷。

恍恍惚惚中，翠红不知如何被宫女们扶回储秀宫。皇上变脸变得如此之快，她不知道润生他们是否已经出了城。"贱人，破烂货！"尖利的话语总在耳边响起，声音振聋发聩，像利刃般一点一点割着她的心。

"娘娘用点儿银耳燕窝汤吧。"有宫女过来轻声问。翠红摇摇头："好妹子，一会儿要是皇上来了，你就告诉他，翠红说了，她不是贱人！好了，你先出去吧，我想静静地歇会儿。"小宫女欲言又止，答应一声退出去，反手将门关上。

回到内廷，建文帝仍然怒气未消，无缘无故地又涌上几分尴尬。翠红肯定和那个叫什么生的工匠有过那种私情了，自己堂堂一个皇帝，拣的却是别人用过的，唉，真真晦气！在他看来，这种事比起前线打仗更令他牵肠挂肚，耗费心力。忽然外间有说话声，似乎吵嚷什么。建文帝大步出去，见一个宫女正和守门太监急红了脸说话。建文帝厉声高喝："干什么的这是！"

— 198 —

两人吓一大跳,双双跪倒。守门太监说:"陛下,这个宫女非要见皇上,奴才……"

宫女吓作一团,嗫嚅道:"本不该打扰圣上,可翠美人刚才上吊归天了,众人不知如何是好……"

"什么?翠红上吊了!"建文帝吃惊非同小可,不及细问,抬腿就往外走。几个太监慌忙朝外喊道:"圣上出宫了,快抬肩舆过来!"

翠红尸体停放在储秀宫偏殿雕花大床上。肌肤尚未僵硬,面色平静,似乎还略带些淡淡的笑意。看着一个大活人转眼成了阴阳两界,方才的怒气和醋意烟消云散,想到后宫虽有千百嫔妃宫娥,个个妖娆有余,端庄不足,似翠红这样温柔又不失庄重,端庄中又有无限柔情诗意的女子,千里挑一,往后再难遇到,建文帝追悔莫及,忘情地扑上去恸哭半晌,末了吩咐太监宫女:"好生厚葬翠美人,规格要高些……就葬于水西门外万岁岗上。"

翠红既死,而润生和两个宫女也没有抓到。不过建文帝已无心过问这些,事情不了了之。时光倏忽而过,未等建文帝从翠红之死的阴云中解脱出来,前线坏消息却一个接着一个,令建文帝猝不及防,如同当头挨了一闷棒,连喘息的空儿都没有。

十二月中旬,燕军忽然放弃河北与山东的争夺战,只留小股兵力与之周旋,精锐部队却取道蠡县汊河,避开真定与德州守军,直插山东,进入淮北……

建文四年正月初一,燕军攻占槁城,粮草源源南下,兵威大振。正月十五,占据沛县,进而夺取徐州……

正月底,燕军于泗水大破朝廷临时拼凑起来的军队,深入朝廷腹地,逼近宿州……

二月中,燕军绕过宿州,紧紧尾随南逃官军,迫近淮河……

四月中旬,朝廷集聚江南仅有的兵力堵燕军南下,双方会战于灵壁,结果官兵大败,主将平安被活捉后投降,自此官军粮道被燕兵截断,局面更为艰难……

五月二十日,扬州守军献城投降,燕军兵临长江,南京危在眉睫……

建文帝怎么也想不通,双方本来在山东河北一带拔河似的推拉个不停,怎么朱棣突然大彻大悟似的,一下子洞察到朝廷的实情,以迅雷不及掩耳之势竟然打到长江!更令人气愤难耐的是,那些个封疆大吏,平日里满口忠义道德,私下里却首鼠两端!见燕军如今势盛,竟一个个投靠过去,每日里都有献城投降的消息传来。最后建文帝已见怪不怪,也由刚开始的愤怒转为叹息:"唉,外贼易打,内奸难防。褒人贬人皆是口,扶人推人皆是手啊!"

话虽这样说,办法却总是要想一想的。朝会时面对齐泰、黄子澄和方孝孺,建文帝的信心正一点点消失。城外长江对岸已是燕军的天下,朱棣此刻就能望见金陵城墙。"唉,计将安出啊!"建文帝垂着头,唉声叹气。

199

"陛下勿忧,这都怪臣等思虑不周,让他们钻了空子。"齐泰强打精神,脸上尽力作出镇定自若的样子,"城中尚有劲旅二十万,况且城高墙固,他们一时半刻是打不进来的。盛庸、铁铉等正集结山东河北之兵力,随后赶来。只要我等拖他些时日,待盛庸大军赶到,前后夹击,生擒燕王并不是难事。"

这番话看似有理,可仍搬不走压在众人心头的巨石。方孝孺倒是眼睛突然发亮,抢声说:"对!咱就给他来个拖兵之计!若想拖住他,臣倒有个好主意。不如派人前去议和,许燕王以封地,世袭爵位。不管他是否同意,使者来往,都需些时日,让他在不觉中等到盛庸领兵赶来。"

建文帝想想也只有这个法子。众人推出李景隆和茹常前往燕军营中议和。因为李景隆与燕王沾些亲戚,又是手下败将,想来燕王不会拘留他;茹常虽是国家重臣,但在两军交战中未曾出过头露过面,燕王对他无甚积怨,即便说不成,料也无妨。

二人本不想去,可圣命难违,只得换上一身素衣素帽,乘一叶扁舟,过江来见朱棣。

燕军大营列江而扎,前前后后数十里。朱棣行辕居于当中,行辕大门正对南京外金川门。大门外侧,一杆大旗猎猎飘在半空,斗大的"燕"字似乎展翅欲飞,数十名高大威猛的军校衣甲鲜明,手持刀枪护列两侧。

二人小心翼翼,递上拜帖。少顷高一声低一声从里向外传道:"传李景隆、茹常进帐!"二人躬身屈腰,被引导官领进朱棣大帐中。

帐内收拾得干净利落,左右各立两根大柱,柱上各雕一条盘金大龙。帐顶挂一幅满堂红的彩幔,中央设一张宝案,案台摊开着书卷,文房四宝齐全。银台并列,尚有半截未燃尽的画烛。若不是门旁一侧兵器架上站立着刀枪斧锤,俨然就是一座典雅行宫。朱棣头戴凤翅金盔,两枝雉尾高高翘起,身披锁子黄金甲,内衬盘龙蜀锦战袍,长髯飘飘,面色威严,端坐于案后虎皮帅椅上。二人见这番气势,更觉底虚,蹭到帐中,膝下一软,双双拜倒:"王爷千岁。"

朱棣嘴角掠过一丝笑意,捋捋胡须,缓缓说道:"景隆啊,你是曹国公,也算列侯之一,怎么行起如此大礼啦?本王可当不起哟。"

李景隆期期艾艾,跪也不是,起也不是,惶恐间汗流浃背。好在朱棣随后轻描淡写地说一句:"起来吧,左右,看座。"他们这才如蒙大赦地谢过了,侧身坐在下首。

半刻无语,二人觉得心跳得稳些了,才嗫嗫嚅嚅,你一言我一语地将来意说清。朱棣听完后抚须冷冷笑道:"本王是洪武爷的亲儿子,早已受命裂土分封。本王本来就是藩王嘛!曹国公刚才说朝廷愿意割地求和,这个本王就不明白了,我乃皇家,此番举兵本是为了国家太平,若为了割地,那割的是谁家的地呢?你见过割自己身上之肉往自己嘴里塞的吗?笑话,真是笑话!"

二人点头不迭。朱棣看看二人,忽然变了声调,极亲切地说:"你二人皆国之重臣,本王心下甚为敬重。韩信当年不忘漂母一饭之恩,那是以义换义啊!本王即日将攻打金陵,本王常听人说,饥时一口,胜似饱时一斗。你二人可明白本王之意?"

二人心中一惊,又是一喜,接着一丝慌乱,不容多想,"嗯嗯"地胡乱应着再次屈身下拜,告辞出营。

缓兵之计未能行通,盛庸、铁铉所率兵力现在究竟到了何地,朝廷快报已被阻在城外,谁也说不清楚。唯一能看到的,是燕军兵临城下,将南京十三城门堵了个水泄不通。

建文帝如芒刺在背,慌忙升朝华盖殿,命值日太监于午门外击鼓传臣。震天鼓声咚咚响了半晌,才稀稀拉拉来到几个,无非齐泰、黄子澄、方孝孺和卓敬等人。建文帝心乱如麻,也无心再计较这些,声音打着颤问道:"诸位爱卿,今日能来上朝的,皆是国之忠臣。家贫知孝子,国难见忠臣啊!燕军已大兵围城,援军却迟迟不见踪影,如何是好啊?"

没等有人回答,忽有几个卫士簇拥着徐增寿吵吵嚷嚷走上殿来。一个将佐跪拜在地:"陛下,臣奉命守仪凤门,徐增寿暗地里联络英武卫、龙虎卫的几个将官,企图开门降敌。幸而部众不从,将徐增寿就地拿获,押解来听陛下发落!"

殿上众人闻言都是一愣,看看徐增寿,目光中虽有几分恐慌,却掩饰不住兴灾乐祸的神情,跪的姿势也是懒洋洋的,完全一副无赖模样。建文帝又惊又气,拍案大叫:"好啊,好啊,朕还有座南京城,你就这样子了。徐增寿,你也算皇亲国戚了,怎么能对朕这样!"

徐增寿翻翻白眼珠,还未答话,有个将佐踉跄着从右顺门过来,将殿上金砖踩得通通作响,扑通跪倒在御座前,喘粗气说:"万岁,万岁爷,大事不妙,燕军已杀进内金川门了!"

晴天一声霹雳,殿上所有人都呆住。建文帝直着眼,脸色煞白,张几下嘴才说出话来:"你看清楚了没有,城中不是有二十万大军么?"

"回陛下,是……是李景隆他们开城门投降了!"将佐顿足捶胸,大声叫道。

"啊!"建文帝一瞬间眼前金光四溅,他觉得双耳嗡嗡作响,惊慌和恐惑似乎反不如刚才那么强烈,倒是一股股疯狂的念头满身乱窜。他呼地从御座上站起,仰天哈哈大笑:"朕向来以仁义为怀,究竟犯有何过,苍天不容,亲戚离叛!"大笑着走下台阶,眼角余光中,他看见了跪在地下的徐增寿脸上似乎流露出一丝冷笑,眸子里闪过几分狡黠。

"哈哈!众叛亲离!来吧,朕的仁义又有何用!"建文帝脚步飘飘地走到徐增寿身边。"嚓"地从将佐身上抽出腰刀,"啊!"一声大叫,双手挥刀狠狠朝徐增寿头上劈去。

徐增寿猝不及防，双手护头惨号一声，刀影闪处，一股浓血如瓢泼大雨喷洒过来，建文帝在浓浓的血腥味中放声大笑。

金川门虽然离皇城还有段距离，但兵如潮水，不可遏制，很快涌进西安门、洪武门和北宫门，宫内登时大乱。宫女太监们呼号连天，沿各殿甬道拼命往贴近紫禁城的朝阳门方向逃窜，企图从那里出去混入百姓群中，免得遭燕军屠宫。

纷乱中，史铁有几分恐惧，也有一丝解气。"乱吧，乱吧，他奶奶的，这帮作威作福的狗东西们也有今日！"他沿奉先殿向西奔乾清宫方向跑去。史铁知道奉先殿中的值钱器物早被刁钻的宫女太监们揣了逃走。乾清宫那边可能还有些金银器具。"来一趟不能白来，拿些东西回老家，和翠环带孩子过安生日子去！"他气喘吁吁，逆着众人拼命往前挤。

路上人越来越少，接近乾清宫时，几乎不见了人影。史铁忽然闻到一股浓浓的焦煳味，抬眼一看，哎呀，乾清宫着火了，火势很快，血红的火苗四处舔噬，滚滚浓烟遮天蔽日。"莫非燕军已经到了这里？"史铁不及细想，扭身想往回走。他深知自己虽是燕王派来的，可普通士卒哪里知道这些，他们怕是见人便砍，还是躲远些的好。

刚一回头，迎面撞在一员将佐身上。那将佐见是个太监，怒目圆睁，大喝一声挥剑便劈。史铁双腿软软的几乎瘫倒，一个念头飞快闪过，"我史铁就这么着稀里糊涂地完了？可惜再也见不到翠环和孩子了。"

不料那人剑举到半空突然停住，急急叫道："史铁哥！"

史铁慌乱间细眼一看，咳，原来是润生呀！润生扔下剑二人相拥抽泣。史铁红着眼圈笑笑说："润生，一年不见，你都混成大将军了，怪不得刚才一下子没认出来。"

润生也抹泪淡淡一笑："史铁哥，这回燕王多亏你报的那个信儿，他们本来在河北山东一带打得焦头烂额，争来夺去就那点地盘。俺千辛万苦找到燕王营盘，把你那个信物一交，他们就相信了。当时那个叫道衍的和尚大腿一拍说，'这可真是当局者迷，咱这三年仗真是白打了！'当下便挥军一路南下，直取应天。这不，一年不到，把狗日的皇上的老窝就给端了！当初燕王见俺传了这么个重要的信儿，嘉奖了好几回，如今俺是朱能帐下的千户啦！哎，史铁哥，翠红呢？这里乱糟糟的，俺刚才找了半天也不见个人影。"

史铁愣愣神，知道隐瞒不过，遂将翠红如何负气上吊的事简单说了一遍。润生听着脸色渐渐黑紫，盯住冲天大火忽然哈哈大笑："狗日的皇上，烧吧，烧死你一家子龟孙！翠红啊，你看到了吧，润生给你出气啦！"

史铁见他问到翠红，立刻想起翠环，使劲扯住润生衣甲问："哎，润生，你嫂子怎么样，生了个男孩还是女孩？"润生见问，脸色瞬间又灰暗下来，垂下头去不吱声。史铁见状心里火急火燎，连声催问。

润生咬咬牙抬起脸，双眼映着熊熊火焰和浓浓黑烟，缓缓说："史铁哥，俺心里一直记挂着嫂子，上回借押运军粮去了一趟北平，在王府中找见了一个伺候过嫂子的丫头，她开始支支吾吾不敢说，禁不住俺百般哀求，还给了她一大锭银子，她才说了实话。"顿了顿，终于下狠心将翠环难产致死的事说了个大概。

史铁顿如五雷轰顶，心中那点希望转眼间灰飞烟灭。但他并未大喊大叫，反而放下一副重担似的冲润生笑笑。润生见他脸色灰白，笑得惨兮兮的，本想安慰两句，可自己心中也是针刺般疼痛，一时找不出话来。

对视片刻，史铁忽然问："润生，谁让你放火烧乾清宫的？"

"自然是燕王喽！他悄声吩咐俺说当今皇上无道，活捉了他也不好处置，不如一把火烧了省事。俺说皇宫这么大，谁知道他在哪里呢？燕王想想说皇后皇子们全在乾清宫，此刻他一定也在那里。这不，俺就奉命带几个人先突进了。嘿，你还别说，真他娘的解气！那皇上连他的杂种们一定都成灰了！"这时人马杂沓，后续部队涌了进来。润生将史铁拽到路边说："史铁哥，这回咱立了大功，走，去见燕王去，给你也弄个官当当，也不枉咱苦了半辈子！"

史铁惨然一笑："润生，这两年我也把这世事看透了。老婆孩子又都没了，我这心哪，更觉得冷了。你想想赶走个皇上，不过又来一个新的，到底谁好谁坏，说透了还不一个样？润生，放火烧皇宫虽说是燕王下的令，可烧皇宫是天大的罪名呀，不管烧死没烧死皇上，那都是要诛灭九族的！万一有人吵嚷起来，燕王吃不住劲，还不拿你来当成替罪羊？润生，听哥一句话，咱也别贪图他什么大富大贵了，趁乱赶紧跑出去，找个地方安安生生过一辈子。润生，咱根本弄不过人家。"

润生脖梗一扬满脸不解地说："史铁哥，咱受苦受难这些年，就这么着走了，岂不便宜了他们！不行，到手的富贵不拿，那叫什么事儿？俺就是要当个大官，先把害死泽生的那个什么府尹给宰了，再把什么许公公之类的家伙一个个收拾掉，也好出了这口恶气！"

这时有几名军校过来叉手报告："史将军，王爷有令，命你回去交差！"

润生看看史铁，急急地说："史铁哥，你先在这里等着，俺去去就来！"说着捡起地上的剑放回腰中剑鞘，慌慌张张地走了。

史铁紧赶两步："润生，润生！"可声音淹没在毕毕剥剥的火声中。大火越烧越旺，顺风已燃着了附近的交泰殿和坤宁宫，连西北角的清宁宫也开始冒出缕缕黑烟，火光映红了半边天。

朱棣正端坐在午门外的玉辇中，太监将领里里外外簇拥了一大堆。润生一溜小跑，上气不接下气地来到近前，跪拜毕正要说话，朱棣却阴沉着脸先问道："那宫中大火，是你放的？"

润生闻言一愣，嗫嚅回道："不是王爷吩咐过的么？"

朱棣勃然大怒，手拍扶手大叫："放屁！本王让你肃宫，禁止兵丁进去扰乱宫人,如何会让你放火?本王此番用兵,正是清除皇上身边小人,保护皇上坐稳江山。如今皇上就在宫中,你竟敢大逆不道,欲放火弑君,是何居心?"

润生瞬间摸不着头脑,如一盆冷水迎头泼来,他刚想辩解两句,又听朱棣喝道:"你目无圣上,将置本王于何地?"怒气冲冲地向左右大喊:"还愣着干什么?还不快去救火,救皇上!"左右众人答应一声,立刻四散奔去。

朱棣仍然怒气未消,手指润生厉声说:"你是何居心,放火烧宫还要嫁祸于本王,欲置本王于不仁不义!许公公,先过来掌嘴!左右,拉下去斩了!"

润生终于有些明白过来,可还未等张口说话,许公公左右开弓,巴掌雨点般落在脸上,根本发不出声来。连打几十巴掌,两边几个卫士过来,把润生往一边拖。双眼被打得直冒金星中,润生认出了眼前这个白胖老头,脸皮如泡在水里的猪肉一般惨白浮肿,眼里却射出两道寒光,一瞬间他全想清楚了,他全明白了,就在砍刀落下的那一刻,他终于喊出了一句:"史铁哥,后悔不听你的话,相信了这帮人哪!"

许公公心头一动,对呀,忙东忙西的,怎么不见史铁的影儿?他干什么去了?

史铁此刻正换上了百姓衣服,随众人出了朝阳门,斜阳余晖中,他转身最后看一眼烟雾笼罩下阴沉沉的紫禁城。

跑去救火的亲兵少顷来报:"乾清宫中找到一具尸体,已经焦黑,辨不出面目!"

朱棣脸色凛然一变,迈前两步逼视着那亲兵,急急问道:"可是个中等身材,体态微胖?!"

那亲兵被逼视得倒退两步,语无伦次地抖声说:"可能……正是……"

朱棣不等他话音落下,手拍前额抹泪叫道:"可怜的圣上,都怪本王对部下约束不严,本来是要保你,谁承想却害了你呀!本王……"话未说完已泣不成声,许公公等人慌忙上前扶住。

残破的皇城余烟尚未散尽时,朱棣经众臣再三劝进,终于在六月十七日那天衮冕加身,登上了皇帝的宝座。紧接着大封功臣,众人山呼舞拜,歌功颂德之声不绝于耳。

然而热闹非凡中,却独独不见了道衍和金忠。令人四下查找,但不见踪影。

道衍和金忠此时已改换衣服,俨然一僧一道,乘一叶扁舟,沿长江直向东来漂流。轻舟飞越,清风徐徐,二人衣袂飘飘,真有种羽化登仙的感觉。

道衍手抚念珠,望着浩浩渺渺的江水说:"金忠哪,当年你我俱觉怀才不遇,总觉得这一肚子的才学不用了实在可惜,这才投靠于燕王门下。可谁承想,为施一人之才,却丧掉无数生灵!唉,对乎?错乎?"

金忠抖抖袍袖凝神说:"师兄也不必太过思虑。天下兴衰,各有时运,非你我所能左右。即便没有师兄,以燕王之人品,天下也难逃过这一劫。师兄出面,倒少伤许多百姓也未可知。"

道衍笑笑："人生忽如寄,梦幻无穷时。未立功业时雄心勃勃,等功业已就回头再看,也不过如此。正所谓富贵如风中秉烛,名利似水上浮瓢啊!"说着抬头放眼前望,水面骤然宽阔,小舟已过太仓,渐渐接近出海口。天地愈来愈大,小舟越来越小,无声无息地融入到水天一色中。

锦衣卫们上下出动,在南京四处寻了好几日,始终不见道衍、金忠,只得如实奏报。

朱棣衮冕玉带,端坐在高高的玉阶之上,沉着脸听罢锦衣卫北镇抚司禀奏后,想想说："他们本非世俗中人,勉强留住也无益。目下天下还并不安定,他二人俱胸怀韬略,难免会被恶人拉去误用。传檄各府州县,若发现二人,一定要好生招待。朕的意思,你可明白?"

北镇抚司眼珠一转,很快省过神来,连声称"是",退下布置去了。

朱棣长长舒口气,看看辉煌雄伟的金殿,摸摸腰间凉润细腻的玉佩,心头涌起一阵不敢相信似的快意。再抬头看看御座正上方雕刻的一条盘龙。龙嘴里含着一个亮晶晶的大铁球。朱棣知道,那铁球叫"轩辕镜",相传若非真命天子,以不义手段登上这宝座,"轩辕镜"便会从龙嘴里掉下来,砸在下面座中人头之上,砸他个脑浆迸流。

不过朱棣也知道,"轩辕镜"比龙嘴大得多,除非整座奉天殿倒塌,否则它是不会掉下来的。天下的事情不都是这样的么,说得危言耸听,其实内里自有另一番乾坤。默默想着,朱棣趁着大臣散朝下去,殿中无人之际,忽然从座上站起来,纵声哈哈大笑,笑声在大殿中久久回荡,响彻屋宇……

十八 舐血的杀戮

有如一缕清风,吹散尽金陵城中的闷热,湛蓝的湖面水光潋滟,霍然让人神清气爽。

虽然宫墙内外浓烟烈火的影子仍在眼前闪动,惊悸心魄的喊杀声仍在耳畔回响,但是这一切毕竟远去了。史铁眺望着眼前似乎会漫延到天际的洪泽湖,长长地舒口气。妻子儿子都已经成了泡影,家中那三间半坍的土屋也许早就被战马踏平,没了这些,那里还能算是家吗?可即便不算家,天下之大,自己除了去那儿,还能到何处呢?

算来离开南京城约莫有十多天了,如今走到这洪泽湖边的双沟集上,临沂城仍然遥不可及。但不管怎样,那里是自己唯一能去的地方。史铁抬手捋捋被风拂得贴在脸上的头发,拖着软绵绵的双腿,快快地继续向北挪动。黄土路上行人寥寥,史铁思绪纷乱,感觉自己似乎是在梦游。忽然,他飘渺的思绪被哭声打断,发现路边有三个女子正抱头边哭边商量着什么。开始史铁也没怎么在意,这年头值得痛哭的事和人实在太多,已经司空见惯了。可是当他漫不经心地投去目光时,却再也收不回来。他惊异地发现,这三个女子,竟然正是铁铉铁大人的夫人和她的两个闺女!没错,当初在济南养伤,她们经常来问候自己,不会看走眼的。

犹豫片刻,看看四下无人,史铁走到她们跟前,低声说:"夫人,小姐,千万莫再哭了,大路上人来人往,可不是说话的地方!"

三人并没有注意到史铁,冷不丁被他的说话声吓一大跳,惊慌万状地瞪眼盯住他,齐声问:"你,你是谁?!"

史铁再次警觉地打量一下四周,苦笑道:"夫人小姐不认识我了?当初我在济南铁大人府中疗了一个多月的伤,还多亏了夫人小姐隔三差五地过来问候。夫人小姐的救命大恩,我可不敢忘了。"

史铁比起以前来白胖了许多,说话腔调也变了不少,不过大概模样没变,母女三人很快辨认出来,小女儿叫道:"对了,你就是那个史铁!"

史铁顾不得再说许多,忙对两个女儿道:"快些扶起夫人,咱们找个地方先安顿下来再慢慢细说。待会儿有锦衣卫过来可就麻烦了!"说着带她们走向前边的集市中。双沟集地处洪泽湖畔,在南北陆路的通衢大道旁,地面不大,各色店铺却不少。史铁左顾右盼,终于在街道拐弯处的角落,选准一家不起眼的小客店。

客店夹在两侧店铺货栈间,更显得低矮破旧,墙面水渍斑斑,泥皮脱落陆离,门窗已看不出本来的颜色,仿佛又矮又丑的人还穿了件补丁衣服,满副的可怜相。只有低低的正门上方悬块写着"南北客栈"的泥金匾额,还让人知道这是家客店。

店不怎么样,招牌倒不小。史铁暗暗好笑。但这样的小店不招人注意,住进去反倒省心。史铁转身招呼道:"两位小姐,快扶你娘进去换身衣服。"说着自己先迈进门坎。

看看没人,史铁心里踏实些。等母女进得门来,史铁对小伙计说:"快到后边收拾个干净的房间,夫人小姐们住的,别太小了!"见小伙计答应一声进到里间去,转过脸说:"夫人,先安顿下来,有什么事咱们慢慢商量。"

客店铺面不大,后院客房倒还宽敞。史铁就在她们母女住的厢房一侧找间空房,先把随身背的小包安放好,等她们大概也收拾得差不多了,便缓步过来。秀莲小步跑过来开门,两眼红红地说:"史大哥,收拾好了,你快进来劝劝我娘吧,她一个劲地哭,我们……"

史铁不待说完,进屋把门轻轻掩上,见铁夫人半倚在床榻一头,双手捂住脸啜泣不已。史铁在宫中几年,早已惯熟了察言观色,见此情形,心下便明白几分,悄声问:"你们娘仨咋跑这儿来了?"

秀英被他一问,脸色立时阴沉下来,两颗泪珠慢慢滑过脸庞:"我爹,他,他防守济南,燕军几次攻打都没能取胜,后来他们绕道攻占了南京,济南城的守兵听说皇上都让燕王给打死了,便一哄而散,都开小差跑光了。燕军趁势攻进城来,把我爹抓走了,说要押解到南京。我和我娘我妹妹被几个亲兵护着,趁乱跑出济南城。后来大家跑散了,我们沿路打听爹的下落,打算去南京听个准信。谁知今儿在路上听好些人说,我爹叫新皇上用油锅给炸了,我娘当下就发了昏……"说着忍不住抽噎起来。

史铁咯噔一下,他知道,如今什么事都有可能发生,弄不好路人的传说确有其事。在三个弱女子面前,他勉强作出没事的样子,笑笑冲娘仨说:"铁大人那是当朝一品大员,说杀就杀的?实话告诉你们吧,我刚打京城那边过来,得的信儿最准。铁大人虽说和当今新皇上干过仗,可那叫各为其主,皇上不但不怪罪,还直夸铁大人忠心耿耿,智勇双全,说不定还要封大官呢!"

娘仨一听都止住哭泣,将信将疑地瞪大眼睛:"真的?"

史铁故作轻松地一笑:"那还有假?我就在宫城外干活,亲耳听宫中出来的人说的。"

铁夫人闻言惊喜交集,脸色立刻红润许多,坐直了身子抹把眼泪笑道:"好好,多亏你们这位铁大哥安顿咱娘们。我一个妇道人家,一遇事就没主意,唉!"想想又说,"这下好了,秀英,咱们歇上一天,明天就上南京找你爹去。"

"别去!"史铁不由得惊叫一声。见母女三个吓一大跳,自知失口,忙掩饰说:"你们现在还不能去,我这几日打南京过来,沿路可没少遭罪。虽说新皇爷已经坐了天下,可天长、六合等地方仍在打仗,当兵的杀红了眼,什么坏事都敢做,你们孤儿寡母的,何苦去冒这个险?再说了,铁大人到底是跟燕王对过阵的,难免会有小人撺掇陷害,他一个人小心翼翼地还好应付,若再加上你们娘仨,那手忙脚乱的,出点差错可就不得了!"

铁夫人经他这么一说,也觉得有几分道理,不禁长叹一声:"哎,人常说家贫不是贫,路贫愁煞人。济南是回不去了,这南京又不能去,那,总不能一直住在这客栈里吧?"说着眼圈又有些泛红。

史铁见状心中暗暗发急,忽然灵机一动,抢上一步说:"夫人,小姐,你们是俺的救命恩人,今儿算我报恩的时候了。我家在临沂乡下有房有地,北边战事已平,路上也放心,你们要是不嫌弃,就随我先回老家住些时日。我呢,托人打听铁大人的消息,一旦铁大人有了着落,我立刻去报信,保管叫铁大人派人抬轿来接你们。"

史铁说这话的时候已经盘算停当,用自己从宫里带出来的那些金块玉器,盖座大瓦房,管待几个人的吃喝不成问题,在这种随时都会招来杀身之祸的半路上,也只能如此打算了。

铁夫人看看两个女儿,沉默半晌,终于长出口气说:"眼下看来也只好如此了,只是给你平添了许多麻烦。"

史铁见她答应了,放下心来,有几分喜色地说:"我的命都是你们救的,还谈什么麻烦不麻烦。夫人你耐心等待些时日,铁大人一定会差人抬大轿来接你们的。"

秀英冷不丁地插上一句:"就是,这就叫有情不怕来年约嘛!"

铁夫人脸上一红,在她头上轻轻拍打一下:"不知害臊的傻丫头!"说着几个人都笑了。

然而成为永乐皇帝的朱棣,他满怀胜利喜悦的放声大笑,并没有持续太长时间,皱眉的事情很快便接踵而来。

新登基的朱棣着实痛快过一阵,那是在处置坚决反对他,被他称作所谓的逆臣时。

首当其冲的是逆臣之首方孝孺。朱棣早在北平为王爷时便知道,方孝孺乃当今一个难得的人才,堪称旷世大儒。他不但撰写过许多书籍,而且门徒故吏遍布天下,依许多人的话说,此人简直就是当今圣人。正因如此,朱棣曾设想过,如果能将此人劝说降伏,使其为我所用,那就会令天下观望新政的人相信,新朝是一个不但尚武,而且重文的盛世。况且,当时从北平出发,直逼金陵城时,道衍也站在自己马头前悄声叮嘱过:"王爷,将来金陵城归属王爷之际,方孝孺等一班文气十足的旧臣必然不肯轻易低了架子,所谓士各为其主,也是常理所在,王爷千万担待,切勿轻开杀戮,特别是方孝孺,若杀此人,天下读书种子可就断绝了!"

　　朱棣不知道道衍所言确实是从读书人方面考虑,还是像自己所想到的,可以利用方孝孺之流来使新永乐政权得到不战而胜的效果。但不管怎样,他决定放过方孝孺了。可是,齐泰和黄子澄无论如何也不能放过!朱棣咬牙切齿地想。

　　可是被生擒活捉的方孝孺在护卫推搡下走进大殿时,朱棣却立刻心凉了半截。捉拿方孝孺的倒不是什么燕军属下,却是方孝孺曾掌管过的锦衣卫镇抚伍云。当时燕王悬赏捉拿建文旧臣的"赏格"已经贴满大街小巷,方孝孺猝然被捉拿,伍云因此得以连升三级。

　　谁也不知道方孝孺在锦衣卫的诏狱中,如何找到一身麻衣换上。他就这样披麻戴孝地踉跄奔进大殿,昂首站立在朱棣面前。

　　"参见皇爷,还不快跪下!"伍云得意之情溢于言表,大喝一声。

　　方孝孺趔趄一下,没有跪倒,却扯开喉咙大哭起来。哭声越来越高,最后简直呼天抢地,在这痛哭的旋涡中,两旁文武百官纷纷变了脸色,他们拿不准朱棣会如何收场。

　　朱棣尽管有几分怏怏,却仍不死心,他觉得自己还多少了解一些读书人的脾性,方孝孺这样做,也不过是为了善始善终,好正大光明问心无愧地效忠他这个新主子。于是朱棣耐心地端坐在哀哀哭声中,半响没发一句话。

　　好容易方孝孺的声音渐渐低弱下来,朱棣觉得时机大概已经成熟,彼此的戏是该煞尾的时候了。他谦逊地走下龙椅,踱至丹墀台阶边,半是安慰半是向群臣借机表白似的说:"其实朕心中也不好受。朕本意是驱逐建文陛下身边的小人,更好地辅佐我大明朝廷,就如当年周公辅佐成王一样,成就一段千古佳话。谁料建文陛下并未理会朕之一片苦心,竟然放火自焚!唉,明了内情的还好,不知道就里的,倒陷朕于不仁不义呀!可是事已至此,朕也只好勉为其难了……"

　　朱棣絮絮叨叨还要说下去,方孝孺却厉声打断他:"你既然自称要效法周公辅佐成王,建文陛下已死,何不立建文之子为帝?"

　　"这个……"朱棣一愣,随即耐着性子冷笑一声,"朕何尝没想过,只是建文长子文奎于宫中大火升腾之时,不知为何人所劫持,至今不见踪迹。次子文圭年龄尚幼,难以处置国事。况且此乃朕之家事,先生就不必过问了。"

　　方孝孺却不依不饶,抖动着全身长一片短一片的麻片和白布条,仍旧硬邦邦地说:"国家国家,国即是家,皇家事无大小,都乃国事。治理天下当以德为先,你身居藩王而不守臣节,四年来,多少无辜生灵遭到涂炭,你这龙榻全是尸骨垒

十八　舐血的杀戮

就!"

朱棣浑身一激灵,他突然感到方孝孺并非只是做做样子而已,他生怕接下来会听到更刺耳的话,忙接过话头说:"事已至此,先生不必多言,朕既登大位,自然不可更改。希望先生能认清天下大势,替朕起草登基诏书……"说这话的时候,朱棣已分明感觉自己不大耐烦了,他突然觉得和这帮文士绕弯子,尤其是大庭广众之下,很头疼,也很不自然。

方孝孺却没注意朱棣微微变化的神情,煞白的脸色在粗布白衣映衬下,忽然有些泛红,突兀地抬起手,话语生硬地吐出一句:"拿纸笔来!"

朱棣立刻放下心,文人到底是文人哪,连投降都要如此惺惺作态。这样想着,朱棣退回宝座上,挥挥手,身旁太监忙将准备好的纸笔托盘捧过去。

方孝孺左手挽起衣袖,右手援笔,略一沉吟,在铺开的绢纸上刷刷写下四个浓墨大字,写罢呵呵大笑:"好了,这就是你的登基诏书,拿去叫史官写在汗青上吧!"

宝座距离大殿中央还有几十步远,朱棣诧异于他写得如此之快,忙吩咐站在方孝孺身旁的太监呈上来。虽然当年明太祖洪武皇帝明确规定,太监不得读书识字,但其实宫中认识几个字的太监并不在少数,对此无论是建文还是朱棣,都装作浑然不晓,太监们也故意作出一字不识的样子。可是今天,方孝孺身边的这个太监却怎么也装不下去了,他捧着长长的黄绢呆立原地,不知如何是好。

"怎么,没听清朕的话么?"这个兼贴身侍卫的太监,深得朱棣信任,他不但乖巧伶俐,而且练就一身武艺,四年来和建文征战中,他时刻不离自己左右,正因如此,宝座尚未坐稳,朱棣特意颁下内旨,赐其改名为郑和,以示恩宠。可今天,这个素以伶俐见长的郑和,却愣头愣脑地站在大殿中央,朱棣颇有几分不满。

"这,这……"郑和捧着诏书仍在犹豫,磨蹭到丹墀下,浑身颤抖地将手中长幅铺在御案上。朱棣迫不及待地倾身看去,他立刻明白了郑和反常的原因。精致的黄绢上颜色分明浓墨重彩写着四个大字"燕王篡位"!四个大字如浓浓的乌云般扑面压来,朱棣情不自禁地也像郑和一样浑身抖动一下。

他不知道两旁的大臣看清了方孝孺写的什么没有,如果看清了,他这个君王的威风也许会在他们心目中大打折扣。一股怒火砰地在胸中点燃,他无论如何不能再容忍了!

但朱棣没有咆哮暴跳,他时刻提醒自己,现在他不是北平的燕王,而是君临天下的皇帝,他要处处体现这种身份。

"方孝孺,你如此狂悖不羁,莫非欺朕乃仁义之君,真的不会杀掉你么?"朱棣语气阴冷,凄凄阴风一样旋过大殿,许多人怕冷似的一缩脖。

方孝孺却不管不顾地叫嚷道:"你篡夺国家神器,弑君叛逆,为天下所不容,方某人就盼着被你杀掉,也好留下芳名任千古评说!我今日死,明日便有人扯旗恢复建文江山,你朱棣得意一时,却不但不得善终,还要遗臭万世!实话告诉你,我但求一死,诏书却断不可起草!"

朱棣能觉察出方孝孺话语中咄咄逼人的口气,他仿佛看到自己此刻反而被逼到了悬崖边,方孝孺分明是在向自己挑衅了。犹如战场上两阵相对,争斗的热血奔涌开来,他不动声色地流露出一丝恶狠狠的笑意:"能立刻死了固然痛快,似你这样的逆臣,死一个还不足赎清罪孽,按大明律推演,是要诛灭九族的!"

方孝孺像接了仗的武士,连想都没想,立刻反戈一击:"大丈夫既舍身为国,就将整个红尘置之度外,慢说九族,便是十族又能怎么样?"

铿锵的话语如利剑般直指朱棣,朱棣此刻已没了退路,他再忍不住地将御案拍得嗵嗵作响:"好,好!朕就成全了你!伍云,你即刻传旨,捉拿方孝孺十族,连同门生故吏,一个也别放过!"

伍云痛快地答应着就要退下。"把这个逆臣也带下去,休要让他在朕的跟前碍眼!"朱棣扭动着沉重的身躯,龙榻似乎轧轧作响。

方孝孺被拖下大殿的那一刻,突然哈哈大笑:"奸雄朱棣,人言你是奸雄,我看韬略也不过如此,你上我的当啦!哈哈,你上我的当啦!"

近乎疯狂的笑声在大殿朱梁画栋间萦绕,旁侧的文武百官听得清清楚楚,但没人吱声,沉静得如同一潭死水。朱棣却立刻意识到了方孝孺的用意,这个书呆子竟然会以他的死来换得自己暴君的名位。阴险,太阴险了!那好,朕既然入了你彀中,索性残暴到底好了。朕要你知道,即便是暴君,也还是君!

"再传朕的旨意,将方孝孺凌迟处死!记住,要割他一千刀,要他慢慢品尝死的滋味!"朱棣望着方孝孺的背影,用变了腔调的嗓音吼道,"郑和,临刑时你去监斩,务必要执行得圆满!"

等他回过神来,眼角余光扫视了一下两侧众臣,他们一个个如铁铸泥捏般,僵硬的脸色毫无表情。朱棣胸中有什么东西落到踏实处,他忽然想到,方孝孺仅仅在道义上得到胜利,自己却胜利得更加实实在在。虽然,自己感觉并不淋漓痛快。

和方孝孺几乎同时受刑的还有朱棣最痛恨不已的齐泰、黄子澄。对于这两个建文手下最得力的大臣,朱棣却没了大殿之上当众召见的勇气,他怕他们再像方孝孺一样说出什么叫自己下不来台的话。

朱棣的没有特意召见,倒使齐泰和黄子澄少受了些痛楚,他们没等到看难友方孝孺血淋淋的场面,便身首分离倒在金陵城内聚宝门旁的刑场上。

由于新皇爷专门吩咐过的,刽子手在方孝孺身上下的功夫最大。方孝孺被紧紧箍在一个大丝网中,浑身的肉被网格勒得突出成一小块一小块。几个刽子手便手执较小的快刀,将那些突出的小块肉一点一点地割下来,令他受尽死亡的痛苦和惊惧却无处可逃。

十八 舐血的杀戮

— 211 —

但方孝孺神情很平静,面对如潮如堵的围观者,他竭力显示出建文遗臣的气节。可是当他在将死未死之际,另有一群人被绑赴而来。那是他的亲族和门生。尽管血水遮住了眼帘,朦胧中方孝孺还是看见走在最前边的三弟方孝友。突然他意识到,因为自己,许多原本和美的生活要由此而改变,他们方家,更是要从此断绝了世代的承传。自己这样做,是对是错?坚硬如石的心头突地被什么东西狠狠一撞,裂开丝丝细密的纹路,脆弱便沿着这些纹路渗透出来。

他流泪了,血水混着泪水蚯蚓一样蜿蜒而下,他用尽最后一点气力稍稍扭过头去,竭力不让人看见自己最终一刹那间的虚弱。

已经走到近前的方孝友却注意到了哥哥细微的变化,这个在建文时期并没因为哥哥而受到多少重用的小弟,此刻反而异常洒脱,他翘嘴角努力地一笑,抬高声音,既是对哥哥说,也是当众表白:"哥,我们方家能有今日,虽说满门血骨无存,非但没有对不起祖先,倒正是给列祖列宗曲终而奏雅,演绎了一场永垂千古的绝唱,应当欣喜庆贺才对呀!"

方孝孺已经说不出话来,他眼中鲜红的液体却更加汹涌而出。方孝友鼻子一酸,急忙把眼光从血肉模糊的哥哥身上移开,面对观望的人墙,高声吟诵道:

阿兄何必泪潸潸,

取义成仁在此间。

华表柱头千载后,

旅魂依旧归家山!

声音高亢,观者无不为之一振,喧闹的歇嘶声戛然而止,继而有人啧啧赞叹:"有其兄必有其弟,满门英烈,当之无愧呀!"更多的人则悄无声息地流下感慨的热泪。

方孝孺直到浑身裸露着白骨咽下最后一口气时,还是没曾料到,因为他而丢掉性命的,其实远不止眼前这几个。他的所谓十族统共加起来,被斩首的就有八百七十多人,发配流放的更是不计其数。聚宝门一侧的刑场上,接连一个多月,日日血流成河,夜夜狗叫鬼哭。以至许多附近百姓或是害怕受到牵连,或是害怕这里阴气太重,悄悄搬移到别处。

所有这些情形,朱棣并没有亲见,是贴身太监郑和回来后向他仔细回禀的。但朱棣能想见那种令百姓惊骇的场面。他紧绷着面皮,斜倚在宽松的软榻上,半晌没说一句话。

郑和不知道朱棣在想什么,不过他觉得气氛有些压抑,便凑近了低声说:"皇爷,那个在济南和咱们作对的铁铉,让都御史陈瑛从诏狱中提出来了,现正在偏殿中听候皇爷发落……"

朱棣眼皮一跳,他想起了曾在济南城下既惊且险的那一刻。铁铉差点让自己粉身碎骨呀!胡乱想着,朱棣挪下榻来:"好,那就引朕过去看看。"只是朱棣没有想到,这次乘兴而来,以胜利者姿态出现在铁铉面前时,铁铉留给自己的,却是一段城墙般的背影。

两旁站立的锦衣卫武士见圣上出现在御案后边的高阶上,慌忙拉扯铁铉,让他参拜新皇爷。铁铉在挣扎中手上和腿上发出一阵纷乱的铁链撞击脆响,但他固执地仍然背对着龙榻,那无言的抗争,分明是在告诉朱棣,他铁铉断不承认自己这个皇帝。

朱棣很明白这一点。或许受了上次方孝孺的教训,或许文武百官不在跟前,他从容镇静了许多。

"铁铉,你帮助建文朝奸臣抗拒朕的大军,朕不归罪你也就是了,缘何敢以背对君,连这点君臣礼数都不懂了么?"朱棣声音冷峻尖利,丝毫不夹杂妥协,他终于悟出,对付方孝孺和铁铉之类人物,必须以硬对硬,和在战场对阵时简直没什么区别。

"既然燕王懂得君臣礼数,为何能忍心将自家君王弑掉,而自己取而代之?我铁铉实在弄不懂其中道理。"铁铉的嗓音破旧嘶哑,如同他身上撕扯成布条的囚衣,可是这种像痰液在喉咙中滚动的声音,比起方孝孺的尖声厉喝,一样的叫人听着不舒服。

朱棣已经没什么兴趣再和他们理论其中的道义和道理,他皱皱眉头:"铁铉,朕对你们这帮旧臣已经仁至义尽,方孝孺即是前例,你若再不识好歹,朕先割掉你一只耳朵!"

方孝孺被诛连十族的事情,诏狱的狱卒们早已奉命给所有犯人讲过许多遍,就是要他们引以为戒。朱棣重提方孝孺,告诫之意自然再明白不过。

不料铁铉却哈哈大笑:"方孝孺苦心,终于换来回报。当时围观百姓无不为之涕泣不已,人人在心中咒骂叛贼暴君,天理昭昭,天理昭昭啊!哈哈!"

"住口!"朱棣腾地从御座上跳起,大步沿台阶走下丹墀,"将油镬抬过来!把火生起!把这个胆大妄为的逆臣耳朵割掉!"朱棣连珠炮般指指点点冲锦衣卫们命令着。

油镬尚未搬来,铁炉内的火已经点燃,有个锦衣卫拎把牛耳弯刀蹿上去,刷地一声微响,红光闪间血串迸出很远。"皇爷,您要的耳朵。"锦衣卫就地跪在洒着鲜血的金砖上,手捧一团红乎乎的东西,黏稠的血正一滴一滴缓缓掉下。

朱棣的希望再次落空,他没能听到铁铉负痛的叫喊,甚至连身影的微微颤动也没看到。铁铉仍如一段城墙般突兀挺立,这令朱棣极不情愿地想到济南城中的那段往事。红乎乎的东西在锦衣卫手中颤抖哆嗦,如同跳跃的心脏,怦怦地似乎要跳到朱棣跟前。

"烤熟了,让他吃下去!"朱棣分明听到自己声音不住地打颤,不容他再说太长的句子。

十八 舐血的杀戮

锦衣卫似乎觉察到了这位新皇爷略微的变化，忙将那耳朵扎在刀尖上，凑近铁炉烘烤。耳朵上血色很快变黑，吱吱作响，一股焦煳味弥漫屋中，朱棣下意识地捂了捂鼻子，直想呕吐。

锦衣卫把冒着青烟蜷缩成一团的黑乎乎的东西狠狠塞进铁铉口中。铁铉的头昂扬了一下，他腮帮鼓动，似乎有些艰难，但还是很快吞咽了下去。

朱棣强忍住阵阵涌上来的反胃，既掩饰着失态又颇有几分幸灾乐祸地问："怎么样？味道还可以？"

"又香又甜，与那些弑君叛贼的大不相同，倒不知弑君贼子的肉有多腥臊！"铁铉沙哑的嗓音突然变得尖利许多，朱棣不觉间倒退了两步。好在这时几个武士抬来了油镬，满满的一锅油，墩到已经烧得通红的火炉上。朱棣四下看看，并没人注意到自己的张皇模样，他稳稳神，朝着黑影大喝道："铁铉，朕非无情无义之君，你若就此改过，恭恭敬敬拜见君王，朕还是会给你一条出路的。否则……"

铁铉却又恢复了沉默，突兀成一段城墙般的冷峻严厉。对峙片刻，一个锦衣卫校尉拱手禀奏："皇爷，油已经沸腾……"

朱棣忽然感到很累，他无言地挥挥手。锦衣卫们会意，七手八脚将铁铉平抬起来，顺进翻滚着冒出刺鼻青烟的油镬内。朱棣看得很仔细，他等待着最后一刻会有恐惧的惊叫甚至瑟瑟的求饶。自从攻破金陵城，他太想在强敌面前体味胜利的滋味了。

然而铁铉直挺挺的像一截木桩，就那么毫无动静地滑进油镬中。和木桩略不相同的是，在滑进油镬之前，他调整了一下姿态，匍匐在翻滚的油面上，朱棣能看到的，仍旧是他的背影！

面前的情形，多少令朱棣尴尬，抬眼正与锦衣卫们的眼光相遇。朱棣似乎觉得每一个眼光都在嘲讽自己，嘲讽自己能夺取大明江山，却对一个孤身汉子无可奈何。刚愎和自大使他暴跳着叫嚷："哼，区区败将，临死还在朕面前作态，真真可呕！你们，将逆臣给我反过来，朕让他死后也得向朕朝拜！"

锦衣卫们得令，慌忙找来几根细长的铁棍，几个人站在炙热的油镬边，纷乱地拨弄着油中已经焦黑的尸体。朱棣强忍住呛鼻的烟气靠近些，他要亲眼看看对抗自己的人最终会是一番什么情形。

焦黑的尸体随着热油上下翻腾，几根铁棍来回搅动，终于将半截木桩一样黑乎乎的东西夹紧了，众人"嘿"地一使劲，郑和在旁边连忙说："皇爷，快看，铁铉这逆臣就要朝拜皇爷啦！"

朱棣闻声探一下头，青烟缭绕中，铁铉的尸身被铁棍叉起来，有人挪动姿势企图将其翻转。然而尽管小心翼翼，可由于油太滑，又瞧不大清楚，嗵地一声闷响，铁铉又重重落进油中。滚烫的油珠迸溅，几个锦衣卫忍不住"呀"地一声叫喊，扔掉铁棍捂住脸。朱棣站得略远一些，但也觉得脸庞某处尖锐地疼痛一下，尖锐的疼痛顿时让他周身发冷,他脸色铁青,转身走向御座。

只有高高坐在这锦缎铺就,宽大而仅供他一人享用的御座之上,朱棣才能勉强找回帝王的感觉,他喘一口粗气,恶狠狠地吼道:"没用的东西,一群没用的东西!陈瑛,陈瑛呢?速去诏狱中,将看管铁铉的那几个狱卒处死,在逆臣跟前什么都乱说,还像话吗!"

看锦衣卫头领陈瑛唯唯诺诺地答应着退下去,朱棣不耐烦地挥挥袍袖:"还愣着干什么,将这些破烂都给朕抬走,快抬走!"

就在脚步杂沓中,朱棣掩饰着内心奔涌的不安,悄声问郑和:"纪纲回来了么?"纪纲是朱棣新任命的锦衣卫北镇抚司指挥,正奉命追拿出逃的建文朝旧臣。

"回禀皇爷,纪纲今日刚到京中,沿途捕获一些叛臣及他们的眷属,忙着送到诏狱中去,尚未顾得上递牌子禀奏皇爷。听说,他还无意之中碰见了道衍和金忠两位师父,也一并给带来了。"

"噢?"朱棣瞪大了眼睛,"那……道衍和金忠为何也不来面君?"

郑和略微犹豫一下:"他们……听说他们来到京城之后,便直接到天界寺挂单去了……"

"挂单?什么挂单?"朱棣一愣。

郑和知道隐瞒不住,忙解释说:"就是新来的僧人或道士请求入住……也就是入伙的意思。"

"功成名就却激流勇退,不愧为高僧啊!"朱棣面无表情地长叹一声,"郑和,你就去天界寺,想办法将他们请来。记住,一定得请来!"

天界寺位于聚宝门外,在秦淮河南岸,是京师金陵首屈一指的大刹名寺。道衍年轻时流落京师,曾在这里修行过。不过那时他还是一个名不见经传的小僧弥,那时寺内的高僧以及前来参禅拜佛的达官贵人,对他是不屑一顾的。转眼三十年过去,站在寺门外,仰望着恢弘的雕金楼台,道衍觉得自己仿佛转了一个大大的圆圈,最终又回到了起点。屈指算来,当年离开这里时,尚不满三十,正是风华正茂的年龄。而此刻,自己已经将近古稀,垂垂老矣。唉,人生如梦,无论梦中身在何地,醒来依旧各自睡于各自榻中。而这些道理,往往会叫人得用一生的时间去参透。玄之又玄,玄之又玄啊!

天界寺离聚宝门很近,聚宝门内外的喧嚣声这里都能隐约听到。这让道衍异常苦闷困惑。整日间充盈耳内的,不再是往昔熙攘的市声,撕心裂肺的痛楚惨叫挟裹着阵阵阴冷风扑面而来,腥味浓郁,令人毛骨悚然。谁心里都清楚,那里每日升天的怨魂总在数以百计。而殷红的血,更足以汇聚成一条不小的河。

无意中,道衍发觉寺中众僧看自己的眼光有些异样。他不晓得这是自己内心作怪,还是确实如此。总之,他开始坐立不安,独居净室参禅打坐,尽量避开和每个人的交往，就连金忠进寺之后又溜达到了哪里，他也懒得过问。

突然有一天，金忠却笑嘻嘻地出现在面前。他推门进来的时候，道衍正微闭双目口中念念有词，直到他走到跟前，道衍也没睁眼看看破门而入的是谁。

"师兄果然好悟性，进寺才几天，便练就了如此高的定力，"金忠的声音极其轻快，仿佛一绺阳光射进窗棂，和笼罩整个寺院的凄凄气氛很不相称，"师兄，你睁眼看看你师弟如今的模样，保管叫你大吃一惊。"

道衍依旧低首垂目，缓缓念诵道："心相无形，面相逐生，心面相应，面露心声。师弟，你莫非到朝中领下一袭官袍穿戴整齐，来要老僧道贺了？"

"呀，师兄果然是师兄，小弟怕这一辈子也赶不上了！"金忠惊叫一声，随即又乐呵呵地说，"师兄，君臣一场，既然来到京师，不去参拜也说不过去。况且不是小弟硬凑着去的，内臣郑和奉了皇上诏旨，再三相邀，不去实在说不过去……"

"不用解释了，你我相处，彼此已洞若明烛，师弟意思我明白，你又奉了诏旨来拉老僧一同参拜当今圣上，没有妄说你吧？"道衍轻轻打量一下眼前的这个身穿正三品补服，既熟悉又陌生的师弟。

金忠扯一把蒲团上的道衍："那就快走吧，行李都收拾好啦，圣上正翘首以待呢！师兄不是要以毕生才学施展抱负于天地间么？现在天下初定，正是大展才华的良机，师兄何不善事做到底，青史之上，也可收取全功的美誉呀！"

道衍心头一动，他立刻想到天界寺外接连不断的杀戮，解铃还须系铃人，也许自己真的该走出只顾个人吃斋念佛的寺院，该去普度一下众生了。但他立即想起佛经上的一句，众生好度人难度，宁度众人莫度人。是啊，大千世界，人最难为呀！

见道衍沉思不已，金忠又扯他一把衣袖，压低了声音说："师兄莫不是害怕当年洪武皇帝对待功臣的情形重演？其实师兄多虑了，当今圣上自是不同于乃父，他邀你我师兄弟，确实是真心实意！"

道衍苦笑着摇摇头："佛语说，识破一人，难似识破整个红尘。师弟不必胡乱猜测，老僧还须仔细想想前因后果。"

"国师果然高明，句句不离智哲禅理，着实叫人钦佩，难怪圣上如此看重！"嗵嗵脚步声响，门外黑影一闪，有人转过花格门扇，走近两步，边说边冲道衍躬身施礼。

道衍眯起眼睛打量一下眼前这个年纪不过三十余岁，浑身内臣打扮的高个壮汉："恕老僧眼拙，这位是……"

"国师那时日理万事，固然无暇仔细端详在下，但国师每日在皇爷身边商议事情，在下却再熟识不过了。"那人抖动袍袖，笑说着凑得更近些。

"他便是常在当年燕王身边的贴身内臣兼护卫，现在圣上赐名叫郑和。"金忠忙在一旁帮着解释。

道衍大悟似的点点头,彼此寒暄两句,郑和直截了当地说:"国师,金陵城攻陷时,怎么也找不到二位,皇爷急得什么似的,后来听说二位有了下落,惊喜得立刻下旨令在下来请。在下先碰见金国师,共同入宫觐见,皇爷拉住金国师的手,又是感叹又是歆歔,连在下见了也忍不住掉几滴眼泪,能如此君臣一场,真算没有白活。这不,皇爷今儿在后宫御花园摆下庆功洗尘酒宴,去的都是些功高盖世元老,像淇国公丘福丘大人这样的。恐怕别人都到齐了,单等着国师您呢!"

道衍立刻知道,自己无论如何也推脱不过去了。郑和忙向门外招呼:"快,将肩舆抬过来!"

正如郑和所说的,规模不大却很精致的宴会摆放在后御花园中。御花园是供皇上和后妃平素散步游乐的场所,不要说外臣,就连一般太监也轻易不让进来。能在这里与圣上共享美味,本身就是一种了不起的荣耀。来参加宴会的如丘福、和朱能、张信等开国元勋,无不绯袍玉带,威风凛凛,惟独道衍,依旧一身半新不旧的袈裟,格外扎眼。

但朱棣并不介意,特意将他的座位安排在离自己最近的地方,接连招呼郑和代自己向他敬酒。道衍在众人羡慕的目光中,一次次地叩头谢恩,一次次地仰脖饮尽金樽中的醇酿。不知不觉间,他昏然大醉,几年来他头一次这样醉过,而昏昏然中,他沉醉得既痛快又酸楚。有一刻,他甚至弄不清楚,自己身在何方,到底做过些什么。

晃晃悠悠中,道衍感觉自己被人搀扶着,前呼后拥,依旧乘肩舆来到一处看上去十分陌生的高大门第,他来不及看清门第是何等模样,已被簇拥进前厅大门。一股扑鼻的异香幽幽熏面,影影绰绰中,环佩撞击发出一连串的脆响,有许多袅娜的身影在眼前晃动,莺歌燕语般的声音接连问候,但道衍已经无力听清她们说些什么。

有人捧上热茶,几口下肚,道衍舒服许多,长长出口气。似乎是郑和的声音:"好了,师父也觉出温柔乡的美妙了,那就快快就寝罢。"

莺歌燕语立刻答应着,道衍半张蒙眬的双眼,忽然感觉如同仰卧在轻柔的云团上,云团轻盈好像虚无,香风拂摆中仿佛进入天界。耳畔的喧闹渐渐远去,万丈红尘终于踩在了脚下,道衍甚至听到自己饱经沧桑的衰朽骨骼发出酥散的响声,他放开心胸化入了虚幻之中。

多么甜美的天际游荡,直到第二日的太阳红红白白地在眼皮外摇晃,道衍才意犹未尽地睁开眼睛。

他突然大吃一惊,映入眼帘的首先是一顶粉红色帐幔,镶着金边的流苏在阳光下熠熠闪光。再摸摸身上,也不是天界寺中的粗布棉被,光滑的绸缎在手中像流水一样柔和。道衍以为自己大梦未醒,他抬手撩开帐幔一角,才发现自己正睡在一张象牙镶嵌的楠木大床上,床帏四面摆放着描画有仕女挥扇、西施浣纱之类各式图案的屏风,屏风外侧则是雕花玲珑的案几和楠木太师椅。

这是什么地方?自己怎么会无缘无故地闯到这等地方?道衍忽然意识到,梦中所谓的天界,不过是人间最俗的角落。他呼地撩开身上的衾被,却立刻下意识"呀"地轻叫一声,慌忙将赤裸的身子裹住。

躲在屏风外边的一群袅娜身影闻声立刻婷婷娉娉地走过来,纷纷弯腰施礼,仍旧莺歌燕语般地请安。

道衍当即便悟出了什么,却低头沉思着不知该如何应付。这时,那群使女已经走过来,有人端杯清水,另一个捧着痰盂,意思要侍奉漱口;还有人双手托着绯红色的官袍,掀开被子要给他更衣。

道衍情急之下大喝一声:"慢着,你们都退下!对了,再将我的僧衣找来扔到床上!"

使女们一愣,她们摸不准这位新主子的脾性,因而更加小心翼翼。但谁也不敢贸然离开,更不敢去找什么僧衣。昨日皇上心腹太监郑公公亲口交代过,这个和尚非同一般,他可是当今新朝的国师,连皇帝对他都恭敬三分,将来封什么大官都有可能。既然如此,谁敢替他找什么僧衣,万一郑公公怪罪下来,那可怎么得了?这些使女几乎全是建文罪臣的家眷,她们脆弱的神经再经受不起一丁点儿的惊吓。

就这样尴尬地对峙片刻,有个丫头匆匆跑进门坎,几分惊慌地说:"收拾好了没有,郑公公来了!"

声音很低,但所有的人都为之一震,她们来不及细想,扑通跪倒在床下一大片:"奴婢们有什么不是的地方,大人慢慢教训,现在请大人快更衣吧,郑公公来了,见奴婢们伺候不周,又要发怒了。"

道衍不同于自小生长在侯门的权贵,他理解下人的难处。但如果顺着她们,自己的初衷又何在呢?道衍长叹一声:"起来吧,快叫郑公公进来,有什么话我对他说。"

"国师,您如今万流归源,终于又和皇爷团聚在一起,真正可喜可贺,有什么吩咐,尽管告诉奴婢好了。"郑和衣帽整齐,人已走到屏风外边,接过道衍的话头说道。

使女们见郑和来到,忙爬起身闪到一边。道衍也松了口气,他冲这些受惊兔子般的小女孩摆摆手:"你们都退下去吧,我会给郑公公解释清楚的。"见众人大赦一样依次走出,道衍拥被坐起,满脸无奈地笑道:"郑公公,你这安排的叫哪出戏哟,和尚倒要使女侍候,那还成什么体统?"

郑和却不以为然:"国师,奴才哪有这份能耐,还不全托了当今皇爷的福?昨日国师酩酊大醉,皇爷特意颁旨,赐国师皇城外宅基一座,奴才刚才绕院子看了看,倒也蛮宽敞,皇恩浩荡呀!怎么,国师还赖在温柔乡里不肯起来么?来,奴才给国师换了衣服,一同到金殿谢恩。"说着郑和拿起堆放在一旁的麒麟袍和玉带。

道衍连忙摆手:"郑公公误会了,老僧本是江湖漂泊之人,有幸辅佐皇上一程,平生志愿已遂,所谓从来处来,到去处去。老僧驰骋云游倒还有几分用处,至于端坐衙门,确实非我所长呀!还是烦劳郑公公给皇上解释一下,老僧在这华屋之下,其实远不如天界寺的禅房中自在。"

郑和疑惑地瞪大眼睛:"国师,人人争先恐后,都是图个老来富贵,您可倒好,放着到手的福气不享用,那青灯黄卷的,有什么意思?"

"唉,郑公公这就有所不知了,佛理上说,不读华严经,不懂佛富贵。各人眼中自有一番富贵,只是人人看起来不同罢了。"道衍淡淡地微笑着说,有意无意地将手边的麒麟袍和玉带向远处推了推。

好似漫不经心的动作,郑和已经看在眼里,他摇摇头,一副不可理喻的表情:"好吧,既然国师坚持这样,奴婢只好恭敬从命,至于皇爷准许不准许,那可不好说。"

"郑公公可转告陛下,就说老僧虽年近古稀,但仍然愿受驱使,只要让老僧长住佛寺,闲暇之际能拜佛参禅也就足够了。"

换上僧衣芒鞋的道衍目送郑和摇着头远去,自己也苦笑几声摇摇头,然后他昂首走出那座在阳光下闪烁着金辉的宅院,四周雕梁画栋的厅房和假山小桥,他视而未见。直到走出朱红大门,他才感觉,大梦或许真正醒了。

一场大风暴席卷而过后,渐渐地又都恢复了宁静。建文朝中胆敢顽抗到底的旧臣,无不受尽折磨而最终连同他们的家眷甚或亲友倒在了金陵城中各个角落。

许久以后,朱棣仍然觉得眼前闪动着血光,耳旁摇曳着刺响的呼号。他竭力不去想这些,虽说对手的倒下,自己的感觉并不如预料中那般酣畅痛快,但他们毕竟倒在了自己脚下,也许这也就足够了。

况且还有许多更为棘手的事情在等着他。

对那帮建文旧臣,朱棣可以肆无忌惮地将他们割鼻、断舌、下油镬、剥皮乃至碎尸万段。但令朱棣很难把持的,却是那些沾亲带故而和建文旧情不断的王公们。

自己的妻兄徐辉祖便是颇让头疼的一个。四年靖难战争中,徐辉祖从来没念及过和自己的亲族之情,积极辅佐建文想方设法地征讨自己。这倒也还罢了,就连在大局已定的情况下,燕军攻杀进了金川门,几乎所有的都督及指挥使都放下了手中的武器,见风使舵地归顺了自己,而本应该最先投靠自己的徐辉祖,却仍不识眼色地率兵抵抗。

退一步讲,就算那时还是各为其主,自己这个妻兄有些过于愚忠,不与他计较许多也就是了。但在自己已经登临奉天殿,成为天下新君主之后,前来拜贺的群臣中仍没有徐辉祖的身影,这就让朱棣有些脸上挂不住了。有好几次,他疑神疑鬼地发觉大臣们眼光中闪动着神秘莫测的冷笑,似乎在无声地说,你们一家人中还有人对抗你,难怪不服气的会那么多。

朱棣终于忍耐不住,他吩咐纪纲,让他带人到徐辉祖家中,不管是软请还是硬拽,都要把他给弄到金殿来,叫众臣看看,朕的家风其实并不如他们想得如此不和!

可是纪纲很快便转回来禀报,徐辉祖确实在他的家中,也就是当年开国元勋中山王徐达老宅里。但是他们却空手而归,因为徐辉祖并不在正厅,不知处于什么原因住进了中山王祠堂中。中山王祠堂是洪武皇帝亲手写的匾额,即便是他们锦衣卫镇抚司中的人,也不敢轻易闯进。

禀奏的话还没说完,朱棣便猜出了徐辉祖的意思。他分明在向朱棣表白,我承认的仍旧是建文,宁可躲避在阴气沉沉的死人祠堂中,也不向你俯首称臣。当然,还有更为了当的言外之意,那就是你朱棣登位登得名不正言不顺!

"混账,真真是丧心病狂!"当着纪纲的面,朱棣不必掩饰许多,他青黑着脸将面前案几拍得砰砰直响,"立刻再去,带上诏狱的书记官,带上刑部校尉,传朕谕旨,令他招认自己罪状!"

纪纲不敢辩驳,立刻再带人众涌到中山王祠堂前,命人敲开大门,宣读圣谕,令他当面认罪。徐辉祖好像早有准备,也不推脱,接过纸笔,一气呵成两行大字:"我父乃大明开国重臣,江山社稷有其血汗。洪武太祖亲赐铁券,后辈无论何罪,皆可免死。"

写罢将纸笔往纪纲面前一丢,返身缩进祠堂中,再不肯露面。纪纲自然知道此处非同一般百姓田舍,中山王祠堂不但是徐辉祖的祭祖之处,还是当今徐皇后的本源所在,硬的自然不敢来,况且皇家内部事务,插手太深反而自取祸患。这样想着,谁也没继续为难徐辉祖,仅将这张寥寥数语的供词带回朝中。

当朱棣看到这个所谓供状时,简直要气炸了胆和肺。他忽然觉得从前根本不认识徐辉祖似的。自从攻下金陵,建文朝明摆着已经成了过去,表现出对老朝廷忠心的臣子倒也不少,不过那都是做做样子而已,或者说向他这个新朝廷表表姿态,以便能在新朝捞取更多的实惠。本以为徐辉祖最多也不过如此。但现在看来,自己完全判断错了。

"哼,不要以为祖上会庇护他一辈子,朕偏就不信这个邪!"朱棣心头怒气翻腾,"纪纲,你立刻带人将不知好歹的家伙拎到诏狱中……"

"皇上,臣妾拜见皇上!"屏风外陡地一声脆响,朱棣轻微一激灵,抬头看时,徐皇后已经风风火火地站在面前。

"你……"朱棣知道她肯定听见他和纪纲的谈话了,毕竟这是后宫的偏殿,皇后居住的坤宁宫就在旁边。

"皇上,臣妾蒙皇上厚爱,位居皇后,方才在交泰殿西侧受众妃嫔和诰命夫人们的朝贺。回来时抄个近路打这里穿过,不料却听见皇上正商议国事,本来不想搅扰,又恐径直而过有失礼节,故此……"

成为皇后的徐妃遍身大红宫衣,发髻挽得很高,千娇百媚中不乏雍容,根本想象不出就在一年多前,她还烟熏火燎地站在北平城头上,亲手举石块砸死过敌军。

不需要太多的解释,朱棣知道她的心思,不过也不能怪她。朱棣能想见她刚才接受诰命夫人朝贺时,肯定见到了新成为寡妇的徐增寿妻子,从她被泪水冲出条条粉黛痕迹的面容上就可以轻易瞧出来。而现在,她又将失去另一个弟弟,滋味怎么会好受呢?她处处留意自己的言行,用心良苦啊!

"爱妃,你知道,辉祖他……"朱棣由她大红宫袍想到了北平城头惨烈的一幕幕,忽然理亏似的有些结巴。

"皇上,臣妾清楚皇上的难处,臣妾只是恰巧从这里路过,并不想偷听皇上的谈话。臣妾刚才在交泰殿中见了大殿中央悬挂的那块洪武太祖亲笔题写的'无为'牌匾,那是太祖告诫后妃,不许掺和国家大事,臣妾既然统领六宫,怎能违背祖宗规矩?臣妾知道辉祖他生性耿直,有时候未免办出格的事情,任打任罚,皇上自然会斟酌而行。只是苦了他一家老小……可叹阿爸戎马一生,到头来……"

朱棣看见徐妃的眼睛开始泛红,晶莹的泪珠顺着长长的睫毛滚落到腮前,与先前泪水流过的痕迹重叠冲出更加深刻的沟壑。哀楚楚显得那么孤立无助。

一瞬间,朱棣领会了这位将门之女的另一面,她那不管不问的威力远远大出了据理力争。但想想也是,徐家一门,老一代跟着父皇创下了大明江山,新一代的一个给自己生儿育女,支撑起半边青天,另一个又因为向着自己被建文亲手砍杀,仅剩的这个,即便有些错处,也似乎不必大动肝火。唉,家家门前千丈坑,得抹平处且抹平吧!

这样想着,朱棣无力地挥挥手:"纪纲,你去传下朕的旨意,赦免徐辉祖大不敬之罪,幽禁其于宅邸中,削去世袭的魏国公爵位,不管怎样,听凭其颐养天年也就是啦!"

纪纲答应着信步退下。徐妃并没叩头谢恩,她既然说过自己不掺和国事,那赦免徐辉祖就完全是皇上一个人定的主意,她不能自相矛盾。"来,朕陪爱妃一同回宫。新朝初建,万事穿心,是该歇息歇息啦!"朱棣苦笑着无声地叹口气。

如果说,对于徐辉祖而言,亲情大过仇恨的话,诸位亲王的手足之情则更让他有点煞费苦心。

十八 舐血的杀戮

— 221 —

十九　纷乱亲情

当初起兵反对建文朝廷时，朱棣便打着反对削藩的旗号。他曾再三声明，自己之所以出兵，是要替那些被削藩的亲王们平冤屈，正因如此，亲王们几乎一致地支持他，宁王将朵颜三卫交属他统辖，谷王在他兵临城下时，最先大开金川门，使他几乎没有阻碍地杀进来。若没这些帮助，也许此刻他仍在生死未卜地与建文苦战。

对此朱棣自然心知肚明，因此刚坐稳了宝座，他便接连下诏，将建文朝中被削去爵位的亲王全部恢复名位，并且还给各王府增设了宾辅、伴读，所辖护卫人数都增添一倍。比起以前来，亲王们的待遇简直空前恩厚。

其中最高兴的还数谷王，因为开启金川门迎驾的大功，朱棣特意另赏赐他卫士三百名，还将其封地由宣府改封到长沙。长沙位居长江中心，是国家的正中央，这里物产富庶，风光优美，气候宜人，正是享福作乐的好去处。为此谷王喜出望外，当着宣读诏书的郑和拜谢皇恩说："人都说长兄如父，我这皇兄，简直比太祖父皇更讲情义。大明江山如此皇恩浩荡，真是我们藩王的福气！"

当郑和喜滋滋将这话如实禀告给朱棣时，朱棣只是淡然一笑，随即眉头又皱紧了，他正不知道该如何消除分封亲王中遇到的一块心病。

心病便是宁王，这个年龄最小，对自己帮助却最大的同母兄弟朱权。宁王朱权其实早就等不及了。自从当年率领自己王府亲兵以及朵颜三卫跟随燕王起兵后，他便一直随征讨大军南下，居无定所。现在天下总算稳定了，当年的燕王如愿以偿地当上了皇上，建文朝中有仇怨的大小臣僚基本斩杀殆尽，标志着新朝建立的永乐制钱已经发行，"文渊阁"也组建落成。可是惟独自己，仍没等来兄长诺言的兑现。

特别是朱权看到自己的弟兄们，像周王、代王、谷王等都称颂着皇帝的恩德回到了属于自己的封地，再看看自己，仍旧蜷缩在金陵城边上的龙江驿中，别说增添护卫，就连王府也没个踪影。相形之下，他深感酸楚地空空荡荡。

当年兄长燕王与建文苦战不休时，正是自己将属下的朵颜三卫这支彪悍骑兵拱手送出，关键时刻扭转了战局。虽然当时有些胁迫的意味，但自己半推半就的意思也很明显，否则远道而来的燕兵也不会如此轻易得手。

事后朱权也了解到，朵颜三卫和燕王曾有过秘密的所谓大宁盟约，燕王承诺将来打下天下之后,将大宁地盘送给三卫这些兀良哈族人,准许他们自治。正因如此,三卫骑兵才肯舍命冲杀。现在正如当年所许诺的那样,大宁地界交由兀良哈人自己管辖,朝廷在东北的防线整个南移,兀良哈人为此喜不自胜,连连上表称颂英明。

可是自己呢,朱权不止一次地想起燕王灰溜溜远赴东北寻求自己帮助时,信誓旦旦地说过的那句话:"兄弟,这张饼咱俩一人一半地吃。慢说一张饼,将来天下太平了,就是整个江山,也是一人一半。"

燕王成了永乐皇帝后,一一兑现其许诺时,朱权总忍不住琢磨整个江山也是一人一半的意思。若真的一人一半的话,自然就是以长江为界,分作两个国家,大明从此有两个朝廷。但是,这可能吗?如此深厚的恩遇,连朱权自己都觉得玄乎。他了解自己的兄长,向他要求瓜分国家,简直就是虎口夺食呀!

踌躇不安间,已到了永乐二年的春天。金陵比不得大宁和北平,这里的春天来得格外早,新春刚过,园中已是绿树葱茏,花丛中星星点点的骨朵随着曛风左右摇摆。年前皇帝颁下诏书,改北平为北京,与现在的南京遥遥相对。其中意思,据诏书说来是不忘发祥之地,但也有些善于揣摩皇上心思的大臣,像解缙和金忠,暗中猜测这可能是皇上有意将都城北迁的一个征兆。

事若关己,言便入耳。宁王朱权乍听到这个风声,心下不由得一震,这么说,皇兄之所以将自己留在金陵的龙江驿中,迟迟不予分封,莫非真的要实践当年诺言了?他若要迁都北平,那南京算谁的?江南半壁江山莫非真的要成为自己的了?一想到手中要掌握这么多土地百姓,他立刻有些头大,是惊是喜连自己也说不清了。

朱权日夜做着皇帝梦的时候却不知道,此刻朱棣正为如何打发自己而犹豫不决。

彼此僵持着直到永乐二年的四月间,朱权终于等不及了,他写了奏疏,要求觐见皇兄。在写奏疏的时候,朱权忽然灵机一动,耍了个小心眼,他没提要跟皇上商议什么事情,单说来京日久,却始终无暇得睹天颜,终日思念手足亲情乃至夜不能寐,"若圣上百忙中得暇叙谈,平生愿望足矣!"他信誓旦旦地写着,暗想话说到这种地步,你恐怕不见也不行了。

果然,朱棣接到奏报后,立即安排郑和手捧御敕,诏十七弟进宫,陪同圣上共进御晚膳。朱权闻讯两眼放光,他想起了当年在自己住所,最后一次和四哥共享早餐的情形,正是在这个特殊的彼此心照不宣的早餐中,四哥手拎一张薄饼,似乎无意而又意味深长地说,十七弟,你我兄弟要甘苦与共,将来慢说一张饼,就是整个江山,也是你我一人一半。那么,四哥这次安排自己与他同进晚膳,是否别有深意,或许真的要兑现当初的许诺了?

暮色沉沉,整个金陵城已沉浸在霭霭烟雾中,夕阳意犹未尽地在天边留下一

十九 纷乱亲情

抹红晕，醉人而苍茫。隆隆的辇车碾过方砖石条砌就的大道，随着一扇扇沉重大门的依次吱呀呀拉开又闭上，雄壮巍峨的乾清门矗立在面前。

郑和碎步迎上来，替他掀开半单的车帘："王爷来了，皇上今儿特意将晚膳安排在干清宫东边的御茶房内，王爷请吧。"

朱权大致看一眼暮色中只剩下一个轮廓的殿门，说不上紧张还是兴奋激动，点点头，踏上大理石台阶。穿过长长的门洞，一阵钟声悠然响起，紧接着管弦丝竹大作，伴有忽高忽低的袅娜歌声。香烟顺风缭绕过来，冲淡了尚残存的油漆味。

矮身走进郑和打起的帘子，朱权觉得眼前立刻一亮。屋内四壁明烛高烧，如白昼般几乎映不出人影。所谓的御茶房其实就是一座偏殿，比自己想象的要大出许多。大殿的台阶正中央，南北向摆开一溜条案，各式肴馔已经琳琅满目，还有宫女太监不断从侧门穿梭着端盘递盏。阶下一队乐手正卖力地吹拉弹奏，大殿正中几个宫女长袖曼舞，歌喉嘹亮。

朱权不暇细想，紧走两步，来到台阶下方，扑通跪倒，口呼："弟臣拜见皇兄。自去年来到金陵京城，皇兄日理万机，弟臣日思夜念，不得已上疏请求觐见，望皇兄恕弟臣万死之罪！"说着客套话，眼前却闪现出一年多来的失意彷徨，声音立刻哽咽起来。

端坐在长案一头的朱棣忙站起来前走几步，弯弯腰做出要扶他的样子，郑和赶紧搀住朱权："王爷，皇上要您免礼用餐呢！"

朱权又弯腰拜谢过，蹭到长案边，在另一头坐下。朱权很早以前曾陪同父亲洪武皇帝吃过饭，但那时尚小，具体什么情形已经记不大清了。现在重新坐在金殿中享用御膳，他说不上感慨，只是觉得这所谓的御膳没他印象中的丰盛。长长的条案上碟盘离自己很远，不要说品尝，就连里面是什么也看不大清楚。守着一大摊美味，却只能拨拉跟前的几样。朱权偷眼看一下对面的兄长，见他也是如此，不免暗中感叹，百姓传说中皇上每日吃的是龙肝凤胆，其实倒还不如街头略微富裕的人家抱只咸水鸭猛啃一通来得香甜痛快。

不过朱权心里清楚，吃什么倒还在其次，今夜怕就是决定自己命运的时刻，务必小心应付才是。但朱权最终彻底失望了，案桌太长，皇上就在跟前，却根本说不成话，加之吹奏歌舞闹腾，朱棣的目光滑过自己身旁，望着那些宫女两眼熠熠生光，也似乎没有要和他说话的意思。胡乱吞咽几口，终于盼望着晚宴到了尾声。朱棣摆一下手，乐工和宫女悄悄退下，郑和也从旁门走出去。朱权见状心头突地一喜，四哥果然没让自己白来。

偌大的殿堂顿时冷清下来，朱棣的脸色在灯下有些发白，和他到大宁投奔自己的时候相比，简直恍若两人。"十七弟，朕的饭菜可还合乎胃口？"朱棣话中含着笑意。

朱权将身子倾斜了凑近些回道:"皇兄恩德,弟臣不胜感激,只是……皇兄可还曾记得当年在大宁时,皇兄说过兄弟如手足,万物皆如衣。衣服破了尚可补,手足断了不可接……皇兄还说即便一张饼,也要一人一半地分着吃……"

朱权不想再绕什么弯子了,他知道时间有限,过不了多大会儿,夜色稍深,他是非走不可的。这样一想,便咬咬牙,照直说出来。

"哦,那是自然,"朱棣几分意味深长地笑笑,"说没说过这样的话,朕虽然不大记得,皇弟的意思却是再对不过了。譬如现在,朕赖上天相助,铲除了朝廷奸佞,富有四海,慢说一张饼,就是一筐饼,皇弟尽管吱声,叫御膳房去做好了。"

话未听完,朱权便感觉有一瓢凉水当头泼下,浑身一激灵,大梦般地清醒过来。这位皇兄顾左右而言他的意图再明白不过,他竟然厚着脸皮说自己不记得当初许过的愿! 唉,时过境迁,事过境迁啦!

不过朱权并不特别失望,因为自己本来也觉得所谓中分天下不大可能,现在一下子挑明了,反而有点轻松。那么,接下来就由他这个当皇帝的去说吧,看他要将自己分封到哪儿,总之,当初自己对他的作用是明摆着的,他总不至于忘掉吧,总不至于将自己分封个不像样的地方,至少要比谷王、周王他们还得强些,否则他当哥哥的自己良心上也过不去。

踌躇间朱棣又说话了:"十七弟久驻大宁,那里天寒地冻,物产单调,怎么,来金陵京师后感觉到底不一样吧。来,品品新采摘的西湖龙井,扬子江中水,蒙山顶上茶,四月里正是最新鲜的时候,味道自有不同之处。"

朱权闻言心头一动,他清楚藩王一旦变成了皇帝,说话便开始晦涩,这也算是百姓们讲的巧人惯说藏头话吧,皇帝虽不是巧人,但他是贵人,说话更要藏头掩尾了。四哥的意思,莫非要将自己分封到杭州? 那倒也是个好地方,半壁江山的秀色,都集中到那里了,能在西子湖畔悠哉半世,未尝不是一件美事。

"皇兄的意思是……"朱权打起精神,"是可怜弟臣在大宁苦寒多年,要将温润的西子湖赏赐弟臣居住?"

朱棣忽然哈哈大笑:"苏杭美倒是美,可惜作为封地,都有不妥之处。像杭州,先帝在位时,五弟曾请求分封自己去那里,父皇就没有准允,认为杭州阴气太重,不利藩王。建文学识浅薄,领会不了先帝意图,即位之初就将其弟分封到那里,结果怎么样? 还没等到动身,就玉石俱焚呀! 再说苏州,不但和杭州同样的毛病,而且距离京师太近,乃京畿所辖,分封给藩王,多有不便……"朱棣摇头晃脑地连连叹气,似乎很愿意满足朱权却又无可奈何。

朱权一愣,但找不到什么理由反驳,索性率直了性子说:"难得皇兄为兄弟们考虑得如此周到,那,依皇兄的意思,弟臣该往何处安身立命呢?"

朱棣慢慢收敛笑容,一本正经地想想:"十七弟,你我兄弟既然情同手足,自然要奔着最好处打算。记得当初分封藩王的时候,先帝将十七弟分到东北大宁,当时就有司天官提出,说十七弟命在西南,东北恰打了一个反,不但不利于个人,亦不利于天下。可惜那时先帝脾性粗暴,司天官们只是在下边私自议论,没敢跟父皇提及。结果呢,朝中果然就出了奸佞,引来为兄四年靖难,想来还后怕呀!如今天下终于太平,再不可重蹈覆辙。为兄以为,建宁、荆州以及东昌和重庆,都是古来名胜之地,也是兵家必争之处,由十七弟去留守,朕自然再放心不过了。"

朱权怦怦乱跳的心立刻冰冷下来,他觉得自己自从进这乾清宫时就被四哥摆布了。谁说过自己命在西南,他不得而知,况且四哥说了,那是司天官们私下议论,就更无从对证。从东北到西南,简直如同屎堆挪到了尿窝,真亏四哥能说得出口!

"不要说自己曾怎样帮过他,他还亲口许诺过江山也可以一人一半的话,即便光凭兄弟情分,也不该将自己摔出那么远哪!掐指数数,大明统辖的一百四十多个州府,比这四个地方差的还有几个?"然而朱权也知道,皇上就是皇上,金口玉言,说出话来是不可改变的。他突然觉得心底有东西通地一坠,浑身松软得几乎站不起来。犹如参与了一场赌局,这次又输了,输得他不愿再算计得失。趔趄着,他奔出大殿,走到门口时,侍立于门侧的郑和过来要搀扶他,但他甩手打掉,一阵身不由己地狂笑。直到走出殿门老远,笑声依旧缭绕。郑和唬得面如土色,偷眼望望朱棣,见皇上正盯住条案上的碗碟发呆,似乎什么也没听见。

回到驿馆中的朱权很快病倒了,动不动便发疯似的哭父皇。朱棣闻听消息,沉着脸也不说话,摊开黄绢亲笔誊写了一篇初唐大才子王勃的《滕王阁序》,并特意在最后加上一句:"南昌人杰地灵,正适于修身养性,十七弟久在大宁冰天雪地,兄赐温润雄州,该不怨诘。兄知十七弟明通事理,不比建文。"

这个不是圣旨又似圣旨的东西送到驿馆中,朱权一眼便领会了其中半是劝解半是威胁的语气,摇头苦笑几声,什么也没说,即刻收拾行装赶赴了南昌。

等到了地方,朱权才知道,南昌虽然处于长江边上,但繁华景象远不如皇兄誊抄的文章那样美妙。自己的王府,其实也就是江西布政司搬迁后留下的旧院落,不但不能和其他弟兄们相提并论,就连自己在大宁的寓所都不如。不过既然到了这种地步,他也只好将就了,他终于意识到,跟许多人比起来,自己能有个地方活命,也该知足了。因此他不但没说什么,反而变个人似的满脸笑意,在滕王阁附近修盖了一座不甚奢华倒也雅致的书房,每日调锦瑟读诗书,真正乐哉悠哉。

正因为无为,朱权便很快落下了好名声。当一年以后告密风潮迭起,有地方官员向朝廷报告说宁王在南昌有不满之心时,朱棣毫不犹豫地笑道:"朕知道十七弟为人机敏,定然不会做如此事端。"

有人将朱棣在朝堂上的话悄悄告诉朱权时,朱权正在自己的"精庐"中焚香抚琴,闻听后也不答话,脸上不动声色地一笑,琴声更加激越而悠扬。

几经周折,虽然有不太满意的地方,但毕竟兄弟间很容易造成尴尬的分封问题终于不了了之,朱棣略微放下些心。但他来不及长出口气,因为还有更为棘手的事情困扰着新诞生的永乐朝廷。

按照祖制,新朝建立,头等大事便是确立谁为太子。依礼部大臣们讲,这关乎社稷长远流传,马虎不得。但朱棣知道,一个新难题已经切切实实不容回避地摆在了面前。而这个难题,却远非对付他的十七弟那么简单。

比起父皇二十多个皇子来,自己的儿子要少得可怜,仅有三个。长子朱高炽宽容敦厚,性情和善,但往往给人一种优柔有余,阳刚不足的感觉;次子朱高煦粗暴好斗,犹如猛张飞,但也正因为他有这样的勇力,自己在四年作战中,屡屡于为难之际得到朱高煦的解救,像前年燕军横渡长江直捣金陵时,在蒲子口遭遇到盛庸率领的援军,激战半响,燕军死伤惨重,他差点想暂时退回江北,徐徐再作进攻,而正是这个节骨眼上,朱高煦横枪立马,带一队敢死兵冲上来,战局瞬间就有了扭转。

朱棣还记得很清楚,当时自己精神为之一振,当着众人的面说:"高煦,干得好,给我狠狠地冲杀,以后世子之位可就要换你了!"朱高煦不知因为杀得兴起还是过于激动,脸色涨红了一抱拳头:"父王放心!"话音未落,人已窜了出去。

往事历历在目,他却深感无法交代了。像应付十七弟那样敷衍过去?显然会落下遗患。但若就此立朱高煦为太子,他又明显觉得不大合适。一方面这样做于祖制不合,放着老大不管,却立老二为太子,无法向大臣和天下百姓说清楚;再者,朱高煦性情太鲁莽,作大将有余,当国君却欠缺呀!

还有那个三子朱高燧,这家伙文不如他大哥,武难敌他二哥,但此人心眼极其灵活,惯于见风使舵。他在自己两个哥哥中间,经常一副惟恐天下不乱的劲头,一会儿附和二哥捉弄老大,一会儿又在大哥面前告朱高煦的小状。似这样的性子,当然不是驾御天下的料,但如果不将他安排妥当,他可劲搅起混水来,却也害处不小。

将三人横竖对比过来对照过去,朱棣始终拿不准主意,而这种事情却偏偏无法向人诉说,甚至连找个人商议也不可能。若以前,道衍倒是可以隐约探讨一二的,但现在他蜷缩在天界寺中,青灯黄卷非但没使他落寞,反而深感满足。徘徊在幽深而显得几分阴暗的应天大殿中,朱棣想到许多年前,父皇也许就这样为立谁作未来的皇帝而踌躇犯难过。据很多人讲,父皇当时确实想立自己这个皇四子继位,因为二十多个皇子中,惟有自己最接近父皇那种不服输铁手腕的性格,但最终迫于礼教的压力,父皇还是立了柔弱的皇太孙为皇帝。也正因为这样一个决定,他宾天后,多少生灵为之涂炭,多少百姓血汗化作青烟。唉,进退两难呀!

永乐二年四月将尽时,金陵的天气已经显出炎热的气象,蝉声稀稀落落,在宫院外此起彼伏地断续响起,墙外柳枝绿绿的在阳光中闪着油光,轻柔婆娑地随风抚摆,和墙头鲜亮的琉璃瓦脊映衬在一处,煞是好看。宫院内遍地绿草绒绒地铺展开来,点缀上粉白相间的碎屑小花,宁静而惬意。

文渊阁大学士解缙就是在这样暖风和煦的早晨时分,匆匆走过一重重朱红大门,迈过一道道门坎,由太监指引着,来到高耸巍峨的乾清殿,奉召来拜见皇上。

待解缙三叩六拜后,朱棣轻挥袍袖,空荡荡的大殿内微风拂过似的吐出一句:"免礼,来,给解爱卿看座。"说着含笑从御案上拿过一个卷轴,"解爱卿,这是当年朕镇守北京时无意中得到的一幅画,虽不是什么名家,但朕看起画中情形颇有意思,便一直带在身边。今日偶尔想起来,有画无诗未免寡气,若爱卿当即题诗一首,诗画相称,倒才更值得收藏。"

卷轴轻轻放在御案一端,解缙慌忙起身捧过来展开了。画面很简单,中央粗笔勾勒着一只威猛吊睛大虎。大虎本不足奇,只是与普通猛虎画卷不同的,这只老虎身边围聚着几只幼崽,有一只竟然还站到了大虎的背上。它们正嬉戏不已,亲昵情状跃然画外,正上方用篆书写着"虎彪图"。笔法虽然不是特别工整,但表达亲情的立意却显而易见。

见解缙专心观赏,朱棣在喉咙里轻叹口气说:"解爱卿,朕每次看到此画,总觉得心里有什么东西似乎要盈溢出来,却苦于表述不出。爱卿大手笔,不妨给朕在画上题诗一首,看能否将朕未言之意表白清楚。"

朱棣说得轻描淡写,解缙却惊出一身冷汗。凭着才子敏锐的感觉,他立刻明白,皇上今日要他看画,又叫他题诗,绝非平日经常作的应制诗。方才圣上说得很清楚,要将他的心里话表白出来。他的心里话到底是什么,解缙觉得自己要颇费一番猜思了。弄不好惹得龙颜怫然,自己枉担一个才子的名声,后半生就不好过了。

这样想着,解缙再仔细凝神盯住画面相当简单的所谓"虎彪图"。看着面前这幅画,解缙忽然想到另一幅和其极其相似的画面。那还是洪武二十五年的时候,当时的懿文太子,也就是朱棣的大哥,没等到继承大位便一病不起,当时许多大臣主张另立新太子,其中主张立四子朱棣的就不在少数。对此洪武皇帝犹豫不决,懿文太子闻听消息,于弥留之际亲手画就一幅"负子图",此图解缙没能亲见,那时他还在乡间读书,只是听说而已。但画上的内容,他后来还是听别人讲起过,不过是一只老虎,形态凶狠,却温情脉脉地驮着自家的幼崽。

据说一向蛮横的洪武爷看到这样一幅画后,却痛哭流涕,当即颁诏,令皇孙接替太子之位,使懿文太子终于安心地闭上眼睛。也正因为这幅"负子图",建文登上了皇位,继而引发了万民涂炭的靖难之战。现在似曾相识的"虎彪图"又摆在了自己面前,什么意思,仅仅是因为皇上不明就里地喜爱才召自己来共赏,还是别有深意？解缙紧绷着面皮，脑海中旋风般刮过许多想法，"虎彪图，三虎为彪，圣上恰好有三个皇子，其中是否有什么必然联系呢？"解缙眼光落在画上，心却飘摇不定。忽然他想到这些日子吵得沸沸扬扬的立太子之事，无声的炸雷轰然响起，他明白皇上的良苦用心了。

"圣上天心，岂是常人所能测得？但圣恩浩荡，臣不敢违旨，若有差池之处，还望圣上赎罪。"拿定主意后解缙不慌不忙，捏住一旁太监递过来的笔，略想一想，在那张薄薄的绢纸上既工整又不失飘逸地写下一首绝句："虎为百兽尊，谁敢当其怒？惟有父子情，一步一回顾。"

写完了仔细看看，觉得还算满意，便交给太监呈上。朱棣一边淡淡地说着："解爱卿果然好文才，真正是倚马千言。"一边接过来轻声吟颂那首语意简单的诗，读着读着不知触动了内心深处哪些脆弱的东西，竟然眼圈渐渐泛红，嗓音也有些嘶哑。解缙偷眼望去，立刻知道自己这一宝押得恰到好处，心气陡增，胆子壮了许多，抖抖衣袖拱手禀奏道："圣上，臣上次曾提到为社稷朝廷平稳计，当早立太子为是，圣上……"

"唉，爱卿说得何尝不是！"朱棣忽然将手中的画重重扔在案上，毫不遮掩地叹口气，"只可惜朕这几个皇子禀性各异，有道是一言可以兴邦，一言可以丧邦，用人不慎，危害深远，朕尚且琢磨未定。爱卿看来，如何是好？"

"陛下圣明，尺有所短，寸有所长。但天无二日，国无二君，必须有所舍弃才成。故此陛下当早立储君，以免时日一长，他们兄弟互相猜疑，彼此倾轧，正如百姓所言，家不和，邻里欺。皇子们若由此而不和，实在是一大隐患哪！"解缙知道博得圣上瞩目的时刻终于等来了，赶忙滔滔不绝地说个不住。

朱棣却并不特别感兴趣："依爱卿意思，哪个皇子能当人君之任呢？"

解缙知道朱棣急于知道结果，索性单刀直入："臣以为，立长子为储君，天经地义，即便其余皇子也说不出什么。若随意变更古制，譬如若立二皇子，非但天下人议论纷纷，就是皇长子与皇三子也要争执不休，反而会欲求稳反添乱。"

"可是……"朱棣犹豫一下，"朕之长子脾性懦弱，仁心有余而权舆欠缺，况且他近来多病……"

关于这些，解缙早就听人议论过，忙思虑着解释："陛下，儿孙自有儿孙福，莫为儿孙作马牛。皇长子虽然诚如陛下所说，但天下大势，向来一文一武。如今国治民安，正是以仁心规化万民的时候，仁心正是治国所需。"见朱棣沉吟不语，解缙灵机一动接着说，"陛下，臣还以为，凡事当从长远着想，陛下为何不想想皇长孙呢？"

"皇孙？"朱棣反问一句，立刻知道了解缙指的是朱高炽的长子朱瞻基。一想到他这个皇孙，朱棣心里疙疙瘩瘩的东西便似冰块遇到了热水，瞬间化解而通畅。

或许由于子孙少的缘故,朱棣对他这个长皇孙格外偏爱。他经常抱着年近十岁的孙子放在膝盖上,爱抚摩挲他的头顶,讲些闲话。特别是他发现自己这个孙子虽然年龄尚幼,却方面大腮,五官端正,越看越有一股帝王气象。更叫朱棣满意的是,朱瞻基自小便出奇地聪慧,读书时过目成诵自不必说,单是应对的机敏就让他赞不绝口。经解缙一提醒,朱棣觉得自己如同拨开迷蒙的薄雾,胸臆顿时爽然。

"好,那就这样吧,此事关系重大,尚要再三考虑,卿暂且退下吧……"朱棣眼光游移着,心不在焉地摆摆长袖。

等解缙走远了,朱棣无比轻松地长吁口气,接连向殿门一侧的太监们发出一连串喝令:"你们快去,将朕的长皇孙领进殿里来,召金忠进宫见驾……将皇长子也召来!"

太监们立刻小跑着出去。片刻工夫,朱高炽领着儿子朱瞻基和金忠同时来到。家礼臣礼一一行过,朱棣面沉似水,直盯住金忠:"金忠啊,想当年你能于闹市中一眼认出朕命中是要登大位的,那你不妨再给皇子看看,日后可有什么坎坷。"

金忠何等乖巧,不等朱棣将话说完,便瞧出了其中的门道。他眯缝着眼睛上下打量几眼朱高炽,忽然振衣袖拜倒叩头,口称:"哎呀,异日天子!"倒慌得朱高炽不知如何是好,连连摆手:"父皇在位,先生这是何意,快起来,快向父皇谢大不敬之罪!"一边偷眼看高座上朱棣的脸色。

朱棣面无表情,候金忠爬起来,又指指站在一旁稚气未脱的朱瞻基:"金忠,那你再看看朕的皇孙日后命中如何?"

金忠迈步从朱高炽身后绕过去,走近朱瞻基,拱腰仔细端详片刻,慌忙又是通地跪倒:"哎呀,又一异日天子!"朱瞻基看着金忠一惊一乍的模样,觉得好玩,竟也学着爷爷的样子虚虚地一抬手做出搀扶的姿势说:"爱卿免礼平身!"

话一出口,唬得朱高炽面如土色,使劲扯一把儿子:"不可放肆!你皇爷爷在跟前,还不快叩头谢罪!"

朱棣却忽然哈哈大笑:"好,好,金忠啊,你片刻工夫磕了几十个响头,可有何感想啊?"

"回禀陛下,臣一日之内能有幸亲眼目睹三代天子,古往今来,谁还有过这个福分?臣堪称古今第一啊,说来比个人职位升迁不知要幸运多少倍呢!"金忠唾星四溅,好像又回到了几年前北平时候的模样。

朱棣心胸一下子宽阔得无边无际,微闭上眼睛,冥冥中似乎有个声音对自己说:"好了,尘埃终于落定了。"

当然,这一系列曲折,朱高炽知道得并不特别真切,朱高煦和朱高燧更是无从知晓详情。正因如此,当几天后,朝廷发布圣上旨意,在奉天殿册封长子朱高炽为太子时,朱高煦和朱高燧既惊讶又突然,他们除了自认失败外,连反攻的机会都没有。更何况在册封太子的同时,朱高煦被封为了汉王,朱高燧被封为了赵王,汉越的封地天各一方,他们即将沦落天涯,这就更让他们惶惶。

"不行,就这样走了,实在太不甘心!"受封仪式结束后,众人依次走出大殿,朱高煦悄悄扯一把弟弟,恶狠狠地吼道。

朱高燧惊慌地看看四周,做个手势叫哥哥声音小点:"哥,量小非君子,父皇今年还不到五十,日子长着呢,有的是扭转乾坤的机会,横竖又不用立即到封地去,咱仔细商量,不相信两人对付不了一个!"

二十　节外生枝

　　人已沧桑,故园却更是面貌全非。史铁带着铁夫人母女三人,终于回到了家乡。而如今村庄屡经战乱之后,已经彻底破败下去,原先熟悉的乡亲,死的死,逃的逃,已经没了多少。故人寥寥,闲屋子却格外多,史铁找了一处干净宽敞些的房屋让她们母女安顿下来,再三嘱咐说:"庄户人家少见多怪,夫人小姐住下来后,尽量少走动,若要什么用什,只管说就是。若有人串门问起身世来,你们就说是翠环的一个远房亲戚,家乡遭了兵灾,前来投亲,结果在路上就碰见了我……要是有些闲人再刨根问底,支吾过去也就是了。总之现在朝廷在各处瓜蔓抄,不小心被他们撞上了,到了衙门有理也说不清,还是小心为好。"

　　铁夫人答应着微微一笑:"这个我知道,不消吩咐。秀英秀莲你俩听见了没有,如今可不比从前,别疯疯癫癫四处闲逛多嘴!"

　　等到安顿着住下后,史铁四处看看,觉得更放心了。庄上几乎没了什么年轻人,剩下的不过是些老头老太婆,多半蜷缩在炕上病歪歪地直哼哼,根本没串门的心思。还有几个年轻些的半老妇女,由于男人不在家,地里的杂活还忙不完,更没闲空串门了。他们听说史铁回了家,三三两两地过来看看,互相说些这几年史铁不在家时的情形,无非是战乱莫名突起,壮丁被抓去不少,紧接着燕王坐了天下,州府衙门里都换了新官,新官到任后日日抓人勒索钱财,结果庄上人家能跑的全跑了,不光是他们这个庄,其他临近村庄也是这样。

　　史铁热情地客气着,拿出路上剩下的油饼和各种果子叫大家尝。从人们的说话中,史铁深感放心的一点是,州府衙门的差役知道他们这些村庄已经榨干了油水,近来根本不光顾了。

　　时间很快流过,逃难当中纷乱的心绪渐渐平静下来。史铁回到了生养自己的村庄,感觉如同梦游一遭后被惊醒,眼前的一切熟悉而自然。至于巍峨的宫阙,肃穆的朝堂,史铁惶惑迷离,仿佛从来就没经历过。惟有翠环的永远消逝和晚间睡下后,手无意中碰到那处不能触摸的伤痛时,他才能意识到那段往事真真切切地发生过,尽管他不忍再去回想。

　　史铁知道铁夫人和两位小姐是富贵人家出身,同苦惯了的自己不同。他尽量想办法弄些好吃的送到隔壁院中。好在身边不缺银两,只要多跑几步路就成。原本史铁是计划盖几间像样大瓦房的,现在看来根本没必要,"那也好,省下来的钱都打了牙祭,不至于叫夫人小姐太受委屈,也算对得住铁大人了。"

可是周围附近的集市也早不是以往的熙熙攘攘,店铺大半拆毁,剩余的几个也只卖些针头线脑,若要买鸡鸭鱼肉之类的东西,非得逢三六九赶大集的日子才能碰见一点。为了不叫人看着显眼,史铁换上了粗布衣服,特意拎个破布口袋,东边买一丁点,西边买上少许。最后背了大半口袋回来,碰见乡亲,不等他们问便主动说:"翠环亲戚寄住在咱这里,身上钱也花光了,怪可怜。俺就趁着大集菜帮子便宜,多买些,够她们吃几天了。"

回去之后,史铁就赶紧从里面挂上大门,将那些鱼和肉一一取出来,洗净了用他专门买的白瓷盆端了,探头看看四下无人,急忙跑到隔壁送过去。他在宫里侍候别人几年,心细了许多,他害怕铁夫人和小姐看见他那条破布袋会恶心。

时光就这样平稳地缓缓淌过,除了铁夫人有时偶然问起朝廷有什么消息了没有,史铁需要支吾着应付外,秀英和秀莲两个丫头整日憋闷在小院中,也有点不大耐烦,时不时地叫嚷着要出去看看。"我爹在山东当了一场父母官,我还没见过山东的乡下到底什么样呢!"秀莲不止一次地说。

"别着急,等风头平静了,你俩就能到村庄里走走了,其实咱这里就是地势平整,一眼能看到天边,别的也没什么好看的。"史铁每次都耐心解释,好言相劝。

秀英和秀莲还好应付,只有铁夫人寻亲心切,整天惴惴不安,有时还无声地啜泣,这让史铁很不安,也更无奈。他在赶大集的时候,早就听人讲过了,铁大人被燕王抓到京城后,铁大人宁死不肯投降,甚至连正眼都不肯看燕王一下。结果惹得燕王发了威,竟将铁大人用油镬炸了!史铁知道,纸里包不住火,铁夫人和她的两个闺女迟早会听到实情。但他不敢想象,她们知道后会是一种什么情形。也正因了这层原因,史铁再三告诫秀莲和秀英:"现如今锦衣卫已流窜到地方上,他们可不分青红皂白,胡乱抓了人说是建文朝的奸细,弄到官衙里去领赏。千万不要出去乱跑!"

可是尽管史铁小心翼翼,仍然很快发生了他担心的事情。

近来朱棣着实宽松了不少。虽然自己仍对皇长子朱高炽并不是特别满意,但正如解缙所说的,国祚并非一代就算完事的,要从长远考虑,惟有如此,才算深谋远虑。只是令他略微担心的是,自己的次子朱高煦脾性暴躁,他本满怀希望接承皇位的,能接受这个突然而至的事实么?还有那个满肚子心眼的三子朱高燧,他虽说本来就没打算坐什么皇位,但这个惟恐天下不乱的小子,能不从中撺掇着闹出什么事由来么?

特别是受封仪式中,朱棣担心狂放不羁的朱高煦会在当中弄出不可收拾的难堪。这天风和日丽,出奇地放晴。悠悠白云不即不离地漂浮在金殿上空,春天已经煞尾,风中夹着热气,反倒使人格外松爽。朱棣端坐在宽大御榻上,威严的面容下,内心格外忐忑,他悄悄吩咐侍立一旁的纪纲,若哪个皇子胆敢口出狂言大吵大闹,或者说三道四地不按规矩跪拜,可立即过去摘掉他的下巴,并往其嘴中塞上木丸子。

"陛下……"闻听旨意,一向言听计从的纪纲犹豫片刻。朱棣知道纪纲的心思,对付小民乃至王公大臣,纪纲可以不眨眼睛,但这二人毕竟是皇子,说来说去还是人家亲近,将来万一有记恨,还不全算在自己头上?但他不敢多嘴,只能拱手答应。

吉时到了。奉天殿内外悄寂无声,庄严肃穆浓重得让人喘不过气。朱高煦和朱高燧衣着簇新,在赞礼官引领下穿过奉天门,来到大殿门外。刚刚跪下,一阵长长的吆喝由殿内迭次传出:"宣二皇子汉王进殿!""宣三皇子赵王进殿!"

二人相互对视一眼,朱高燧冲哥哥挤眉弄眼地示意,朱高煦明白,那是叫自己要忍住,别做出格的举动来。朱高煦深信自己这个从小就惯于耍弄手段的弟弟一定有什么高招来扳回败局,连忙点点头,表示知道了。

吆喝声过后,鼓乐不疾不徐地荡然响起,凭空更增添了几分威严之气。在赞礼官引导下,两人深一脚浅一脚地走进奉天大金殿。百官垂手站立两侧,乐工们则跪在丹墀阶下,手持各式器具,轻轻敲打钟磬,高高的台阶上,朱棣面含威严,御座两旁香炉中青烟袅袅飘出,半遮半掩地使父皇看上去宛若天神。

朱高煦来不及细看,慌忙和弟弟扑通跪倒,三叩六拜,礼节做得丝毫不乱。朱棣的心立刻放下一大半,赞赏地笑笑。旁边的读册官见状赶忙上前一步,手捧金册放声宣读圣上的封藩诏旨,声音在似乎过于空旷的大殿内嗡嗡作响,令朱高煦满脑子乱哄哄,根本没听清楚,不过他知道这都是老一套,听不听倒无关紧要。

圣旨宣读完后,分发御封金册和藩王金印的仪式开始了。由礼部尚书李至刚将金册和藩王所用的印宝捧到两个皇子手中,朱高煦将埋着的头抬起来,正要伸手去接,眼光却突然撞见父皇端坐的雕龙御座,那铺着黄缎的宽榻,似乎金光闪闪,令人炫目。透过缭绕的香烟,朱高煦分明看见,自己的哥哥正站在父皇身后。

想到就在前几天,自己还和这个哥哥平起平坐,彼此仅仅只是年龄上的差别。可是现在,自己距离那个耀眼的御座简直千里之遥,而哥哥却紧贴着它,仿佛随时就能坐上去。朱高煦知道,一旦谁坐在了上面,便就立刻有了呼风唤雨生杀予夺的权利,而自己的身家性命,也就掌握在了此人手中。再略微眯眼细看,朱高炽脸上的表情十分怪异,仿佛神气十足,得意扬扬,又好像有些紧张,怕冷似的紧贴父皇和御座,生怕有人要将其抢去。

一瞬间朱高煦咬牙切齿,恨不能立即扑上去把他给扯下来,但他还是强忍住了,能有如此耐性,他自己都有些奇怪,这当然与对朱高燧的期望有关。为了放松压抑不住的神情,朱高煦低头看看手中的所谓藩王印宝和金册。金册是用红丝线缀在一起的两片金页,打开来,一片是工整楷书写就的铭文,另一面镂金镌刻着一条云中翻飞的巨龙,张牙舞爪的其势咄咄。朱高煦又抖手掀开雕饰着金文的印宝匣盖,红绸缎中静卧着一方装饰有龟纽的四四方方的金印,上面用篆书雕刻了四个大字:汉王之宝。

什么汉王之宝,狗屁!朱高煦在心头恶狠狠地咒骂一句,御案上的那才叫真宝呢,这玩意儿只能哄骗小孩子!但他面色却没什么变化,像弟弟一样恭敬地叩头谢恩。

朱棣轻吐一口长气,满脸慈祥地叫二人平身侍立一侧,然后慢条斯理地说:"先祖分封藩王,本意是要手足同心,拱卫王室。你们只兄弟三人,正应了古人所说的,三人同心,其利断金。汉王分封之地远在云南,那是朕深知汉王骁勇,而云南毗邻安南诸西南大小各国,虽说偏僻,作用却不容小觑,将来威震西南,正是汉王大显身手的良机。万不可辜负朕之良苦。"

见朱高煦垂头没什么反应,朱棣更放下心来,接着用了语重心长的语气说:"古往今来,做人的标准固然千差万别,但朕始终认为,深沉厚重,是第一等资质,磊落豪放,是第二等资质,没了这两种,若只凭耍小聪明,即便有些能耐,也不过勉强属第三等资质。"

很多人都能听出来,这话其实是对皇三子朱高燧说的。朱棣知道,这个老三,独自兴风作浪的能耐固然不大,但煽风点火的本事却绰绰有余。旁敲侧击一下,也应该有必要。

朱高燧当然更明白父皇话中的意思,但他更能沉住气,垂首聆听,丝毫不作表示。没想到两个一直是心中隐患的桀骜儿子今日如此乖巧,朱棣简直有些喜出望外。他相信,这是自己威严的感染所致,心底的自豪油然而生。一桩棘手的事情竟这样顺当地完结,真有些出乎意料。

然而朱棣没想到,过于平静的背后往往隐藏着更大的不安,他所认为棘手的事情却远没结束,甚至是才刚刚开始。

等一切归于平静之后,朱棣才有心思转向让他一直潜藏在心底的牵挂。

"篡位!"这样的声音曾从方孝孺等人嘴里明确说出来过,经历了大半年腥风血雨的洗礼后,如此胆大妄为的臣子纷纷销声匿迹,他们愤恨的魂魄消散在天际云烟中。但不知道为什么,每次坐在高高的御案后边时,面对金碧辉煌的大殿和绵羊般温顺的群臣,他仍有种不自在不踏实的感觉。虽然众人唯唯诺诺,但他分明听见他们心里在无声地嘀咕:"这个皇帝名不正言不顺,是篡夺了他侄子的皇位,我们今天臣服了他,不过是要活条性命,混碗饭吃。"

这个无声的声音时小时大,却始终绕梁不散。"他是个什么东西,不过是凭了武力夺得皇位,马上争来的天下,充其量是草莽英雄,大才子方孝孺被其诛灭了十族,可见其鲁莽到何种程度。"有很多次,朱棣添油加醋地设想着臣僚对自己的私下评价。虽然纪纲率领的锦衣卫几乎无孔不入,即便有些大臣在家中的闲话,也会有人偷偷听来禀报,但朱棣仍遏止不住自己对他们的臆想。

何况更有让他印证了大臣对自己有这种看法的事情很快出现。

太子册封喧闹了几日刚消停下来,通政使赵彝禀奏说有个民间异人,酷喜演绎阵法,经数年悉心钻研,终于绘就一幅"战阵图",特意从山东老家跑到京城,要献于陛下,作为太子册封的贺礼,并愿亲口向陛下讲解图中所蕴涵的奥妙。

本以为这样一个苦心钻营会博得朱棣的欢心。不料那图呈上后,朱棣却连一眼都未看,使劲扔到御案下,气愤愤地说:"孙子兵法上早就讲过,不战而屈人之兵,是善中之善。朕当初起兵征战,实在是迫不得已,现在每每想起阵亡将士,仍然痛心不已。如今天下好容易太平无事,百姓终于能过上安定日子了,这个山东什么异人是何等居心,不将心思用在苦读圣贤书,弄出这等玩意,他以为朕是好武之君么!哼,那人何在?"

赵彝知道这番献媚不大妙,硬了头皮奏道:"正在洪武门外天街上等候。"

朱棣冷笑一声:"金吾卫,你们随赵彝同去,将这个盛世乱民乱棍打走,打得越远越好!"

很多人偷眼看一下赵彝,目光中满是窃笑。赵彝自然无话可说,支吾着倒退出去。朱棣高高在上地将这一切尽收眼底,他暗暗欣慰那个未曾谋面的小百姓,竟然无意中给了他一个澄清自己的机会,他必须抓住这个机会,要让天下臣民知道,自己并不如他们想象的那样好武残忍,自己是个文武并重的明君,至少比那个由洪武爷抱上宝座的建文要强。

"诸位爱卿,俗话说得好,乱世用武,治世重文,朕当着众爱卿的面,自然不敢夸耀文才,但朕绝非像有人说的那样仅一介武夫!朕知道,君子之心未必比常人大,但其气量涵盖一世,小人之心并不比常人小,但其心志拘守一隅。所以君子小人面目相同,其实云泥之别。朕既开辟出万世太平,自今以后就当重文守礼,以礼化教导万民,务求天下臣民个个文质彬彬!"既然有了开头,朱棣滔滔不绝,说到尽兴处,简直眉飞色舞。

"李爱卿,"朱棣忽然话题一转,眼光在百官中搜索着礼部尚书李至刚,"朕去年登位之初,便颁旨令全国举行乡试,现如今听说会试已经结束,情形如何?"

李至刚和众人一道静听朱棣说得慷慨激昂,冷不防被朱棣问起,急忙迈两步走到大殿中央,拱了拱手却不知从何说起。

朱棣此刻正在兴头上,生怕冷了场,见李至刚低头沉吟,忙转个话题问:"李爱卿,父皇洪武朝中,每次会试能选中的有多少人?"

"禀奏陛下,当初我大明天下刚稳定时,选中的举人不是很多,每次大约有三十几人,后来随着国家兴盛,最多时,如洪武十八年乙丑科,进士就达四百七十人之多。"李至刚这才缓过神来,朗声答道。

"好,爱卿对分内事烂熟于胸,可谓称职,"由于心情好的缘故,朱棣语调中充满吟吟笑意,"朕虽然也是初登大位,但天下情形却不同于父皇,当今天百姓晏然安乐,人人不愁衣食,读书人自然多出许多,卿须多选中人才,为我朝之用……以朕的意思,此次取进士,就和洪武十八年相同,也录四百七十人。"

李至刚当然唯唯称是:"陛下如此看重读书人,实在是天下文人之福分,臣先代他们谢恩了。"说着倒下身子连拜几拜。

朱棣脸上泛着红光摆摆手:"礼乐治国,是君主的职分,有什么可谢的？朕又想起一件事情,俗话说,对失意人,莫谈得意事。即便选中的人再多,也有失意未中的。对于这些人,朝廷也不应亏待,你可传朕旨意,令翰林院择其中佼佼者,进入到国子监继续苦读,以待下回高中。"

"圣上如此体贴读书人,实乃前人闻所未闻,臣不胜景仰之至！"李至刚慌忙大呼小叫地说,引得众人也不便在一旁观看,纷纷跟随着拜倒在金殿中央,口呼万岁圣明。

"罢了,罢了,"朱棣故作轻松地一挥手,"偃武必要修文,这也是太平盛世的根本。卿等下去想一想,如何才能使我朝文风如殿外夏初煦风般迅疾吹进天下子民心中。若有好主张,可随时禀奏。"

众人再次称颂拜倒。朱高煦和朱高燧夹杂在人群中,被这突如其来的声势弄得有些头晕。"没想到朝廷这么稳固,凭高燧的心计,能翻过这条大船么？"朱高煦渐渐有点不踏实。

而跪倒在朱高煦兄弟旁边的解缙却心境如阳光划破云层,旋即有个念头从脑海中闪过,"或许,我解缙大才大用的时机真的到了？"他压抑不住地心跳。既然圣上有旨意,要大臣想主意修文,作为文渊阁大学士的解缙立刻从中敏锐地觉察出些许皇上的用意,而想想自己文才满天下,就连平常百姓都知道解缙是个大才子,却至今尚未得到重用,他不甘心。

正是在这种心态的鼓动下,解缙散朝之后,立即想起去年的七月初一时,皇上曾到太庙祭祖,自己正好陪着。祭拜完毕后,皇上闲聊当中说起读书人的艰难,他还记得皇上曾说,读书人之所以难成大器,难就难在不能让胸中才识广博,天下古今的事物,散乱记载在各种书籍中,简直浩如烟海,极其不易查阅,要想博大精深,能不难么？

由此想开去,解缙还想起皇上当时就感慨万端地提到:"朕想来若有闲暇之时,不妨悉数收集天下可寻之书,将其所记载的东西加以分类,用韵注的方式编排起来,使读书人查寻起某处,如囊中探物般,那也算是大事一桩呀！"

当时在宗庙祠堂中,人人都显得很拘束,解缙也没想那么多。如今灵机一动,预感到这可能是个不可多得的良机。匆匆思索一番,解缙连夜磨砚提笔,写

二十 节外生枝

下一封长长的疏奏,将皇上以前的想法重新梳理一番,再加上自己对修订一部这样旷古大书的赞叹,看罢自己先是神驰不已。烛火跳动着,解缙精心地写完最后一个字,望望沉闷的暗夜,摩挲一下短须,自言自语道:"数十年寒窗苦读,满腹经纶终于可以派上用场了!"

实际情况确如解缙所料,本来已经忘记了许久的话被解缙一提醒,朱棣忽然找到了永乐王朝如何体现尊崇文章道德的绝佳方式。他当即召来解缙,细细商议其中具体事宜。并在不久以后的一次朝会中传下旨意,明确要修缮一部大书,一部旷古未有的大书,并任命解缙为修缮总裁官。

"此书本意务求悉采天下之书,昔日秦皇重武轻文,以至焚书坑儒,天下莫不怨望。本朝一改其道,偃武重文,所有有才之士,皆可重用。大书修订之要,务必求全求大,但凡经史子集,杂家百言,乃至天文地理,阴阳医卜,都要体现。文渊阁大学士解缙,早有才名,现任命其为修缮总裁官,望其能领会朕意,勿厌浩繁,勿畏艰难。"

自从被任用为文渊阁大学士之后,解缙还是头一次在朝堂上这么风光,当值日太监站在丹墀一侧,当众宣读诏书后,解缙跪拜谢恩,不用眼睛,他也能看到自己正沐浴在一片羡慕甚至嫉妒的眼光中,而这正是多少年来梦寐以求的,他飘飘然起来。

那段日子,夏天的闷热已经浓重地压在金陵城的上空,金陵这座大火炉正逐渐地在升温。但解缙却感觉春天刚刚到来,浑身舒适而洒脱。编纂一部博采众长的大书,对于他这样一个满腹经纶的儒家巨擘来说,并非什么难事。他要利用这个难得的机会,在皇上面前显示一下什么叫才,他当即不假思索地召集部属,分门别类地安排下任务,凭着胸中对经史子集各种文章的烂熟,他几乎不用翻检书本,便一一布置完毕。

看到总裁官如此胸有成竹,况且人家确实是当今天下知名的才子,文渊阁的众人不由不顺从,当下没人提出异议,各人照章匆忙办理誊抄。尽管如此,解缙仍然一日三催,每天批阅誊抄下来的草稿都到两三更。虽然劳累,但解缙反而精神倍增,他知道因为这部大书的缘故,现在自己真正成了朝中的显要,而不像以往那样可有可无地是个点缀。仅此一点,他就相当满足了。

众人憋足了劲般,几个月的工夫,一部大书由几个身强力壮的金吾卫吃力地搬进乾清宫。朱棣当时既吃惊又高兴,连声对跟随来交差的解缙说:"看不出爱卿果然才高八斗,数月之内能编出如此煌煌巨著,着实难能可贵呀!"一边赞叹着,眼光在那摞堆得很高的书稿上流连,几分爱不释手地摩挲不住,信手提朱笔写了个题目:"文献大成"。

然而解缙这班人并没高兴多久,几天之后,朱棣再次召见解缙,摩挲着御案上的书稿,似乎漫不经心地说:"解爱卿,当初朕要编写这部书时,曾明确有过旨意的,不知爱卿可听清楚了?"见解缙一愣,朱棣语调缓缓地接着说,"朕记得曾明确说过,朕要编写的是一部旷古大书,是学问的集大成。也就是说,此书一来要全,要能够辑录各家学派的书籍,再者要大,要大到前无古人,后无来者,要不怕繁浩。爱卿编写此书时,是否体会了朕的用心?"

"这……"解缙已经从那语气中嗅出了不大妙的势头,神情有些慌乱。

朱棣微笑的面孔忽然收住,微微蹙额:"朕仔细翻看过这些书稿,发觉所谓《文献大成》,其实大半都是讲说儒家之道,既然这样,倒还不如称之为儒学大成更名副其实些。朕说过,要全要大,要空前绝后,要能够包容百家,像天文地理这些自不待说,还有什么阴阳,医卜,僧道,民间小曲,技艺杂耍,统统要收容进去,惟有如此,才能称得上大成!"说着说着,朱棣腔调愈来愈大,整个偏殿嗡嗡作响,解缙觉得自己被震得简直再无法坐下去。

"唉,"朱棣忽然打住话头,长长叹口气,"其实也难怪,卿虽有才子之称,所学倒多半是儒家经道,堪称鸿儒,不过朕要的却是能包容一切学问的杂家,也就难为卿心有余而力不足了。"

殿中仍然阴凉如故,但解缙额头上已经布满汗粒,身上也湿乎乎的黏住了衣裳。但解缙全然不觉,他倒退两步,伏在地上打着颤音说:"臣辜负了陛下期望,罪该万死,臣请求重新修订此书,定不负圣上所托。"

朱棣却不以为意地摆手说:"朕知道编写此书的艰难,倘若谁都能轻易编写出来,那还能叫旷古么? 就依解爱卿的话,将此书拿回文渊阁中,打乱了重新修订。另外,朕还想再安排一个总裁官,也好与卿共同商议。人选么,朕已看中了一个,就是当年与朕不离左右的高僧道衍。"

"道衍?"解缙心中暗叫一声,眼前立刻浮现出那个胖大而神情始终忧郁却又隐藏着许多不可猜测心思的怪异和尚。虽然此人久听大名,但倒还没打过多少交道,不过凭着直觉,解缙知道这肯定是个难对付的角色。况且皇上对这个和尚的信任,自然无以复加,将来大书编写完成后,功劳能分给自己多少? 这莫非是皇上舍弃自己的一个过程?

"陛下,那道衍师父,他……他不是到天界寺中去作和尚了么?"因为有些发急,解缙斗胆反问出一句。

朱棣嘴角滑过一丝笑意:"出家作和尚无非就是为了隐居世外,小隐隐于山野,大隐隐于朝堂,朕不妨让他作个大隐也就是了。朕记得道衍以前对朕说过,处草野之时,不可将自己看得太小,坐朝堂之日,不可将自己看得太大。足见其身在江湖,心存魏阙。朕这就将其召来,此人所学庞杂,非一般儒生可比,解爱卿可与他好生切磋。"

话说到这里,解缙自然再找不出什么理由,他只能违心地称颂一句"皇上圣明",然后默默地退出。

道衍虽然还住在寺院中,却已不是许多年前的那个普通僧人。他在册立太子后便被封为资善大夫,官职是太子少师,从一品的文官,满朝大臣之中,他可以随意站立在前班了。不仅如此,朱棣还特意发下一道口谕,恢复其从前的俗姓俗名,令史官记载其作为时,直用其名姚广孝。

圣意自然难却,也是推脱不掉的,但只要准许自己继续住在天界寺中,有个安安静静修身养性的环境,道衍也就知足了,他想自己得用很长的时间去思索过去几年中的所作所为。道衍偶尔也出去走走,沿途百姓穷庄敝户,比他当年好不到哪里去,而浑身黑衣,扎着绑腿的皂隶们收取租税的身影却比他印象中更加频繁。当他回来问起朝廷官员百姓的赋税何以如此之重时,他们竟有些吃惊地说:"姚大人是皇上身边的人,难道不知道么?听说皇上要让海外诸国都了解大明的富庶强盛,想建造诸多大型的海船,命人远赴海外,以远播国威。这不,要造大船可不是容易的事情,那得白花花的银子不住地往里填。"

官员们说这话时,道衍始终低着头,他害怕遇到对方的眼光,他知道,别人一定会认为这是他出的主意。虽然他不在皇上身边,甚至没在朝廷中露过面,但别人仍然会这样认为。也难怪,当年朱棣南下征战时,道衍稳坐北平,那时许多谋略的筹划就有他的影子,这次自然也不会例外。

"国库中的银子有限,要造许多这样的大船,还得靠了百姓的租税呀,不多收些怎么行呢?"官员们的回答大体一致,让道衍心中五味杂陈。时隔不久,召他进宫的口谕便由郑和给带来了。道衍这次并没像以往那样找借口推三阻四的不去,他很痛快地答应下来。郑和对这位皇爷一直念念不忘的和尚多少有些神秘感,待传过了口谕后,笑嘻嘻地凑上前拱手施个礼说:"少师大人,得罪地问一句,以往皇上召您,您都不是说老迈,就是腰腿疼,这回如此痛快,真是难得呢!"

道衍微微一笑:"郑公公,自家有病自家知,自家欠债自家还,老僧年届古稀,若不抓紧了时间,恐怕今生也还不完孽债哟!幸亏皇上给了老僧这么一个机会,说实话,老僧也正这样想呢!"

郑和听得半懂不懂,但也不便再问下去。含含糊糊点头答应时,道衍却绷了脸皮问:"郑公公,也恕老僧问一句得罪的话。公公常在皇上身边,消息最灵通不过。听说修建大船出海远播国威的事……"

"原来少师大人也听说了,"郑和不等他说完,立刻脸上泛起红光,喜滋滋的表情洋溢出来,"皇爷确实有这个打算,皇爷说了,我大明自永乐王朝开始,当进到一个新境界,对内要偃武修文,整治出一个旷古的太平盛世,要百姓永乐万载。对外却要文武并用,以文来感化异邦,若他们实在鲁莽不通事理,则武力强行征服。皇爷说,以前历代最多不过远征漠北,而大明永乐则要南北并重,要炫耀国威于海外,叫普天下之人都知道永乐王朝旷古难寻,圣上是旷古之君。"

"嗯，"道衍若有所思地点点头，他终于听明白也悟出了圣上心底深处一些没说出来的东西。"燕王成了皇上，终究底虚，方孝孺等人骂他篡位，他可以将这些人零割整剐，但普天下人心里的想法，却如何消除呢？将来史书上如何评论呢？也只有依靠这样来证明自己了，也只有如此来消除千万人心中的耿介了呀！"道衍暗暗感慨，感慨于一个人的良苦用心却又无法对任何人交底。

他忽然想到自己，其实自己也何尝不是如此呢？"少师大人，"郑和却沉浸在方才的喜悦中，没看他的脸色，继续说，"皇爷说了，奴婢出生在江南，熟悉水性，又下过海，等腾出工夫来，建造大船时，叫奴婢当总监工呢！少师大人，奴婢自小便想着干一番大事业，现如今能有这样一个机会，皇爷又信任奴婢，真是太好了！"随即放低了声音，"少师大人奉召入朝，听皇爷说是想叫您主持编写一部大书，解大学士以前编过，不合皇爷心意。看来大人往后就经常出入朝堂了，若有机会，还请少师大人多替奴婢美言几句。"

又是一个想干大事业的年轻人，和自己当年一样啊！道衍感慨万端地想，什么才是大事业，等干完了，回头一看，烟云茫茫啊！可有这样的想法，不甘心碌碌，能是错吗？就像蜜蜂采花，若不将花损坏，能采得蜜么？看来世间之事，实在难以两全呀！

见道衍沉闷不语，郑和弯腰看看他枯皱的脸面，忽听他干瘪的嘴中轻吐一句："唉，花又不损，蜜不得成啊！"

"什么，少师大人您说什么？"郑和既没听清，更没听懂。

道衍却回过神来，改了口说："郑公公年纪轻轻，有此大志向，着实叫人佩服。好，老僧在《道余录》中曾写过，日日行，不怕千万里，常常做，不怕千万事。郑公公有此志向，定然能做出不凡之大业来！"

廿一　解缙的迷茫

自从对解缙编写的所谓《文献大成》深感不满以来，朱棣就常常情不自禁地想到道衍。"说到底，解缙再有才，也不过儒生一个呀！"每次站在干清宫后院放眼各色花草时，朱棣就会想到这里曾经的主人，"当初建文任用的全是方孝孺一班儒生，结果怎么样，亡了国！而朕只用道衍这样一个集众家之所长的杂家，便夺得了天下，看来儒生误国，这话虽难听了些，却是实实在在的道理。"这样想来，他就越发觉得，要编写一部名垂千古，叫后人赞叹不已从而忘记或忽略自己是如何当上皇帝的大书，非道衍不可了。

而令朱棣欣慰不已的是，自从道衍接受了编写旷古大书的敕命后，不再像以往那样躲躲闪闪，他将住处搬到文渊阁的后院，还喂养了一只大公鸡，每天闻鸡而起，翻检书籍，誊抄文稿，孜孜不倦。不仅如此，他还主动经常出入朝阁和东宫，在华盖殿中为太子和皇太孙讲解子集百家的学问。朱棣简直又看到了当年在北平时那个雄心勃勃的影子，他满意地点点头。

不过，自文渊阁中再度热闹起来，旷古大书要重新修订的那一天起，解缙便觉察出了潜伏在四周的危机。

尽管自己还是编写新书的总裁官，但明眼人一看就知道，皇上对他的才能已经不大信任了，现在倚重的是另一个同样担着总裁官头衔的少师，道衍和尚。对于这种连自己也心知肚明的情形，解缙满腹愤懑却又奈何不得。

"道衍算什么东西，不过一个读了几卷杂书，善于揣摩人心装神弄鬼的臭和尚罢了，怎么也好往这种大雅之堂来凑！"解缙几乎每天都这样不平，却又必须每天笑脸相迎。这让他感到既压抑又痛苦。他想也许应该再想办法让皇上注意自己了。

尽管自己已不是文渊阁中最能说上话的人，但解缙仍然喜欢着自己目下所做的事情。毕竟和书本打了半生的交道，能每天守着这些笔墨过日子，解缙心里多少平和些。文渊阁紧贴宫城，就在文华殿的后边，虽然比文华殿要低矮出许多，也没有文华殿的气势，但比起皇城中的其他宫殿来，还算相当气派的，并且它面积相当大，简直要抵得上别的两座大殿了。

文渊阁正厅内用许多屏风隔起来，道衍和解缙，还有随后从朝中抽调来的许多当世文豪如杨士奇、杨荣弟兄两个,还有胡广、金幼孜等时文大家,他们会同其他翰林院官员,埋首于座座堆起来的书山中间,似乎每天都在艰难地跋涉。

平常时候,往往是个人翻检个人身边的书籍,有可选入大书的便做个记号,以备誊抄。偶尔遇到拿不准的地方,也绕过屏风几个人头碰头地商议一通,如果参与商议的人多了,就干脆把屏风推到一旁,等合计毕了,重新拉过来,既互不干扰,又方便参考,大家都挺满意,连称这样摆设好。

翻阅誊抄烦琐而匆忙,时光悄无声息波澜不惊地流水一般逝过。天气不觉中渐渐由炎热变得凉爽,一年中最好的时节来到了。正是在这样一个秋日和风的天气中,圣上亲临文渊阁,来视察那部能证明他不仅有武功而且文治同样了得的大书编写情况了。

道衍和解缙两个总裁官陪同在最跟前,对圣上的话有问必答。当朱棣看到满满当当的书架上尽是大大小小的书籍后,甚是满意。不过他仔细看了看上面的具体书目,却微微皱起了眉头,扭脸冲解缙问:"朕再三交代过修书的意图,爱卿既然聪明过人,却怎么始终不解朕意呢?"

解缙一愣,没立刻明白过来圣上为何忽然责备起自己。"爱卿你看,这书架上固然书的数量不少,却仍旧大多是儒家的经史之类,子集等书呢?流传于民间百姓手中的杂家书籍呢?都可曾收集了?"

这时解缙才明白一点,皇上是说自己仍旧走的《文献大成》的老路。但他不大服气,自古做学问便是罢黜百家,独尊儒术,皇上要编写大书,不以儒家的经典和史书来做根本,那还像读书人么?

但没容他多想,道衍在一旁接过话头:"禀圣上,老僧根据以前游历时的印象,已派人搜求了一批书籍,像《山海经》、《道德心经》、《韵府》乃至三坟五典或民间私出的戏文小曲等,都有不少,正在运送途中,还有更多的尚在搜求中。"

朱棣这才满意地点头缓下语气:"好,还是少师能体谅朕的心意,若按朕与少师的意图编写出此书,那才真正叫前无古人,后无来者呢!朕不是说过么,秦皇焚书,直到如今仍然遭人唾骂,朕虽然马上得来的天下,却要叫后人知道,朕文武并举,并未损耗社稷黎民半分!唉,朕常想,生于天地之间,无过便是有功,不落埋怨便是有德,难啊!"

说着抬手拍拍道衍干枯的肩膀,却忽然绷紧了面皮转过脸对矮了半截的解缙说:"便是民间百姓,家道略好一些的,都要省出些余钱来买书叫孩子家看了长见识,朕挂了名的富有四海,倒花不起钱买书了?是见识太浅呢还是确实没钱,朕倒不愿意百姓去如此猜测朕。"

硬邦邦的一字一句砸在解缙头上,也不等解缙再伶牙俐齿地分辩,转回身对跟来的李至刚吩咐:"就依少师说的,礼部立刻选派一些通晓典史的差员,深入到各州府,各郡县,乃至乡间民宅中,但凡能搜求到的,一并买来放在文渊阁中,让少师带人斟酌使用。不要怕花银子,务必求全求大!"

看李至刚唯唯诺诺地连声答应,解缙浑身发冷,他现在终于亲眼看到了,皇上和道衍这个不起眼的和尚走得是多么近,而自己,到底不知隔了多少层。他纵然一千个不情愿,却只能自艾自怜。他想起皇上不止一次地说过要求大求全的话,可他始终是以为儒家经典的大和全,他未曾料到皇上会和这个有点邪门的和尚一样,内心里实际比自己狂放不羁得多。

皇上走后,解缙一连几日怏怏地打不起精神。道衍却仿佛年轻了十岁,这个古稀之年的老者,带着满脸风霜和沧桑,频频出入文华殿和文渊阁,在皇上和翰林院学士们中间穿针引线,马不停蹄地商讨大书的编写情况。

一次聚众商讨时,道衍当仁不让地坐在正位,看着下面绯衣紫袍的朝堂学士们说,"圣上说此次编写书籍,要以此为契机,多置办书籍,将来传之子孙,也给万代后人留个好文知礼的榜样。"

说到这里,端坐一旁的解缙忽然凭了自己聪明悟出点道道,原来圣上还是心虚呀,他不想给后人留个凭借兵力篡夺皇位的恶名,要用一本大书来遮掩自己!难怪他如此看重这帮曾经要打要杀的书生。"神龙苍茫云海间,天心难测呀!"从来都是高傲的解缙,此刻忽然感觉出了自己的浅薄。

就在解缙神思飞扬的当儿,道衍接着提名了一连串的副总裁官,而这些人基本都是平时解缙不屑一顾的。像太医院的御用名医赵友同,还有精于阴阳八卦三坟五典的金忠,都任命起来了。这帮人的加入,文渊阁立刻热闹了许多,而解缙却始终认为,这样固然热闹,文雅气息却减弱了不少。

逐一安排妥当,各地书籍或新丁丁的,或破烂得发黄霉烂,一车一车运送进来,差员们汗流浃背,好容易摆放妥当。这样忙活着,不觉凉爽渐渐变得刺骨,回过神才知道,冬天已经到来了。

金陵的初冬阴冷阴冷的,潮湿的气息顺着每个毛孔直钻到骨缝中。圣上格外体谅道衍年老,气血暖不过身子,老早就叫人从宫城内搬来红泥小炉,生着了放在脚下,同时也给了每人一个,一排排的小炉轻吐热气,大厅内顿时暖意洋洋。办差的人都开玩笑地说,今年能这么享福,是沾了少师大人的光。

说者无意,但解缙却敏感地想到去年这个时候,大厅里阴冷潮湿的情形,心里酸溜溜地简直想投笔而去。"说到底,比起道衍这个和尚来,我还是狂放不羁得不够呀!"他暗自慨叹。

道衍还别出心裁地提出:"咱们编写的这部书稿虽然要等完工后再由圣上钦定书名,但总称大书大书的不好,不妨咱们先称其为大典,如何?"自然人人称好。

伴着冬季的渐深,大典的编纂正式热火朝天地展开。道衍和礼部挑选出来的各类官员,还有从民间挑选来的宿学老生,都聚集到一处,更有许多深山高僧,古刹名道,地方名医,林林总总,总数算下来就有千余人。

随着人数的日益增多,文渊阁的宽大就变得狭隘。于是道衍又与金忠商议出个主意,让国子监还有各地州府学堂中供养的学子秀才,将誊写这个最费时间和人力的活计给承担下来。粗略统计,选拔来誊写的人约有三千之多,他们被从家乡召集而来,在国子监中住宿,饮食费用由光禄寺提供。这样一来,不但进度明显增快,而且皇上要编修大典,要给天下读书人办一件大好事的消息不胫而走,顿时声势大振,朝野上下传得沸沸扬扬。

朱棣其实正是要的这个效果,现在没等自己特意吩咐便达到了,他自然格外高兴。但这种高兴又不能表现得太露骨,他就在永乐四年春天,借着到文渊阁再度查看大典编纂情形的机会,赏赐给道衍、金忠,还有杨士奇、杨荣兄弟罗纱衣物。另外的参与人员,或多或少,金银玉器,人人有份。

被赏赐者欢天喜地,叩头膜拜地称颂皇恩浩荡。而唯独解缙心头更觉不是滋味,看着比自己资历和官阶都浅出许多的人都领取了赏赐,可站立在人堆中等到最后,赏赐名单中竟然没有自己的名字!他无论如何也难以置信,但宣读赏赐名单和赏赐数量的太监收起诏书,转身就要离开文渊阁了,还是没自己的名字出现。此时解缙终于明白,皇上其实上次召他进宫,要他讲什么戏弄县太爷的故事时,就已经对他失去了兴趣。

但解缙仍然不甘心,他想,皇上不是口口声声要尊重天下读书人么?自己不管怎么讲,都当之无愧是读书人的楷模,皇上也许暂时因了编写大典不对胃口而生自己的气,但像自己这样才华横溢名满天下的人,他肯定不会不顾及影响,迟早要重用自己的。

而且解缙还不断地想出以前的种种事情来安慰自己,譬如皇上发愁要谁当太子,始终犹豫不定时,是自己一句话就定了乾坤。这足以说明皇上还是看重自己的。但解缙仍然怏怏地打不起精神,他时常坐在宽大的桌面后边吃吃发呆,翻检起书籍来也是无精打采。

好像众人也都很识趣,看解缙这副模样,索性不来打扰,有什么需要请示的就去找道衍和金忠。渐渐地,他的桌边就空前冷清下来,而道衍身旁却热闹非凡,送上书稿的,请教问题的,几乎络绎不绝,这也叫解缙更加失落。他想不通,皇上一再声明重文,为何却将自己这样的大才子给晾了起来。想不通的解缙反复思索自己总也走不红的原因何在,最终,解缙得出个结论,皇上没能重用自己,不为别的,还是自己恃才狂放得不够,还要多显露,多引起他的注意。

此后解缙终于又打起精神,他常常在闲暇时间出入于各同僚府中,饮酒作诗,登高而歌,不但心情放松了许多,解大才子的名声果然又有了些振作。

但解缙却怎么也没料到,正是自己的起劲折腾,虽然赢得了皇上的注意,却也促成了自己的速死。

转眼冬季势头渐弱,不觉间到了新年。爆竹一声旧岁除,桃符万户新摆就,一派喜气洋洋中,时间就过得分外快。初一的履瑞刚过,初七的人日就来。转瞬之际,火树银花的元宵佳节也匆匆闪过。金陵城又开始荡漾起春意,暖烘烘的叫人沉醉。

大好天气里,解缙更在文渊阁的冷板凳上坐不住了,他找了个机会,到街上去闲溜达。无意间路过一户高门大宅,抬眼一看,巍峨的门楼正中央悬块字体扬洒的匾额,上书"国宾府"三个大字。不禁一愣神,这不是驸马的府上么,这金字匾额还是我题写的呢。当时驸马本意是要皇上钦笔御书的,正好解缙在后宫给三个皇子们讲解《论语》,皇上便淡淡地一笑说,朕马上操持戈矛,许久不练习,有些手生,还是解爱卿不但文才好,而且练就一笔好字,就叫他来代朕题写吧。

想起当时,解缙觉得自己何等风光,尔今就更倍感冷落。这样回想着过去的一幕幕,不知不觉抬脚迈了进去。好在解缙曾来过许多次,当时新府邸落成,悬匾额的时候,解缙还被请为座上宾,门人都认识这个看上去随意潇洒的大才子,也没问什么,任由他进去。

本来是想倾诉一下近来苦闷,或者若谈论得很投机的话,就叫驸马在皇上耳旁吹吹风,叫皇上把自己给调到文华殿中去,那里离道衍远些,或许能重新找回过去的感觉。解缙也是临机突然这样想的,他清楚自己无论在皇上心中,还是在众人看来,都很难争过道衍这个古怪的老和尚了。

可惜驸马却应了别人邀请去石头山上踏青了。解缙在客厅中枯坐片刻,便想着向过来奉茶的丫头说一声,起身告退。就在此时,解缙眼尖地看客厅内侧屏风后边帘幕撩起,有人影恍惚一闪,环佩玉器的撞击声隐约传来。倾耳细听,还有人笑着低语:"那个就是大名鼎鼎的才子解学士,公主看清了吧。"一个丫头的声音这样说。

另一个满含笑意地轻软着声音说:"看了,确实是个风流才子呢,那气象就不俗……快些走开,叫人家知道了,成什么体统!"说着步履轻轻如微风掠过般远去了。

解缙顿时猜出几分,公主一定是久闻我解学士大名,早仰慕不已,想偷眼看看到底是个什么样的人物。连深闺中的公主都知道才人的名声,解缙胸中顿时荡漾起自豪,多日的不快也忘在了脑后,他忽然灵机一动,何不在此再显示一下自己,也好叫公主见识一下我解缙的才名可不是浪得的!

想着他向奉了茶欲退下的丫头说:"拿纸笔过来,我要写诗一首,叫你家主人看看。"

丫头自然不敢多问,慌忙找出文房四宝,端到八仙桌上。解缙抬手磨两下墨,略加思索,提笔在纸上写下四句诗:"锦衣公子未还家,红粉佳人叫赐茶。内院深沉人不见,隔帘闲却一团花。"写罢也不细看,递给丫头说:"去呈给你家公主,就说解学士告辞了。"说着也不待回答,飘然而去。临出了府门,脸上仍挂着笑意。

丫头不知道他写的什么,但既然人家是驸马府上的座上宾,连公主也惊动了,还溜到屏风后边偷看,情知这个人物定非一般,就赶忙将诗稿送过去。

公主却是在后宫读过几年诗书的,大致意思还能看得懂。当即拉下脸对贴身丫头说:"你看看,这叫什么诗,驸马不在家,公主叫端茶,驸马府这么大,生人谁也进不去,如花似玉的公主在家该是多么寂寞。这叫什么话!分明是在调戏堂堂朝廷郡主了,这哪是什么才子,简直就是无赖一个!不行,我非得禀告父皇去,这样的才子留在朝廷,太有伤风化!"

在解缙看来,自己不过随意调侃几句,借以显示卖弄一下胸中才学。岂料公主却煞有介事地乘了辇车,来到宫里,将诗稿呈给朱棣,说那个什么狗屁才子闲极无聊地竟然跑到驸马府中,还写诗来侮辱女儿,请父皇给做主。

朱棣除了那三个叫他左右都不能完全顺心的儿子外,就这么一个娇弱闺女养在深阁中,虽不是徐皇后亲生,但无论朱棣还是徐后,都对其格外疼爱有加。听女儿添油加醋地一说,低头沉吟一下哈哈笑道:"你也读过些诗文,难道不知道自古才多便狂么?解缙是出了名的风流才子,他在同你开玩笑呢,又何必当真?若同这样的人当真,早就气死一大片了!"

说得公主拉长的脸扑哧一笑,事情自然也就完结,她扔下诗稿,到坤宁宫里去找母后叙谈去了。

看公主走远了,朱棣捏着诗稿,忽然变了脸色,恨恨地低语一句:"真是太狂妄,你难道以为朕就如此投鼠忌器么!"

得到一些发泄的解缙终于能打点精神投入到编写大典中去了,可正当编写大典的工作进行得热火朝天时,郑和却突然捧着一卷诏书,来到文渊阁宣读,诏令解缙火速准备,调任到江西担任布政司参议。

听罢诏书,解缙半晌不知该怎么说话,僵硬地保持着直起上身跪立的姿势,直到郑和过来,把诏书塞到他手中时,解缙才艰难地吐出话来:"郑公公,皇上为何要解缙到如此边远的地方去?"

郑和作出关心的样子说:"解大人,皇上虽然诏书上没明说,但私下里却谈到,说解大人才高望重,熟悉儒家礼数,若只圈在这文渊阁中著书立说,未免大材小用,还是学以致用的更好。江西那边百姓各族杂居,荒蛮不知礼仪,正需要解大人去教化。孔夫子不是说了么,既来之,则安之嘛!这安之的重任,皇上可就交给解大人了,还望不负圣恩哪!"

洪武爷早就定过规矩,宫中太监是不许读书识字的,即便偷学几个字,也没什么学问,解缙不知道郑和怎么说起来就一套一套的,莫非有人教过?但此刻,他却顾不上仔细琢磨这些,他被突然而至的变故击蒙了,那些潇洒飘逸再找不见踪影。当年读《三国志》时有段记忆颇为深刻的杨修之死的事情不知怎的忽地涌上脑际,他好像明白了几分。

然而似乎明白过来的解缙,仍然没有估计到朱棣善于穷打猛追的性格,也没想到墙快要倒时难免会有人去推的道理。离开了原本有些失落和厌倦的文渊阁,解缙才真正感到了什么是失落。他再闻不见那追随了半生的书香气,至于子曰诗云的吟咏,在那如郑和所说的荒蛮之地,更是一种奢望。

但厄运并未就此而完结。在解缙到达江西没多久,朱棣又接到李至刚的奏折,说当初丘福曾在皇上跟前替二皇子汉王讲过好话,想叫皇上立现在的汉王为太子。解缙那时经常出入宫门,多少听到些风声,便在外边大肆宣扬,泄露禁中事情的罪状,显而易见。

朱棣看过奏折,当即恨得咬牙切齿,因为他现在正为立了长子朱高炽为太子后,造成的后患而忧心忡忡。二皇子朱高煦因为在靖难之战中战功卓著,本来满怀希望地预备当太子,没承想,太子没当成,却被封为了汉王,要离开京师万里之遥。

"什么封王,简直是发配!"在受封大典上恭敬有加的朱高煦和朱高燧,等到按规矩要到封地的时候,却突然变了脸,暴跳如雷地大吵大叫。特别是朱高煦,拉长那张在疆场上晒黑的脸,愤愤不平地说,"儿不敢说有功,但究竟犯了何罪,竟要发配到如此边远的地方去!小河流水遇到不平的地方尚且要哗啦地响,儿为何就不能替自己说句话?我就是想不通,想不通我就是不去那个鬼地方!"

对此朱棣无言以对,他深知自己理亏,但也没法可解释清楚。况且这事情也解释不清。事情就这样不了了之地搁置下来,三个皇子仍住在京城,将来的摩擦乃至火并是显然的,朱棣英雄半世,却在儿女问题上一筹莫展,他深感悲哀,自然对这个话题也分外敏感。

而李至刚的奏折正触动了这心底的隐痛,朱棣毫不犹豫地将以前对解缙的厌恶不满化作了痛恨,立刻下诏,革去解缙江西布政司参议的官职,调任化州督粮。化州远在交趾,真正的化外之地,再往前走几步就出了国门。

就在以天下读书人楷模自居的解缙颠沛流离的过程中,在道衍和金忠等人的主持下,大典的编写工作终于基本结束。正如朱棣所要求的那样,这部书真正成了旷古大作。当干清殿中御案上和御道上都摆满了誊抄得整整齐齐的书卷时,连朱棣也感到了超出想象的吃惊。

这部大典总共一万余册,书中辑录了自先秦到明初洪武三十年间的各类典籍近八千种,不但包罗了经史子集等百家的著述,更有天文、地理、地方史志、阴阳、医学、八卦、僧道经文乃至民间流传的小曲和说书艺人的底本,内容宽泛得几乎无以复加。大致算来,共分成两万两千八百七十七卷,其中单书目就有九百卷之多,总字数竟达三万万!

面对如山的书卷,朱棣此刻更感到当初决策的英明,有了这部前无古人的大书,即便子孙万代之后,谁能不钦佩地说,这是个文武双全的英君呢!这样想着,他信笔在一张大纸上笔墨凝重地写下了早就萦绕在脑海中的书名《永乐大典》,就以永乐为名,要叫他们知道,永乐曾是个何等辉煌的朝代!

看朱棣豪情满怀,意气风发的样子,道衍最能理解他此刻的心情,他上前一步,语气有些打颤,但仍洪亮如初地奏道:"圣上,永乐大典之前,也曾有过相仿的典籍,像北齐的《修文殿御览》,总共三百六十卷,大唐时候的《文思博要》,共一千二百卷,而颇为著名的《艺文类聚》,才仅仅一百卷,就连宋时文人竞相引以自豪的《太平御览》,也只有一千卷。总之,我大明的《永乐大典》绝对是空前之制,亘古未有啊!圣上文治的功绩,综观历代帝王,实在无人堪比!"

道衍的话如锦上添花一般,朱棣心头难以抹去的灰尘终于轻松地抖落许多。而干清殿沸腾的场景,解缙却再也无法看到了,朱棣并没有因为大典编写完的喜悦而放弃他所厌恶的人和事。在一次纪纲照例上朝禀奏民间关于朝廷的议论和一些逃匿的建文旧臣下落时,朱棣似乎并不十分上心地说了句:"朕虽然最尊崇文治,但有些有才无德的文人却是多余的,朕并不因为失去这帮人而痛惜,譬如人人称赞的什么才子解缙之流。"

也许朱棣并没什么想法,不过随口说出,但纪纲已忠实万端地记在心上。这个锦衣卫的头目知道,既为皇上鹰犬,那么皇上的每句话都是圣旨,必须领会其中的意思而不折不扣地圆满完成。

纪纲告退出宫后,立刻不辞劳苦地派人将解缙从遥远的西南边境带回,又送到远在已被圣上改名为北京的北平,一个大雪满天的夜里,纪纲亲自出马,和颜悦色地邀解缙饮酒。许多日子不闻酒味的解缙当然乐得开怀痛饮。待半坛下肚后,他醉沉沉地被人拉到院中,剥光了身上的棉衣,片刻工夫,这个名噪一时的才子就僵硬得如同他身下的大地。

廿一 解缙的迷茫

— 249 —

廿二　恩怨两弥散

了结了圣上的心事又不动声色,不至于给陛下招来祸害文人的非议,纪纲很是得意。他想立刻进京去禀奏,以便邀得许多称赞和赏赐。车马走到山东地界,他的部下探听到一个重要的消息,说有个当初趁战乱从南京逃回来的村民,经常到集市上用些玉器金锭之类的换些散碎银两,那些玉器精致异常,怕是宫里的器物,另外,他还带回一个衣着不俗的娘子和两个小姐,行迹十分可疑,或许正是逃匿的建文旧臣。

纪纲对此十分重视。山东是自己的老家,建文旧臣竟然出现在自己家乡,若叫皇上知道了,那些心怀嫉妒的人奏上一本,说自己有意包庇,那……他立刻下令,按照线索去捉拿!

随着一阵急促纷乱的马蹄腾起滚滚烟尘,平静的村庄顿时大乱。但这帮人并没像以前燕兵和官兵混战时那样四处抢掠,他们在知情人的带领下,直奔史铁家门。那日时候尚早,史铁还在地里劳作,秀英和秀莲姊妹两个正在史铁屋里忙活着生火做饭。猛听见外边人声嚷嚷,群马嘶鸣,接着嗵嗵地将门捣得山响。两人愣怔一下,面面相觑,不知该如何应付。

见门从里边闩住,知道必然有人,外面便擂得更起劲,末了门被一脚踹开。

一墙之隔,铁夫人早听见了这边的喧闹,她凭直觉便预感到绝非铁铉派人来接她们了,或许更大的灾祸就要来临。但她宁可相信自己的直觉是错的,若不是铁铉派人来接她们,这帮人哪会无缘无故地直接找到门上?她想皂隶们蛮横无理惯了,保不准铁铉没跟了来,他们见穷家破院的,有小瞧的心思,话语就难免冲撞。

这样一想,铁夫人忽地血涌脑门,多少委屈山洪暴发般历历从眼前闪过,"真的是他来接我们来了么,怎么从没听史铁说过?"可是不容她细想,隔壁叫嚷得更凶,铁夫人急忙整整衣服,开门走出来,站到史铁那扇被踹倒在一边的门旁,使劲抬高了声音说:"众位差役辛苦了,莫非是铁大人叫你们来接我们的?"

话一出口,铁夫人忽然觉得自己过于激动,太鲁莽了些,倘若他们找错了人,岂不是不打自招,凭空惹出许多麻烦。不过再想想,史铁说了,铁铉现在朝中当官,叫他们知道了,正好能透个风声,或许铁铉也正急着找她们呢!

铁夫人尖声细气的话语忽然从背后传来,令众人一惊,忙转过身来,领头的一个上下打量她几眼,不瘟不火地冷声问:"铁大人,哪个铁大人?对了,你是不是说的铁铉?"

看来朝中鹰犬一旦来到民间,简直就是猛虎恶狼,连长官的名讳也不顾及了。铁夫人这样想一下,点点头:"正是铁大人,是他叫你们来接我们的?"

说话声音不是很高,却叫在场的人都吃一惊,他们竟张口结舌地半天没答对上来。秀英和秀莲听娘和他们一对一答,又见他们这般表情,以为他们是被爹的威名给吓住了,秀莲先是拍手跳起来叫着说:"好喽,好喽,这下可好喽,咱们要去京城见爹爹啦!"

此刻班首也回过神来,再走近几步仔细看看铁夫人,拧起眉毛歪了嘴角:"这么说来,你们就是铁铉的家眷了?"

铁夫人不知道他何以露出这副模样,但话已经说到这个地步,也只好点点头:"正是。铁大人他,他在朝中,身子还好么?"

时间凝滞般地沉默片刻,忽然众人爆发出一片恶狠狠的大笑,有个口齿伶俐的接过话头说:"好,好,当然好了,他都让皇爷给炸成焦黄色了,比京城的咸水鸭还油,能不好么!"

"什么,你们……你们怎么能如此放肆!难道不怕将来我告诉铁大人?"铁夫人预感到真的不妙,一阵头晕,险些站立不稳,但她还存了一丝希望,希望这是他们粗鲁的误会。

"甭铁大人铁大人了,这话叫皇上听见就得罪加一等。他是狗屁大人,不过一个顽固的建文逆臣而已,早叫皇上给扔进油镬,炸成黑炭扔进秦淮河里了。不过这样也好,反正像他这样的逆臣,即便落个全尸,到阎罗殿中也少不了下油锅,早受了罪晚不受!"见如此漂亮的女人花容失色,大家都很得意,有人一五一十地认真说。

铁夫人身体剧烈摇晃一下:"此话当真?"虽然这样问,但从情形上看,必然确凿无疑了,否则他们也不敢这么放肆地说长道短。还没等那人回答,铁夫人觉得天旋地转,踉跄两步,依靠在半斜的门板上,又从门板上滚落到地下。

秀莲和秀英见状冲过来"娘,娘"地大喊,铁夫人能听见她们的声音,却怎么也睁不开眼看她们,更张不开嘴说话。耳畔嘈杂声陡然增高,吆五喝六地有人说:"看他们来路真不简单,先别啰唆了,都捆起来,等见了纪大人再说!"另有人接过来叫嚷:"还有个男的,也去把他找回来,休叫走脱了一个!"

事情正如自己最坏的预料一样,铁夫人更加着急,但她越着急越说不上话,本来眼前还白花花的一片亮光,忽然昏黑如漆,她只觉得身子沉重地堕进无边深渊,金星四溅着什么也不知道了。

也不知旋转着落了有多深,忽然重重地着了地。四周依旧黑得不见五指,她顾不得身子骨乱痛,挣扎着爬动想找到出口。终于眼前慢慢有了些亮光,再往前爬动,一个黑影矗立在光亮的中央。铁夫人抬脸一看,黑糊糊的半截铁塔般似的人形却又不像。正疑惑间,那个黑影说话了:"是夫人么,我是铁铉哪!"

"啊?"铁夫人一惊,"真是你,你怎么变作这般模样?这里是什么地方?!"

"夫人。"声调凄凉沧桑,穿透骨髓的阴冷,"这里是万劫不复的阴曹,我被燕王那篡位的贼子捉住后,他将我扔进油镬中炸成了这样,半根焦木似的没了人形,连转世投胎都不能够。夫人,你我相见,不要说今生,就是来世,也不能够啦。夫人,燕王贼子何等心黑手辣,是他害得你我自此天各一涯,永世再不能相遇了!"

"不,不!"铁夫人感到了从未有过的恐怖,她不顾一切地上前抱住那根焦黑的木桩,"我要陪着你,我不会叫你受这样的委屈!"

可是那根木桩还没来得及说话,便在她怀中发出一阵碎裂的声音,随即轰然坍塌成一堆。铁夫人撕心裂肺地喊道:"你别走,我跟孩子们离不开你呀!"叫喊着双手在坍成一堆的碎渣中乱扒,结果除了满手的黑灰,再无任何声息。

"啊!"绝望中铁夫人捶胸大嚎,声音在空旷中荡起回响,回响传到耳中,如狼嗥一样,但她已不顾了一切。

"娘,娘!"另一个声音同样凄厉地响起,振聋发聩,剧烈的震荡使身子来回摇晃。铁夫人勉强睁开眼睛,刺目的光亮直让人心痛。恐怖的场景顿时消散,两张水灵灵的脸庞正注视着自己。

铁夫人顿时明白方才不过是南柯一梦,她挣扎着坐起身,看看四周,亮堂堂的房屋中绛帐长长地直垂地面,阳光透过来,发出暧昧的红晕,淡淡的胭脂香气弥漫荡漾。

"这是什么地方?"她仍能记起方才的混乱场景,一时弄不明白那帮人怎么突然消失,她们又怎么来到这样官家卧房一样的屋里。莫非方才真的是误会,那帮不知天高地厚的下人和自己开玩笑,铁铉真的将她们接来了么?这到底是怎么回事,她没能立刻反应过来。

听娘这样问起,秀英和秀莲顿时水灵灵的脸上一红,不知该如何回答。有个嘶哑的男人声音传过来,似乎和这满屋脂粉气味很不协调:"夫人,你昏睡这么多天,谢天谢地,终于醒过来了。来,快叫夫人喝口糖水,润润喉咙。"

秀莲答应着连忙端过一个细瓷茶盏来。铁夫人留意一下,那茶盏晶莹剔透,绘着仕女图的彩釉光亮闪闪,精致得断非普通人家的器物。她这时才看见史铁也站在一旁,但口渴得厉害,大口吞咽下水,才忙不迭地继续问:"这是什么地方,铁大人他……他到底怎么了?"

史铁却没立刻回答她,看一眼垂目而立的秀英和秀莲,低沉地说:"好了,你娘总算没事了,几天了,你俩也累得够呛,先到一边歇息片刻吧。"

铁夫人见两个女儿答应着撩起帐幕进了别室,觉得她们神情很有些怪异,更急不可耐:"史铁,你快说,铁大人,他,他到底怎么样了!"

在铁夫人眼里,史铁田间劳作风吹日晒下,脸膛比起刚见到他时,红黑了许多,身材也更壮实,但此刻,他却哆嗦得如同风雨飘摇中的枯黄树叶,瑟瑟地似乎随时都会零落。

"夫人。"史铁闷着头终于开口了,"夫人,其实……其实铁大人他被现今新皇爷捉去后,怎么也不肯委曲求全,实在是千古难得的……忠臣。"说着话,史铁小心翼翼地向窗外看了看,"铁大人他不但不肯当那没一点气节的贰臣,还当着新皇爷的面骂他是篡夺皇位,结果惹得人家大怒,就把铁大人给……给害了。"

等史铁吞吞吐吐地说出来,铁夫人倒并没他想象中那样哭嚎,她仿佛早有准备似的,神情出奇地平静:"那么,他们说的将铁大人扔进油镬中的事情也是真的了?"

"倒没那么厉害。"史铁稳稳神,见铁夫人心平气和,说话也就流畅了许多,"现如今钱越掮越少,话越传越多,有几个大臣倒是受了酷刑,像方孝孺等人,底下百姓根据传闻随心猜测,自然也会拉扯到铁大人身上,夫人不必相信。"

"哦。"铁夫人面无表情地点点头,随即望望轻风拂摆的绛帐问,"这是什么地方?既然铁大人得罪了这样的新皇帝,按说我们这些作家眷的,当然也是死罪了,怎么反倒给供养起来?"

史铁身子不经意地抖动一下:"夫人,说来也是命,本想在乡下平平安安地这么过下去,等日子久了再跟夫人慢慢提及这事。谁承想时间长了我一时大意,被人看出了破绽……他们知道夫人就是铁大人的家眷后,晓得铁大人在皇上眼里可不是一般人物,锦衣卫头领不敢怠慢,立刻写了奏折交到朝廷手里。"

史铁顿了顿,见铁夫人半倚在床榻上,神态比方才更安详,暗松口气,倾耳听听四周动静接着说:"新皇爷现在怒气已消,回想起当初戕害忠良臣子,也颇有几分内疚,正好赶上这个茬口,就特意颁诏,下令赦免建文旧臣家眷的死罪,只是……就近发配到各青楼中……这里便是济南大明湖畔的胭脂街,纪纲奉皇上圣旨,命令押解咱们的人到济南时就地安置……夫人,我自称是铁大人的一个管家,自小受了……阉割,照顾夫人小姐的,他们就让我也跟了来……夫人!"

听史铁遮遮掩掩地吃吃说着,脸色似乎害羞地泛红,铁夫人却面皮更加煞白,但她没有哭喊,甚至连眼睛也没眨一下。"史铁,难为你如此费心费力地照顾我们娘仨,可惜天算活人算死,我们终究没能逃过这一劫。不过也难怪,俗话说,家中百事兴,全靠主人命。主人的命都没了,这家能有个好结果么?唉,史铁,你过去叫秀英和秀莲她们过来,我想跟她们说句话。"

"哎。"史铁长出点精神,"难得夫人这么通达情理,凡事都得想开些,人不是常说么,百般东当中,就数人变化最快,要想不变,除非三尺白布盖住脸。谁还能没个有灾有殃的时候,只要想开些,慢慢自然会变好。"

絮絮叨叨地说着，见铁夫人有点心不在焉，好像在想别的什么事情，史铁忙知趣地绕过帐幕，去叫秀英和秀莲了。

秀英和秀莲其实并没走远，况且这里也没地方可去。她们被那帮凶巴巴的锦衣卫扯来拽去，早已吓得六神无主，本指望娘能给壮点胆，但娘一直昏睡着，躺在木轮车上吱吱扭扭如泣如诉，更叫她们惊慌。幸亏有史铁哥在一旁招呼着，又向锦衣卫们讲好话，又暗中给这个那个的塞零碎银子。

在秀英和秀莲印象中，史铁总是老实巴交的，没想到如今他这么灵活有眼色，叫她们多少有点吃惊。但不管怎么说，总算没人再恶狠狠地吆喝或色迷迷地盯住自己不放了。当她们最终被送到这里时，有许多花枝招展的娘们围拢上来指指点点小声议论，不时爆发出一阵浪笑。锦衣卫则放开她们身上枷锁，急不可待地扯拽着那帮娘们调笑着走到各个房中。

秀英和秀莲从小受了爹的感染，素来举止洒脱，见这副情形，不禁皱了皱眉头。一个半老婆子过来，扭动水桶一样的腰，将她们从上到下打量几遍，目光锥子似的让姐俩很不舒服，她们感觉自己好像牲口一样被人瞧来瞧去，索性"哼"一声背过脸去。

"哟呵，模样倒是挺俊，一个赛过一个地俏，脾气也不小。"那婆子也不生气，拿腔拿调地说出一个字来能拐几个弯。锦衣卫班首见状将那婆娘拉到一旁，两人嘀咕半响，婆娘忽然鸭子般嘎嘎大笑，边笑边往她们姐妹身上看。

"姐，这是干什么嘛，一帮骚娘们！"秀莲气嘟嘟地说，秀英却感到了什么，紧张着脸没顾上回答。还是史铁乖巧，他将姐俩赶紧领进躺着铁夫人的房里，就听婆娘在窗外喊了声："都是官宦人家小姐，走到这一步挺不容易，为娘的我能想通。这样，既然进了这个门，往后就成了一家人，老娘我也不为难你们，先照顾两天病人，等歇息过来了，再梳头接客也行。"

"接客？接什么客？！"秀莲没听明白，扭头问姐姐，秀英依旧闷不作声，眼圈红红的想说话，可看看双目紧闭的娘，又忍住了。"姐，你说，咱爹当真不在世了？"秀莲想起姐姐在路上偷偷哭过几回，可她自己总不能相信锦衣卫们的话。

秀英还是没回答，但这次长长叹了口气，这一声叹气，使她在史铁和秀莲眼里顿时长大了许多。娘在这里又昏睡了一天，直到现在，已是来这里的第二天了，娘终于睁开眼睛，这让三人都放下悬着的心。

听说娘叫自己过去，秀英和秀莲慌忙撩开帐帏走上前。她们刚撩开帏幕时，眼尖的秀英分明看见娘往嘴里塞进了什么东西，伸长了脖子硬咽下去，咽得很艰难，眼睛都突起老高，一直等她们走到跟前时，才恢复点平静。

"娘，你好些了么？"秀莲蹦达过去，俯身贴在铁夫人脸上，欢喜地问。

铁夫人轻微点点头，忽然神情肃穆地说："秀英，秀莲，叫你们走到这一步，为娘的实在对不住你们，可……这也是天意，娘实在没办法挺过去。但不管怎样，你们若叫人……娘就是在阴曹里见了你爹,也没脸跟他说。秀英,你年龄大些,要照顾好妹妹,她自小生长在高墙大院中,什么也不知道,倒是你跟你爹出门转悠过几回,凡事多照应。为娘实在不想抛下你俩,可事情到了这一地步,娘真挺不住了……不过有你史铁哥在,娘也放心些。"

听她说话的口气不对,秀英警觉地说:"娘,你胡说些什么!"

铁夫人凄然一笑:"现在说什么都晚了,娘的话,你俩一定得记住。再有,娘还有一句最重要的话,你俩千万别忘了——"说着她缓口气,加重了语气,"宁可玉碎,不能瓦全!"说罢怔怔地看着她们。

秀莲尚懵懂间,不知娘忽然郑重其事地说出这样的话来是什么意思,但秀英当即就听明白了,她一改这几天平静的神色,叫声"娘!"哭跪在床榻前,"眼下孩儿好比游鱼撞到网上,不上人家的套,又有什么办法?娘,我其实早就打算好了,等见过你一面,我就……"

"不许胡说!"铁夫人忽然怒睁了眼睛,但随即又暗淡下来,"孩子,人家都说,富贵定要安本分,贫穷不必枉思量。话虽这样讲,咱现在是最贫最穷的时候,但为娘还是胡乱思量出个主意来,保住你俩也保住你爹的清白。总之天该塌时谁也拦不住,灾祸来了也别怕。你俩千万记住为娘的话,听你史铁哥安排。你俩先出去,叫你史铁哥过来。"

看铁夫人越来越煞白的脸,两人虽然满肚子话,却也不敢违背,忐忑地蹭出帐后。史铁匆忙走过去,就听两人低声说了许久,史铁"哎,哎"地连声答应着,忽然惊叫一声:"夫人,你的嘴……血,夫人,你……"

铁夫人低声又说了句什么,史铁接着就带出了哭腔:"夫人,你不该这样呀,夫人,我这就去找先生,我……"

秀英和秀莲听那口气忽然觉得不对,急忙冲出帐幕,面前的景象令她俩目瞪口呆,床榻上刚才还面色平静的母亲,不知怎的口角血丝游移,瞬间又鲜血奔涌着大口喷出,血花溅在白色被面上,朵朵如梅花绽开。

"娘!"姐妹两人同时扑上去,"你这是咋啦,娘!"

史铁面色灰黑,略微扭过脸:"你娘不想让你们看到她这副模样,她太累了,想去找你爹,她……吞了藏在身上的金子,你们别拦着了,叫她静悄悄地放心去吧……唉,除了死就再没大灾,你娘终于解脱啦……"

姐妹两人泣声哀哀,跪在床头不知该如何是好。铁夫人勉强微睁开眼,张着被血糊住的嘴缓缓说:"记住娘的话,凡事听史铁哥的安排!"

伴着话声,一股鲜血喷薄而出,直溅得两人全身血花点点。

姐妹二人被眼前情景惊呆了,瞪大了双目眼睁睁地看着娘侧卧在血泊中,疲惫已极地松弛下苍白的面庞,闭上了在她们心目中曾经美丽异常的眼睛。

沉闷片刻,秀英似乎忽然明白过来怎么回事,扑上床榻,呼天抢地摇晃着铁夫人的身体,变了腔调的呼号听上去令人周身发冷,不但惊动了整座小楼,就连秀莲也被吓得跪在床前不知所措,满眼含泪却哭不出来。

史铁忙着在一旁劝说,老鸨急匆匆赶上来,正要张口怒骂,待看见满床满地都是血迹,吃惊地呆愣片刻,忽然见鬼似的用手帕捂住嘴,缓缓向门口退,砰地撞到门框上时才醒悟过来,扯嗓子喊一声:"快来人哪,这里杀人啦!"一边连滚带爬地跌下楼去。

随着喊声,这座含苞楼顿时乱成一团,不大工夫,整条胭脂巷都给惊动了,那些从未见过如此凄惨景象的男女或出于好奇,或极度无聊,纷纷涌过来,人头攒动,议论声一浪高过一浪。史铁站在窗边看见院中景象,心中暗暗说:"夫人放心好了,你快看,情形正如你料想的一样。"

不大工夫,正在各闺房取乐的锦衣卫和官府人马几乎同时赶到。他们驱散人群,上楼来查看情形。结果自然十分简单,这个官家夫人受不了倒霉后的窘境,自行了断了。对于这种事情,官家差役和锦衣卫们都不陌生。前两年,皇爷刚登基时,建文旧臣的家眷被发配到边地充当奴役的,简直数以十多万计,其中不乏受不了折磨,一头撞死在路旁石碑上,或趁人不注意拴根绳子上了吊的。但死在青楼中的,倒还是第一回。

不过这也不算什么奇怪,众差役在楼上没停留多大片刻,便骂骂咧咧地下来,领头一个济南府都头转身吩咐抖作一团的老鸨:"当心些,听说皇上仁慈,已经开始赦免原先建文旧臣的罪责,所有家眷都可能以原先官爵来对待,倘若真是那样,将来她们就不难在朝廷中寻个亲旧,到时人家一句话,你这小店就开不成,别太为难她们……"看看众人走远些了,便压低嗓音,"这可都是上边暗传的消息,我知道老娘仗义,先给你透个风,怎么样,那边新来的什么青青姑娘……"

老鸨忙拱手作揖地打哈哈:"官爷这么上心,那还有的说。明儿官爷早些过来就是。"两人说着走下楼去。少顷有几个下人过来收拾尸体,史铁和秀英、秀莲见状围住床榻哀哭不止,怎么也不让他们搬走。

下人们不敢自作主张,忙去请示老鸨。老鸨得了都头准信,态度果然有些变化,语气和悦了许多。等她听史铁含泪诉说,夫人死时有过交代,她最不放心的就是这两个闺女,她死后,一定得埋在正对着这间房子的楼后边,"夫人说了,她注意过,楼后有一大片荒地,她要时刻看护着两个小姐,如若不答应,她和铁大人的阴魂也不得安宁,每夜都会光顾这里。"史铁一把鼻涕一把泪,说得有板有眼,听得老鸨心惊肉跳。

老鸨身在济南,自然知道铁铉,铁铉是如何惨死的,她也听说过。眼前这个铁铉夫人又浑身血糊糊,叫她不敢细瞧。老鸨早就听人说过,惨死的人都会变作恶鬼,随意会到什么地方去撒撒怨气。

十个生意人,九个信鬼神。老鸨本来就指望和气调笑吃饭,连人都不敢得罪,自然对鬼神作祟不敢掉以轻心。但若将尸身埋在楼后边,这生意还怎么做,守着个死人,哪个客人还有心思寻欢? 老鸨着实有些为难。

　　秀英见状,拉妹妹一起跪下,眼泪和着脸上沾染的血迹蜿蜒流下:"这是母亲最后一点心愿,若不答应,我们姐妹反正也没什么可挂恋的,倒不如一头撞死在这栏杆上省事。"说着眼光朝门外走廊的红漆柱子上扫。

　　死一个就已经闹得沸反盈天,听说她俩也要寻死觅活,老鸨更加惊慌,忙壮了胆子说:"好讲,好讲……你们听我老婆子说,大家既然走到这里,也算缘分,谁也甭使劲为难谁……这样,你们赶紧收拾利落了,等半夜时分,我叫两个人来,偷偷给埋在后边,可有一样,别叫客人们知道了。"

　　史铁闻言松下一口气,当他听到老鸨下楼时嘟嘟囔囔地说:"这帮天杀的官人,还说什么一下来了三个绝色的,白花花的银子水般地往里流。结果刚来就死一个,剩下两个小丫头片子倒是模样不错,可还得提心吊胆不能硬来,唉,可惜叫他们先糊弄走几十两银锭子!"史铁当即心里万分慨叹,夫人用心太良苦啦!

　　铁夫人匆忙下葬,静悄悄掩埋在楼后的荒草丛中,黑褐色泥土堆起一个不起眼的土包,寂寞而冷清,守望她的,只有夜夜女儿窗外隐约的孤灯,还有大明湖中夜阑时传来的阵阵波涛。大明湖畔是铁夫人几年来最熟悉的地方,有多少次,她带着两个女儿徜徉于明媚春水旁。而今物是人非,一切都化作了云烟。但能让母亲停留在大明湖旁的如烟往事中,秀英和秀莲还是略微安心些。

　　秀英还特意留神听过,来这座含苞楼中取乐的客人大都在前边,他们的猥琐淫笑被重重帘幕和墙壁隔断,这里根本听不到。她就更放心了,能在这样的污浊地方给母亲寻一片安身处,实在太不容易。

　　无论哀伤与震撼有多大,时光流水冲刷之下,一切都渐渐变得淡漠。许久以后,老鸨终于忍耐不住地上楼来,先将秀英拉到一旁,和风细雨般循循教导地说:"铁小姐呀,你看,虽说你是官宦人家的小姐,可如今情势变了不是? 皇上既然开恩赦免了你一家的死罪,只让你们来这里……其实这也没什么,女人嘛,跟谁不是跟,客人给了银子,自己也快活,何乐不为呢? 小姐,我听说你自小书画弹琴样样都通,这可是取悦客人的好本钱,若小姐有意,我保管给小姐寻一个风流倜傥的客人来梳拢,不叫小姐掉了身份,小姐只要能开了头,肯定叫你有这一回,还想下一回,只要小姐带了头,小姐那位妹妹自然……"

　　话没说完,秀英已经通红了脸,放声悲戚戚地哭叫起来:"娘呀,你丢下女儿也不管了,留我姊妹孤零零的可怎么办哪!"越哭越伤心,声音也越来越高,老鸨立刻想起当时血淋淋的场面,况且尸身就在窗外埋着,她若将这事情吵嚷得人人都知道,那这生意还怎么做下去? 连忙心惊肉跳地起了身,一边说着:"好小姐,你再想想。"一边慌不迭地走出去。

　　如此几回反复,却始终和秀英说不成一句话。想对秀莲讲吧,看她身材瘦

廿二　恩怨两弥散

小，满脸稚气的，更说不出个所以然来。老鸨就真有点急了，想想自己召她们来，是花了很大本钱的，现在看着银子赚不到手，况且又得每天饭菜照应，没利还要倒贴，这样的事情她何曾做过！更叫她为难的，有都头的话在先，还不能来硬的。老鸨整日在江湖中混，深知世情变幻，保不准真有一天皇上下道圣旨，原先处罚的旧臣一律免罪，这铁铉可是朝中不小的官，亲旧定然不少，倘若那时这两个丫头告上一状，自己大半辈子苦心积攒可就真成流水了。

思来想去，老鸨忽然想起史铁。这个自己说被阉割了的男人，看样子还老成持重些，眉眼也颇灵活，看情形两个小姐最听他的劝告了，对，就找他说说，叫他来劝两人接客。

拿定这个主意，老鸨找了一个机会，将住在隔壁的史铁叫到楼下，好酒好菜地摆上一桌，使出当年缠人的手段，硬扳住史铁坐了，连劝酒带敬菜，末了总算将意图给说出来。

史铁知道眼下处境，含含糊糊地答应着，好歹脱身回到房里。有点醉意的史铁辗转反侧，想起这些年的变迁，许多原本生动而现在已成往昔的人影交替出现在眼前。他除了感慨，接下来便是无由的悲哀。"总这样下去，即便到底不接客，可又有什么出路呢？"

整个晚上，史铁都在想这样的问题，他翻来覆去，始终理不出个头绪。忽然他想起了以前在家里时，听人家说书人讲起过的故事，说有小姐落难，被迫进了青楼，后来遇见了又有才又好心的公子，最终公子将小姐赎出，成就了一段美满姻缘。

那些故事在他这几年沧桑的心中已经模糊不清，但大致情节还是能回想出来。史铁心头一动，树挪死人挪活，挪腾挪腾，总比死守下去强。

面对秀英，史铁感到很多话实在难开口，看事到如今，不说也不行。瞅出个秀莲不在身边的机会，史铁咬咬牙，破例地摆出一副长辈的架子，语重心长地对秀英说出了自己的打算。秀英身在此地，也不再十分羞涩，低头仔细想想，也觉得是这个理。爹娘都不在了，凡事还得自己拿主意，一味地羞涩也不是办法。

"史铁哥，你说得也是，只怕一旦上了那婆娘的套，到时候就身不由己了。"秀英满脸通红，语气却很沉稳。

"不碍事。"史铁满有把握，"有你娘在呢，若有人强逼，小姐只管哭泣，给他说出真相，坟堆跟前，任他谁也没那心思。"说过后，史铁觉得自己脸上也发烧，可不说出来，又有什么办法？世道啊，什么尴尬事都能让你做出来。史铁忽然想起，当初润生不是亲眼看着自家媳妇跟了建文皇上的么？

不出两日，史铁就找到老鸨，说在自己苦心劝说下，秀英终于答应下来。老鸨闻言，欢喜得双眉乱颤，摇钱树终于能摇下钱来了！看她合不拢嘴的神情，史铁不动声色地接着说，小姐虽然答应接客，但有几个条件，若不应允，便宁死不从。第一,给客人弹琴可以,但不开口唱,更不学什么淫词小曲;第二,有她接客,就不能再逼秀莲;第三,所接之客,要由自己挑选,不中意的,不能逼迫,不管什么客人,决不留宿过夜;第四,若遇到中意之人,可以由人家赎出从良,不能漫天要价。

老鸨听着暗自冷笑,只要你开一点口子,老娘我就有办法,天长日久,石头缝还越裂越大呢,还怕你不走了别人的老路?常言说得好,树起招兵旗,就有吃粮人,有这样一个脸蛋,用不了多久,就能等着收利钱啦!

"好说,好说,就依小姐,老身一辈子生意场上打混,凡答应了的事情,决不反悔。"她信誓旦旦地连声答应。

当年镇守山东的最高长官铁铉闺女要接客了,消息一传开,满济南城中的少年公子,富豪商贾,甚或包括一些衙门官吏,出于好奇的心理,争相前来含苞楼,点了名叫秀英小姐陪坐弹琴。秀英既然走到这一步,也只好无奈地出来作陪。但不管对方身份如何,脸上总冷若冰霜,从未有谁见过她一丝笑意。时间一长,含苞楼出了个冷美人的消息就越传越广,但客人非但没有因此减少,反而有更多人来光顾,争相一睹风采。老鸨整日望着手中雪白银两,乐得不知如何是好,庆幸当初打对了主意。

光阴荏苒,秀英就在这样热热闹闹的寂寞中挨过一天又一天。好在有史铁不时劝她耐心等待时机,又有秀莲无忧无虑地随意生活,秀英才感到些许安慰,她每天都会情不自禁地想到母亲,正是她在如此恶劣的景况下,拼了一死才保住两姐妹的清白。可怜天下父母心啊!一想起这些,秀英便有了更多求生的欲望,她不能让母亲失望,要寻找机会,更好地活下去。

终于有一天,将近傍晚时分,含苞楼忽然来了一位俊俏公子,长长的白绫洒花锦袍,直垂到脚跟,脚踏一双粉底乌靴,腰间束条五色丝绦,随意而洒脱。青巾下方正的脸庞更显白皙,浓眉大眼,双目流光四顾,不用问,肯定是有钱人家见多识广的贵公子。

那公子在几个家人前呼后拥下,轻摇竹扇,象牙雕刻而成的扇柄分外显眼,更增添一番富贵气派。甫进大门,公子便旁若无人地大声吆喝:"这不就是含苞楼么,冷美人呢,叫过来让本公子瞧瞧!"

老鸨何等眼神,一看就知道财神爷临门,慌忙迈开碎步迎上前:"哎哟,这位公子,今儿有工夫来坐坐啦?公子且到楼下歇息片刻,有上好的龙井解渴,老身这就上去通报!"

秀英正临窗而坐想着心事,听到外边院中咋咋呼呼喊叫,知道又是哪家俗不可耐的公子哥儿来无聊,厌烦地"哼"一声,起身要往内室里走。

老鸨已经嗵嗵地三步两步奔上楼来,一把扯住秀英的袖子:"小姐,小姐,你看看是谁来啦,那公子,要模样有模样,那气派,只怕是济南哪家顶顶有钱的庄户呢!"

对于老鸨的话,秀英早听得不耐烦了,在这个老婆子眼里,有钱便是好人儿,她的话半点都不能信。况且刚才那气势,分明就是个浪荡公子,于是不耐烦地抖抖衣袖:"我累了,精神也不大爽利,不想见他!"

老鸨见状有点为难,僵立在原地不知该怎么劝说。正巧史铁提了大茶壶沿楼梯上来,自从秀英开始接客后,史铁就充当了原先自己向锦衣卫们说的家人角色,提壶烧水地干些零碎活。

不用问,一看情形就知道了怎么回事。史铁放下手中茶壶,冲秀英使个眼色,一边却对老鸨说:"小姐我自能劝说想通,还是将楼下客人先应承好了要紧。"

老鸨闻言一颗心放回肚中,连声答应着笑嘻嘻走下楼去。见老鸨走远了,史铁一本正经地说:"小姐,刚才那个公子我看到了,虽然表面上咋咋呼呼的,可看他骨子里却不像那种纨绔子弟。小姐,不知怎么回事,我觉得那人好生奇怪,好像在哪里见过似的,可一时又想不起来……"史铁想说自己印象当中是在皇宫里当太监时见过些影像,但想想又没说出口,话语一转,"不管怎么说,机缘是撞的,俗话不是说寻亲不如撞亲,即便是机缘,不撞也会当面错过……"

秀英自然相信史铁,咬了嘴唇点点头。就听楼下那公子又叫喊起来:"怎么回事,这铁小姐架子蛮大嘛,半天也不见动静?"

就听老鸨忙不迭地回答:"小姐知道公子不比旁人,自然要精心打扮一番,公子莫急,待小姐梳洗后自然相邀。老身这就上去看看。"

说着话,噔噔的脚步声响走上楼梯。史铁代秀英迎面说:"小姐答应见见他,屋里也收拾好了,叫他上来吧。"

"哎,好,好。"老鸨大赦似的笑眯了眼睛,走到楼梯半截挥动手帕招呼一个丫头,"快些,小姐有请公子上楼!"

话音刚落,楼下的公子已经听到,也不用招呼,大模大样地走上来。老鸨赶紧在一旁侍候,那人却摆摆手:"忙你的去罢,本公子和小姐单独待一会儿,也不吃也不喝。谢呈银子小厮自然会多算给你。"

看老鸨扭动着肥腰走下去,公子扭过脸缓步踱到秀英闺房门口,抬头迎面看见后壁屏风上挂了一幅卷轴,淡淡的水墨山水上一行字特别醒目,不由得轻声念出口:"自古伤心惟一死。"随即又摇摇头叹息道:"可钦佩倒是可钦佩,不过普天之下,伤心者又何止一人哪!"

声音虽然不高,却铿锵有力,叫站在门口的秀英顿吃一惊,来过这么多的客人,除了个个一副色迷迷的模样外,几乎都没什么别的表情,倒是这位刚开始印象不太好的公子,反而显得与众不同。

随着自言自语般的叹息,那公子抬脚跨进屋门。秀英着意地向他打量一下,暗吃一惊,果然正如史铁说的,自己也好像在哪里见过他,但情急之下又想不起那公子却老熟人似的晃晃手中扇子,大摇大摆地沿雕花书桌旁坐下:"小姐果然如传说中一般,好字好画!"

见他这样,秀英也不再拘束,在桌子另一边坐下:"敢问公子尊姓大名?"

那公子看看窗外,又对秀英仔细看一眼,嘴角流露出几分神秘的微笑,不紧不慢地说出一句:"唉,待月西厢下,月圆人未圆。"

"啊?"秀英悚然一惊,简直要跳起来,那熟悉的词句,那熟悉的声音,一下子将她带回了很久以前。

那时她才刚十岁出头,父亲还在朝中为官。当时她家住在存义街附近,和时任东宫侍讲的方孝孺是邻居。方孝孺最小的儿子方志翔,比自己大两岁。由于铁铉向来将儿子闺女一同看待,也让秀英去家门附近的私塾读书。当时她就和方志翔在同一个学堂里,两人经常一起上下学,相谈得特别投机,真可谓青梅竹马,两小无猜。

但过了一年多,铁铉奉命调往山东任职。接到圣旨后,铁铉便忙活着收拾东西,秀英则抽空到学堂中辞别先生。不巧的是先生有事出去了,秀英便在先生屋中翻看他的存书。见先生案头摆放着一部《西厢记》,秀英早就听人说起过这本书,却从没机会见过,便好奇地翻开来看。正好随手翻到第三章第二折上,禁不住吟咏起里面的一句:"待月西厢下,"话音未落,门外有人走进来对出下句:"月圆人未圆。"

秀英以为先生回来了,吓一大跳,慌乱中一看,原来却是方志翔,半是惊喜半是嗔怪地捶他一拳:"好啊你,这等禁书也偷看过,看我不向先生告你状!"说罢又感觉到自己的失态,红了脸扭捏着站在那里。

方志翔却毫不介意:"什么禁书,你没听先生说么,秦始皇焚书而书存,如此说来,《西厢记》禁书而我偷看,不是很自然么?秀英,听说你要走了,同学一年多,满堂同学,总觉得和你说话最知己,还真有些舍不得。我这里有两把玉柄的竹扇,是父亲十分喜爱之物,我要了好几回才给的,现在咱俩一人一把,等有机会再见时,要是咱们都长大了认不出来,这扇子就是物证。"

当时尽管还小,但彼此心底那点爱慕亲切之心却特别深刻,以致秀英时时会在梦中隐约记起,成了最甜蜜的回味。

见秀英陷于沉思中,那公子似乎有意识地再晃了晃手中那柄竹扇,手柄处象牙一样洁白光亮地划过一条弧线,闪电般令秀英完全明白过来,她惊喜交加地上前一倾身:"啊?真的是你?你不是……"

那公子再看看窗外,低低的嗓音说:"小姐莫张扬,快坐稳了,家父和全族受难那日,我正好趁学堂放假时机到一个远房舅家去玩,半路上听了人报信,就赶忙逃脱,故此幸存。"

秀英流露出难以抑制的喜悦,冰冷得几乎已经忘记了笑容的脸上忽然笑靥如花,随即着急地问:"那,这几年……"

方志翔忽然啪地收了扇子,抬高声音说:"千金难买美人笑,本以为是古人故作夸张,今日看来,果然如此呀!"

秀英见他忽然变了话题,正疑感间,门帘一挑,老鸨笑眯眯地进来,手捧一个托盘,上面几样小茶点和一个红泥小茶壶。"来,今日贵客上门,老身亲手伺候。"说着一一摆上。

"不用这个,烦劳老娘吩咐一声,叫我带的下人弄几样菜来,本公子兴致所至,要与小姐饮上两杯。"方志翔老练地摆摆手,大声说道。

老鸨一愣:"酒菜不劳公子费心,咱这楼中就有现成的,只是……"她看看秀英,这个铁面小姐来含苞楼中三四年了,虽说勉强可以陪客人坐坐,偶尔也饮几杯茶,但陪酒却从没答应过,这叫她有点为难。

秀英自然明白她的意思,作出大度的样子说:"既然公子热心,秀英奉陪便是。"

"那好,那好。"老鸨简直大喜过望,不相信似的答应了,快步下楼去张罗。没等走到楼下,她就想通了,"干咱这一行的,自古都是老鸨爱钱钞,小姐爱俊俏。什么冷面美人,看来也不是铁板一块。这下好了,有第一次就有第二回,用不了几回,她就能答应和客人那个,嘿,那银子可就……"

老鸨如同过年般欢天喜地,又不大放心这位是什么来头,便忙里偷闲地凑到公子带来的下人跟前,陪了个小心问:"各位辛苦,老身特意安排点酒菜在厨下,不成敬意。敢问你家公子高姓?"

几个下人你一言我一语地回答说,公子姓徐,是四川巡抚徐大人的公子,来济南办事,听了含苞楼什么铁面小姐的大名,特意来会。这下老鸨心中更有了底,面对如此来头,暗暗叫佛,怪道以前时不时两眼皮就跳,这几天却再不跳了。人都说两眼梭梭跳,必定晦气到,看来老身我晦气终于过去,财神爷来了!

见老鸨退出屋去,楼下一片忙碌的喧闹,秀英舒口气,急急问道:"果真是方年兄,那这几年你漂泊到了何处,如何能这样阔绰地来到这里?"

方志翔却并不急于回答,仍旧看看窗外,拉长声调说:"听说小姐工于诗画,我虽读书不精,却也对吟诗做对颇感兴趣,我这里有小诗一首,请小姐指点。"说着递过一卷软绵绵的宣纸。

秀英展开来,见上面写道:

  暗香浮动倚云裁,
  中有花心吐蕊来。
  行看遥天雪飞舞,
  事同沧海苦徘徊。

秀英何等心绣,大眼一看,便明白其中诗头藏着"暗中行事"四个字。知道方志翔的意思是说,这里说话不大方便,并且秀英看他那副表情,似乎还有更大的打算,便默契地点一点头,不再提起这个话题,只是心不在焉地谈论起诗词之类。为了叫老鸨不看出什么异样,秀英还操起古筝,轻奏一曲《醉花阴》,清雅悠扬的曲调传遍楼上楼下。

热腾腾的酒菜一一端上来,二人缓酌慢饮,闲聊着打发时光。待饭饱酒足时,看外边天色,暮气霭霭中,夜色悄无声息地降临下来。大门内外的灯笼都点亮了,晕红的光更显出静谧。屋里红烛高烧,朦胧中似乎雾气袅袅,分外沉静。

仔细听听,外面逐渐安静许多,寻欢客人大多都在前院,调笑声若有若无。老鸨在楼下招呼丫头:"快去铁小姐房中,将碟子碗盘的收拾整齐了端下来!"秀英急于知道方志翔的情况,忙迈步到阑干旁,对了下面说:"不用上来了,这里有人收拾。"

老鸨知道秀英说的是史铁,也就不再说什么,急忙跑到前院招呼逐渐而来的客人。方志翔放下手中酒盏:"这里既是小姐妆楼,想来左右都无人了?"

秀英点点头:"就是隔壁有个家人,是救过我和母亲性命的,不必嫌疑。方大哥,这几年你都去了哪里,我看你派头不小,是怎么回事?"秀英终于憋不住,再次问道。

知道周围再没人打扰,方志翔放下心来,简单地说:"秀英妹,这几年,自从家中遭了大祸,我无处可逃,钻来躲去,一路北上,不知怎的沿途逃到山西,那里有个方山县,县中大小山脉众多,交通闭塞,地处偏远,锦衣卫的踪迹几乎没有。我听说那地方叫方山,心想恰好我姓方,莫非这里可以避身?便只在那里打转。后来知道县境中有座大山,人称北武当,山上有个武艺高强的师父,行侠仗义,身手不凡,就赶去投奔。这位师父同情我的遭遇,收留我为徒弟。我于是就弃文从武,刻苦练习,虽不敢说十分精通,但以一敌十不在话下。前些日子,才打听到你在济南的消息。这次来的那几个家人,其实都是我的师兄弟,我们这趟南下,除了想将你赎出去,还准备到南京,寻找机会,杀掉朱棣,为你我父亲和死难忠臣报仇雪恨!"

"啊?"秀英虽然一直将朱棣想象成魔鬼一般的帝王,但要刺杀他,却从来未曾想过,闻言吃了一惊,随即不无忧虑地说,"方兄,虽然你在北武当练过武功,但朱棣现如今已不同于在北平当燕王的时候,他居住于紫禁城中,皇宫禁地,警卫森严,只怕你们得不了手,反会受害。方兄,不是我胆小怕事,也不是不愿报仇,但这些年的经历,我已经懂得,贪他一斗米,失掉半年粮;争了一块肉,反丢一只羊,凡事还要小心为好。"

方志翔颇为自信地一笑:"其实这话原不该对你说的,女孩子家,说了叫你担惊受怕。不过不讲出来,一看见你,肚里总瞒不住,还是说了痛快。实话告诉你,我之所以被师父收留,还有个原因,我师父有个弟弟曾在北平兵营中当军官,后

— 263 —

来朱棣造反，混战当中，被燕兵所杀。为此我师父也对朱棣痛恨不已。他答应协同我们诛杀朱棣，师父武艺高强，堪称天下第一，他要做的事情，必定能够成功，倘无一定把握，他就不会答应。"

看秀英瞪大了眼睛盯住自己，方志翔自豪地一笑："我师父已经先行去了南京，他在那里赁好了房屋，随便找了个营生遮人耳目，一面打探宫里的消息，寻找机会，一面联络各地英雄豪杰作为帮手，单等我们过去接应。师父因为一个人在那里，又没亲属女眷，怕时间长了引起人怀疑，就让我来接你出去，我二人假作夫妻，这样更像平民百姓的样……"

听他说到最后，秀英忽然脸色一红，抬手捂了嘴似是害羞，又好像偷笑，扭捏一下忽然轻叹口气："唉，方兄也知道这是什么地方，只怕要出去不大容易呀！"

方志翔又不以为然地对她一笑："秀英妹当了几年笼中鸟，外边的什么事情都不知晓。你没听说吧，朱棣这几年已经坐稳了皇帝的宝座，他为了收买人心，平息当年人们对他残忍行径的愤恨，现在四处发放赦免告示，凡当初所说的建文旧臣，一律免罪。他们家眷有发配到边地的，即刻召回，听其自便，有被卖入青楼的，可以由其亲属以原价赎出，所以我才如此胸有成竹地赶来。秀英妹，我还听说，朱棣已经拟好了圣旨，要在济南大明湖畔给铁年伯建立祠堂呢！"

"真的？"秀英凤目灼灼闪亮，惊喜地反问一声，忽又喜极而泣地对着窗外说，"娘，你听到没有，我爹终于熬到这一天了，他死得虽惨，却能从此名垂青史，也算值得了！"

"秀英妹，我这次来，是冒了四川兵备道徐典雄的公子，并伪造了他的亲笔信，是投寄给现今山东巡抚的，叫那龟婆看了，不由她不相信。况且有圣旨明文规定，谅她不敢反复。明日一早，我就找她，将你赎出。"

面对突然而至的喜讯，秀英简直不能相信，几次她都怀疑自己是否在梦里。但眼前真切的情形，又不容她不信这是真的。四目对视良久，秀英才喃喃地说一句："那……那苦日子真的到头了？"

方志翔尚未回答，人却蹭地一下后退几步，稳稳当当在桌旁坐下，端起茶盏凑到嘴边做出细斟慢酌的样子。就在此时，有人将门轻轻拍响："这位公子，恕老身多句嘴，眼看着夜色已深了，铁小姐可还是……您看……"

二人心里都明白，老鸨见秀英终于有留人过夜的意思了，存了心思来大敲一把。秀英顿时满面通红，紧咬了嘴唇，恨恨地低骂一声："这死不要脸的乌龟婆娘！"

方志翔却不在意，隔着门扇大声说："老娘，我是谁你想必也知道了，本公子一见这位铁小姐，便爱不释手，铁小姐也心仪于本公子，我有心要赎她出去，得多少银两，你合计个价！"

"这……"老鸨没曾想他俩竟厮磨得这般快，一时张口结舌不知该如何回答。

"老娘,我是官宦人家子弟,这朝中的动向自然再清楚不过,皇上发过旨意,至于如何处置以前建文旧臣家眷的条款,想来你也清楚了?好,最近朝中透出风声,说山东巡抚即将调往北京,家父来补阙的希望最大,将来我可是老主顾哟,你想好了再说,明日一早我来听你回话!"

说着方志翔冲秀英使个眼色,秀英暗暗点点头。然后方志翔高声又说:"好,铁小姐,自古有情人终成眷属,本公子既然诚心,定然不会叫小姐失望。那就先告辞!"

说着啯啯迈大步走出,老鸨连忙半搀住讨好地说:"公子,我这老婆子眼老昏花,额头上白顶了两个气泡,连公子这么大的来头都看不出。唉,恕罪,恕罪。公子明日尽管来就是,价钱么,好商量,好商量!"

方志翔也就大模大样地做出不理不睬的神情,胡乱应付几句带一帮人走出门去。

是夜秀英辗转难眠,惊喜交加。忽而想到明日便有望逃离这羞死人的苦海,欢喜得如小鹿在怀中乱撞;忽而又想起方志翔说的要刺杀朱棣,不知能否像他说的那样顺利,倘若失败了,他们就会重新落入无底深渊中,那可就没多少出头的希望了。思来想去,忽然又想到方志翔潇洒翩翩,文武兼备,自己和他自小相识相知,多少回忆仍历历在目,出去后还要和他扮成夫妻,说不定……心里甜丝丝地按捺不住。

终于忍不住,秀英悄悄下床,听听住在隔壁的秀莲屋里静无声息,恐怕早睡着了。这丫头倒美,有姐姐的庇护,虽然一天天地长大,却什么心思也不用费!秀英几分爱怜地在心里嘀咕一句,也不点灯,摸索着走到廊外,轻轻拍拍史铁的房门:"大哥,睡下了?"

自从经历过种种意料之中和意料之外的磨难后,史铁睡觉一向都很警醒,闻声他立刻一骨碌坐起,警觉地问:"秀英,怎么回事?"

秀英看看夜色浓重的四周,笙歌曼舞从前边楼内传出,飘渺若同虚无,黑暗中并没人注意这里,就大了胆子轻声说:"史铁哥,你出来一下,我有话想说。"

半夜敲门,史铁自然知道不是等闲事情,慌忙穿戴了衣服,拉开门,见秀英神情怪异地站在门口,诧异地问:"怎么啦,莫非……"

秀英不及说话,就势闪进史铁屋中,闭了门,喘息片刻,方将方志翔找到这里来的事情说了一遍。史铁听罢也是惊喜不已,但他到底经历多些,尚能稳住神仔细想想:"秀英,能不能刺杀朱棣,到时候再说,眼下这一步是先将你赎出去。只要能走出这个楼,有什么事情再从容商量。记住,凡事到了最后,往往愈容易做坏。千万小心,别跟别人提起,就是对秀莲,也先别说,她还小些。"

得了这些话,秀英心底更加踏实,彼此嘱咐几句,匆忙回到房中。更鼓声声传来,如同幽暗海中起伏的涛声,不疾不徐地扰动人心底最深处泥沙尘封的往

廿二 恩怨两弥散

事。秀英睁大双眼,彻夜难眠。

　　同样难以入眠的除了秀英和史铁,老鸨也费了很大心思犯合计。皇上颁布的诏旨她自然听说过,不过想想冷美人的名声曾招来多少银子,如今她终于懂得了风情,倘若能像其他姑娘一样彻夜接客,那银子不知还有多少。若以诏旨上说的,按原价给卖了,她真委实舍不得。

　　不过老鸨知道事情的缓急轻重,她想起那富贵公子说的,倘若万一他父亲真的来这里做父母官,自己此刻得罪了他,将来必定有自己小鞋穿的。弄不好,含苞楼就得关门。万不可因小失大呀!老鸨前思后想,终于在黑暗中一咬牙:"吃亏就是福,反正这个丧门星也给赚了不少银子了,索性就送个人情!"

　　第二天,方志翔果然如约而来,见了老鸨也不问价,挥手一摆,下人立刻奉上一个红托盘,揭开了上面盖的红绸,一封封成色十足的银锭白花花直耀人眼,粗略看看就有千两之多。老鸨本来只打算得个百八十两的本钱,此时眼睛都顾不上眨,满身肥肉抖动着不知该怎么好。

　　方志翔不屑地一笑:"我还有急事,立刻就得动身,快叫铁小姐下楼,带了她的家人,这就走!"

　　"那怎么成,那怎么成?"老鸨终于缓过神来,眼睛眯成一条缝,慌忙说,"好歹我们母女一场,这说走就走了,还真难受呢!我去找两件像样的衣服,好歹也热闹一下。"

　　"不必了,车轿都在门外等着呢!"方志翔不管不问,连声催促,秀英也早有准备,自己带了秀莲,史铁扛一包行囊,已经走下楼来。老鸨乐得顺水推船,也就不再多说,拉住秀英的衣袖,还挤出几滴老泪。

　　一行人迤逦南下,路上倍加小心,不几日就进了熙熙攘攘的金陵南京。事先已经派人联络过,他们直奔师父在成贤街租赁下的寓所。

　　众人团聚相见,自然喜气洋洋。可是当方志翔着急地问起如何刺杀朱棣的事情时,他那白发苍苍的师父按剑长叹一声说:"唉,可惜我等在山西消息闭塞,错过了他刚开始戕害忠臣,天怒人怨的大好时机。现在他皇位早就坐稳,又采纳了许多怀柔宽恕的仁政。譬如对朱元璋曾杀害的功臣李善长,将他家属免罪,三代人封官。还对百姓恩威并用,人心基本稳固。并且此人生性多疑,更加上有迁都北京的意图,皇宫内外防备空前森严,我几次夜中到皇城和宫城中打探,都寻不到刺杀的机会。唉,报仇的机会恐怕不多了,或许这也是天运所归吧,非人力能抗拒呀!"

　　方志翔有些沉不住气地大声说:"那,那,杀父之仇就这样平白算了不成?"

　　"唉,朱棣与我亦不共戴天。"方志翔师父抖动苍白胡须摇头叹口气,"可惜今非昔比,昔日若刺杀燕贼,那是伸张正义于天下,而如今却是他成正统,我等倒成了逆天行事了。志翔呀,你既文武贯通,当然知道逆天行事,事必不成的道理,勉为其难呀!"

众人闻言个个垂下头,方志翔也自觉无话可驳,焦急着不知如何是好。

"不过也不必如此泄气,"师父见气氛沉闷,宽慰着语气说,"天理昭昭,是非恩怨总得有个了结的时候。古往今来,常常暗中算计别人者,其实算计的全是自家儿孙,平空生出事端者,积攒起来全是自身的罪孽。朱棣不惜大动干戈,罪孽已经造成,我听人说他的三个儿子都非良善之辈,以后有好戏瞧。眼下江湖中纷纷传闻建文皇帝并未宾天,他趁乱逃出皇宫,现今隐居在云南一带,我们不妨前去寻他,徐图后举。"

既然师父如此说,想来定有道理,方志翔默默地点了点头。

史铁站在一旁,心中忽然感到无比的平静,他一下子悟出了老者的意图。建文皇帝没死,他趁乱逃离了皇宫,这消息他也听人说起过,但史铁又想,天高地远,就算建文帝真的活着,又哪儿能寻得到?老人不过想借了这个由头,到边远的云南一带,远了京师,也远了朱棣,眼不见心不烦地颐养天年罢了。

这其实正趁了史铁的心思,他再清楚不过,建文也罢,朱棣也罢,说到底还不就那么回事?唉,恩怨正像这头顶漂浮的云烟,扯也扯不断,捉又捉不住,只好听其自然啦。能找个安身立命的地方,平淡地活他几年,也就知足了,经历百般劫难尚留余生的史铁,忽然觉得疲惫不堪。

见众人并无异议,师父绽开满是皱痕的沧桑的脸,打量秀英和方志翔一番,忽然笑道:"志翔呀,难得你把铁小姐救了出来,依老夫看,铁方两家本是世交,你两人自幼便熟识,可谓青梅竹马,又逢落难之际,不如就此结下良缘,日后流落异乡,也好有个照应。"

这话正中了两个年轻人的心思,方志翔久经磨难,早已褪却了读书小生的扭捏气,微笑着看秀英一眼,大大方方地说:"恩师之命,安敢不遵?"

秀英却红了脸颊,嗔怒地瞪一眼方志翔,又抿嘴含笑看看史铁。史铁明白,此刻秀英和秀莲姐妹虽称自己大哥,但其实已当做长辈来依赖了。对于这门婚事,史铁前一日连想都不敢想,现在既然有人主动提了出来,他自然一块石头落地,长舒口气,在心底念叨一声:"铁夫人,她们姐妹终于有了着落,你也可以放心了。"

就这样,在方志翔师父和史铁的主持下,二人在自小长大,既留恋又痛恨的金陵南京,匆忙定下了一段良缘。新婚之后,他们不敢久留,一同奔赴云南。果然正如史铁所料想的,山川河岳,莽莽苍苍,万物皆如浮萍,哪里去找一个人的影子?

无奈之下,众人只好暂时落户当地。幸好所带金银颇丰,足以维持日常开支,生活还算不错。紧接着又有消息自北边传来,朱棣采取了一系列仁政措施,不但在济南修建了铁公祠,以纪念铁铉,还为方孝孺全家平反昭雪,在南京建立祠堂，世代祭祀，并下旨恩荫方家和铁家的三代。

  如此一来，方志翔和秀英对朱棣的仇恨在心底自然缓解不少，报仇的心思也日渐一日地削弱下去。不过他们始终不愿受朱棣的所谓恩荫，甘愿隐名埋姓地生活，专心供养师父。秀莲也在当地找到如意郎君，世代流传，遂成当地望族，连绵不绝。

廿三　处处缠绵

朱棣确实颁诏实行了许多仁政。朱棣急于要大明江山祥和一片,他还有许多重要的事情要做。

继《永乐大典》完成后,正如朱棣所期盼的那样,武功文治的皇帝威望的确树立了起来,至少在金殿上他千百次地听臣工们称赞不已,这让他多少安心些。但他仍深感不足,一部大书的完成,固然辉煌,但他心中清楚,这并不是有多难办到的事情,倘若汉武帝唐太宗存了这样的心思,也能誊抄出一部比《永乐大典》更大更厚的书来。仅以此来炫耀皇权和国威,难免还会有很多人不服。他要做出更大的业绩,来钳住众人的口,更封住他们的心。

这个在朱棣看来更显得前无古人后无来者的功绩,便是建造一支庞大的舰队,下西洋播扬国威。念头的产生,还是在一次退朝后,与郑和闲聊中无意中提起。当时朱棣懒洋洋地斜倚在软榻上散散地问:"当年父皇将蒙古鞑子赶回漠北,听说漠北再往北,就是冰天雪地,恶狼遍地,越往北行,还有一个什么大海,海中黑浪浑浊,周围凄寒而海中滚热,黑水中毒气蒸腾,时常幻化出各种奇异景观,实在不是人存活的地方,却又引人无限遐思,若能亲眼看看,也就好了。"

郑和乖巧地侍立一旁,小心翼翼地回答:"皇爷说的何尝不是,不过北地苦寒,乃恶魔居住之地,连蒙古鞑子这样野蛮之邦都存活不住,不顾命地要往南边跑,艰险可想而知。但北边再险再奇,怕也比不得南边大海之上。"

"噢?"朱棣天生好事,闻言略微欠欠身子,斜乜着郑和,"南边不过是一望无际的海水罢了,能有什么好凶险的?!"

"皇爷。"郑和见朱棣来了兴趣,忙弯了腰回禀,"奴婢自小就听家乡出海打鱼的乡民说过,大海更远处别有一番景象,那里不但气象万千,变化诡异,还有许多化外百姓,千奇百怪的样子,简直想也想不出。奴婢听人说,南海之中有个婆罗国,是东洋和西洋分界之处,西洋中许多岛屿零落分布,每个岛就是一个王国,国中居民人人凶悍不懂礼节,更不知道中原还有咱这样一个礼义之邦。并且那里遍地散落的都是珍珠玛瑙,宝石如泥土一样习以为常,小孩拿了玩耍,玩完了随手扔掉,真是别有洞天,比起蒙古鞑子的漠北来,不知要奇异多少倍……"

郑和卖力地唠叨着,朱棣却心头一动,想到了许多早就隐埋在心底的东西。

自从那次闲聊后,朱棣便拿定了另一个在他看来比修撰《永乐大典》更宏伟的计划。西洋上不是有许多化外之民么？化外之民也是人，既然是人，就应当匍匐在大明天子的脚下，惟有如此，普天之下，莫非王土的千年古训才能得到印证。并且更重要的是，自古以来，包括秦皇汉武，也只在漠北一带和匈奴争夺地盘，而教化西洋这些域外之民的，却几乎没听说过。更何况郑和讲述的，西洋岛屿中珍宝遍地，倘若运回国中，岂不一下子国库空前充实？一个旷古未有的太平盛世也就唾手可得，许多年以后，大明子孙还不将自己像神灵一样供着？

这样的想法令朱棣格外振奋，他决计以这种亘古未有的方式来填补心中隐约的缺憾。

但是朱棣同时也知道，要到西洋播扬国威，必须得有一支既强大又威风的舰队，既然是彰显皇威，炫耀国力，就应当先声夺人，作出样子来给他们这蛮夷们看，以气势压倒他们。不过要建造这样一支舰队，得花费多少钱粮，他却没谱。

尽管没经验可遵循，朱棣还是在勃勃雄心鼓动下颁诏准备下西洋的计划。虽然道衍并没如郑和所期望的在朱棣面前美言，但朱棣仍然爽利直接地任命郑和为征西大元帅，统领下西洋舰队的总管，舰队监造总督官。

受命后的郑和情绪格外高涨，他接连上奏，拉扯上一批亲信，太监王景弘为副元帅，另有大小太监奉旨领取了左右大先锋、五营大都督、四哨副都督等印信。接着，朱棣向南方各地颁发诏书，招募三万水性极好精练忠勇的士兵，令户部动用国库钱粮，征发各地健壮男丁，令工部征集各地木材，采办建造船只的材料。经过一番轰轰烈烈的准备，朝廷上下一片忙碌，总共动员起八百多户木匠、铁匠以及船夫，还有三万多民夫做下手打杂，这还不算正在大明各个角落运送材料的百姓。

郑和经过多方巡查，最后将建造旷古大船的地点选在滨临金川门的三叉河有处叫龙江的地方，在这里征地挖坑整治成一个庞大的造船厂，并命名为龙江船厂。

波澜壮阔的长江水日夜滔滔，汹涌得让人神驰。龙江船厂则热闹喧阗，宛如一个沸腾的大锅。冰凉的江水和沸腾的人潮只隔了一块黑黢黢露出水面一人多高的铁闸，铁闸两侧有队队卫兵严阵把守，倔强地抵挡着长江之水的冲击。

造船厂的大门就在长江的背面，众多马匹和民夫匆忙地在大门内外穿梭，不断有大小车辆吱吱扭扭地将木材、铁器和布匹送到，专司搬运的民夫就纷涌上前，将这些货物搬运到库房中。指挥将校站在用圆木搭建而成的高台上，每次货物运到，就敲着铜锣吆喝众人按库房上写的字分门别类地堆放。

大船正建造得如火如荼之时，朱棣满怀兴致地赶来查看。未进大门，郑和便衣冠不整地小跑着迎驾。看着郑和通红的双眼，脸上黑一道黄一道的满是灰尘，衣服也撕扯成条条缕缕的顾不上更换，朱棣点点头，捻捻髭须面含微笑地说："龙江船厂，这名字叫得好，有气势，单凭这名字，就能体现出朕的良苦用心。郑爱卿连日操劳,实在多有辛苦了!"说着很随意地当众拉住郑和的手,"带朕到里边去看看。"

跟随朱棣这么多年,头一次听朱棣称自己为爱卿,郑和有些受宠若惊,又见皇爷当众拉了自己的手,那更是太监人丛中从未有过的事情。郑和简直不知该如何说话和谢恩,只是将头垂得很低,更加恭顺地在前头领路。其余工部和户部大臣亦步亦趋地跟在身后,带刀侍卫紧贴左右,目光如电,警惕地观察着四周,整个船厂顿时肃穆许多。

造船厂大门口,空旷的一片场院中,数百只大铁缸整齐排开,每个铁缸都有近十人合围大小,缸下大块木柴蓬蓬地喷着火苗,缸内热气腾腾,白烟萦绕。三两个民夫守住一只缸,使劲地搅动。朱棣走近了探身向里略略一看,缸中有黏稠的液体上下翻滚,发出刺鼻气味。

"皇上,这是在煮桐油。"郑和还沉浸在刚才的惊喜和激动中,凑到跟前不厌其烦地解释说,"桐油黏稠而坚固,将煮开的桐油涂于船体,晾干后不但能使船身更加结实,也可以隔水,防止木头被腐蚀,确保巨船航行万里而坚固如初。"

朱棣满眼赞许地点点头,刚要说话,忽听不远处另一场院中传出阵阵沉闷的吆喝声,便信步过去,众人连忙紧紧跟上。

这里和煮制桐油的情景大不相同。偌大的空地上,数十座大铁炉耸天挺立,仿佛钢铁巨人般围成一圈。被铁炉围成圆圈的地下,挖出许多土坑,土坑周围铺有细沙,一群打着赤膊,头上扎了布巾的壮汉,快速地传递着木柴,每个铁炉内炭火熊熊,老远就能感到炽热扑面而来。另有一些壮汉大声吆喝着,将巨大的铁炉欠起,从铁炉正前方喷出一股红色液体,四下飞溅着,如火龙般顺着挖好的凹槽,蜿蜒流进土坑,热气蒸腾中夹杂了噼噼啪啪的爆裂声。灼热和雾气缠绕,民夫的吆喝声此起彼伏,喧闹不已。

朱棣仿佛受了感染似的,远远地看着连连赞叹,熊熊火光映在脸上,他仿佛觉得自己又重新回到心驰神往的战场之上。

郑和悄悄注视朱棣神色,看皇爷还满意,他放下心来,上前一步说:"皇爷,这是在制作铁锚。"

朱棣显然没意识到区区铁锚也要费这么大劲,颇有兴致地问:"朕以为铁锚不过是个铁块而已,不承想也要花费如此气力。"

"皇爷,大船制成后,高达数层楼高,长短可比大户人家的宅院,上面不但要站立千百人,还有火炮等兵器以及日常吃喝用品,承受重量十万斤不止,况远海风高浪大,气象变化不可预测,没有大分量的铁锚,便不足以使船体稳定停泊。"郑和正要显示一下,连忙不住口地说。

朱棣若有所思地点点头,放眼再看去,一旁有已经成形的铁锚被民夫喊着号子,吃力地从土坑中拖出来。巨大的铁锚已经褪去了红色,幽暗发青,横窝在地上,犹如一条僵死的大鱼,身下的沙土瞬间被灼烤成黑色。满脸是汗的民夫尽量靠近些,用铁钩将铁锚钩住,扯拽到一旁,用土沙掩埋起来,堆成一个个一人多高的土丘。

见朱棣正要扭头,郑和连忙不等发问地解释道:"皇爷,铁锚刚锻铸出来,不能吃风,不然就会崩口发脆,只有埋放在土中让其自己慢慢凉下来,才能浑然一体,将来不致断裂。"

"朕知道建造大船不易,倒没料想会如此惊天动地,更没想过其中还有这么多学问,好,好,大明民夫也自有了不起之处啊!"朱棣捋着胡须感慨不已,汗水顺着额头缓缓淌下,他却浑然不觉。

但郑和看在了眼里,他附和着抬手指指更远处的西边说:"皇爷,此处闷热且浑浊不堪,还是到那边看看,也好透透气。"

这边果然清净许多,空落落的场院中横七竖八地矗立着许多木架,木架上横跨着手腕粗细的竹筒,两根竹筒中间的交接处用铁片箍住。长长的竹筒上悬挂着边幅巨大的粗布,江风徐徐吹过,大布抖动着,像天幕般横亘眼前,又如瀑布样流淌不止。从江浙一带征调而来的女工们正一字排开,用手指粗的铜针,穿了红丝线,仔细地将这些大布缝在一起。随着针线的飞舞,一张张大帆渐渐看出形状。

"郑爱卿,好大的帆啊!"朱棣此刻仿佛没见过世面的毛头小子,摇摇头啧啧感叹。

"皇爷圣明,正是巨船上的大帆。因为船体巨大,帆自然会承受巨猛风力,如果不缝制牢固,一旦破裂,后果不堪设想。"郑和长了这么大,几乎头一次这么受人重视,格外激动之余,使劲拿稳了架子,以免说错了话。

或许走下金殿的缘故,在众人眼里,朱棣今日显得很随和,并不计较郑和紧张兮兮的神情,面含笑意地眼光四扫,忽然看见木架旁还有许多用竹片制成的小篮子,精巧别致,颇有兴趣地走上前仔细看看:"郑爱卿,难得江南女工如此好兴致,大忙之际也不忘了用剩余的竹片编成篮子,好拿回家去用。"

郑和弄不清朱棣是在开玩笑,还是责怪她们不用心,慌忙弯腰作个揖:"回禀皇爷,这并非她们出于私心,而是特意制作的太平篮,江浙一带民俗,出海远航时,将太平篮挂于船尾,若是在海上遇到风浪,就将船上有些分量的东西放进篮内,投掷到水中,可使船只不致倾斜颠覆。虽说西洋巨船不需小篮儿来维护,不过奴婢喜欢其太平篮的名字,还是让做了几个,取吉祥的意思。"

"嗯,太平篮,果然好名字,朕一听也觉得既吉祥易懂又不俗气。"朱棣忽然呵呵笑出声来,挥挥衣袖,"朕也带两个回去,挂在后宫寝殿内,以保我大明永世太平。"话音未落,有两个小太监赶忙上前,拿起几个拎在手中。

再慢慢游逛到船厂正中央,也就是制作船体的大船坞内。走进高大的船坞中，人顿时显得渺小许多，上上下下的工匠蚂蚁似的布满了巨大的船骨架，匆忙而有序地劳作。朱棣尽量走近些，眯了眼睛仔细看去，舰船的龙骨是以铁筋捆束樟木而成，为了将樟木捆束得更紧，数十人围着一根巨木敲打不停。还有近半数的人手持斧头凿子，顺着杉木的纹理，叮叮当当地削制出根根巨大精美的船橹。

在船坞另一头，数百个木匠正吃力地将敲打好的龙骨摆放在一个平台上，在领班指挥下，众人沿龙骨依次排列上厚厚的木板，然后再用弯刀和斧头将突出来的地方削去。使木板完全紧贴龙骨。检查无误后，领班一声招呼，大小斧锤立刻敲响，叮当声如急雨般落下，大铁钉很快将木板固定在龙骨上，转瞬之间，大得有些炫目的船壳矗立在船坞中。刚才还显得空旷的船坞，立刻就感觉小了许多。

躺在平台上的巨大船体如冉冉出水的蛟龙，闪亮夺目，动人心魄，恍然间似乎要摇头摆尾游归大海。朱棣看得两眼有些发呆，一声不吭地直盯着前方。

皇上亲自来作坊中巡视，工匠们干得更加卖力，也更细微谨慎，惟恐在这个节骨眼上弄出什么乱子，得不到赏赐不说，还立刻会招惹来杀身大祸。看船体基本就绪，紧接着有人上来，将身子伏在船帮上，拿了尺子仔细测量，算准了位置后，用毛笔在龙骨处画个大圆圈，然后半是吆喝半是卖弄地说："快，在这里立上一根主桅！"

打下手的人赶忙应和一声，几十个人抬着一根约有十余丈长的杉木桅杆，先将它平放在龙骨旁边，手忙脚乱地在一端绑上绳索，等领班的举手一挥，众人合力拉住绳索，"嗨"地一声齐喝，笔直的杉木桅杆腾空站起，高耸于船体之上。早等在一边的铁匠们蹭地蹿上去，用铁环和铁钉将桅杆牢牢固定住。

如此这般一阵匆忙后，树立起排排桅杆的船体就更有几分大海船的样子了。另一侧安置好了桅杆的大船旁，画工们相隔不远便站立一个，在涂了白漆的底面上，精心描绘出各种浓艳鲜丽的图案，有龙凤花纹，鸟兽鱼虫，还有日月星辰图等，五彩斑斓，精致可爱。单凭这些，就能够想象出将来这些大船破浪时的壮观了。

朱棣满意地伸伸懒腰，冲郑和微笑着说："郑爱卿果然精干得体，待一切就绪船队出海时，朕要率百官来给爱卿送行。"

郑和一边慌不迭地拜谢，一边见缝插针似的命人在船坞的空地处摆上香案，捻起一炷冒着青烟的香，当着朱棣的面跪下祈祷道："列位神灵在上，圣上亲临船坞，足见天恩浩荡，望神灵护佑我大船如期建造完工，航行海上平安无恙，播扬我大明国威于四方。"

朱棣看他虔诚的模样，似乎大受感染，等郑和爬起身，很随意地拉住郑和的袖子说："难得郑爱卿如此尽心，待将来远航回归之日，船上各等差官，朕都会加官晋爵，这就叫善用力者就用力，善用智者就用智，善用财者就用财，各尽其力，各得其所嘛！"

廿三　处处缠绵

"臣就替他们先拜谢皇爷了!"郑和头一次没自称奴婢,连叩拜也觉得特别痛快,他忽然感到自己真正是个人了。

感觉到自己仍还是个人的郑和从此更加卖力,他虽然不能真正理解皇上下决心耗费如此人力物力来下西洋到底是何用意,但他清楚这对自己而言是千载难逢的机会,是自己将宦官形象从人们心头彻底抹去的最好时机。

彼此心照不宣的忙碌中,船队渐渐完成了各项烦琐工序。永乐三年在朱棣心中是个很惬意的时刻,而在郑和记忆里,则刻骨铭心。

那天清晨,一向肃穆有序的龙江船厂忽然喧闹连天,到处是各种嗓音的吆喝和嘈杂。郑和身穿一袭银亮锁子铠甲,金盔在半衔东山的阳光下分外夺目,大红披风上下飘摆,威风凛凛,不怒自威,昔日唯唯诺诺的奴婢形象再见不到丝毫。而这些,也正是郑和梦寐以求的效果。

迎着通红的朝阳,郑和奋力举臂一挥,沿江排列的大鼓一起敲响,振聋发聩。伴着震天的鼓声,船厂正对着长江一侧的铁闸被人撬起,铁闸两侧磨盘大小的齿轮越转越快,吱吱呀呀地似乎要脆裂,在各种嘈杂交织中,铁闸缓缓上升。

随着铁闸开启,长江之水犹如万马奔腾,拥挤着汹涌灌入,直奔巍峨耸立的船坞中。站在旁边高大观望台上的指挥使,看江水渐渐漫平了船坞凹槽,双手挥动红旗。下边民夫见状,连忙解开拴在船上的铁链,一艘艘建造好的巨轮,依次沿船坞中挖好的凹槽缓缓驶进长江口。顷刻樯桅如林,万帆遮天蔽日,隔岸不辨牛马的汪洋水面,顿时显得有些拥挤。

声势浩大的船队顺着长江流水,由南京踱进江海交接处,同其他应召赶来的小船,汇集于苏州的刘家口。因为刘家口这段水域,水路平顺,相当广阔,非常适合停泊舟船,尤其是像朝廷特意建造的前所未有的巨大船舰。从这里出发,再顺畅不过,郑和早就巡查过几次,相当满意。

浩浩荡荡的船队在刘家口集结后,总共有三百多艘,排列成十列,整齐地按照旗号次序沿江岸拉开。由于船队太过于长,首尾无法相望,每艘船上的人员觉得和在陆地上没什么区别,金鼓钲钲中,感到仿佛久违的阵仗又突然降临了。

郑和坐的正中大船处于船队中心,船体描画了一条乘风而行的蛟龙,龙鳞在日光和水面中荧荧闪光,风行云动。船的正中央竖起高约十丈的主桅杆,"帅"字大旗呼啦啦飘舞招展。船头上并立着三块红底金字的铜牌,中间最大的一块写着"大明统兵征西大元帅",左边的写着"回避",右边的写着"肃静"。每块铜牌上方,画着张牙舞爪的猛狮怪兽,更显得庄严威武。

岸上密密麻麻站满围观的人群,指指点点地议论着,啧啧称赞,千百双好奇的眼睛在巨大船队上扫来扫去,万古不遇的情景令他们瞠目结舌。

坐在船中的郑和能感受到这种万人瞩目的荣耀,他从没想到整日在宫内捶背捧茶的奴婢,能有今日。他知道,为了这次下西洋,建造的船只总共有三百二十艘,按大小和用途分作"粮船"、"水船"、"马船"和"福船"等。而自己脚下的这艘最大船只,则被称作"宝船"。

"宝船"长有四十丈,宽十八丈,共树立着九根巨木桅杆,比起唐时出了名的大海船能长到二十丈,真是不可同日而语。其余船只,像粮船,长约二十八丈,宽十二丈,七根桅杆,负责载运粮食和各种器材;水船长十八丈,宽近七丈,有五根桅杆,供应船队人员的清水饮用;福船长约十八九丈,当作战船来使用,水兵基本集中在这里,负责保护船队的安全。

不仅在船只的数量上前无古人,船只所搭载的人员之多,也足以让围观者咋舌。这次随行的人员,有朝廷钦派官员,有各级指挥,还有大量的士兵、水手,考虑到前路所遇情形的莫测,还专门备有翻译官、阴阳家、道士等驳杂人众,总人数竟达到了将近三万人。

为了应付不测的凶险,每艘船中还配备有各种海上作战的兵器。每船基本情形是装备大炮十门、鸟嘴枪一百把、喷火枪六百把、硝烟罐一千余、强弩四千,火箭一百,另外还有零散火药四千斤,随时可以弥补武器的不足。有这样的舰队出行在海上,足以令海盗们闻风失色,可谓战无不克。

有了这样的保卫,宝船上也就放心地装载许多丝绸、陶瓷、玉器、漆器、茶叶等天朝特有物产,还有大量的书画、古董等蛮夷之邦罕见的玩意。用这些东西拿出去炫耀,既能抬高大明朝廷的威望,又能趁机做些交易,将传说里蛮夷国度满地乱滚的宝石换回来。

在万人攒动的浪潮正中心,被锦衣卫们围成的人墙隔开一片大空地。虽然喧闹声排空从头顶滚过,但端坐在空地正中央的朱棣依旧威严如同金殿之上。沙滩上龙椅闪烁着暗红色幽光,大小官员东西站立,人人神情严肃,惟恐在大典之时礼数有不周之处。

匆匆赶来的郑和直走到御座近旁,半跪了身子大声禀奏道:"陛下,船队一切准备就绪,吉时已到,恭请皇爷祭江祷告,以保我大明船队顺水顺风!"

看着精神抖擞的郑和,朱棣满意地点点头,沉了沉脸,缓步朝早就在江岸摆放停当的祭案走去。身后几个太监慌忙过来搀扶。

香案上满满当当地堆放着牛、猪和羊所谓的三牲,还有各种水果和金银制钱。香案正中间供奉着天妃神像,这是百姓出海打鱼时必拜的海中天神。在天妃的身后,还有四尊略小的神像。靠东边的一尊四肢裸露,披头散发,衣衫不整,握柄钢叉,一手放在额头上,作手搭凉棚状,两只铜铃样的眼睛瞪得溜圆,此神被称为"千里眼",但凡茫茫海中暗藏的风浪,他都能洞悉,有此神护佑,可保灾来早防。西边一尊神像也是袒胸露肚,衣冠更加不整齐,简直是浑身赤裸,他左手紧握一条赤色练蛇,蛇身格外长,从左边手臂缠绕着延伸到右肩膀上,他右手抬起,放在耳畔好像在听什么动静。他的双耳出奇地大,如同两片蒲扇,此神名为"招风耳",极远处的海浪汹涌啸响,都瞒不过他。

另两尊神像则面目整齐些,头盔铠甲的俨然武士模样,其一个名为"加恶",另一个名为"加善"。四尊神像并称天妃手下四大海神,出海远航,有了他们的护佑,人们心中就会踏实许多。

万人瞩目下,朱棣端庄地站在香案前,捻香祷告:"祈祷海神天妃娘娘,今日良辰吉日,青龙下海永保无灾。谦恭奉上香醪,伏望圣恩常呵护,东西南北自然通。弟子再以三杯美酒满金钟,扯起风帆遇顺风。海道平安,往回大吉,珍珠财宝满船盈盈……"

接着便是郑和捧香祈祷,隆重的仪式终于进行完毕,赞礼官见状高喝道:"所有出海人众,圣恩眷顾,备御宴犒劳,入席!"话音刚落,喧闹声四起,船上各级人员和文武百官簇拥着朱棣,走向搭设在海岸不远处的帐篷。

特备的御宴自然异常豪华,数百太监使女走马灯般传盏换碟,忙活了两个多时辰,盛大宴会才告结束。在喧阗锣鼓声里,三百余艘巨轮组成的舰队,缓缓移动,离开了长江口,走向期待已久的海面。

波浪不惊,和风微熏,描画着五彩斑纹的船体在渐渐远去的海水中,异常的璀璨亮丽,仿佛漂浮的蓬莱仙阁,伴着渐远渐小的身影,很快又像随意撒在湛蓝碧波中的颗颗明珠,交错闪耀,在橹桨荡起的涟漪水波中,更显得如梦如幻,让岸上众人看得有些发痴。

朱棣也饮了几杯,面色泛红,望着眼前海旗飘飘风帆招摇,像遮天大幕般凌空垂下,浩瀚大国的气象不言而喻,他深深地陶醉其中,仿佛正站在云端傲视海岸上万头攒动的人群。

"朕所言不虚吧,朕乃万古第一君王,《永乐大典》且不必说,单是这样宏大的场面,无论秦皇还是汉武,有谁遇到过?"他情不自禁地冲左右近臣脱口而出,可惜人声太过嘈杂,他们却没听清楚。

醉意醺醺的朱棣待群臣告退后,乘辇车回到宫中。沿着宫院御道行走至干清殿大门口时,朱棣忽然心血来潮地喝令停下:"自古明君不可荒废一日,朕虽称不上明,却也不敢疏于国事,看看,有没有奏折送上来。"他说着,在一片赞颂声中,被搀扶下御辇。

不上朝的干清殿中,冷冷清清,威武庄严都打了些折扣。御案上堆放了许多已批阅和未来得及看的奏章。

朱棣信步上了台阶,在宽大的龙椅上沉沉坐下去,顺手拿过一纸奏折来,眯起眼睛看看,却是户部送上的这次下西洋所耗费的银钱报章。他立刻来了兴趣,认真地看下去。然而越看他的脸色越发阴沉,醉意顷刻如水汽般消散。

户部在奏折中提到,此次下西洋,每艘舰船的费用平摊下来大约为四百两白银,单建造船只一项,支出白银将近十三万两。若再加上所有人员吃用、路途搬运的消耗,国库就拿出了三十五万两白银之多。若加上地方官员的赋税支出,怕要超过百万两。另外,户部书吏还提到,在建造远洋大船中,各级官员和太监趁机强取豪夺,大肆搜刮民脂民膏,更有打着为皇上采办的幌子,贱买贵卖,中饱私囊,一根上好的杉木,在山中十余两银子就可买到,运到龙江船厂,国库却要支出上千两上好白银。百姓怨言四起不说,国库历年积攒也因此而空虚。

奏折写的委婉而沉痛,朱棣却已经不愿再猜测这是出于谁的手笔,他重重地靠在椅背上,哀哀乞告的百姓和辉煌的舰队交错在眼前闪过,永乐盛世,到底是谁在乐呢?他闪过这样一个念头,但随即将它泯灭下去,他不愿意因此而败坏了自己的心情,更不愿由此而动摇心底的某些东西,他宁愿抛开奏折,而相信自己。

但不管怎样,他分明看到,庞大的舰队浩浩荡荡开赴不知何处的远方,播扬国威的同时,大明百姓却在这样的辉煌光环下,付出了许多他们难以预见到的沉重代价。

"皇爷,皇爷。"一个太监从偏门跑进来,气喘吁吁,连叩头似乎也忘了,呆愣愣地看着面色忽黑忽红的朱棣,结结巴巴地说,"皇爷,娘娘她……"

朱棣这才有些醒悟过来,认出了这个坤宁宫的贴身太监,猛地挺直了身子喝问道:"皇后她怎么了?不是传御医去诊治了么?"

"皇爷圣明。"小太监这才缓过一口气,"御医已经给娘娘诊治过了,看他样子,愁眉苦脸的很难看,还说要觐见皇爷,奴婢知道皇爷去海边了,等跑去,却正赶上人散,忙追随了御辇……"

朱棣暗吃一惊,徐妃本来身强体壮,还曾在北平城头亲手指挥杀敌,巾帼之风常令自己叹赏。可不知怎么回事,自从她来南京作了皇后,便突然虚弱下去,昔日红润的脸色如同秋风中的黄叶,萧瑟地枯萎下去。刚开始朱棣还不大留意,自如愿以偿进入金陵城中,并没像以前所设想的那样一劳永逸,反而百事缠身,每日心烦意乱。直到有一天,徐妃突然卧倒在坤宁宫中的内室,再不能袅袅身姿地走动,他才意识到事情的严重。

来不及细想,朱棣轻喝一声:"快,前边领路!"不等左右侍臣过来扶持,人已咄咄地大步走下台阶。

坤宁宫内外挤满了宫女,捧药送水,忙得不亦乐乎。朱棣也不召宣正守候在偏殿的太医,直接走进卧内。众宫女见皇上驾临,本来就紧张的神色更显惶恐,急忙要跪下去请安。朱棣轻轻摆了摆手,意思不要叫她们出声,以免吵醒了皇后。

然而徐妃并没睡着,她面朝幛帷斜躺着,突如其来的气氛让她觉察出什么,连忙转过头,目光温顺地看看站在榻侧的朱棣,叫声"陛下",挣扎着要坐起来。朱棣抬手按住她肩膀,忽然感觉那以前柔若无骨的身躯,现在隔着薄被就能摸到嶙峋的肩胛骨,一阵心酸涌上,掩饰着说:"原来皇后还没睡着……不要动,躺着就好。"

"陛下。"徐妃今日的脸色却有了些红润,她喘两口粗气,静静神,"陛下,臣妾恐怕来日不多了,高炽他们年轻,不大懂得道理,陛下还要多担待些。"

朱棣不敢直视她的眼神,忙将话题岔开来,语气柔和地安慰道:"人食五谷,怎会不得百病?皇后不必胡思乱想,太医说了,静养几日,自然就会慢慢康复。不要性急,病这东西,来如泰山,去如抽丝,还要安心将养才是。"

徐妃却无声地长叹口气:"臣妾何尝不是这样想,不过自家有病自家知,臣妾不知何时,胸上就生出一个痈疮,起初不过豆瓣大小,也没在意。可后来越长越大,溃烂化脓,不但表皮疼痛,心内也隐隐难受,人都说好医不治肿,治肿饭碗动,只怕治来治去,太医丢了饭碗,臣妾一命不保。陛下圣明,自然知道人生都是命,半点不由人,是好是坏,都由臣妾担当好了,将来切莫责怪太医。唉,从北平到金陵,这多年风风雨雨,好事做过不少,造孽怕也在所难免,全当赎罪吧!"

听徐妃说得意味深长,朱棣也低了头轻叹口气:"这个朕自然晓得。不过也不要想的过多,皇后是天下之母,向来慈善为怀,总会有神灵护佑的。"

"人寿有时也不在长短,其实能活到今天,臣妾已经知足了。"徐妃话语悠悠地说,"臣妾只希望陛下能安康万年,大明江山稳如磐石。当年母后马皇后临终之际曾对洪武圣上说,要他亲贤纳谏,慎终如始。言犹在耳,确是治国良方,臣妾说不出什么高论来,只望陛下能记住母后的话。"

朱棣点点头,一时找不出话来,彼此沉默片刻,徐妃忽然眼光无限神往地说:"想起在北平的那些日子,虽然苦点累点,心里却踏实。唉,真想回到北平去看看。"

"皇后莫急,等病体好些了,朕陪你一道去北平,哦,现如今那里已叫朕改名叫北京了。其实朕也一直想故地重游,说来那是朕的龙兴之地,地势和气候都和朕的脾性相合,朕总在想,若能将都城……"徐妃的话勾起朱棣满腹心思,他沉吟着说,忽然看见有太监和宫女站在不远处,就打住话头。

然而徐妃已听明白其中的意思,眸中亮光一跳,几分兴奋地欠了欠身子:"陛下当真有这样打算?"

见朱棣肯定地点点头,徐妃却忽然又想起什么,无力地躺下去,恢复了黯然神色说:"能回北平固然好,可这事情又得耗费大量人力财力,唉,百姓苦啊!"

朱棣并不想在这时仔细讨论,便伸手替她掖了掖被角:"皇后尽管放心,你的话朕都记下了,安心颐养就是。他们三个呢?"

徐妃知道朱棣说的是朱高炽弟兄三人,脸色更阴暗了几分,摆手叫宫女太监们退下去,振起精神说:"自从高炽被立为太子后,高煦便整日怒气冲冲,高燧精灵鬼模样,跟在高煦后边嘀嘀咕咕,不知合计些什么歪主意。后来陛下要他们到各自封地去,他俩又说身子不适,又说双亲难舍,厮混在后宫不肯离开,因为他们见朱棣听得很认真,脸神凝重,徐妃抖着嘴唇有气无力地接着说:"陛下,臣妾虽然没读过几天书,却也明白,世态炎凉的程度,富贵人家比贫贱百姓更厉害,嫉妒刻薄,骨肉兄弟比外人更惨烈。若将来他们兄弟为了皇位火并,那比外族入侵更叫人揪心啊!"

连日的忙乱,沉浸在天朝明君喜悦中的朱棣几乎将这些家事抛在了脑后,现在徐妃提起来,他立刻意识到,所谓的家丑,其实已经摆在了桌面上。

"方才他们三个来给臣妾问安,臣妾忍不住说了他们几句,尤其是高煦和高燧,臣妾劝他俩赶紧到封地去,免得外人大臣们说三道四,等着看笑话。结果惹得他俩满脸不痛快,应付几句便告退走了,高炽见情形颇尴尬,也没话可说,早早回殿了。陛下,高煦他素来莽撞,高燧虽然心眼多,但也没什么大奸大恶的念头,臣妾若不在了,陛下千万担待他们些,再不可骨肉相残……"

徐妃絮絮叨叨地说个不住,但朱棣却立刻想到了自己从北平到南京的这几年,有多少人骂自己是篡位,是骨肉相残。莫非风水轮回,同样的事情又会在自己身上发生么?他虽然知道徐妃的话除了对三个儿子担忧外,并没什么深意,但心底隐隐作痛的伤疤却让他不想听下去,他忽然站直了身子,随口说一句:"朕知道了,皇后安心睡会儿罢,朕还有点事情要和大臣们商议。"说着人已转出了雕花屏风。背后传来徐妃一阵娇柔的咳嗽,他顿一顿脚步,仍头也不回地走出去。

朱棣只是没想到,他这一去,却成了和徐妃的永诀。他还没走过狭长的宫院,身后有几个脚步杂沓的宫女失声叫道:"皇上,皇上,皇后她,她吐血了!"

朱棣一惊,顾不上说话,折身就往回走。刚进寝殿,浓浓的血腥味弥漫进鼻端,他浑身一激灵,绕过屏风,见几个宫女和太监正手忙脚乱地收拾什么。他一眼看见地下迸溅着殷红的血,像绽开的牡丹花般鲜艳浓丽,而在朱棣眼中,却无比夺人心魄。

越过人堆,朱棣大喝一声:"皇后,皇后!"声音有些变调,如晴天霹雳震得众人慌忙就地跪倒,朱棣顾不得理会,抬脚从众人头顶迈过去,跨到床榻前。

徐妃黄蜡蜡的面色现在惨白如纸,双目紧紧闭着,仿佛困倦得再忍耐不住。朱棣慌不迭地抓起她空落落的衣袖,使劲摇晃着,却不见任何动静。"还愣着干什么,快去传太医!"朱棣黑了脸怒吼道,炸雷一样地将宫女太监震醒,他们来不及答应,四散开跑出门去。

太医就在偏殿值差,闻声立刻赶到。为首的一个小心翼翼地挪步上前,只略微观察一下,垮着满是皱纹的老脸,扑通跪倒:"陛下,娘娘她,她……"因为惊慌,嘴角哆嗦着却没能说完。但朱棣立刻就明白了,他手拍额头大叫一声:"皇后,苦命的皇后!"惊得众人一时间忘记了哀哭,空气窒息般停滞了片刻,不知是谁起的头,嚎啕声响彻大殿。

皇后驾崩的消息立刻传遍大江南北,不等皇上吩咐,司礼太监已经按照惯例传下令去,辍朝三日,紫禁城再没了往日钟鼓齐鸣的声响,凄凉哀伤越过深红色宫墙,弥散在整个金陵城内。以礼部安排,像徐皇后这样于国于家功劳莫大的国母,皇上要改换了素服,在偏殿召见群臣。文武百官和四品以上的诰命夫人,都奉旨聚集到思善门前哭祭。全城百姓停止一切嫁娶喜庆,禁止屠杀牲口。从外域来的高僧名道云集天禧寺和朝天宫,钟磬悠扬地念诵起追魂度生的经文。

忙碌了足有半载,徐皇后的丧事总算渐渐趋于尾声。郑和此刻正在茫茫大洋中遨游到不知何处,但不管怎样,辉煌的一笔总算能写在青史之上,朱棣要达到的,正是这个效果,他很满足于自己的果敢,至于户部所说的代价,他没亲眼看到,也就很快将其忘在脑后。当然,按照郑和所说的,也许不久,那巨大的宝船就能满载玉石珠宝回来,到那时,普天下的百姓就会钦佩自己作为帝王的英明。

但不管怎么说,平静下来的朝廷总有些寂寞,朱棣觉得生活中似乎缺少了些什么。因为徐妃在整个永乐王朝中的影响,朱棣觉得未必比父皇的马皇后差,所以他也明确宣布要像父皇一样,终身再不立皇后。不仅如此,他还颁诏,将徐皇后的灵柩摆放起来暂不下葬,等自己百年以后,一起择陵而处。

这是历代皇后难得的殊遇,也显示出皇上的重情重义,司礼官员没有任何异议。但哀伤渐渐淡漠的朱棣越来越强烈地感到生活缺少了一种不可缺少的东西。他无精打采的落寞神情被身边大小太监看得再清楚不过,而这些人精立刻便能猜测出皇上的心思。

"皇爷。"瞅准一个机会,侍臣黄俨小心地看着朱棣的脸色说,自从郑和离开内宫,黄俨便成为最得力的心腹,"皇爷,朝鲜国的王子就要辞别天朝了,奴婢想,他们每年一回的进贡也该兑现了罢。前两年,皇爷宽厚为怀,没提出来,这次得叫他们进贡的物品重些,至少叫皇爷称心才是。"

斜躺在软榻上似睡似醒的朱棣漫不经心地瞟一眼白白胖胖的黄俨:"是么,你不说,朕倒还忘记了。那个王子……"说到这里,朱棣忽然明白过来黄俨的意思,朝鲜自古便是中原属国,几乎每年要向天朝进贡良马和美女,到了父皇洪武时候,更是成了惯例。父皇宫中就有不少朝鲜进贡而来的嫔妃,譬如自己的生母贡妃,不就是从朝鲜来的么?如此说来,自己倒还有一半朝鲜血统呢!朱棣几分自嘲地想,怨不得自己每每见到朝鲜妃子,便感觉特殊些。定是黄俨这家伙瞧出来了,偏不明了地说,比起郑和来,更是鬼精!

于是第二天,朱棣就在干清殿中召见了朝鲜国的王子。当时百官肃然站立两班,场面极为隆重。或许慑于大国的威严,这位年轻王子显得身材单薄,神情紧张。当朱棣在高高的台阶上声若洪钟地问道:"爱卿来天朝许多天来,寝食可还满意?看卿正当年少,有多大了?"

众人注视下，这个少年涨红了脸，期期艾艾地不知该如何回答。这倒让朱棣很满意，毕竟这印证了蛮夷之邦对天朝大国的敬畏。见场面有些难堪，王子的侍从官连忙上前一步替主人答道："启奏陛下，承蒙上国精心款待，万事皆无比遂心，我王殿下今年刚满一十四岁，有礼数不周之处，还望上国明君海涵。"

"嗯。"朱棣点点头，阴沉多日的脸上，露出难得的微笑。寥寥几语的觐见之后，朱棣随即下诏，赐予王子五彩丝衣十套，各种器玩若干。就是他的随行官员，也依照官阶，各有赏赐。并令户部准备《通鉴纲目》和《大学衍义》一部，法帖三本，上好狼毫二百支，宣州油墨二百五十盒，金银十锭，至于桂圆、荔枝等时鲜东西，则装了满满二十多担，由王子代为押送，算作上国的赐品。

就在王子拜谢就要退出时，朱棣似乎无意中补上一句："王子既然年幼，路上山水迢迢，多有不便，朕一向体谅各属国殷殷情义，就派内臣黄俨护送你们同行。到朝鲜之后，黄俨可从速返回。"

侍立在宝座一侧的黄俨似乎早有准备，立刻撩袍摆走下台阶，叩拜领命。临退下大殿的那一刻，黄俨抬起头，眼光正碰撞到朱棣投来的目光上，悄无声息中彼此会意，黄俨白胖的脸上掠过一丝不易觉察的轻笑。

有黄俨这样一个皇帝身边的心腹太监作为扈从，让还是少年的王子颇为感激。其实他们不知道，黄俨不远万里，跟随他们翻越白山黑水，还有另一项更为重要的职责。朱棣早就听黄俨提到过，以往朝鲜等属国进贡秀女，都是由本国派使臣送来，只要人数凑够，容貌却无法预先规定，等送来后发现不合心意，也不好再退回去。因此黄俨主动提议，这回派自己亲自去挑拣，肯定让皇爷个个满意。

朱棣知道黄俨，这个年过半百的太监，固然没有郑和那种勇猛冲撞的劲头，办这事情却远高出郑和，让他去，保不定会有什么样姿色的异族女子照亮整个后宫。他当即就答应下来。正要嘉勉几句黄俨为君不辞劳苦的忠心，黄俨却已经迫不及待地跪地叩头："奴婢谢皇爷对奴婢的信任！"

迫不及待地谢恩，立刻让朱棣品味出黄俨内心深处的一点东西，不过他并没在意，总不能又让马儿快些跑，又不让它啃几口青草吧。彼此心照不宣地相视一笑，黄俨屁颠屁颠地退下去准备了。

去朝鲜国的路途果然迂回漫长，但有了皇家特意安排的快马轻车，尚不至于特别受累。黄俨奉旨将王子送回国内，拜见一毕，黄俨便鼓起如簧巧舌，讲到大明如何强大，对待属国如何宽厚。王子则在旁边印证了这次去天朝受到的隆重礼遇。

朝鲜国王李远芳半是敬畏半是感动地听完后，当即感激万分地拱手遥遥向西方拜谢，将黄俨召到宝座旁侧坐下，执住他滑腻肥厚的手掌说："到底是大邦风采，我儿此去增了见识，又蒙圣上赏赐，实在不知该如何感激才好。我想大邦地大物博，什么也不稀罕，供奉哪些东西能趁了圣上的心意呢？还望公公赐教。"

黄俨也不客气,翻翻眼皮似乎漫不经心地回话说:"其实国王说的一点不差,我天朝上国,历来宝藏遍地,百姓人人穿着绫罗绸缎,米粟没地方存放,都堆在了露天地里。说来确实没什么可稀罕的。不过呢,君臣礼节总还是要有的,国王你可知道,我家圣上新近丧了皇后,后宫虽然佳丽三千,却无一中皇爷的意,因此深感寂寞无聊,若……"

话未说完,李远芳已猜度出了其中意思,忙接过来连声说:"那是自然,那是自然,连小王都知道中原有句俗话,叫家有贤妻,逢凶化吉,更何况是英明皇后,难怪圣上要引以为憾。若能倾我小国全力,替上国君主排遣郁闷,当然求之不得。"

说着便当即叫站在殿下的官员传下令去,命举国臣民,无论官职大小,即刻停止嫁娶,各级县道官府专派人员搜集姿色上等的妙龄女子,召集到宫中,请上国使者亲自挑选。

诏令一下,朝鲜举国立刻沸反盈天,吵吵闹闹,哭哭涕涕,鸡飞狗跳,简直要将小岛翻腾个底朝天。黄俨在驿馆中驻扎下,每日有国王派来的礼部官员陪着,早晚小席,中午大宴,各种见所未见,尝所未尝的海鲜珍品全吃了个饱。黄俨暗自得意,若不是自己聪明绝顶,一闪念间领了这么个美差,哪会有如此福气?来逍遥一圈,比在宫里整日小心翼翼地要强出不知多少,咱也尝尝作大爷的滋味!当然,这还不算什么,更实惠的还在后头呢!

朝鲜国上下折腾了一个多月,各地总算如期将秀女送上。齐齐整整地站满了大殿,又从大殿一直排到院外。李远芳打发人请了黄俨来过目挑选。正如朱棣想的那样,黄俨在宫中王府混迹大半生,别的本事没有,于此道却最精通。他眼睛半眯缝着,好像无精打采漫不经心,沿香气扑鼻花枝招展的秀女队伍来回走动一遍,冷笑两声,向正盯住自己的李远芳说:"怎么,就这些?"

李远芳慌忙赔着笑脸:"上国使节也知道,朝鲜地小国微,加上近两年旱灾不断,人口急剧减少,能搜集到且看过眼去的,也就这些了。"

"哎呀,老乌龟煮不烂,倒怨起柴火不好烧。"黄俨就近在一个矮墩上坐下,双手撩动袍摆,跷起二郎腿,这几日接连大醉,白胖脸上现出几许红晕,两条短眉略微一拧,让人捉摸不透什么表情,"国小怎么啦,人少又怎么啦,岂不闻古人说得好,百步之内,必有芳草。国王统治下的江山好歹也有三千里,我就不信找不出个绝妙尤物来。拿这些破烂交差,你敢糊弄,我可不敢,将来皇上怪罪下来,后果如何,你想必也清楚。"

黄俨那副目中无物的样子和盛气凌人的口气,令李远芳很是尴尬,好歹自己也是堂堂一国之王,在文武百官面前作威作慣大惯了的,还没有人这般对待过自己,他顿时红了脸,不知如何回答。好在众官员都不在跟前,但心里仍不大好受。

曾跟随王子出访大明的侍从,在大殿上替王子回朱棣问话的右军同知总制李玄恰好在旁边,见状忙将国王拉到一边,悄声说:"陛下,上国人一向傲慢,况且此人是他们皇上跟前的红人,切莫因小失大,还是忍耐三分的好。"

李远芳恨恨地压低嗓门说:"什么天朝,全是仗势欺人。若不是我国连年水旱不断,生民凋敝,实在没力量与之对抗,本王早将这个半人半鬼的怪物拉下去砍头了!"

"陛下圣明,自古都是穷不与富斗,弱不和强争,我们暂时忍耐一下,将他打发走了事,一忍敌百灾,陛下还是好言与之周旋为妙。"

李远芳皱皱眉头:"本王也是这么想的,可举国秀女都选送上来,他还不满意,如之奈何?"

李玄不慌不忙地看一眼远处的黄俨:"陛下,臣这次陪王子去大明,多少也知道那里的一点风情。大明朝廷中的官员,大半是爱财如命。这个老头子放着宫里的清福不享,费尽力气跑来,口里说是为了圣上,其实心里还不是想趁机捞上一把。陛下成全了他,不出三刻,他保管什么话都好说。"

李远芳醒悟地点点头:"千里乱蹿,为点银钱,本王早有预料,都准备好了,本想等他选过秀女后再拿出来,谁想他已经耐不住了。还什么天朝使节,狗屁!"

说着话,脸上却挤出乐呵呵的笑容,走过来冲黄俨说:"上国使节果然眼力如锥,不胜佩服!这样,我再令人下去寻访,看是否更有秀色可餐者,使节稍待一两日。"说着挥挥手,命众人都退下,又接过话头:"上国使节远来敝邦,招待不周,还望多多见谅。本国虽然贫敝不堪,但还略备薄礼,请使节笑纳。"

一边说着,一边冲殿外喊道:"还不快送上来请上国大使过目!"

佩环叮咚碰响着,一群宫女手捧托盘走上,李远芳亲手揭开每个托盘,指指点点地说:"这是敝国海中千年老蚌产下的珍珠,如此大个,举世罕见。这是小岛最北端千年积雪的山上特有的山参,比黄金更贵重十倍。这是一户世家珍藏祖传的玉镯,相传价值连城……"

听他一一讲述,黄俨眼珠越瞪越大,至于金锭银锭,仿佛已成了最不值一提的东西。他简直不敢相信,这些东西立刻就会为自己所有。"难怪人人抢着做官,有道是为官一天,强似当百姓千年,确实如此哟!"黄俨心里默念着,一时都不知道该怎么回答。

"难得国王如此诚恳,忠义之心我一定向圣上仔细禀报。贵国不是刚遭了灾荒么,我回去就禀奏圣上,多拨钱粮过来,反正我们钱粮多的是,用也用不完,"呆愣片刻,黄俨才恢复常态,忙不迭地说,"其实这些东西咱也不稀罕,不过千里送鹅毛,人情重过泰山,咱也只好收下了。至于选秀女的事么,咱今日有些昏沉,这样,明日还将这些女子带过来,咱重新挑一番,保不准有宝在内呢!"

话一出口,李远芳立刻放下心,他暗暗后悔自己应该先将这些东西拿出来,那样今天就可以了事,尽早将这个烫手的山芋给打发走。

正如李远芳预料的,第二天挑选秀女格外顺利。黄俨还是垂着眼皮沿这群花蝴蝶般的女子走动两遍,忽然大呼小叫地说:"果然有天姿国色隐藏在里头,若不仔细查看,险些埋没了她们!"说着点出二十多个走出队列,再三盯了半晌,指指内室:"都进去,待咱审查仔细了!"

依平日在国内选秀的规矩,黄俨命人将她们衣衫全剥去,细细观赏了每寸肌肤,从中筛选出五个,又将这五个再三从发梢到脚跟仔细研究,直看得五人面红到脖子根,简直无处可钻,黄俨才淫淫地笑道:"好了,就她们五个!"

该办的差事办完,该了结的心愿也心满意足,黄俨这才摇头晃脑地辞行回朝。选中为秀女的家人免不了抱头痛哭,彼此恋恋不舍地直送到鸭绿江畔。悲欢离合的呼天抢地,令许多随从为之动容,有心软些的还陪着掉几滴眼泪。但黄俨无暇顾及,他只盘算着这趟差事不但能使自己更得宠,后半辈子的家私也积攒下了,凭这些珠宝,在金陵城里盖座上好宅院,再认个干儿子,后半生也就有着落了。

当五名秀女辗转来到上国的京都金陵时,沉寂许久的坤宁宫立刻热闹起来。宫女们在黄俨指挥下,精心替她们梳妆打扮,匆忙地调教宫里的规矩和面君时该如何说话。五人还沉浸在离别亲人故国的伤心中,面对如此盛大的场景,情知事已至此,再挽回不得了,也只好压抑住满心愁怨,作出言不由衷的笑态。

隔日,朱棣特意在干清宫中召见远方来的美人。当她们齐刷刷站在阶下略显生疏地拱腰拜见时,朱棣觉得眼前闪过一道亮光般身心突地震颤,连日来沉郁在心头的阴霾霍然烟消云散,多少时候没澎湃的热血忽然汹涌起来。

但他还能掩饰住自己,稳坐在龙榻上朝黄俨点点头:"几位爱妃,朕这里可是大邦之国,能进朕后宫者,不但容貌,才德也当绝佳。你们有什么技艺,不妨展示出来,叫朕开开眼。"

几个人惊惧和羞涩交加,谁也不敢开口先说话。黄俨生怕冷了场,忙上前一步,想拉出一个开个头。朱棣却看准了正中间的那个,她不但容貌艳丽,身材比起另外四个来更特别,体态丰腴,从脖颈直到若隐若现露出的胸部,白嫩细腻,确实如凝脂美玉。这让朱棣不知怎的想起了杨贵妃,当年杨贵妃也就是如此罢。没想到,将近千年以后,朕也能品味一下杨贵妃的滋味了,而且还是从异域而来,自然更别有情趣。

这样想着,朱棣抬手一招:"就中间那位爱妃罢,你且过来,姓什么?给朕看看有何取乐的技艺?"

昨日便听宫女们说过,王法大如天,皇上看上去宽厚,其实舌头一转,就能立刻叫你死不得活不成,弄不好还会连累家人。因此她们今天来到这里,如同站在阎罗殿前听候发落,谁都战战兢兢,不敢有丝毫马虎。听皇上点了自己的名,当中那女子连忙稳稳神,迈前两步,抖着声音说:"回陛下,臣妾是朝鲜国工曹权氏之女，自幼读书不多，家母从小教臣妾吹过箫，勉强献丑了。"

说着从腰间锦囊中抽出一支尺余长的玉箫，葱根般的纤纤十指捧到朱唇边，略一酝酿，好似有股清风渐渐盘旋而起，袅袅箫音顷刻弥漫在大殿，死气沉沉的雕梁画栋一下子灵动起来，平日庄严肃穆的殿堂此刻突然如此温柔多情。朱棣情不自禁地在龙椅上晃动着粗壮的身躯，两手无处放似的不住捻动长须。

好容易一曲终了，权氏秀女和朱棣都长长松了口气。朱棣忘形地连连鼓掌道："好，真所谓余音袅袅，绕梁三日不绝。朕还以为那都是古人胡诌的，听爱妃一曲，果然有此感触！好，爱妃既然姓权，那就权且封为权妃，若真德才并佳，再行封赏！"

权妃连忙谢过了，退回原处。朱棣却兴犹未已，看见御案上摆放好的笔墨，抓起来略作沉思，挥笔写下一首宫体诗。自入金陵登上帝座，朱棣忽然感觉身为帝王，马上杀伐的天子固然可敬，而颇有些文气的，则更容易青史上留下好名声。所幸宫中大臣会作诗的不在少数，像杨荣、杨士奇等人所写诗歌雍容华贵，且容易学到手，朱棣便慢慢养成逢事作诗的习惯。今天在几个如玉美人跟前，卖弄一下上国天子的风采，他尤其愿意。

片刻工夫，一首绝句写成，黄俨忙上前捧过来，对了众人高声朗诵道："忽闻天外玉箫声，花下听来独自行。三十六宫秋一色，不知何处月偏明。"读完了，不等别人说话，自己先啧啧赞叹："哎呀，皇爷近来作诗越发老到了，这诗若叫杨士奇他们看了去，不嫉妒才怪呢！"

朱棣微微一笑，没接话头，眼光依旧落在权妃身上："权爱妃，怎么样，朕夸你吹箫吹得好，不妨也应和一首？"

权妃并不知道朱棣朝中的规矩，凡圣上带头作了诗，臣工自然要纷纷应和，谁对得最工整，圣上也就越喜欢，也就越亲近几分。大学士杨士奇、杨荣和金幼孜等人，便是这样得到圣恩眷宠的，就是与诗文毫不相干的职位，像户部大臣夏原吉等人，也挖空了脑袋要写出让皇帝首肯的诗。

既然不知道，也就没准备，况且权妃本来就没作过诗，乍被问起，红了脸摇摇头，意思是不会。

朱棣"哦"了一声，脸上显出失望的神色，不会作诗哪能称得上才女呢？场面顿时又有点冷清。

"皇爷问话呢，你们当中谁会作诗，可从速献上来。"黄俨惟恐皇上将失望迁延到自己头上，忙伸长了脖子，急急叫道。

这时朱棣看见权妃旁边一个略瘦的秀女抬脸张了张嘴，似乎想说话，却又有点犹豫。仔细看去，她虽不及权妃丰韵，但体态婀娜，站着不动也如玉树临风般姿态万千，婷婷娉娉，宛如弱柳扶风，别有一番韵味。

"怎么，这位爱妃会作诗？不妨将姓氏报上来。"朱棣笑了，意味深长地盯住她。

权妃旁边的那个秀女见皇上正直视着自己,惊慌中面如桃花,好容易沉稳住神,迈前两步道个万福答道:"启奏陛下,臣妾乃朝鲜国护军吕家之女,自幼在书堂读过几天书,曾写过几首,却不敢在陛下跟前献丑。"

朱棣如同看着自家儿女一般,笑容中有几分慈祥,话语更是从未有过的宽厚:"听爱妃说话,便是读过书的人,自古诗如其人,爱妃的诗定然别有情趣了,不妨吟一首叫朕听听。"

姓吕的秀女听皇上这般说,也就不再推辞,站在原地沉吟一下,放开莺啼鸟语般的嗓音吟道:"琼花移入大明宫,旖旎浓香韵晚风。赢得君王留步辇,玉箫嘹亮月明中。"

"好,好,没想到偏僻小国中,也有如此绝世才女!"朱棣有些夸张地拍着御案大声叫嚷,"那朕就封你为才人,吕才人,黄俨,听到没有,将朕口谕在内宫传下去!"

黄俨连忙答应着,长舒口气,这趟一举两得的美差总算圆满完成了。

"远来乍到,朕也就先不一一见识了,先下去歇息,待有机会再赏识不迟。只是逢了才女,没酒怎么能成?!"朱棣兴致勃勃地大声说。

黄俨爬在金砖上还没起来,听圣上这样说,立刻明白他的意思,忙再点一下头,答应着站起身,冲几个秀女使个眼神,她们会意,知道皇上没留恋的意思,忙识趣地告退出殿。等朱棣折回坤宁宫偏殿时,黄俨早已安排下酒宴,偌大的桌旁,就吕才人一个忐忑地侍立一侧。

朱棣暗中笑了一下,黄俨果然乖巧,朕没说出口,他便知道朕要的是谁。这样想着,朱棣心情格外地好,重重坐下来,举起手中金樽:"吕爱妃,朕赐你一杯御酒,品尝一下中原大国的佳酿,这可是让李白写出千古名篇的兰陵美酒,过来尝尝。"

吕才人站着不知如何是好,旁边的内侍推她一把才醒悟过来,上前谢恩接过。有意无意中,两人的手接触一下,软嫩滑腻的感觉倏地传遍朱棣全身,他感觉有什么地方猛地一动,但脸上不动声色地哈哈一笑,看着吕才人仰脖一饮而尽,白皙的脸庞顷刻如绽开了桃花,连脖颈也变作撩人的粉红,他再也按捺不住,狠狠地冲两旁使个眼色,两旁内侍会意,悄无声息地退出帐外。

一瞬间,周围寂静下来,面对春色无边娇艳如花的女子,婀娜中别有一番异样风情,她预感到将要发生什么时的羞涩,更撩拨起朱棣蓬勃的激情。他不顾一切地将她揽在怀中,甚至顾不上仔细咂摸一下她俏丽的笑靥,手忙脚乱地扯拽着她的衣衫,而她恐慌却不敢推却的娇态,更让朱棣受了鼓舞似的,翻身将她压倒在绛帐内。

一浪涌过一浪的云雨,朱棣能感觉出她渐渐主动地和自己搅缠在一起,而她娇柔的呻吟,就如一首首绝美的诗,使自己身心立刻通泰无比,他忽然什么也不想了,一阵紧似一阵的快意令他喘不过气。

以后的日子里,朱棣又临幸了那位善于吹箫的权妃。权妃和吕妃两人各有风味,每个晚上都让朱棣流连忘返,自从徐妃过世后,他感到自己身上重又焕发了盎然生机。轮流侍寝几个月后,从朝鲜远道而来的秀女们逐渐适应了宫中生活,她们终于明白,来到这里,就没了再回去的希望,能如何在美女如云的宫中站住脚跟,如何得到这个面色黑中透红,虽已年近五十却体魄健壮的皇上的宠爱,是她们一生中最重要的事情。

朱棣在吕妃和权妃两人中间轮流咂摸一番后,渐渐地,人们看出来,皇上其实和吕才人似乎更亲近些。他们不但晚上享尽床笫之欢,白天还携了手在御花园中观景吟诗,有时也坐在凉亭下对弈,玩到高兴处,一个豪爽地呵呵大笑,一个娇柔地哼哼唧唧,俨然一对恩爱夫妻,不知羡慕死了多少嫔妃。

心中最不痛快的,首当其冲地要数权妃。本来以为自己一曲如仙乐般的箫音,就此可以笼络住君王的心,不料皇上在马背上争来天下,却偏喜欢作出文绉绉的气象,这样倒好,让吕妃占尽了无数风光。

已经适应了宫中生活的权妃,也领略了得到皇上宠爱的妙处。若像其他三个同来的伙伴一样,根本就没入皇上的眼,她也就死心了,安静地守她的活寡。可权妃觉得自己毕竟是受了皇上宠爱的,皇上第一次召见自己时就被打动了,宠爱得而复失,她就不大甘心了。但万事却不由她,皇上还是得空就往吕妃房中去,虽然偶尔也来自己屋里光顾一下,却次数日渐明显减少,她不能不暗自焦虑,空落落的无可奈何。

百般无奈中,权妃与宫中那些嫔妃们走动得频繁许多。她们在一起拉拉家常,听那些不知何年何月便进到宫里来的娘们说些宫中奇闻琐事,自己也给她们讲讲朝鲜国中的各样习俗,彼此打发无聊的时光。

偶尔有一天,权妃发现围坐着闲聊的娘们中,有个头发已经现出点花白,看样子岁数已经不小,憔悴的面容也不像曾经得过宠,心中不禁暗暗慨叹,自己如花的容貌春去秋来,迟早会凋零如她呀!难道万里迢迢辞别双亲,来到这异国他乡,就是要圈在金丝笼中这样老去么?

这样想着,神情就有些掩饰不住的黯然,本来兴致勃勃的谈论忽然低沉下去。众宫女见状,也不晓得她想些什么,忙知趣地告辞相继回各自房中。看看人走尽了,那个头上银丝点缀的老宫女眨着眼却磨蹭到最后,轻轻扯一把权妃的衣袖:"妹妹,在想心事?"

权妃一惊,她知道这是什么地方,一句胡言乱语便会招来弥天大灾,急忙摆手红着脸说:"没……没什么心事,只不过忽然有点不大爽快。"

那宫女几分诡秘地一笑:"妹妹没听相面算卦的说么,入门不用问喜忧,一看

廿三 处处缠绵

脸色就有数。妹妹的喜忧，其实姐姐早就瞧出来了。唉，这年头，当女人难，圈在这宫院里的女人更是难上加难哪！"

权妃更是吃惊，摸不清她的意图，警惕地看看窗外，一时语塞。老宫女又诡秘地一笑："唉，一入宫院里，是亲也戒三分，妹妹年纪轻轻，倒如此心细，真是难得了。其实今儿也不必那么提心吊胆的，皇上去凤凰台兜风了，完了还要在清凉山登高望远，略微体面些的太监都跟随了去，吕妃娘娘依偎在皇上身边，不定要作出几首好诗呢！"

这话正勾起权妃的心思，情不自禁地在肚里暗叹一声，见那宫女遮遮掩掩地有话欲说不说，反正那帮充作耳目的太监们不在，权妃也大了胆子，平稳了脸色问："姐姐看样子年纪不小了吧？"

低微的声音让老宫女浑身一震，收敛了笑容垂下头去："是呀，年纪不小啦，唉，枉活一世哟！妹妹没听以前有人写诗说，白头宫女在，闲坐说玄宗。像唐玄宗那样多情的天子，还让多少宫女白白老去，更何况是如今！想当年，姐姐我也是如花似玉的美人，在乡里多少富贵公子见了我眼馋，可惜流落宫里，就这么悄无声息地老成这样，如今再让我回乡里去，人家看我这副模样，谁会相信！他们以为我在宫里不定享什么福呢！唉，自己的苦楚只有自己才真知道呀！"

见她说得语重心长，不像是装出来的，权妃戒心放松许多。联想到自己眼下的处境，会不会多少年以后，又是一个她呢？权妃不敢认真想下去，附和着叹出一口气。

"妹妹，你虽说来了这么长时间，还不一定知道这宫里的琐碎规矩，其实道道多着呢！按说，像姐姐这样上了岁数的人，又没得过皇上宠幸，没生过一男半女的，用不了多久，就该离开这里，到那边冷宫去混日子。听人讲，那冷宫简直就如人间的阎罗殿，总之都是再没用了的废人，也就没人顾得上操心，吃喝都供应不及，有病有灾的更没人过问，整日里往外抬死人，若到了那种地方，唉！"老宫女心有余悸地不忍仔细说下去，半低下头，几根白发特别显眼。

"那自己若是就这样混下去，将来岂不也……"权妃面色一凛，差点叫出声来。但细微的变化已被老宫女看在眼里，她恢复了刚才略显诡秘的笑意，"妹妹，你比我强，能受到皇上的恩宠，将来再生个小王爷，这辈子福分也就定下啦！像咱们这种女人哪，好歹就在这几年工夫里头，错过这个村，就再找不到这个店啦！"

"可惜姐姐只看到表面，却不知道其实皇上他更偏向吕妃……吕妃她诗写得好，皇上不知怎么爱不释手，近来夜夜临幸，我几乎不怎么沾边了……"满腹心事被搅动得汹涌起来，权妃吞吞吐吐地讲出自己不敢告人的心思。

老宫女终于舒展了脸色，语气和悦了许多，挪动身子凑近些，看看窗外婆娑的花影，神秘兮兮地说："妹妹能给姐姐说出这种心底的话，那什么都好说了。其实妹妹说的,不光姐姐,凡有眼的宫女太监都能看出来。依姐姐说,妹妹论长相,比吕妃还要强些,论才艺,更应该能打动皇上的心。妹妹之所以让吕妃抢了风头,一大半是当今皇上想给人留个文武全才的念想,恰好吕妃是个才女,吟诗弄词的,当然合了皇上的意啦。再一小半么,还在妹妹你身上。"

权妃听她这样一说,觉得确实有点道理,无奈地摇摇头:"皇上喜欢吟诗弄词,可我偏偏不会,这也不是一时半刻能学得会的,看来只好认命了。"

"命是什么,命还不是人想出来的?"老宫女眼睛一眨,盯住权妃脸色,"妹妹,人活在世上,三分靠命,七分靠争,不争不抢的,福分哪能平白落到自己身上?若妹妹有夺回皇上宠爱的心思,姐姐我倒有好主意,保管你压倒吕妃,叫她再抬不起头!"

"噢?"权妃看看被岁月和忧伤枯皱了面皮的老宫女,"姐姐有什么好主意,不妨说说看,倘若管用,定不忘了姐姐的指点。"

老宫女见权妃相信了自己,得意地笑了笑:"妹妹先不用许愿,姐姐我姓刘,平日里宫中姐妹知道我脑子活络心眼多,都叫我刘诸葛,唉,在这里边,就是真诸葛来了,也是干瞪眼哟!不过妹妹放心,只要你能记住刘诸葛,将来妹妹得宠后,统领六宫时,给姐姐找个打杂的活计,别打发到那边冷宫里去,姐姐也就知足了。"

见她这样说,权妃也就越发信服,忙肃整了脸色一本正经地说:"若能真像姐姐说的那样,我重新得了皇上宠幸,不但我将来不用到那鬼地方去,就是姐姐,我自然会供养一辈子,姐姐放心就是。"

"我看妹妹是那种讲信义的人,这才真心帮你。"刘诸葛放了心,说话痛快起来,"其实像妹妹这样色艺双绝的人,又是从朝鲜过来的,要得到皇上欢心,并不是件难事。姐姐我早就替你想过了,只要你按姐姐的办法去做,肯定没问题。眼下还不到秋天,保你到不了年底,皇上就把妹妹捧得跟玉人似的。"

权妃见她说得斩钉截铁,不由不相信,伸长了脖子问:"那,依姐姐看,我眼下该怎么办?学写诗横竖是来不及了,要不,我等皇上回来时,在他路过的地方吹箫,好引起他的留意?"

刘诸葛意味深长地笑笑:"妹妹这就差了,这样一来,非但得不到皇上欢心,恐怕不出几天妹妹就要和姐姐我一块儿进冷宫了。男人哪,心思不好猜测哟,你越在他跟前搔首弄姿的,越就如同将鸟儿往别的林子里赶,弄巧成拙呀!"

"那,姐姐看来,我该如何?"权妃不曾想其中还有这么多道理,皱着眉头有些着急地说。

"别急,好事不从忙中起,有道是不施万丈深潭计,难钓千年大鲤鱼。"刘诸葛下意识地看看窗外,白花花的阳光正灿烂地透过窗纸,整个院里日静风阑,"姐姐已经替你想好了,自今以后,你见到皇上就躲得远远的,即便皇上翻牌子或传口谕要临幸你,你也推说身体不适,请皇上到吕妃房中去歇息好了。"

权妃听得莫名其妙,不大乐意地说:"姐姐这回差了,我从吕妃手里抢皇上还抢不到手呢,哪有皇上来了再推出去的道理?"

刘诸葛故弄玄虚地一笑:"看看,妹妹这就过分着急了不是?我不是刚说了吗,不施万丈深潭计,难钓千年大鲤鱼,像这样的大事,不耐着性子怎么能行?妹妹,世事如同天上的云彩变化莫测,远非你在家中绣楼上想的那么简单,姐姐在这人鬼交杂的地方,见的也比你想的还多,听姐姐安排,有你欢喜的日子。"

"好……好吧。"权妃将信将疑,犹犹豫豫点了点头。

自此以后的近一个月中,权妃好像忽然从宫中消失了一般,再不见她来往于前宫后殿的身影。朱棣和吕妃吟诗唱和的时候,偶然想起那个风韵如同杨贵妃吹箫好似仙人一样的权妃,便让黄俨到后宫传下口谕,令她过来侍奉。但每次黄俨都面露难色地回来禀奏说:"皇爷,权妃她,她说身子不大爽利,说还是让皇爷和吕才人在一处的好,还说皇爷和吕才人吟诗作词,谱了曲子后,宫人们都喜欢唱。"

"嗯。"朱棣点点头,碍着吕妃就在跟前,也不便多说,挥挥手叫黄俨退下去了。如此三番,一连个把月竟没见过权妃一面,朱棣心中觉得若有所失一般,权妃俊俏的面容丰腴的体态,还有袅袅如缕的婉转箫音,反而愈发清晰地闪现出来。

秋风渐渐萧瑟,褪了色的花瓣飘满殿前阶下的青石庭院,江南的秋日萧条哀婉,湛湛蓝天中少了云絮的点缀,空旷而辽远。然而秋日的江南又是阴晴不定的时节,倏忽间涌过一团阴暗,稀疏的雨点便顺风飘洒下来。权妃的心正如头顶的天际一样,阴晴不定,无风瑟瑟,不雨萧萧。她忽然感到刘诸葛的话未必可信,听她计策的结果,皇上不仅没来到自己身边,反而似乎渐渐消逝在了她的生活中。倘若皇上真的将自己忘记,那自己将来岂不就同刘诸葛一样的下场?

一想到刘诸葛所说的宫女年老色衰后的归宿,权妃就不寒而栗,片刻坐卧不宁。终于忍耐不住,她瞅了个皇上出宫秋游的空子,到后宫偏殿里,悄悄将刘诸葛叫了出来。

听权妃颇含怨气地讲完了这些日子的难熬,刘诸葛却笑逐颜开地拍手叫道:"好,难得妹妹能办得这么好!"

"那又能怎样?"权妃不耐烦地说,"本指望听了你的话,能让皇上回心转意,谁承想倒给姓吕的做成好事,现在人家可是将皇上独占了,即便我有心思去侍奉,拒绝了人家这么多回,还有什么脸面!"

"傻妹妹,你又错了不是?"刘诸葛不慌不忙,"我们这里有句话,要求生富贵,须下死工夫。妹妹要得到一夜两夜的欢喜,原不是什么难事,也不须叫姐姐出谋划策。可一夜两夜的顶什么用,宫里三千美女,有多少叫皇上整治了一两回,就扔在一边任她们慢慢老去?!妹妹要救自己和姐姐,还得从长计议才对。一个月的寂寞都耐不住,那将来没边没际的日子你怎么熬?"

见权妃不吭声了,刘诸葛放缓了声调,上下打量权妃一番,点点头:"妹妹这身装扮还是太花哨了,看上去就和我们这些下贱宫女不是一个身份。这样,今儿皇上不是秋游去了么,妹妹就趁他回宫时,在后宫西角门那儿装作闲走,叫皇上看上你一眼。"

"哎,"权妃痛快地答应一声,"那我这就换身上好的衣服,姐姐你再替我好好装扮一番,叫皇上看见了我,就能撇下那个姓吕的。"

刘诸葛不以为然地笑道:"妹妹又差啦。我是说,妹妹就是现在这身装扮都嫌太好了些,还用什么装扮?来,姐姐的衣裙都褪色了,借给你穿上,再把发髻上的首饰都摘下来,这样看去更显落魄些。"

权妃睁大了眼睛,一时没听明白她说些什么:"姐姐,你疯了不成?!这副模样叫皇上看了,他讨厌都来不及,还能有那心思?"

"妹妹,你说的那心思是什么心思?"刘诸葛故意调侃地问,满脸的笑容似乎如房外枯皱的花瓣,又像被人踩过一脚重新慢慢地舒展。

权妃此刻也来不及害羞:"那还能有什么心思?姐姐,我既然相信了你,你可别坑害我!"

"一听妹妹说这话,就还嫩些。"刘诸葛说着已经将外边的衣裙解下来,"如今姐姐就指望你将来好过了,拉姐姐一把,说得不好听,咱就是拴在一根绳上的蚂蚱了,姐姐难道还能故意坑害自己不成?哎呀,这话原不该说的,将来妹妹富贵了,可要光想着姐姐的好处,这情急之下的胡言乱语,千万别往心里记。快点,皇上待会儿就要回宫了!"

说着,刘诸葛已经替权妃摘下了满头的凤钗玉环,头发夺拉下来,遮住了半个脸,她却欢喜地说:"嘿,这样倒正好,更显得狼狈!来,快把衣裙换上。"

权妃听她说得振振有词,一时弄不清其中有何玄机,但事已至此,也只好随她摆布。片刻工夫,熠熠生辉的权妃失去了光泽,灰头土脸的像洒扫庭院的使女宫人。从镜子中照见自己这个样子,权妃险些掉下眼泪。看她眼圈发红,刘诸葛却哈哈笑道:"好,好,这才叫表里如一呢,就这样去,叫皇上看见,保准有效!"

权妃有几分明白地问:"莫非姐姐叫我打扮这么寒酸,是要皇上可怜心疼么?"

"唉,傻妹妹。"正在兴头上的刘诸葛忽然叹口气,"皇上要是能这么心软,懂得体贴下人的苦处,这宫中三千宫女也不至于没日没夜地煎熬了。世间这么大,命苦人这么多,谁可怜谁去?妹妹,叫人可怜,不如叫人喜欢,姐姐可没那意思,反正也别问那么多,到时候你就知道了。"

权妃将信将疑,生怕别人看见了发笑,躲躲闪闪地来到西角门,装作散步的样子，心中忐忑不安，想着皇上若是见自己这副样子，怪罪下来，从而更加疏远自己，那以后的日子可就难打发了。

正胡思乱想着，听见有太监扯嗓子吆喝："圣驾回宫了！"紧接着脚步杂沓，一行人抬了大肩舆，由皇城西安门那边斜穿御道，从西角门拐进宫城中。权妃心中一紧，赶忙躲闪到路旁。

远远望见皇上和吕妃并排坐在高高的肩舆上，有说有笑，看情形游玩得格外高兴。看看花枝招展的吕妃，再低头瞧一眼自己破衣烂衫，本来就满腹委屈，此时更觉心酸，悄悄抬袖子抹把眼泪。

以为是洒扫的宫女，太监们谁也没注意。但朱棣却高高在上地看见这个女人身形很熟悉，似乎在哪儿见过，特意欠起身盯她一眼，心头咯噔一下："这不是权妃么？怎么弄成这副模样？莫非因为她是从朝鲜来的，众人都欺负她？"

朱棣这样想着，忽然记起已经差不多有两个月没见过权妃了，她那丰腴细腻的肌肤，袅袅如同仙乐的箫曲，想来比挖空心思吟些不咸不淡的诗句更有诗意。再仔细一想，记得自己曾召幸过她的，可她却推说身子不爽快，叫黄俨领自己去了吕妃房中。莫非她见自己喜欢和吕妃在一处，有意成全？若这样，那就不仅色艺双绝，德行简直可以和徐妃相媲美了。真没想到，朝鲜国中也有这等奇女子，唉，朕倒辜负她了。

胡乱猜测着，一行人已经轰隆隆地走过去。朱棣强扭头再看一眼，越发觉得这权妃凄楚动人，连她那身不合时宜的衣衫也似乎很叫人心动。

别扭地站在路边的权妃并不知道皇上仔细看过自己，她只觉得自己如同这满地的残花败叶般，零落得没人愿意正视一眼。她看着耀武扬威的队伍从身边招摇而过，似乎还飘来几声吕妃的嬉笑，终于她忍不住捂着脸抽噎起来。

快快地回到房中，刘诸葛正坐在床沿旁等着。见她那副表情，早有预料似的并不在意："妹妹，皇上从你身边走过了没有？"

见权妃苦着脸没答话，刘诸葛笑嘻嘻地凑上来："哎呀，别心急嘛！一辈子的福气，还能说来就来的？"

"可是皇上连正眼都没看我一下，哪还有什么福气？哼，吕妃凭了几句歪诗，竟然将皇上黏在了自己身上，真是老天瞎了眼！"权妃没好气地嘟囔道，顺手扯下凌乱的衣裙，扔在地上。

"难得妹妹有这么不服人的气魄，这样事情就更好办了。"刘诸葛响亮地一拍巴掌，欢喜地说，"妹妹，忍耐了两个月，总算没落空，姐姐这就叫你苦尽甜来。咱们可说过的，妹妹大富大贵后，别忘了将姐姐留在宫里头。"

说着刘诸葛从床上包袱里抖出几件衣服来："妹妹，快穿上，装扮起来，若是姐姐料想不错的话，皇上今天肯定要召幸妹妹了。快穿戴上，叫姐姐看看。"

七手八脚地，崭新的大红宫袍穿在身上，再梳妆一番，朝镜子里一看，权妃惊讶地简直都不敢认识自己了。大红宫袍内罩件沉香色水纬罗对襟小衫,紧压着双乳半隐在领口,似现不现地叫人浮想联翩,镶了五色绉纱的褶子裙,更衬得裙摆随风飘动,恰倒好处地露出纤纤三寸金莲,不用走动,也袅娜生姿。散乱的发髻经过刘诸葛精心梳理,明晃晃油光发亮,高高的发端,斜簪上几支翠花金钿,简单而高雅,妩媚却不俗气,映衬得脸庞白皙粉嫩,红馥馥的朱唇直挑逗人心。仔细端详半响,权妃好像第一次发现自己原来如此迷人,久久站在镜前不肯离开。

刚收拾停当,黄俨迈了碎步走到房门口,老远就吆喝道:"权妃在么,圣上有口谕,诏权妃到坤宁宫面君陪侍!"说着踏进门来,慌得刘诸葛连忙躲到屏风后边。黄俨肥嘟嘟的脸上挤满笑意,见权妃光彩照人地站在房中,惊讶地呆了一呆:"哎呀,权妃原来如此天姿国色,难怪圣上念念不忘呢!恭喜娘娘,贺喜娘娘,娘娘日后富贵了,可别忘了咱周全的好处。"

权妃随口应付两句,看他点头作揖地走远了,刘诸葛才从屏风后钻出来,压住满心的欢喜说:"妹妹,成败可就看这一回了,千万别性急,耐住性子,最后得宠的才算真得宠。等见了皇上,别叫他看出你心里的高兴,作出满腹无奈的神情,若他要亲你,你先推搡两下,若他要那个,你就说身上来红了,叫他到吕妃房里行事去。"

权妃本来满心喜悦,听了后羞涩地皱皱眉说:"姐姐,这样怕不妥当罢,惹恼了皇上可不是闹着玩的,再说,有这么好的机会……"

"傻妹妹,都到这一步了,你还不相信姐姐么,等有空了姐姐自然会给你好好解释,你呢,只管照姐姐说的做便是。"刘诸葛俏皮地一笑,恍然间权妃似乎看到了她以前的影子,想到她以前也是光艳照人的美貌,可巍峨堂皇的宫院,将她变成了这个样子,可惜呀!权妃闪过一个念头,却来不及多说,肩舆已经停放在门口了。

两个月不见,朱棣简直想不起权妃是什么模样了,印象中她和吕妃不相上下,各有千秋。虽然屡次召见,权妃都婉言拒绝,朱棣倒并未特别在意,反正自己已经品尝过了,眼下又有吕才人依偎着,他也不必十分强求。

只是今日看权妃蓬头垢面的样子,朱棣心头一震,他忽然激起特别想见这个朝鲜秀女一面的欲望。好容易天近黄昏,草草用过晚膳,朱棣便迫不及待地叫黄俨去传旨,他要仔细揣摩一下,再体味一回当初唐玄宗戏弄杨贵妃的滋味。

等肩舆来到内室门外,权妃悄然走进来时,朱棣还沉浸在遐想中,他并没特别在意。一声"拜见陛下"的莺歌燕语婉转响起,朱棣下意识地扭过头,这时他立刻惊呆了,这是权妃么,两个月不见,此刻一瞧,原来她竟然比自己印象中美得多,以前怎么就没发现呢?他暗中责怪自己一句。

"啊,爱妃,你……身子可好些了?"朱棣口干舌燥,在千军万马中冲杀过来的他,此刻却压抑不住狂跳的心。

权妃半低着头,不知是害羞还是大红宫袍映衬的,粉面如桃花摇曳,新画的弯眉下双眸左右顾盼,宛如一池秋水,波光动人心魄。

看看随侍太监退下去了,朱棣再也忍耐不住地上前一把将她揽在怀中,喃喃说着:"美人受委屈了。"将扎歪歪的髭须凑上来。

权妃听他这样说,满腹的哀怨都被勾了起来,身子一软险些倒在宽大厚实的怀里,可她立刻想起刘诸葛的话,警觉地别过脸去,让朱棣扑了个空。

"哈哈,美人果然受了委屈,要耍脾气了。"朱棣呵呵笑着,将她搂得更紧,用嘴在她脸上胡乱蹭着,向一旁床榻上拥去。

"啊?圣上,别……"权妃见事事如刘诸葛说的那样,更硬了心依她的话去做,"臣妾今天正好……正好身上来那个了,还是请圣上到吕才人房中……"权妃使劲推搡着要从他怀中出来,羞涩地涨红了脸说。

朱棣在权妃面前,好像头一次见到她,火急火燎地忍耐不住,听权妃这样说,满腔的欲望顿时冰凉半截,却仍爱不释手地说:"好、好,美人既然身体不适,朕自然不强求。那朕就陪爱妃吹箫取乐,共度良宵!"

"陛下还是到吕才人那边去吧,臣妾不忍耽误陛下。"权妃一脸懵懂的样子,似乎羞不自胜。朱棣闻言摆摆手:"朕就喜欢与爱妃在一起,今夜哪儿也不去,快,给朕吹上一曲,朕好久没听到爱妃的仙乐了。"

权妃却迟疑地不肯将箫取出来:"陛下,臣妾身子不大爽利,箫声也就滞涩不够婉转,所谓真正吹箫者,声音发于外,其实形成在心,就是这个道理。此刻臣妾吹出箫来,只怕不但不能叫陛下欢心,反而惹得陛下坏了好心性,那臣妾可就吃罪不起了。陛下还是到吕才人那里去的好。"

朱棣看着如同天仙一般的权妃,忽然觉得吕要灰暗许多,她那些叫自己称赞不已的什么诗句,在光艳照人的权妃面前,多么苍白。权妃愈是百般推脱,朱棣心里愈是奇痒难耐,怦怦地压抑不住心跳,这是他临幸任何一个嫔妃时都感觉不到的,就是当初头一次让权妃侍寝的时候,自己也没如此热切过。这样的感觉,连他自己也奇怪。

越是热切,朱棣就越发珍惜地不愿破坏了这样的好心情,处处迁就起权妃,他笑吟吟地说:"不妨、不妨,既然爱妃不愿,朕也就不强求了。如此,朕就命人将奏折送过来,朕要在爱妃房中批阅文书,以伴爱妃度过这漫漫长夜。好些日子冷落了爱妃,朕要补偿回来。"说着也不等权妃再推辞,冲门外当值的太监大声喝道:"去,传朕口谕,叫黄俨将大殿内的奏章抱过来,朕要彻夜理政!"

权妃本来还想再推辞几句,但又觉得一味摆出不依不饶的架势,弄得过了反而不美,便换了笑脸捧过一杯热腾腾的香茗:"陛下日理万机,还是早些歇息的好。"

朱棣脸上现出在后妃面前少有的宽厚大度:"朕能同爱妃共坐一处,就已经是歇息了。爱妃不必陪着,只管自己歇息去,朕年刚届五十,正是身体精壮的时候,不碍事。"

说着话黄俨已经将厚厚的一叠文书送到,招呼着剔亮了烛台,阴影中见权妃盛装端坐在一旁,弄不清两人这是玩的哪一出,但也不能乱问,见朱棣挥挥手,忙识趣地瞥一眼权妃,讪讪地退下。

夜色渐渐沉静下来,秋风夹着些许枯叶在窗外打着旋,飒飒有声,更显整个宫城静谧安详。朱棣开始尚漫不经意地翻着一页页奏疏,眼角时不时瞟上权妃一眼。但当翻看到一封长长的奏折,奏折上角还用浓墨重重地点了两个圆圈,他的眼光忽然被吸引过去,直直地盯住匆匆读罢,扔在桌上长叹口气。

"陛下有何不痛快的?莫非臣妾惹陛下不高兴了?陛下还是到吕才人房中去吧,人家说不定都等急了。"权妃不明就里,小心翼翼地说。

朱棣阴沉了脸,凝望着窗纸上昏黄的光亮和浓重的漆黑交接处,出了会儿神才猛然醒悟过来似的:"爱妃想到哪儿去了?朕以前没仔细审视过爱妃,喜欢还来不及呢,哪有不痛快之理?朕是看了奏折,心有感慨而已。"顿一顿又似乎自言自语地说,"内忧尚在萌芽中,发与不发模棱两可,外患又起,永乐盛世,不料却总有忧患呀!"

听朱棣这般话语沉重,权妃不由动了好奇心,虽然刚进宫时,司礼太监就告诫过她们这些刚打朝鲜来的秀女,后宫嫔妃不得过问政事。但她毕竟在宫中待的时日少,不知道这个告诫的分量,印象就很模糊。此刻见朱棣锁眉沉闷,凑近些问:"陛下有何烦心事,可否给臣妾说说,臣妾虽然不文不武,但说出来总比闷着强。"

朱棣见权妃脸色活泛了,不似刚才拘谨,满面阴云淡漠了些,趁机拉住权妃的手和她并肩坐下:"爱妃说的有理,人都说作了皇帝就万事大吉,其实他们不知道,当家就是戴枷,烦心事多着呢。所谓内忧么,暂且不提也罢,外患却逼近眼前,就与爱妃说说也无妨。"

他目光中有几分贪婪地盯权妃一眼,慢慢讲起外患的原委。

廿四 内扰外患

当年,洪武时候,元朝最后一个帝王脱古思帖木儿被洪武手下大将蓝玉打得大败,逃回百年前的老窝喀喇和林。衰败时节,一衰俱衰,脱古思帖木儿大败之际,残兵败将人心惶惶,分崩离析,逃窜到土拉河附近时,起了内讧,混战中,脱古思帖木儿被其长子也速迭儿杀死。

但也速迭儿根基不深,部下根本不信服,一时间,强大无比的蒙古铁骑分裂成许多小股,四散奔逃,再成不了气候。那时蒙古族的另一个部落,首领叫帖木儿的,率大军刚平定了西域一带,统辖了西域许多国家,连印度和埃及等遥远的大国也被他打得焦头烂额,穷于应付。声势浩大之下,帖木儿闻听统治中原的同族遭遇巨变,立刻雄心勃勃,整顿军马,准备回兵东征,要如同百年前的祖先那样征服中原。

帖木儿大军兵临疆界的消息传来时,朱棣已经当政,他立即下诏,命西宁守将宋晟,统率陕西和甘肃一带的兵将严加防御。顿时举国上下群议汹汹,仿佛大敌将临,大明似乎又面临了洪武初期的风雨飘摇。

幸运的是,帖木儿雄心勃勃,却天不假年,在东征途中得了风寒,一病不起呜呼而死。他的众多儿孙因为争权夺利,互相仇杀,再无暇顾及遥远的大明朝廷。杀来杀去,最终被一个叫鬼立赤的坐收渔翁之利,恢复原来蒙古部落的名称,叫做鞑靼。可鞑靼这样一个松散的部落群体,没过多久,便接连发生变乱,知院阿鲁台杀掉鬼立赤,为了名正言顺起见,将丧失国家的元朝皇室后裔本雅里失立为可汗,阿鲁台自任太师,实际上掌握实权,号召蒙古四方,鞑靼部落又逐渐强盛。

不过,在鞑靼正趋于强盛的时期,它的西部出现了个瓦剌部落,首领是原先元朝大臣猛可帖木儿的后裔,酋长叫马哈木。出于争夺地盘相互抢占牧场等原因,本来同根同宗的两个部落一直以来几乎未和睦过,互相征战连年不断。

就在前几年朱棣从北平起兵讨伐南京建文时,为了防备马哈木趁机南下使其腹背受敌,便特意派遣使者到瓦剌部落表示友好。马哈木也正好急于联合一个颇有实力的同盟,乐得答应。

后来朱棣登基南京,不忘旧好,千里迢迢颁下诏旨,封马哈木为宁顺王。有了大明朝廷的强大支持,马哈木更觉理直气壮,底气十足更加强硬地和鞑靼为敌。鞑靼却不吃这一套,奋起反击,但最终势力不敌,被马哈木打得大败。

鞑靼吃了大败仗的消息传到朝廷,朱棣向来对元朝皇室后裔心怀忌惮,觉得正好借这个机会彻底收复鞑靼,使其成为朝廷的臣子。本着这个想法,朱棣派使者带上盖了玉玺的诏书,还有些金银珍珠等中原宝物,前往鞑靼招抚本雅里失。不料本雅里失因为大明朝廷素来偏向瓦剌,心存不满,对大明使者根本不加理睬,连亲自召见一回都没有,不冷不热地应付一下便打发回来。

向来自以为威服四夷的大明朝,何曾受过这等窝囊气,真是有失大明皇帝的尊严。不过因为路途遥远,朱棣还是谨慎起见,抬高了使臣的级别,派给事中郭骥前往鞑靼,再行说服,表明大明招抚的心迹。更料不到的是,由于朱棣的两次议和,本雅里失反而觉得南京与蒙古大漠一个天南一个地北,谅他也拿自己也没办法,更加嚣张,一刀将郭骥斩为两段,让副使将人头带回南京。

这样一来,不但有失大明朝的尊严,简直就是向大明挑衅,若再不作出反应,朱棣觉得在臣子面前就说不起话了。就在副使返回南京的第二天,朱棣便宣旨任命淇国公丘福为征虏大将军,武城侯王聪为左副将军,同安侯火真为右副将军,安平侯李远为右参将,率领大军十万,浩浩荡荡前去征讨鞑靼。

当时二王子朱高煦曾上书父皇,说自己曾于战阵中厮杀多年,这次朝廷如此大规模地出兵,他愿意为先锋,再替国效力。朱棣接到他的奏折,刚开始心头一喜,想起为了争夺太子之位,父子闹腾得不欢而散,后来又因为将他分封到边远的云南,朱高煦万分不乐意,始终赖在南京王爷府中不肯就藩。朱棣深知朱高煦在四年靖难之战中确实立了大功,也不便苦苦相逼,任由他去。现在朱高煦主动请缨,是否想通气顺了,若是那样,所谓的内患,自然也就消失大半。三子朱高燧虽然极力撺掇二哥争夺太子之位,一副惟恐天下不乱的样子,但只要朱高煦这个手下兵将众多,又亲临战阵的儿子没了这份野心,文弱的朱高燧就不足为虑。有道是秀才造反,三年不成嘛!朱棣轻松地想着,抓起御笔来就要在奏折上批示,可不知怎的,他忽然又觉得朱高煦转变得也有些太快了,前不久,纪纲还偷偷来到内宫,向自己禀报说,锦衣卫安插在二皇子府中的人传出信来,朱高煦每日焦躁不安,动不动踢凳拍案,随便因了个小事鞭笞下人,更是家常便饭,还口口声声叫嚷什么"世道如此不公,肥猪养在深宫大院,骏马却站在外边,真他娘的府库里的老鼠有余粮,耕地的黄牛要饿死,不服,就是不服!"

当时纪纲原原本本地向自己禀奏时,朱棣倒没生多大的气,他知道这个儿子的秉性,况且这样的情形也不是纪纲头一回向自己禀报了,只要不闹出什么丢人现眼的乱子,他还能容忍过去。也就只是听听而已,没往心里去。

再面对朱高煦信誓旦旦自告奋勇的请缨奏折,朱棣却忽然想起纪纲的话,他迟疑了一下,嘴角撇出一丝冷笑,放下朱笔,看了看侍立一旁的黄俨:"去到汉王府,传朕口谕,大军尽数出征,南京防务较平日也就更为重要,汉王有统率三军的经验,还是留在京师,以备不时之需。"

廿四　内扰外患

黄俨答应一声退下去，朱棣摇摇头，嘴角的苦笑完全流露出来："难怪人都说雁飞不到处，人被名利牵。钩心斗角，无处不在，即便父子也难以免俗呀！"

匆忙准备几日，大军开出京城。无外乎旌旗蔽日，烟尘冲天，赶来相送的百姓哭声哀哀，彼此呼儿叫娘的乱喊。朱棣对此早有预料，无论在北平还是在南京，哪次出征时不是这番景象呢！他并未出城亲自去送，只派了礼部尚书李至刚和户部尚书夏原吉代自己送到城郊十里长亭之外。

临行之际，朱棣将主帅丘福召进宫里，这是靖难之战中的老将，朱棣颇信得过，拉住他手殷殷致意地说："丘爱卿本来该坐享天伦之乐的，可现在北边不太平，朕看满朝文武，以前宿将非病即亡，除了爱卿再没合适人选，勉为其难吧。爱卿凯旋之日，朕自会重重赏赐。"

丘福虽然年纪见长，火暴脾气却没改变多少，霍地站起身，身上铠甲撞击着一阵乱响，他抱拳施礼说："陛下放心，当年蒙古鞑子占领了整个中原，洪武爷尚且一鼓作气，将他们赶回了老家，可见他们也不是浑身长刺。再说臣在北平也和蒙古鞑子接过几仗，多少了解些，这回定然马到成功！"

朱棣仰头看看他满面豪气，颇不以为意："爱卿勇猛固然可嘉，不过将骄兵惰，自古便是兵家大忌。爱卿还是慎重为妙，自从朕在南京登基后，北平向来疏于防范，蒙古人的势力逐渐南移。听前方战报上说，过了开平，便有鞑靼游骑踪迹，他们素来在马背上过日子，游走不定，来去无踪，千万不可大意。爱卿到了北地后，即便一时遇不到敌兵，也莫松懈，说不定他们就躲在附近荒草丛中，务必放慢速度，搜索前行。再者，多向沿途百姓打问，他们熟悉地形，也深知鞑子活动习性。这就叫欲知山上路，须问下山人嘛！"

丘福豪气凌云地听着，本想再辩解，不过想了想还是闭住嘴，深深一拜，辞行而去。朱棣当时还没想到，这一拜，却是和丘福的生死离别。

转眼已经过去两个月，前方战事毫无消息。不过据朱棣想来，丘福这样久战沙场的老将，虽然冒失些，但对付刚被瓦剌打败的一个蒙古部落，应该不成问题。

没想到，今夜在权妃房中，却意外地看到了驻扎陕甘一带的宋晟的加急奏报，将丘福近两个月来的战况仔细奏明。

原来，丘福率领大军开赴前线，暂时驻扎于开平城中，自己率领万余人的前锋，和众将领先行去搜索鞑靼主力骑兵的行踪。他们来到芦沟河附近时，确实遇到鞑靼少许散兵。猝不及防的相遇，令这些胡人溃不成军，没怎么战，已经四下逃窜，还活捉了几个俘虏。

审讯中，有俘虏供出，鞑靼首领本雅里失听说明朝大军前来征讨，惊慌失措，仓皇向北逃走，现如今大概已经跑出了有三十余里。

听说鞑靼首领竟然就在前边，丘福兴奋异常，也顾不得回开平召集主力，带了前锋就去追赶。当时正是中午时分，无边无际的沙漠在秋阳下抹了层金黄，隐约可见的雾气翻滚蒸腾,神秘而诱人,而它无边的寂寞更让人感觉神秘莫测。

"擒贼先擒王,只要把本雅里失这个鞑子头领擒住了,鞑子便蛇无头不行,不用苦战自然来投降。没想到这么轻松,将来回朝给陛下说起,陛下恐怕未必肯相信!"丘福挥舞着手大喊大叫,一边催动马缰,踏进茫茫沙海中。

"将军且慢!"参军李远从后面赶上,扯住丘福战袍,"大漠空旷无际,即便万人踏进去,也不过沧海一粟。我等就这样去搜寻,无异于浮萍归海,大海捞针,这样盲目前行,倘若碰上敌军埋伏,左右照应不上,那可如何是好?"

万马奔腾中,李远的声音几乎被淹没,但丘福还是听清了,恼怒地狠狠瞪他一眼:"李将军,你刚才没听那小卒说么,本雅里失刚刚逃走,据此地不过三十里,倘若再回去调动大军,至少得大半晌工夫,等咱们来时,本雅里失早逃得没影踪了,岂不白白错过了大好时机?"

"可是——"李远仍抓住战袍不放,"元帅,末将记得圣上颁诏时,特意嘱咐过,漠北地势凶险,若无十分把握,万不可冒进。用兵要小心谨慎,必须慢慢推移搜寻才可保不中敌军之计,元帅还是等后军赶来,一起推进的好。"

看队前的战马嘶鸣着跃跃欲试,丘福更恼怒地大喝道:"李将军,老夫打了一辈子的仗,就连圣上也深信不疑,何用你来指手画脚再教老夫如何用兵?!敌酋就在眼前,岂能坐失良机?你若再不识相,老夫马鞭就甩过去了!"

众人都知道丘福的火暴脾气,且他是朝中宿将,皇上跟前的老人手,自然无人上来劝阻,李远也无奈地松了手,跟在后边踏进滚滚沙漠。

一进入广阔的沙漠,如同小船摇进了大海,漫无边际地任由驰骋。千余骑兵在丘福率领下走得飞快,不一刻就将几千步兵远远落在后面。疾驰出有将近三十里,果然碰到了小股鞑靼骑兵,但人数甚少,未曾接战他们便四散逃开。丘福更相信这是撞见本雅里失的前兆,连连催促众人快走。

翻过一道高高的沙丘,战马和将士都觉得有些吃力,呼呼地直喘粗气。大沙丘的背面仍是望不到尽头的广漠,金色的秋阳和沙砾在眼前晃动,简直辨不清方向。正彳亍着四下查看,忽然耳畔一阵凄厉的哨音,哨音响起处,四下应和,凄厉声连成一片。

"糟了!"许多人不约而同地一惊,没等回过神来,喊杀声从沙丘的各个角落传出,瞬间就来到眼前。鞑靼兵将铺天盖地蜂拥而来,将丘福等已经疲惫不堪的骑兵团团围住,不由分说,刀光剑影扑面而来。战况可想而知,丘福等将领固然勇猛,但毕竟人数相差悬殊,勉强激战了一个多时辰,左突右闯,最终没能幸免。丘福和火真等当年闻名中原的大将当即战死。李远虽然拼了性命闯出包围,却跟跟跄跄地没走多远,又被鞑靼兵将追上,刀枪并举,砍得血肉模糊。

只有少数兵卒趁乱脱掉铠甲侥幸混了出来,等他们回到开平报信,大队人马匆忙赶到时,沙丘旁边只剩下一堆堆扭曲的尸体,殷殷鲜血洇红了大片沙砾,情景惨不忍睹,而鞑靼人早已不知去向,无影无踪,消失在大漠深处。

或许由于害怕牵连上自己的缘故,宋晟在奏折中描写得十分详细,面对奏折,朱棣能想出那幅悲惨图景。"唉,真正是一将无能,累死千军,一帅无能,万人折损啊!朕用人不当,不该叫这个火霹雳去当什么统帅呀!"

手抚奏折,朱棣挑拣着将整个事情说个大概,看权妃听得入迷,他暗自庆幸,亏了没叫朱高煦去,他那急脾气,若和丘福混在一起,说不定损失更惨。

"陛下,打仗原来这么惨烈,臣妾别说看见了,单听陛下一说,浑身就起了许多鸡皮疙瘩。"权妃心有余悸地颤声说。

"噢?是么,那让朕看看,爱妃身上的鸡皮疙瘩什么样?"朱棣看看因为害怕而面色别样娇艳的权妃,心头突地一动,忍不住将她揽在怀中。征服的欲望溢满他不再年轻的胸中,他忽然决定,自己要御驾亲征,不仅为了征服顽固不化的鞑靼,也为了征服宫中的美人和普天之下的百姓。

权妃却不动声色地扭动一下柔软的身躯,从他宽阔的胸膛前滑出,脸色更加红润,处子般羞羞怯怯,更加令朱棣心头痒痒。

当权妃迫不及待地找到那个刘诸葛,将昨夜和皇上的情形向她说过后,刘诸葛拍手连连叫好:"难得妹妹有这样的定力,姐姐这番苦心总算没白费。噢,对了,以后咱们就不能姐姐妹妹的胡乱称呼了,我应该叫你娘娘才好。娘娘,这次大功告成,吕妃就再夺不走皇上对娘娘的宠爱了。娘娘还是仔细打扮一下,今夜皇上必定还来娘娘房中,娘娘大可放开手脚,品尝那欲仙欲死的滋味了。"刘诸葛话语中流露着无限的羡慕之情,脸上却一本正经。

"不一定吧,昨夜皇上什么也没……他怕熬不住,又要到吕妃那里去了。"权妃将信将疑。

"娘娘瞧好就是,事情到了这地步,姐……不,是奴婢担保娘娘不会落空。"刘诸葛忽然低眉顺眼了许多,腔调也不那么响亮,"娘娘春风得意后,可千万别忘了以前的许诺,奴婢这命就全靠娘娘搭救了。"

权妃见她忽然这副样子,有些过意不去地拉住她衣袖:"看姐姐说到哪里去了,怎么说着说着就生分起来?姐姐帮了我这么大忙,我若得志,先把姐姐调到我这房里来,谁也奈何不了姐姐。"

"那样就好,那样就好。"刘诸葛仍一反常态,诚惶诚恐地趴下去竟叩了个响头。

诚如刘诸葛说的,甫近黄昏,黄俨就传过皇上的口谕,今夜仍要权妃侍寝。幸好权妃早有准备,收拾得整整齐齐,也不显得很慌张。夜幕刚刚降临,朱棣就风风火火地如期赶到。权妃仍是羞怯万分地拜见接驾,昏黄宫灯下,权妃细腻丰腴,大红宫袍合体飘逸,宛如月中嫦娥。朱棣直勾勾地看住她,白皙的脖颈下双峰高耸,在宫纱内若隐若现地撩人心痒。他咽口唾沫,终于不顾一切地扑上来,嘴里喃喃自语道："爱妃，朕一定要得到你！"

一夜春雨缠绵，朱棣仿佛觉得自己作了新郎倌，怀中娇柔的女子令他神往，他不知道自己为什么会有这种在三千后妃中从未有过的感觉。自此以后，朱棣着了魔般，只要下朝，便径直来到权妃房中，或听她吹奏一曲，或相互调笑，简直推也推不走。至于擅长写诗的吕才人，朱棣则早忘在了脑后。

权妃终于如愿以偿，而刘诸葛也调进权妃殿中当差，经常说些家常话，很是随便。终于权妃憋不住问："姐姐果然好手段，真不愧叫诸葛。但我只能照着样子做，却弄不明白其中有什么奥妙，姐姐给我详细解释一下如何？"

刘诸葛自从进了权妃偏殿中，或许心中安稳的缘故，几天便明显见胖，气色也好了许多，听权妃这样说，堆起笑意作了个揖："娘娘以后再别姐姐长姐姐短了，现如今娘娘是贵人，将来前途无量，奴婢是什么东西，这样叫下去岂不折杀了奴婢？再者叫别人听去也不大好，还是叫奴婢本名刘巧的好。"

"也好，果然名如其人，真是巧人。"权妃也笑了，拉她在自己身边坐下，"刘巧，那你就解释一下其中的奥妙，比如说，当初你叫我故意躲着皇上，偏让他一直去吕妃房中，是什么意思？"

刘巧眨眨眼，不慌不忙地说："其实也没什么，不过是顺着男人的性子来罢了。男人都是喜新厌旧，越难得到的偏越想得到，越容易到手的，反而不大在乎了。乡里普通男人都这样，更何况是皇上？娘娘试想，娘娘容貌并不在吕妃之下，皇上之所以贪恋吕妃，不过因为她会作诗写词，新鲜一时而已。娘娘若明里争风吃醋，大吵大闹的，反会叫皇上厌恶娘娘小气。娘娘若偏放纵他，让他使劲往吕妃房里去，就好比叫一个人大鱼大肉的使劲吃，再好吃也有够的时候，时间一长，皇上觉得吕妃也不过如此，自然就会想起娘娘来了。"

权妃听着连连点头："那后来你叫我先破衣烂衫地在皇上跟前露一下面，随后又打扮整齐，有什么说头么？"

"这也是奴婢揣摩了皇上的心思想出来的。"刘巧颇有几分得意地回答，"皇上在宫中，整日见的嫔妃个个光艳照人，早就见得习惯，引不起注意来了。娘娘偏偏灰头土脑地出现在他面前，自然令他耳目一亮，能从人丛中认出娘娘来。等皇上认出娘娘，恍然间就会觉得好像许久没见过，自然要着急召见了。后来娘娘盛装而出，皇上一看，原来娘娘如此美色，简直就如同新郎乍见新娘一样。这就好比穷苦的人忽然见了大鱼大肉，从前的饭食自然就索然无味了。"

"那，那皇上既然召见，你为何还特意嘱咐我不与他……"权妃咬一下嘴唇，含笑溜一眼刘巧，没说下去。

刘巧已经会意，捂住嘴笑道："娘娘何等聪明的人，这下倒装起糊涂来了。奴婢刚才不是说过么，男人越不容易得到的他就越发珍惜，娘娘躲三躲四的，直吊皇上胃口，这样一来，吕妃就成了旧人，娘娘却成了新人，吕妃容易到手，娘娘千金难买一笑,谁能最终得到宠爱,那不明摆着么?"

"你呀,真是鬼诸葛。"权妃笑着用指头点一下刘巧额头,"我们朝鲜有句俗话,鸭绿江边也能长出芳草,三家村中都有能人。看来真叫说准了,想不到皇宫中还有你这样的才子,真是比那什么大元帅丘福要强多少倍!"说到丘福,权妃忽然想起什么,神情一愣。

"奴婢哪有娘娘说的那么厉害,不过是哈巴狗咬跳蚤,也有咬得着时,也有咬不着时,偶然碰巧了。"刘巧被夸得心里甜滋滋,等觉察出权妃脸色有些异样,忙打住话头问,"娘娘怎么了,不舒服么?"

"唉。"权妃轻叹口气,打起精神怏怏地说,"人算不如天算啊,刚得了皇上的恩宠,北边就打了败仗,听皇上说,这两天上朝时,正商议御驾亲征的事情。若皇上真的要御驾亲征,你说我跟着去呢还是不跟。若不跟着去,只怕皇上亲征一趟,来回大半年,回来时不知会从哪儿带来个漂亮娘们,那时人家是新人,咱又成了旧人,半年的心血白白浪费了不说,往后怕就再没了出头日子。若跟着去吧,听人说北边大漠一带气候凶险,乍寒乍热的,只怕吃不消,怎么也拿不定主意,唉!"

刘巧听得很认真,皱眉仔细想了想,慢慢说道:"娘娘,依奴婢来看,这也不是什么难事。若皇上真要御驾亲征,娘娘一定得想办法跟上,娘娘不跟着从军,吕妃就会钻了空子,即便吕妃不钻空子,皇上单身在外,不是一天两天,怎能耐得住寂寞?况且地方官员讨好巴结看眼色行事的手段,哪个不练就得炉火纯青?皇上不用发话,大队美女就会献上,难保皇上不动心。至于娘娘说的漠北气候如何怕人,这倒是多虑了,娘娘跟在皇上身边,能受了多大的苦?冷了有暖轿,热了有撑伞的,有打扇的,比宫里差不到哪儿去。娘娘千万别错了主意。"

听她这么说,本来就有此打算的权妃立刻点头称是:"刘巧果然头头是道,可惜皇上不知道宫里藏了这么个能人,若让你从军当军师,保准没打败仗的时候。"

刘巧长叹口气,垂了头说:"这宫院高墙内,不知埋了多少含恨的人哪,刘巧又怎能提到话下?娘娘可别小看了宫里的娘们,别看这各个殿里脂粉香柔柔的,其实杀气也同样浓,切不可掉以轻心。"说着刘巧走到门口,四下看看,折回身来压低了声音,"娘娘,奴婢常在各殿中走动,听说吕妃失了宠后,心里头窝着火,四处扬言要报复娘娘呢!"

"啊?!"权妃一惊,"那,那如何是好?"

"娘娘放心,只要抓住皇上的心,她就奈何娘娘不得。"刘巧说着忽然幽幽地黯淡下神色,显露出以前的苍老。

正如刘巧所说的,吕妃对自己正春风得意时忽然失宠,既莫名其妙又恼火万分,这个女才子饱读诗书,凭了这赢得皇上的喜爱,却也在读诗书时,不觉沾染上许多狂傲气息。她认定权妃耍手段抢走了皇上,也就口无遮拦地四下诉说自己对权妃的不满。说出来心中当然痛快些，但她却不知道，自己因此会付出多大代价，会牵连上多少如同自己一样圈养起来的无辜姐妹。

朱棣和权妃恩爱如火如荼之时，也正是朝廷决定一件大事的时刻。朝堂上几番激烈争论，虽然反对的不在少数，朱棣仍然决定要御驾亲征了。

等做出决定时，永乐七年已经走到了严冬，是个不宜用兵的季节。但朱棣决心已下，朝廷上下立刻忙碌起来，紧张的气氛笼罩了金陵城内外，迅疾传遍大江南北，举国都做起了北征的准备。

为了在来年春天之前做好准备，朱棣颁发了一连串诏旨，命令户部尚书夏原吉派户部官员到各地征粮，所征集的粮饷全部运送到北京，将那里作为大本营。工部为了迎合皇上心意，特意召集各地老成有经验的匠户进京，合计着造出了三万多辆叫作"武刚车"的大型马车，专门运送粮草辎重。

夏原吉在征缴粮饷的同时，也考虑到北京距江南太远，大批物资运输起来，必定要耗费想象不出的人力物力。苦思冥想，最终决定在从北到南的沿路上，每隔八十里建一座粮城，专用来储存粮草，由粮城所属的当地官吏组织百姓，负责将本地粮食运送到下一座粮城。如此一来，虽然耗费的人力并未减少，但各地平摊开来，尚不至于闹得某一地民怨沸腾。

将北征的大本营放在北京，朱棣感慨良多。北京是自己兴盛发达起来的地方，那里留有自己太多的痕迹，想来便流连不已。在南京城中，他总有种客居的感觉，这儿有太多建文的气息，令他想来就不大舒服，因为他知道，提到建文，人们自然会不由自主地联想起自己是如何登上金殿龙榻的，他们心中一定会蹦出两个字"篡位"，这是连纪纲统领下的锦衣卫也无可奈何的事情。

况且，朱棣觉得南京这个地方气候也不大适宜他。虽然自己自小在南京长大，但自己最有作为的时候却是在北平，那里山峦耸峙，登高望远，莽莽苍苍，如巨龙上下飞舞，强劲的西北风呼啦啦地吹过，宛如武士的利剑横空划过，凌厉而豪放，不由你不神清气爽。而南京却温温柔柔，山山水水那么软绵绵地匍匐着，半阴不晴的天空整日潮湿如雾，在朱棣眼里，就像宫里走动的太监一样，被阉割了丝毫没有阳刚气息。

就连自己最钟爱的患难妻子徐妃也说过，想回到北平去，这与自己的想法正好不谋而合，由此也看出自己的感觉不错，是应该回到北平去了。

再从蒙古鞑子方面来说，朱棣也认为长期留在北京更好些。他深知蒙古鞑子在大漠草原经营了数百上千年，决非一战能根除掉隐患的。若想将他们完全屏蔽在漠北一带，最好的办法，还是将国都建在北京，有了这样一道攻不破的屏障，中原才能保证安宁。

"若有机会，当立即迁都北京！"朱棣暗暗对自己说，事实上，他早就有意无意地做了些准备，将北平改名为北京，就是一个绝好的铺垫。

廿四　内忧外患

金陵萧瑟寒风，扫除了几许残枝败叶，长江的波涛沉寂，又换了一次寥落人间。转眼之际，永乐八年的春天悄然而至。

正月刚过，朝廷上下顿时热闹起来，正月十五虽然也还是如往年那样，万家元宵夜，一街太平歌，但气氛却明显冷淡了许多，多少庄户人家想着开春一过，就要离别家人，走向那生死不明的茫茫大漠，新年的喜庆气象也就一扫而空。

朱棣也没有惬意地度过这个春天的开端。元宵节刚结束，朱棣便下诏明确宣布了自己御驾亲征的消息，令太子朱高炽在南京负责监国。在亲征诏书中，朱棣斥责鞑靼部落身为蛮夷，不识时务，杀我百姓，侵我边地，屡次教化仍无效果后，他才决定御驾亲征，务必涤荡隐患，扫清大漠。并且他还诏令三军将士，要人人奋勇向前，建功边关者，自然有高官厚禄等着封赏。

匆忙准备中，已经到了二月中旬。朱棣在金陵城内歌吹喧阗，隆重威武的亲征仪式激动着许多人的心。他脱下龙袍，换上十年前经常穿着的武弁紧袖战服，跨在一匹披了锦缎的枣红战马上，意气风发，斗志昂扬地拱手向群臣和围观的百姓告别，在旌旗簇拥下，统率六军，浩浩荡荡迈出德胜门，踏上北征的遥遥路途。

因为是御驾亲征，气象自然就远非当年以燕王身份南下征战时所能比拟。军容空前壮大，各类战将林林总总，不下千员。除此之外，朱棣还没忘记自己要作文武兼备之帝王的心思，特意带了杨荣、金幼孜和胡广等文臣。杨荣善写宫体诗，诗作雍容华丽，颇能显示出帝王气象，金幼孜则擅长写赋，让他来记录边关风情，讲述皇上亲征的壮观，真是再恰当不过，胡广则书法最拿手，笔力遒劲，在边关大漠中勒石写碑，必能留下千古佳话。

雄壮的征讨大军中，权妃乘坐车辇紧随朱棣马后，粉红色顶篷在杀气蒸腾中成了一幅别样的风景。本来朱棣并未打算携带后宫妃子，女子在军中，军气恐怕会懈怠，再者，依金忠等懂风水的大臣说，征战是至刚至阳的事情，而女子却是阴柔之物，胡乱参与进去，恐怕不大吉利。

但权妃一反若即若离的神态，扭捏在朱棣身边，撅起粉嘟嘟的小嘴，叫嚷着非要参军不可。"陛下，谁说女子不能从征，臣妾不过害怕陛下路途寂寞，又不是上战场上和蒙古人拼杀。况且即便和他们打上一场，又有什么了不起，中原自古就有花木兰代父从军，臣妾虽比不上人家，侍奉在陛下身边，总还可以嘛！"

朱棣看着梨花带雨般的权妃，心情格外地好。自从徐妃离开自己后，朱棣曾有段时间寂寥无比，随着权妃的到来，他心底坚硬的部分忽然柔软起来，眼前这个尚不满二十岁的女子，既是自己的爱妃，也有几分如同自己的女儿一般，她的话，不管有没有道理，自己都应该听从。

经不住权妃的软磨硬泡，朱棣终于答应下来，但他不忍自己的爱妃孤单，便下诏书给内宫，既然权妃愿意从军陪朕，其余嫔妃难道就无动于衷么？诏书虽然说的笼统，但无异给了满宫妃子一记棒喝，众人纷纷效仿，争先要追随皇上亲征。

结果朱棣挑选了几个可意的,半是陪自己,半是陪权妃,这些人当中,也有善于作诗的吕才人。她们的车辇跟随在大军后边,再有众多太监侍奉着,拉拉扯扯地使大军长出十余里。

越往北走,随着时间的推移,天气渐渐转暖,沿途的山山水水也就越发熟悉,朱棣的心情如同头顶上万里无云的天空一般晴朗起来。虽然已经五十出头,但朱棣仍感觉自己还年轻,特别是跨在战马上时,他仿佛又找回了从前的豪情,手握马鞭笑吟吟地对一旁的杨荣说:"爱卿,朕在北京时就听人常讲,说月过中秋光明少,人到中年万事休,其实这话差了,朕早过中年,却不但万事没休,倒觉得许多大事还要从头开始呢!朕此次北征,定要写几首边塞诗来,还要让爱卿指正。"

杨荣和胡广一身朝服,并驾齐驱在朱棣左右,闻言忙拱手说:"百姓俗话,不过是对常人所言,陛下乃真龙天子,如何可以同日而语?陛下文韬武略盖过秦皇汉武,仰之弥高,臣等私下想起来,无不钦佩之至,此番能随陛下征讨,定会学不少东西,叩恩还来不及呢,何敢谈指教二字?"

这种早说过多少遍的话,朱棣似乎百听不厌,仰头哈哈大笑,挥动马鞭指着前方说:"看看,前边就是北京城了,朕离别数载,常常魂牵梦绕,而今终于回来了!"众人顺他手指的方向看去,果然黑黢黢地矗立着一座高大城墙,北京城真的在眼前了。

到达北京城后,朱棣先是故地重游,在城内四角转转走走,指指点点地叙说着当年的情形,深有感触地长叹道:"朕记得有古人重回故地,见当年亲手栽植的小树已经枝叶繁茂,有一抱多粗,不禁抚摸着树皮流下了眼泪,感慨良多地说,树犹如此,人何以堪!朕此番回来,竟忽然大悟了古人之心,故园不改,人已沧桑,岁月如斯呀!"说着眼圈泛红,所有跟随近臣也慌忙低了头。

出了北京再往北走,就要真正进入漠北了,真正的亲征也就要展开。为了慎重起见,朱棣下令,所有跟随而来的嫔妃暂时留在北京行宫中,只带权妃一人深入大漠。如此一来,军队立刻轻巧了许多,行军速度明显加快。不多久的工夫,大军已经来到卢沟河附近。

这里正是去年明军遭遇鞑靼埋伏的地方。狼藉的战场半掩在黄沙之下,当时的惨状隐约可见。成堆成片的将士尸体早被豺狼和秃鹰啃啄干净,只剩下森森白骨,交错在昏黄天际间,诉说着无言的恐惧和哀怨。

朱棣跳下马来,围着漫无边际的白骨默默走动几步,忽然扭了脸冲跟在身后的杨荣说:"爱卿是头一次见这样情形,可有何感想啊?"

杨荣偷看一眼朱棣,略想一想弯腰回禀道:"陛下,臣想起了两句诗,虏塞兵气连云屯,战场白骨绕草根。起初臣以为这是夸张,亲眼一看,更有甚于诗,臣心中不胜感叹。"

"嗯。"朱棣面无表情地点点头,"一将功成万骨枯,凡用兵者,不可不谨慎从

廿四 内忧外患

— 305 —

事,切莫再重蹈丘福覆辙!"

众将领知道这是在教训自己,忙异口同声地拱手答应,身上铠甲铁叶子撞击着叮当乱响,给寂寥的荒原增添一点生气。朱棣脸色绷紧,望着滔滔卢沟河,忽然想起什么,沉吟一下,抬手指指河中:"朕曾听金忠讲过一些阴阳五行之类的道理,人事兴衰,一命二运三风水,四积阴功五读书。可见风水之说也须在乎,卢沟河这个名字首先不吉利,卢和房同音,卢沟分明就是胡房挖下的一条沟,丘福岂有不栽跟头的道理?朕要将此河更名为饮马河,以壮我声威,以灭敌之气焰!"

司礼官站在一旁,听后忙跪倒奏道:"陛下圣明,臣已记下。"

盘桓片刻,大军重新踏上北去征程。没走出多远,前方骑哨便传来消息,发现鞑靼少量游骑。"既有鞑靼兵将现身,说明鞑靼营寨就在此地附近,可迅速出击,俘获一两个来仔细审问!"朱棣直立在马背上,舒活一下筋骨,大声命令道。

闲散游骑在如山大军下不堪一击,立刻逃窜,被生擒的则痛快说出本雅里失就驻扎在不太远的兀古儿河畔。为了不像上回丘福那样受蒙骗,朱棣特意吩咐将几个俘虏隔离开来单独审讯,结果所供地点都一致,看样子是真的。

"好!"朱棣髭须抖动,脖子上青筋根根暴起,跳下马来,看着等待听命的众将领,大声叫道,"朕与众爱卿不远万里,等的就是这一日,现如今强敌在前,须小心大胆,务求一举全歼,以雪我大明去年之耻!传朕旨意,全军立刻向前,直奔兀古儿河!"

众人答应一声,分头去准备。朱棣却换了一副脸色,来到身后不远处的粉红顶篷车辇前,轻轻掀开车帘,柔声说:"爱妃,大战在即,朕要狠狠教训一下这帮鞑子才解气。爱妃权且在此等候,待朕凯旋时再带爱妃欣赏大漠风光!"

权妃在车辇中欠起身,笑颜如花地软了声调:"陛下真是响当当的铁男儿,刚才指挥大军的话语臣妾都听见了,心里着实钦佩,真想跟随在陛下身边,看着陛下将鞑靼尽数灭掉。不过军机大事,臣妾却不敢马虎,既然陛下有旨,臣妾就在这里恭候大军凯旋便了。"

听着权妃轻柔如风的话语,朱棣心中万分满足,他满足于自己不仅征服了千军万马,更征服了这个不容易得到的佳人的心。"好,好,爱妃就在此听候佳音便是,朕多派兵将守护,爱妃不必害怕。"他轻声慢语地说着,若不是碍着众人在跟前,真想将她搂在怀中哑摸两下。

雄心勃勃的朱棣,亲率精锐骑兵为先锋,带上十余天的干粮,迅疾向兀古儿河扑去。然而当他们日夜兼程地赶到兀古儿河边时,本雅里失却不见踪影,仅留下一片丢弃的破毡和帐篷,还有一处处埋锅造饭的烟熏火燎的痕迹。好容易捉住两个本地百姓来审问,据称本雅里失确实在这里驻扎过些时日,人马数量也不少,后来不知听了什么风声,匆匆开拔向北迁移走了。

本来攒足了劲要打一场恶战的人们面面相觑,目光集中在朱棣身上,这位马上天子是就此觉得挽回了面子而回去呢,还是不顾一切地穷追猛打?

朱棣能看出众人的心思,他其实也正犹豫不定。久居北京,他自然知道再往北走,就是深入大漠深处,那里自己从未涉足过,手下将领对漠北深处什么情形更知之甚少,况且在敌人老巢附近作战,有把握吗?

"陛下,"一片僵硬的沉闷中,金幼孜站在马下,小心翼翼地说,"臣虽不懂得多少行军打仗的道理,但也明白穷寇勿追,归师勿掩的道理,既然本雅里失听说陛下亲征,吓得望风逃窜,还是见机回军的好。"

本来犹豫不定的朱棣,听了这话反而立刻有了主张,他大声对金幼孜说,也让众人都能听到:"本雅里失既然知道朕是真命天子,就应该来臣服叩拜才是,焉能一走了之?倘若天下叛逆之辈只要躲着朕走就算没事,岂不乱了天伦?!传朕旨意,立即越过兀古儿河,直向大漠深处挺进,不击溃鞑靼决不罢休!"

凌厉的话语打破沉闷,铠甲撞击声立刻响起,战马嘶鸣,腾起阵阵黄尘,沙土飞扬里,明军逼近漠北神秘莫测的最深处。

此时朱棣还不知道,就在前不久,鞑靼内部发生了一次较大的分裂。酋长本雅里失和手握兵权的重臣阿鲁台矛盾激化。本雅里失不甘心作傀儡首领,他要夺回一切权力。结果鞑靼一分为二,阿鲁台率领他手下的众多亲兵离开鞑靼,向大漠东部迁移,对付明朝征讨大军的,只剩下本雅里失的一小部分人马。

没了必胜把握底气不足的本雅里失见明军紧逼而来,便希望趁明军疲惫不堪之际突然发起进攻,来个先发制人。因此决战前的窒息气氛没持续太长时间,鞑靼兵营中凄厉的号角吹响,彪悍的游牧骑兵狼嗥般吼叫着,卷起漫天黄沙,恶狠狠冲杀过来。

然而朱棣并不是性急冒进的丘福,他早做好了遭遇突袭的准备,大军一直都是齐头并进,如同巍峨的山峰一样,丝毫没有被打乱阵脚。战斗激烈而短暂,实力大不如前的本雅里失很快就看到了最终的结果,他为了保存仅有的力量,呼哨一声,骑兵纷纷掉头,裹在黄沙中逃向更北的北方,慌乱中丢下大批粮草辎重。检点一下人数,明军几乎没受什么损失,比预料当中的残酷要轻松许多,全军上下人人都松口气。

载满大车小车战利品的明军笑逐颜开,迤逦回到饮马河畔的大营中。权妃像只草原上罕有的小鸟般扑棱着翅膀,一下子钻进朱棣宽大的胸膛。饮马河畔军营中的一夜,朱棣似乎又回到了年轻时光,他恣意地享受着胜利的喜悦和征服的收获。权妃从来没有过地对他百依百顺,令他感到从未有过的温存。他深深陶醉了。

第二天大早,将士们匆忙地收拾行装,等待班师的命令下达后,就立刻赶回去,赶回昨宵梦里魂归的家中。然而皇上却迟迟没从他的行营大帐中出来,没人敢上前打扰,他们知道,那里有个眼下皇上最喜爱的妃子,里面的动静,他们能想

廿四 内扰外患

象得出,尽管这更激起他们对自己家更强烈的渴望,但他们不敢上前弄出声响,只能双目喷火般远远注视。

日上三竿,沙漠和荒原沐浴下的阳光由黄变白,刺得人睁不开眼,朱棣终于从大帐中走了出来。"陛下,"大将何福上前一步,"是否立刻班师南下?"

"班师?"朱棣没听清似的一愣,"班什么师?你难道不知道鞑靼已经分裂为两部,朕既然兴兵远征,岂能不斩草除根?速传下令去,即刻做好准备,朕要一鼓作气,挥兵向东,直捣另一贼酋阿鲁台的老窝!"

"这?"站在旁边的另一员大将柳升略一沉吟,"陛下,连日来奔走不息,已经是人困马乏,将士多有思家回乡的意思……"

朱棣忽然黑了脸,狠狠瞪他一眼,柳升立刻像被针刺了一下,垂了头低矮半截。"人困马乏?你等年纪轻轻,走这几步路就乏了么?那朕如此岁数,难道就不乏了!难道朕是那煮不烂的老乌龟,就你们是人?"

话语尖刻凌厉,二人呆立着不知如何回答,木桩似的静听训斥。看他们没了话,朱棣腔调缓和一些:"朕并非不知道将士们的苦楚,但你们为将的也懂得,大军出征一日,后方百姓就得供应粮草上万石,倘若就这样轻描淡写地驱赶鞑靼一下,留下半边隐患等将来再跑一趟?劳民伤财之事,朕是万万不忍做的。好了,快下去吩咐,立刻出发,向东直取阿鲁台!"说着一拂长袖,转身进帐中换衣服去了。

"劳民伤财的事不做,这又是干什么?"柳升挨了训斥,面红耳赤地在心里嘀咕一下,偷看四周,好在近处并没人,他讪讪地冲何福一笑,快步走回去。

虽然回家的梦被轻易打破,倒也没人再说什么,大军略微准备一下,仍旧将权妃留在饮马河畔,朱棣跨上战马,开始了另一次让他满怀期望的征服。他感觉只有这样,才能显示自己一代帝王的风采,能倾倒权妃,足以证实自己的雄壮,他一定要尽兴才返。

往东行军的路崎岖不平,小块沙漠连着片片荒山,时而干燥得口渴难忍,时而在荒草丛中跌跌绊绊。就这样艰难地行走了四五天,四五天来,连个飞鸟的影子也看不见,每个人盲目地迈动僵硬的腿,似乎已经走到了天边。

终于有探马来禀报,在前方不远处的飞云壑附近有鞑靼骑兵出没。这消息使许多人为之一振,连日无休止的行军,真让人有些求生不得求死不能的感觉,他们盼望的就是痛痛快快决战一场,尔后命大的早日返回家乡,继续自己原本平静的日子。

朱棣闻报也欣喜异常,他立刻命令大军列成方队前进,以免遇到突袭而措手不及。他自己则率领几员将领和亲兵,登到飞云壑的最高处,向下望去,果然有鞑靼骑兵往复巡逻,样子似乎很是谨慎,好像并没有进攻明军的意思。

其实被朱棣苦苦追逼的阿鲁台也很窘迫,自从和本雅里失决裂后,手中兵力减少了将近一半,若在大漠草原中和许多小部落争夺地盘混日子,还勉强可以支撑,可遇到明军这样强大的对手,他着实有些胆怯。但现在明军却不远万里地追来了,他无路可走,只好拼死一搏。只是他不清楚,朱棣为何不惜跑这么远的咬住自己不放?

正当阿鲁台犹豫不决时,明军已经发起冲击,鞑靼骑兵被迫迎战。双方交织在一处,厮杀得难分难解时,柳升统辖的神机营将笨重的火炮抬到了高处,对准阿鲁台大营喷出道道火舌。霎时间,阿鲁台大营中的座座帐篷变成巨大火球,刺鼻的硝烟弥漫中,妇女孩子的呼喊哭叫扯心撕肺。

闻听声音的阿鲁台兵将登时大乱,纷纷掉转马头,冲进烟火中寻找各自的妻子儿女。朱棣见状将手中令旗使劲挥舞,明军骑兵乘势冲杀,阿鲁台再维持不住局面,丢掉所有的家产,带了少数兵将和家眷突围逃窜。

这一战也说不上险恶,但朱棣仍然痛快淋漓,他看到整个山坡上到处都是鞑靼士兵的尸体,有的睁大眼睛望着同族们突围而去的方向,有的将手臂伸向半空,企图抓住什么。种种奇形怪状的姿势令朱棣想起去年鞑靼对朝廷蔑视的情形,"哼,谁若对朕无礼,这便是下场!"他掩饰不住得意地对将士们说。

回师的速度明显缓慢了许多,但朱棣心情格外地好,经过漠北擒狐山时,胡广在一块巨石上写下铭文:"瀚海为镡,天山为锷,一扫胡尘,永靖沙漠。"在清流泉旁边,又刻了另一碑文:"于励六师,禁暴止侮。山高水清,永彰我武。"随行的杨荣和金幼孜也不甘逊色,争相献上雍容华贵的诗篇,乐得朱棣不断捻动髭须,黑红脸膛上笑意洋溢。

当然最令朱棣神往的还是夜夜与权妃的欢娱,那玉箫和玉体同样让他销魂,他明白,这是征战的结果,他雄壮的气概,征讨了走投无路的鞑靼,更是向后宫妃子们的炫耀。直到回到北京城中许久,他仍沉浸在自豪中。

或许为了保持这样的心情,朱棣在北京逗留了许多日子。他不知道,此刻太子监国的京师南京,虽然没有刀光剑影的厮杀,没有硝烟弥漫的刺鼻,紧张气息却远比他的御驾亲征来得更激烈。

没能登上太子宝座的朱高煦虽然暂时留在了京城,免去调往荒远边关之苦,但他一直耿耿于怀,他不服气,不甘心。他自信自己从哪方面都强过大哥,尤其这是在四年靖难之战中检验过的,父皇亲眼见过,他不明白为什么父皇还是立了笨拙臃肿的大哥作了太子。单凭他比自己长两岁,那上天也实在不公平!这样的念头时不时像火苗般窜出脑际,他无处撒气,动不动便在家奴身上舞刀弄枪,王府上下一片惶惶,人人心惊胆战。

三弟朱高燧早将这一切看在眼中,他忽然和二哥走得格外热火,几乎成了每日必来的常客。兄弟俩怀了同样的心思,也不必相互遮掩,再明白不过地商议起如何对付大哥来,这个将来的皇上,而且是他坐了宝座,自己便永与帝座无缘的

廿四 内扰外患

皇上。"

就在去年,丘福领兵出征时,朱高燧就给二哥出谋划策,要二哥主动请缨,到边塞征战立功。"二哥,小弟知道二哥的本事在战马上。"朱高燧眨巴着眼睛看朱高煦脸色说,"要不是前几年和建文征战不休,父皇如何能知道二哥有这么高的本事。只是这几年风平浪静的,二哥没了显示威风的机会,父皇便把二哥给忘了。现在可好,边关又要动枪动刀了,正是二哥显身手的好机会,二哥应该立刻请求父皇,将兵权揽在自己手上。"

朱高煦粗糙的大脸上浓眉紧锁,托着下巴在太师椅上摇摇晃晃:"打仗杀人当然痛快解气,可杀来杀去的有什么意思,还不是替别人打天下,我可不愿意再干傻事了,真他娘的背着儿媳妇上山,出力不讨好,哪如待在金陵城中逍遥自在?"

朱高燧扑哧一笑:"二哥说话越来越巧了,一下点中要害。不过这回不同,有句话叫做不破不立,不塞不流,不止不行,二哥可别错过时机呀!"

"看你说的文绉绉,到底什么意思?"朱高煦不大耐烦起来。

"很简单。"朱高燧端正了神色,"不沧海横流,显不出英雄本色,人人都要找准位子才行,否则再折腾也没什么结果。二哥的本事在领兵打仗上,若能够领兵出朝,在北平独霸一方,到时候谁还敢不在乎你,就连父皇,也得仔细考虑三分呢!"

朱高煦一愣,似乎明白过来:"你是说……"

"还是二哥见多识广,一点就明白了。"朱高燧摇头晃脑地得意不已,"小弟的意思,就是叫二哥先把兵权抓在手里,屯兵于北平,就像当年父皇那样。至于鞑靼,又没抢咱王府的钱财,也没杀咱王府的家人,何苦和他争斗,不过打个幌子罢了。不但不和他们争斗,还得故意留着,要是把他们都杀光了,二哥也就没理由再在北平驻扎下去不是?这就叫长线放风筝,叫父皇和大臣们看得见却够不着,小弟我在朝中趁机活动,里应外和,太子之位不愁换不了人!"

一席话说得朱高煦眉开眼笑,冲朱高燧直翘大拇指:"三弟果然机智聪敏,这个招数高,天衣无缝,谁也说不上个不是来。好,咱就这样办,我立即写奏折,替下那丘福,威风凛凛地去当征讨大元帅!"

可是他们本以为定然成功的计谋却在父皇那里轻巧地落了空。这令朱高煦很是惴惴,他不清楚父皇是否看出了他心底的鬼胎,但他明白,父皇对自己是起戒心了。若是父皇对自己起了疑心而戒备,那太子之位不就更无望了么?

这样的结果让朱高煦更加心烦意乱,他要么换了便服溜出去,到秦淮河附近的烟花巷内胡乱寻欢,借以打发心头的不满,要么在府中拿使女出气,一顿皮鞭下来,往往将她们打个半死。

日子一天天过去,不久传来丘福战败身死的消息,朱高煦闻听后精神一振,他觉得这是天不灭己,好机会又来了。可是没等他再次上书请缨,父皇就颁下诏书,要御驾亲征,并且在诏书中明确地说到,要自己和三弟都留在京城。这无异于又一瓢凉水兜头泼来,他很有些绝望地想,要当太子接承大位,看来必须得另外想法子了。

若另外想法子,朱高煦心里也清楚,指望自己王府里的酒肉师爷,除了打探一下哪座青楼里新添了小姐,怎么不露声色地收拾一下不明自己来历,敢于和自己争风吃醋的嫖客外,这等大事,他们是万万靠不住的。要筹划出妙策,还得请自己那个精明的三弟来。

三弟果然机灵,不仅机灵,还是个有心人。派贴身侍卫将他悄悄叫到王府后,不等自己开口,朱高燧便神秘兮兮地笑道:"怎么,父皇亲征,二哥看来是没指望啦!唉,皇天专负苦心人哪!"

听他的口气,当然知道自己将他叫来的目的,朱高煦哭丧着脸气急败坏地拍打着桌案:"那叫你说,我们就坐以待毙了不成?须知道,现如今的太子明白我们和他争过权夺过位,倘若他将来当了皇上,别说我们在这京城里住不下去,就怕脖子上的肉球也得滚下来,不行,三弟还得给哥哥拿主意,如此结果,实在叫人不甘心!"

朱高燧好像知道他会这样说似的,不动声色地笑眯眯看着他,沉吟片刻才说:"二哥果然是将军出身,有胆识,有气魄。既然这样,小弟倒忽然想出个险中求胜的法子,只是这法子一施行起来,保不准会闹出大动静,不知二哥有没有这个胆量?"

"什么法子?"朱高煦双眼瞪得溜圆,粗声大气地又一拍面前大案,"你哥我杀人都不眨眼,还有什么不敢的?三弟有妙计说出来便是,只要妥当,我立时三刻地去办!"

朱高燧微微笑着,看看寂静的房外,欲言又止。朱高煦这时机灵起来,不在意地摆摆手:"三弟放心,只要到了我王府中,保证放个屁臭气都飘不出去。你不看看他们长了几个脑袋,敢私下里说一句闲话?况且这里也没什么人,就咱弟兄俩,好歹话尽管说!"

"二哥,"朱高燧还是压低了声音,挪动身子靠近些,"听说没有,父皇在边关打了大胜仗,已经开始驻扎在北平,那里是他兴盛的地方,他当然要留恋地多住些日子。东宫那边为了讨好,派使臣赶去北平问安了,你猜派的使臣是谁?"

"谁?"朱高煦对此并不特别关心,耐住性子懒洋洋地问一句。

"就是那个当初父皇左膀右臂之一的金忠。"朱高燧却兴趣盎然,甚至几分激动地说,"金忠入东宫作了太子侍读,整日和东宫混在一起,好得跟一个人似的,我看太子能坐稳位子,金忠的功劳倒占了七成。"

"这老东西,不是成天和道衍说什么功成之后就隐退山林,怎么还没退的意思,反倒越发掺和进来了?"朱高煦拧着眉头,心不在焉。

"二哥这就不明白了,你没听人说么,都说无官一身轻,相逢林泉有几人?他们谁不知道吃香喝辣比嚼野菜强许多倍,只不过说说做个样子罢了。不过道衍却有点怪,自从编修完《永乐大典》后,真的悄然隐退,漫游五湖去了,看情形似乎还是个得道的高僧。"朱高燧也不看二哥,自顾自地说得津津有味。

朱高煦却忍耐不住了,直起身虎视眈眈地说:"哎呀,三弟,我派人找你来,不是为了拉家常,你说这些乌七八糟的有什么用?到底有没有妙计,痛痛快快地说出来,二哥我都快头上冒火了!"

"莫急,小弟的妙计就在这个金忠身上。"朱高燧不紧不慢,依旧慢条斯理地说,"二哥,金忠现在正准备去北平,你知道父皇临行时带了大批的妃子,父皇现在除了江山外,就在乎这个,咱们动不了他的江山,只有从这里下手作文章,保管一下戳中要害,平地掀起丈把高的风浪。"

这才略微符合朱高煦的心思,他耐心地听着,点点头:"那具体怎么掀风浪,三弟快讲清楚,你哥都叫你给憋死了!"

朱高燧面带微笑:"二哥,据小弟所知,这回跟随金忠一同去的侍卫里面,有个眼角带点刀疤叫什么杨胜的,曾在二哥手下当过差,听说二哥对他还不错?父皇眼下最宠爱的是权妃,权妃手下有个贴身丫头叫翠翠的,和小弟有那么一腿……"

"翠翠是宫里的人,三弟怎么能……怕是吹牛皮吧?"朱高煦不相信地瞪大眼睛。

朱高燧嘻嘻一笑:"说这话就显得二哥没见识了,父皇再怎么说也是个大半截入土的人了,在宫院中眷养了三四千年轻美貌的女子,能照顾过来几个?她们谁不是春心蠢动,小弟我借了入宫的机会,弄几个相好的,原本不算什么。不过这翠翠就有些不同,小女子看上去柔柔弱弱的,一旦黏上了小弟,简直就是铁了心,你就是立刻叫她去死,她似乎也心甘情愿,唉,可怜天下女儿心哪!"

"那……三弟说哥哥的心腹,又提到什么翠翠,和咱这妙计有什么相干?"朱高煦听得入迷,忽然想起正事,连忙扭转了话题。

"咱这妙计就要成功在这两个不起眼的人身上。"朱高燧忽然冷了脸色,阴阴地一笑,"二哥多送些金银给你那个眼角有刀疤的心腹,小弟我这里有包粉末,是从南京城郊一个渔民那儿买来的,这粉末用深海里的一种怪鱼内脏晒干碾碎而成,撒在水里放在饭中,无色无味,只要吃上一口,立刻就面色青肿,鼻口黑血乱流,症状极像吞金而死。二哥让你那个心腹将这药趁机会给了翠翠,要她撒在权妃的茶中,再让她这么说……"朱高燧附在朱高煦耳旁,嘀咕一阵,"这样一来,大乱立刻就会起来,二哥从中渔利的时机岂不就到了,只是到时候,别忘了小弟就成。"

朱高煦听得有些发愣："这……能成么？那个翠翠就如此听话！"

朱高燧见状从怀里解下一块钱币大小的玉佩，递了过去："让他带上这个，这是我们定情时交换的信物，翠翠一见，定然不顾一切，二哥放心！"

"可是……"朱高煦仍不放心，"金忠在父皇身边这多年，父皇对他信任有加，况且他又是得道的高人，父皇会相信他做出这样的事情么？"

"当然会了。"朱高燧自信地笑了，"原本父皇是不会信的，不过那金忠是有过前科的，若要人不知，除非己莫为，若要人不闻，除非己莫说。金忠以前自己造过孽，此刻不由父皇不信。二哥还记得不，当初在北平时，二哥郊外打猎时从恶汉手中救过一个女子，后来养在燕王府中。有次我在屏风后边，无意中听父皇对母后说，真没想到金忠这家伙能做出此等事情来，仔细一听才知道，那女子原先落难时养在金忠的外宅里，女子丈夫被金忠打发到了南京建文宫里，金忠却见色起意，想和人家那个，结果女子被逼无奈，落荒而逃，叫二哥救下。可见金忠在父皇心中也是个好色之徒，将来事情发生了，父皇一定会想起以前的情形，不由他不相信。"

但朱高煦还有些犹豫："将来事情真的出来了，父皇自然也会左右想想，就算金忠有那个胆子，也有那个心思，可他如何能近得了父皇的妃子？"

"嗨，二哥难道忘了金忠是何等身份，早在北平时，金忠就穿梭于王府，即便在南京，前殿后宫，他哪里去不得？这回在北平，肯定还是老样子，旧日宫殿，父皇驻跸行营，他照样往来，见见父皇妃子，还不是常有的事？"

见朱高煦无话，朱高燧更得意了："二哥听说了么，郑和的舰队从西洋回来了，带回大批金银珠宝，还有许多见所未见的稀罕物件，父皇不在，他就献给了东宫，东宫可能将最好的留下，随便挑拣些次品叫金忠给送到北平去，既有了孝心，又捞了实惠，咱们却干瞧！看来手中有权就是好呀，二哥还是得抓紧时机哟！"

一席话正说到朱高煦心坎上，他气哼哼地将大腿拍得嘭嘭作响："他奶奶的，当一天皇帝，强似作千年王爷，干！"

廿五 夺权！夺权！

正如朱高燧所说的,《永乐大典》编修完成后,道衍便决意离开南京了,临行之际,金忠相送,走出三山门巍峨的城楼,步出江东桥,一直来到宽阔的长江岸边。江水正碧,水天一色,江风阵阵涌来,吹起道衍过于宽大的僧袍,衣袂招摇,飘飘欲仙。

"师兄真的要走么?"金忠面带几许依依,还有些赧然,"可惜小弟不知为什么,忽然厌倦了漂泊,想来想去,还是决定留在朝廷颐养天年,横竖现在天下太平,也不至于再帮着出主意涂炭生灵。师兄年事已高,江湖之苦还是少吃些的好,留下来吧。"

道衍确实更显苍老了,虽然秃着头不见白发,但眉须和面色都透着沧桑,他望金忠笑道:"师弟脸红什么,老僧并未责怪你违背前言,为人最好的结局,无过于能做到、提得起、放得下、算得到、做得完、看得破、撒得下。如今看来,你我二人,可以无愧了。师兄要走,是因为该做的已做,师弟不走,是因为该做的还未做,并无对错可分,又何必自责,也不必阻拦。"

金忠见道衍看出了自己心底隐藏的东西,脸色更红,吃吃地说:"师兄此去,要往何方?"

道衍看看似乎从天际而来,又似乎向天际流去的滔滔江水,挥挥风中的衣袖:"事有机缘,不先不后,刚刚凑巧;命若蹭蹬,走来走去,步步踏空。万事自有定数,预先思虑,不过徒费精神,师弟就不必过问了。"

"那……"金忠还要再说什么,一叶扁舟飞快地靠近,船夫双手持桨叫道:"是两位师父雇的船么? 现在正是顺风,快些走吧!"

道衍若有所思地看金忠一眼,转身向船上走去:"不是两位,是一位,该渡的渡,不该渡的勉强不得。"

金忠似乎听出了话中有点意思,他来不及细想,小船已经悠然荡开,随着波浪忽高忽低,宛如飘摇在浮云中,倏忽间化作一个黑点,渐渐隐没在碧涛里。金忠痴痴地站立良久,激荡如雪的浪花飞溅上岸,打湿了衣襟,他浑然不觉。

自从住进比起王府更加威风森严的东宫后,朱高炽一直就不大安稳,总觉得一颗心高高悬起,总有什么东西让他放不下而提心吊胆。沉静的不眠深夜里,他常常会想到朱高煦孔武骄横的面孔,也偶尔在眼前闪现出朱高燧嘴角撇出诡秘微笑的神情,他知道自己这个太子位置招惹了两个弟弟,两个性格迥异合起来却相得益彰的弟弟,他们联起手来,自己从哪一方面都比不过他们,为此他惴惴不安,总预感到他们不可能善罢甘休,意料不到的事情随时都会发生。

可是到底要发生什么事情,他自己根本无法想象,这就更让他窒息般地心悸。好在有金忠这样一个久经风浪的谋士在身边,彼此虽然没明说过眼下的情形,但金忠似乎有意无意地多次提到要本着一颗正心,以不变来应万变,大概算是最好的主意了。

父皇亲征,自己监国,说是监国,其实也没什么事情要做,琐屑小事有各部主持,略微大些的要禀奏父皇行在,由他决断,监国不过挂了个名声而已。不过朱高炽乐得自在,觉得这样反而更好,省得招惹是非上身。

前两天,郑和带着满身的海腥味赶回南京,得知皇上远在边关,便依照旧例,向监国的太子禀报沿路情形,一个说得绘声绘色,使沉闷的大殿活泼许多,一个听得津津有味,聊以打发心头的郁闷。

郑和率领的巨大船队,在颠簸不平的海面上连续航行了数十个昼夜,终于迎来了一块陆地,上岸打听,原来是占城。占城对于郑和来说并不陌生,也不神秘,早在洪武时候,占城国的国王就派遣使者来到这个中原大国,向洪武爷进贡了大象和狮子以及他们的特产。洪武爷也以礼相待,赏赐了大量绸缎和瓷器,并颁发诏书,封占城为中原属国。

虽然早就听说过,但亲眼看到这个风俗奇异的国度,郑和还是耳目一新。当时的国王叫占巴,他戴一顶出奇高的帽子,帽子上缀满各色鲜花,披件大红披风,双臂上十余个玉镯互相碰撞着叮当作响,半男不女的样子既庄重又可笑。

国王乘坐一头同样花枝招展的大象,走在迎接队伍的最前边,左右簇拥着数百侍卫,个个裸着上身,脸上用油彩描画得五光十色,敲起皮鼓,吹响椰壳笛,分外热闹。跟在后边的大臣装束也相差无几,怪模怪样却神色严肃。

一行人来到宝船前,国王抬手轻轻一拍,大象温顺地屈膝跪倒,让主人轻巧地走下地面。国王占巴率领百官跪地叩首,迎接上国远来的使节。郑和也拱手答礼,让通事用占城方言宣讲了大明天子的殷殷厚意。然后他们在使馆中受到隆重的招待,宴席非常丰盛,满是异国风情的菜肴,占巴还献上三百根象牙和一百根犀牛的角,权且作为供品。

在占城逗留数日,舰队又劈波斩浪,继续向西航行。过了占城后,沿海岸分布的大小岛国渐渐稠密许多,历经有苏门答腊、满剌加、锡兰和阿鲁等国家,最远一直到伸出海岸很远的一个大岛尖端的国家,叫古里,因为距离遥远,郑和从未听说过这个国名。为了表示纪念,郑和特意命人在岸边建造一座凉亭,里面树起一块石碑,刻下铭文说:"尔王去中国十万余里,民物咸苦,然笃朴同风,刻石于兹,永垂万世。"

虽然国度众多，但风俗习惯却同占城大同小异，岛中民众大多还是破衣烂衫，茹毛饮血，一副不开化的情形，仿佛叫人又回到史书上记载的千年以前。岛上的国王和臣民见郑和他们身穿鲜亮的绸缎绣袍，举止文雅，如同从天而降的仙人一般，羡慕得双眼冒火，当即就有许多国王派遣大臣登上宝船，要来参拜上国的国君，还巴结讨好地献上各种宝石和珊瑚之类的珍奇宝物，至于金银珍珠，就更多得数不清楚。

"公公如此风光，足见我上国的威力，不过既然他们民风荒蛮彪悍，就没遇到什么凶险么？"朱高炽听得入神，暂时忘了烦忧，忍不住插嘴说。

"殿下英明，怎么会没有，常言说出门一里，不如屋里，凶险倒是凶险，只不过有惊无险罢了。"郑和连忙作出夸张的神情，娓娓讲来。

那是在爪哇国附近的旧港，这个地方很是特殊，虽远在大洋，首领却是流亡海中的中原人，叫陈祖义。他纠集一群渔民，占据此地，不去做正经营生，专门拦截海上往来船只，杀人越货，不折不扣的一帮海盗。

郑和听爪哇人讲起这种情形，深感有损中原大国的面子，便答应替当地百姓除去这一大害。

本着先礼后兵，未到旧港时，郑和先行派人乘小船前去，以大明皇帝的名义叱责陈祖义，要其束手缴械，收拾行装跟随舰队返回中原。陈祖义倒也乖巧，见对方来势汹汹，深知不好对付，便听从身边人的建议，来个诈降。并随同使者带上酒肉等精美食物，送到大船上，其实是要暗中探看整个舰队的装备，以便伺机偷袭。

听陈祖义如此识相，郑和颇为满意，正要命令大船靠岸，接受陈祖义投诚时，陈祖义部下有个叫施进卿的同乡，平素在陈祖义面前阳奉阴违，总想找机会取而代之。眼下见郑和大军来到，觉得机会再好不过，于是就悄悄潜入船队中，将陈祖义的阴谋报告给郑和。

郑和初来乍到，人地生疏，也分不清谁真谁假，但此等关乎性命的大事，他还是宁可信其有，指挥舰队上的兵马，一部分埋伏在岸上，一部分在船上戒备。

当日夜中漆黑一团，加之阴雨时不时地飘洒，阴风阵阵，虽然人多势众，但众人还是提心吊胆，睁大眼睛望着什么也看不见的远处。

半夜时分，果然有点点火把闪烁，悄无声息地向岸边摸来。陈祖义率领手下精兵劲卒约三千余人，自以为神不知鬼不觉地闯进郑和设下的埋伏圈中。正当他们要登上大船放火烧杀抢掠时，周围号炮接连响起，灯火通明照亮远远近近的海滩，待陈祖义回过神来，才发觉他们已被数万明军团团围住。

郑和铠甲整齐，在灯光下熠熠闪亮，大红斗篷高高招摇，如同天神突降，神情威严地大喝道："陈祖义，你这中原败类，将大明朝的脸面丢在西洋各国，还不快快投降，否则定将你剁为肉酱！"

话语铿锵,不怒自威,令陈祖义和手下兵众不由不为之折服,再看周围刀林枪丛,要闯出去已万万难能,只好纷纷扔掉刀枪,匍匐在地,叩头求饶,乖乖地被捆绑起来,扔进各船的舱底。

"那,施进卿卖主求荣,自然也非善类,难道就成全了他不成?"朱高炽听着又忍不住插嘴说。

"殿下英明,他们狗咬狗,按说都不是什么好东西,"郑和施一礼,赶忙回答,"可惜他们在那里经营许多年,已经根深蒂固,我们远道而来,要彻底清除他们,也殊非易事,想来想去,只好就此打住,算是对施进卿恩威并用,叫他从此有所收敛。施进卿感恩戴德,再三表示臣服大明,并叫他的女婿随船队来觐见陛下,奉上贡品。"

直着身子坐了半日,朱高炽挪动一下肥胖的身躯,赞许地看着郑和微笑道:"郑公公风雨飘摇了这多时日,播扬国威于万里之遥的海外,真是难能,尤为可贵呀!正好金忠要到北京去代本宫遥迎父皇,顺便带上些奇特的贡品,叫父皇提前高兴一番。公公可好生歇息几日,待父皇回京后再觐见禀报。"

郑和见朱高炽面色疲倦,额头上明晃晃的竟似乎有些冒汗,赶忙答应着告退下殿。朱高炽长舒口气,他惊喜地想,正不知如何去迎接父皇呢,可巧郑和来了,多带些宝物,或许自己的位置就会更稳固。想着召过一个小太监:"快去请金忠,赶赴北京的日子要提前几日才好。"

故地重游,金忠确实别有一番感慨,当初自己孑然一身,千里迢迢到北平来谋求干番事业。似乎就在一晃间,秋月春风转换了几轮,当年的雄心壮志已经随风不知飘散到哪里。而今在众人眼里,自己算是功成名就了,可怎么就找不到当年神往的那种感觉呢,反而空荡荡的叫人觉得如此不踏实。还是师兄道衍看得开呀,怪不得他说,功名事业这事,往往来如风雨,去如微尘,不可不看,又不可看得太重。

那自己是否应该跟着师兄离开了?金忠不止一次地这样问自己,也很多次地这样想过,但最终他还是留了下来,留在了喧嚣的尘世中,他总觉得这里还有些东西让他留恋,功名?官位?抑或飘渺如风的所谓事业?他自己也说不清,但他的确留了下来。

"大人,前边的城墙便是北京了。"有个声音响起,让马铃叮咚中昏昏欲睡的金忠激灵醒来。他从车内探出头,是跟随的侍卫杨胜骑在马上拱手向自己说话。

"嗯。"金忠含糊地答应一声,看看宽阔驿道尽头处的高大城墙,比起南京城来,它越发冷峭,孤零零地耸峙在荒芜四野上。这座饱含威严的城池,当初是自己人生经历的起点,现如今,经过多少人的热血沐浴,它仍无动于衷地静默无语,仿佛全然不知自己的名字已经改作了北京。依了皇上的意思,也许不久,它就会成为名副其实的京城。几年来北京一直大大小小地建着宫殿,到时候里里外外必然会重新修建,北平或者北京耳目一新时,到底是自己还有师兄还有皇上的功德呢,还是罪过?

金忠默默地想了片刻,杨胜和另外几名护卫扬鞭打马,赶在马车前,气势顿时威严许多,朝廷重臣的派头显现出来,稀稀落落的百姓惊慌地四下躲闪。

朱棣的行营仍在昔日燕王府中,斑驳陆离的宫墙被赶抢着粉刷一新,空气中还弥漫着浓浓的油漆味。早就得到消息的朱棣很是欣慰,战场上重展雄风的喜悦还未退去,郑和从西洋返回,并且还征服了许多海外小国,更让他激动不已。大明朝的国威,在自己手里,已经远远超出父皇洪武帝的影响,这足以说明,自己是帝王的材料,在天下人眼中,应该名正言顺了。

春风得意中,金忠将郑和带来的宝物一一献上,朱棣爱不释手地逐个仔细摩挲,一边漫不经心地问讯着南京的情形,金忠倒不特别紧张,详略得体地奏对过,朱棣满意地连连点头。

"好,太子能将国事料理得如此有条不紊,朕也就放心了,不过这里面爱卿的功劳当属第一呀!"朱棣眼光不离那些珠宝玉器,仿佛根本没费什么心思。

但金忠却敏锐地听出了朱棣心底的声音,看来他对自己反复斟酌才犹犹豫豫立下的太子,仍不十分可意,只不过木已成舟,不便再明说罢了。金忠虽然揣测出来,可皇上没直接说,自己就不能捕风捉影。本来他是想在皇上跟前赞美几句太子的,现在赶忙收回,以免叫皇上听出自己的什么弦外之音来。多少年的交往,金忠深知,朱棣自己常常要玩弄些不大不小的聪明,却对别人在自己跟前卖弄心计深恶痛绝,他得小心在意。

见金忠唯唯诺诺,朱棣愈发高兴起来,捧起一个碧玉雕刻成的龙状手镯,在光亮中眯起眼睛仔细看看:"这种玉温润细腻,最能滋润肌肤,让权妃佩上,实在天然一色,美丽绝伦,好,金忠,你一路风尘劳顿,先下去歇息吧,有什么事情明日再商议。"

陪侍的近臣知道朱棣心思,忙知趣地拜辞退下,未等他们走出大殿,朱棣已经风风火火地转到后殿,找权妃去了。

金忠一行的到来,原本也是成为常例的臣子礼节,朝廷上下都没人觉出什么。北京昔日的燕王府现在成了皇上的驻跸行营,以前徐妃曾居住过的隆福宫,此刻主人则换成了权妃,其余跟随来的嫔妃如吕妃等人则合住于隆福宫北边的兴圣宫。太液池正是绿水荡漾的时节,波光掩映下,两座宫殿红绿女子进出往来,娴静美妙。

但隆福宫旁侧的偏殿中,使女翠翠却无意流连这些,她内心正掀起阵阵狂澜。就在金忠他们进城的第二日,一个人忽然闯进自己房中,他身穿太监衣衫,却面色沉毅凶猛,两眼闪烁着刀锥般的目光,眼角旁还有不大显眼的一块刀疤。

"你……"翠翠不由得抬高声音,她下意识地觉察出这个从未见过的太监绝非正经太监,心中扑通直跳。

那人却上前一步,轻嘘着示意她不要声张,晃晃手中玉佩,并紧接着压低嗓门说:"翠翠姑娘,切莫惊慌,在下是奉了皇三子之命,特意拜见。"

听说是奉了皇三子之命,又见到那个熟悉的信物,翠翠果然立刻镇静许多。满脸关切,迫不及待地问:"皇子他,他叫你来做什么,莫非他惹到了什么麻烦!"

那人见状放下心来,不动声色地一笑,机警地看看四周,大正午时分,夏日的太阳雪亮地照着院落,既无人声,更无人影,这才放缓了语气:"姑娘,皇三子眼下正有大难降临,要姑娘从中周旋,或许可以保住性命。"

"啊?"翠翠差点又失声叫出来,俊俏的脸庞有几分扭曲,"皇子他,他贵为皇子,能有什么大难,我,我一个弱女子,怎么周旋?"她紧张得喘气急促,简直说不上话来。

"姑娘不必着急,听在下仔细交代清楚。"那人倾耳听听外边,确无动静,"正因为他是皇子,才大难临身。姑娘自然知道,当今太子既无才能,更无功劳,只因为早出生一两年,结果成了东宫太子。当时二皇子仗着自己曾立过大功,心里不服气,在人前人后说过些不满的话,于是和当今太子结下了冤仇。皇三子当时出于公心,也帮着二皇子说过几句,结果太子便迁怒于他,将他们都看成心腹大患。现在皇上远在北京,朝廷里由太子监国,他便趁势为所欲为,想将两个弟弟随便安个罪名,胡乱处死……"

"啊?!"翠翠又是吃惊地掩口喊叫一声,"那他,他已经……"

那人冷冷暗笑一下,旋即端正了面色说:"姑娘先不必担心,皇三子他暂时还没事。不过太子在南京监国,权势如同帝王,君叫臣死,臣不得不死,这个道理想必姑娘也知道。太子他正指使手下四处网罗罪名,再过几日,待罪名的帽子扣到他们头上后,恐怕人头立刻就得落地了。为此皇三子日夜忧虑不安,思来想去,平生最要好,最信得过的,莫过于翠翠姑娘了……"

翠翠闻言脸上不由自主地一红,但此刻也顾不得害羞,镇静一下神色,匆忙地说:"可是我,我住在深宫大院里,不但不能随意走动,王公大臣慢说一个没见过,即便见过,有谁在乎我们这群奴婢,皇子的忙……"

"姑娘莫着急,听在下说下去。"那人恐怕时间一长,要有人来,忙打断她的话,"皇三子说了,此事王公大臣谁也帮不上忙,惟有姑娘可救他一命。他要姑娘将这包粉末悄悄倒进权妃茶中,"说着掏出一个小包递过去,看翠翠抖手接住了,"这粉末无色无味,谁也不会察觉,待权妃喝下后,不出三刻就口鼻出血,仿佛吞金而死的情形……"

"啊?"翠翠又是一声惊叫,险些将手中的纸包掉在地下。

"姑娘勿惊,听在下把话说完。"那人也匆忙起来,"权妃突然横死,皇上必然追问她身边的人,姑娘就可趁机向皇上供说,就说亲眼看见金忠来北京觐见皇上,却瞅大正午宫院无人走动之际,溜进权妃房中,悄悄对权妃说,太子与她分别这多长时间,十分想念,盼着她早日回去,共叙旧日之欢,还说皇上这边暂时得罪不得,继续作出亲热的样子虚与周旋,等将来他想办法早日继承了皇位后,一定立她为后宫之首。"

见翠翠听得很认真,那人咽口唾沫,"姑娘你就说当时正站在屏风后边,闻听二人说话,便站住没敢动,只是偷着眼向外张望,见金忠盯住权妃脸庞,眼光越来越色迷迷,忽然抑制不住地上前抱住权妃。权妃惊慌失色地说:'你怎么能这样,叫皇上知道了……'就听金忠说:'娘娘和太子这多时间了,皇上怎么就不知道?我金忠眼看就快入土的人了,还没真正尝过女人是什么滋味,娘娘可怜我,就让我咂摸咂摸,也不枉在人世走了一遭,反正娘娘既见识过皇上的,也见识过太子的,再多一个也不打紧嘛!'权妃不管不顾地拼命挣扎,金忠见权妃执意不从,恼羞成怒地狠狠说道:'你这贱人,不从我不要紧,反正我知道你私下里的勾当,一下子占住人家父子两个,等我给皇上说了,看你死得有多难看!'说完恨恨地走了。后来娘娘经了这场惊吓,神情恍惚了一阵子,长叹一声说:'这可怎么办,金忠要真给老头子说了,还不如现在痛痛快快地自己了结了的好。'姑娘你就说当时因为害怕,没敢露面,悄悄地溜出了房,谁知没几天,她竟然真就……"

翠翠听得目瞪口呆,仿佛眼前真的出现了这番情景,两腿软软地打着哆嗦,颤声说:"这,这岂不是造孽?即便这样,就能救下皇三子了么?"

"那是自然,姑娘你想,如此一来,皇上必然大怒,先处罚金忠,再收拾太子,到时候太子连自己都保不住,皇三子岂不就会安然无恙?"那人神情得意地说,忽听外边隐隐约约有说话声,似乎中午歇息的宫女有起来到院中走动的,便急急嘱咐道,"姑娘,皇三子说了,世间女子中,你是他最痴情的,现如今惟有你能不顾一切地向着他,他还说只要能将信传到,姑娘你绝对信得过,救命之恩将来一定要圆满报答,等你们这批宫女发放出宫时,就是有情人成眷属之日。姑娘只要小心一些,绝对万无一失!"

说着他甩衣袖拱拱手,飘然走出房门,沿太液池弯曲的湖岸三转两转,很快消失在花草丛中。

翠翠站在门旁,看着他走远了,忽然感觉像是做了一场梦。她下意识地捏捏手中轻飘飘的纸包,是真的,飘渺的话语刚才确实在耳边说起过。她想起皇三子,那个飘逸俊秀如同书生一样的王爷。他是在一次给父皇请安时,偶然遇到自己,当时自己正匆匆走在后宫碎石小径上,听见动静,猛然抬头,正与他的目光相撞。不知怎的,他目光中有如火一样的东西,令自己心头突地一动,竟有些不能自持地面红耳赤,垂下头去,胸中揣了只兔子般怦怦乱跳,简直迈不开脚。

当时自己还不知道他就是皇三子,不过能走进后宫深院来的,肯定是非同一般的人物。翠翠这样想着,那俊逸公子却主动开口说话了,话语格外的温柔和气:"这位姑娘,急匆匆的干什么去,眼下大伏天气,南京又是出了名的火炉,在外边乱跑,小心别晒坏了身子。"

本以为差点冲撞了人家,不招斥责也就是万幸了,没料到他竟说出这样的话来,翠翠忽然想起,进宫两三年了,那帮颐指气使的王公谁曾正眼瞧过自己,皇上就更不必说了,即便是资格老些的太监和嫔妃,还不除了怒骂就是斥责?!可眼前这位公子却如此和蔼,倒让自己有点受不住,低了头一阵委屈涌上胸间,几乎要掉下几滴泪来。

那公子见自己沉默不语,看看四周无人,更加和颜悦色地弯了身子,仔细瞧自己一眼,笑笑说:"哟,看样子还真受委屈了,来,到这边凉快一会儿,有谁欺负了你,只管跟我说。"说着竟伸手拉住自己衣袖。

翠翠惊慌间恍惚想到,像我们这样的下人,哪个不是成天地受委屈?却也忘记了羞涩,身不由己跟了他,来到宫墙拐角处的一间小屋,那是太监临时更换衣服的地方,和高大宫殿比起来,一点不显眼,若不仔细看,根本没人注意。

那公子拉着自己进了屋,并排在床沿上坐下,和风细雨地询问了自己的家世,又若有同感地慨叹宫女生活的清苦,话语如此体贴,句句落到自己心中最柔弱的地方。慢慢地,翠翠也就不再惴惴,仿佛遇见了大哥哥,将满腹苦水倾倒出来。那公子随声附和,越谈越觉得投机。再到后来,他将自己拉得更近些,在自己身上轻柔地摩挲,一种异样的感觉倏地传遍全身,令自己不能自持。

但翠翠还是警觉地躲闪开,满面通红地要走。那公子这才亮出自己身份,原来他竟然是皇上的儿子朱高燧!见翠翠又羞又惊,呆立着没动,皇三子才说:"姑娘,我虽然贵为皇子,其实心里也有说不出的苦闷,我周围的人待我倒确实不错,但他们哪个不是冲着我皇家的富贵而来,人情如纸,何曾寻到半点真情实意?!进宫这么多回,我早就注意到姑娘了,一看面相,我就知道姑娘是个好人,不知怎么总也忘不掉,每夜梦里都会与姑娘相会,我突然感觉到,这才是真正的情意。今日相见,一下子情不能自禁,还望姑娘体谅。好了,既然姑娘生气,那我就更不好受了,我这就离开。"

说着他站起来真的要走。翠翠仔细咂摸着他的话,没想到像自己这等低贱的人,竟惹得皇子日思夜想,她忽然在冰冷中体验到作人的温暖,看他身影就要闪出房门,来不及细想地上前拉住他:"你……等等……"

就这样,自己温顺而心甘情愿地倒在他怀中,他让自己体验到了千百宫女姐妹从没体验过的感觉,妙不可言的东西令她久久回味不已。皇三子还告诉自己,他已经听父皇说过,再过两年,等他大办寿诞的时候,要放出一批宫女回乡,到那时,他要抬了大轿,吹吹打打地将自己明媒正娶,抬回王府中,两人真心真意地厮守一辈子。

翠翠被他的话深深打动，既然他有这份真心，自己还有什么可说的，况且自己已经将什么都给了他，她也当面发誓要真心待他，宁死都是他的人。能得到皇子的真情，那是多少姐妹梦中都不敢想的事情，翠翠陶醉了，她日日守着甜甜蜜蜜的心事，原本压抑沉闷的生活，在她的眼里，立刻变得春光灿烂。

　　后来隔三差五，朱高燧总要来宫中给父皇请安，也总有办法找到自己，他们在那间不起眼的小屋里尽情享受人世间难得的欢乐。翠翠无意中感觉皇子本事就是大，他们躲在里面的时候，不管多久，始终没太监撞进来打搅，仿佛他预先安排好了似的。但不管怎样，能拥有这份情意，翠翠觉得这辈子真算值得了，她唯一盼望的，就是皇上尽早下诏书，放宫女还乡，到时候她就可以堂堂正正地和他在一起了。

　　就在他们如火如荼的时候，皇上要北征了，她随侍权妃来到北京，在北京的这段日子，她始终痴痴地想，说不定今夜皇三子又要在梦里梦见自己了。她还想到，或许皇上御驾亲征，打败了鞑靼，回南京后，说不准就格外开恩，提早放宫女还乡了。她便又开始不断浮现出自己当新娘时是何种情形。

　　可是好梦还没完全醒过来，来去匆匆的报信人却迎头泼过一瓢冷水，将所有热切的愿望击打得粉碎。皇三子立刻就有性命之虞，惟有自己才能救他，他最相信的人莫过自己了！翠翠反复给自己说，说着说着，心乱如麻。手中的纸包被汗水浸湿，沉甸甸的有些拿捏不住。

　　这药喝下去，不出三刻就会口鼻流血而死，那该是多么可怕的景象！翠翠只要一往这里想，浑身就起鸡皮疙瘩。可若不这样做，皇三子就得掉脑袋，自己不但失去了一生的幸福，也辜负了人家的重托。"这年头，人情薄如纸，只有我和姑娘才有真情意呀！"皇三子摇头叹息的话语又轰响在耳边，她不由一震。

　　虽然不知道同是一个父母所生的亲兄弟，何来这么大仇气，非得拼个你死我活的才成，但翠翠却清楚皇上有多大权力。满宫几千太监宫女，哪个在皇上眼里还不跟个蚂蚁似的，说杀说剐只是一句话的事，就是满朝文武大臣，平素在小百姓面前气赳赳的仿佛比天爷还大，可到了皇上跟前，立刻成了孙子辈，叩头的模样恨不得能钻到地底下。皇上就是厉害啊，难怪他们个个要抢破脑袋地去争。

　　翠翠还知道，眼下在南京监国的太子虽说还不是皇上，但既然叫监国，看来也就是临时的皇上，临时的皇上也是皇上，权威大概也差不了多少，他说要皇三子死，皇三子肯定逃不了。凭着皇三子的聪明劲，他大概已经觉察出了万分的危险，否则也不会大老远地差人到北京来，求救到自己跟前，凭了皇三子的和蔼善良，若不是万不得已，他也不会指使自己去杀人。

　　思来想去，翠翠咬破了嘴唇，还是决定，无论如何要对得住他的这份真情，哪怕自己去死，也要叫皇三子知道，翠翠不是那种负心的女子。她终于别无选择地要下手了。

下定决心以后,翠翠反倒安心许多,她觉得自己忽然坚强起来,胆子出乎意料的大。仿佛有种力量在暗中支撑着自己,但这是什么力量,自己却说不清。

趁了一个同样日头白花花曝晒的正午,看看院中悄无一人,翠翠沏好凉茶,将纸包中黑色的粉末倒进杯中,从小路来到大殿后门,踅进权妃卧房。见权妃午睡刚起,慵懒地披散着头发,雪白的酥胸半露在透明丝纱内,忙压抑住慌乱,强作镇静地说:"娘娘,大热天的,我准备了上好的凉茶,娘娘快喝了吧,一会儿若皇上要来,娘娘精神头就会好出许多。"

权妃扑哧一笑:"这死妮子,越来越会说话了。"一边接过来,大概确实口渴,三口两口,喝了个精光。翠翠见状,连忙搭讪着退出去,走到殿后的小门旁,看看没人影,迈开碎步跑回自己房中。

屏住心跳等候片刻,忽然听见大殿那边咣啷一声响亮的碰撞声,好像有什么东西被摔在地下。翠翠明白,该发生的事情终于发生了,此刻,不管自己愿不愿意,都要顺着皇三子的吩咐走下去了。她多了个心眼,连忙半倚在床榻上,装出睡着的样子。

再过一会儿,就听见有慌乱的脚步声,还有人大呼小叫地吆喝:"快来人哪,娘娘她……"翠翠还没想好此刻该不该出去,房门被嗵地撞开,两个宫女披头散发踉跄进来,眉眼都变了形:"翠翠,你倒睡得怪熟,娘娘出事了,快去看看!"

翠翠装作懵懂的样子,不明就里地问一句:"大正午的,娘娘正在歇息呢,能出什么事?"人却忽地站起来,跟着她们走向大殿。

正如翠翠所料想的那样,权妃还是那身睡装,半歪着身子倒在床边,嘴里和鼻孔中涌出股股鲜血,先流出来的已经发黑,大睁的眼睛透着莫名恐惧,却已失去了光泽,显然没救了。

权妃暴死的消息立刻传遍行宫的各个角落,人声鼎沸,平静的太液池也被搅起波澜。有太监匆匆去禀报了在前殿的皇上。朱棣乍听消息,简直不能相信,等他乘着肩舆赶来,眼前的情景令他目瞪口呆,片刻工夫竟没能说出话来。

"怎么回事?早晨不是还好好的么!"他终于吼叫出来,"什么病如此急促,快,都愣着干什么,朕的爱妃若有个三长两短,先拿你们这群废物殉了葬,还不快去叫太医!"

他目光凶恶,扫视过在场的每一个宫女太监,大家被针刺了般浑身打颤,有伶俐些的,三脚并作两步去传唤太医了。

宫中突然出了这么大的事情,少顷太医便匆忙赶来好几个。其中有个首席太医,瞥了端坐在旁边的朱棣一眼,捻着雪白的胡须,小心翼翼地走上前,权妃已经被人抬到了床榻上,他也就只看了一眼,神色突然大变,返回身扑通拜倒在朱棣面前,颤巍巍地说:"启奏陛下,娘娘她,她已经升天了!"

尽管在意料中,在场的所有人都随着话音猛地一抖。朱棣面色灰黑,话语中几乎没什么表情："得的是什么病？"

"这个……"老太医犹豫一下，扭脸看看四周垂手而立的人群，似乎有难言之隐，欲言又止。

朱棣不耐烦起来，腾地跳下椅子，踱向一侧的内室，老太医赶紧跟过去。众人不知发生了什么，纷纷闪开。内室里寂静得令人窒息，大热天里，阴气直袭心底。"权妃到底怎么回事，这下可以说了吧？"

老太医忙翻身跪倒："启奏陛下，因为事关重大，方才众人面前，微臣不敢胡言，怕被人传出去，望陛下见谅。臣方才一看娘娘神情，便立刻明白，娘娘肯定是吞食了金子……"

"吞食了金子，那不是自杀么？朕正与她交好之时，彼此又没言语突忤，宫里太监宫女谁敢欺侮朕的爱妃？好好的她自杀干什么，你可看仔细了！"朱棣掩饰不住地吃惊，忽然声色俱厉地喝道。

老太医慌忙再叩两下头："陛下圣明，臣虽然医术不敢说精，但从洪武爷时就在宫中当差，这种吞金而死的情形所见不止三十五十，断然不会有差池！"情急之下，他忽然觉得自己说的有点不大妥当，但话已出口，也只好如此了。

朱棣倒没心思纠缠这些，黑着脸放缓语气："难道再没别的死法与此相类似了么？"

"这……有倒是有，那便是服了一种深海鱼的内脏。"老太医仔细想想，慢慢说，"这种鱼表面平常，只是内脏有奇毒，若是将它的内脏晒干碾成碎末，人服用下去，顷刻就会丧命，所表现症状与吞金而死极其相像……只是深宫中，根本不会有此种东西，所以臣以为还是娘娘吞金自杀……"

朱棣挥挥衣袖，叫他不要再说下去："好了，你先退下去，记住，此话对谁也不要说！"

皇上爱妃在宫中暴毙的消息如同顺风飘散的树叶，纷纷扬扬传遍整个北京。茶余饭后，商铺内室，田间地头，人们无不议论纷纷，猜测着其中的情由。自然，处在风头浪尖的还是皇上本人。

朱棣听太医如此一说，将自己和权妃近几日所言所行细细回味一遍，觉得没什么异常，她根本没吞金自杀的理由。那么她是否如太医讲的那样，服用了别人暗中放进的那种毒药？这样一想，朱棣便打个冷战，谁能如此大胆，又如此神通广大，竟能在防备森严的宫中将权妃毒死？他觉得必须将事情查个水落石出，不然自己睡觉都不得踏实。

查寻的根由当然要从权妃身旁的使女开始。当朱棣将那些使女一一传唤，恩威并用地审问时，有个叫翠翠的贴身使女似乎经不住恐吓，哆嗦着说她知道些缘由。朱棣进一步追问时，那使女说出来的话让他大吃一惊，他没想到，这事情竟然会和金忠有关系，还牵连到太子！

尽管吃惊,但那个叫翠翠的使女却说得滴水不漏,况且是她亲眼在屏风后边看到了,自然确凿无疑。朱棣再仔细想想,忽然觉得这事情乍听奇怪,其实也不是没可能。太子因为住在东宫,彼此宫墙上有小门连通,和嫔妃勾搭起来倒是极为方便,再者说,这事情也不是没有先例,翻看历朝历代的野史,太子和嫔妃有一腿的事情简直见怪不怪。朱棣只是想不明白,若是被冷落的嫔妃,耐不住寂寞,也还可以理解,而权妃却完全不必,自己几乎和她夜夜相伴,她该不会感到寂寞呀!但再想一想,朱棣立刻也明白了,自己毕竟是个老头子了,权妃尚不满二十,春心正炽的时候,只怕自己已经不能让她满意,这才和太子勾搭到一处。

"这个贱人!"朱棣想通以后,恶狠狠地在肚里骂一声,满腔的惜香怜玉化作歹毒的诅咒,甚至还有几分幸灾乐祸。

至于金忠会对权妃动手动脚,朱棣也能想象得出。他想起当年还是燕王的时候,金忠不也有过遏制不住冲动的时候么?权妃比起当时那个女子来,姿色又娇艳许多,他也憋闷了这多年,旧病复发也是有可能的。

一切都想通之后,朱棣心情平静了许多。权妃令人费解的死亡真相大白,接下来的惩处,就显得很是容易了。

"哼,没想到金忠也和朕一样,年岁愈长,色心倒愈重了。"朱棣暗自思忖着,冷冷一笑,"不过金忠自然不能和朕比,即便他当年功劳再大,对着朕的妃子做出这等事情来,无论如何也饶恕不得!"

这样想着,朱棣看一眼站立在身边的纪纲,他刚从南京赶来,向皇上禀报近来京城中的动静。听他说南京一切照旧,太子和两个皇子都还安分,大臣们也没什么异动,他放心一些,冷峻地吩咐:"去,将金忠叫来,到前殿见朕!"

久在朱棣跟前,也自认为算得上绝顶心腹,对于纪纲亲自来传唤,金忠多少感到有点意外,他也听说了权妃突然死去的消息,想着皇上肯定是就如何处理后事来找自己商议的,纪纲恰好就在皇上跟前,顺便差他前来传信,也不算什么太异常,便心地平和地直奔皇城金殿中。

"金忠,"待他参拜完毕后,朱棣面无表情地说,"朕听说道衍师父已经隐退江湖,飘摇四海去了,你怎么不跟着呢?"

金忠一愣,按说道衍的出走,皇上早就知道了,况且道衍年过七旬,开始颇有些耳聋眼花的迹象,皇上其实是默许了的,怎么此刻忽然问起这个来,听他的口气,好像话外有音,甚至有责怪的意思,怎么回事呢?这样想来,金忠顿时有点口吃,期期艾艾地回答不上来:"陛下,臣……臣……"

朱棣立刻抓住把柄似的抢着说:"那朕就替你说出来罢,你是否要说,还有想干的事没干,对不对?"

话语更加刻薄,金忠不知他是什么心思,竟红了脸说不出一句话来,半拱着腰站在空荡荡的大殿中央,单薄而尴尬。

金忠的这副神色,似乎更印证了翠翠的话,朱棣压抑住心头乱窜的火苗,嘿嘿地两声冷笑,回荡在空旷的殿中,令人毛骨悚然。"金忠,朋友衣服可以穿,朋友之妻不可欺,难道你连这个也不知道?更何况是君臣之分,如同父子一般,你所作所为,简直就是……"朱棣说着忽然想起权妃和太子的事情更加严重,金忠不过当面调戏了一下,太子却不知何时和权妃已经勾搭成奸了,既然金忠能替太子传信,当初未尝不是他挑唆的,这样想下去,他突然加重了语气,恶狠狠地吼一嗓子,"简直就是畜生!"

"陛下,臣……"金忠更加如坠雾里,平常伶俐的嘴怎么也派不上用场,嗫嚅着说不出一句完整的话。当着纪纲的面,朱棣却不想再纠缠下去,他只不过要当面印证一下,而金忠的表现足以说明,那个叫翠翠的使女说得千真万确,这就够了。

"好了,朕今日不想与你周旋,你下去好好考虑去吧,将该说的都堆放在嘴边,朕还要再找你要话,关于你在作太子侍读时都干了些什么的话!"朱棣厌恶地扭过头,"纪纲,将他暂时放在诏狱内,看管好了,再有,将那几个权妃身边的使女也都看押起来,记住,一个也别叫死掉!"

纪纲自然明白,皇上害怕他们会自杀,再大的罪名,一自杀就一了百了,这未免有些太便宜了。他连忙心领神会地答应一声,面色如朱棣般冷峻地说:"金大人,那就请吧!"

金忠似乎还想再辩白什么,但急切间他不知从何处说起,朱棣也不等他说话,拂袖折回内殿。黄俨正站在过道的门旁,等着侍候皇上更衣,朱棣却对他摆摆手:"不必了,你带几个人速回南京,传朕旨意,立即停止太子监国,所有事项,不论巨细,等朕回宫后再做决断。另外,凡是以前太子处置过的事情,全部废止,若有执行者,以违旨谋反罪名论处!"

黄俨垂手听着,眨巴两下眼睛却没动,朱棣奇怪一下,忽然拍拍脑门:"朕都气糊涂了,好,朕即刻拟旨!"

南京城中正热浪蒸腾,长江和秦淮河上也似乎漂浮着一层水汽,看上去叫人更加躁热郁闷。在这样一个盛夏时节里,朱高炽的心情坏到了极点。他原本就隐约觉察出父皇对自己存有或多或少的猜忌,但自从父皇让自己监国后,这种不安多少得以宽解。可是此刻,黄俨风尘仆仆从北京赶回来,当着文武大臣们宣读的一纸诏书,叫自己简直无地自容,他叩拜了接过圣旨后,不敢看任何人一眼,逃窜似的钻进东宫深殿中。

其实不看他也能感觉出来,众人的眼神既有惊讶,更多的则是幸灾乐祸,虽然他们也同自己一样,不知道在什么地方得罪了父皇,但他们父子间的不和已经摆在了桌面上,却是不争的事实。

"为什么,这究竟是为什么?"朱高炽对着灰蒙蒙的天空发问,回答他的却是死水般的寂静。若不是有太监守在跟前,他真想像狼一样地仰天长啸,他觉得自己快要爆裂了。金忠不是去北京请安了么?莫非他言语不周,得罪了父皇,可凭着他与父皇出生入死的交情,不可能呀!

"该死的金忠,到底发生了什么,也不派人给捎个信来!"他在心里诅咒着,看看满脸尽是木然的太监们,恨不得在每个脸上抽几巴掌来解解气,但他不能,也不敢,他们当中,说不定就有父皇安插的内线,举动再稍有不慎,太子之位倒不说,恐怕连命也要丢掉。他只能将气憋在胸中,趁没人的时候,对着雕花的楠木桌椅连踢带打,但桌椅无言,倔强地挺立着,令他更感到无奈。

极度烦闷里,朱高炽找来几个从小玩到大的太监,摆开简单的酒肴,将一碗一碗清洌的东西热辣辣地灌进肚中。即便这样,他也不敢多说什么,他怕这些人也未必都靠得住,他只能一遍一遍地说:"来,快喝,三杯通大道,一醉解千愁,快喝呀!"话未说完,自己先软软地跌躺在椅子上,幽幽中人事不省,真的躲开了忧愁。

同样的天气里,汉王府的主人朱高煦却格外松爽,他黑红的大脸膛满是油光,一杯接一杯地和三弟朱高燧对酌。他们的酒宴摆在王府最深处的密室中,阴暗暗的,很是凉爽。太监使女们都退到了外边,安静得纤尘不动。

"怎么样,二哥,小弟这条妙计不错吧?"朱高燧斜乜着眼睛,得意扬扬地说。

"嗯,不错,不错,"朱高煦已经有几分醺然,嘴角滴着残酒,连声称赞,"神不知鬼不觉的,就叫他倒了霉,临死都不知是谁捅的刀子,好,再好不过了。三弟这么机敏,将来哥一定封你为国师,专给哥出主意。"

朱高燧把玩着酒杯,忽然叹口气:"唉,只可惜翠翠姑娘了。你知道,父皇现在脾气越来越暴躁,权妃一死,他还有不迁怒于那帮使女的,她恐怕在劫难逃了!"

"那又有什么。"朱高煦满不在乎地晃动着硕大的脑袋,"古人说得好,若是花不破损,蜜就不能酿成。她死了,哥再给你找个更好的就是。"

朱高燧扑哧笑道:"二哥还没当上太子呢,就如此文雅起来了,还学会说古人的话了,真是难得。可惜呀,容貌比翠翠好的,自然不难找到,若论起品性来,恐怕世间惟她一个了,唉,真是难得了她对小弟一片痴心,若不是为了二哥的正事,小弟实在万万舍不得将她抛出去!"

朱高煦还是一脸的不屑:"在哥跟前,甭充什么斯文,装什么多情。总之女人么,就似那小猴子摘鲜桃,吃一个丢一个就是了,哪来那么多情呀意呀的。哥不是听你说过,宁可你负别人,不可别人负你,这不就对了么?"

"话倒是这样讲,不过想想,还是有些舍不得,她那身段,二哥是没见过……不说了,喝酒!"朱高燧举起杯子,仰脖倒进口中。

"好,喝酒,横竖东宫那边是不行了,父皇的圣旨都下来了,怕他等不到父皇回来,就要上吊啦!不管怎么说,咱这太子位子是坐定了,将来咱兄弟俩,富贵一人一半!"朱高煦喷着酒气,说得有些含糊不清,也一饮而尽。

只要关进诏狱,就没有不破皮伤骨的,纪纲虽然为人凶狠,但对金忠,他还不敢立刻造次。他深知金忠在皇上跟前的分量,他也不知道金忠怎么就得罪了皇上,不过皇上既然放话说还要召见他,那人家就还有翻身的机会。由于这个缘故,金忠在阴森森的诏狱中倒没吃什么苦头,独居一间小室里,三餐酒肉齐全。只是突然而来的变故,令他寝食不安,他希望尽快得到皇上的召见,至少将事情的原委弄清楚,就这样不明不白地变作了鬼魂,他委实不甘。

金忠在诏狱的几日里,朱棣也反复将事情重新考虑一番,思来想去,他觉得处死金忠,废掉太子,这毕竟是朝廷的大事,弄不好就会贻害无穷。随着怒气渐渐消退,慎重的念头逐步占了上风。经历了大半生的风雨,他已不再那么虎虎生风。终于,他决定悄悄将金忠叫到内廷,把事情的大概说明白了,看他如何反应,若是真的话,横竖他是要死的人了,也不怕他将宫内丑闻传出去。

得了旨意后,纪纲趁没人注意,亲自领金忠乘顶青布小轿,来到宫城深处,朱棣正在那里等着他。

这场君臣单独谈话进行得很艰难,下了很大决心,朱棣才咬着牙将事情说个大概,说话的时候,眼睛始终不离金忠不断变化的神色。

听朱棣隐约不定地讲述完了,金忠冷汗已经湿透了前胸后襟,他深吸一口气,心说好险,这样的罪名安上,砍头就已经太轻,依朱棣的脾气,最次也是个腰斩,死不得活不成地折腾半晌,那情形想来就叫人心悸。

也是急中生智,金忠忽然眼前一亮,翻身匍匐在地上,叩拜连连,震得金砖嗵嗵直响:"陛下,臣罪该万死,臣一死倒无所谓,只是连累了太子殿下,弄得国家根基动摇,若是那样,臣粉身碎骨,也罪在不赦了!"

"噢?这么说来,是朕冤枉你了?"朱棣见他没了先前的恐慌,更感到自己谨慎得有理,语气缓和几分。

"陛下,自古都是三人成虎,有些事情一旦沾染在身上,即便满身是口也说不清。臣还记得当年陛下在北平时,建文听信大臣之言,无缘无故怪罪于陛下,陛下不是也深感难以辩驳么!"

听他这样说,朱棣知道金忠这话虽然是拉个先例给自己开脱,其中也未尝没有提醒他别忘了自己当年的功劳的意思,便冷冷一笑:"金忠,话虽如此,朕也能想得开,但事关重大,你空口无凭,朕也没法子相信你。"

说这话的时候,金忠其实已经有了打算,他不慌不忙地跪直了身子,拱手奏道:"陛下,臣虽然空口无凭,可那个使女也没什么证据,只是凭了一张嘴而已,臣愿意与她当堂对质!"

"那好,朕正求之不得呢!"朱棣呵呵一笑,提高声音冲外边喊道,"来人,快去诏狱中提取翠翠来这里!"

"慢着,陛下,臣不能这样和她对质!"金忠也提高了嗓门。

朱棣有些莫名其妙,脸色复又阴冷下来:"看看,果真是做贼心虚,一来真格的就先自胆怯了,分明是她说的是真!"

这时纪纲闻声已经走进来听命,金忠看看站在门口的纪纲,也顾不上礼节,索性爬起来,走到朱棣跟前,低声说了一通,朱棣听着点几下头,末了摆手说:"快去,提取那个叫翠翠的使女,就说朕要她和金忠当面对质,至于缘何对质,她自然明白!"

在诏狱的这么长时间里,因为是和皇上有关联的案子,翠翠除了万分恐慌外,也没受多少苦楚。当她哆哆嗦嗦跪在殿中,面对朱棣时,气色还如从前一样,朱棣斜眼看着她,心头突地一动,没想到权妃身边的使女也如此有姿色,以前倒没发觉。不过他顾不上仔细审视,厉声喝道:"你说你亲眼看见的事情,是真的还是信口乱编?须知这是朝廷重地,容不得你半点侥幸,现在有话要说,朕还给你机会!"

翠翠明知事情弄到这种地步,只有狠着心一条路走到底了,便镇定了精神朗声回道:"陛下,奴婢不敢胡言乱语,确实是亲眼所见!"

"那好,既然亲眼所见,朕就将金忠叫来,你和他当着朕的面对质,敢不敢?"朱棣嘴角流露出一丝冷笑,天大的谜底就要揭开了。

翠翠犹豫片刻,若说不敢,那显然是承认了心虚,若露了马脚,皇三子的苦心就算白费,他仍然有性命之忧。即便对质又能怎样,反正彼此都没什么把柄,大不了争执一番,自己一个女人家,死缠活缠的,料他也说不过自己。想到这里,她赶忙大声说:"陛下,奴婢愿意。"

朱棣也不多说,冲门外叫道:"快将金忠带上来!"

少顷有两个太监推搡进一个道士,紧走几步扑通跪下,连声说:"陛下,臣并没干什么,全是她瞎编了来诬陷臣!"

翠翠看那人一眼,暗想人都说金忠和他的师兄一个道士一个和尚,看这人,果然是大名鼎鼎的金忠了,她知道关键时刻来到,忙不假思索地说:"分明是你,奴婢亲眼在屏风后边看见的,你休要耍赖!"

那道士苦着脸面朝翠翠:"人命关天的大事,你可瞧仔细了,别认错了人!我确实没干什么!"

翠翠看他恐惧的神情,心里一阵发酸,但此刻不容她犹豫,她深知此时若口气弱一下,自己的皇三子就会性命不保,于是她狠狠心咬着牙说:"奴婢没认错,当时奴婢就站在屏风背后,离得很近,清清楚楚看见的,模样记得再清楚不过,就是你调戏我家娘娘!"

"你再仔细看看,当真没认错人?"朱棣忽然插上一句。

翠翠忙端正了身子:"陛下,当真没认错,就是他!"

话音未落,朱棣忽然哈哈大笑:"林子大了,什么鸟都有,天下之大,真是怪奇不断啊!你这贱人,看你容貌端庄,不像个恶人,怎么扯起谎来连眼睛都不眨,朕倒开了眼界!"

翠翠听话音不对,却不知道自己什么地方出了差错,一时愣住。"你口口声声说金忠调戏你家娘娘,还说什么模样记得再清楚不过,那朕来问你,你眼前的道士其实不过是刚从南京来的一个锦衣卫,莫非他有什么通天法术,一日之内飞来北京,调戏罢娘娘之后,又飞回了南京?你这贱人,抬头看看,朕身后是谁?"

翠翠慌乱地抬起头,从御座后边的帐帷内闪出一个道士,身高乃至面貌和眼前这个与自己对质的人相去甚远。她情知上当,头嗡的一声巨响,差点瘫软在地上。

"事已至此,分明是有人指使你毒死娘娘,然后再嫁祸于人,其用心何其歹毒,快说,此人是谁?!"朱棣怒气冲冲地喝问,翠翠能听见他牙根咬得咯吱直响。恐惧连着绝望,她支撑不住地躺倒在地,神志模糊飘扬着,一句话也说不出。

"哼,此刻不说也不要紧,朕自然有法子叫你招供!"模糊中,翠翠听朱棣阴冷地说,"纪纲,这贱人就交给你了,三日之内,务必叫她招认出元凶来!"

接下来的情形便立刻不同。纪纲终于明白圣上为何要收捕朝廷重臣金忠,原来缘故全在这个蚂蚁一样低贱的使女身上。有皇上口谕,纪纲不敢怠慢,但他并不担心,像这样柔弱似花蕾一样的女子,他对付起来绰绰有余。"要知道,有多少金刚般大汉在咱手里变作了面团呢!"纪纲漫不经心地想。

当翠翠被拖进诏狱内侧阴暗的审讯衙门时,翠翠已经被公人们如狼似虎的吆喝惊吓得有些昏沉。纪纲高高在上看她这副模样,更是不屑一顾,满脸阴阴地冷笑:"刑罚多得是,她不是个弱女子么,咱也先礼后兵,进咱的门,先换上双红绣鞋再说。"

旁边侍立的衙役闻声点头答应着,下去准备了。"这位姑娘,好歹也是侍候过娘妃的人,咱也不为难你,快交代出来,是谁指使你下毒药害死权妃的?"纪纲语气不轻不重,似乎并不急于得到回答。

翠翠虽然昏沉,但心里却什么都清楚,她知道决定皇三子命运的时候来到了,而他的命运,就掌握在自己手里。"皇三子是宫里第一个对我真心好的男人,我决不能辜负了他,就是拼了一死,也不能乱说。"翠翠暗暗告诫自己,她做好了受苦的准备。

大堂上下一阵沉默,翠翠仿佛叫这阵势吓傻了,软绵绵地斜倚在门框上,披散下来的头发遮住大半个脸,更显得低眉顺眼。

"好,我知道姑娘是不会轻易吐口的,毕竟,宰相家奴七品官,更何况在皇宫里待过,当然也是贵人了,贵人可不能轻易开口哟!来呀,伺候周到些,先请姑娘穿上咱这里的红绣鞋进来说话!"纪纲说这话时,甚至有几分和蔼了。

"或许我是皇宫里的人,他们不敢拿我怎样,若是如此,皇三子就更有希望了。"翠翠精神一振,就听脚步声响起,有两个人各用铁钳夹着一个火疙瘩走过来,仔细看去,那喷着热气的火疙瘩却是一只用铁打制的绣鞋,被烧得通红,离老远便能感觉到灼气逼来。

翠翠忽然意识到什么,红绣鞋,啊?!这就是红绣鞋!她惊呆了,刚放下的心立刻被恐惧包裹起来。没等多想,两人已经走到跟前,将那火疙瘩并排放在翠翠面前,不由分说,一人架住一个胳膊,轻轻将她提起,顺手脱下她脚上的鞋摔到一边,看准了,"嗨"一声将她的双脚按进冒着火焰的铁鞋中。

"啊!"翠翠立刻感觉掉进火海地狱中,那滋味已经不再是疼痛,简直如同小鬼将自己放在磨盘中细细地碾,狠狠地磨,她不堪忍受,却无处挣扎,又像溺水的人一般,她顷刻憋在无边苦海中,急于透出一口气,而这口气却怎么也透不出来。

迷迷糊糊中,有鬼似的怪叫传进耳中:"快说,谁指使你干的?说不说,穿鞋进门只不过是见面礼,大爷还有更妙的东西等着你玩耍!"

"别,别,我说,我说。"翠翠几乎要尖叫出声,但传入耳中的,却只有梦魇般的呻吟。

"那好,快说!快说!"威逼的声音似乎不是一个人的,好像海啸般排空而来,翠翠已经看不清什么,她只觉得自己挣扎在暗无边际难以言说的苦痛中。

"皇三子,我实在受不了,受不了啦!我没他们那么鬼灵,也不知道他们这么狠,皇三子,我该怎么办?我,我还是说出来吧!"翠翠呓语着问自己,但立刻,她眼前闪现出皇三子朱高燧轻柔地爱抚着自己的情形,"翠翠,现当今人情如纸,你是我平生真心实意珍爱的第一个人。"那声音温柔得像旋在院中的春风,她如醉如痴,羞涩地低声说一句:"我也是。"

"既然这样,我怎么能……"难以忍受的滋味令翠翠无法斟酌下去,威逼声又涌过来,她感觉自己要被淹没了,要粉身碎骨在这里。她虽然早就做好了去死的准备,但他们却让她细细体会着比死更难熬的滋味。忽然间,近乎狂乱中,翠翠不知怎么想起吕妃,那个和自己主子曾隔壁居住的美人,翠翠忽然想起吕妃在皇上疏远了她之后,不断当众发牢骚,说皇上忠奸不分之类的话,为此权妃还和她怄过气,自己也和她房中使女争执过。

这样想着,几乎是无意识下,翠翠忽然抬高了声音:"快放了我,我……说,是,是吕妃指使的!"

纪纲正津津有味地欣赏着她扭曲成蛇状的痛苦情形,闻声轻松地笑了:"这话要是早些说了,不是连门都不用进了嘛!"随即他意犹未尽地命人将翠翠从铁鞋中提出来,扔到大堂中央,"既然是吕妃指使你干的,不妨说清楚些,左右,笔墨记着。"

翠翠如同忽然从火海中跳跃出来，一阵说不出的清爽，她略微清醒，想起了刚才自己说的话，"吕妃娘娘，休怪奴婢无情了，为了珍爱我的皇三子，奴婢只好将错就错了。"她愧疚地祷告着，随口说道："吕妃嫉恨娘娘受皇上宠爱，就让我把药撒进娘娘茶中……"

"那毒药从何而来？"纪纲看一眼正记录的衙役，想也没想地问一句。

"是……是吕妃抽空亲手交给我的……"翠翠声音越来越微弱，终于说完了最后一句，扑在地上疲惫地睡了过去。

"嗯，是了，吕妃也来自朝鲜，带些海中产的毒药，也是颇为可信，把这条也记下来。"看他们写完了，纪纲下巴一动，记录官忙走上前，抓住翠翠的手指，醮了墨汁在纸上重重一按，呈给纪纲。

纪纲满意地点点头："天大的案子这不就结了么。你们把这女子带下去，等皇上有了赏赐，自然人人有份！"

就在纪纲进到行宫中觐见皇上不久，行营皇宫中传出一个令人震惊的消息，吕妃为了争宠，竟指使宫女毒死了权妃！消息传出后，行宫上下，人人猜测议论，一边说着吕妃虽然的确有点狂放不羁，言语不大检点，但她还不至于有这么大胆，真看不出来。一边猜测着，案子既然起来，只怕吕妃不知该怎么将种种不是人受的罪受一遍后才能死去。人人心头压抑着一团乌云，行宫陷入一片沉寂的恐慌。

对于权妃之死和吕妃有关，朱棣听后倒没十分吃惊，他似乎早有预料，只是恶狠狠地吐出一句："这个贱人，朕看她读过几卷书的份上，已经够宽厚了，她倒得寸进尺，哼！"

话似乎没说完，但纪纲已经明白了他的意思。纪纲知道，失去权妃后，皇爷对其余的宫女已经有了戒心，他要肃宫了。

就在这没有言语的旨意下，纪纲卖力地出动锦衣卫，在行宫中大肆搜捕，将吕妃和她宫中所有的从人，以及经常来往的太监等全收进诏狱中，几轮拷打恐吓，又牵连出其余嫔妃和宫女，牵连者再信口乱招，彼此互相扯拽，最后当朱棣离开北京南下时，受牵连而死的人已经超过千数，而且还在继续有大批人被拉到城外砍头，北京上空弥漫着浓浓的血腥味。

而翠翠，早在穿了红绣鞋的第二天，就带着恐惧和愧疚还有期待太久却未满足的幸福离开了人世。

失去了爱妃的车驾变得异常沉重而缓慢，夏天的炎热已经只能望见个背影，黄灿灿的金秋中，晨霜古道上，朱棣忽然感觉自己衰老了许多。

南京城中的太子朱高炽却早在夏日时分有圣旨取消他监国资格后没几日，就卧病在床了。慵懒地躺在东宫偏殿床榻上的那段日子里，朱高炽时常会想起当年自己的伯父懿文太子,他是自己爷爷洪武皇帝的长子,身子骨也和自己般时好时坏。他曾听人讲起过,当初懿文太子在洪武爷跟前,每日也是小心翼翼如履薄冰。有一次,为了什么小事争吵,洪武爷竟然抽出腰刀要捅了自己的太子,这情形一想起来,朱高炽就不寒而栗。

但如今他已经真实地体会到了当年懿文太子的感觉。他觉得自己父皇从脾性上和祖父没什么区别,而自己恰又极似当初的伯父,莫非历史总是要这样轮回不已?朱高炽知道,取消了监国资格,其实也就是废去太子之位的前奏,而一旦要废去自己,父皇总要找点罪过,他会找什么罪名安在自己头上呢?这个罪名是否要置自己于死地呢?

退一步想,即便父皇留下自己一条命,太子之位必然会换成汉王朱高煦去坐,这个弟弟向来凶狠,他能放过自己,放过曾和他争权夺位的哥哥吗?自己迟早难免死在刀刃之下,这就是人人羡慕的生长在皇家的下场吗?

胡思乱想中,朱高炽觉得自己的病情越来越严重了,虽然太医们诊断不出自己到底是得了什么症,但他希望还是这样病死了更好些。

就这样艰难地一日挨过一日,直到有天,黄俨忽然兴冲冲地跑进内室来,顾不上施礼,一把扯住朱高炽的衣袖:"殿下,殿下,快起来,皇上已经御驾南下了!"

朱高炽不提防打个冷战,他眼前金星四溅地立刻想到,自己没能病死,但末日还是来到了。只是他不明白,黄俨何以这样神情兴奋,莫非人情如此浅薄,自己还住在东宫,他已不将自己当回事情了?

看朱高炽奇怪的神色,黄俨继续兴奋地说:"殿下,皇上已经知道冤枉了殿下和金忠,杀害权妃娘娘的,查来查去,竟然是吕妃!她们同来自朝鲜,却彼此戕害,真是人心惟危哟!殿下,皇上南下时颁下诏书,要恢复殿下的监国资格,命众臣有事先行禀报殿下即可。宣诏官正等在殿外呢!"

"噢?真的?!"朱高炽翻身爬起来,脸色立刻红润许多,他分明看见窗外阳光灿烂,心里也生机勃勃地感受到无限春意。

朱棣顺利地回到南京,迎驾盛典一连举行了好几日,但朱棣没了心思观赏旌旗蔽空的威严阵势。一场宫案令他身心疲惫,他心有余悸地想,幸亏吕妃怨恨的只是权妃,若是将怨气撒在自己身上,那……他简直不敢想象。

由此朱棣意识到,貌似威严无比的皇宫并非绝对森严,或许一点小小的疏忽,就会酿成大祸。在这样的考虑下,他特意着手,组建一个由太监做提督,类似锦衣卫一样的队伍,专门负责刺探皇室人员乃至文武大臣的活动情况。这个组织后来被称为"东厂",成了较锦衣卫更骇人一等的活阎王。但不管怎样,有这样的人日夜护卫着,他心里踏实许多。

浩浩荡荡跟随圣驾南下的队伍中,却少了金忠的身影。站在夕阳斜照的北京城外,一切都仿佛镀了层金子,黄澄澄的恢弘大气。他仰视着曾经熟悉此刻又

廿五 夺权!夺权!

有几分陌生的城墙，眼前闪现出往昔的很多东西，但那毕竟已经成了过去，永远不会再来的过去。金忠无奈地摇摇头，自己冲着自己的影子笑笑："也许你早就该走了，何苦留恋，到底留恋什么，留恋着继续害人或是被人所害？"他对着它说。

但影子厚重沉默，摆出一副千年不变的姿势，金忠就这样拖着它，悄然转过身去，一步一步地走向遍地金黄的远方。"也许，在某个不知名的地方，我会忽然遇到师兄。"金忠刚闪过这个念头，随即又将其否定了，"遇见不遇见有什么关系呢？师兄不是早就说过么，世路千万条，条条都同归，即便不用寻找，相遇只在迟早间。"这样一想，金忠的脚步加快了许多。

远方有车马轰响的声音，尘土腾上半空，那是皇上南下的雄壮队伍。但此刻，金忠忽然觉得自己浑身轻飘飘的，那嘈杂的声音，早飘摇着远离自己，以致充耳不闻。

转眼之间，回到南京已经好长时间，一切似乎烟消云散，万事都趋于寻常。但朱棣内心的阴影，却怎么也驱之不散。郑和从遥远得不可想象的茫茫西洋深处，给他带来了数不清的珍宝，还有大批随船队而来的番国使臣，大明朝的国威已经远播到国人闻所未闻的地方。但内宫谋杀案冲淡了朱棣的喜悦，不过国威的远播也多少抵消了失去权妃的苦恼。

郑和为了让皇上更高兴些，在觐见时，不仅讲述了曾给太子讲过的种种奇闻，还着意描绘了大明朝兵将的强大。

"陛下，臣在远航途中，不但凭借陛下威严使诸多小国不战而服，还倚仗陛下安排的兵将痛击了胆敢无视朝廷的狂妄番人。"见朱棣脸色不大好看，郑和小心翼翼地说，"臣在经过爪哇国时，本来并没将其放在心上。早在洪武爷年间，爪哇分裂成东国和西国，两个番国争相与大明和好，抢着供奉珠宝和胡椒等特产。臣以为此次他们还要竞相献媚，谁知臣的船队靠岸时，正逢着东国和西国为了什么小事交战，西国军将见臣大批舰队到来，还以为是帮助东国的，便不问来由，手执长矛藤盾的漫过海滩冲杀上来。臣见状大怒，命令船上火炮一起发射，霎时间巨响连天，腾起滚滚黑烟，番人从未见过这等情形，还以为是天神下凡，再看同伴被击中的，尸体立刻四分五裂，惊惧地哇哇怪叫着向回跑。臣当时想，怪不得他们叫爪哇国，原来从这里得出的国名……"

朱棣听他说得有趣，紧绷的脸略微放松，禁不住莞尔一笑。

郑和见皇上被打动，说得更来劲："臣见他们军心动摇，当机立断，命令船上的兵将乘势掩杀，一路穷追不舍，直杀到西爪哇国老巢，国王见天兵如此厉害，再抵抗下去，只能身首异处，便乖乖投降。臣将东国国王叫来，命他暂时统治整个东西两国，东国国王连连下拜着说：'我两国交战数年，结果谁也不能取胜，没想到上国仅派一支船队来，片刻工夫强敌就灰飞烟灭，实在太了不得！'臣点着他的鼻子说：'这算什么强敌，真是夜郎自大，你记住他的教训便是！'那国王叩头如啄米，不住地说：'我不但自己记住，还要写在石头上，叫子孙也不敢忘了大国的威严。'"

听郑和说得这么热闹，朱棣觉得颇解气，心里舒畅许多，他终于用事实证明了自己文韬武略的高明，这就足够了，比那金银珠宝更叫他看重。

"那好，爱卿办差得力，朕甚是高兴。"朱棣慢条斯理地说，"朕命你再去龙江船厂督造舰船，弥补不足，择日起锭开拔，再下西洋！"

"啊?!"郑和一愣，他感觉大海中上下颠簸的晕乎劲头还没完全散去，走路时还总有些软绵绵，本以为就此功成名就了，却不料朝廷这么快就又将自己再推向大海深处。但他不能说什么，只能默默接受。

廿六 走不出的迷宫

自从朱棣回到南京,郑和停留了不到十天,便又率领比上一次规模更大的舰队匆匆出发,他劈波斩浪,比上回走得更远。郑和没想到,自己一个被阉割过的男人,却从此征服起如同天空一般广阔的大海,他的生命,戏剧性地和大海融为了一体。

随着永乐内宫谋杀案谜底的揭开,朱高煦对太子宝座的渴望迅速变成绝望。他奇怪这等事情怎么会牵扯到吕妃身上,他不知道翠翠心中埋藏着的那个凄婉殉情的故事,他怎么也琢磨不透。但不管怎样,太子澄清了自己,眼看就要到手的太子宝座再次擦肩而过。

这回朱高燧也有些傻眼,他本以为天衣无缝的计谋,却得出个如此阴差阳错的结果。但他还是暗自庆幸,翠翠能勾连出如此多的宫女嫔妃,独独没涉及自己,实在叫他连连念佛,他得意于自己聪明绝顶,没看错人。在这样的情形下,朱高燧知道,目前只能韬光养晦,不傻也得装傻了。

但朱高煦就没这么聪明了,他天生的耿直脾性骤然压抑不住地爆发出来。他每日里借酒消愁,大醉一番后便带了他私自招募起来的一帮亡命之徒,大摇大摆地招摇过市。有时来了兴致,还骑上战马,在大街上纵横驰骋,所过之处,被挤伤踏死的百姓往往以数十人计。闹腾得民怨载道,但各级官吏谁也不敢虎头拔毛,都睁只眼闭只眼地互相推诿了事。

此刻朱棣的"东厂"已经开始起了作用,他们个个都是深受皇上宠信的心腹太监,几乎什么消息都可向皇上直接禀奏。更有些乖巧的,早瞧出皇上对皇子们耿耿却又无奈的心思,便一五一十地将汉王朱高煦如何混账如实禀报。人证俱在,朱棣冷冷一笑,了结心头痛患的时机终于到了。

朱棣秘密命令身边这群特殊的心腹继续查办汉王还有什么不法迹象。有了皇上的明确撑腰,没几天工夫,便有密奏呈上,记录了汉王数十宗劣迹,除了随意戕害百姓外,还私自招募精兵三千,网罗逃犯和亡命徒两千余,并时常到郊外借打猎之名演练阵法,似乎有什么天大的密谋。并且他还于出行时张黄罗伞盖,威风阵势如同皇帝。

等等情形不一而足,朱棣听得心惊肉跳,他虽然知道自己这个二皇子未必精明到要招募军兵和朝廷对抗,但有他的三弟在身边挑唆,什么事情都有可能发生,他不能再容忍下去了,这个从登基时就棘手的难题必须快刀斩乱麻立刻解决,否则难免会叫人看笑话。

借着这些罪名,朱棣当即传下诏书,令朱高煦立刻到封地乐安,朱高燧也即日赶赴自己的封地。自以为精明过人的弟兄两人,骤然却成了难兄难弟,却也无可奈何,毕竟胳膊扭不过大腿,他们只得灰溜溜离开京城。

在城郊外临分手时,朱高煦咬牙切齿地说:"三弟,难道我们就如此认命了不成?!"

朱高燧知道这个哥哥的心思,他的封地乐安只是个毗临渤海的小县,大半土地是盐碱滩,贫瘠不堪,去了简直如同逃难。对比着想想,自己的封地虽说远了些,但还好些,心中竟有几分幸灾乐祸,但还是为以后留了铺垫地说:"二哥莫急,有道是君子报仇,十年不晚,等一等,总有缝隙可钻。"

"等,等到什么年月才能钻他娘的回来!"朱高煦黑红着脸膛怒气冲冲地吼道,"三十不豪,四十不富,五十就等着来寻死路,还等到老了不成,爷爷就咽不下这口气,非得尽快收拾了东宫不可!"

朱高燧暗吐一下舌头,他知道父皇既然对他们起了疑心,自己身边必定安插了父皇"东厂"的人,对于这样明目张胆的吼叫,他哆嗦一下,胡乱应付几句,匆忙告辞,催马扬鞭各分东西。但他心里也清楚,依朱高煦的性格,肯定不会轻易就此罢休,迟早他还有好戏等着看。

两个狂放不羁又让人无奈的儿子终于从眼前消失,朱棣心头轻松了一大截,但心底深处他仍不舒服,内宫中那场嫔妃之间的戕害给他留下了深刻的阴影。况且这多少还曾和太子牵扯过,虽然事后还了太子清白,但因为男女之事和儿子搅和在一起,总令他尴尬。

这样的心情中,朱棣又在南京坐卧不宁了。南京的天空总是阴晴不定灰蒙蒙的叫人捉摸不透,如口锅盖顶在头上,心中始终不能舒展。他开始怀念北京明朗透彻的天空,怀念让人神清气爽的飒飒西北风。

登基之初,他将北平更名为北京,就似乎无意识地有了要将那里作为自己最终归宿地的想法,而此刻,这样的想法更加明朗起来。金陵留给自己的沉重的东西太多,不管怎样尽力,他总是不能彻底摆脱,随着年岁的日渐老去,他要摆脱过去沉重负荷的欲望也越来越强烈。况且北地大漠的胡人始终蠢蠢欲动,北京附近的大小城池经常受到掳掠,若以北京为首都,则可巩固北地防线,确保黄河以北的安宁,这也成了迁都的最好理由。

由于此前做了一些铺垫,众多大臣其实早隐约觉察出了皇上的心思,提起迁都的事情,虽然也遇到些大臣的抵触,但好在并不激烈,争论一番,这个重大事件便依照皇上的意思决定下来。

北京城中各宫殿的修葺,从永乐四年就已经开始着手了,等正式决定迁都后,各项工程进度明显加快,工部和户部大小官员纷纷忙碌起来,一部分人在北京监工,另有人远赴四川和两广、两湖一带的深山老林中采集木材。木材太大,非人力能搬运得动,砍倒后,还要等山洪暴发时,借助水势将这些万斤多的原木冲到山下,然后上百人轮流推拉,利用南北运河的漕运,几个月工夫才能运送到北京,人力物力耗费之巨大,可以想见。

直到永乐十八年时候,在原先燕王府旧址上改造而成的紫禁城才基本完工。这个几乎将全国财力掏空的工程规模浩大,它的格局规划,一如南京,却比南京更恢弘壮观。细数下来,整个宫殿共有大小房屋八千七百零四间,采用了"前朝""后廷"的形式。"前朝"以太和殿、中和殿和保和殿为主,自南而北地排列于整个宫院的正中央。其中太和殿便是所谓的金銮殿,皇上召见或朝会群臣,大多都在此处。

"内廷"共有干清宫、交泰殿、坤宁宫和御花园乃至东西六宫,供皇上闲暇游乐和后妃太子等人日常居住。紫禁城四周宫墙暗红,东西南北各有东华门、午门、西华门和神武门以供出入,城墙四角还有十字脊的角楼,护卫们在此打更放哨。城墙外护城河开阔平整,河中波光粼粼,碧水荡漾,红绿掩映,别有一番情致。

朱棣千里迢迢来到北京,面对休憩一新的宫殿,有种故地重游却深感陌生的感觉,他将昔日的燕王府今日的紫禁城仔细察看一遍,角角落落里都没放过,很多地方引起他对往日的回忆。当年身为燕王时,真没敢想过会有今天这番情景,如梦如幻啊!

来到北京的第二日,朱棣登临紫禁城内的五凤楼,与群臣会面,接受百官的朝贺。钟鼓悠悠声中,皇室宗亲由右掖门进入,文武大臣从左掖门进来,按照官阶高低,依次缓缓走过金水桥,在奉天门外空旷的场地上站住脚,人人神情肃然。轻风不起,草木不动,空气仿佛凝滞了一般。

少顷,鸣鞭校尉从御道旁侧走来,挥鞭甩响三下,声音刚落,朱棣已经从奉天殿内踱步而出,鲜艳的朝霞映在他黑中透红的脸上,整齐的龙袍熠熠生光,如同万道彩带当空起舞,众臣望去宛若天人,都不由得呆了一呆。当山呼舞拜中"万岁"声轰然响起时,朱棣深深陶醉了,简直比当初在南京头一次登上金殿时感觉还要激动以至有些眩晕。毕竟,这是自己亲手创下的天地,一切都是新的,万物似乎刚刚开始。

那天的情景久久地让朱棣激动不已,虽然有限的生命时光在身上不住地流淌,但他感觉自己仍然年轻,有许多东西,他需要亲手缔造。而恰在此时,北方传来加急战报,仿佛迎合了朱棣的心思,他又有事情可做了。

原来,朱棣上一次北征后,鞑靼彻底削弱下去,和鞑靼对立的瓦剌便趁机壮大起来。瓦剌的顺宁王马哈木抓住机会,大举进攻鞑靼余部,结果本雅里失被杀死,仅剩下阿鲁台残余,自知无力对抗,只好南迁至开平。强盛起来的马哈木骄横之心渐渐浓重,开始不把大明放在眼里。年年进奉的供品也突然停止,还将朝廷使者扣留住,仅让副使带回一封信,信上言辞激烈,骄横得让正在兴头上的朱棣浑身发抖,连连大喝:"反了,真是反了!"

恰在这时,穷途末路的阿鲁台派人来到北京,进表谢罪,指出瓦剌对朝廷的种种不敬言行,并表示,若朝廷有意惩治瓦剌,他愿率领自己属下,充作先锋。这不早不晚的进表,立刻激起朱棣心里的共鸣,朱棣清楚,大漠深处,指望明军征讨,只能治其标而难治其本,若能让两个实力相当的部落互相牵制,那情况也许就会好许多。

出于这样的考虑,朱棣当即倾向了阿鲁台,封阿鲁台为和宁王,令其为先锋,明军紧随其后,开始征伐瓦剌。

众臣得到消息,立刻议论纷纷,莫衷一是。有大臣像杨荣等人觉得,既然阿鲁台甘心卖命,朝廷白捡了个便宜,何乐而不为呢?当时杨荣还在大殿中央喜气洋洋地说:"陛下,臣虽文官,但行军打仗的情形也跟随陛下见识了一些,臣以为,打仗最危险的莫过先锋,所谓先锋先锋,苦处先行,正是这个道理。如今阿鲁台为了自保,甘愿领兵为先,那再好不过了。若战事顺利,漠北两雄并立,他们自己纷争不已,就无暇南下侵扰。若战事出乎意料,则有阿鲁台先受其害,我军可全身而退,实在再好不过,望陛下从速发兵,臣愿依旧追随!"

这话正合朱棣心思,他微微点头,刚要称赞几句,户部尚书夏原吉却迫不及待地出班,敛衽奏道:"陛下,臣以为北征之事,不可草率,还须从长计议。近一两年中,北旱南涝,因为修建北京城,耗费大量财力,国库入不敷出,大批百姓流离失所,国家不堪重负!"

话一出口,朱棣脸色刷地阴沉下来,夏原吉却不抬头,盯住笏板自顾自地继续说:"譬如修建大殿时,吏部侍郎师逵前往湖南、湖北一带采集良木,驱赶近十万人进山开辟道路,结果死亡无数,激起百姓哗变,当地弥勒佛教首李法良趁机扯旗造反,虽然很快扑灭,但终究留下阴影。再譬如当今,由于国库空虚,各地官吏打着为朝廷敛财的旗号,压榨百姓血汗,有些地方苛捐杂税多如牛毛,百姓不胜其苦,使有不臣之心的刁民钻了空子。山东便有女匪唐赛儿,扯旗反叛,几乎达到振臂一呼,应者云集的地步。不长时间内,竟然攻占一府数县,着实不可小觑。陛下若再兴兵征讨,势必要耗费钱粮,对地方百姓无异于雪上加霜。鞑靼那点便宜,还是不占的好,自古便宜两家穷,望陛下三思!"

夏原吉滔滔不绝地好容易将话说完,却不料朱棣早已髭须打颤,脸上僵硬如铁,忍住气听他说完了,冷冷一笑:"好,说得好,夏原吉真成朕的忠臣了!那照你这样说,朕之永乐盛世,百姓不永乐,倒永哀了!"

"这……臣,臣并非是这个意思……"夏原吉原本是想说国力空虚,不宜大举用兵,说这话,也算尽了自己户部尚书的职责,谁知说着说着,不觉间将话题扯远,难怪皇上要发怒了。夏原吉清楚,坐在正上方的当今天子,最要面子不过,从不承认自己的不好,而此刻,自己说的话,虽然是实情,却毫无疑问,触动了他心头的伤疤,用臣们私下里的话说,就是逆了龙鳞,那可是要命的事情。夏原吉立刻想到这点,心惊肉跳地头上冒出汗来。

见夏原吉忽然支支吾吾,朱棣更执拗地认为,夏原吉刚才那番话,是有意扫自己的兴,是故意在大臣面前贬低自己而抬高他的身价。这样想着,心底的火气也就一点一点地升腾。"哼,夏原吉,地方民不聊生,分明是你们各部官员无能,刁民胆敢造反,分明是地方官吏懦弱,自古不谋其政者不在其位,你既然承认自己的无能,尚且在朝堂之上夸夸其谈,不顾君父颜面,用心何其毒!左右,给朕拉下去,扔进诏狱中!"

大殿上立刻一潭死水般鸦雀无声,皇上最信任的大臣,营建北京效了汗马之劳的夏原吉因为几句不谨慎的话就要身陷囹圄,各人自忖自己身价,立刻缄口默立。锦衣卫就站在大殿门坎两旁,闻声扑上来,扯住夏原吉衣袖就往后拽。

夏原吉也没预料到情形会如此糟,情急之下什么也说不出,只是放开喊了一嗓子:"陛下,臣别无他意,只是忠心为国呀,陛下!"

但朱棣并不理会,冷着脸充耳未闻。接下来再要商议讨伐瓦剌时,众臣竟然没能再说上一句有见地的话,朱棣有些失望,怏怏地说:"那就依杨荣之言,趁阿鲁台愿意出力的机会,彻底消除漠北隐患!"

在北京并未住上多长时间,朱棣御驾亲征,率领兵马踏上茫茫沙漠,开始了漫无边际的征程。等在开平与阿鲁台所率领的残余兵卒会合后,朱棣才知道夏原吉所说的这个便宜占不得是什么意思。阿鲁台所统领的军卒本来只是鞑靼的一小部分,前番和明军作战,损失不少,后来又与瓦剌交锋,损失更多,现在囤积在开平的,只不过三四千疲惫兵将,并且大半带伤,未进他们的营帐,腥臭味就扑面而来,时不时有垂死的呻吟。

朱棣皱皱眉头,心里暗自长叹,无可奈何地苦笑着摆摆手:"罢了,你们还是先休整了再跟随朕,此番出征,朕率军单独去好了。"

阿鲁台似乎早就知道会有这句话,不等他说完扑通翻身叩拜,连连称谢。朱棣看看他满脸恶作剧似的笑容,既生气又好笑:"这哪里是替朕打先锋,分明是诱使朕去当挡箭牌!"可是话虽如此说,大军却不能就此掉头折回,没了阿鲁台信誓旦旦的许诺,朱棣眯起眼睛,率领大队人马,闯进漫漫黄沙的海洋中。

在翰海阑干中走了两天的路程,黄沙中渐渐出现星星点点荒芜的草甸,天气也奇怪起来,时而烈日当空,照得人懒洋洋的抬不动脚跟,时而骤然阴冷,淅淅沥沥一阵小雨过后,漫天却飘起鹅毛雪花,雪往往越下越大,不多时,远远近近的枯黄枝叶顿时成了琼枝玉叶,大雪在草甸和山岭间搅动翻滚着,壮观而恐怖。

从北京赶来时,众兵将从未想到过漠北天气会如此变幻莫测,他们还穿着单衣,在风雪交加中瑟瑟如枯叶,铁甲上结了一层明亮的冰壳,手脚一动,铿锵有声。白天还好对付,尤其到了夜间,刺骨的寒风将帐篷吹得摇晃欲飞,厚厚的毛毡却像层纸般,寒气汹涌而入,大家紧紧依偎,但只听见冰冷的铁甲发出更让人心寒的声音,却彼此感受不到丝毫暖意。

被派去催促后方运送衣服和粮草的将官接连去了好几批,但始终杳无音讯,朱棣猜测,他们或许迷失了方向,无一例外地冻饿而死在茫茫荒原中。其实朱棣比起士卒来,也好过不了多少。许多年过去,毕竟已经是迈入花甲之年的老人了,身上热力有限,表面的威风和声势却抵挡不了无处不在的凛冽寒风。尽管侍卫将所能寻到的丝绸衣物和毛毡厚厚地裹在他身上,作用却微乎其微。

每天都有各营寨冻死的兵卒尸体抛到山崖下。大军踌躇着欲进不进,欲退不退,在忽冷忽热鬼蜮般的境地中挣扎。

更让每个兵将揪心的是,人马深入荒漠如此之远,却并未碰见瓦剌的一兵一卒。他们好像消失了,又好像就躲在附近,幸灾乐祸地偷望着他们。这种没有敌人的征讨更让兵将分外恐惧,他们迷失了目标,迷茫中寒气更加侵入骨髓。

终于有些忍不住,杨荣踉踉跄跄地裹着寒风进到朱棣帐中,叩拜后直截禀奏道:"陛下,我军万里赶来,现在却战不能战,长期驻扎,粮草衣物又接济不上,眼看兵将怨气日重,陛下,还是先班师回朝,待准备充分了,先让骑哨打探清楚敌情再作征讨。"

杨荣觉得自己说的俱是实情,皇上当然会痛快地应允。朱棣端坐在帅椅上,周身拥着厚厚的衣被,但仍然面色铁青,嘴唇似乎不住地打哆嗦。"杨荣。"僵硬的嘴唇终于翕动着说出话来,一团白气从口中腾出,话语冰冷,"当初竭力劝朕出征讨伐瓦剌的是你,现在头一个说要班师回朝的还是你,你是何意,莫非拿朕当小儿戏耍!"

杨荣浑身一震,他听出了话中的意思,皇上现在其实正处于两难地步,若一直向荒漠深处走下去,瓦剌踪影不见,简直是自找死路,若就此班师,无功而返,难免会给人留下劳民伤财的话柄,要知道,当初正是因为出征,夏原吉被下到诏狱中,至今生死不明,若就这样回去,岂不承认错的是皇上?可皇上怎么会错?

"臣……臣当时并未料想到漠北深处会如此险恶,臣……"杨荣有心想揽过些罪责,来替皇上开脱,但他也清楚这个罪责的重大,弄不好会丢掉老本,他犹豫着不敢不承认自己的错处,也不敢全担待起来。

朱棣却仿佛已经看透了他的心思,鼻孔里"哼"出一声,仍然面无表情地说:"杨荣,朕知道你是忠心为国,但即便忠心,也有失误的时候,失误不比奸佞,但造成的祸患却同样严重,朕向来体谅臣子的苦心,也不会为难于你,只不过叫其余人等好生思虑周到罢了。"

听皇上这样说，杨荣放心一些，但心里仍没底，刚要再说话，朱棣已经招招手，侍立在营帐一侧的卫士蹿上来，将杨荣按倒在地，三把两把地捆住了。杨荣忽然忘了本来想说的话，就这样一声未吭地被带了下去。

第二日一大早，军中上下传出令兵士们振奋不已的诏令，全军拔寨南归，待粮食衣物准备齐了，瓦剌消息打探确实后，再另行征讨。"知道么，这回匆忙北征，听说全是杨荣出的主意，圣上将他狠狠训斥了一顿，还治了罪，这家伙，害得多少弟兄白白将骨头扔在狼也不来的地方，治罪活该，杀了他的头才解恨！"因为即将解脱苦难的高兴，众人的话也就格外多，你一言我一语，将杨荣骂了个狗血喷头。

大军匆匆而去，又仓皇而回，没遇到敌军一兵一卒，却平空折损三成兵士，出征时将北京城中囤积的粮食全部运走，而今人人空腹而归，更有些已经几天没吃上饭，摇摇晃晃的，没等进到城中，便晕倒在地。

回城当天天气阴沉沉的，乌云低垂，天际不时传来阵阵雷声。雷声忽远忽近，渐渐滚落到头顶上。朱棣一改往日骑马行军的习惯，他坐了辇车轰隆隆地驶进永定门，那里聚集着群臣等待迎驾，但辇车丝毫没停顿，直接从他们跟前碾了过去，随从太监一迭声解释道："皇上身子不适，百官免见。"大家也就默默地叩了个头，各自散开。

车辇的影子隐没在甬道上，众人就要散开之际，雷声突然尖利起来，条条火龙在乌云中上下飞舞，闪现出耀眼夺目的光芒，好像随时都要落下来。"快些走散吧，怕立刻就要落雨了！"有人这样说，大家得了提醒，脚步更加迈得快了。

可是没走几步，霹雳炸响，道道火柱在火龙间交错，尖利的声音叫人茫然。恰在这时，一声吆喝陡然响起："快看哪，紫禁城那边着火了！"惊恐中众人驻足朝正南方向望去，可不是，远远的，火光已经映红了低垂的乌云，火柱和火龙在火光正上方舞动得更欢，不用说，是它们击中了某座大殿，引发了大火。

"糟了，紫禁城正殿全是干透的巨木构建而成，这火一着起来，恐怕大灾降临了！"每个人都恐惧地这样想到。

朱棣在辇车中也听到了随从的惊呼，吵嚷声越来越大，雷鸣风吼里听起来格外令人心惊。朱棣不耐烦地掀开眼前的帐幕，没等他呵斥，南边天空一抹红彤彤的跳动先让他瞠目结舌。他立刻知道，着火的地方必定是皇宫无疑，别的庄户人家，即便遭了火灾，也弄不出这么大动静来。

"快，你们看不出来么?！一群不中用的废物，快传朕的旨意，令城中兵卒全数调过去，赶紧救火！"朱棣见随从们只是喊喊喳喳地叫嚷，却满脸麻木，仿佛被惊呆了，又好像有意要看热闹，禁不住怒骂起来。一股凉风趁机冲进喉咙，他伏在车栏上猛烈地咳嗽，脸上神色在阴云笼罩下颇有几分狰狞。

等众人簇拥着车辇接近皇城时，灼热的气息愈加浓烈，夹杂着油漆味的烟雾弥漫过来,呛得朱棣喘不过气。但他强忍住了,他将这场大火当作了在漠北没能追寻到的敌人,他站在辇车上,指手画脚,大声叫喊着要太监护卫们跑东跑西,忙得不亦乐乎,他甚至还冲进皇城,站在大火附近,亲自看他们是如何救火。

大火毕毕剥剥地冲天燃烧,头顶的黑云已经被烤成暗红色,前廷后宫也乱了界线,宫女们纷纷跑出来,尖声叫喊着想要远远躲开,又不忍心错过这么难得的热闹场面,不远不近地驻足,观看兵卒们抬水救火。

大火映衬下,天色愈暗,有几个宫女正巧站在朱棣的辇车旁,但她们只顾盯住面前的大火,没注意到皇上就虎视眈眈地杵在身边。

"姐姐,这么大的火,我可还是头一回瞧见,真好看,太壮观啦!"一个宫女兴奋地拍着手娇声叫道。

"唉,可惜这是百姓的血汗哪,辛辛苦苦多少年,就这么一把火给烧了,实在太可惜哟!"另一个年龄略大些,话语更沉闷。

站在旁边正看得入迷的宫女听她们说话,冷不丁地插过话头:"可惜什么,百姓的血汗倒不假,不过即便不烧,百姓别说住,就是看上一眼也不能够,叫我说,烧了活该,总之是干活的人累死累活也得不到什么好处,反倒不如大家都住不上了心静!"

听她们说得这么热火,又有宫女凑过来,眼光不离大火,嘴唇上下翻动着快人快语地说:"哎,知道么,我听老年人讲,被雷打死或叫点着了房屋,那是这个人做了造孽的事,老天爷要惩罚他呢!前阵子权妃一死,吕妃不知怎么的也被杀了,杀了吕妃不算,还将大大小小的宫女杀那么多,这样的皇上,和说书人讲的隋炀帝差不多,怪不得上天要警告他一下,宫城皇城都烧光了才叫绝呢,咱们没了地方住,正好回家,我早就在这鬼地方住够了!哪里是皇宫,分明是牢狱!"

其余几个听了连连拍手:"姐姐到底是读过些书的,说出话来果然比我们强!皇上不光在后宫滥杀无辜,听说这回好端端的硬要什么北征,结果胡人的影子没见到一个,自家倒白白累死了一大半,这不是造孽是什么,老天爷没长眼哪!"

说着话有人哽咽起来:"临叫选了来宫里时,我哥哥就被征发入伍了,这回出征也不知有没有他,若他有个三长两短的,我爹娘可就没了指望了!"

听她这么悲戚,众人也动了心事,沉默片刻,先前那个讲话最多的宫女打破沉闷,压低了声音说:"哎,听说过么,现在皇上六十多的人了,那东西早不中用啦,既然不中用了,还霸占人家这么多女孩子家干什么,宫殿全烧光了,大家散伙的好!"

有人捂住嘴窃笑:"人家那东西不中用,你怎么知道的,好像你见识过似的!"

那宫女也笑了:"后宫嫔妃好几千,我想见识也没那福分,多少比咱姿色强的人蚊子似的叮在那皮包骨头的身上,多少年啦,血早给榨干了,临幸过的姐妹都这么说。唉,也就是这会儿乱糟糟的能说几句痛快话,平素谁敢这么议论!有道

— 343 —

是含情欲说宫中事,鹦鹉前头不敢言。好了,快看,火头小些了!"

朱棣端坐在一旁,静静地听着,忘了指手画脚地指挥,他还是头一次听宫女如此讲出心里的实在话,这话是多少代帝王根本听不到的,他也忘记了发怒,平静地听她们说下去。等听她们说自己那东西不中用了时,他浑身一冷,衰老的凄凉倏地涌上心头,年轻时气吞山河的雄风哪儿去了?多少个夜晚,他赤条条地躺在柔软的罗香帐内,面对曾令他怦然心动的玉体,却没了任何反应时,他总是这样问自己。但往事如斯,一切却再也不会重来了。朱棣清楚这个道理,他只有深陷于无边的悲凉中不能自拔。

但是此刻,这种凄凉感只是一闪而过,他忽然在暗中阴阴一笑:"你们这帮贱人,也配议论朕么,你们不是嫌朕杀人太多么,朕就偏再杀几个叫你们瞧瞧,造孽?哈哈,朕贵为天子,干什么事情都不过分,哪里谈得上造孽?!"

还没想停当,朱棣已经如猛虎一样霍然站起,他挥动衣袖,冲不远处的几个锦衣卫大喝道:"快,将这几个没王法的东西拉下去,狠狠地折磨,将她们的骨头磨碎!"

声嘶力竭的喊叫盖过了火焰和呼呼作响的风声,紧接着一阵剧烈的咳嗽,朱棣摇晃两下,差点站立不住,好在忙乱中并没人看清。站在旁边的宫女们此刻才注意到身边的车辇,她们立刻惊呆了,僵立着说不上一句话,直到锦衣卫们冲上来,将她们拖拉走,她们也没呼喊出一声,似乎在梦境中还没清醒过来。

大火断断续续地一连几日才扑灭下去,青烟袅袅中,工部和户部大臣勘察了火情,随即写成奏折禀报上来,其时户部尚书夏原吉还在诏狱中面壁思过,奏折由户部侍郎代写了呈上。

仅仅几天,朱棣骤然苍老了许多,他斜靠在软榻上,哆嗦着手略微看了看,零星房屋不算,奉天殿、华盖殿和谨身殿在大火中全部化为了灰烬。朱棣心中有什么东西猛地扎一下,尖锐的刺痛,他又想起夏原吉说的,为了盖大殿,百姓辛劳十余年,像支撑奉天殿的七十二根巨木,都是上百年树龄的金丝楠木,从深山老林中砍伐运送下来,通常是民夫进山一千,出山时只剩了五百,不仅有汗,更多是血呀!朱棣又想起了那天救火时宫女们尖锐的议论,虽然她们此刻在诏狱中正为她们的随口胡言欲活不得,欲死不能,但仔细想来,未尝不是这个理啊!上天既然借了大火来惩戒自己,莫非真的造了孽?!

朱棣默默地想着,他忽然有些眩晕,手指一松,奏折飘落在地上,蒙眬中,他听见有太监惊恐地呼喊:"皇爷,皇爷怎么啦?"

依照祖制,皇城宫城内发生了这么大的事情,皇上应当下所谓"罪己诏"来反省,还要让大臣上书直言,指出政令的过失。朱棣勉强撑起软绵绵的身子,在偏殿中召见群臣,他只是想做个样子,他感觉自己已经没那么多的精力来听他们直陈过失。

但是令朱棣没想到的是,大臣们似乎憋了一肚子的怨气,他们不知由谁打开了话头,你一言我一语地唠叨开来。一些人提出当初就不该迁都,南京乃金陵帝王之乡,盲目迁都到天寒地冻的北京,祖宗神灵不适应这里气候,怎么会有不怪罪之理?

对此朱棣并不特别在意,当初议论迁都时,反对的人就络绎不绝,此刻他们旧话重提也在预料之中。于是他强忍住浑身的不适,慢条斯理地说:"众位爱卿,当初迁都时,朕曾与卿等商议三个月之久,可见并非草率从事,况且迁都之事,自古并不少见,只要宜国宜民,祖宗自然不会怪罪,这些就不必重提了。"

皇上一句话打住,这个话题自然就此结束。但随即而来的,是令朱棣颇觉难堪的北征。大学士杨士奇率先指出,若说迁都北京,大举修筑宫殿,虽然劳民伤财,但毕竟还有东西摆放在那里,足以流传后人。而北征却是将百姓的银子和性命丢进深潭中,丝毫没有半点必要,百姓怨望乃至上天告诫,也在情理之中。

大学士的话向来耿介,朱棣早领教过多次,看皇上不开口,似乎没发怒的意思,其余众臣大胆起来,附和着七嘴八舌地说,北征确实有些鲁莽,未察清敌情便贸然出击,犯了兵法大忌。

朱棣脸腾地红了,呼吸急促起来,他明白众人遮遮掩掩的意思,他们心里一定想,你不是坚持北征么,那战果呢,连敌军的影子都没看见,分明是叫阿鲁台戏耍了一通,还有什么面目指指画画?!但朱棣无法反驳,他知道他们说的都是实情,明摆着的劳民伤财,任你再分辩也是徒然。但他不甘心就此成为他们议论的目标,若堂堂帝王任由臣子们指责,那君威何在?!

无名怒火汹涌奔流,朱棣终于遏制不住,他忽然拍案而起:"你们……朕这把年纪,尚且不避劳苦,深入大漠几千里,敌军遇没遇到暂且不论,你等这般目无君父,指指点点,成何体统?!左右,给朕将杨士奇拿下,他的兄弟杨荣还在诏狱中,让他去做个伴!"

偏殿大堂上顿时混乱起来,杨士奇大声辩解着什么,但朱棣奇怪自己却一点也听不见,到后来,满殿的臣子也开始身影模糊,他听到什么东西砰地闷响了一下,感觉软绵绵地躺在什么地方,异常舒服,不知不觉地睡了过去。

皇上病了,而且病得不轻,双腿发软,几乎站不起来,看他苍老的面容,已经彻底消逝了当年在战马上翻飞的豪迈。据太医讲,皇上肝火颇旺,心力急躁,加之在漠北遭受忽寒忽热,风餐露宿,得了风湿之症。

群臣知道太医的话甚有道理,若不是肝火旺盛,心力急燥,皇上何以在大病之中,还要再次御驾亲征?不过这些风里浪里过来的大臣,都能揣摩出皇上的心思。上次在偏殿中直陈过失时,你们不是嫌我劳而无功么?我这回就偏要再次出师,拿回战功来叫你们瞧瞧!他们太了解皇上的脾性了,这种既让他自己尝不到甜头也让百姓和大臣吃了不少苦头的禀性,众人都知道,谁也没办法改变。

出于这种原因,朱棣要御驾亲征再次出兵漠北的诏旨颁出后,意外地没一个大臣站出来反对,大家商议好了似的三缄其口。这一次北征,朱棣将心中的火气发到本已臣服的阿鲁台身上,既然有人觉得是他戏弄了朕,朕就将他捉回来,叫你们看看,戏弄朕的人是何等的下场!

向来跨马驰骋疆场的朱棣,头一次坐上了车辇出征,他心中很不舒服,但像他这样站在地上都有些头晕目眩的境况,怎么能坐稳马背抓住马缰?他不甘心,却也无可奈何。大军这次做好了远征的充分准备,浩浩荡荡的二十万大军之后,追随着比大军更长的辎重队伍。出动了大约有三十五万匹骡马,近二十万辆粮车,还有二十多万民夫往来奔忙着运送军粮。但即便这样雄壮的队伍,进入到沙漠中时,却突然显得单薄,天地之间,再多的血肉躯干也是如此渺小。

大军走得相当缓慢,当行进到阿鲁台驻地附近时,前锋传来消息,俘获了几个阿鲁台的部属,他们声称阿鲁台得知大军前来兴师问罪,自知不是对手,已经匆忙向北迁徙,具体迁移到了什么地方,大漠茫茫,谁也说不清楚。

校尉轻声慢语地禀奏着,朱棣感觉浑身冰冷,预期的激战成了泡影,战功自然也就失去了着落。"难道又是上一回的重演么?这样如何回到北京?"朱棣暗自思忖着,表面不露声色,面无表情地挥挥手叫他退下。等校尉走出了营帐,朱棣才似山崩一样地轰然倒下,他眼前闪现出当年靖难之战中,一幕又一幕生死激战的场景,闪现出自己满脸蒙上灰尘,将士们只有听声音才辨认出这是他们首领的场景,还有那插满了箭矢,如同刺猬一样的旌旗,多么令人神往啊!可是这一切都成了隔岸的风景,成了明日的黄花。朱棣感觉现实与梦幻相交错,他甚至忘记了自己身在何处。

滞留在茫茫大漠间仓皇迷惑时,终于有个叫人心动的消息传来,鞑靼王子也先土率领自己的部从,前来归附大明。消息传到中军,朱棣长出口气,他有种溺水后抓住根木棍的感觉。他立即命令也先土赶来觐见。结果令朱棣格外惊喜,也先土不像阿鲁台那般胡人气息十足,他更有几分文弱的神情,谈吐十分文雅而且谦卑,相比之下,朱棣则出奇地热诚,特意赏赐给也先土旌旗旌表,并摆出一桌丰盛的御宴犒劳这位王子,虽然自己不能亲自奉陪了,但筵席的隆重,仍让也先土感动不已。

带着这样一个战果,朱棣开始漫长的返回路途。但不知怎么回事,心中没了那揪人心弦的争斗,朱棣再也挺不下去地躺倒了。摇摇晃晃的车辇在沙漠草甸中艰难跋涉,似乎永远也到不了尽头。而朱棣却已经意识不到这些,他混沌的头脑里翻检着生命当中的一件又一件大小往事,一个又一个鲜活人物。他的世界已经开始缩小到脑海深处。

昏睡了两三天之后,朱棣终于睁开眼睛,看看侍立在身旁的内侍,张开嘴微弱地叫道:"郑和,郑和,你从西洋回来了么?"

那内侍闻言一惊,但立刻明白过来,忙凑近了轻声说:"陛下,奴婢是黄升,郑公公此刻或许正在西洋的某个地方为陛下播扬我大明国威呢!"

"哦,"朱棣轻嘘一口气,仔细再看看,终于辨认清楚了,眼前这个确实是黄升,黄俨的干兄弟,两人身材相似,话音也差不多,"黄升,现今大军到了何地?"

"禀皇爷,刚到翠微岗。"

"你估摸着什么时候可到北京?"

黄升眼珠转动两下,弯腰说道:"皇爷,从来时的情形看,奴婢估摸着到北京恐怕得八月过半了吧?"

朱棣沉默片刻,忽然提高了声音:"速传朕的旨意,叫夏原吉来见朕。"

"这……"黄升一愣,旋即明白过来,爬在床榻旁嗫嚅着说,"皇爷,夏尚书此刻正在北京诏狱中呢,皇爷……"

朱棣摇摇头苦笑了:"那就召杨荣来见朕好了。"

黄升这次伶俐了许多,忙接口说:"皇爷,杨学士他,他也在北京……"

朱棣却再笑不出来,他痴痴地盯了弯曲如天穹样的帐顶,良久才徐徐说:"朕身边还有谁?"

黄升不知他问的什么意思,但也不能再犹豫,略想一下禀奏道:"皇爷,大学士金幼孜就在帐外附近,皇爷若要召见,奴婢这就去叫。"见朱棣疲惫地点一下头,忙爬起身退出去。

金幼孜匆匆赶来时,朱棣正直眼望着吊了棉帘的帐门,秋风呼啸着从四周旋过,声音如同群狼长嗥,凄厉得动人心魄。看金幼孜来到近前,朱棣努力微笑了一下:"爱卿虽为大学士,倒也经常在地方官府中行走,爱卿看,朕所倡导之永乐盛世,可否还算名副其实?"

金幼孜显然没料到皇上见面会劈头问起这话,但看看他枯黄的面皮和无神的双眼,立刻也就明白了,犹豫片刻才拱腰回话:"陛下圣明,陛下自登大位以来,致力百姓生计,现今国力较洪武年间大为增强,百姓蕃息,人口大增,此等情形,有目共睹,陛下不必生疑,尽可放心将息身子。"

朱棣听得很认真,脸上并没什么表情,等他小心翼翼地说完了,沉吟片刻又问:"爱卿,你看朕是什么样的人君?"

"陛下文韬武略盖过秦皇汉武,举世公认,自不待说。"金幼孜说过一番话后,逐渐缓过神来,话语流畅许多,"陛下文治武功堪称双绝,编修永乐大典,远播国威于西洋诸国,亲征漠北,南征北战,为巩固北疆,又修葺北京,将国都北迁,臣遍观史书,能做到这些一半的,已是寥寥,堪与陛下比肩的,臣还未看到。"

朱棣忽然露出微笑,摇摆一下枯瘦的手臂:"爱卿不必再说下去,朕明白了。"

金幼孜不清楚皇上到底明白了什么,但他赶忙住了口,垂手站在一旁。彼此沉寂片刻,朱棣忽然幽幽长叹口气:"夏原吉和杨荣、杨士奇都是朕的忠臣,爱卿回去之后,当立即将他们释放,朕之后人,就要靠他们来辅佐,大明江山兴衰全在你们了。"

"陛下何出此言?"金幼孜似乎意识到了什么,忙翻身跪倒,"陛下些须微疾,不必思虑这么多,待不日还京后,一切再从容计议不迟。"

朱棣不以为然地摇手笑道:"任你使尽家中财宝,难买无常生路一条,这个道理,朕岂有不晓得的?唉,荣枯在天,生死由命,朕还是能想得开的。不过百姓们讲,瓦罐儿少不得井上破,尿盆儿再刷也是臊,万物皆有本性,朕向来自诩为马上皇帝,能死在这营帐中,也就甚感欣慰了。"

"陛下!"金幼孜从未听皇上如此随和地说过话,心头涌过一阵难以言说的感觉,张张嘴却不知再说什么好。

朱棣面色平静地招手示意他平身:"爱卿,快准备纸笔,朕有几句话要说。"好在营帐旁侧御案上摆放了文房四宝,金幼孜转身捧过来。

"朕一生驰骋,功过在心也在天,任后人评说去吧,人之将死,其言也善,朕近日将前尘后事思虑再三,深感天下百姓跟随于朕,疲惫有加,望后继者体恤民情,以休养生息为治国上策。北京城中被天火烧毁的三大殿,不必修复,漠北再有战事,以守为主,切莫穷追,所有政令,当考虑百姓负荷为先。朕之殡葬,礼仪尽量从简。大位传于皇太子,一应不到之处,皆以太祖祖制为准。"

朱棣一口气说这么多,似乎有些劳累,他合上沉重的眼皮,喘几口粗气,转脸盯住金幼孜,脸上流露出一丝诡秘的笑意,忽然放轻了声音说:"爱卿,朕知你素来忠直,有句话还要交代,朕去之后,地府沉沉,未免寂寥,朕欲让后宫中朕曾召幸过的嫔妃追随陪伴朕一程……这个就不必记下,爱卿传朕口谕也就是了。"

金幼孜闻言一愣,猛地抬头,正与朱棣浑浊却意味深长的眼光相遇,他迟疑一下,抖动嘴唇答应道:"陛下放心,臣……遵旨。"

帐外风更猛了,卷起的股股黄沙漫天飞扬,天地之间一片苍茫,千军万马行走在茫茫荒原上,似乎永无尽头。此刻中原大地上,大江南北百姓正忙于收获辛苦一年的收成,郑和也正航行在西洋尽头的各个角落,卖力地播扬大明国威。天地尽头响起"吾上国永乐皇帝万岁,万万岁"的呼喊时,朱棣已经魂魄随风而散,飘扬在苍茫宇宙洪荒中,所有的一切,都逐渐地成为了过去。

皇上驾崩的消息传到北京后,京城顿时一片混乱。皇太子朱高炽派遣长子朱瞻基远赴开平迎接灵柩,当即释放出夏原吉等人,商议妥当后,率领文武百官在长城内居庸关下哭迎先帝。新皇即位后,将父皇朱棣和母后徐妃合葬于京郊昌平县天寿山的长陵,尊其谥号为"体天弘道高明广运圣武神功纯仁至孝文皇帝",庙号太宗。

当金幼孜将先帝私告自己的口谕禀奏给新登基的皇上后,新皇当然不敢违背。后宫上百妃子在哀哀哭泣中,被赏赐了一顿精美的盛宴,之后有太监过来,每人扶住一个,将她们放在张张小木床上,小木床的正上方悬好了一个个的绳套,太监帮着她们将头伸进绳套中,一声吆喝,啪地将床上活动的木板齐齐抽开,看着吊满房屋的宫妃,新皇欣慰地想,这下父皇的在天之灵该不会寂寞了吧。

正如朱棣所担心的那样,朱高炽身子不结实,即位没多长时间,便很快步自己后尘而驾崩了。不过,也正如他立皇太子时听从解缙的建议所想到的,他的皇太孙此刻已经成长壮大起来,顺利地接替了皇位,国号宣德,而宣德皇帝英武聪明的劲头,也正应了他的初衷。

向来不安分的朱高煦和朱高燧在这场皇位的接连交替中,觉得大好时机已经到来,便趁朱瞻基年轻并且刚即位,扯起造反大旗,一如父皇当年夺取他侄子建文皇权时的靖难之战,历史仿佛轮回了一周,又开始重新演绎。然而朱高煦和朱高燧的运气和谋略却远远不及乃父,他们刚刚起事,朱瞻基便听从大臣建议,御驾亲征,打了他们一个措手不及。结果两个叔叔很快被生擒活捉。

朱高燧再次表现出过人的机敏和应变,俯首认罪,被贬斥了事。惟有朱高煦抱着自己侄子未必敢拿自己怎么样的念头,倔强地强硬到底,结果让自己侄子罩进一口铜缸中,四周堆上柴草,在熊熊烈火中,桀骜的朱高煦化作了灰烬。

不过,这是永乐朝以后的事情了,历史的脚步不会停歇,它总在栉风沐雨地走下去。